한국 인물 전설과 역사

❚ 권도경(權都京) ❚

1974년 부산 출생
이화여자대학교 국문학과 및 동대학원 졸업(문학박사)
동아시아고대학회 상임이사, 한국구비문학회 지역이사
세명대학교 한국어문학과 조교수

주요저서
『한국민속문학사전』, 국립민속박물관, 2012.
『한국전설과 로컬리티』(2013년도 문화관광부 우수학술도서), 태학사, 2012.
『한국 전기소설사의 전개와 새로운 지평』, 태학사, 2012.
『내암 정인홍』, 예문서원, 2010.
『조선후기 전기소설의 전변과 새로운 시각』(2005년도 대한민국학술원 우수학술도서), 2004.
『춘향전 연구의 과제와 방향』, 국학자료원, 2004.
『홍루몽(상, 하)』, 이회문화사, 2004.
『춘향전 연구의 과제와 전망』, 국학자료원, 2003.
『설월매전』, 이회문화사, 2003.
『선진일사』, 이회문화사, 2003.
E-mail: dkkwon@semyung.ac.kr

한국 인물 전설과 역사

초판 인쇄 2014년 2월 21일
초판 발행 2014년 2월 27일

지 은 이 권도경
펴 낸 이 박찬익
편 집 장 김려생
책임편집 김지은
펴 낸 곳 도서출판 **박이정**

주   소 서울시 동대문구 천호대로 16가길 4
전   화 02) 922-1192~3
팩   스 02) 928-4683
홈페이지 www.pjbook.com
이 메 일 pijbook@naver.com
등   록 1991년 3월 12일 제1-1182호

I S B N 978-89-6292-447-3 (93810)

* 책값은 뒤표지에 있습니다.

한국 인물전설과 역사

권도경 지음

도서
출판 박이정

서 문

설화는 산문이지만 이면의 심층적 기의 영역에 비하면 문면에 기표화 된 언술 내용 못지않게 이면의 심층적인 영역에 감추어져 있는 기의 내용의 편폭이 상대적으로 넓은 장르다. 기표화 된 언술 사이사이의 벌어진 틈새가 산문 중에서는 가장 넓다고 할 수 있는데다, 단어들은 마치 시가 장르의 그것처럼 고도의 상징과 비유로 점철되어 있다.

하나의 텍스트를 대상으로 한 서사구조와 서사 구성 원리, 캐릭터의 성격과 상징체계에 대한 표층적인 차원의 연구를 기반으로, 한 유형에 속하는 각편을 모아서 이면에 내재한 향유맥락을 심층적으로 규명하려면 이 기표화 된 언술과 상징구 사이의 틈새를 메꾸어 나가지 않을 수 없다. 그러려면 아무래도 서사에 대한 분석만으로는 한계에 부딪히게 마련이다. 기표화 된 언술 사이의 골을 관련된... 시기의 역사적 사건이나 인물들의 행적과 연관시켜 해석해야 하는데, 이 대목에서 동원되어야 하는 것이 사료다.

그런데 이마도 애매한 것이 역사 학계에서 자기 영역의 연구가 한계에 부딪혔을 때, 연구의 지평을 넓히기 위해서 이용하는 것이 또 설화 텍스트라는 사실이다. 실제로 설화 연구자들이 역사적 고증을 위해 기댈 수 있는 순수한 역사적 연구의 범위란 어디까지인가 하는 고민에 빠지지 않을 수 없다.

역사학계에서 연구지평 확대를 위해 동원하는 것이 결국 또 설화 텍스트라면, 기왕의 설화 연구가 사료에 기반한 설화 텍스트의 역사적 맥락 규명을 보다 치밀하고도 과감하게 진행하는 편이 낫다는 결론에

도달하게 된다. 설화 텍스트들의 유형별 성립·전개 과정과 의미를 역사적으로 치밀하게 논증함으로써 오히려 역사학계에서 기댈 수 있는 연구결과물을 제시할 수 있어야 한다는 것이다.

이처럼 설화의 역사적 성립과정과 시기별 변모과정을 치밀하게 논증하려면 역사학계의 논의를 수동적으로 받아들이기만 해서는 안 되고 사료를 끌어모아 기존 사학계의 논의로는 해명할 수 없는 특정 설화의 존재를 해명할 수 있어야 한다. 기존의 사학계 연구사에서 임팩트 펙터가 있다고 평가받는 학설들을 꼼꼼하게 검토하여 설화 텍스트를 기반으로 역사학계에서 입증하지 못한 사실들을 입증하거나 논리를 펼칠 수 있어야 한다는 것이다. 문학계에서 출발하여 사학계에서도 인정받을 수 있는 새로운 학설을 제시할 수 있다면 자연스럽게 문(文)과 사(史)의 융합이 이루어질 수 있으며, 이 과정에서 기왕에 진행한 설화 텍스트의 서사구조와 상징체계 분석만으로는 입증하지 못한 의미체계들이 명징하게 드러날 수 있게 된다.

하지만 이러한 설화와 역사의 융합적인 연구는 그리 녹녹하지 않다. 설화 텍스트에 대한 서사적 분석만으로도 벅찬데, 사학자가 아닌 문학 연구자가 사료 분석까지 해야 하는데다, 기왕의 역사학계에서도 입증하지 못한 사실을 설화 텍스트와 사료를 결합시켜 논증해 낼 수 있어야 하기 때문이다. 기실, 역사란 것이 설화 연구자들에게 있어서 피할 수만 있다면 가능한 피하고 싶은 영역인 것도 바로 여기에 있다.

원래가 첫걸음은 누구에게나 힘든 법이다. 힘들어도 피하지 않고 정석으로 시도한다면 소소한 성과들이 모여 설화 연구의 뉴 웨이브를 열 수 있을 것으로 믿는다.

2014. 02
봄의 문턱을 맞아 세명대학교 학술관에서
내 인생의 3.0 시기를 맞으며
권도경

차 례

제1편
〈설인귀 전설〉의 역사적 변동국면과 향유의식

I. <설인귀 전설>의 제 유형과 서사구조적 특징

1. 들어가는 말

한국의 전설 속에는 중국 출신 인물들이 빈번하게 등장한다. 한국 전설 속에 등장하는 중국 출신 인물의 면면은 왕, 재상, 장군 등 다양하다. 한국의 전설 지도 속에서 전국적인 분포를 보이며 광범위하게 나타나는 중국 출신 인물 전설의 대표적인 예 중의 하나가 이여송 전설인데, 이 경우 이여송은 한국에 비범한 인재가 나올까 두려워하여 풍수명당을 쇠말뚝으로 박아서 단혈(丹穴)하는 인물로 등장한다. 한국 전설 속에 등장하는 중국 출신 인물의 캐릭터의 대부분은 이렇게 우리나라에 부정적인 역할을 하는 경우이다. 한편 그 외에 높은 비중을 보여주는 캐릭터는 우리나라보다 우월한 문명을 가지고 있는 국가 출신의 인물에 대한 일종의 사대주의 정서를 표방한 경우이다. 우리나라의 역사적인 인물이 중국에 들어간 뒤에 가르침 혹은 도움을 받거나, 혹은 중국 출신의 인물이 우리나라에 들어온 뒤에 비범한 인물을 탄생시켜 시조가 되는 패턴으로 나타난다.

이들은 대체로 하나의 역사적인 존재로서의 중국 출신 인물이 지니고 있는 의미망과 절대적으로 밀착되어 있지 않는 경우가 많다. 즉, 우리나라의 풍수명당을 단혈하는 인물은 반드시 이여송일 필요가 없으며, 실제로도 다양한 텍스트 속에서 중국 출신의 다른 인물로 교체되어 나타난다. 우리나라의 역사적인 인물이 관계를 맺거나, 특정 성씨

가문의 시조가 되는 중국 출신 인물에 관한 전설 역시 유사한 서사구조가 중국 출신의 다른 인물에 관한 전설 속에서 반복되어 재생산되기도 한다. 이는 중국 출신 인물만의 고유서사 구조가 특별히 존재하는 것만은 아니라는 사실을 보여준다. 일종의 전형적인 캐릭터에게 기대하는 향유층의 전승의식 속에 유형적인 클리셰가 존재하고, 그 위에 중국 출신의 인물을 덧입히는 방식이다. 유사한 내러티브 속에서 중국 출신 인물이 일본 출신 인물로 교체될 수 있는 것도 중국 출신 인물이 본래 지녔던 역사적인 맥락 자체가 중요하지 않다는 사실을 반증한다.

그런데 특정 지역의 대표적인 인물 전설로 존재하는 경우는 문제가 달라진다. 그 인물이 지닌 역사적인 맥락이 해당 지역의 정체성과 본질적으로 불가분의 관계를 맺고 있는 것으로 나타나기 때문이다. <설인귀 전설>이 대표적인 케이스이다. <설인귀 전설>은 파주 지역의 지역전설로 나타난다. 잘 알려져 있다시피 설인귀는 당나라의 장군으로 고구려와 당나라 전쟁의 승리 주역 중 하나이다. <설인귀 전설>은 국내의 다른 지역에서는 찾아볼 수 없으며, 유독 파주 지역에서만 나타난다. 파주 지역의 대표적인 지역전설로서의 <설인귀 전설> 속에서 설인귀란 인물은 파주 출생의 신라인으로 당나라로 건너가 국제적인 성공을 거둔 인물로 형상화 되어 있다. 신라인으로서 도당(渡唐)하여 성공한 설인귀의 캐릭터는 역시 동시대의 인물인 장보고의 그것과 같은 유형에 속한다. 다만 장보고는 우리나라 인물인데 비해, 설인귀는 중국 인물이라는 사실만 다를 뿐이다.

주목할 점은 설인귀가 당나라, 즉 중국 사람이라는 것은 역사적인 사실로서 공식적으로 인정되는 바인데, 유독 파주 지역에서만은 이러한 공식적인 사실이 파주 지역전설의 향유층들에게는 인정받지 못한다는 점이다. 파주 지역 지역민의 의식사 속에서 설인귀는 파주 출신의 국제적인 영웅으로 인식되고 있다는 것인데, 이러한 향유의식적인 특징은 <설인귀 전설>의 서사구조적인 측면에서도 그대로 반영되어 있다. 즉, <설인귀 전설>의 서사구조적인 특징과 인물 캐릭터의 형상화 방식이 우리나라 설화의 전통적인 특수성을 반영하고 있다는 것이다.

<설인귀 전설>은 기존 연구사에서 주목된 바가 없다. 설인귀를 주인 공으로 한 고전소설에 관한 연구는 번역양상과 이본 관계, 국내 영웅소 설과의 유사성과 차이점 등에 관한 측면에서 연구가 진행되었으나, <설인귀 전설>에 관한 연구는 이루어진 바가 없는 것이다.

본 연구는 <설인귀 전설>의 서사구조적인 특징과 인물 형상화 방식 및 향유의식에 관해 연구를 진행하고자 한다. 첫 번째는 <설인귀 전설> 속에 나타난 거인 신화의 대식(大食) 모티프 및 인간과의 갈등 구조에 대해 살펴볼 것이고, 두 번째는 아기장수 전설 유형의 자아와 세계의 대결 구조가 <설인귀 전설> 속에 구현되는 양상과 방식에 관해 살펴볼 것이다. 세 번째는 풍속신앙 전설 유형의 금기구조와 그 해체 양상 및 의미에 대해 분석해 볼 것이다.

2. <설인귀 전설>의 유형 분류와 연구 대상

경기도 파주 일대에 지역전설로서 전승되고 <설인귀 전설> 자료의 목록을 제시하면 다음과 같다.

(01) 〈백포소장 설인귀〉, 『경기북부구전자료집(1)』, [동두천설화2] 생연2동 한 약방, 1999.5.21, 조희웅, 조홍욱, 노영근, 박인희 조사. 이윤형, 남·76, 조희웅 외, 박이정, 2001, 301~303쪽

(02) 〈설인귀 전설〉, 『경기북부구전자료집(1)』, [적성면설화5] 율포리 노인정, 1999.2.9, 조홍욱, 박인희, 조재현 조사. 조팽기, 남·65, 조희웅 외, 2001, 박이정, 542~543쪽

(03) 〈설인귀 이야기〉, 『경기북부구전자료집(2)』, [화현면설화10] 화현3리(영신) 노인정, 2000.1.18, 조홍욱, 박인희, 조재현 조사. 최재수, 남·66, 조희웅 외, 박이정, 2001, 502~507쪽

(04) 〈설윤기 전설〉, 제보자: 김정홍(남, 70세, 파주시 적성면 주월리 154~8), 조사지: 제보자의 집, 경기도 박물관 홈페이지, http://www.musent.or.kr/

resources/river, 제4장 임진강 유역의 민속문화, 제7절 구비전승, 508~509쪽

(05) 〈마지리(馬智里)〉,『지명유래집』, 경기도 문화공보담당관실편, 1987

(06) 〈무건리(武建里)〉,『지명유래집』, 경기도 문화공보담당관실편, 1987

(07) 〈설마리(雪馬里)〉,『지명유래집』, 경기도 문화공보담당관실편, 1987

(08) 〈설인귀비가 감악산으로 옮겨간 까닭(1)〉,『경기북부구전자료집(1)』, [동두천설화1] 생연2동 한약방, 1999.5.21, 조희웅, 조흥욱, 노영근, 박인희 조사. 이윤형, 남ㆍ76, 조희웅 외, 박이정, 299~301쪽

(09) 〈설인귀비가 감악산으로 옮겨진 까닭(2)〉,『경기북부구전자료집(1)』, [동두천설화13] 생연2동 한약방, 1999.5.21, 조희웅, 조흥욱, 노영근, 박인희 조사. 홍성연, 남ㆍ69, 조희웅 외, 박이정, 2001, 316~318쪽

(10) 〈이사 간 설인귀 비〉,『경기북부구전자료집(1)』, [적성면 설화3] 어유지리 노인정, 1999.8.9, 조흥욱, 박인희, 조재현 조사. 정규운, 남ㆍ84, 조희웅 외, 2001, 박이정, 540~541쪽

(11) 〈영험한 설인귀비〉,『경기북부구전자료집(1)』, [적성면설화4] 어유지리 노인정, 1999.8.9, 조흥욱, 박인희, 조재현 조사. 정규운, 남ㆍ84, 조희웅 외, 2001, 박이정, 541~542쪽

<설인귀 전설>에는 세 가지 하위 유형이 존재한다. 첫 번째는 인물 전설이고, 두 번째는 지명유래 전설이며, 세 번째는 풍속신앙 전설이다. 이 세 가지 하위 유형에 따라 위에 제시한 <설인귀 전설> 자료를 분류해 보면 다음과 같다.

  ① 인물 전설: (01),(02),(03),(04)
  ② 지명유래 전설: (05),(06),(07)
  ③ 풍속신앙 전설: (08),(09),(10),(11)

이 중에서 ①의 인물 전설과 ②의 지명유래 전설은 각각 거인 신화와 아기장수 전설 유형의 서사구조와 관련되어 있다. 한편, ③의 풍속신앙 전설 유형은 민중의 마을 신앙 전설 유형의 전형적인 서사구조를 보여준다.

3. <설인귀 전설>의 서사 구조적 특징과 그 의미

1) 거인 신화의 대식 모티프 및 인간과의 갈등 구조

<설인귀 전설> 속에서 설인귀는 일상인을 초월한 신화적인 능력의 소유자로 나타난다. 그런데 문제는 초월적인 능력을 소유한 설인귀를 둘러싼 세계가 신화적인 세계가 아니라 일상적인 세계라는 점에 있다. 비일상적인 능력의 소유자가 초월적인 세계에 살고 있다면 아무런 문제될 것이 없다. 신화적인 인간이 신화적인 질서가 지배하는 세계 속에 위치해 있다면, 그 신화적인 능력은 비일상적인 것이 아니라 지극히 일상적인 것으로 받아들여지기 때문이다. 하지만 신화적인 질서가 해체되어 더 이상 존재하지 않는다면 문제는 달라진다. 특정한 것을 신성하다고 인식하는 신성관념이 해체되고 난 자리를 세속적인 시선이 대체하게 되면, 기존의 신성대상을 신성하게 인식되도록 만든 자질들이 비일상적인 것으로 받아들여지게 되기 때문이다. 보편적이고 일반적인, 즉 보편타당성의 시각에서 보자면 도저히 이해할 수 없는 돌출적인 것으로 인식되게 되는 것이다. 기존의 신화적인 질서 하에서라면 보편타당하지 않는 특수한 것이 곧 신성한 것이다라는 식의 신성관념으로 받아들이겠지만, 이미 일상성의 세계로 들어서게 된 후에는 평범하지 않은 것은 곧 이상한 것이다라는 새로운 배제의 논리가 형성되게 된다는 얘기다. 배제의 논리는 초월적인 능력이 일반적인 것으로 받아들여지는 신화적인 세계를 상실하고 난데없이 일상적인 세계에 위치하게 된 신화적인 인간과 그를 바라보는 일상인의 불편한 시선 사이에 갈등을 야기하게 된다. 신화적 인간의 정체성 상실이 이질적인 존재로의 재규정으로 연결되며, 이것이 배타적인 시선으로 이어지게 되는 것이다. 설인귀는 바로 이처럼 자신과 동류인 초월적인 인간으로부터 뚝 떨어져 일반인들 사이에 부대끼게 되면서 자신의 정체성을 인정받지 못하고 이질적인 존재를 바라보는 시선에 시달리는 신화적인 인간이다.

설인귀와 일상인을 구별 짓는 차이, 즉 차연의 징표는 '대식(大食)'[1]이라는 행위로 상징화되어 나타난다. 대식은 말 그대로 남들보다 많이 먹는다는 것으로, 인간이 일상적으로 행하는 일반적인 행위와는 다른 이질적인 행동 양태라는 함의를 포함하고 있다. '크다'는 것은 물리적인 크기인 동시에 신성성(神聖性)의 크기이자, 신성대상에 대한 인간이 바치는 존숭의 크기를 의미한다. 원래, 먹는다는 행위 그 자체는 지극히 일상적인 행위이다. 인간이라면 누구나 특별한 노력이나 자질 없이도 일상다반사로 행하는 행동 양태이다. 특별한 목표나 의지, 신념 혹은 윤리적 결단이 요구되는 것이 아니라 생명 유지를 위해 몸이 알아서 본능적으로 행하는 지극히 말초적인 습성인 것이다. 대식은 이처럼 인간이라면 누구나 정신적인 차원의 개입 없이 무의식적으로 행하는 물리적인 습성 중에서 유독 이질적인 행위 양태를 의미한다. 대식은 행위의 바운더리 자체가 초월적이고 신화적인 영역에 위치하는 것이 아니라, 일상적인 카테고리 속에서 특출하게 차별화되기 때문에 비일상적인 능력의 징표가 되는 것이다. 이 점에서 대식은 일상적인 세계와 동떨어진 곳에 위치했던 신화적인 질서가 해체된 이후에 세속적인 세계 속에서 일반인의 눈으로 선별적으로 취택되어 재규정된 신화소라고 할 수 있다. 다시 말해서 일상인의 시선이 개입될 여지가 없이 본질적으로 신성한 관념 체계 속에 위치하는 것이 아니라, 세속적인 인식 체계 속에서 구별 짓기에 의해 규범 지어진 신성관념이라고 할 수 있는 것이다.

[자료1] 이 설윤기가 한살 두 살이 자꾸 먹어 일고여덟 살이 되니깐, 워낙 장사니까 말(斗)밥을 먹구, 밥을 먹는데 우린 밥그릇처럼 그런 것이 아니고, 큰 밥그릇에다가 밥을 먹고 그러는데, 도대체 그렇게 벌어서는 한 놈의 입도 못 대겠다는 거여. 그래서 설윤기 아버지가 자기네 처가가 어디 사냐면 여 감악산 밑에 객현리라고, 객현 1리에 설윤기 외가 집 거기 사는데, 거기는 그래도

---

1) 일찍이 장주근은 대의(大衣)와 대식(大食) 화소가 신화를 현실적으로 이해하는 인식의 소산임을 지적한 바 있다. 이에 관해서는 장주근, 『한국의 신화』, 성문각, 1961을 참조하기 바람.

잘 살았던 모양이여. 그래서 저희 아버지가 저놈 도대체 밥을 먹여 살릴 수가 없으니 외가로다가 보내가 주구, 힘이 장사니까 외삼촌의 일을 거들어주면서 너 배불리, 나나 가서 밥을 잘 먹어라 그래서 글로 보냈다는 거여.[2]

얘가 그래 가주고 외삼촌의 일을 돕구 농사를 짓는데 아 이 눔이 점점 커서 십여 살이 넘어가니까 도대체 거기서도 살기는 괜찮게 살지만 감당을 못하겠어서, 야 이거 이래서는 안 돼겠다 하구 이 사람을 죽일려고 객현리 등새 한참 올라가면 밭이 있는데, 그 밭 가운데 각담이 큰 게 있는데, 바루 설윤기 외가 집 밭이래요. 그 밭이 아 그 전엔 잘해 먹었는데 그 이전에는 백호가 나와서, 호랭이가 나와서 왕왕거리는 바람에 그냥 묵혔었는데, 설윤기를, 아 저놈 거기 가서 호랭이나 물려 죽여야 겠다고 하고서. 거 왜 소 두 마리가 밭 가는데 끄는 쟁기가 있잖아요. 그 쟁기를 짊어지고 거기다가 보리씨하구 이런 걸 웬장 다 짊어 지구, 힘은 장사니까. 소 두필을 끌려서 내보낸 거여. 너 가서 거기 가서 밭을 갈아라. 그래 소 두필을 끌구, 왠만한 사람을 쟁기를 지지도 못해요, 약골은.[3]

[자료1]에서는 자신을 중심으로 한 신화적 세계를 상실하고 일상인의 질서 속에서 살아가야 하는 초월적 인간의 비범한 능력과 일상적 세계의 질서가 충돌하는 양상을 보여준다. 초월적 인간을 중심으로 한 신화적인 세계가 유지되고 있다면 마땅히 신성한 존숭의 대상이 되었을 대식이란 능력이 인간적 세계의 논리에서 본다면 일상적 질서를 파괴하는 심각한 위협요소가 되고 있는 것이다. 이로 인해 이 대결은 일상적 세계로 떨어진 초월적 인간을 일상인이 합심하여 박대하고 끝내는 죽음으로 내모는 극단적 양상으로까지 치닫는다. 그런데 이처럼 초월적 영웅을 박대하는 인간이 남이 아닌 바로 부모와 친족으로 설정되어 있다는 점에서 문제는 더욱 심각하다. 초월적 인간인 설인귀의 대식을 감당치 못한 부모가 그를 외가로 쫓아내고, 역시 그를 감당치 못한 외삼촌은 급기야 그를 죽이고자 한다.

2) <설인귀 이야기>, [화현면설화11] 화현3리(영신) 노인정, 2000.1.18, 조홍욱, 박인희, 조재현 조사. 최재수, 남·66, 『경기북부 구전자료집(2)』, 조희웅 편, 박이정, 2001
3) <설인귀 이야기>, [화현면설화11] 화현3리(영신) 노인정, 2000.1.18, 조홍욱, 박인희, 조재현 조사. 최재수, 남·66, 『경기북부 구전자료집(2)』, 조희웅 편, 박이정, 2001

그러나 대식으로 상징되는 초월적 능력의 소유자인 설인귀를 직접 죽이는 것이 쉽지 않기 때문에 역시 호랑이라는 인간의 힘을 넘어선 대수(大獸)를 동원하여 간접적으로 살해하는 방법을 선택하고 있다. 신화적 세계 속에서 호랑이는 신성수(神性獸)로 상징되며, 흔히 산신(山神)의 변신체(變身體)로 등장하거나 그의 보조자로 나타난다. 바꿔 말하면 인간의 세계에 떨어진 신화적 능력의 소유자를 제어할 존재는 역시 신성을 지녔다고 믿어지는 신성수 관념을 드러내고 있다고 할 수 있다.

원래 대식은 신화적인 관념 체계 속에서 대의(大衣), 대분(大糞)과 함께 천지창조의 능력을 지닌 거인신의 신화적인 정체성을 상징하는 것으로 나타난다. 대의는 거인신의 신체를 감싸는 비일상적인 거대한 옷이 신성한 신체(神體)를 대신하는 대체물이 된다는 것으로, 제유법(提喩法)적인 신성관념을 보여주는 것이다. 대분은 거인신의 신체에서 떨어져 나간 몸의 일부가 산이나 강 등의 거대 자연지물을 형성하는 원재료가 된다는 것으로, 환유법(換喩法)적인 신성사고의 소산이다. 많이 먹고, 옷감이 많이 드는 옷을 입고, 많은 배설물을 배출하는 것이 곧 세속적인 인간과는 다른 신화적 인간의 신성 그 자체를 의미하는 것으로 인식된 것이다.

[자료1]에서는 이러한 신화적 인간의 초월적인 능력을 알아보지 못하는 일반인이 그것을 감당하지 못하고 그저 밥을 축내는 것으로만 생각하기 때문에 갈등이 증폭된다. 적당한 식사의 반복으로 일상을 영위하는 일반인이 보기에 대식은 자신들의 생계를 위협하는 재앙으로 인식되는 것이다. 일상인에게 있어서 먹을거리가 없어서 배고프고, 입을 거리가 없어서 춥고, 잘 곳이 없어서 유랑하는 것만큼 치명적인 재앙이 없기 때문이다. 목숨을 연명하는 것이 전부인 세속의 인간은 배고픔과 추위를 면하고 안전한 공간을 확보하는 것이 곧 실존이기 때문에 대식으로 자신들의 먹을거리를 축내는 설인귀와 같은 존재는 자신들의 생존을 위해 징치해야 할 대상, 그 이상도 이하도 아닌 것이다.

그런데 신화적인 능력을 지녔다고 하는 인간이 평범한 인간에게 이리저리 쫓겨나고 심지어는 목숨의 위협까지 당하는 상황은 전혀 신성하지 않다. 오히려 희극적인 요소마저 지니고 있다. 신성함과 세속성 사이의 위계질서가 전복되고 신화적인 권위가 훼손되었기 때문이다. 신화적인 능력의 소유자가 겪는 상황 속에서 발생하고 있는 희화성이, 연속되는 시련·고난이 환기하는 비극성을 희석시키는 아이러니를 유발시키고 있는 것이다.

신성 해체로 인해 정체성을 상실한 신화적 인간이 세속적인 세계 속에서 그 정체성으로 인하여 도리어 고난을 당하는 비극적인 아이러니는 향유집단의 해체와 신성관념 상실로 인해 전설화 되어 남아 있는 텍스트 속에서 그 동일한 갈등구조를 확인할 수 있다. 일반적으로 거인신이 그 신성능력을 이해하지 못한 인간으로부터 거부당하거나 박대받는 갈등의 패턴은 마고나 설문대 등 전설화된 여성 거인신의 이야기 속에서 풍부하게 전승된다. 남성 거인신의 이야기 자체가 보기 드문 가운데, 다음과 같은 텍스트 속에서 세속적인 관념과 대립을 빚는 남성 거인신의 신성성에 대한 텍스트를 찾아볼 수 있다.

[자료2] 오랜 옛날 장길손이라는 거인이 살았는데 키와 몸집이 아주 컸다. 때문에 항상 먹을 것이 모자라 조선 팔도를 헤맸다. 그러다가 남쪽에 와서 배불리 밥을 먹을 수 있었다. 장길손이 좋아서 춤을 추니 그 그림자 때문에 곡식이 익지 않아 흉년이 들게 된다. 그러자 사람들이 장길손을 북쪽으로 쫓아냈고, 장길손은 먹을 것이 없어 흙이나 나무 같은 것을 닥치는 대로 먹었다. 장길손이 배가 아파 토해낸 것이 백두산이 되었으며, 양쪽 눈에서 흘린 눈물이 압록강과 두만강이 되고, 설사를 하여 흘러내린 것이 태백산맥이 되었다 한다. 그리고 오줌을 눈 것이 홍수를 지게 해 북쪽사람은 남쪽으로, 남쪽사람은 일본으로 밀려가서 살게 되었다.[4]

---

4) <장길손>, 한상수, 『한국인의 신화』, 문음사, 1986, 188~90쪽

[자료3] 장길산이 키가 너무 커서 옷을 해 입을 수 없어서 벌거벗고 살았다. 나라에서 서울에서 남대문으로 들어오는 무명베 하루치를 다 사서 옷을 해주었는데 저고리밖에 짓질 못했다. 장길산이 너무 좋아서 종남산에 올라가 춤을 추니 바람이 일어나고 그림자가 온 땅을 덮어서 흉년이 들자, 나라에서 장길산을 잡아서 볼기를 치려고 메쳐놓았더니 엉덩이가 없었다. 천리마를 타고 하루 종일 달려가 봐도 찾지 못해서 장딴지를 쳤다고 한다.5)

위의 예문은 장길산이라는 남성 거인신에 관한 신성관념이 해체되면서 신화의 흔적이 전설 속에 남은 경우에 해당한다. [자료2]는 대식 화소와, [자료3]은 대의 화소와 각각 관련되어 있다. 신성관념이 해체되면서 신화의 원형이 훼손되고 거인신인 장길산의 대식과 대의가 희화화 되어 나타나 있다. 신화적 관념체계의 잔영과 부정화·희화화 된 세속적인 인식체계가 이원적으로 공존하고 있는 것이다.

[자료2]와 [자료3]의 신화적 원형은 장길산이라는 남성 거인신에게 인간들이 그 신체(神體)와 신성(神性)의 크기에 걸맞은 대식과 대의를 바치면서 풍요를 기원하는 제의의식을 형상화하는 이야기였을 것으로 생각된다. 대식과 대의를 받고서 춤추며 기뻐하는 장길산의 모습은 곧 거인신에게 공물을 바치는 제의를 마감하고 축제를 벌이는 인간들의 모습을 전이한 것이다. 대식과 대의를 받고 춤을 통해 제의와 축제의 카니발을 벌이는 장길산의 행위가 인간에게 도리어 해를 입힌다는 것은 장길산이란 거인신에 대한 전통적인 신성성을 훼손함으로써 부정하고자 하는 인식을 드러낸다. 신화의 해체와 신성성의 부정은 인간에게 쫓겨나 기한(飢寒)에 시달리다 눈물 흘리고, 인간에게 잡혀서 볼기나 맞는 불쌍한 모습으로 변개된 희화화의 양상으로 나타나는 것이다.

그러나 이러한 부정화와 희화화에도 불구하고 그 배설의 결과가 천지 거대 자연지물을 형성하고 그 신체(神體)가 인간의 손아귀로부터 달아났다고 하는 것은, 세속적인 관점에서 도저히 이해할 수 없는 현상

---

5) <키가 큰 장길산>, 선천군 산면 하단동, 김국병 제보,『임석재전집』2, 평안북도편, 평민사, 1987, 151~152쪽

이라는 인식의 형태로 거인신의 신성을 받아들이는 일상적인 해석의 방식을 드러낸다. 신화적인 능력이 신성성이 아닌 기이(奇異)의 형태로 세속적인 세계 속에 재배치되는 양상을 보여주는 것이다. 이처럼 거인전설의 신화적인 연원에 기반 한 <설인귀 전설>의 대식 모티프는 설인귀의 초월적인 비범성을 우리 설화의 전통에 기대어 설명하는 하나의 이야기 패턴인 것임을 확인할 수 있다.

<설인귀 전설> 속에서는 이러한 신화적 세계관에서 유래한 대식 모티프가 자아와 세계 간의 갈등양상을 구체화 하는 형상화 방식의 하나로 수용되어 있다. 다음의 <설인귀 전설> 자료를 살펴보자.

[자료4] ① 왜냐하면은 설인귀가 조실부모 했는데, 이 설인귀가 큰아버지한테 밥을 얹혀 먹고 살아. 근데 한 일곱 살 적에 조실부모했어. 근데 큰아버지가 데리고 있는데 큰아버지네가 살림이 넉넉했어요. 근데 큰아버지 없을 때 밥을 먹이는데 밥을 한 그릇 가득 주는데도 남이 알다시피 설인귀가 밥을 많이 먹으니까는 남들이 보기에는 밥을 굶기는 거라고 생각해. 항상 배가 고프다고 하니까는. 아 밥을 이렇게 많이 담아 주어도 만족을 못하고 배가 고프다고 그러는 거야. 하루는 이놈이 나가서 얘기를 했더니 그래 '너 그러면은 밥을 얼마를 먹어야 양이 차겠냐?'고 물었더니, '나는 밥을 아마 서너 말은 먹어야 양이 차는데, 아 근데 큰아버지네가 밥 한 그릇 가득 담아 주어도 그게 양이 차겠어.' 그래 이 놈이 내 양 껏 밥을 먹을 수 없으니까는 나가서 대추나무에 목을 매달았어.

② 목을 매달았는데 중이 오더니 이렇게 보니까는 사람이거든. 그래 배랑을 풀어놓고서 사람을 나무에서 풀어 놓은 거야. 우선 사람을 살려야 하니까는. 배랑을 벗어 놓고서 나무에 올라가서 줄을 풀렀어. 근데 아직 숨은 끊어지지 않았어. 아직 살아 있는 거야. 그래 내려와서 주인을 불러가지고서 나는 아무 절에서 온 대사왔는데 이 보따리 좀 맡겨 주소. 그래 이 양반은 조카가 죽었는지도 나무에 매달렸는지도 모르고 내다도 안 봐. 소리만 지르고. '알았다.' 하고 내다도 안 봐. 그래 이 중이 조카를 업고서 간 거야. 그래 절에 갔는데 중이 이놈을 살렸어요. 이놈을 살려가지고서 하는 말이 '너는 왜 죽을려고 했느냐?' 하니까는 '예, 저는 일찍 조실부모 해가지고서 백부한테 얹혀살았는데 밥을 뭐 한 그릇 가득 주는데 그건 성에 안 차고 내가 배가 고픈 것을 참고 연명하던

얘기를 했더니 큰아버지한테 했더니 큰아버지가 야단을 치고 그래서 내 신세는 죽어야겠다고 생각하고 자살을 할려고 했다.'고 하니까는 '거참 그렇구나, 너 참 불쌍하구나.' 아 옛날에도 나라에서 낭터러지에서 나라에서 다 대줬어요. 또 인제 얻어 먹다보니까는 그걸 나중에 중이 하는 말이 '야, 내가 이 재산 가지고서는 인제 너를 먹일 수 없구나.' 그래 한 끼에 서 말을 다 먹으니 먹일 수 있어야지. 그래 중이 하는 말이 '내가 네가 장성할 때까지 너를 데리고 있으려고 했더니 너를 제대로 먹일 수가 없어서 너를 못 데리고 있겠다.' 그래 너를 먹일 수 없으니까, 그만 떠나가라고. 그래가지고서 인제 정처 없이 떠나가는 거야. 떠났어. 그냥 바람 따라 가는 거지 뭐.

③ 그래 인제 가다 보니까는 배는 고프고 그래 밥을 사먹을 때가 있어, 돈 한 푼이 있어, 얻어먹을 때가 있어. 그래 얻어 먹어봤자 밥 한 두 그릇이 양에 차기나 해야지. 그래 어디를 가다 보니까는 큰 대갓집을 짓고 있어. 그래 지금 으로 말하면 장관집이야. 큰 대갓집을 짓는데 사람이 수십 명, 수백 명이 집 짓는 일을 하고 있는 거야. 근데 큰 나무도 돌멩이고 그 무거운 것을 들고 그러는데 그때가 점심시간이더래. 쑥 들어가니까는 밥들을 먹는데 일을 하고 나서 술도 먹고 그러니까는 밥이 안 먹히겠지. 그래 먹고 있는데 그래서 밥 좀 먹겠다고 하니까는 그래 밥을 먹으라고. 밥을 먹으라고 하고 함지박에 있는 밥을 먹다보니까는 그걸 다 먹어버리고 말았어. 다른 사람들이 먹고 있지 않으니까는. 그래 어른들이 먹지도 않은 밥을 다 먹어버리니까는 혼자 다 먹었다고 야단을 치는 거야. 그래 안 먹는 밥을 다 먹은 거지 먹고 있는 밥을 뺏어먹은 것은 아니라 말이야. 술 먹다 보면은 이것저것 먹게 되니까는 거진 사람들이 밥을 안 먹은 거야. 그래 거기에 있던 나이 많은 사람이 하는 말이 '너 여기서 밥을 다 먹었으니 여기서 일을 시켜보자고.' 2.일을 시켜보는데 저기 산골짜기 에서 나무를 지어 왔는데 여러 사람이 지어도 들지 못하는 나무를 혼자 번쩍 들어 올리거든. 네 개를 둘 씩 나누어 옆에 끼고 번쩍 들어 올리는 거야. 그게 아주 장사지 힘이 센 장사. 밥값을 확실히 한 거지. 그러다 보니까는 거기서 혼자 4인분을 하는 거야. 그래 밥을 4인분을 먹어도 되는 거지. 근데 원래 밥을 서 말을 먹는데 함지박 하나 가득이 성에 차겠어. 밥을 서 말씩이나 먹어야 되는데 그게. 그래 근데 그것도 나이 많은 사람이 얘기를 해서 된 거야. 젊은 사람들은 그 놈의 새끼 밥만 다 쳐 먹었다고 쫓아내려고 난리를 치는 것은 나이 많은 사람이 얘기해서 그나마 일을 하게 된 거야. 그래가지고서 거기서 힘든 일을 며칠 동안 다 했어.[6]

[자료4]를 살펴보자. [자료4]에서는 대식으로 인한 갈등 에피소드가 무려 세 가지나 중첩되어 있다. 세 가지 에피소드에 나타난 갈등의 대상은 친척에서 생면부지의 사람들로 확대된다. 공간적으로 보면 설인귀의 출생지에 속한 사람으로부터 타 지역에 사는 사람으로 확대되고 있으며, 이러한 확대는 갈등의 확장에 따라 설인귀가 유리걸식하는 공간의 범주가 확장됨에 따라 이루어지고 있다. 이 부분에서 주목해야 할 점은 갈등 대상과 공간 범주가 확장됨에 따라 대식을 매개로 한 설인귀와 현실 세계 사이의 부조화 양상이 명확한 모습을 갖추어 가게 된다는 것이다.

[자료4]-①은 설인귀가 대식 때문에 큰아버지와 갈등하게 되는 에피소드이다. 설인귀는 조실부모하고 나서 큰아버지에게 얹혀사는데, 큰아버지네가 부유함에도 불구하고 설인귀를 양껏 먹이지 못한다. 서너 말의 밥을 먹어야 성이 차는 설인귀의 식사량이 일반인의 수준을 넘어 있기 때문이다. 큰아버지로서는 설인귀에게 수십 명분을 한꺼번에 먹이면 자기 집이 망하기 때문에 결과적으로 큰아버지네는 설인귀를 굶주리도록 방치한다. 일상적인 관점에서 보면 조카를 굶긴 것이 아니지만 설인귀의 입장에서 보면 굶주리게 한 것이 되므로 큰아버지로서도 어찌할 수 없이 설인귀와 갈등을 빚는 처지가 된 셈이 된다. 갈등은 큰아버지가 설인귀를 굶주리게 방치하고, 설인귀는 굶주리다 못해 나무에 목매달아 자살을 선택하는 극단적인 양상으로 전개된다. 심지어 큰아버지는 생판 남인 지나가던 중이 설인귀를 구해내는 내는 것을 보고서도 일체 관여를 하지 않는 냉정한 모습을 보여준다. 지극히 일상적이고도 현실적인 생의 논리에 따라 사는 인간인 큰아버지로서는 대식하는 설인귀 때문에 자신의 생계가 위태로워지고 또 본의 아니게 조카를 굶주리게 했다는 비난을 면하기 어려운 상황을 벗어나기 위해 혈연을 저버리는 현실적인 선택을 한 것이다. 적극적으로 설인귀를 집

---

6) <설인귀 이야기>, [화현면설화11] 화현3리(영신) 노인정, 2000.1.18, 조홍욱, 박인희, 조재현 조사. 최재수, 남·66, 『경기북부 구전자료집(2)』, 조희웅 편, 박이정, 2001

에서 쫓아내거나 살해하는 대신 죽도록 방치하는 소극적이고도 우회적인 살인의 방법을 택하고 있음을 확인할 수 있다. 여기서 중요한 점은 처음에는 큰아버지가 자기 집의 넉넉함을 믿고 설인귀를 부양하고자 했다는 점이다. 큰아버지가 혈연인 설인귀를 처음부터 모른 척 하려고 했던 것이 아니라 책임을 다 하려 했으나 큰아버지의 수준으로는 도저히 그를 감당하지 못하게 된 것이 대식으로 인한 큰아버지와의 갈등의 본질이다.

[자료4]–②는 큰아버지와 갈등 끝에 자살을 감행한 설인귀를 살려내고 그를 먹여 살리고자 데려간 중과의 갈등을 나타낸 에피소드이다. 이 중은 설인귀와 일면식도 없는 상황에서 그를 죽을 위기로부터 구출해내고 부양까지 하겠다고 나설 정도로 불자의 덕행을 실행하고자 하는 인격자로 형상화 되어 있다. 물론 애초에 자기 재력의 넉넉함을 믿고 설인귀를 부양하고자 했었던 큰아버지처럼 이 승려도 나라에서 대주는 재산이 따로 있어서 설인귀 정도의 어린 아이라면 먹여 살릴 수 있을 것이라는 자신감을 가졌던 것으로 나타난다. 그런데 역시 재력 있는 승려조차도 곧 설인귀를 먹여 살리는 것이 쉬운 일이 아님을 곧 인식하게 된다. 승려는 설인귀의 대식을 스스로 감당할 수 없음을 고백하고 절을 떠나줄 것을 요구한다. 설인귀의 대식에 대응하는 승려의 방식은 축출의 형식을 띤다는 점에서 적극적이다. [자료4]–①에 나타난 큰아버지와의 갈등과 비교할 때 갈등 해결의 주도권을 승려 쪽에서 확고하게 쥐고 있음을 확인할 수 있다. 이는 거꾸로 말하면 설인귀라는 자아에 대한 현실 세계의 압박이 보다 강화되고 있음을 드러낸 것이다.

[자료4]–③은 설인귀가 대갓집을 짓는 공사판에서 임노동을 하는 상황을 배경으로 하여 대식으로 인해 빚어진 갈등을 형상화 한 에피소드이다. 이 에피소드에서는 설인귀가 더 이상 혈연이나 조실부모하고 사고무친한 처지를 내세워 밥을 빌어먹지 못하고 철저히 자신이 제공한 노동력의 대가로 밥벌이를 해야 하는 상황에 놓이고 있다는 점에서 설인귀가 직면한 현실 세계의 존재론적인 전환이 이루어지고

있다. [자료4]-①이나 ②에서는 불우한 처지를 내세워 상대방으로부터 식사를 제공받는 것이 가능했지만 [자료4]-③으로 오면 애초에 그것이 불가능하다. [자료4]-①이 혈연이 문제 해결의 원초적인 수단이 되는 일차집단을 배경으로 하고 있고, [자료4]-②가 불우한 자를 돕는 것이 수행의 일환으로 이루어지는 종교집단을 배경으로 하고 있는 덕분에 가지지 못한 자에 대한 원조라는 윤리적인 행위가 가능한 공간임에 비해, [자료4]-③은 밥을 얻어 생존하기 위해서는 그에 상응하는 노동을 제공해야 하는 이차집단, 즉 명실상부한 사회집단을 배경으로 에피소드가 펼쳐지고 있는 것이다. 이 점에서 [자료4]-③의 상황은 설인귀가 양을 치는 노동을 제공한 대가로 밥을 얻어먹는 [자료4]의 국립도서관본 계열 고소설 <설인귀전>과 유사한 양상을 보여주고 있다고 할 수 있다.

[자료4]-③에서도 설인귀의 대식은 여전히 갈등의 소지가 된다. 노동자 분으로 정해진 밥의 분량은 일정한 것이기 때문에 설인귀가 그 밥을 다 먹어 버릴까봐 걱정한 사람들의 불안이 분란을 불러오고 있음을 확인할 수 있다. 그런데 [자료4]-③에서 주목되는 것은 이 에피소드 속에서 설인귀의 대식이 지니는 상대적인 가치를 처음으로 인정받고 있다는 사실이다. 다른 사람들 몫의 밥을 다 먹어버린 보상으로 설인귀에게 부여된 노동은 그가 단순히 4인분의 밥을 먹어치우는 식충이가 아니라 그 만큼, 즉 4인분의 노동도 너끈히 해 내는 능력을 보유한 사람임을 입증하는 계기가 된다. 다시 말해서 설인귀의 대식은 일상인을 훨씬 뛰어넘는 노동을 감당할 능력을 보유한 상징이며, 그에 상응하는 가치를 지니고 있음을 인정받고 있는 것이다. 이는 설인귀의 대식이 비일상적인 능력의 상징이라는 사실을 드러낸 것이기도 하다. 대식이 지니고 있는 함의가 처음으로 밝혀지고 있는 것이다. 여기서 설인귀의 대식이 지닌 가치가 입증되는 공간이 이차집단이라는 사실은 중요한 의미를 지닌다. [자료4]-①과 ②처럼 혈연과 윤리적인 덕화가 무임노동을 정당화하는 가치가 되는 일차집단과 종교집단에서는 확인되지 않

던 설인귀의 대식이 지닌 가치가 먹거리와 노동이 일대일의 교환가치를 지니는 이차집단 속에서 입증된다는 사실은, 대식으로 상징되는 설인귀의 능력이 사회적인 경쟁이 중요한 의미를 지니는 이차집단 속에서 발휘될 수 있는 성질의 것임을 나타낸다고 할 수 있다. 이는 혈연집단이나 종교집단이 설인귀의 능력을 실현하기에는 적합지 않은 환경이라는 사실을 나타낸다. 바꿔 말하면 철저히 능력 위주로 그 성공이 가늠되는 이차집단이야말로 설인귀가 조화를 이룰 수 있는 현실 세계가 된다고 할 수 있다. 이 점에서 [자료4]의 ①에서부터 ③에 이르기까지 설인귀의 대식이 갈등을 빚는 상대자와 공간 및 집단의 확대는 대식으로 상징되는 설인귀의 능력이 지닌 정체를 밝히기 위한 과정이라고도 할 수 있겠다.

이 지점에서 설인귀란 자아와 그를 둘러싼 현실 세계의 갈등을 형상화 하는 상징적인 화소로 대식이 선택된 본질적인 이유에 대해 좀 더 생각해 볼 필요가 있다. 원래 대식 모티프는 거인 신화에 등장하는 것으로 인간을 초월한 거인신의 능력을 상징하는 화소이다. 설인귀가 이러한 대식의 습성을 지니고 있다면 이는 인간을 초월한 신화적인 능력을 지니고 있다는 것을 나타낸다. 그런데 문제의 본질은 이러한 신화적인 능력을 타고 난 인간이 신화의 세계가 아닌 일상적인 현실 세계 속에 위치해 있다는 점에 놓여 있다. 선천적인 능력은 신화적인 것을 타고 났으나 그 후천적인 환경은 일상적인 세계 속에 놓여 있다는 점에서 대식을 하는 설인귀라는 캐릭터는 그 자체로 부조리하며 이율배반적인 실존이 된다. 게다가 엎친 데 덮친 격으로 조실부모하고 가난한 데다가 먹을 것도 없는 상황 속에서 신화적 능력의 상징인 대식이 본능적인 차원으로 설인귀의 행동방식을 지배하고 있기 때문에 그가 직면한 아이러니는 더욱 심각해진다. 부유한 큰아버지나 재력을 지닌 승려도 감당을 못할 정도라면 일반 민중의 어떤 세계에서도 노동력을 보상으로 제공하지 않는다면 그의 대식을 당해낼 수 없다. 이는 거꾸로 말한다면 대식에 걸맞는 설인귀의 탁월한 능력에 대한 보상을 제대로 지급할 수만 있는 환경이라면 그의 실존은 현실 세계와 조화로운 상태에 놓이게 된다고 할 수 있다.

2) 아기장수 전설 유형의 자아와 세계의 대결 구조

<설인귀 전설> 속에 나타나는 설인귀는 기존 질서를 재편할 수 있는 능력 때문에 기득층과 갈등을 하는 민중 출신의 비범한 영웅으로 나타난다. 이 점에서 하나의 자아로서의 설인귀가 현실세계와 갈등하는 양상은 아기장수 전설의 서사구도에 그대로 대응된다. 설인귀와 대립하는 현실세계는 가족과 친족, 처가, 국가의 차원으로 동심원적인 확장 양상을 보여준다. 우선 가족과의 갈등은 앞서 살펴본 대식(大食) 모티프를 매개로 이루어진다. 식량을 많이 먹어서 없애는 설인귀의 대식 때문에 자신들의 생계가 위태로워지자 굶어죽을까 걱정하며 자식을 친척 집에 보내버리는 설인귀의 부모는, 아기장수 전설 속에서 아기장수의 등에 난 날개를 통해 그의 신화적인 비범함을 확인하고 그 때문에 자신들이 도리어 위해를 당할까봐 두려운 나머지 안위보신을 위해 자식을 죽이는 아기장수의 부모에 대응된다. 같은 맥락으로 대식이라는 설인귀의 초월적인 능력의 징표는 날개라는 아기장수의 신화적인 능력의 신표에 대응된다. 대식을 매개로 한 설인귀와 친족의 갈등은 설인귀와 가족과의 갈등을 같은 패턴으로 반복한 것이다.

그런데 설인귀의 신화적인 능력은 그 대응세력이 가족이나 국가냐에 따라서 설인귀의 능력에 대한 대응집단의 인식 방식과 대결의 양상이 다른 차원으로 전개된다. 즉, 설인귀의 능력을 인식하고 이로 인해 대립하는 카운터파트의 범주가 혈연집단으로 한정될 때에는 그 대응 집단의 현실인식 수준에 맞는 차원, 즉 지극히 원초적인 생계유지와 의식주 문제로 초점화 되어 나타난다. 설인귀의 신화적인 능력이 대식으로 인식되는 것도 이들 혈연집단이 물리적으로 나타나는 설인귀의 행동 양태로부터 그저 '많이 먹는다, 그래서 자신들의 생존이 위험하

다'는 것 이외의 차원을 읽어내는 인지력이 부재하기 때문이다.

이는 거꾸로 말하면 설인귀의 외면적인 행동 양식으로부터 새로운 질서를 창업할 수 있는 신화적인 자질을 읽어낼 수 있는 인지 능력을 가진 대응집단과 대면하게 되는 경우에는 설인귀의 능력이 사회의 기득 체제를 해체하는 파괴력을 가진 차원으로 인식되게 된다고 할 수 있다. 이러한 인식의 국면과 관련되게 될 때 설인귀의 세계는 가족으로부터 국가적인 차원으로 확대되게 되며, 카운터파트는 기존 질서를 통제하고 유지하는 기득집단으로 교체되게 된다. 기존질서의 파괴와 새로운 질서의 창업이라는 동전의 양면과도 같은 능력을 타고난 신화적 존재와 기득집단과의 대결의 원형은 아기장수 전설 중에서도 우투리 전설이라는 하위 유형 속에서 구체적으로 찾아볼 수 있다. 다음의 자료를 통해 이 문제를 자세히 살펴보자.

[자료4] (조사자: 옛날에 유명한 장수 얘기 같은 거 아세요? 싸움 잘 하는?) 설인귀 얘기가 있지. (조사자: 설인귀요?) 응. (조사자: 설인귀 얘기 하나 해주세요.) ㉮그거는 이름이 설인귀라고 하는데, 현귀라고 했었지. (조사자: 현귀요?) 응. (조사자: 왜 현귀라고 했나요?) 이름을 바로 가르쳐 주면 죽거든. 자기 이름을. 그래 변명을 한 거지. 이름을 밝혀 잡히면 죽거든. 그래 변명을 한거야. 그래서 현귀라고 한거야. (조사자: 설인귀가 특별한 인물이었나봐요?) 그럼, 옛날에 우리나라에서 유명했어요.[7]

[자료4]에서 밑줄 친 ㉮부분은 비범한 능력을 지닌 아기장수가 자신의 존재를 숨기는 모티프와 상통한다. 아기장수 전설의 하위 유형 중에서 아기장수에 대한 세계의 박해가 국가적인 차원으로 확대되고, 기존 질서의 운명, 즉 국가의 흥망과 새로운 창업과 관련되어 있는 우투리 유형에서 전형적으로 등장하는 모티프이다. 우투리 전설 유형에서 주

---

7) <설인귀 이야기>, [화현면설화10] 화현3리(영신) 노인정, 2000.1.18, 조흥욱, 박인희, 조재현 조사. 최재수, 남 · 66, 『경기북부구전자료집(2)』, 조희웅 외, 박이정, 2001, 502~507쪽

인공 우투리는 아랫도리는 없고 윗도리만 지닌 반쪽의 몸으로 태어나 자신의 존재를 비밀에 붙이고 굴속에 들어가 온전한 몸을 만들기 위한 힘을 비축한다. 우투리가 굴속에 들어가 반쪽의 몸을 온전하게 만들고 힘을 키우는 것은 창업을 위한 예비과정으로 일종의 상징적인 죽음, 즉 통과제의의 과정이다. 이 통과제의는 기존의 몸을 버리고 새로운 몸을 얻는 죽음과 재생, 부활의 과정이라고 할 수 있다. 과거의 것을 버려야 하기 때문에 그 존재성을 상징하는 이름을 발설해서는 안 된다. 우투리 전설 속에서 아기장수가 그 모친에게 자기 존재를 발설치 말 것을 당부하는 것도 그 때문이다. 여기서 우투리의 존재성은 이름과 갈대 잎으로 태를 가르고 태어난 것으로 상징된다. 하나의 존재는 이름의 명명을 통해 비로소 그 실체를 인정받는 것이니만큼 이름이 지니는 존재의 상징성을 쉽게 확인할 수 있다.

갈대 잎으로 태를 가르고 태어난 것은 신성한 존재가 인간의 몸을 빌려 태어난 과정을 상징하는 것으로 신화적 존재인 우투리가 출생한 사실을 드러내는 것이다. 윗도리가 있는 몸은 인간인 여성의 자궁을 매개로 출생했음에도 불구하고 신화적인 존재가 인간화 되는 작업이 완수되지 않았다는 것을 의미한다. 반대로 굴속에 들어가 힘을 키움으로써 나머지 아랫도리의 몸을 만드는 것은 굴이란 자연의 자궁을 빌어 신화적 존재의 인간적 재탄생 작업을 완수하는 과정을 뜻한다. 갈대 잎으로 태를 가르고 태어났다는 사실을 알리는 것은 아직 그 신화적 존재를 인간의 몸으로 탈바꿈하지 못한 채로 불완전하게 인간세계에 현신한 신성한 존재의 불완전성을 누설하는 것이 되는 것이다. 불완전한 인간의 몸으로는 신성한 힘을 다 발휘할 수가 없다. 인간 세상에 출현한 존재의 목적을 실현할 수가 없기 때문에 힘을 발휘할 매개체인 인간의 몸을 온전히 획득할 때까지 기다리고자 하는 것이다. 인간세계에서 온전한 힘을 구축하지 못한 우투리를 죽이고자 하는 주체는 우투리 이전부터 사회체제의 통제권을 소유해온 기득권층이다.

설인귀가 자신의 이름이 본래 '인귀'임을 숨기고자 하는 이유가 이름이 밝혀져 잡히면 죽기 때문이란 것은 이러한 우투리 전설 유형의 갈등구조에 그대로 대입된다. '인귀'라는 이름을 밝히지 못한 채 '현귀'라는 가명으로 밥을 빌어먹고 사는 설인귀는 일상인의 세계에서 자신의 능력을 인정받지 못한 비범한 인간이다. 일상인의 세계에서 설인귀의 존재는 그저 밥 귀신 정도로 인식될 뿐이다. 대식이라는 표면적인 행동 속에 일상적 세계관을 넘어선 설인귀의 탁월한 능력이 숨어 있다는 사실을 인지하지 못하는 것이다. '현귀'라는 이름은 이러한 설인귀의 본모습을 숨겨주는 일종의 가명이다. 설인귀의 비범함을 가려주는 일상적인 가면이라고 할 수 있는 것이다. 여기서 '현귀'라는 이름을 벗기고 설인귀의 본모습이 밝혀지면 그를 죽이려고 드는 세력은 물론 설인귀의 출현 이전에 구축된 일상적 세계의 주도권을 쥐고 있는 기득계층이다. 설인귀와 기득질서 사이의 갈등구조 속에는 아기장수와 기존세계의 신화적인 대립구도가 내재해 있는 것이다.

아기장수 전설의 우투리 유형과 마찬가지로 <설인귀 전설>에서도 재생의 공간으로서의 바위 암굴이 상징적인 의미를 가지고 반복적으로 등장한다. 설인귀는 이 석굴에서 자신을 중심으로 한 새로운 질서를 창조하기 위해 힘을 기른다. 그런데 이 암굴의 출입 전후로 하여 아기장수 전설의 원형과 <설인귀 전설>은 그 결말구조의 양상이 정반대로 갈린다. 우투리 전설 유형에서 본래 암굴은 재생을 위한 공간이지만 이성계로 표상되는 기존질서의 위협을 이기지 못하고 살해당함으로써 부활하지 못한다. 재생이 완성되는 순간에 우투리의 실체를 발설한 부모 때문에 새로운 질서 창조를 위한 과업이 결정적인 순간에 좌절되고 마는 것이다. 이 점에서 우투리의 암굴은 재생과 부활의 공간인 동시에 현실세계의 횡포를 재확인하는 좌절과 실패의 공간이라는 양가성을 지니고 있다. 반면 <설인귀 전설> 속에서 석굴은 과업 달성을 위한 기반을 완성하는 공간이다. 다음의 자료를 살펴보자.

[자료5] 요 아래 주월리라는 동네가 있는데 거기서 설인귀 장군이 출생한 자리여. 그 양반이 이 훈련을 할 때, 어떻게 했냐면은 그 주월리에서 이렇게 올라오면서 이 율포리 전배미, 전암동 앞으로 지나가면은 석벽이 이렇게 서 있는데 거기 굴이 이렇게 뚫려 있어요. 거기서 그 용마가 나와서 그 용마를 타고서는 백운리에, 백운동이 있거든 요기에. 그 동네를 가니까는 어느 농부가 밭을 갈더라 말이야. 그 농부가 밭을 가는데 거기 쟁기에 걸쳐서 나오는 것이 궤짝이 나왔는데 그걸 열어보니까는 거기 갑옷, 투구가 있어가지고서 그 그것을 그 양반이 입으시고 거 사태봉이라는 데에 더럭바위가 있어요. 거기 가니까는 이 검을 거기서 훈련을 하셨어요. 그 양반이. 그래 감악산에 설인귀장군의 비석이 있고 설인귀 굴이 있어요(하략).[8]

[자료5]에서 용마는 전암동 석굴에서 나오며, 갑주를 비롯한 병장기는 그 근처 백운동의 밭에서 나온다. 설인귀는 용마와 병장기를 가지고 감악산 석굴에 들어가 무공을 수련함으로써 대업 달성을 위한 힘을 연마한다. 감악산 석굴은 설인귀의 과업 달성을 위한 부활의 공간으로서의 구실을 충실히 이행하며, 천하재패의 영웅으로 거듭난 설인귀는 석굴을 나선 순간부터 성공가도를 달린다. 현실세계에서 최종적으로 설인귀가 이룩한 성공은 기실 석굴 속에서 재생과 부활의 통과제의를 완수한 순간부터 예정되어 있던 수순으로, 그 여부를 확인한 것에 불과하다고 할 수 있다. 설인귀의 석굴은 현실세계의 개입을 허락하지 않는 온전한 설인귀의, 설인귀를 위한 공간으로서 말 그대로 그의 성공을 위한 통과 제의의 공간으로 존재하고 있는 것이다. 이 점에서 <설인귀 전설>은 승리한 아기장수의 이야기 즉, 아기장수 전설의 성공형이 된다.

그런데 아기장수 전설이 현실 세계와의 대결에서 실패한 아기장수의 비극적인 운명을 주조로 다루는 장르라는 점에서 아기장수의 성공형이 되는 <설인귀 전설>은 장르 범주 속에서도 독특한 위치를 차지한다. 아

---

8) <설인귀 전설>, [적성면 설화5], 율포리 노인정, 1999.2.9, 조홍욱, 박인희, 조재현 조사, 조팽기, 남·65, 『경기북부 구전자료집(1)』, 조희웅, 박이정, 2001, 542~543쪽

기장수 전설은 본질적으로 무역사적(無歷史的)인 존재를 주인공으로 하지만 설인귀처럼 역사적으로 유명한 인물 전설과 결합하게 되면서 역사적인 구체성을 보유하게 된다. <설인귀 전설>이 아기장수 전설의 장르 범주 중에서도 드물게 존재하는 성공형의 서사구조를 보여주고 있는 것도 설인귀라는 역사적인 인물의 실존성과 상호작용한 결과로 생각된다. 하층의 민중 출신에서 지배 질서의 최상부 기득층으로 변신한 설인귀의 성공스토리가 보유한 역사적인 실제성이 아기장수 전설의 서사구조와 미의식에 침윤하여 그 결말구조를 현실 세계와의 대결에서 승리한 이야기로 견인하는 과정 속에서 빚어진 세계관의 전환인 것이다.

   <설인귀 전설>이란 유형 범주 속에 존재하는 개별적인 텍스트를 취합하여 보편적으로 적용되는 설인귀의 일대기 구조를 추출해 보면 다음과 같다.

① 민중 출생
② 세계와의 제1차 대결과 시련(친족 차원)
③ 세계와의 제2차 대결과 고난(혼사장애의 차원)
④ 용마 획득(병장기 획득)
⑤ 굴속에서 훈련(재생·부활)
⑥ 세계와의 제3차 대결과 승리(국가 차원)

아기장수 전설이란 장르 범주 속에서 주류를 차지하는 실패형과 <설인귀 전설>이 분지되는 지점이 바로 ⑤이다. ①~④까지는 아기장수 전설에 속하는 대부분의 텍스트에서 확인되는 서사구조와 동일하다. <설인귀 전설>에서는 ⑤의 서사단락에 등장하는 암굴이 통과제의 공간으로서의 역할을 충실히 수행하고 있기 때문에 재생·부활한 설인귀가 ⑥의 서사단락에서 확인되는 세계와의 최종적인 대결에서 승리를 거머쥐게 되는 것이다. ⑤의 서사단락은 <설인귀 전설>이 아기장수 전설의 성공형으로 가기 위한 일종의 터닝 포인트가 된다고 할 수 있다.

아기장수 전설의 성공형에 해당하는 <설인귀 전설>의 보편적인 서사구조 속에서 특이한 것은 혼사장애 모티프가 되는 ③의 서사단락의 존재이다.[9] 설인귀는 유리걸식하던 도중 한 대갓집의 마굿간에서 하룻밤을 유숙하다가 지인지감을 지닌 대갓집 딸과 사랑하게 된다. 그러나 신분의 차이 때문에 반대에 직면한 설인귀와 대갓집 딸은 야반도주하여 백년가약을 맺고 설인귀가 전쟁터로 떠난다는 에피소드이다. ②의 가족과 친족과의 대결과 시련이 의식주과 관련된 생명 유지의 수단을 사이에 둔 일차적인 갈등이라면 ③은 사회적인 신분과 계층 문제로부터 야기되는 이차적인 갈등의 형태를 띤다. ②의 일차적인 갈등은 먹거리를 사이에 두고 벌어지기 때문에 설인귀가 집을 떠나서 먹을 입을 덜어주는 것으로 해결되지만 ③의 이차적인 갈등은 설인귀가 대결 상대의 면전에서 사라지는 것만으로는 본질적인 문제가 해결되지 않는다. 기득층으로부터 인정을 받고 권력을 획득하여 기득질서 내부에 안착하지 않는 이상은 ③ 혼사장애의 본질적인 요인이 되는 신분갈등을 해소할 수가 없기 때문이다. 설인귀가 대갓집 딸과 야반도주하여 사적으로 백년가약을 맺고 난 후에 전쟁터로 떠나는 것도 임시방편적으로 진행한 혼인을 사회로부터 공식적으로 인정받을 수 있는 수단을 획득하기 위한 차원이다. 이 점에서 ⑥의 서사단락은 설인귀가 현실 세계와의 대결에서 최종적인 승리를 확인하는 대단원이자, ②와 ③에서 중첩되어 있는 친족·처가와의 갈등을 해결할 수 있는 결정적인 계기로 작용한다고 볼 수 있다.

⑥의 '세계와의 제3차 대결과 승리'라는 서사단락의 구체적인 양상

---

9) <설인귀 이야기>([화현면설화10] 화현3리(영신) 노인정, 2000.1.18, 조홍욱, 박인희, 조재현 조사. 최재수, 남·66,『경기북부구전자료집(2)』, 박이정, 2001, 502~507쪽)에서 이러한 혼사장애 모티프가 구체적으로 서사화 되어 있다. 이 텍스트에서는 혼사장애 모티프가 확장되어 있는 대신 용마 획득담, 암굴에서의 재생·부활담은 축소되어 있다. 용마 획득담은 그 과정에 대한 구체적인 설명이 생략되어 있고, 암굴에서의 재생·부활담은 백년가약을 맺은 설인귀 부부가 암굴에서 생활하는 것으로 대체되어 있다.

에 대해 좀 더 자세히 살펴보자. ⑥의 서사단락을 보다 세분화 하여 분석하면 다음과 같다.

㉮ 성공과 새로운 질서 구축/왕위 등극(용마의 생존)
㉯ 세계와의 제1차 갈등 해결(친족과의 갈등 해소)
㉰ 세계와의 제2차 갈등 해결(혼사장애의 해소와 가문의 구축)

㉮는 설인귀가 전쟁 승리의 주역이 됨으로써 기득질서 내부로부터 인정을 받는 동시에 권력을 획득하는 단락이다. 현실 세계와의 대결 과정에서 최종적으로 승리한 설인귀는 천자를 중심으로 한 천하질서 를 유지하는 속에서 봉토를 부여받고 제후국의 왕이 되는 방식으로 자신을 중심으로 한 새로운 질서를 구축한다. 여기서 죽지 않고 생존해 있는 용마는 설인귀의 성공한 아기장수로서의 징표가 된다. 천하질서 의 중심으로 존재하는 천자의 기득권을 인정하고 제후가 됨으로써 그 질서 내부에 편입되는 방법으로 자신을 중심으로 한 소국가를 구축하 는 설인귀의 현실대응 방식은 실패한 아기장수의 그것과 분명히 다르 다. 실패한 아기장수는 현실세계의 유일한 중심이 되고자 하다가 죽임 을 당한다. 우투리 전설 유형의 경우 현실 세계 속에서 자신을 중심으 로 한 기득질서를 구축한 이성계의 압도적인 현실적인 힘의 우위를 인정하지 않았기 때문에 패배한 것이다. 반면 설인귀는 현실 세계 속에 서 천자가 획득한 기득권을 인정하고 그 힘을 빌려 자신을 중심으로 한 작은 질서를 구축하는 현실적인 대응방식을 보여준다. ㉯와 ㉰의 서사단락 속에서 확인할 수 있는 바와 같이 기득질서의 압도적인 현실 적 권력을 차용하여 친족과 처가와의 사이에 중첩된 갈등을 해결하는 이이제이(以夷制夷)의 문제 해결 방식을 보여주고 있는 것이다.

국가의 창업이란 공적인 세계의 성공이 사적인 영역으로 들어오게 되면 가문의 구축이 된다. <설인귀 전설>에서 이 가문의 구축은 친자 확인과 부자 상봉이라는 전형적인 신화소로 형상화 되어 있다. 다음의 자료를 통해 설인귀의 가문 구축이 혈연 확인이라는 신화적인 모티프로 나타나는 양상을 구체적으로 살펴보기로 하자.

[자료6] ㉮ 말을 타고 집으로 가는데 한 열 살 먹은 녀석이 활을 쏘는데 쏘는 화살이 백발백중하는 거야. 그래 자기 아들인줄도 모르고. '저 어느 집 자식인지 활을 나만큼 잘 쏘는구나.' 하고 생각한거야. 그런데 자기 집에 찾아가는데 이 설인귀가 말을 타고 가는데 이 활을 쏘던 녀석이 보니까는 누구 자기 집으로 가니까는 이상한거야. 그래 활을 쏘다 말고 좇아오는 거야. 그래 설인귀는 그 얘기 자기 아들인 줄도 몰랐지. 그래 대문을 와서 문을 여니까는 주인을 부르니까 (중략) 그런데 딸이 있었는데 하룻밤 잔 것이 그래 남매를 쌍둥이 남매를 난거였어. 하나는 남자고 하나는 여자를 낳는데 생전 한 번도 본 적이 없는 아버지가 설인귀라고 얘기를 해줬었거든. 알려줬어요. 예전에 아들한테도. 그래 내가 설인귀인데 어머니 계시냐고 물었더니 있다고 했더니 당신의 뭐냐고 물었더니 엄마라고 그런 거야. 그래 자기도 그 애들이 자기의 아들딸인 줄도 모른 거야. 그래 여점이 있었던 모양이야. 그래 하룻밤을 잤을 망정 그 점을 표시했었나봐. 그래 그런 얘기를 하면서 그 사람한테 옷을 한 번 벗어봐라 한 거야. 그래 벗어보니 그 점이 있는 거야. 그래 그때 자기 남편 인 것을 안거야. 그래 설인귀가 이 얘들은 뭐냐고 하니까는 당신하고 냉수 떠 놓고 하룻밤 잔 것이 쌍둥이를 나았다고 한 거야. 그래 아내하고 아이들하고 다 만난 거 아내야. 그래 가족 상봉을 했지. 그래가지고 인제 장인 장모를 만나 보려고 다 간 거야. (중략) 그래 장인 장모 다 만나고 다 인사하고 거기 가서 잘 살더래.[10)]

[자료6]에서 ㉮부분을 보면 설인귀의 부자 상봉이 고구려 주몽 신화에 나오는 친자 확인 화소의 변형임을 확인할 수 있다. 고구려 신화 속에서 주몽의 친자 확인은 피 섞어보기와 부러진 칼 찾아서 맞춰보기로 나타난다. 피 섞어 보기는 혈연의 물리적인 확인이고, 수수께끼를 풀어서 칼 찾기는 지능의 시험을 통한 후계구도의 우회적인 확인

---

10) <설인귀 이야기>, [화현면설화10] 화현3리(영신) 노인정, 2000.1.18, 조흥욱, 박인희, 조재현 조사. 최재수, 남·66, 『경기북부구전자료집(2)』, 조희웅 외, 박이정, 2001, 502~507쪽

이라고 볼 수 있다. 활쏘기 재능의 유전을 통해 설인귀가 자신의 아들을 확인하는 ㉮부분은 이 둘이 종합된 형태라고 할 수 있다. 활쏘기 재능은 우리나라의 신화 체계 속에서 한 집단의 우두머리가 될 만한 능력의 상징으로 나타난다. 우리나라 신화 체계 속에서 활쏘기 재능을 지닌 영웅이 왕이 되는 구도가 전형적으로 나타난다는 점을 고려할 때 선사(善射) 능력의 확인은 왕의 혈연의 물리적인 확인이자 후계구도 확정을 위한 친자의 재능 시험이라는 양가적인 의미를 지닌다고 할 수 있다.

국가의 창업과 가문의 구축, 후계구도의 확립은 <설인귀 전설>을 아기장수 전설의 성공형을 넘어서 국조신화에 보다 가깝게 하는 요건이 된다. 기실 아기장수 전설은 국조신화의 다른 얼굴[11]로서 최종적으로 자신을 중심으로 한 국가 창업에 성공하느냐 못하느냐의 결말구조 속에 그 최종적인 장르적인 분지점이 놓여있다. 성공한 아기장수 전설 유형은 그 장르의 스펙트럼 속에서도 국조신화에 가장 가까운 지점에 놓여 있다고 할 수 있겠는데, <설인귀 전설>은 그 경향이 보다 강화되어 있는 경우라고 할 수 있다. 고구려 국조신화의 친자 확인 모티프가 차용되어 있는 것도 이러한 미의식이 반영되어 있는 결과인 것으로 생각된다.

3) 제향요구와 징치의 구조 및 그 신성관념의 해체 양상

설인귀 풍속신앙 전설은 경기도 파주 지역 중에서도 감악산 일대를 중심으로 집중적으로 전승되는 하위유형이다. 설인귀가 감악산 일대를 중심으로 한 파주 지역의 민중 신격으로 등장한다. 감악산 정상에 있는 설인귀비를 실제적인 증거물로 한다. 이러한 설인귀 풍속신앙 전설은 제향의 요구와 위반에 대한 징벌이라는 마을 신앙의 전형적인

---

11) 아기장수 전설과 국조신화의 상관성에 관해서는 천혜숙, <전설의 신화적 성격에 관한 연구>, 계명대학교 박사학위논문, 1987을 참조하기 바람.

내러티브를 보여준다. 여기서 설인귀는 제향을 요구하고 이를 어길 시 징벌을 가하는 풍속신앙의 주체로 나타난다.

[자료7] 1-㉮설인귀래는 이가 어디서 낳았느냐 하면은 저기 저 적성 주원군이라는 데에서 낳아가지구 그리구 감악산에서 공부를 하다가 중국으로 건너가서 그 중국의 그 장수가 된 거야. (중략) 자기가 지위가 말하자면 청국이 대국인데 대국의 대장인데 소국의 장수들이 말 타고 지나가는 거를 아니 꼬아서 못 봐. 그래서 말이 못 간단 말야. 끌고는 가는데. 그래서 끌고 가다가 그게 마차산 비가 안 보이는 데에서 말을 타고서는 간단 말야. (중략) 그런데 함경도에서 무관이 말하자면 무과를 보러 오는데 날짜가 없단 말야. (중략) 내일이면 무과를 볼 텐데 오늘 저녁에 부지런히 이제 말을 타고 서울에 댈려구 가는데 말이 안 간단 말야. (중략) 지나가다가 어떤 사람이 (중략) 왜 말을 타구서 가느냐 말야 시간이 바쁜데. 말을 내려서 가라구. 여기 하마비가 있지 않느냐구, 그래. (중략) ㉯그걸 알구서 화가 나니까는 가만히 보니까는 과거하기도 틀렸구. 그래 가지구서 약이 바짝 올랐지. 그래 가지구서 그냥 칼을 가지구서 말 모가지를 댕겅 짤랐어. (중략) 그래 가지구 말 머리를 둘러메 가지구선 거기를 올라갔어. 그래서 거기 올라가 가지구 하는 얘기가. "그 죽은 장수가 산 장수를 못 견디게 만드니 욕심이 너무 많아 이 말 피나 실컷 먹어." 그래 가지구선 말 피를 비석에다가 실컷 발라줬단 말야. 그리구서 그냥 돌아갔어.

2-㉮(상략)그 냥반에게 가서 현몽을 했는데, "내가 이렇게 욕을 많이 봤는데, 그걸 좀 어떻게 면해 달라." 그러니까 "그 무슨 이야기냐?" 그러니까는 "말 피를 이렇게 갖다 발라 놨다구." (중략) 그래 물을 길어다가 그걸 다 씻어줬어. 씻어주고 내려왔는데 한 이틀 있다가 또 이제 올라오래. 그래 와서는 이게, '아무래도 여기서는 있을 수가 없으니까 내가 얼른 피신을 해서 가야 할 테니 소를 좀 빌려 달라구 하루만 쓰구서 돌려 줄 테니까 빌려 달라구.' '그럼 그러라구.' 그랬는데 그 이튿날 안개가 꽉 껴 가지구서는 날이 밝지 않단 말야. 그 밖에 나가서는 왠일인가 하고 있었는데, 외양간에서 소가 끙끙하고 앓는 소리를 하고 그러더란 말야. (중략) 그래 소가 왜 그런가 하고 가서 보니까는 소가 그냥 땀을 쭉 흘렸더란 말야. 요 부근의 소가 다. 그래 이 말을 뿐 아니라 한 이 오리 안이 소들이. ㉯그래서 이상하다구 이상하다구 그랬는데 나중에 여기서 보니까는 여기 서 있던 마차산 비가 감악산으로 갔다는 이야기야.(하략)[12]

[자료7]에 나타난 제향의 요구와 위배의 징치구조는 다음과 같이 정리할 수 있다.

1-① 설인귀비가 제향을 요구하며 인간에게 작해하다.
1-② 지나가던 외지인이 설인귀비에 대한 제향을 거부하고 도리어 위해를 끼치다.
2-㉮ 설인귀비가 이동할 때 소의 영혼을 빼서 이동하다.
2-㉯ 설인귀비가 설모치에서 감악산으로 이동하다.

그런데 [자료6]은 설인귀비에 대한 파주 지역민의 신성관념이 완벽히 유지되던 시점의 텍스트가 아니다. 설인귀비에 대한 파주 지역의 풍속신앙 관념이 해체되는 과정에서 신격으로서의 설인귀가 희화화·부정화 되어 나타난다. 설인귀에 대한 신성관념이 성립·유지되는 시기에 형성된 텍스트가 아니라 그것이 해체되는 시기에 형성된 텍스트인 것이다. 파주 지역에 전승되는 설인귀 풍속신앙 전설은 모두 이처럼 설인귀에 대한 풍속신앙이 해체되는 시점에서 형성된 것으로, 신성관념의 약화 양상을 그대로 담아내고 있다.

[자료6]에서 신성관념이 상실되기 이전에 존재한 설인귀의 신성행위의 구체적인 본모습과 관련해서 주목해볼 부분이 바로 [자료6] 2-㉮ 부분이다. 전승자들의 세계관이 변하면 대상 신격의 성격이나 행동양태를 서술하는 방식도 변화한다. 현존하는 텍스트 속에 변형되어 있는 설인귀의 신이한 행적은 원래적인 신성한 권능의 소산이다. 현재 전승되는 텍스트 속에 자리하고 있는 설인귀의 신화적 권능과 관련된 단편적인 모티프들은 이 인물이 원초적으로 가졌을 신화적 행위의 일부분을 나타낸다고 할 수 있다. 신화적 권능의 본질과 관련된 기억은 상실한 채, 그 마지막 단계의 흔적들만을 설명하고 있는 것이다. 이야기를

---

12) <설인귀비가 감악산으로 옮겨간 까닭(1)>, [동두천설화1] 생연2동 한약방, 1999.5. 21, 조희웅, 조흥욱, 노영근, 박인희 조사. 이윤형, 남·76, 『경기북부구전자료집(1)』, 조희웅 외, 박이정, 2001, 299~301쪽

이루는 모티프 면에서는 원초적인 모습을 반영하고 있지만 일정한 역사적 과정을 거쳐 오는 동안 변모되면서 그 본래적 신성성을 상실했기 때문에 인물의 성격 및 행위에 대한 묘사방향이 달라졌을 것으로 판단된다. 예컨대 설인귀 신앙의 해체 정도가 심화되어 있으며, 그 존재의 희화화가 부각되어 있는 [자료6]에서도 여전히 설인귀비는 일상적인 관념으로는 해명할 수 없는 신이한 행위 양태를 보여주고 있다.

설인귀비가 마을 사람의 꿈에 나타나 자기 몸을 씻어달라고 요구하거나 소를 빌려달라고 하는 것은 구차한 구걸 이전에 존재한 설인귀 제향의 굴절된 모습이다. 설인귀가 자신을 대접하라고 하는 요구가 말의 생피로 더럽혀진 비신(碑身)을 씻기고 소를 운송수단으로 빌려달라고 부탁하는 현실적인 행동 양태로 나타났지만 이는 기실 특정 신격으로서의 설인귀가 자신이 좌정하고 있는 특정 제향 장소, 즉 설모치 인근 지역에서 전통적으로 행해지고 있는 일정한 신앙적 행위의 일상화된 형태인 것이다. 즉, 설모치 인근 지역에서 설인귀에 대한 신성관념이 유지되고 있는 상황에서는 설인귀비를 깨끗하게 보호·유지하고, 소를 공물로 바치는 희생 제의를 바쳤던 것을 신앙의 해체 과정에서 현실적인 관점으로 형상화 하다 보니 설인귀비가 인간에게 부탁을 하는 왜곡된 형태로 나타나게 된 것으로 볼 수 있다. 특히 설인귀비가 인간의 꿈에 현몽하여 비신을 청결하게 만들라고 한 부분은 설인귀가 인간을 조정하여 자신의 요구를 관철시켰다는 점에서 신격으로서 인간의 행동과 생각을 관장하는 신성권능의 원형적인 형태를 보여준다.

여기서 한 가지 지적해 두고 싶은 것은 설인귀비의 신성한 권능을 부정하는 인간이 외부에서 유입된 존재라는 사실이다. 설인귀비에 대한 신성관념의 해체 양상을 나타내는 자료를 검토해 보면 그 제향요구를 거부하는 것에서 더 나아가 오히려 치명적인 위해를 가하는 인간은 군사적인 목적이나 과거응시를 위해 파주 지역을 지나가던 무관, 군인, 장수로 나타난다. 적극적으로 설인귀비에 작해를 가하는 인간은 파주 지역에 살면서 전통적인 신성관념을 전승해온 지역민이 아니라 이주자 혹은 통과자인 것이다. 설인귀비를 중심으로 한 신성관념을 지역 전통으로서 생래적으로 학습하지 않은 만큼 그것을 부정하는 것도 쉽다. 이주자에 의해 신성성을 부정당한 설인귀비의 제향 요구가 여전히 설모치 인근의 제향장소 일대에서는 받아들여지고 있는 것으로 보아 그 신성관념의 체계가 지역민 내부에서만큼은 완전히 해체되지 않은 것임을 확인할 수 있다.

그러나 설인귀비에 대한 신성관념이 파주 일대에서 해체일로에 놓여 있다는 것은 명확한 것이어서 설인귀비 풍속신앙 전설의 대부분이 감악산으로 이사 간 이유에 대한 설명담으로 되어 있다는 사실은 신앙 전승권역의 명백한 축소를 말해준다. 설인귀비가 감악산으로 이사 간 이유는 거꾸로 말하면 원래는 설모치를 비롯한 파주 일대에 산재했던 설인귀 신앙이 감악산에만 남아있는 유래에 관한 설명이 된다. 현전하는 설인귀비 풍속신앙 전설은 파주의 여타 지역에서 설인귀에 대한 신성관념이 퇴조하고 감악산 일대로 축소되게 된 이유를 밝히고 있는 유래 전설인 것이다.

4. 나오는 말

본 연구는 파주 지역에 전승되는 <설인귀 전설>을 연구 대상으로 하여, 서사구조적 특징과 인물 형상화의 양상 및 향유의식에 대해 살펴보았다. 이를 통해 중국 출신의 역사적인 인물이 파주 지역전설 속에서 해당 지역 출신의 역사적인 인물로 거론되는 이유를 우리나라 설화의 전통적인 맥락 속에서 설명해 보고자 하였다. 연구의 결과를 정리해 보면 다음과 같다.

1. <설인귀 전설> 속에 나타난 거인 신화의 대식(大食) 모티프 및 인간과의 갈등 구조에 대해 살펴보았다. <설인귀 전설> 속에서 설인귀

는 일상인을 초월한 신화적인 능력의 소유자로 나타난다. 설인귀와 일상인을 구별 짓는 차이, 즉 차연의 징표는 '대식(大食)'이라는 행위로 상징화되어 나타난다. 대식은 일상적인 세계와 동떨어진 곳에 위치했던 신화적인 질서가 해체된 이후에 세속적인 세계 속에서 일반인의 눈으로 선별적으로 취택되어 재규정된 신화소라고 할 수 있다. <설인귀 전설> 속에서는 신화적 인간으로서 설인귀가 지닌 초월적인 능력을 알아보지 못하는 일반인이 그것을 감당하지 못하고 그저 밥을 축내는 것으로만 생각하기 때문에 갈등이 증폭된다.

2. 아기장수 전설 유형의 자아와 세계의 대결 구조가 <설인귀 전설> 속에 구현되는 양상과 방식에 관해서 살펴보았다. 자식과 식량 다툼을 벌이는 설인귀의 부모는, 자신의 안위보신을 위해 자식을 죽이는 아기장수의 부모에, 대식이라는 설인귀의 초월적인 능력의 징표는 날개라는 아기장수의 신화적인 능력의 신표에, 설인귀가 훈련을 하는 석굴은 아기장수의 암굴에, 설인귀의 용마는 아기장수의 용마에 각각 대응된다. 설인귀는 고·당 전쟁이라는 국제전쟁을 현실세계의 배경으로 한다는 점에서 아기장수 전설의 하위 유형 중에서도 그 갈등의 대상이 가족으로부터 국가로 확대되는 우투리 유형에 해당되며, 현실세계와의 대결 속에서 승리한다는 점에서 아기장수 전설 중에서도 드물게 보이는 성공형에 해당한다.

3. 설인귀 풍속신앙 전설은 감악산 설인귀비 유래담으로 존재하며, 그 서사구조는 두 가지 패턴으로 나타난다. 하나는 제향의 요구와 징치의 패턴이고, 다른 하나는 접촉 금기와 징벌의 패턴이다. 제향과 공양을 요구하는 패턴이든 사당·비석·공물에 접촉을 금지하는 패턴이든 모두 신격이 인간과의 상호작용 속에서 일정하게 제한하는 전제 사항이 있고, 이를 어겼을 경우에 징벌을 내리는 금기의 서사로 구조화되어 있다는 점이 특징이다.

II. 설인귀 풍속신앙 전설의 역사적 변동 단계와 향유의식

1. 들어가는 말

고·당 전쟁의 중국 측 주요 관련 인물인 설인귀가 한국의 문학 작품 속에서 풍부하게 유전되고 있다는 사실은 그리 잘 알려져 있지 않다. 그러나 고·당 전쟁의 한국 측 당사자인 연개소문이 중국의 문학 작품 속에서 오늘날까지도 널리 나타난다는 사실을 생각해 보면 의외로 받아들일 것만도 아니다. 인접한 두 국가의 관계사 속에서 어떤 특정한 역사적 사건이 이해당사자인 양국의 민족의식 및 역사의식에 중요한 의미를 차지하는 것이라면, 주요 관련 인물들을 주인공으로 한 문학 작품을 통해 허구적으로 발화함으로써 담론을 펼치는 것은 일견 당연하다. 자국의 영웅을 부각시키기 위해서 상대국의 영웅을 부정적으로 형상화 하는 방식으로 특정한 역사적 사건을 중심으로 이해관계가 얽혀있는 양국은 서로 상대국의 관련 인물들에 대한 담론을 자국의 문학 작품 속에 풀어놓는다.

그런데 특이한 것은 한국 고·당 전쟁 문학 속에서 설인귀란 중국의 전쟁 영웅이 주인공으로 등장하고 있으며, 그 인물형상이 부정적이지 않다는 점이다. 고·당 전쟁의 중국 측 문학 작품 속에서 당태종과 설인귀를 영웅화하기 위해 한국의 전쟁 영웅인 연개소문을 철저히 부정적인 안티 히어로로 묘사하고 있는 방식과는 정반대라고 할 수 있다. 그렇다면 문제는 한국 고·당 전쟁 문학 속에서 중국 인물인 설인귀를 긍정적으로 형상화 할 수 있게 하는 향유 의식적인 동인이 된다. 주인공으로 한 고·당 전쟁 관련 한국 측 문학 작품은 설화와 고소설 두 범주로 분류되는데, 이 중에서 고소설은 설인귀를 주인공으로 한 고·당 전쟁 관련 중국 측 문학 작품을 번안한 것으로, 이를 대상으로 해서는 중국 인물인 설인귀를 주인공으로 한 한국 고·당 전쟁 문학의 양상과 향유의식의 진면목을 드러낼 수 없다.[13] 이 지점에서 주목해야 할 연구 자료가 바로 경기도 파주 일대에 지역전설로서 풍부하게 전승되고 있는 <설인귀 전설>이다. 경기도 파주의 설인귀 설화는 인물 전설, 지명유래전설, 인문전설, 풍속·신앙 전설 등 지역전설의 모든 하위 유형을 포함하고 있다. <설인귀 전설>은 그 주인공인 설인귀가 타국의 역사적인 인물로서 한국의 구비전설 지형도 속에 이식된 존재임에도 불구하고 자생적인 텍스트와 진배없는 유형적 분포도를 보여주고 있는 것이다.

일차적으로 <설인귀 전설>은 고·당 전쟁의 주요 격전지 중의 하나였던 경기도 파주에 남아있는 설인귀의 흔적들을 설명하고자 하는 의식을 드러낸다. 여기에는 고·당 전쟁이라는 동북아 대전쟁에 대한 경기도 파주민들의 의식적인 거대담론은 존재하지 않는다. 다만 자신의 지역 내에 남아 있는 흔적들을 중심으로 자기 향토사의 일부로 지역화하여 인식한다.

그런데 고·당 전쟁의 주요 관련 인물인 설인귀의 흔적을 단순히 지명 유래담의 일부로 설명하는 것을 넘어서 지역 수호신으로 신격

---

13) 한국 고·당 전쟁 문학인 <설인귀전>의 이본관계 및 중국 고·당 전쟁 문학인 <설인귀동정> 42회본과의 관련 양상에 관한 기존 연구는 다음과 같은 논문 속에서 이루어진 바 있다. 서대석, <이조(李朝) 번안소설고(飜案小說攷) - 설인귀전(薛仁貴傳)을 중심(中心)으로>, 『국어국문학』 52, 1971; 성현경, <여걸소설(女傑小說)과 『설인귀전(薛仁貴傳)』 - 그 저작연대(著作年代)와 수입연대(輸入年代)·수용(受容)과 변용(變容)>, 『국어국문학』 62·63, 1973; 이금재, <설인귀전>의 <설인귀정동> 수용과 그 의미>, 부산대학교 석사학위논문, 1990; 이윤석, <설인귀전>의 원천에 대하여>, 『연민학지』 9, 2001; 이윤석, <설인귀전>, 『한국고전소설작품론』, 집문당, 2004; 김예령, <『설인귀전』의 번역, 번안 양상 연구>, 『관악어문연구』 29, 2004

화 하는 풍속 · 신앙 전설에 이르러서는 문제가 달라진다. 설인귀는 중국의 역사 속에서도 철저히 기득권의 시스템 속에서 움직인 인물인 뿐더러 궁극적으로는 한국의 고대사 속에서 가장 압도적인 국제적인 위력을 자랑한 고구려를 멸망시키는데 선봉에 섰던 인물로서, 비극적인 죽음을 맞이한 인물을 허구의 문학 속에서 해원하고 복권시키고자 하는 풍속 · 신앙 전설의 향유의식과는 지극히 거리가 먼 케이스에 해당한다. 감악산의 설인귀 신앙은 통일신라 시대에 호국신앙의 일부로 존재했다는 기록[14]으로 미루어 볼 때, 타국의 인물을 신격화 하는 것을 넘어서 호국신화 하는 것은 민중 신앙의 차원에서 이루어졌다고 보기 어렵다. 여기에는 경기도 파주의 지역전설인 설인귀 풍속 · 신앙 전설의 지역성을 넘어서는 다른 차원의 맥락이 개입해 있는 것으로 생각된다.

지금까지 설인귀 풍속신앙 전설에 관한 연구는 이루어진 바가 없다. 본 고는 <설인귀 전설> 중에서도 풍속신앙 전설 자료를 대상으로 하여 연구를 진행한다. 본 연구는 두 가지 방향으로 이루어진다. 첫 번째는 설인귀 풍속신앙 전설의 금기구조와 서사구조적인 특징에 관한 고찰이다. 두 번째는 설인귀 풍속신앙의 전승양상 속에서 확인되는 역사적인 맥락과 향유의식에 관한 규명이다. 이러한 고찰을 통해 궁극적으로 설인귀와 관련된 한국 고 · 당 전쟁 문학의 향유의식에 관한 기존 연구 속에서 규명되지 않았던 과제, 즉 중국 인물인 설인귀를 주인공으로 한 한국 고 · 당 전쟁 문학이 오랜 기간 동안 널리 향유될 수 있었던 이유를 밝혀보고자 한다.

---

14) 이에 관해서는 다음의 연구를 참조하기 바람. 김윤우, <감악산비와 철원고석정>, 『경주사학』 9, 1990; 정우영, <운계사 고석비와 감악산 무속신앙의 시원>, 『경기향토사학』 6, 2001

2. 설인귀 풍속신앙 전설의 금기구조와 서사구조적 특징

파주 일대에 현전하는 <설인귀 전설>의 절반 이상은 감악산(紺岳山)의 설인귀비와 관련 풍속신앙 전설의 형태로 되어 있다. 보다 구체적으로 규정하자면 설인귀 풍속신앙 전설은 설인귀비 유래담으로 존재한다. 감악산 정상에 있는 감악산사(紺岳山祠)와 감악산비(紺岳山碑)의 풍속신앙 유래를 설인귀와 관련지어서 설명하는 유형이다. 사당이나 산사, 비석이나 탑, 공물 등의 영험은 신격에 대한 신앙을 전이한 것이라는 점을 미루어볼 때 설인귀비 유래담으로 되어 있는 풍속 전설은 곧 설인귀라는 인격신에 대한 신앙 전설의 한 대체 형태라고 할 수 있다. 그런데 감악산은 파주 일대의 주산으로 그 토착 민속 신앙의 연원은 매우 오래된 것으로 보이며, 그 성립 및 형성 과정의 역사적인 실체를 구체적으로 소구하기란 어렵다. 반면 이 감악산 신앙과 긴밀하게 연결되어 있는 감악산사, 감악산비, 설인귀는 구체적인 역사적 배경을 지니고 있으며, 이들이 감악산 신앙과 결합하는 시점은 명확한 역사적 사건과 함께 소구해 낼 수 있다. 설인귀라는 역사적 인물이 파생한 <설인귀 전설>이 감악산 신앙과 결합하여 설인귀비 풍속신앙 전설로 성립된 형성 과정은 실제 역사적인 맥락 속에서 존재한다는 것이다. 역사적 실체로서의 설인귀비 풍속신앙 전설의 형성 및 해체 과정 속에는 고·당 전쟁을 중심으로 한 고구려·당나라·신라의 정치적 역학관계가 내재해 있다.

풍속신앙 전설로서의 <설인귀 전설>의 서사구조는 두 가지 패턴으로 나타난다. 하나는 제향의 요구와 징치의 패턴이다. 제의와 희생공양을 요구하고 이를 어길 시에 징벌을 내리는 구조로 되어 있다. 다른 하나는 접촉 금기와 징벌의 패턴이다. 신격의 신체(神體)와 동격으로 인식되는 사당·비석·공물 등에 무단으로 손을 댔을 때 인간을 징치하는 구조로 되어 있다. 제향과 공양을 요구하는 패턴이든 사당·비석·공물에 접촉을 금지하는 패턴이든 모두 신격이 인간과의 상호작용 속에서 일정하게 제한하는 전제 사항이 있고, 이를 어겼을 경우에 징벌을 내리는 금기의 서사로 구조화 되어 있다는 점이 특징이다. 금기는 풍속신앙 전설 유형의 전형적인 서사구조의 하나이다. 이러한 설인귀 풍속신앙 전설의 금기구조는 대외적으로는 고ㆍ당 전쟁을 중심으로 한 고구려, 당나라, 신라의 역학관계와 대내적으로는 한반도 내부의 왕조 교체에 따른 중앙정부의 정치ㆍ행정ㆍ종교적인 지배구조의 변동에 따라 일정한 변이과정을 보여준다. 설인귀 풍속신앙 전설의 역사적인 형성과 해체 과정을 재구해 봄으로써 이 문제를 구체적으로 고찰해 보기로 하자.

파주군 일대에서 현재 전승되는 설인귀 풍속신앙 전설의 대다수는 제향요구와 관련된 금기의 패턴을 보여준다. 대표적인 자료를 통해 금기구조의 양상과 특징을 자세히 살펴보기로 하자.

[자료1] ① ㉮거 설인귀비가 어디에 서 있냐면은 저 설모치인가에 있었대요. (중략) 장수가 말을 돌고 지나가는데 그 비를 지나가려면 어느 장수든지 말을 내려서 걸어가는데, 이 장수는 채찍질하면서 지나가는데 거거서 말굽이 척 달라붙었다는 거야. ㉯말이 뛰지를 못하고. 그래 칼로 다 말을 목을 뽑아다 뿌리고 간 거예요.

② ㉮그 비가 욕을 먹었다고 해가지고, 거 뭐 노인네의 얘기지 뭐. 그래서 그 비가 내가 여기 있을 자리가 못 되겠다 아주 멀리 이사를 해야겠다. 그래서 거 감악산으로 올라갔대. 감악산 꼭대기 상산봉우리에 있습니다. 그 비가, 설인귀비라고요. 그런데 이 감악산 일대에 삼개 군 육 개면이 있어요. ㉯거 면에 소를 전부 끌어 설랑은 밤에 신령이 끌어 설랑은 그 소 힘으로 설인귀비가 저 설모치에 있던 게 그리 올라갔다는 거예요. 그러니까는 혼을 빼서, 소의 혼을 빼서 그 소 힘으로 올라간 거예요.15)

---

15) <이사 간 설인귀 비>, [적성면 설화3] 어유지리 노인정, 1999.8.9, 조흥욱, 박인희, 조재현 조사. 정규운, 남ㆍ84, 『경기북부구전자료집(1)』, 조희웅 외, 2001, 박이정, 540~541쪽

[자료2] ①설인귀래는 이가 어디서 낳았는냐 하면은 저기 저 적성 주원군이라는 데에서 낳아가지구 그리구 감악산에서 공부를 하다가 중국으로 건너가서 그 중국의 그 장수가 된 거야. (중략) ㉮자기가 지위가 말하자면 청국이 대국인데 대국의 대장인데 소국의 장수들이 말 타고 지나가는 거를 아니 꼬아서 못 봐. 그래서 말이 못 간단 말야. 끌고는 가는데. 그래서 끌고 가다가 그게 마차산 비가 안 보이는 데에서 말을 타고서는 간단 말야. (중략) 그런데 함경도에서 무관이 말하자면 무과를 보러 오는데 날짜가 없단 말야. (중략) 내일이면 무과를 볼 텐데 오늘 저녁에 부지런히 이제 말을 타고 서울에 댈려구 가는데 말이 안 간단 말야. (중략) 지나가다가 어떤 사람이 (중략) 왜 말을 타구서 가느냐 말야 시간이 바쁜데. 말을 내려서 가라구. 여기 하마비가 있지 않느냐구, 그래. (중략) ㉯그걸 알구서 화가 나니까는 가만히 보니까는 과거하기도 틀렸구. 그래 가지구서 약이 바짝 올랐지. 그래 가지구서 그냥 칼을 가지구서 말 모가지를 댕겅 짤랐어. (중략) 그래 가지구 말 머리를 둘러메 가지구선 거기를 올라갔어. 그래서 거기 올라가 가지구 하는 얘기가. "그 죽은 장수가 산 장수를 못 견디게 만드니 욕심이 너무 많아 이 말 피나 실컷 먹어." 그래 가지구선 말 피를 비석에다가 실컷 발라줬단 말야. 그리구서 그냥 돌아갔어.

②㉮(상략)그 냥반에게 가서 현몽을 했는데, "내가 이렇게 욕을 많이 봤는데, 그걸 좀 어떻게 면해 달라." 그러니까 "그 무슨 이야기냐?" 그러니까는 "말 피를 이렇게 갖다 발라 놨다구." (중략) 그래 물을 길어다가 그걸 다 씻어줬어. 씻어주고 내려왔는데 한 이틀 있다가 또 이제 올라오래. 그래 와서는 이게, '아무래도 여기서는 있을 수가 없으니까 내가 얼른 피신을 해서 가야 할 테니 소를 좀 빌려 달라구 하루만 쓰구서 돌려 줄 테니까 빌려 달라구.' '그럼 그러라구.' 그랬는데 그 이튿날 안개가 꽉 껴 가지구서는 날이 밝지 않는단 말야. 그 밖에 나가서는 왠일인가 하고 있었는데, 외양간에서 소가 끙끙하고 앓는 소리를 하고 그러더란 말야. (중략) 그래 소가 왜 그런가 하고 가서 보니까는 소가 그냥 땀을 쭉 흘렸더란 말야. 요 부근의 소가 다. 그래 이 말을 뿐 아니라 한 이 오리 안이 소들이. ㉯그래서 이상하다구 이상하다구 그랬는데 나중에 여기서 보니까는 여기 서 있던 마차산 비가 감악산으로 갔다는 이야기야.(하략)[16]

---

16) <설인귀비가 감악산으로 옮겨간 까닭(1)>, [동두천설화1] 생연2동 한약방, 1999.5.
21, 조희웅, 조흥욱, 노영근, 박인희 조사. 이윤형, 남·76, 『경기북부구전자료집(1)』,
조희웅 외, 박이정, 2001, 299~301쪽

[자료1]은 감악산의 설인귀비 유래담의 형태로 되어 있으며, 그 내용이 희화화 되어 있다. 표면적으로 나타난 내용만으로 보면 인간에게 박대를 받은 끝에 원래 있던 설모치란 산에서 감악산으로 쫓겨나기나 하는 불쌍한 신세로 나타난다. 인간이 뿌린 생 말 피 때문에 쫓겨나는 모습은 축귀담의 전형적인 내용을 보여주기까지 한다. 부정적인 사귀(邪鬼)로 취급받는 설인귀비의 양상 어느 구석을 보아도 당당한 신격으로서의 위력을 찾아보기 어렵다. 그런데 문제는 단순치가 않다. 희화화 되고 부정화 되어 있는 형상을 뒤집어 보면 인격신으로서의 설인귀의 권능과 관련 제향의 모습이 드러난다. [자료1]에서 신격을 희화화·부정화 하는 방식을 통해 거꾸로 변이 이전에 존재한 설인귀 신앙 전설의 원형적인 내용을 추출해 낼 수가 있다는 것이다. 게다가 [자료1]에 나타나는 서사의 골조는 설인귀비 유래 전설에 해당하는 여타의 다른 텍스트 속에서도 반복[17]되고 있는데, 이는 설인귀 신앙을 의도적으로 희화화·부정화 해야 할 필요가 있을 정도로 원형적인 신성관념이 강성했다는 반증처럼 보인다. [자료1]의 서사구조를 정리하면 다음과 같다.

①-㉮ 제향을 요구하며 인간에게 작해하다.
①-㉯ 인간이 제향을 거부하고 도리어 위해를 끼치다.
②-㉮ 이동할 때 소의 영혼을 빼서 이동하다.
②-㉯ 설인귀비가 설모치에서 감악산으로 옮겨가다.

①-㉮부분은 설인귀비가 표시하는 설인귀 신앙의 권역을 지나가는 인간에게 해당 신격이 제향을 요구했으나 받아들여지지 않자 노하여 인간에게 작해를 가하는 양상을 보여준다. 말발굽 붙여서 못 움직이게

---

17) 다음의 자료 속에서도 동일한 서사구조를 확인할 수 있다. <설인귀비가 감악산으로 옮겨진 까닭(2)>[동두천설화13] 생연2동 한약방, 1999.5.21, 조희웅, 조홍욱, 노영근, 박인희 조사. 홍성연, 남·69, 『경기북부구전자료집(1)』, 조희웅 외, 박이정, 2001, 316~318쪽

하기는 전통적으로 특정한 신격에 대한 신앙이 전승되는 권역 내부로 들어온 인간이 해당 신격에게 제향이나 공물을 바치지 않았을 경우, 신격이 그 인간에게 내리는 징벌의 대표적인 한 예로 나타나는 현상이다. 신당이나 성황당 앞을 지나가는 인간이 해당 신격에게 공물을 바치지 않았기 때문에 말발굽이 땅에 붙어버렸으나 제향을 바치자 겨우 떠날 수 있었다는 모티프는 특정 신격의 좌정이나 권능의 재확인 과정 속에서 전형적으로 나타난다. 한 가지 주목되는 것은 설인귀비가 원래 설모치란 산 정상에 있었다는 설정이다. 여기서는 설인귀 신앙과 관련하여 다음의 두 가지 사항을 추출할 수 있다. 첫째는 설인귀 신앙이 산악신앙의 형태로 존재했다는 사실이다. 둘째는 설인귀 신앙이 설모치에도 존재했다는 사실이다. 설인귀가 설모치 일대에서 산신으로 좌정해 있으면서 제향을 받은 존재였음을 알 수 있다. 현전하는 대부분의 전설 자료 속에서 설인귀 신앙은 감악산을 중심으로 나타난다. 하지만 원래는 감악산뿐만 아니라 설모치와 같은 파주 일대의 다른 산악에서도 설인귀 신앙이 존재했었음을 확인할 수 있다. 설모치라는 산 이름 자체가 설인귀와의 관련성을 보여준다. 설모치의 '설'은 설인귀의 인명을 가리키며, '모치'는 '마치'의 동음어로 산 정상을 가리킨다.[18] 설모치는 설인귀산이라는 뜻으로 설인귀를 산신으로 모신 산이라는 함의를 내포하고 있다고 볼 수 있다.

①-ⓛ부분은 설인귀신의 권능 행사가 인간에게 오히려 부정적으로 인식되면서 도리어 위해를 당하는 양상을 보여준다. 말의 목을 쳐서 생피를 내어 특정한 대상에게 바르는 행위는 축사(逐邪)의 민속에 속한다. 민속에서 신(神)으로 인식되느냐 귀(鬼)로 인식되느냐는 해당 대상에 대한 신성관념이 유지되느냐 않느냐에 따라 갈린다. 설인귀비가 축귀의 대상이 되었다는 것은 설인귀에 대한 신성관념이 이미 해체되

---

18) 이에 관해서는 이변근·박정래, <경기도 방언의 연구와 특징>, 『국어생활』 12, 1988; 이명규, 『서울 경기지역 지명 및 방언 연구』, 한국문화사, 2000; 최건승, 『한국어 방언의 공시적 구조와 통시적 변화』, 역락, 2004를 참조하기 바람.

었다는 사실을 말해준다. 신성이 실현되기 위해서는 인간의 믿음이 전제되어야 한다. 신앙이 해체되고 없으면 비일상적인 현상은 신성의 실현이 아니라 다만 귀신의 작해로 취급되기 때문이다.

②—⑭부분은 인간의 박해를 견디다 못한 설인귀비가 설모치에서 감악산으로 이동했다는 이야기로 신성관념 해체의 결과를 희화화 해서 보여주고 있다. 여기서 한 가지 주목할 것은 설인귀 신앙권역의 변동 양상이다. 설인귀비가 설모치에서 감악산으로 이동했다는 것은 설인귀 신앙권의 변동과 관련하여 다음과 같은 두 가지로 생각해 볼 수 있다. 첫 번째는 설인귀 신앙이 애초에 설모치와 감악산에 두루 존재했는데, 설모치에서는 신성관념이 해체됨에 따라 퇴조하고 그 신앙권역이 감악산 일대로 축소되었을 가능성이다. 여기에는 다음에서 살펴볼 [자료2]의 마차산까지 설인귀 신앙의 초기 전승 권역에 포함된다. 자료의 보충 여부에 따라서 설인귀 신앙의 초기 전승 권역은 파주 일대의 다른 산악 지역으로 더 확대될 가능성이 있다.

두 번째는 설인귀 신앙이 애초에 설모치를 중심으로 형성·전승되었는데, 특정한 상황 변화에 따라 그 전승의 중심지가 설모치에서 감악산으로 이동했다는 것이다. 여기에는 설인귀 신앙을 중심으로 한 특정한 역사적 상황 변동을 전제해야 한다. 설모치가 그 이름 자체에서부터 설인귀와의 관련성을 내세우고 있는데 비해 감악산은 그렇지 않다는 사실이 이 두 번째 가설의 가능성을 높여준다.19) 현재로서는 보다 구체적인 자료를 확보하지 않는 이상 두 가지 가능성을 복합적으로 고려하지 않을 수 없다. 한 가지 확실한 것은 설모치 주위 지역민들의 박해

---

19) 하지만 이 경우, [자료2]에서 설인귀 신앙의 초기 전승권역 중의 하나로 나타나는 마차산 역시 설인귀와의 관련성이 명칭에서부터 부각되지 않는다는 사실을 해명할 수 없다. 마차산의 '마차'는 이야기 속에서는 소가 설인귀비를 끌어갔다는 사실과 관련해서 설명하고 있지만 구연자의 설명 그대로라면 '마차(馬車/跎)'가 아니라 '우차(牛車/跎)'가 되어야 한다. 그 보다는 설모치의 '모치'가 모음의 음가 내부에서 변이한 것으로 보는 것이 더 타당해 보인다. 이 경우 설마차산에서 설인귀를 뜻하는 '설'자가 생략된 것으로 볼 수도 있고, 아니면 해당 지역 내부에서 특히 높은 산이라는 의미로 쓰인 것으로 볼 수도 있다.

를 견디다 못해서 사실상 감악산으로 쫓겨났다는 [자료1]의 에피소드가 감악산이 설인귀 신앙의 마지막 보루였음을 말해준다는 사실이다.

②-㉮는 설인귀비가 설모치에서 쫓겨나 감악산으로 이동하는 양상을 구체적으로 나타낸 부분이다. 여기서 주목해 보아야 할 대목은 설인귀비가 이동을 위한 동력을 얻기 위해 소의 영혼을 빼앗아서 이용했다는 설정이다. 살아있는 생물의 영혼을 탈취하여 마음대로 부리는 것은 신이한 능력이다. 그런데 설인귀비가 영혼을 탈취한 생물은 다름 아니라 인간이 농경을 하여 생산을 하기 위해서 필수불가결한 요소가 되는 소다. 설인귀비가 소의 영혼을 탈취하여 부렸다는 것은 신성성을 부정당한 채 인간에게 쫓겨나는 와중에서도 지역민의 생활을 좌지우지 했던 권능을 발휘하고 있는 것이다. 이는 역추적하면 신성 관념이 해체되기 이전에 유지되고 있던 설인귀의 권능이 농경을 중심으로 한 인간의 생산 활동과 긴밀히 관련된 것이었음을 알 수 있다. 전통 사회 속에서 농경은 곧 인간의 생산 활동의 거의 전부였다. 가축 중에서도 소가 가장 중요시된 것도 그 때문이었다. 농업 생산의 확대를 기원하는 풍요제에서 소의 탈을 쓴 사람들의 군무가 등장하는 것도 이러한 차원과 관련이 있다.

이는 신격으로서의 설인귀의 직능이 지닌 정체를 설명해 주는 중요한 단서인 것으로 보인다. 하필 설인귀비가 자기 몸의 이동을 위해 소의 영혼의 힘을 탈취하여 그 노동력을 이용했다는 것은 설인귀가 원래 파주 지역의 농업 생산과 관련된 마을신 신앙과 결합되어 존재했던 양상을 보여주는 것으로 생각된다.[20] 설인귀 인물 설화에서 소를 몰아 밭을 가는 장면이 빠짐없이 등장하면서 서사구조를 구성하는 필수적인 에피소드가 되고 있는 것도 같은 맥락으로 해석된다. 원래 설인귀 신앙은 소를 공양하는 제의의 형태를 보유하고 있었을 가능성도 있다.

---

20) 비를 부리는 능력을 지니고 있다고 믿어지는 이무기가 소의 혼을 탈취하는 신성 권능을 발휘하는 이야기가 곳곳에서 확인되는데, 이 역시 소의 노동력을 관장하는 능력이 농경의 풍요 기원과 연관되어 있다는 관념의 소산으로 보인다.

비근한 예로 강원도 부평 지역에서는 사당 여신의 작폐를 무마하기 위해 소를 바치기도 했다. 설인귀에 대한 제의에서도 소를 희생으로 바치는 제향이 중요한 한 단계로 설정되어 있었을 가능성이 농후하다. 소를 매개로 한 농경제는 곧 풍요제의 다른 이름이다. 농경의 풍요는 다시 마을의 평안과 안녕에 대한 기원제의로 환원된다. 이 쯤에서 신격으로서의 설인귀가 지녔던 직능의 정체가 해명될 수 있다. 설인귀는 설모치와 같은 파주 일대의 특정한 혹은 일부의 산악을 중심으로 형성된 마을의 생산과 관련된 농경신이자 마을의 안녕을 보장해주는 수호신으로 제향되었음을 알 수 있다.[21] 산악신이자 마을신으로 존재한 것이다. 이는 해당 신격에 대한 제향의 한 방식으로서 소를 희생으로 한 제의 형태를 보여준다. 한 가지 지적해 둘 것은 신격이 인간에게 박해를 당하는 희화화와 부정화의 상황은 그 신성관념이 원형 그대로 유지되지 못해서 제향이 사라졌기 때문이지 만약 믿는 사람만 있다면 그 권능은 여전히 발휘될 수 있다는 것이다. 설인귀비가 설모치 주위에 있는 소들의 혼을 빼서 감악산으로 이동하는 신이한 이적을 발휘할 수 있는 것도 여전히 남아있는 전통적인 신앙 관습에 의한 것이다.

[자료2]는 [자료1]과 동일한 서사구조를 골조로 하면서도 설인귀 신앙의 해체와 그에 따른 신격의 희화화·부정화 정도가 구체적으로 형상화되어 나타난 텍스트이다. [자료1]의 각 서사단락에 대응되는 부분은 [자료2]의 텍스트 본문 속에 표시해 두었다. 신성관념이 상실되기 이전에 존재한 설인귀의 신성행위의 구체적인 본모습과 관련해서 주목해볼 부분이 바로 [자료2]-②-㉮부분이다. 전승자들의 세계관이 변하면 대상 신격의 성격이나 행동양태를 서술하는 방식도 변화한다. 현존하는 텍스트 속에 변형되어 있는 설인귀의 신이한 행적은 원래적인 신성한 권능의 소산이다. 현재 전승되는 텍스트 속에 자리하고 있는 설인귀의 신화적 권능과 관련된 단편적인 모티프들은 이 인물이 원초

---

21) 농경신과 풍요신으로서의 설인귀의 직능은 당연히 소와 관련된 우신(牛神)이란 동물신의 직능도 포함한다.

적으로 가졌을 신화적 행위의 일부분을 나타낸다고 할 수 있다. 신화적 권능의 본질과 관련된 기억은 상실한 채, 그 마지막 단계의 흔적들만을 설명하고 있는 것이다. 이야기를 이루는 모티프 면에서는 원초적인 모습을 반영하고 있지만 일정한 역사적 과정을 거쳐 오는 동안 변모되면서 그 본래적 신성성을 상실했기 때문에 인물의 성격 및 행위에 대한 묘사방향이 달라졌을 것으로 판단된다. 예컨대 설인귀 신앙의 해체 정도가 심화되어 있으며, 그 존재의 희화화가 부각되어 있는 [자료2]에서도 여전히 설인귀비는 일상적인 관념으로는 해명할 수 없는 신이한 행위 양태를 보여주고 있다.

설인귀비가 마을 사람의 꿈에 나타나 자기 몸을 씻어달라고 요구하거나 소를 빌려달라고 하는 것은 구차한 구걸 이전에 존재한 설인귀 제향의 굴절된 모습이다. 설인귀가 자신을 대접하라고 하는 요구가 말의 생피로 더럽혀진 비신(碑身)을 씻기고 소를 운송수단으로 빌려달라고 부탁하는 현실적인 행동 양태로 나타났지만 이는 기실 특정 신격으로서의 설인귀가 좌정하고 있는 특정 제향 장소, 즉 설모치 인근 지역에서 전통적으로 행해지고 있는 일정한 신앙적 행위의 일상화된 형태인 것이다. 설모치 인근 지역에서 설인귀에 대한 신성관념이 유지되고 있는 상황에서는 설인귀비를 깨끗하게 보호·유지하고, 소를 공물로 바치는 희생 제의를 바쳤던 것을 신앙의 해체 과정에서 현실적인 관점으로 형상화 하다 보니 설인귀비가 인간에게 부탁을 하는 왜곡된 형태로 나타나게 된 것으로 볼 수 있다. 특히 설인귀비가 인간의 꿈에 현몽하여 비신을 청결하게 만들라고 한 부분은 설인귀가 인간을 조정하여 자신의 요구를 관철시켰다는 점에서 신격으로서 인간의 행동과 생각을 관장하는 권능의 원형적인 형태를 보여준다.

여기서 한 가지 지적해 두고 싶은 것은 설인귀비의 신성한 권능을 부정하는 인간이 외부에서 유입된 존재라는 사실이다. 설인귀비에 대한 신성관념의 해체 양상을 나타내는 자료를 검토해 보면 그 제향요구를 거부하는 것에서 더 나아가 오히려 치명적인 위해를 가하는 인간은 군사적인 목적이나 과거응시를 위해 파주 지역을 지나가던 무관·군인·장수로 나타난다. 적극적으로 설인귀비에 작해를 가하는 인간은 파주 지역에 살면서 전통적인 신성관념을 전승해온 지역민이 아니라 이주자 혹은 통과자인 것이다. 설인귀비를 중심으로 한 신성관념을 지역 전통으로서 생래적으로 학습하지 않은 만큼 그것을 부정하는 것도 쉽다. 이주자에 의해 신성성을 부정당한 설인귀비의 제향 요구가 여전히 설모치 인근의 제향장소 일대에서는 받아들여지고 있는 것으로 보아 그 신성관념의 체계가 지역민 내부에서만큼은 완전히 해체되지 않은 것임을 확인할 수 있다. 그러나 설인귀비에 대한 신성관념이 파주 일대에서 해체일로에 놓여 있다는 것은 명확한 것이어서 설인귀비 풍속신앙 전설의 대부분이 감악산으로 이사 간 이유에 대한 설명담으로 되어 있다는 사실은 신앙 전승권역의 명백한 축소를 말해준다. 설인귀비가 감악산으로 이사 간 이유는 거꾸로 말하면 원래는 설모치를 비롯한 파주 일대에 산재했던 설인귀 신앙이 감악산에만 남아있는 유래에 관한 설명이 된다. 현전하는 설인귀비 풍속신앙 전설은 파주의 여타 지역에서 설인귀에 대한 신성관념이 퇴조하고 감악산 일대로 축소되게 된 이유를 밝히고 있는 유래 전설인 것이다.

접촉 금기와 관련한 설인귀 풍속신앙 전설은 제향과 관련된 금기의 패턴과 비교할 때 굴절되지 않고 거의 원형 그대로 전승되는 경우에 해당한다.

[자료3] 거 군인이 쓰러뜨려가지고 대위가 금방 죽었다는 거예요. 그래 다시 세웠다는 거예요. ㉮그 비가 25사단 연대장이 그 비가 귀찮으면은 이리 굴려라, 그랬거든. 그래 쓰러뜨렸단 말이야. ㉯그러자 한 일주일 있다가 연급 권총대위가 있는데 권총으로다가 사격이 있어서 쏘는데 이게 총알이 안 나가더래는 거야, 이게. 그럼 왜 안 나가는 거야 하나가 자기가 맞아 죽은 거야. 그냥. 그리고 지금도 있는지 모르겠지만 호랑이가 나와서 비를 굴려놓고는 사병들이 거기를 얼씬도 못하는 거야. ㉰그러던 찰나에 그렇게 되니깐 그때 사단장이 와서 묻는 거야, 왜 이런 일이 있는 거냐고. 거 난 얘기듣기로는 감악산에 있는

비를 굴렸다면서. 그게 어느 장군 비인데 그걸 내려 굴려. 그러면 어떻게 했으면 좋겠냐. 그래 다시 세워놓고 고사를 지내. 그래가지고서 사단장이 큰 돼지 잡고 다시 그걸 아주 잘 해놨어요. (하략)[22]

[자료3]은 [자료1]·[자료2]와 달리 설인귀비를 중심으로 한 신성관념이 해체되지 않고 유지되고 있다. 설인귀비가 행하는 행동양태의 어떤 것도 부정적으로 인식되지 않고 있으며, 텍스트의 서술방식 역시 희화화 되는 국면이 나타나지 않는다. 설인귀비에 빙의한 설인귀는 자신의 신성성을 인정하는 향유층과 그 권능이 통용되는 공간을 확보한 명실상부한 신격으로 나타난다. [자료3]은 설인귀비의 권능과 관련한 금기를 위반한 당사자가 외부에서 유입된 이주자라는 점에서는 [자료1]·[자료2]와 동일한 인물조건을 갖추고 있다. 그런데 설인귀비와 이 캐릭터의 구체적인 상호작용은 전혀 다른 차원으로 전개된다. 설인귀비에 대한 이주자의 인식양상과 행동방식에도 세부적인 차이가 확인되며, 이 이주자에 대한 설인귀비의 대응방식은 확연히 다른 국면을 보여준다. 논의의 편의를 위해 [자료3]에 나타난 접촉 금기와 위반의 서사구조를 정리해 보면 다음과 같다.

㉮ 접촉 금기의 위반
㉯ 징치
㉰ 제향과 해원

㉮에서 설인귀비의 접촉 금기를 위반한 대위는 6.25를 배경으로 하여 일시적으로 파주에 들어온 군인 중의 한 명으로, 설인귀비에 대한 파주 지역의 전통적인 신성관념에 관한 사전지식이 부재한 인물이다. 설인귀 신앙은 한반도 전역을 대상으로 하는 것이 아니라 파주 일대로

---

22) <영험한 설인귀비>, [적성면설화4] 어유지리 노인정, 1999.8.9, 조흥욱, 박인희, 조재현 조사. 정규운, 남·84, 『경기북부구전자료집(1)』, 조희웅 외, 2001, 박이정, 541~542쪽

한정된 지리적 한계성을 갖기 때문에 이 지역 출신이 아니라 전쟁이라는 일시적인 사건으로 이입해 들어온 대위는 파주 지역민이라면 생래적으로 가지고 있는 신성관념으로부터 상대적으로 자유로운 입장이다. 따라서 대위에게 있어서 설인귀비에 대한 신성관념 준수보다는 상관인 연대장의 명령 이행이 보다 현실적으로 주요하고도 긴급한 사안으로 인식되었던 것으로 나타난다. 대위에게 있어서 설인귀비의 신체(神體)에 대한 접촉 금기 위반은 신성관념 파기를 위한 의도적인 행위가 아니라 자연스러운 행위라는 것이다.

문제는 이주자인 대위가 설인귀비에 대해 지극히 현실적인 관점으로 접근했지만 설인귀비가 위치한 감악산 인근 지역은 여전히 그 신성관념이 유지되고 있었다는데 있다. 더 정확히 설명하자면 감악산 일대에서 유지되고 있던 설인귀비에 대한 신성관념이 외지인인 대위가 가지고 들어온 일상적인 사고방식을 압도했다는 것이 갈등의 핵심이 된다. 한 가지 주목되는 점은 신성관념의 변동양상이라는 측면에서 볼 때 [자료3]의 이야기가 [자료1]·[자료2]의 내용에 후속편으로 연결된다는 점이다. [자료1]·[자료2]에서는 설모치 지역에서 설인귀 신앙이 퇴조함에 따라 그 전승권역이 감악산으로 축소되는 양상을 보여주었다. 이는 거꾸로 얘기하면 설모치에서는 설인귀 신앙이 해체되었지만 감악산에서는 여전히 설인귀 신앙이 유지되었다는 말이 된다. 이 관점에서 본다면 [자료3]은 [자료1]·[자료2]에서 감악산으로 이사한 설인귀비의 후일담이 된다고 할 수 있다.

㉯에서는 접촉 금기를 위반한 대위가 설인귀비에 의해 징치를 당하는 양상이 나타나 있다. 자신이 쏜 총알에 자기가 맞아 죽는 양상은 신격의 신체에 손을 대서는 안 된다는 접촉 금기를 어긴 결과로, 민간에서 흔히 얘기하는 동티가 난 것이라 할 수 있다. 감악산에서는 설인귀 신앙이 유지되고 있기 때문에 의식적이건 무의식적이건 간에 그 권능에 도전한 인간이 금기 위반의 대가를 받은 것이다. 설인귀비가 금기의 제시와 징치라는 신성관념을 유지하고 있다는 점에서 [자료3]

은 굴절되기 이전에 존재한 설인귀 신앙의 한 원형적인 서사구조를 보여준다고 할 수 있다. 일상적인 관점에서 보자면 인간을 죽이는 해악을 끼친 존재임에도 불구하고 설인귀비의 금기 제시와 징벌의 과정이 부정적으로 서술되지 않는 것도 [자료3]의 서술시각이 설인귀 신앙의 신성관념을 여전히 인정하고 있기 때문이다. ㉱는 금기 위반에 대해 설인귀비가 가한 징치의 위력을 경험한 장군이 제향을 올림으로써 자기 집단에 가해진 신격의 분노를 해원(解冤)하는 내용을 담고 있다. 장군을 필두로 하여 군대가 설인귀비에게 올린 제향은 신격의 신지(神地)를 어지럽힌 인간이 징벌을 풀어달라는 기원을 담고 있다. 돼지는 희생 공물에 해당한다. 제향과 공물을 올릴 테니 통티를 해지해 달라는 요구인 셈이다. 여기서 제향과 공양을 명령한 장군은 동티의 원인과 그 해원의 방법을 인식하지 못하고 있는 군인 집단 속에서 유일하게 본질을 인지하고 있는 인물이라는 점에서 일종의 무당이나 사제와 같은 역할을 하고 있다.

[자료3]의 이러한 서사구조는 금기의 제시와 징벌의 과정을 통해 설인귀비가 자신의 존재를 확인받고 있다는 점에서 일종의 제향요구의 성격을 띤다고 할 수 있다. 특히 마을의 수호신이 제향을 받고 좌정하게 되는 내력과 유사한 것으로 일정한 신앙적 행위를 포함한다. 자신의 요구를 질병이나 재난 등의 형태로 인간에게 현시한 뒤, 자신을 제향하는 조건으로 재난을 해결해 주는 양상은 마을신의 좌정 과정을 밝힌 당제 유래 전설이나 당신화 속에서 흔히 확인된다. 각 지역의 특정 신격을 모시는 신당이나 신성하다고 인식되어 온 특정한 역사적 인물의 사당 혹은 비석과 관련하여 그 신성한 권능을 입증하고 제향의 내력을 밝히는 이야기로서 전해지는 것이다.23)

여기서 한 가지 지적해 두고 싶은 점은 설인귀비 전설 속에서 그

---

23) 제주도 전설의 <윤남패기 자원당>(현용준, 『제주도전설』, 서문문고, 1976, 274~276쪽)과 <광정당 말무덤>(현용준, 『제주도전설』, 서문문고, 1976, 270~272쪽) 이야기 속에서 이러한 양상을 확인할 수 있다.

권능이 가지는 금기를 저촉하는 인간이 하나 같이 외지인으로 설정되어 있다는 점이다. 이는 파주 지역이 한반도 내부에서 지니는 지리적 특수성에 기인하는 것으로 보인다. 텍스트 속에서 설인귀비 주변 지역은 교통·군사의 요지로 나타난다. 과거를 보러가기 위한 교통의 요로 혹은 군사 관계 이동기착지로 나타나고 있다. 설인귀의 신적 권능과 대립하는 사람들이 하나 같이 토착적인 지역민이 아니라 서울로 과거보러 가는 사람이거나 군사 관계자인 것도 이런 맥락과 관련되어 있는 것으로 보인다. 설인귀는 산신이었다가 그 주변을 두루 관장하는 신격으로 변모되었던 것이 아닌가 생각된다. 한반도의 역사 속에서 파주는 지리적으로 경기도 서북단에 위치하여, 동쪽 및 북동쪽으로는 양주군과 연천군, 서쪽으로는 한강을 경계로 김포군, 남쪽은 고양시, 북서쪽으로는 군사분계선에 접하는 지역이다. 이 지역은 일찍이 고대국가 시기부터 그 지리적 중요성으로 인하여 삼국의 각축장이 되었다. 그리고 고려와 조선시대를 통하여는 송도(松都)의 동교(東郊), 한양의 서교(西郊)로서 교통의 요지 및 수도 방비의 군사요지로 자리매김하여 왔다.24) 설인귀가 감악산처럼 사당과 비석의 탑신이 위치해 있는 산악만이 아니라 그 일대를 두루 관장하는 신격으로 제향 되었기 때문에 파주를 교통의 요로로 삼은 외지인와 이주자들이 자신들에게 생경한 설인귀비의 신성관념과 갈등을 빚는 이야기 형태가 형성된 것으로 생각된다. 한편으로 이러한 설인귀 풍속신앙 전설이 인간과의 갈등을 통해 신앙을 재확인하는 형태를 띠고 있다는 점으로 미루어볼 때 외지인이 그 갈등의 대상자인 캐릭터로 등장하고 있는 인물구성은 그 자체로 한반도 교통의 요지에 위치한 파주 지역의 지역적 특수성을 드러낸 것이라 할 수 있다.

---

24) 『파주군지』 상, 파주군, 1995, 3쪽

3. 설인귀 풍속신앙 전설 전승의 역사적 세 국면과 향유의식

현전하는 설인귀 풍속신앙 전설은 원형에서 일정한 방향으로 굴절된 형태를 보여준다. 이는 설인귀 신앙의 변이 및 전승권역의 변동 과정을 드러낸 것이다. 이러한 설인귀 신앙의 해체 혹은 변이는 지역의 토착 민속에 대한 국가의 역사적인 개입 여부와 관련이 있다. 대외 전쟁 대책 의도 혹은 지방행정 강화, 지역 토착 민속에 대한 교화 등 국가의 공식적인 정책적 차원과 긴밀하게 조응하고 있는 것이다. 텍스트 속에 나타난 설인귀 풍속신앙 전설의 역사적인 변이 과정은 다음의 세 단계로 정리해 볼 수 있다.

> ① 1단계: 설인귀 신앙이 감악산 신앙과 결합하는 단계
> ② 2단계: 감악산 신앙이 설인귀 신앙과 분리되는 단계
> ③ 3단계: 감악산 신앙이 유교적 합리주의와 대립하는 단계

1단계는 설인귀 신앙이 파주 지역의 전통 토착 신앙인 감악산 신앙과 결합하는 단계이다. 설인귀가 감악산신으로 좌정하면서 제향 된 시기는 통일신라로 보인다.

> [자료4] 감악(紺岳)은 신라 때부터 소사(小祀)를 지내는 곳으로 삼았다. 산 위에 사우(祠宇)가 있어 봄·가을로 향과 축문을 내려 제사를 행하였다.[25]

> [자료5] 민간에 전하는 말로 신라 사람이 당나라 장수 설인귀(薛仁貴)를 제사하여 산신으로 삼았다고 한다.[26]

파주군의 산악신앙의 한 형태로 존재했던 설인귀 신앙이 감악산 신앙으로 재편된 계기는 파주를 가장 오래 점유했던 고구려의 영향을 몰아내고 신라의 영유권을 확인하기 위한 중앙 집권적인 행정체계 정

---

25) 『고려사(高麗史)』, 권56, 地理志, 積城條
26) 『고려사(高麗史)』, 권56, 地理志, 積城條

립과정과 관련되어 있다. 감악산을 중심으로 파주군 일대의 산악신앙을 신라의 공식적인 제의체계 속에 편입함으로써 파주군에 대한 행정권을 확인하기 위한 중앙정부의 영향력 확대 과정의 일환으로 이루어졌다. 원래 삼국시대에 파주지역을 최초로 차지했던 것은 백제였으나 392년에 고구려의 광개토왕이 관미성(關彌城)을 공격하여 함락시킨 것을 필두로 교하(交河) 지역이 고구려에 넘어가게 되었고, 475년에 현재의 파주군 지역 전체가 고구려의 영토로 귀속되었다.27) 진흥왕대(540~576년)에 신라가 고구려 세력을 한강유역에서 몰아내고 557년에 북한산주(北漢山州)를 두면서 이 일대는 본격적으로 고구려와 신라의 각축장이 되었다. 백제와 고구려가 교하 지역을 놓고 패권을 다툰 반면, 신라와 고구려는 적성(積城) 지역을 중심으로 대립하였다.28) 삼국을 통일하고 당군까지 몰아낸 신라는 757년(경덕왕16)에 전국의 주요 지역에 5소경을 설치하고, 전국을 9주로 재편성하였는데, 이 과정에서 파주지역의 5개 현은 646년에 설치된 한산주(漢山州)에 소속되었다.29) 신라는 명실공히 한반도 통일국가의 위상을 중앙집권적인 행정체제 구축을 통해 과시하고자 했다. 종래의 백제나 고구려의 영유권의 흔적

---

27) 『大東地志』, 卷3, 坡州 沿革條

28) 603년(진평왕25)에 고구려는 말갈족과 함께 칠중성(적성지역)을 합공하였으나 함락시키지 못했다. 고구려는 638년(선덕여왕7년)에 또다시 침공했으나 신라의 대장군 알천(閼川)의 활약으로 퇴각하였고(『大東地志』, 卷3, 積城 典故條), 660년(무열왕7)에는 초반에 승전하여 칠중성의 현령 필부(匹夫)를 전사시키는 등 위력을 떨쳤으나(『新增東國輿地勝覽』, 卷11, 積城縣 名宦條), 필부의 죽음에 자극된 도성민의 저항과 왕이 특파한 군대에 쫓겨 우봉고현(牛峰古縣)에서 대패하고 퇴각했다.(『大東地志』, 卷3, 積城 典故條) 이후 나당연합군이 백제를 멸망시키고 나서 고구려를 향해 출발한 지역이 칠중성이었고, 662년에 평양 인근에서 식량이 떨어진 채 고리되어 있던 당군을 구조하기 위해 김유신 등이 건너간 지역이 칠중이었으며, 고구려 멸망 후 대당투쟁에 있어서 중요한 군사적 거점이 되었던 곳이 바로 칠중성이었다.(『京畿誌』, 3책, 積城縣誌 宦跡條 및 古跡條) 당은 674년 거란, 말갈과 합동으로 칠중성을 공격하였으나, 전사하면서까지 성을 지킨 유동(儒冬)의 용맹으로 뜻을 이루지 못하였다. 이듬해 칠중성이 고구려 부흥군의 거점이 되자 당군은 이곳에서 부흥군을 격파하였고, 673년 해전에서 신라는 당과 거란, 말갈의 연합군을 장단에서 격파했다.(『大東地志』, 卷3, 積城 典故條)

29) 『增補文獻備考』, 卷15, 여지고3, 군현연혁1, 신라조.

이 남아 있는 지역의 명칭을 바꿈으로써 지방에 대한 통일 신라 중앙 정부의 영향력을 확인하고자 한 것이다. 최종적으로 지금의 파주 지역 에는 파평현·봉성현·중성현·교하군·장단현이 위치하게 되었다.[30] 이러한 파주군 일대의 행정구역 개편의 일환으로 토착 민속신앙들이 정리되어 감악사(甘岳祠) 신사(神祠)로 통합되고, 다시 신라의 국가제 의 체제에 편입되는 신앙체계 재편이 이루어졌다.

5세기 이후 신라는 주변의 여러 집단을 복속시키면서 중앙집권적 지배체제를 갖추어 나갔다. 권력을 한군데로 모으는 중앙집권적 지배 체제를 갖추기 위해 왕권을 강화하고 중앙정부 조직과 지방제도를 정 비하였다. 이와 함께 각 집단의 상이(相異)한 신화와 의례들을 중앙의 왕권을 중심으로 정비하는 작업도 진행되었다. 이 과정에서 보편성과 평등성을 강조하는 불교가 중요한 의미를 갖기도 하였다. 이러한 작 업은 7세기 통일전쟁을 치르고 나서 더 가속화되었다. 확대된 영토와 다양한 인민을 하나의 원리로 묶어내는 작업이 더 절실해진 것이다. 신라는 그 원리를 당시 세계의 중심이던 중국에서 빌려왔다. 그것은 권위와 권력의 통일과 집중, 모든 수준의 정치력에 대한 일원적 편제 를 특징으로 하는 율령체제(律令體制)였다. 율령적 지배체제는 유교 적 정치이념이 그 뒷받침이 되고 있는데, 유교에서 권위와 권력의 문 제는 예(禮)로 표현되었기 때문에, 율령체제에서 예제(禮制)의 정비는 중요한 문제였다. 예제에서 신과 인간과의 교감(交感)과 조화인 각종 제사는 길례(吉禮)로 정리되었는데 이는 국가와 왕실에서 지켜야할 예(禮) 중에서 가장 중요한 것이었다. 길례에는 다양한 수준의 많은 제사들이 포함되어 있다. 인간과 사회 존재의 근거인 하늘에 대한 제 사, 왕실의 조상제사, 각 지역의 명산대천(名山大川) 제사, 성현(聖賢) 과 같은 역사적 영웅에 대한 제사, 기복적이며 주술적 제사 등등의 다양한 제사들이 국가와 왕실의 권위를 과시하는 상징 면에서나 실제

---

30) 『新增東國輿地勝覽』, 卷11, 파주목·적성현·교하군 건치연혁조; 『新增東國輿地勝覽』, 卷12, 장단도호부 건치연혁조

적인 목적 달성에 공헌하는 중요도에 따라 일원적이며 차등적으로 편제되었다. 그 결과 대중소사(大中小祀) 체계가 정비되었다. 신라는 바로 이러한 국가제사 체계의 원리를 들여와 통일 이후 각종 제사를 편제하였다. 신라는 왕경(王京)과 지방의 산천에 대한 제사를 대중소사 체계의 원리에 따라 구분하였다. 일정 산천에 대한 제사는 해당 지역민을 하나의 단위로 묶을 수 있는 것이었다. 통일 이후 지배체제를 재정비해야 할 신라 중앙정부에서는 지역집단을 그 세력의 대소(大小)에 따라 편제하고자 했는데, 한편으로는 군현제(郡縣制)라는 지방행정의 조직화로 또 한편으로는 대중소사라는 제사 편제로 실현하였던 것이다. 이렇게 편제된 제사는 국가가 그 제사의 거행 과정에 일정한 규정을 정하여 관여하는 국가제사였다.[31]

본격적으로 경덕왕 대에 전국의 명산대천을 사전(祀典)에 편입하였는데, 경주 부근의 산천을 대사(大祀)로, 전국의 오악(五岳)·사진(四鎮)·사해(四海)·사독(四瀆)을 중사(中祀)로, 지방의 주요한 산 24곳을 소사(小祀)로 편성했다. 이 과정에서 파주 적성면 감악산(甘岳山)도 소사로 지정되었다.[32) [자료1]은 바로 이 과정을 나타낸다. 그런데 통일신라의 국가제의로 편입되기 이전에 파주의 지역 토착 신앙의 일부로 존재한 설인귀 제의는 산신제이자 마을 당제의 형태였을 것으로 생각된다. 대·중사가 국가가 직접 주관하는 국가신 제사임에 반해, 소사는 지방 군현민의 길흉화복을 주재하는 제의로서 지방관이 주재하였고, 기우제적 성격이 강했다. 소사는 본질적으로 고대 토착신앙인 산신에 대한 제사에 기반을 두고 있었다. 산신은 산에서만 영향력을 발휘하는 것이 아니라 산 밑 마을 공동체의 모든 길흉화복을 주재하며 마을 공동체를 지켜주는 수호신이었다. 마을 문제 전반에 관계하는 전지전능한 신이지만 기본적으로는 농업신이라 할 수 있었다.[33) 소사가

---

31) 신라의 국가제의 체제에 관해서는 나희라, 『신라의 국가제사』, 일조각, 2003을 참조하기 바람.

32) 이에 관해서는 『파주군지』, 전게서, 185~186쪽을 참조하기 바람.

기우제적인 성격을 강하게 띠는 것도 전통 사회 속에서는 농업생산이 마을의 안녕과 풍요에 직결되는 문제였기 때문이다. 감악산신은 애초에 파주 지역 주산의 산악신이자 해당 지역 마을의 안녕과 풍요를 담당하는 수호신으로 존재했던 것이다.

감악산 신앙은 통일신라 정부의 국가제의로 재편되고, 그것이 설인귀라는 역사적인 인물과 결합되는 과정은 크게 두 단계를 거친 것으로 보인다. 첫 번째는 진평왕의 파주 일대 점유와 함께 이루어진 변이 단계이다. 진평왕은 임진강 유역을 정복한 후에 철원 고석정(孤石亭)의 진평왕비(眞平王碑)와 함께 감악산 정상에도 기념비를 세웠던 것으로 알려져 있다.34) 감악산에 진평왕비를 세운 이유는 이곳이 고구려와 치열한 영유권 다툼을 벌인 격전지였기 때문이다. 신라는 진흥왕대에 비약적인 영토 확장을 이루었음에도 불구하고 파주를 비롯한 임진강 유역은 여전히 고구려의 소유였다. 파주 일대가 신라의 판도에 들어온 것은 김유신의 활약으로 신라가 고구려로부터 칠중성을 획득한 진평왕 51년으로 비정되고 있다.35) 감악산비는 전통적으로 고구려의 판도 속에 있었던 파주를 획득한 신라가 대내외적으로 이를 널리 알리는 동시에 국력을 자랑하기 위한 일환으로 건립되었던 것이다.

이 과정에서 감악산의 전통적인 토착 민속제의의 형식을 빌려 국가의 안녕과 복록을 기원하는 공식적인 국가제의를 영토 확장을 기념하는 행사의 일환으로 진행했을 것으로 보인다. 이후로 감악산 제의는 파주 지역의 풍요와 안녕을 비는 마을제의인 동시에 호국의 기원을 올리는 국가제의의 이중적인 구조를 가지게 되었을 것으로 생각된다. 17세기까지도 감악산사(甘岳山祠)을 일명 왕신사(王神祠)36)라고도 했

---

33) 이에 관해서는 서영대, 『한국고대 신 관념의 사회적 의미』, 서울대 박사학위논문, 1991, 66~79쪽을 참조하기 바람.
34) 이에 관해서는 김윤우, <감악산비와 철원고석정>, 『경주사학』 9, 1990, 43~44쪽
35) 김윤우, <감악산비와 철원고석정>, 『경주사학』9, 1990, 43~44쪽
36) 『파주군지』, 전게서, 184쪽

다고 하는데, 이는 삼국시대의 주변부에 위치했던 파주 지역이 왕과 관련된 기념물의 건립이라는 중앙행정부와 관련된 사업을 겪으면서 이 특별한 경험을 반영한 예로 파악된다. 감악산비를 일명 빗돌대왕비로 불렀다는 기록[37]도 소외되어 있던 주변부 지역인 파주가 진평왕비를 계기로 중앙정부의 정치적인 배려의 세례를 경험했던 역사적인 사건과 관련되어 있음을 보여준다. 물론 이 시점의 감악산 신앙의 주된 성향은 여전히 마을제의였을 것이나, 감악산 제의가 통일신라의 소사로 편입되기 이전 중간 단계로 이미 이 시점에서 국가제의의 구조를 일부 보유하게 되었다고 볼 수 있다.

두 번째는 설인귀와 결합하는 단계이다. 현전하는 설인귀 풍속신앙 전설의 대다수는 설인귀비가 원래 설모치나 마차산과 같은 산에 위치해 있다가 감악산으로 옮겨갔다고 하여 전승권역의 이동을 암시하고 있다. 이는 파주 일대에 산재했던 설인귀 풍속신앙이 감악산 지역으로만 축소된 전승권역의 축소로 해석할 수도 있지만, 다른 한편으로는 특정한 역사적 · 정치적 계기에 의해 주된 전승권역이 감악산으로 이동했다고도 볼 수 있다. 다시 말해서 일정한 외부적인 요인에 의해 감악산이 의도적으로 설인귀 신앙의 본산지로 부각되면서 파주 일대에 산재한 원래의 설인귀 풍속신앙이 소거 및 정리되었다는 것이다. 이는 고구려의 전통적인 영유권이었던 파주를 빼앗아서 신라의 영토로 편입하는 과정에서 세 가지 정치적인 목적을 동시에 실현하고자 하는 의도에 의해 이루어진 것으로 보인다.

하나는 파주 지역의 대표적인 지역 제의를 국가제의로 편입함으로써 종교적인 차원과 파주를 신라의 지방행정체제에 편입시키는 정치 · 행정적인 절차를 결합시켜 일원화된 체계를 구축하고자 하는 목적이다. 다른 하나는 파주 지역 민중 출신 중에서 국제적으로 성공한 인물인 설인귀를 국가제의로 편입된 감악산 소사의 주신으로 제향 함

---

37) 『파주군지』, 전게서, 184쪽

으로써 설인귀에 대한 지역민의 존숭 관념과 자부심을 국가에 귀속시키고, 국가에 공식적으로 귀속된 설인귀 신앙을 매개로 파주 지역민의 신앙체계를 간접적으로 통제하고자 하는 목적이다. 새로 편입한 지역에 대한 중앙정부의 행정적 통제를 강화하고자 할 때, 해당 지역 출신으로 가장 명성이 있는 인물에게 관작이나 식읍, 제향을 내리는 것은 지방에 대한 중앙정부의 간접지배 방식의 전형적인 예라고 할 수 있다.

삼국통일 이전에 이루어진 신라의 파주 점령과 함께 진행된 이러한 감악산 설인귀 신앙의 형성 과정은 통일신라시대의 특정한 한 시기에도 똑 같이 반복되었음이 확인된다. 바로 발해의 성립과 통일신라의 대치 과정에서 발해의 군사적 위협에 대항하기 위한 정신적·종교적 기반을 확보하기 위한 정치적인 차원이다. 고구려 계승의식을 적극 표방하고 그 유민들에 의해 건국된 발해는 한·중·일 삼각무역을 독점적으로 중개하면서 동북아의 새로운 강자로 부상하여 통일신라를 위협했다. 당나라가 안동도호부를 철수함에 따라 통일신라는 발해와 직접 국경을 접하며 삼한의 패권을 놓고 대립하는 처지에 놓이게 되었는데, 고구려의 계승자임을 자임하는 발해를 견제하기 위해 고구려를 멸망시킨 주체로 각인되어 있는 설인귀를 내세움으로써 발해를 정신적으로 압박함과 동시에 통일신라 국민의 의식적으로 통합하고자 한 것으로 나타난다.[38] 고구려를 멸망시킨 장군인 설인귀를 고구려의 한반도 남부 고토인 파주 지역 주산인 감악산사의 주신으로 내세움으로써 고구려를 승계한 발해를 정신적으로 제압하고자 한 것이다. 말하자면 설인귀는 발해의 남침 위협에 시달린 통일신라 정부가 내세운 신앙 차원의 대리전쟁의 주체였던 셈이다. 남북국 시대의 전쟁 위협에 직면한 통일신라 정부가 감악산 설인귀 신앙을 국민정신 통일을 위한 호국적인 차원에서 적극 활용함에 따라 감악산 설인귀 신격은 호국을 위한 군신(軍神)의 형상을 본격적으로 띠게 되었으며, 감악산

---

38) 이에 관해서는 정우영, <운계사 고석비와 감악산 무속신앙의 시원>, 『경기향토사학』 6, 2001을 참조하기 바람.

설인귀 제의는 전쟁 후 죽은 자들을 위한 호국진혼제사의 성격을 아울러 띠게 되었다.39)

제2단계는 감악산 신앙이 설인귀 신앙과 분리되는 단계이다. 고려조부터 감악 산신 제향과 역사적 실체로서의 설인귀가 본격적으로 분리되기 시작한 것으로 보인다. 고려조라는 역사적인 배경을 뚜렷이 밝히고 있는 대부분의 자료에서는 감악산사와 감악산신이 바로 설인귀 신사와 설인귀신에 대응된다는 언급을 하지 않고 있다. 고·당 전쟁기과 나·당 전쟁기에 실존한 역사적 실체로서의 설인귀의 이름이 언급되는 경우에도 그것은 그저 과거 신라 때의 일로 소급되어 기록되고 있을 뿐, 고려 당대의 신격으로 현행되는 제향의 대상으로 기록되지는 않고 있다. 이는 고려조에 와서 설인귀 신앙과 감악산 신앙의 결합체제에 중대한 변동이 발생했다는 사실을 의미한다. 동시에 각각 별개의 실체로서의 설인귀 신앙과 유래 전설, 감악산 신앙과 유래전설에도 중대한 변이가 발생했다는 것을 보여준다.

[자료6] 현종(顯宗) 2년에 거란병이 장단악(長湍岳)에 이르매 신사에 기치와 토마(土馬)가 있는 것 같아 거란병이 두려워하며 감히 앞으로 나아가지 못하였다. 이에 (사우)의 수리를 명하여 신사에 보답하였다.40)

[자료7] 현종 2년 2월에 거란병이 장단에 이르렀을 때 눈보라가 사납게 일어나 감악산사(紺岳神祀)에 기치와 토마가 있는 것 같았다. 거란병이 두려워하여 감히 앞으로 나아가지 못하였으므로 소사(所司)로 하여금 이에 보답하는 제사를 지내도록 하였다.41)

---

39) 오늘날 현행되는 감악산 무속제의는 바로 이러한 군신 제의의 형태를 띠고 있다고 한다. 그 시원은 남북국 시대에 통일신라 정부에 의해 이루어진 호국진혼제에 있다고 할 수 있다.

40) 『고려사(高麗史)』, 권56, 地理志, 積城條

41) 『고려사(高麗史)』, 권63, 禮志, 雜祀條

감악 산신에 대한 신앙은 고려 초·중기까지 매우 강성했던 것으로 보인다. [자료6]에서는 현종 때 감악산신이 거란병을 물리쳤다고 했으며, [자료7]은 충렬왕이 원나라 황제를 도와 내안(乃顔)을 토벌하려고 할 때 감악산신의 둘째 아들을 도만호(都萬戶)로 삼아 음조하기를 바랐다는 기사이다. 도만호란 원나라의 다루가치로서 감악 산신에 대한 신앙이 파주 지역민은 물론 고려국민에게 강렬했기 때문에 그 믿음을 정치적으로 이용하기 위해서 벼슬을 내리는 상징적인 행사를 벌인 것으로 보인다. 그런데 이들 기록에서는 제향의 대상을 설인귀라고 명시하지는 않고 있다. 감악산사라고만 했지 설인귀 신사라고 명시하지는 않았다. 신라 때 민간에서 설인귀를 모셨다고만 했지 고려 때에도 그 제향의 대상이 설인귀라고 규정하지는 않고 있는 것이다. 이는 고려조에 와서 감악산 신앙이 설인귀와 분리되었다는 사실을 말해준다. 고려조로 왕조가 교체됨에 따라 통일신라의 정치적인 판도를 상징하는 설인귀와 감악산 신앙이 분리되는 것은 당연한 수순이었을 것이다. 그 최초의 계기는 통일신라 말엽인 898년(효공왕2)에 고구려 계승 의식을 적극 표방한 궁예가 후고구려를 세우면서 파주를 점유한 사건이다.42) 궁예는 898년에 한주 소속의 양주 등 30여 성을 탈취하였고 900년에 광주 등을 획득하였는데, 이때부터 파주 지역은 신라의 정치적·문화적 영향권으로부터 분리되기 시작한 것으로 보인다.

[자료6]·[자료7]에서 확인되는 바와 같이 감악산사가 특히 고려조에 와서 그 신이한 영험을 만방에 떨치게 되었다는 것은 뒤집어 보면 감악산사를 상징으로 하는 파주 지역의 민속신앙의 확대 이면에 한반도 내부에서 이 지역의 정치적인 지분 확대가 내재해 있는 것으로 해석할 수 있다. 즉 삼국시대로부터 통일신라에 이르기까지 한반도 역사의 주변부로 존재했던 파주 지역이 중앙무대에서 일정한 세력을 확보하게 된 지역사의 패러다임 변화를 암시한다. 고려조는 정부의 중

---

42) 『三國史記』, 卷50, 列傳10, 궁예조; 『증보문헌비고』, 권14, 여지고2, 역대국계2, 태봉 국조

앙 통제력이 제 위력을 발휘하지 못하고 왕비나 권력자를 배출한 지역을 중심으로 한 지방분권적인 정치 형태를 보여주었다. 곧 호족을 중심으로 한 정치체제다. 파주 지역에서도 나말여초부터 중앙무대에 세력을 과시하는 호족이 등장하기 시작했다. 고려 전기에는 서원(瑞原) 염씨(廉氏), 파평(坡平) 윤씨(尹氏), 장단(長湍) 한씨(韓氏)가 문벌 귀족으로 성장하였고, 무신집권기에는 임진(臨津) 김씨(金氏), 몽고 압제기에는 서원 염씨, 교하(交河) 노씨(盧氏)가 두각을 나타냈다.[43] 파주 지역의 주산으로 존재한 감악산 신앙의 전국적 확대는 고려조에 들어 중앙정계에 전면적으로 부상한 파주 출신 호족들의 세력 확장과 관련이 있는 것이다.

파주를 중심으로 한 이러한 정치적 변동은 [자료6]·[자료7]에서 다른 때도 아니고 하필 현종조가 이러한 감악산 신앙의 세력 과시의 시기로 지목되었던 역사적인 배경과도 연결 지어 생각해 볼 수 있다. 현종 조는 고려의 중앙집권적인 지방통치 시스템을 정비한 시기이다. 현종9년(1018년)에 전국을 4대도호부 8목 56주군 28진 20현령 체제로 개편하였고, 장단 현령이 송림(松林)·임진(臨津)·토산(兎山)·임강(臨江)·적성(積城)·파평(坡平)·마전(麻田)의 7현을 관할하면서 직접 상서도성에 속하게 되었는데 이를 경기(京畿)라고 불렀다.[44] 그러나 현종 조에 완비된 고려의 지방 통치 시스템은 지극히 불완전한 것이어서 각 지역을 직접 지배하는 것이 원초적으로 불가능했다. 고려시대에는 전국에 약 500개의 군현이 존재했지만 모든 군현에 외관(外官)이 파견된 것이 아니었다. 『고려사(高麗史)』지리지(地理志)에 의하면 고려 전기에는 수령이 파견된 주현이 130개였는데 반해 그렇지 않은 속현이 373개나 되었다. 이들 속현들은 수령이 배치된 주현에 예속되어 중앙의 간접지배를 받는 행정체계를 이루었다. 파주 지역 또한 예외가 아니

---

43) 『파주군지』, 전게서, 190쪽
44) 『世宗實錄地理志』, 경기조.

어서 장단현에만 외관이 파견되었을 뿐, 나머지 파평현과 적성현은 장단현의 속현으로, 교하군과 봉성군은 양주의 속현으로 존재하면서 중앙의 직접지배로부터 벗어나 있었던 것으로 나타난다.[45] 이는 어떤 왕조보다도 강성했던 고려의 토호세력의 지역 통제력과도 밀접한 관련이 있었던 것으로 보인다. [자료6] · [자료7]에서 특별히 현종 조를 거론하고 있는 것도 이 당시에 지방통치 제도가 완비되었음에도 불구하고, 파주 지역이 그 통제력으로부터 벗어나 해당 지역 토호와 권문세족의 직접적인 지배하에 있었으며, 오히려 출신 호족들의 권력이 각 지역의 분권적인 세력 구도 속에서도 파주 지역의 지분을 확대하는 선순환의 기반이 되었던 사정을 감악신사의 신앙적 파급력을 빌어 표현한 것으로 파악된다.

3단계는 감악산 신앙이 유교적 합리주의와 대립하는 단계로 고려 충선왕(忠宣王) 때가 그 시작이다. 설인귀 신앙과 분리되어 토착민속화 한 감악산사 신앙은 고려 충선왕조에 와서 정부의 주도로 배격되는 양상이 확인된다. 이는 유교 이데올로기의 확대와 이에 따른 토착신앙의 배척의 과정을 배경으로 한다. 새로운 이념을 유포하기 위해 사회체제 속에서 강력하게 뿌리내리고 있던 기존의 이념을 소거하는 방식이다.

[자료8] 충선왕 3년 4월, 감악산에서 제사지내는 것을 금지하였다. 이때 귀신을 숭상하여 공경사서(公卿士庶)가 모두 친히 감악산에서 제사를 지내고 간혹 장단을 지나가다가 익사하는 자가 있었다. 이에 헌사(憲司)가 상소하여 이를 금지시킨 것이다.[46]

[자료8]에서 감악산사는 설인귀 신앙과 완전히 분리되어 있다. 그러나 파주 지역의 공경대부, 평민은 물론하고 타지역의 사람들까지도 그

---

45) 변태섭, <고려전기의 외관제>, 『고려정치제도사연구』, 1971, 116~147쪽
46) 『고려사(高麗史)』, 권58, 刑法志, 禁令條

신이한 감응을 믿어 제사를 지내러 올 정도로 토착신앙으로서의 감악산사의 위력은 오히려 확대되어 있음을 알 수 있다. 문제는 토착신앙으로서 이렇게 세력을 확대하고 있던 감악산 신앙의 위력이 정부의 주도로 공식적인 이념으로서의 세력판도를 확장하고자 했던 유교 이데올로기의 걸림돌로 인식되었다는 데 있다. [자료8]에서 감악산사 신앙은 유교적 이념을 중심으로 새로운 질서를 구축하고자 했던 당대의 지배층에게 심각한 문제로 인식되었던 토착신앙의 표상으로 나타난다. 감악산사는 선량한 백성들을 현혹하는 요사한 존재로 형상화 되어 있으며, 지역민들에게 끼친 작폐를 특히 강조하는 시각으로 서술되고 있다. 이는 같은 고려시대의 자료인 [자료6] · [자료7]에서 감악산사 신앙을 서술하는 방식과도 괴리되는 것으로 다분히 유교 이념에 입각한 지배체제의 공식화된 폄하 의도가 노출되어 있다.

[자료8]에서 하필 충선왕조가 유교적인 지배질서와 감악산사의 토착 민속신앙의 대립이 본격화된 시기로 나타나는 이유는 충선왕이 주자 성리학을 본격적으로 수입하여 이를 왕권 강화를 위해 적극적으로 활용[47]했기 때문으로 보인다. 충선왕은 왕을 정점으로 하여 신민이 수직적으로 복속하며 이를 충 · 효 · 신의 유교적 교화를 통해 일상생활 속에서 실천적으로 실현하고 자 한 주자 성리학을, 지방의 토착세력을 기반으로 하여 왕권을 위협했던 권문세족을 제압할 수 있는 효과적인 이데올로기로 파악하고 있었다. 주자 성리학에 바탕을 둔 과거 제도를 확대하고, 당대의 거유인 이제현(李齊賢)을 앞세워 성리학적인 정치 및 지배질서 구축에 나선 것도 이러한 차원과 관련이 있다. [자료8]에서 배격의 대상으로 지목된 감악산사는 왕비를 보유한 고려조의 대표적인 호족 세력을 배출하면서 정부의 중앙통제력과 대립했던 파주 지역 토착세력에 대한 일종의 은유 대상이다. 파주에 대한 지배력 확대를 위해 유교 이념을 앞세운 중앙정부가 토호세력과

---

47) 이에 관해서는 서선덕, <고려 충선왕의 유불정책에 대한 연구>, 동국대학교 석사학위논문, 2001을 참조하기 바람.

대립하는 과정에서, 이 일대의 대표적인 토착 민속신앙인 감악산사 신앙에 대한 공식적인 배척에 나선 것으로 파악된다. 유교적인 정치질서를 확대하고자 한 충선왕조 지배체제의 관점에서 볼 때, 감악산사는 음사(淫事)에 빠져있는 지방민을 교화(敎化)하기 위해 퇴치되어야 할 대상으로 받아들여진 것이다.

그러나 감악산사에 대한 지역민의 신앙은 이러한 정부 차원의 공식적인 배척에도 불구하고 파주 지역 지방민의 관습 속에서 다시금 재현되곤 했던 것으로 보인다. 지배권력의 조직적인 힘에 의해서도 토착신앙의 뿌리를 발본색원하기는 어려웠다는 것이다. 그들의 구체적인 삶과의 연관 속에서 형성되어 깊숙이 자리한 신앙관념을 유교적 이념에 기반한 관가의 규제만으로는 일거에 무너뜨리기가 어려웠던 것으로 보인다. 조선시대에도 여전히 감악산사는 유교적 교화 확대를 내세운 정부의 배격대상으로 나타나고 있다.

[자료9] 권람(權擥)이 병들면서부터 오랫동안 나오지 않다가 이때에 이르러 송악에 기도하러 집을 다 비우고 가서 수일 동안 머물렀다. 드디어 감악에서 기도하는데, 마침 풍우가 있었다. 세상에서 전하기를 "감악산신은 곧 당나라 장수 설인귀이다."라 하므로, 권람이 신에게 말하기를 "신은 당나라 장수이고, 나는 일국의 제상이니, 비록 선후가 같지 않더라도 세는 서로 비슷하다. 어찌 서로 궁박하게 굴기를 이와 같이 하는가?" 하였다. 무당이 신어를 하는데, 성내어 말하기를, "그대가 감히 나와 서로 버티는데 돌아가면 병이 나을 것이다."하니 그때 사람들이 이상하게 여겼다.[48]

[자료9]는 권람이라는 조선 초기의 대표적인 성리학자를 매개로 하여 감악산의 토속 신앙과 유교 이데올로기 사이의 대립을 형상화 한 자료이다. 합리성을 존중하는 유교적 이념과 민속신앙의 토착신격 사이에 벌어진 갈등 양상을 형상화 한 것으로 볼 수 있다. [자료9]에서 감악산사의 신은 유교사상으로 무장한 권람에게 굴복하여 그의 요구

48) 『世宗實錄』, 卷34, 10년 9월조

를 들어주는 모습을 보여준다. 유교적인 지배이념이 차츰 확립되어 감에 따라 토착 민속 신앙을 통제하는 성공해 간 양상이 반영되어 있다고 할 수 있다. 유교적 이념을 강화하면서 그것을 따르는 자에게 포상을 했던 조선조에 와서 감악산 신앙이 본격적으로 퇴조하기 시작한 양상이 나타나 있다고 볼 수 있는 것이다. 이는 유교적 가치관의 확대에 따라 당대의 지배적인 이념이 교체되어 간 패러다임의 영향 아래 생겨난 변모다. 조선 초기 유교적 이념의 전도사나 다를 바 없는 권람의 등장도 이러한 차원이다. [자료9]에서 권람은 일종의 퇴치자의 역할을 하고 있다. 퇴치자 권람을 중심으로 한 이야기가 등장함에 따라 기존 자료의 서술시각에 변화가 일어난 것으로 보인다. 앞서 살펴보았던 설인귀 풍속신앙 전설인 [자료1]·[자료2]에 나타난 희화화되고 부정화된 감악산사 설인귀비의 모습은 이러한 과정에서 발생한 변이라고 할 수 있다. 유교적 합리성과 현실성을 추구하는 지배권력에 의해 토착신앙이 패배해 간 당연한 귀결인 것이다.

그러나 [자료9]는 거꾸로 감악산사의 신앙이 파주 일대의 민속 신앙이 유교의 합리적인 관념에 의해 퇴치되어간 조선 초기까지도 구체적인 신격으로 살아있었다는 사실을 보여준다. 지역민들의 생활 속에서 구체적인 제향을 받으면 그들의 신앙과 관습, 사회질서에 관여하는 살아있는 존재로 나타나고 있다. 지역민들의 현재 의식 속에 살아있는 신앙대상인 신격은 그것과 다른 이념을 지닌 가치체계로서 새 질서를 구축·유지하려는 관점에서는 용납될 수 없는 것이다. 감악산사의 신은 당대 지역민의 의식 속에 막강한 영향력을 행사하는 살아있는 신격으로서 엄연히 외경의 대상으로 남아있었기 때문에 유교를 국가적인 새 이념으로 실현하는데 장애가 되었을 것이다. 역사적인 성격을 지닌 자료 속에서 감악산사의 성격이 심하게 변모되고 있는 현상이 이를 반증해 준다. 사상적 변모 때문에 관념의 전환을 거치면서 그 본래적 면모를 상실하고 변이한 것이다.

권람을 필두로 한 정치적인 관념체계가 침투하면서 파주지역 토착

신앙에 대해서도 합리적·현실적인 인식 방식이 확대되었을 것이며, 그 결과 신앙 관념이 약화되는 결과가 초래되었을 것이다. 그런데 감악산사는 그 연원이 가장 오래되고 그 제의와 상관한 신앙이 파주 지역민의 정신적 기반을 형성하면서 동질성을 유지하는 중요한 끈이 되었던 것으로 보이는 바, 파주 일대에서도 상대적으로 가장 강력한 신앙체계를 형성하고 있었을 것으로 보인다. 파주 일대의 다른 산악신앙이 상실되거나 자취를 감추는 상황에도 감악산사와 관련한 신앙은 존속하였던 것으로 보이는 바, 설인귀비가 지역민의 배척을 피해 감악산으로 이사 간다고 한 [자료1]·[자료2]의 설정은 거꾸로 이러한 상황을 나타낸 것으로 생각된다. 이는 권람의 등장에도 불구하고 토착신의 권위를 일거에 제압하는 동시에 유교적 권위를 단번에 뿌리내리지 못했다는 [자료9]의 서사구조 속에서도 확인할 수 있다. 유교에 입각한 지배이데올로기가 토착신앙을 압도했다면 [자료9]는 토착신앙과 유교이념의 대립을 권람과 감악산 신격의 갈등으로 형상화하지 않고, 권람을 유교적 교화 실현의 영웅적인 인물로 형상화하여 감악산 신격을 일거에 물리침으로써 유교적 이념의 일방적인 승리를 강조하는 서술방식을 취했을 것이다.

[자료9]에서 유교적 교화의 확대에 따라 토착신앙으로서의 감악산 신앙이 본격적으로 퇴조하는 시대적 배경이 조선으로 설정되어 있다는 점에 대해 한 가지 주목해 볼 사항이 있다. [자료9]의 이러한 설정은 조선조의 중앙집권적인 행정체계 구축과 파주지역의 위상 변동이라는 역사적 사실을 서사구조를 통해 반영하고 있는 것으로 볼 수 있다. 토착신앙으로서의 감악산 신앙과 유교 이념의 전도사로서의 권람의 대결은 파주를 중앙집권적인 지방행정 체제 속에 적극 편입시키고자 하는 조선 정부의 노력과 지역 토착 세력의 대립을 나타낸 것으로 보인다. 조선 정부는 1414년부터 중앙관제와 지방군현제에 대한 대대적인 개혁을 시행하면서 지방에 대한 중앙통제력을 강화해갔다는데, 바로 [자료8]에 등장하는 권람의 파주 방문 시기와 일치한다.49) 조선 초기부

터 본격화된 유교적인 지방행정체제의 정비 과정의 일환으로 파주 지역의 토호를 제압하고 정부의 중앙 통제를 강화하고자 한 정부의 공식적인 움직임을 반영하고 있는 것으로 보인다.

[자료1] · [자료2]의 설인귀 풍속신앙 전설 속에서 감악산신으로 인식되었던 설인귀비의 희화화는 이처럼 토착신앙이 조선의 중앙집권적인 행정통제와의 대결에서 패배하는 과정에서 발생한 것으로 생각된다. 역사적인 대결에서 패배함으로써 신앙대상으로서의 숭앙감은 박탈되었지만 그 숭앙의 흔적은 역설적으로 희화화된 양상 속에서 확인할 수 있다. 변모과정을 역으로 추적할 때, 설인귀 신앙이 지닌 본질적인 신성과 그 발현 양태의 역사적 변모 과정을 명료하게 확인할 수 있다. 설인귀는 생활의 풍요를 제공하는 산신 혹은 지역의 생산신으로 숭앙되었으며, 일정한 역사적 시기에 중앙집권적인 행정 체계와 대결하는 과정에서 신성을 상실하거나 약화되어 희화화 된 것으로 보인다. 제향 대상신으로서의 자격을 박탈당해 신앙되지 않게 됨으로써 그 본래적인 신성을 상실하게 된 역사적인 배경을 확인할 수 있는 것이다.

여기서 한 가지 주목해 볼 것은 통일신라의 멸망과 고려의 성립에 따라 감악산 신앙이 <설인귀 전설>과 본격적으로 분리되었음에도 불구하고 [자료9]에서 설인귀가 감악산사의 신으로 나타나고 있다는 사실이다. 유교적 교화 확대의 전령사로서 토착신을 퇴치하는 권람이 대결하는 당사자는 감악산신으로 일반화 되어 있는 것이 아니라 설인귀신으로 구체화 되어 있다. 역사적 실존 인물로서, 파주군 일대에서 해당 지역 출신 인물로 인식되고 있는 설인귀와 감악산신이 다시금 결합하고 있는 것이다. 이는 조선이라는 왕조의 성격과도 관련이 있는 것으로 보인다. 감악산 신앙과 <설인귀 전설>의 분리는 고구려 계

---

49) 이 과정에서 파주 지역의 교하현은 원평군에 소속되었고, 교하현 소속의 심악은 고양현(高陽縣)에 소속되었고(『太宗實錄』, 卷28, 태종 14년 8월 신유조), 장단현은 임강현(臨江縣)을 합병하여 장임현(長臨縣)이 되었다가 뒤에 다시 장단현이 되었다. (『世宗實錄地理志』, 경기 장단현조)

승의식을 적극적으로 표방한 궁예(弓裔)가 파주 지역에 후고구려, 즉 태봉의 수도를 정하면서 시작되어, 역시 고구려의 적자임을 천명한 고려조에 와서 본격화 된 것으로 생각된다.

반면 조선 북방 여진족의 세력을 기반으로 하여 창업했으면서도 오히려 함경도나 평안도와 같은 한반도 북방 지역과 그 출신 인재를 차별한 왕조이다. 이 때문에 고려의 수도로서 고구려 계승 의식이 완연한 개성 지역에서는 이성계를 비하한 성계육 전설이 널리 전승되기도 한다. 이는 거꾸로 보면 조선 왕조의 성립이 파주군 감악산 신앙과 <설인귀 전설>을 분리하게 한 고려조 이래의 정치적인 강제력을 완화시킨 결정적인 배경으로 작용했다고도 할 수 있다.

그러나 비록 [자료9]에서 설인귀가 감악산신의 본령으로 나타나 있기는 하지만 감악산 신앙을 기록한 조선조의 거의 대다수 기록에서는 감악산신이 설인귀라는 인식이 나타나지 않는다. 17세기 이래 이 지역을 답사했던 허목, 유형원, 이만부 등의 기록을 보면 감악산비 옆에 설인귀 사당이 있다는 언급만이 나와 있을 뿐 감악산비와 설인귀 사당과의 구체적인 연관성은 지적하지 않고 있음을 확인할 수 있다.[50] 감악산 신앙과 <설인귀 전설>을 한 세트로 묶어서 인식하는 것에 대한 정치적인 금기가 조선조 들어 해제되었다 하더라도 그 사이의 결속력이 굳건했던 것은 아니었던 것이다. 조선조 이후 감악산신은 설인귀이기도 하고 아니기도 한 형태를 띠게 되었으며, 동시에 감악산 풍속신앙 전설은 <설인귀 전설>이기도 하고 아니기도 한 유형으로 존재하게 된 것으로 볼 수 있다.

4. 나오는 말

본 연구는 설인귀 풍속신앙 전설의 금기구조와 서사구조적인 특징

---

50) 김륜우, <감악산비와 철원 고석정>, 『경주사학』9, 1990, 43~44쪽

및 전승양상의 역사적인 맥락과 향유의식을 규명해 내고자 했다. 이러한 고찰을 통해 궁극적으로 설인귀와 관련된 한국 고·당 전쟁 문학의 향유의식에 관한 기존 연구 속에서 규명되지 않았던 과제, 즉 중국 인물인 설인귀를 주인공으로 한 한국 고·당 전쟁 문학이 오랜 기간 동안 널리 향유될 수 있었던 이유를 밝혀보고자 하였다.

1. 풍속신앙 전설의 금기구조이다. 설인귀 풍속신앙 전설은 감악산 설인귀비 유래담으로 존재하며, 그 서사구조는 두 가지 패턴으로 나타난다. 하나는 제향의 요구와 징치의 패턴이다. 제의와 희생공양을 요구하고 이를 어길 시에 징벌을 내리는 구조로 되어 있다. 다른 하나는 접촉 금기와 징벌의 패턴이다. 신격의 신체(神體)와 동격으로 인식되는 사당, 비석, 공물 등에 무단으로 손을 댔을 때 인간을 징치하는 구조로 되어 있다. 제향과 공양을 요구하는 패턴이든 사당·비석·공물에 접촉을 금지하는 패턴이든 모두 신격이 인간과의 상호작용 속에서 일정하게 제한하는 전제 사항이 있고, 이를 어겼을 경우에 징벌을 내리는 금기의 서사로 구조화 되어 있다는 점이 특징이다. 이러한 <설인귀 전설>의 서사구조적 특징은 중국 고·당 전쟁 문학으로서의 <설인귀전>에서는 찾아볼 수 없는 것으로 한국 문학의 고유한 세계관에 근거한 것이다.

2. 설인귀 풍속신앙 전설의 금기구조는 대외적으로는 고·당 전쟁을 중심으로 한 고구려, 당나라, 신라의 역학관계와 대내적으로는 한반도 내부의 왕조 교체에 따른 중앙정부의 정치·행정·종교적인 지배구조의 변동에 따라 일정한 변이과정을 보여준다. 그 역사적인 변동은 세 단계로 나타난다. 제1단계는 설인귀 신앙이 감악산 신앙과 결합하는 단계이다. 통일신라의 성립과 발해와의 대치라는 정치적 상황을 배경으로 설인귀 신앙을 빌어 고구려의 영향을 타파함으로써 통일신라의 정치적 지분을 확대하고 민족의 정신적인 통합을 이루어내고자 하

는 목적에 의해 이루어졌다. 제2단계는 감악산 신앙이 설인귀 신앙과 분리되는 단계이다. 고구려의 적자임을 선포한 고려의 성립과 북방 고토 회복을 중심으로 한 정치적인 상황 변화를 배경으로 한다. 제3단계는 감악산 신앙이 유교적 합리주의와 대립하는 단계이다. 고려 충선왕조에 유교가 도입됨에 따라 유교적 교화 확대를 위해 토착신앙을 타파하고, 동시에 지방에 대한 중앙정부의 행정적인 지배를 강화하기 위해 토착세력을 일소하려는 정치적인 목적에 의해 이루어졌다.

III. <설인귀 전설>과 <설인귀전>의 상관관계에 관한 비교 고찰

1. 들어가는 말

<설인귀전>은 <설인귀정동> 42회본을 수입·번역해서 만든 작품이다. 주지하다시피 <설인귀전>은 <설인귀정동> 42회본을 원전으로 한다. 그런데 <설인귀정동> 42회본의 수용과 <설인귀전>의 성립에 이르는 일련의 과정 속에는 단순히 번역으로만 설명될 수 없는 복잡한 층위가 존재한다. <설인귀전>을 단지 <설인귀정동>을 수입하여 번역한 작품으로 규정하려면 <설인귀전>이라는 표제에 속하는 작품들이 모두 <설인귀정동> 42회본과 동일한 내용을 담고 있어야 한다. 다시 말해서 비록 자구와 어구상의 출입은 있을 지라도 그 대개의 내용 변개의 범주는 <설인귀정동> 42회본을 축자역한 테두리 내부에 있어야 한다는 것이 전재가 되어야 한다는 것이다. 하지만 실상은 이와 다르다. <설인귀전>의 이본군 속에는 <설인귀정동> 42회본을 그대로 축자 번역한 유형과 그렇지 않은 두 부류가 존재한다.[51]

<설인귀정동> 42회본과 내용을 포함하고 있는 <설인귀전>계열의 선본은 국립도서관본이다. 본 고에서는 논의의 편의상 이러한 <설인귀

---

[51] 전자에는 연세대본, 이화여대본, 동미서시본, 경성서적조합본, 신구서림본의 4종이 속한다. 후자에는 경판 40장본, 경판30장본, 경판17장본, 국립도서관본, 영남대본, 고려대본 박순호본 등 7종이 속하는데, 국립도서관본이 최선본으로 알려져 있다. 각 이본 관계에 대해서는 이윤석, <설인귀전>의 원천에 대하여>, 『연민학지』 9, 2001을 참조하기 바람.

전> 계열을 국립도서관본 계열로 지칭하기로 한다. 문제의 핵심은 <설인귀정동> 42회본과 다른 내용을 포함하고 있는 국립도서관본 계열 <설인귀전>의 내용이 어디에서 유래했는가 하는 점이 될 터인데, <설인귀정동> 42회본과 다른 국립도서관본 계열 <설인귀전>과 서사 구조적으로 상관관계에 있는 작품 유형이 있다. 바로 <설인귀 전설>이다. <설인귀 전설>은 경기도 파주 일대를 주된 전승권역으로 하는 지역전설이다. 경기도 지역전설의 한 대표적인 유형이라 할 수 있을 정도로 이 일대에서는 설인귀에 관련한 전설의 유화가 풍부하게 전승되고 있다. 그런데 이 <설인귀 전설> 속에서 국립도서관본 계열 <설인귀전>과의 소재적·내용적 상관관계가 확인된다.

국립도서관본 계열 <설인귀전>과 <설인귀 전설>의 내용 중에서 유사한 모티프를 보여주는 부분은 네 가지 국면으로 나타난다. 첫째는 대식 모티프이고, 둘째는 외삼촌의 박대 모티프, 셋째는 병기 획득 모티프, 넷째는 용마 획득 모티프이다. 대식 모티프, 외삼촌 박대 모티프, 병기 획득 모티프, 용마 획득 모티프는 <설인귀정동> 42회본에는 나오지 않는 내용이다. 대식 모티프, 외삼촌의 박대 모티프, 병기 획득 모티프, 용마 획득 모티프는 우리나라 영웅소설의 일대기 구조를 구성하는 핵심적인 모티프에 해당한다. 대식 모티프와 외삼촌의 박대 모티프는 가문의 몰락에 따른 영웅의 시련이라는 서사 단락에 속하며, 병기 획득 모티프와 용마 획득 모티프는 입공을 위한 주인공의 수련과 학습이라는 서사 단락을 구성한다. 이 네 가지 모티프가 우리나라의 영웅소설화된 국립도서관본 계열 <설인귀전>의 서사 구조적인 특징을 형성하는 핵심적인 화소가 된다는 것이다.

그런데 국립도서관본 계열 <설인귀전>을 서사 구조적인 측면에서 <설인귀정동>과 분지시켜주는 변별점인 이 네 가지 모티프와 유형적으로 유사한 내용이 파주 지역 일대에서 전승되는 <설인귀 전설> 속에서 확인된다는 것이다. 이는 <설인귀정동>과 변별되는 국립도서관본 계열 <설인귀전>의 성립 및 형성 과정 속에 <설인귀 전설>이 구조적으로 개입되어 있다는 사실을 의미한다.

현재까지 <설인귀 전설>과 고소설 <설인귀전>에서 나타난 내용상의 유사성에 관한 비교 연구는 존재하지 않는다. 지금까지 이루어진 기존 연구에서는 <설인귀전>의 소재적 원천을 <설인귀정동> 42회본과의 관련성 속에서 모색해 왔다.[52] 본 연구는 이러한 기존 연구의 시각과 달리 <설인귀전>의 한 소재적 원천을 <설인귀정동> 42회본이 아니라, <설인귀 전설> 속에서 찾아보고자 하는 것이다. 따라서 본고에서 본격적으로 고찰해 보고자 하는 것은 이러한 <설인귀전>과 <설인귀 전설>에 나타난 모티프 상의 유사성과 그 내용적 상관관계에 관한 구체적인 고찰이 된다. <설인귀정동> 42회본과 <설인귀 전설> 사이에 존재하는 소재적·내용적 차별성도 중점적으로 검토하게 될 것이며, 이 차별성에 대한 고찰은 거꾸로 <설인귀전>과 <설인귀 전설> 사이에 존재하는 모티프 상의 유사성을 명확히 하는 하나의 준거틀이 될 것임을 미리 밝혀둔다.

2. 대식 모티프

국립도서관본 계열 <설인귀전>에서 주인공 가문의 몰락과 고난 모티프는 대식 화소와 관련하여 형상화 되어 있다. 가문이 몰락한 이후 유리걸식하며 주인공이 경험하게 되는 기한이 그의 대식 습성 때문에

---

52) <설인귀전>의 이본관계 및 <서인귀정동> 42회본과의 관련 양상에 관한 기존 연구는 다음과 같은 논문 속에서 이루어진 바 있다. 서대석, <이조(李朝) 번안소설고(飜案小說攷) - 설인귀전(薛仁貴傳)을 중심(中心)으로>, 『국어국문학』52, 1971; 성현경, <여걸소설(女傑小說)과 『설인귀전(薛仁貴傳)』 - 그 저작연대(著作年代)와 수입연대(輸入年代)·수용(受容)과 변용(變容)>, 『국어국문학』 62·63, 1973; 이금재, <설인귀전>의 <설인귀정동> 수용과 그 의미>, 부산대학교 석사학위논문, 1990; 이윤석, <설인귀전>의 원천에 대하여>, 『연민학지』 9, 2001; 이윤석, <설인귀전>, 『한국고전소설작품론』, 집문당, 2004; 김예령, <『설인귀전』의 번역, 번안 양상 연구>, 『관악어문연구』 29, 2004

증폭되는 양상은 <설인귀전>을 제외한 여타의 영웅소설에서는 일반적으로 잘 나타나지 않는다. 대식 화소가 여타의 영웅소설에서 주인공의 고난을 형상화하기 위해 전형적으로 등장하는 모티프와는 별도의 유형적 특징을 보여준다고 할 수 있다. 그런데 이러한 설인귀의 대식 화소는 신화적 세계에서 통용되는 미의식과 맞닿아 있는 측면이 있다. 일상적인 인간과는 다른 신화적 인간의 미적 특징을 보여준다는 것으로, 국립도서관본 계열 <설인귀전>의 독특한 미의식을 구성하는 한 중요한 요소가 된다.

국립도서관본 계열 <설인귀전>에서 설인귀의 부친인 설공이 병사한 뒤에 가문이 몰락하자 설인귀 모자가 기한을 이기지 못하고 모친 장씨가 불에 뛰어 들어 타 죽는 것으로 나타난다. <설인귀정동> 42회본에서도 설인귀 부모가 병사하고 난 후에 그가 고난을 겪는 것으로 나타나지만 그 양상이 굶주림을 견디다 못해 자살을 하는 극단적인 양상으로까지 나타나지는 않는다. 동문수학하던 친구인 주청(周靑) 등 주변에는 친밀한 관계를 유지하는 친우들이 여전히 존재한다. 생활을 연명하지 못하고 유리걸식하거나 친족들에게 박대당할 정도로 가문 몰락의 낙폭은 그리 크지 않다. <설인귀정동>의 설인귀 주변에는 여전히 가세를 유지하고 있는 친구들이 있으며, 유랑과 투군을 위한 노정에서도 주청과 번가장(樊家庄)의 주인인 번홍해의 도움을 받는 등 설인귀 주변에는 현실적인 도움을 주는 인물들이 두루 포진해 있다. 오히려 본격적인 시련은 투군 후 장사귀(張士貴)와의 대결과정에서 본격화 된다. 장사귀와의 대결은 권력의 선점과 유지를 위한 정치적인 대결의 성향을 띠기 때문에 가문의 몰락에 따른 일상적·개인적인 차원의 고난이라고 보기 어렵다. 그러나 국립도서관본 계열<설인귀전>에서 가산 탕진으로 인한 부친의 죽음과 기한을 이기지 못한 모친의 자살은 어린 설인귀가 겪어야 하는 청년기 고난의 직접적인 원인이 된다.

[자료1] ① 가게 점점 탕픽ᄒ여 노비 전퇴을 다 팔고 ㉮모ᄌ 긔혼을 니긔지 못ᄒ여 쥬야 셜워ᄒ더니 일일은 텬지 아득하여 블빗치 집을 둘러오니 댱시 앙쳔통곡왈 하날이 우리 모자를 죽이려 하시니 엇지 살이오 하고 불의 뛰어드니 인귀 총망중 밋쳐 붓드지 못하여 죽는 양을 보고 통곡하며 또한 뛰어들녀하니 동니 사람이 붓드러 구하매 듁지 못하니라.53)

② ᄒ 스람이 잔잉이 여겨 왈, "부졀업시 슬허말고 ㉮늬 집의서 양이나 치다가 싱도를 도모하라." 인귀 ᄉ례ᄒ고 시졔를 ᄊ라 가니라.54)

③ 인귀 뉴시를 드리고 가보니 산쳔이 쳠악ᄒ고 슈목이 총잡ᄒ거ᄂᆞᆯ ㉮남글 버혀 집을 짓고 머무이 싱되 망연ᄒ여 혹 나무도 져다 팔고 신도 삼으며 동이 ᄉ람이 돌보아 겨유 연명ᄒ더라55)

국립도서관본 계열 <설인귀전>에서 부모의 죽음은 설인귀를 사고무친한 신세로 만들 뿐만 아니라 당장의 끼니를 유지할 수 없을 정도로 기한에 시달리게 만든다. 조실부모한 설인귀는 극심한 기아에 시달리며, 주위사람으로부터 천덕꾸러기 취급을 받을 뿐 아니라 생명을 유지하는데 심각한 위협을 받고 있다.56) [자료1]–①–㉮부분에서는 부친의 병사후 설인귀 모자가 겪은 고난을 기한(飢寒), 즉 굶주림과 추위라고 명시해 놓았다. 설인귀 모자의 시련이 문화적·계급적 차원도 아니요, 생명유지와 관련된 원초적인 문제임을 드러내고 있다. [자료1]–②–㉮부분에서는 기한을 이기지 못한 모친마저 불에 뛰어들어 타 죽는 어이없는 사건이 발생하자 고아가 된 설인귀가 유리걸식하던 도중 남의 집에 양치기로 고용되어 생계를 도모하게 된 모습을 보여주고 있다. 원래 사대부의 자손인 설인귀가 남의 집의 양치기로 고용되었다는 것은 임노동자의

---

53) <설인귀젼단>, 『영인고소설판각본전집』4, 429쪽
54) <설인귀젼단>, 『영인고소설판각본전집』4, 429쪽
55) <설인귀젼단>, 『영인고소설판각본전집』4, 430쪽
56) 이처럼 부모의 존재가 자식의 미래에 절대적인 영향을 미치는 양상은 우리나라 고소설에서 특징적으로 나타나는 것으로, 영웅의 일대기 구조 속에서 가문의 몰락과 조실부모함은 주인공이 겪는 시련과 고난의 직접적인 원인으로 작용한다.

수준으로 그 현실적인 신분이 떨어졌다는 것을 의미한다. [자료1]-③-㉮ 부분에서는 양치기로 고용된 평민의 집에서도 쫓겨난 설인귀가 산 속으로 들어가 나무를 베어 집을 짓고 살면서 신을 삼아 팔거나 나뭇짐을 해다 팔고, 그도 안 되면 동네 사람들에게 걸식하여 겨우 목숨을 연명하는 모습을 보여준다. 이러한 설인귀의 모습은 정상적으로 마을의 주민이 되어 평민의 삶을 영위할 수도 없을 정도로 그 몰락의 정도가 심화되어 있다. 일반적으로 정착할 집 한 칸, 땅 한 떼기도 없어서 최저의 생계 수단도 마련할 수 없는 부랑자의 모습을 연상시키고 있다.

가문 몰락 후의 설인귀의 현실적 신분은 이처럼 층차가 매우 크게 나타난다. 출생 시의 신분과 고난시의 신분이 사실상 다르게 나타나는 것이다. 그런데 가문 몰락을 전후로 각기 다른 현실적 신분 중에서 역사적 인물로서의 설인귀의 출신 계층과 가까운 것은 후자 쪽이다. 중국 측 정사기록인 『구당서(舊唐書)』·『신당서(新唐書)』 소재 <설인귀전(薛仁貴傳)>을 보면, 설인귀가 농경으로 생업을 삼는 가난한 평민 집안 출신임을 확인할 수 있다.

[자료2] 설인귀는 강주 용문 사람이다. 어려서부터 집안이 가난해 농사로 업을 삼았다.[57]

<설인귀정동> 42회본이나 국립도서관본 계열 <설인귀전>에서 설인귀의 가문은 정치적인 명문가는 아니나 특별한 계기를 통해 재력을 축적한 부호로 나타난다. 말하자면 양반이나 귀족 계층은 아니지만 상업이나 무역, 대규모 농경 등을 통해서 부를 축적한 상공 계열의 중인 부호 계층이라고 할 수 있다. 역사적 인물인 설인귀를 소설의 허구적인 캐릭터로 형상화 하면서 출신 성분에 변이를 가했음을 알 수 있다. 고귀하기까지는 않아도 상류에 속하는 혈통은 설인귀가 현실 세계 속에서 이룬 후천적인 성공에 걸맞게 그의 선천적인 신분을 미화시킨 것이

---

57) <설인귀전(薛仁貴傳)>, 『신당서(新唐書)』, 卷111, 列傳, 弟36

라 할 수 있다. 고난에 처하여 미천한 지경으로 떨어진 설인귀의 신분 변동은 역사적 인물로서의 현실적인 의미를 지닌다고 할 수 있으며, 하층에서 몸을 일으켜 국제적으로 성공을 하는 설인귀의 스토리는 그 해당 지점으로부터 역사적으로 실존한 설인귀의 성공 스토리에 보다 가까워지게 된다. 국립도서관본 계열 <설인귀전>은 가문 몰락을 계기로 설인귀의 현실적인 신분을 최하층으로 떨어뜨림으로써 역사적 인물로서의 설인귀의 출신 계층에 보다 가깝게 다가갔다고 할 수 있다.

그런데 파주 일대에서 전승되는 <설인귀 전설> 속에 나타난 설인귀의 형상은 중국 측 역사서인 『구당서(舊唐書)』·『신당서(新唐書)』의 <설인귀전>의 기록이나 국립도서관본 계열 <설인귀전>과 같은 양상으로 나타난다. <설인귀전>에서 설인귀는 조실부모 후 이 집 저 집을 전전하며 빌어먹거나 임노동과 품팔이 등 최하층민의 생활을 전전하는 모습을 보여준다. 여기서 한 가지 주목할 점은 유리걸식과 임노동으로 생계를 도모하는 극빈한 상황 속에서 항상 문제가 되는 것이 설인귀의 대식(大食)이라는 사실이다. 설인귀의 대식은 유리걸식과 임노동의 상황 속에서 맞닥뜨리게 되는 인물들과 불화하게 하는 결정적인 원인으로 작용하며, 이로 인해 설인귀는 유리걸식과 임노동으로 최소한의 생명을 유지하는 것조차 불가능하게 된다.

대식 화소는 <설인귀전> 중에서는 국립도서관본 계열에만 나타난다. 반면, <설인귀 전설> 속에서는 이 대식 화소가 서사의 대부분을 차지할 정도로 확장되어 있다. 설인귀라는 하나의 자아가 현실 세계와의 사이에서 겪는 갈등의 본질을 이 대식 화소를 통해 상징적으로 형상화하고 있다고 볼 수 있다. 다음의 자료들을 통해 이 문제를 구체적으로 살펴보기로 하자.

[자료3] ㉮인귀는 범인이 아니라 하로 한 말 밥을 먹으니 시졔 그 냥을 민망흐여 왈 너를 보니 비범헌지라. 냥치기 불가흐니 어진 쥬인을 어더 네 원을 나루라. 인귀 하직흐고 문을 나니 스고무친이라. 기리 탄식고 졍쳐업시 가더니[58]

[자료4] 그런데 생활이 워낙 어려우니까 산밑에다가 조그마하게 당을 파고 움풀이라고 거기서 생활을 했는데, 참 짚새기를 삼아서 팔아서 생계유지를 했는데, 그 안에서 설윤기를 낳았다구 그래. 이 설윤기가 한살 두 살이 자꾸 먹어 일고여덟살이 되니깐, 워낙 장사니까 말(斗)밥을 먹구, 밥을 먹는데 우리네 밥그릇처럼 그런 것이 아니고, 큰 밥그릇에다가 밥을 먹고 그러는데, 도대체 그렇게 벌어서는 한놈의 입도 못대겠다는 거여. 그래서 설윤기 아버지가 자기네 처가가 어디 사냐면 여 감악산 밑에 객현리라고. 객현1리에 설윤기 외가집 거기 사는데, 거기는 그래도 잘 살았던 모양이여. 그래서 저희 아버지가 저놈 도대체 밥을 먹여 살릴 수가 없으니 외가로다가 보내가주구, 힘이 장사니까 외삼촌의 일을 거들어주면서 너 배불리, 니나 가서 밥을 잘 먹어라 그래서 글로 보냈다는거여.[59]

[자료5] 설인귀가 부잣집 아들인데, 그 노복 해서 한 백 명 살던 큰 부잣집이란 말야. 근데 그 집이서 살다가 저, 말하자면 망조가 드니까 그게 불이 삼 년 동안 났어. 매해마다 집에 불이 나서 삼 년 동안 탔단 말야. 그런 다음에는 염병을 삼 년 동안 했단 말야. 그리구는 흉년이 들구 그 집 일이 모두 망그라지기 시작을 하는데 그래 그니까 부자가 다 망했어. 사람은 죽구 집은 타구 뭐 하는 바람에 다 망했단 말야. 그래 설인귀 하나만 남았거든. (조사자: 다른 사람은 다 죽구?) 어 다 죽구 노복들은 달아나고 그랬겠지. 다 죽은 것은 아니구. 그니까 할 수가 없어서 감악산 뒤에 갈 것 같으면 배우니래는 데가 있어. (조사자: 배우니요?) 응 배우니. 배우니라는 데에서 자기 누이가 시집을 가서 살아. 그래서 ㉠집이 없으니까 자기 누이네 집으로 갔어. 그니깐 동생이 왔으니깐 멕여살여야 되지 않아. 그래 같이 있는데 아무것도 말두 않하구 일도 않하구 밥만 먹어대. 그러니깐 이게 답답하기 짝이 없지 뭐야. 그리구 밥을 보통 많이 먹나. 장수니까 그러니깐 주는 대루지. 뭐 온전히 배가 고파서 못살지. 허허허. 그러니깐 밥 많이 먹구 일은 않하구 그러니깐 밉지 뭐야, 사람이. 미워서, '그 놈의 자식 어디 갔으면 좋겠다.'[60]

---

58) <설인귀견단>, 『영인고소설판각본전집』4, 429쪽
59) <설윤기(설인귀) 전설>, 제보자: 김정홍(남, 70세, 파주시 적성면 주월리 154-8), 제보자는 짚공예를 전문으로 하여 전시회도 여러번 개최하였으며, 장차 박물관을 세울 계획을 가지고 있다. 조사지: 제보자의 집, 경기도 박물관 홈페이지, http://www.musent.or.kr/resources/river, 제4장 임진강 유역의 민속문화, 제7절 구비전승, 508~509쪽
60) <백포소장 설인귀>, [동두천설화2] 생연2동 한약방, 1999.5.21, 조희웅, 조흥욱, 노영근, 박인희 조사. 이윤형, 남·76, 『경기북부구전자료집(1)』, 조희웅 외, 박이정, 2001,

[자료3]은 국립도서관본 계열 <설인귀전>에 나타난 대식 화소이다. 설인귀가 유리걸식하다가 남의 집에 양치기로 들어갔는데, 하루에 한 말씩 밥을 먹어댔기 때문에 해고가 되었다는 에피소드이다. 설인귀가 임노동의 대가로 먹어치우는 밥의 양이 그의 노동으로 주인집이 얻는 이익보다 더 많기 때문에 설인귀를 고용하지 못하는 상황이 벌어진 것이다. 더 정확하게는 설인귀의 대식 때문에 그의 임노동으로 인한 이익은커녕 주인집의 생계가 곤란해 질 정도로 위협적인 상황이 야기 된 것이다. 설인귀의 대식을 일반인의 생활방식으로는 감당할 수 없는 데서 벌어진 문제이다. 바꿔 말하면 대식으로 상징되는 설인귀의 생존 방식이 본질적으로 일반인의 그것을 뛰어넘은 위치에 놓여있기 때문 에 발생한 갈등이라고도 볼 수 있다. 국립도서관본 계열 <설인귀전>에 나타난 갈등은 설인귀의 대식을 감당하지 못한 주인이 설인귀를 자신 의 권역으로부터 축출하는 양상을 띤다는 점에서 설인귀의 대식에 대 한 상대자의 대응이 적극적인 모습으로 나타난다고 할 수 있다.

[자료4]·[자료5]은 <설인귀 전설>에 해당하는 텍스트이다. [자료3] 의 국립도서관본 계열 <설인귀전>에서 간략하게 제시되어 있는 대식 으로 인한 갈등 에피소드가 풍부한 서사와 함께 구체적으로 확장되어 있다. 먼저, [자료4]를 살펴보자. [자료4]에서 설인귀의 대식으로 인한 갈등의 상대자는 친아버지로 나타난다. 설인귀의 친아버지는 움집을 파서 집으로 삼고 짚신을 팔아서 생계를 유지하는 최극빈자로 형상화 되고 있다. 최소한의 생계 유지조차도 어려운 상황에 놓여 있는 것이 다. 이 와중에 그 아들인 설인귀가 말밥을 먹어서 식량을 다 없애 버리 니, 설인귀가 없어도 생계유지가 힘든 마당에 그의 대식을 감당할 능력 이 친아버지에게는 도저히 없다. 이 점에서 친아버지가 부유한 외삼촌 에게 설인귀를 보내는 것은 먹을거리가 있는 대도 그를 부양치 않고 친자식을 버리는 이기적인 차원이 아니다. 친아버지가 이처럼 극빈자

301~303쪽

로 형상화 되고 있는 것은 설인귀의 성공이 신분의 한계를 딛고 오로지 그 능력만으로 이루어진 것임을 강조하기 위한 것으로 보인다. 대신 설인귀의 대식과 혈족 사이의 갈등이 지니는 비극적인 의미는 여타의 <설인귀 전설> 자료에 비해 상대적으로 약화되어 있다고 할 수 있다.

[자료5]는 설인귀의 대식으로 인한 갈등의 상대자가 친누이라는 점에서 [자료4] 보다 일차집단의 크기는 상대적으로 확대되고 그 혈연의 강도는 강화되어 있다. [자료5]-㉮에서는 일차집단 구성원들이 설인귀와 불화할 수밖에 없는 이유가 보다 분명히 나와 있다. 일은 안하고 밥만 먹어댄다는 것이다. 그것도 먹어대는 밥의 양이 엄청나다는 것도 문제다. 먹을거리를 제공하는 대가로 노동을 교환받아야 하는데, 그 상대자가 친동생이라는 점에 누이가 처한 딜레마가 있다. 혈연이라는 윤리적인 관계성이 먹을거리를 제공한 대가를 노동을 교환받는 것을 막고 있기 때문이다. 혈연관계는 교환가치의 적용 대상이 아니라는 전통적인 윤리규범이 설인귀와 친누이 사이에 갈등을 낳는 요인이 되고 있는 것이다.

원래 배고픔이란 민중의 생활에서 가장 심각한 문제이고 최우선적으로 해결해야 할 과제다. 영웅적인 과업의 성취나 자아실현, 사회적 선의 실현 따위는 민중의 삶에서 우선적인 고려의 대상이 아니다. 의식주와 같은 인간의 생명유지와 직결된 가장 기초적인 대사를 해결하는 것이 급선무로 취급되는 사고방식이다. 신화적인 초월성을 계승한 설인귀의 능력이 하필이면 먹을거리를 소재로 한 '밥 많이 먹음', 즉 대식(大食)으로 표상화 되는 것이나 신화적 능력을 감당하지 못한 일상인의 적대적 공격이 먹는 문제로 인해 촉발되는 것도 이러한 의식주와 같은 기초적인 대사를 통해 인간과 사회, 삶의 문제를 이해하는 민중적인 인식체계의 소산이라고 할 수 있다. <설인귀 전설>에서는 민중의 최대 난제인 먹거리 문제를 반복적으로 집중 부각시키고 있는 바, 비범한 능력 때문에 대식해야 하는 설인귀는 설인귀의 친족 입장에서 보면 가뜩이나 어려운 생계를 더욱 곤란하게 만드는 주범인 셈이고, 애초에 일상적인 생계의 유지가 가장 긴요한 문제가 되는 친족의 사고방식 속에서는 그 대식이 함의하는 바를 이해할 인식의 체계가 존재하지 아니한다.

설인귀의 대식은 그 신화적·영웅적 속성을 일상인들이 결코 인식하지 못한다. 다만 현실적인 관점에서 그저 밥을 축내는 부정적인 것으로 터부시 할 뿐이다. 일상인으로서는 쉽게 이해하지 못할 신화적인 스케일이라는 점에서 소대성의 대수(大睡) 화소는 설인귀의 대식 화소에 대응된다. 하루하루의 일상을 영위하는 데만 급급한 소시민들에게 있어서 웅대 전략이란 이해하지 못할 것이며, 자신의 웅지를 실현하지 못할 바에는 일상생활의 영위를 아예 포기하고 차라리 잠을 잠으로써 자신의 자질과 현실 세계 사이의 괴리를 삭히겠다는 것이다.

그런데 현실 세계와의 부조화를 풀기 위해 선택한 설인귀의 대수는 오히려 그 갈등을 증폭시킨다. 일상인이 이해 할 만 한 현실적인 행동을 보여주지 않고 잠만 자는 소대성의 모습은 신분갈등으로 촉발된 처갓집의 사위 박대를 더욱 심각한 지경으로 몰고 간다. 설인귀의 경우와 비교해 본다면 직접적인 것은 아니지만 혈연으로 묶여 있는 처가와의 관계 속에서 설인귀가 갈등을 빚을 수밖에 없는 것은 당연한 수순으로 보인다. 의식주를 해결해 주는 대가로 일체의 노동력을 제공하지 않는 소대성을 지극히 정상적인 일상인인 처가 식구들이 감내해 주기란 애초에 본질적으로 불가능한 것이기 때문이다. 이러한 모티프 상의 상관관계는 국립도서관본 계열 <설인귀전>의 성립 및 형성과정에 <설인귀 전설>이 미친 영향을, 즉 둘 사이의 교섭양상의 맥을 짚어볼 수 있게 한다.

3. 외삼촌의 박대 모티프

국립도서관본 계열 <설인귀전>에서는 외삼촌 장명기와 그의 처 두씨의 박대 모티프가 구체적으로 형상화 되어 있다. 설인귀를 직접적으로 박대할 뿐 아니라 사지로 내모는 음모를 꾸미는 사람은 외숙모 두씨(杜氏)이고 외삼촌 장명기는 이를 방조하거나 명령에 따라 실행에 옮기는 역할을 하고 있다. <설인귀정동> 42회본에는 이러한 친척의 박대담이 아예 등장하지 않는다. 설인귀와 혈연으로 묶여 있는 사람 중에서 박대를 하는 사람은 없다. 다만 계층과 재력의 차이를 이유로 설인귀의 처가 식구들이 그를 박대하는 화소는 있다. 이는 혼사장애 모티프를 구성하는 것으로 국립도서관본 계열 <설인귀전>과 일부의 <설인귀전설>61)에서도 등장하는 것이다. 외삼촌의 박대 모티프는 단순히 사고무친의 아이인 설인귀를 친족이 박대했다는 차원이 아니라, 이후에 연속되는 서사단락인 병장기 및 용마 획득 모티프와 긴밀히 연결되어 있다. 이 점에서 외삼촌 박대담은 단순히 주인공인 설인귀가 겪는 고난의 한 과정으로 마감하지 않고 그가 고·당 전쟁의 과정에서 입공할 수 있는 수단을 마련하게 되는 계기가 되고 있는 것이다. 서사구조의 차원에서 앞뒤로 인과적인 맥락이 보다 강화되어 있다고 할 수 있다.

[자료6] 두시 가로딕 공명은 귀흔 일이니 엇지 아니 도으리요 ᄒ고 즉시 듀찬을 먹니고 왈 노비ᄂ 넘여치 말고 풍화동 역밧츨 갈고 가라 ᄒ니 인귀 수레ᄒ고 즉시 쇼룰 닛쓸고 가 밧츨 갈거늘 명긔 놀나 두시ᄃ려 왈 줄거시 업스면 그겨 보ᄂᆡ미 올커늘 어린 ᄋ희룰 ᄉ지의 보ᄂᆡ뇨 두시 정싴 왈 인귀룰 두면 닉 ᄉ지 못ᄒ리라 하고 발악ᄒ니 명긔 묵묵부답ᄒ더라 홀년 딕풍이 이러나며 텬지 아득하며 무어시 ᄯᆞ회 쩌러지니 소릭 벽역 갓탄지라 인귀 고히 역여 치를 드러 소를 모니 그 쇠 쩔고 가지 아니하거늘 의혹하여 보니 그 쩌러지던 거시 화하여 큰 짐싱이 되어 다라들거늘62)

[자료6]은 국립도서관본 계열 <설인귀전>에 나타난 외삼촌 박대담

---

61) <설인귀 이야기>, [화현면설화10] 화현3리(영신) 노인정, 2000.1.18, 조흥옥, 박인희, 조재현 조사. 최재수, 남·66, 『경기북부구전자료집(2)』, 조희웅 외, 박이정, 2001, 502~507쪽
62) <설인귀견단>, 『영인고소설판각본전집』 4, 431쪽

이다. 국립도서관본 계열 <설인귀전>에 등장하는 외삼촌 박대담의 세부적인 서사단락의 구성을 정리하면 다음과 같다.

㉮ 설인귀가 군대에 입격하기 위한 노자를 빌리기 위해 외삼촌 집으로 찾아가다.
㉯ 두씨가 노자를 빌려줄 것처럼 거짓말을 한 후에 큰 짐승이 출몰하여 위험한 밭을 갈아달라고 한다.
㉰ 설인귀가 두씨의 말을 의심치 않고 소를 몰아 밭을 갈러 갔다가 큰 짐승을 만난다.

그런데 위의 세 단계로 정리한 국립도서관본 계열 <설인귀전>의 외삼촌 박대담은 거의 유사한 형태 그대로 <설인귀 전설> 속에서 등장한다. 밭을 갈다가 큰 짐승을 퇴치하고 전공을 세울 수 있는 도구인 병장기와 용마를 획득하는 기회를 맞게 되는 것도 동일하다. 외삼촌 박대담이 국립도서관본 계열 <설인귀전>의 서사구조 내부에서 전후의 서사단락과 맺고 있는 인과적인 관계와 동일한 양상을 확인할 수 있는 것이다. 다만 박해의 실행자 캐릭터에는 세부적인 변이의 편폭이 설정되어 있어서 설인귀를 박대하는 친족이 외삼촌 혹은 외숙모로 고정되어 있지 않고 친누이까지 확대되어 있다.[63] 친누이의 박대담까지 포함하여 외삼촌 박대담이라는 명칭을 쓴다고 할 때, <설인귀 전설> 속에서 이 외삼촌 박대담은 한 편의 텍스트가 보여주는 전체 서사구조 속에서 차지하는 비중이 큰 편에 속한다. 대식 화소 보다는 그 서사화의 정도가 낮은 편이지만 여타의 서사단락과 비교할 때 <설인

---

63) 위에서 정리한 구체적인 세 단계의 구성 여부를 적용하지 않고 단지 친족이 설인귀를 박대하는 이야기라고 한다면 설인귀의 대식을 매개로 한 큰아버지와의 갈등담도 유사한 범주에 포함될 수 있을 것이다. 그러나 이러한 관점에서 본다면 <설인귀정동> 42회본과 국립도서관본 계열 <설인귀전> 사이의 변별성을 명확히 가려내기가 어렵기 때문에 외삼촌 박대담은 위에서 제시한 세 단계의 서사단락으로 구성되면서 전후 서사전개상에 위치한 모티프들과 인과적인 맥락에서 연결되는 에피소드로 한정할 필요가 있다.

귀 전설>의 향유층이 특별히 흥미를 가지고 의미를 두고 있는 모티프라는 사실을 확인할 수 있다.

[자료7] 얘가 그래 가주고 외삼촌의 일을 돕구 농사를 짓는데 아 이 늄이 점점 커서 십여 살이 넘어가니까 도대체 거기서도 살기는 괜찮게 살지만 감당을 못하겠어서, 야 이거 이래서는 안돼겠다하구 이 사람을 죽일려고 객현리 등새 한참 올라가면 밭이 있는데, 그 밭 가운데 각담이 큰게 있는데, 바루 설윤기 외가 집 밭이래요. 그 밭이 아 그 전엔 잘해 먹었는데 그 이전에는 백호가 나와서, 호랭이가 나와서 왕왕거리는 바람에 그냥 묵혔었는데, 설윤기를, 아 저놈 거기 가서 호랭이나 물려 죽여야 겠다고 하고서, 거 왜 소 두 마리가 밭가는데 끄는 쟁기가 있잖아요. 그 쟁기를 짊어지고 거기다가 보리씨하구 이런걸 웬장 다 짊어 지구, 힘은 장사니까. 소 두필을 끌려서 내보낸거여, 너 가서 거기 가서 밭을 갈아라. 그래 소 두필을 끌구, 웬만한 사람을 쟁기를 지지도 못해요, 약골은.[64]

[자료8] 그러니까 기운은 시니까 게 저그 감악산의 올라가니까 감악산 밑이 니까 감악산에 올라가서 밭을 갈라구 그랬어. 그래 밭을 갈라면 이제 소를 두 마리를 가지구 가서 인제 가는 거거든. 뭐 기운이 세니까 그 까짓 거 갈지 뭐. 그래서 이제 뭐 벼리를 해서 그게 보통 벼리를 지면 크지 보통 우리가 들어도 이렇게 크니까 그래서 벼리를 해서 소 두 마리를 끌고 이제 올라가서 이제 멍에를 지구서 하는 것은 봤으니까 이제 밭을 가는 거야. 그런데 이제 호랭이가 득실득실 해 그 산에. 그래 호랑이가 으르렁대구 그 근처에 댕기니까 아 소가 무서워서 밭을 제대로 갈아야지. 그냥 그 눈이 휘둥그래 해져서 그러 거든? 그니까 밭도 갈 수가 없지. 그래 호랑이가 으르렁 거리니까는, 그래 화가 나서 벼리를 내팽치구서는 그 성에라구 그 길다래가지구서 굵은 나무에다가 한 두발 즘 한 서너 발 되겠다 그만한게 있어요, 그거를 벼리에서 쑥 빼가지구 서 호랭이 때려잡으러 뒤좇아갔단말야. 그래서 호랑이는 도망갔구 소는 호랑이 가 으르렁거리니까는 다 도망갔구. 누이한테 가서 뭐라 그래. 호랑이는 도망갔 구 소도 도망갔구. 그래 화가 나서 에이 이까짓거, 산에 올라가서 굶어죽던지 한다구 감악산에 올라갔는데 (하략)[65]

---

64) <설윤기(설인귀) 전설>, 제보자: 김정홍(남, 70세, 파주시 적성면 주월리 154-8), 제보 자는 짚공예를 전문으로 하여 전시회도 여러번 개최하였으며, 장차 박물관을 세울 계획을 가지고 있다. 조사지: 제보자의 집, 경기도 박물관 홈페이지, http://www.musent. or.kr/resources/river, 제4장 임진강 유역의 민속문화, 제7절 구비전승, 508~509쪽

[자료7]에서는 외숙모가 아니라 외삼촌이 음모의 계획과 직접적인 박대의 실행자로 등장한다. 외삼촌은 설인귀의 모친을 통해 설인귀와 혈연이 연결되어 있다는 점에서 상황의 논리로만 보자면 [자료7]의 <설인귀 전설>은 국립도서관본 계열 <설인귀전> 보다 그 갈등의 비극성이 더욱 심화되어 있다고 할 수 있다. 먹을거리 확보와 일상생활의 영위를 위해 친조카를 살해하고자 음모를 꾸미고 있다는 점에서 일상성의 논리 속에 잔혹성이 내재되어 있는 것이다. 신화적인 능력을 지닌 영웅이 자신의 비범함을 알아주는 환경세계를 만나지 못하고 세속적인 세계 속에 놓여 있는 부조화 상태가 급기야는 능력이 없는 일상인이 일반성과 보편성이라는 상황의 우위를 앞세워 신화적인 인간을 살해하려고 기도하는 지경으로까지 치닫고 있다는 점에서 비극성의 본질을 엿볼 수 있다.

그런데 [자료7]의 구술자가 이 외삼촌 박대담 부분을 구연하면서 설인귀의 힘을 강조하고 있다는 점이 국립도서관본 계열 <설인귀전>과 다르다. 국립도서관본 계열 <설인귀전>은 비록 설인귀가 영웅의 일대기 궤적을 따라가고 있음에도 불구하고 외삼촌 박대담 속에서 설인귀가 그 위험을 거뜬히 피해갈 수 있는 힘을 지니고 있다는 사실을 미리 노출하지 않는다. 대식 화소를 통해 신화적인 인간인 설인귀와 일상적 인간 사이의 갈등을 형상화함으로써 설인귀의 잠재된 힘을 암시해 놓기는 했지만 외삼촌 박대담 속에서 이 점은 철저히 숨겨진다. 설인귀는 어디까지나 자신만 생각하는 악독한 외숙모와 우유부단한 외삼촌의 마수에 걸려 사지로 내몰린 사고무친한 어린 아이로 형상화 된다. 국립도서관본 <설인귀전>의 비극성은 이러한 형상화 방식 덕분에 더욱 고조되는 측면이 있다.

반면 [자료7]과 같은 <설인귀 전설> 속에서는 설인귀가 힘이 장사라

---

65) <백포소장 설인귀>, [동두천설화2] 생연2동 한약방, 1999.5.21, 조희웅, 조홍욱, 노영근, 박인희 조사. 이윤형, 남 · 76, 『경기북부구전자료집(1)』, 경기북부구전자료집1, 조희웅 외, 박이정, 2001, 301~303쪽

는 정보를 반복적으로 노출함으로써 사지에 내몰린 상황의 비극을 스스로 해결할 수 있으리라는 문제 해결의 양상을 예상하게 한다. 외숙모가 아니라 혈연을 공유한 외삼촌이 살인을 계획한다는 점에서 국립도서관본 계열 <설인귀전>보다 상황의 비극성이 강화되어 있음에도 불구하고 설인귀의 문제해결 능력을 반복적으로 강조하는 형상화 방식 때문에 향유의식 차원에서는 비극성이 오히려 약화되는 측면이 있다고 할 수 있다.

[자료8]에서는 박대의 실행자로 설인귀의 친누이가 등장하고 있다는 점에서 [자료7]에서 강화된 상황의 비극성이 확대되고 있다. 부모로부터 물려받은 혈연을 공유한 유일한 친혈육이 살해를 기도했다는 점에서 그 비극성의 형상화 양상은 [자료7]과는 다른 형태로 나타난다. 물론 [자료8]에서도 설인귀가 힘이 장사라는 점을 반복적으로 강조함으로써 비극적인 상황을 극복할 수 있으리라는 암시를 해놓고 있다는 점에서는 [자료7]과 동일하다. 그러나 물리적인 힘으로 목숨이 위태한 위기 상황은 종결지었음에도 불구하고 친누이와의 갈등은 결코 해결되지 않고 있다. 국립도서관본 계열 <설인귀전>이나 [자료7]의 <설인귀 전설>에서처럼 위기상황의 해결이 곧바로 입공을 위한 수단인 병장기 획득 기회로 연결되지 않고 있기 때문에 설인귀는 누이에게 돌아갈 수도 없고 그렇다고 밭을 계속 갈고 있을 수도 없는 상황에 이르고 있다.

속수무책인 상황 속에서 [자료8]의 설인귀가 선택한 것은 산 속에 들어가 굶어죽기이다. 친누이의 친동생 살해 기도라는 비극적인 상황을 낳은 원인인 대식 문제로 다시 회귀하고 있는 것이다. 설인귀로서는 자신의 대식을 일상적 인간이 감당할 수 없고, 더 나아가 이로 인해 친누이가 자신을 살해하려고 기도하는 잔혹한 상황이 연출되고 있다는 점에서 현실 세계와의 화해가 본질적으로 불가능하다는 최종적인 판단을 내리고 있는 것으로 보인다. 입공을 위한 병장기 획득은 곧 대식으로 상징되는 설인귀의 능력을 발휘하여 현실 세계와 화해할 수 있는 유일한 기회이기 때문에 이 계기의 지연은 대식으로 야기된 상황이 설인귀의 자살 기도로 마무리하는 방향으로 나아감으로써 그 비극성을 증폭시키고 있는 것이다.

[자료7]과 [자료8]의 <설인귀 전설>은 외삼촌 박대담을 통해 신화적 세계를 상실하고 일상인의 질서 속에서 살아가야 하는 초월적 인간의 비범한 능력과 일상적 세계의 질서가 충돌하는 양상을 보여준다. 초월적 인간을 중심으로 한 신화적인 세계가 유지되고 있다면 마땅히 신성한 존숭의 대상이 되었을 대식이란 능력이 인간적 세계의 논리에서 본다면 일상적 질서를 파괴하는 심각한 위협요소가 되고 있는 것이다. 이로 인해 이 대결은 일상적 세계로 떨어진 초월적 인간을 일상인이 합심하여 박대하고 끝내는 죽음으로 내모는 극단적 양상으로까지 치닫는다. 그런데 이처럼 초월적 영웅을 직접적으로 박대하는 인간이 남이 아닌 바로 피를 나눈 친누이와 외삼촌으로 설정되어 있다는 점에서 문제는 더욱 심각하다. 그러나 대식으로 상징되는 초월적 능력의 소유자인 설인귀를 직접 죽이는 것이 쉽지 않기 때문에 인간의 힘을 넘어선 대수(大獸)를 동원하여 간접적으로 살해하는 방법을 선택하고 있다.

[자료7]과 [자료8]의 <설인귀 전설> 속에서 한 가지 주목되는 점은 친누이와 외삼촌이 신화적 인간인 설인귀를 죽이기 위해 동원한 큰 짐승이 호랑이로 구체화 되어 있다는 점이다. 국립도서관본 계열 <설인귀전>에서는 시종일관 큰 짐승이라고만 되어 있을 뿐, 이 짐승의 정체가 구체적으로 무엇인지는 알 길이 없다. 그런데 <설인귀 전설> 속에서는 공통적으로 호랑이를 등장시키고 있다. 이는 우리나라 설화의 미의식적 체계 속에서 호랑이가 지니고 있는 신성관념을 반영한 것으로 생각된다. 우리나라의 신화적인 세계 속에서 호랑이는 신성수(神性獸)로 상징되며, 흔히 산신의 변신체로 등장하거나 그의 보조자로 나타난다. 설인귀에게 필적할 만한 신화적인 힘을 지니고 있는 존재인 것이다. 이는 바꿔 말하자면 인간의 세계에 떨어진 신화적 능력의 소유자를 제어할 존재는 역시 신성을 지녔다고 믿어지는 신성수라는 관념을 드러내고 있다고 할 수 있다.

4. 병기 획득 모티프

병기 획득 모티프는 국립도서관본 계열 <설인귀전>과 <설인귀정동> 42회본에 모두 등장하지만, 그 형상화 양상과 기능 및 서사적 의미와 향유의식은 판이하게 다른 층위에 각각 입각해 있다. <설인귀정동> 42회본에서는 설인귀의 갑주와 병기 획득이 주청의 의복상자에서 백능인화(白綾印花), 백능전오(白綾戰襖), 마훼(馬靴) 등을 골라 가지는 것으로 나타난다. 동문수학하던 주청의 권유로 투군할 것을 결정하고 주청이 지어둔 의복 상자에서 백능단 전포와 백능인화 전모, 답마화 신발을 골라 가진다.[66] 주청이라는 친구가 설인귀의 영웅성을 알아보고 자신의 집에 기숙하고 있던 설인귀에게 갑주와 병기를 제공하는 것이다. 설인귀는 주청이 소유한 갑주와 병기 속에서 본인이 원하는 것을 골라 가질 뿐 여기에는 어떠한 극적인 구성도 없다.

방천극은 번가장에 머물고 있던 설인귀가 주인인 번홍해를 도와 풍화산 도적을 물리칠 것을 약속하면서 얻는 것으로 나타난다. 장사귀에게 투군 하려다가 거절을 당하고 집으로 돌아오는 길에 번가장에서 유숙을 하게 되는데, 설인귀는 도적들을 물리쳐줄 테니 병기를 달라고 한다. 번가장에서 창을 한 자루 주었으나 설인귀가 꺾어버리자 옛날 한나라의 번쾌가 썼다는 화극을 나무 쌓인 방 안에서 꺼내어 써보라고 한다. 인귀는 네 사람이 달려들어도 움직이지 못하는 쇠로 만든 화극을 대들보를 들고 꺼내어 자신의 병기로 삼는다.[67] 이는 중국적 무기의 상징으로 되어 있는 방천극과 설인귀의 관련성을 부각시키는 방식인 것으로 보인다.

---

66) "周靑道, 小弟爲敎師數年, 積到箱衣服, 五色俱全, 待我拿出來, 凭哥哥揀一付喜穿的, 拿去更換, 說罷, 拿出箱子, 打開來與仁貴一看, 果然五色俱全, 就揀一付白顏色, 拿出更換了, 頭上白綾印花抹額, 身穿白綾戰襖, 脚踏馬靴, 正所謂佛要金裝, 人要衣裝", <薛仁貴征東>, 『征東 · 征西 · 掃北』, 大中國圖書公司, 1969, 17쪽

67) "仁貴抬頭一看, 見戟尖揷在泥里, 不見戟半, 惟有戟干子打柱正樑, 有茶杯粗大, 長一丈四尺, 通是鐵打的, 就叫庄客, 你們端正柱子過來, 待我託起正樑, 換將下來, 庄客連忙用柱子豫備, 仁貴託起正樑, 庄客四人, 盡力將戟換下, 仁貴放下, 正樑, 就拿起方天戟來", <薛仁貴征東>, 『征東 · 征西 · 掃北』, 大中國圖書公司, 1969, 21쪽

한편 국립도서관본 계열 <설인귀전>에서는 외숙모 두씨가 설인귀를 죽이기 위해 사나운 짐승이 출몰하는 밭을 갈라고 하는데, 설인귀는 그 모략을 추호도 의심치 않고 밭을 갈러 갔다가 만난 짐승을 퇴치하는 과정에서 석함을 발견하여 그 속에서 은갑·은투구·방천극· 병서를 얻고 있다. 소 몰아 밭 갈기 화소와 짐승 퇴치 화소의 존재 여부가 그 중요한 전제 조건이 되고 있다는 점에서 국립도서관본 계열 <설인귀전>의 병기 획득 모티프는 <설인귀정동> 42회본과 본질적으로 변별적인 양상을 보여준다고 할 수 있다. 이는 단순히 중국 원작을 번안하는 과정에서 이루어진 중국과 한국 두 나라간의 문학 관습상의 차이로 볼 수만은 없을 것으로 생각된다. 왜냐하면 소를 위협하는 짐승을 퇴치하고 농경을 원활하게 만드는 설인귀의 무용은 무속신앙의 관습에서 봤을 때 풍요를 기원하는 농경제의의 한 장면을 연상시키는 측면이 있기 때문이다. 게다가 이 장면은 파주 일대에서 전승되고 있는 설인귀 풍속신앙 전설의 제향 구조와 거의 유사한 형태를 보여주고 있다. 국립도서관본 계열 <설인귀전>의 병기 획득 모티프가 소 몰아 밭 갈기 화소와 큰 짐승 퇴치하기 화소와 전후의 맥락 속에서 인과성을 가지고 연결되어 있다는 것은 <설인귀전>의 이 계열본 형성 과정에 있어서 <설인귀 전설>이 중요한 한 원천으로 작용했음을 알 수 있게 해 주는 대목이 된다.

[자료9] ㉮홀년 딕풍이 이러나며 텬지 아득하며 무어시 쓴회 쩌러지니 소리 벽역 갓탄지라 인귀 고히 역여 치를 드러 소를 모니 그 쇠 썰고 가지 아니하거늘 의혹하여 보니 그 쩌러지던 거시 화하여 큰 짐싱이 되어 다라들거늘 ㉯인귀 급히 치니 그 짐싱이 두 딕리 부러져 밧가온딕 박히고 몸은 희하여 일진 청풍이 되어 다라나거늘 인귀 즈시 보니 그 다리의 글직 쓰여시되 이 밋티 돌함이 이시니 설인귀 기탁이라 하엿거늘 인귀 의혹하여 파고 보니 과연 석함이 잇거늘 ㉰열고 보니 은갑 은투고와 방텬극이 드럿거늘 석함을 도로 닷고 밧츨 다 간 후 소를 잇끌고 도라오니[68]

---

68) <설인귀젼단>, 『영인고소설판각본전집』 4, 431~432쪽

[자료9]에 나타난 국립도서관본 계열 <설인귀전>의 병기획득 모티프의 구체적인 서사단락을 분석하여 정리하면 다음과 같다.

㉮ 소를 몰아 밭을 가는 도중 달려든 큰 짐승을 퇴치하다.
㉯ 밭 가운데 박힌 짐승의 다리 쓰인 글자를 보고 석함을 얻다.
㉰ 석함을 열어보고 은갑, 은투구, 방천극을 얻다.

[자료9]-㉮의 서사단락에서 설인귀는 소를 몰아 밭을 갈다가 갑자기 달려든 큰 짐승을 퇴치하고 있는데, 이 짐승은 설인귀의 힘에 굴복하여 두 다리는 부러지고 몸은 일진광풍이 되어 달아난다. 두 다리가 부러져서도 바람으로 변하는 변신술을 자유자재로 구사하고 있다는 점에서 이 짐승은 예사의 동물이 아니라 일종의 신수(神獸) 합일의 신격체임을 알 수 있다. 변신술은 신화적인 세계관 속에서만 통용되며, 신성한 힘의 상징이기 때문이다. 신화적인 신수합일의 신격체가 신화적인 세계를 떠나 인간세계에 모습을 드러내다 보니 짐승의 모습을 하게 된 것이라 할 수 있는데, 여기서 큰 짐승이라는 것은 물리적인 몸집의 크기를 나타내기도 하지만 일상적인 것을 뛰어넘는 것이라는 의미를 지니고 있다. 설인귀가 지닌 신화적인 능력이 일상적인 세계 속에서 먹는 행위로 표현될 때 크다는 대식으로 형상화되는 것과 마찬가지 양상이라고 할 수 있다. 큰 짐승의 출현 순간이 대풍과 벽력같은 소리를 동반하며 천지가 아득해지는 것으로 묘사되고 있는 것도 신화적 세계와 인간적 세계를 나누는 장벽이 무너지고 신성한 존재가 속세에 그 모습을 드러내는 신이한 광경을 드러내는 것이다. 설인귀가 이러한 신수합일체를 퇴치한다는 것은 일상적인 힘의 논리를 초월하는 압도적인 신화적인 능력을 지니고 있는 존재임을 암시한다.

[자료9]-㉯의 서사단락에서 설인귀는 퇴치하고 남은 짐승의 다리에 쓰여져 있는 글자의 지시사항에 따라 병장기가 든 석함을 얻고 있다. 신화적인 세계로 돌아간 짐승이 남긴 다리는 설인귀가 인간세계에서

신화적인 능력을 발휘할 도구의 위치를 알려주는 정보의 매개체가 된다. 이 점에서 신화적 세계에서 인간세계로 일시적으로 넘어왔던 짐승은 신화적 인간인 설인귀가 인간세계에 적응할 수 있는 방법을 알려주는 일종에 전령사의 구실을 한다고 할 수 있다. 같은 맥락에서 이러한 짐승을 전령사로 보낸 신화적 세계의 보이지 않는 존재 혹은 힘의 원리는 인간의 몸을 빌고 있는 설인귀의 조력자가 된다고 할 수 있다. 초월적인 힘이 신선이나 선녀처럼 인격체의 모습을 갖추고 있지 않다는 점에서 국립도서관본 계열 <설인귀전>의 병기획득 모티프는 고소설의 전형적인 형상화 방식과는 다른 설화적인 세계관을 드러내고 있다고 할 수 있다. 특히 신수 합일의 짐승의 존재라든가, 신이한 힘을 지닌 동물이 인간에게 퇴치되는 모티프는 지하국 퇴치 설화로 대표되는 설화적 세계의 한 대표적인 구성요소가 된다.

㉱의 서사단락에서 설인귀는 신화적 세계가 보낸 전령의 지시사항에 따라 석함을 열어보고 은갑, 은투구, 방천극을 얻고 있다. 여기서 여전히 <설인귀정동> 42회본의 병장기인 방천극이 등장하고 있음을 확인할 수 있다. 국립도서관본 계열 <설인귀전>이 우리나라의 설화적인 세계관과 전형적인 모티프를 흡수하고 있음에도 불구하고 설인귀를 상징하는 병장기의 국적은 중국으로 변동이 없음을 보여준다. 이는 국립도서관본 계열 <설인귀전>이 우리나라 파주 지역전설로 존재하는 <설인귀 전설>과의 내용적인 교섭양상을 보여주고 있음에도 불구하고 설인귀의 국적을 우리나라로 바꾸지 않은 것과 같은 맥락이다. 국립도서관본 계열 <설인귀전>에서 설인귀의 출신지는 여전히 우리나라 파주가 아니기 때문에 그의 상징물이나 다름없는 대표적인 병장기 역시 방천극일 수밖에 없는 것이다.

<설인귀 전설> 속에 나타나는 병기획득 모티프는 국립도서관본 계열 <설인귀전>의 그것과 서사단락의 구성 양상이 거의 동일하다. 모티프를 구성하는 서사골격의 유사성 속에서 세부적인 차이점을 확인할 수 있는데, 이는 한·중 문학 향유관습상의 본질적인 미의식 차이에 기인하는 것이기도 하다.

[자료10] 그래 소 두필을 끌고 그걸 다지고 가서 거기 가서 탁 내려놓고는 소에다 모가지 멍에를 얹고는 이제 쟁기를 채리는데, 아닌 게 아니라 큰 대호가 나와 가지고서는 팔을 흔들면서 잡아 먹을거 같이 그러니까, 이 사람은 힘은 장사겠다 저놈이 왜 와서 지랄을 하냐고. 쟁기가 혼자 웬만한 사람은 들지도 못해요. 그런 걸 괭이처럼 생겼잖아요. 쟁기가. 그걸 꺼꾸루 지고 둘러 미고선 백호를 따라간 거야 그냥. 그래 그걸 찍어 죽인다고 끌고 가니깐 이놈이 각담 속으로다가 쏙 들어가 버렸어요. 각담이라는건 밭에 산골에는 돌밭이거든, 밭을 해먹기 위해서는 돌맹이를 주워다가 한 짝에다가 자꾸 쌓아놓은 돌맹이 테미야. 그래 글루 쏙들어가니깐 그 늠으건 오늘 일은 못 해두 이놈의걸 잡아야 되겠다구, 그걸로다가 괭이처럼 푹푹 각담 돌맹이를 걷어내고는 파헤치니까 그 위에서 이만한 궤짝이 나왔데요. 그거를 꺼내놓고 뜯어서 확 벌려보니까 거기에 장수들이 입는 일절 옷이 갑옷허구 투구허구 신발까지 일절 장수들이 입는 옷 있잖아 왜 비늘 달린 거 같은 거 그게 나왔어. 이 사람이 이제 때로구나 하구서 다 파헤치고서 옷을 갖춰 입고 나도 인제 갈 때를 가야지 여기서 이러면 안 되겠다. 거기서 고개 하나를 넘어 가면은 칼바위라는 우리 종중밭인데 거기를 돌아가니까 칼, 장검이 커다란 게 그래서 칼바위인데 큰 장수들인 차고 다니는 큰 칼이 하나 걸려있더라 그거야. 그래서 거기 가서 그걸 하나 뜯어서 옆에 차고(하략)[69]

[자료10]의 <설인귀 전설> 자료 속에서 큰 짐승은 백호(白虎)로 구체화 되어 있는데, 문면에 나타나 있는 백호의 퇴치 과정 자체에는 신화적인 양상이 상대적으로 약화되어 있다. 백호가 우리나라 신화 체계 속에서 신수 합일의 신성수로 나타나지만 이는 이면의 상징적인 기호 체계 속에서 분석해 낼 수 있는 것이고 [자료10]에 나타난 백호 퇴치의 양상은 지극히 일상적인 논리로 형상화 되어 있다. [자료9]의 국립도서관본 계열 <설인귀전>의 짐승 퇴치가 변신술과 신화적인 분위기 조성을 동원하여 신이하게 형상화 되어 있는 것과는 다른 양상을 보여준다

---

69) <설윤기(설인귀) 전설>, 제보자: 김정홍(남, 70세, 파주시 적성면 주월리 154-8), 제보자는 짚공예를 전문으로 하여 전시회도 여러번 개최하였으며, 장차 박물관을 세울 계획을 가지고 있다. 조사지: 제보자의 집, 경기도 박물관 홈페이지, http://www.musent.or.kr/resources/river, 제4장 임진강 유역의 민속문화, 제7절 구비전승, 508~509쪽

고 할 수 있다. 이는 우리나라의 설화가 전반적으로 신화적인 논리를 일상화·희화화해서 나타내는 속성이 있는 것과 같은 맥락에서 이해할 수 있다. 그러나 이 백호가 병장기가 든 석함을 지시하는 신화적 세계의 전령사 구실을 한다는 점에서는 국립도서관본 계열 <설인귀전>의 큰 짐승과 동일한 기능을 하고 있다.

주목할 사실은 [자료9]의 국립도서관본 계열 <설인귀전>의 병기획득 모티프에서 출현했던 방천극이 여기서는 장검으로 바뀌어 있다는 것이다. 장검은 방천극과는 달리 중국색이 없다. 우리나라 파주 출신의 설인귀에게 어울리는 병기로 변모되어 있음을 알 수 있다. 게다가 이 장검은 백호가 지시한 돌함에서 나오지도 않았다. 설인귀가 돌함에서 획득한 것은 갑옷·투구·신발로 한정된다. 국립도서관본 계열 <설인귀전>의 병기획득 모티프는 [자료10]의 <설인귀 전설>의 그것 속에서 갑옷, 투구, 신발을 얻는 것으로 종결되는 것이다. 국립도서관본 계열 <설인귀전>의 병기획득 모티프를 구성하는 서사단락과 비교할 때 중요한 차이점을 발견할 수 있는 것이다. [자료10]의 <설인귀 전설> 속에서 설인귀는 갑옷·투구·신발을 얻고 바로 자신을 인정해줄 세계를 찾아 떠나며, 이 노정의 도중에 칼바위란 곳에서 장검을 얻고 있다. 칼바위는 일종의 생산암으로 칼을 낳는 바위라는 의미를 지니고 있다. 장수의 병기를 낳는 암석 모티프는 아기장수 전설에서 전형적인 한 유형을 구성한다. 심지어 아기장수를 낳는 암석 모티프가 등장하는 텍스트도 존재한다. [자료10]의 <설인귀 전설> 속에서 병기획득 모티프는 국립도서관본 계열 <설인귀전>의 그것에 더하여 우리나라의 아기장수 전설 유형에서 파생된 칼을 낳는 생산암 모티프가 세부 화소로서 독립적으로 중첩되어 있는 것이다.

5. 용마 획득 모티프

용마 획득 모티프 역시 <설인귀전>과 중국 고·당 전쟁 문학인 <설인

귀정동> 42회본에 모두 등장하지만 그 형상화 방식과 서사적 의미, 향유 의식의 각각 다른 경우에 해당한다. 우선 <설인귀정동> 42회본에는 용마 획득 장면이 등장하지 않는다. 설인귀가 탄 말이 특별히 명마라는 언급도 없다. 동정하는 도중에 천개산에서 적장을 죽이고 그가 탄 말과 갑옷을 차지하는 장면이 겨우 등장할 뿐이다. 그러나 국립도서관본 계열 <설인귀전>과 <설인귀 전설>에서는 이 부분이 한 중요한 장면으로 부각되어 있다. 영웅적인 장수란 모름지기 용마를 얻어서 타고 다녀야 한다는 관념은 한국의 전통적인 아기장수 전설에 나오는 용마 모티프와 관련되어 있다. 아기장수 전설 속에서 아기장수라는 민중 출신 영웅과 용마는 한 짝으로 인식되며, 용마 나자 장수 난다는 식의 관념까지 유포 될 정도로 둘은 뗄 레야 뗄 수 없는 관계에 놓여 있는 것으로 받아들여진 다. 국립도서관본 계열 <설인귀전>의 형성과정에서 아기장수 전설과의 교섭이 중요한 역할을 했음을 확인할 수 있는 대목이다.

[자료11] 호련 산곡 등의 흑운이 ᄌ옥하며 쳔지 아득하더니 빅셜 갓튼 말이 소리 지르고 다라들거늘 인귀 보니 말빗치 빅셜 갓고 갈기와 총은 쳥ᄉ 갓고 눈은 번기 갓고 소리 우레 갓거늘 인귀 붓들고져 하더니 문득 구롬이 거드며 흔 노인이 동ᄌ로 안쟝과 굴네를 들니고 와 니로ᄃ 쟝군이 군쟝을 근심하믹 쳔니 뇽총마를 가져왓노니 갑슬 쥬고 ᄉ라 인귀 황망이 직빈 왈 노쟝이 쥰마 를 지시하시니 감ᄉ하오나 가산이 빈곤ᄒ와 헐 기리 업나니다 노인 왈 투고져 ᄒ거든 가지라 엇지 갑슬 의논ᄒ리오 ᄒ고 문득 간ᄃ 업거늘 인귀 공즁을 향하여 무슈 ᄒ레ᄒ고 말을 닛쓸고 도라오니[70]

[자료11]의 국립도서관본 계열 <설인귀전>에서는 설인귀가 자신에 게 천리용총마를 팔겠다고 하는 노인에게 자신은 가난하여 살 수 없다 고 거절하는 겸손의 미덕을 발휘함으로써 결과적으로 용총마를 획득 하는 것으로 되어 있다. 여기서 용총마는 아기장수 전설의 용마와 그 이름도 유사하다. [자료11]의 국립도서관본 계열 <설인귀전>의 용총마

---

70) <설인귀젼단>, 전게서, 432쪽

가 아기장수 전설의 용마가 환기하는 인식의 바운더리 속에 위치해 있음을 알 수 있다. 비록 용마를 매매하려고 시도하는 장면이 삽입됨으로써 그 출현의 초자연성·초현실성이 약화되어 있기는 하지만 천리용총마를 뛰어난 자질을 지닌 장수에게 선뜻 주어버리는 노인이란 이미 일상인이 아니다. 천리용총마를 설인귀에게 넘겨준 노인은 신화적 세계관을 현실세계 속에 실현하는 산신의 캐릭터를 계승한 것으로 생각된다. 바위나 산과 같은 거대자연지물 속에서 비현실적으로 출현했던 아기장수 전설의 용마가 산신이 일상화된 노인이란 인물을 통해 현실적으로 출현할 계기를 획득하고 있는 것이다.

그런데 <설인귀 전설> 속에서도 용마의 획득은 중요한 모티프의 하나로 부각되어 있다.

[자료12] 그리고 한 유래를 내가 가만히 얘기하자면은 요 아래 주월리라는 동네가 있는데 거기서 설인귀장군이 출생한 자리여. 그 양반이 이 훈련을 할 때, 어떻게 했냐면은 그 주월리에서 이렇게 올라오면서 이 율포리 전배미, 전암동 앞으로 지나 가면은 석벽이 이렇게 서 있는데 거기 굴이 이렇게 뚫려 있어요. 거기서 그 용마가 나와서 그 용마를 타고서는 백운리에, 백운동이 있거든 요기에. 그 동네를 가니까 어느 농부가 밭을 갈더라 말이야. 그 농부가 밭을 가는데 거기 쟁기에 걸쳐서 나오는 것이 궤짝이 나왔는데 그걸 열어보니까는 거기 갑옷, 투구가 있어가지고서 그 그것을 그 양반이 입으시고 거 사태봉이라는 데에 더럭바위가 있어요. 거기 가니까는 이 검을 거기서 훈련을 하셨어요. 그 양반이. 그래 감악산에 설인귀장군의 비석이 있고 설인귀 굴이 있어요. 내가 어려서 정말 초등학교 몇 학년 때 거기 올라가 봤는데, 그래 이렇게 굴을 들여다보니까는 그냥 하얀 백사장이 내려다 보이는데 거기서 그냥 바람이 이리 치고 올라와요. 어디가 통풍이 되어서 올라오는데 그런 것도 내가 본 사람이여. 이게 설인귀장군이 그러니깐 고구려 장군이더라구 보니까는. 저기 주월리에서 그러니깐 집이 주월리니까는 그 양반이. 주월리에서 인제 정말 말을 타고서는 무건리로 댕기셨어요. 그 훈련장이 무건리야, 그 양반 훈련장 이름이. 근데 마지리로 해서 이렇게 올라가는 거야. 그래서 마지리 동네가 그 지금 마지리가 신마지리, 구마지리가 이렇게 있는데, 말을 타고 댕겨서 거기가 마지리라고 했대는 거예요. 거기가. 그런 역사를 내가 좀 알고 있어요.[71]

[자료13] 떠나갔는데 전쟁을 하다 보면은 그냥 말이 용마가 말이야. 딴 때는 말을 안 듣고 제멋대로 가거든. 근데 이 용마가 더 잘 알더래. 그러니까는 용마야. 그래 왕이 붙잡혀서 항복을 받았대래. 그래 용마는 용마야. 그래 왕이 설가 라니까는 설인귀입니다. 그런 거야. 그래 그때에 가서야 임금한테 이름을 말한 거야. 그 동안에는 이름을 바꾸어서 밝히지 않고 있다가. 그때 가서야 설인귀를 설인귀라고 한거야. 그래 나라에서 싸움에 이겼으니까는 땅을 말이야 나라에서 이겼으니까는 땅을 준거야. 그래 잘 되었으니까는 부모형제를 만나야 할 거 아니야. 그래 그 땅의 왕이 된거니까는.72)

[자료14] 그래서 거기 가서 그걸 하나 뜯어서 옆에 차고 거기서 고개 하나를 또 넘어가면은 솔말이라는 계곡이 있어요. 옛날에 설윤기가 말타고 달렸다고 해서 솔마치, 솔말이라는 동네가 있는데 거길 넘어가니까 그 골자구니가 상당히 길지. 지금도 글로 나가면 다리가 열둘인가 되요. 거기서 나와 서 있으니까 백마가 또 나와 가지고 그 길을, 이런 신작로 길이 아니고 소로길이거든. 글로 그냥 올라 뛰고 치뛰고 올라 갔다 내려 갔다 자꾸 뒤어 댕기니까 이제 내가 때를 만난거다 하고, 옷 얻어 입었지, 칼 하나 장검하나 옆에다 찼지. 백마가 그냥 임자도 없는 백마가 뛰어댕기니까, 그걸 올개미로 해가지고서는 그걸 쫓아 댕기면서 잡아서 굴레를 맹그러서 잡아서 그 백마를 타고 거기서 계속 훈련을 했다는 거야.73)

[자료12]의 <설인귀 전설>에서는 설인귀의 용마 획득 모티프가 마지리라는 파주군 적성면 소재 마을의 유래 전설로 확대되어 있다. 용마의 실존성을 마지리라는 실제 마을을 통해 입증하고자 한 것으로 마지리라는 지명은 설인귀의 용마 획득담의 실존 여부를 증명하는 증거물의 구실을 하고 있는 것이다. 이는 <설인귀 전설> 속에서 설인귀의 용

---

71) <설인귀 전설>, [적성면설화5] 율포리 노인정, 1999.2.9, 조흥욱, 박인희, 조재현 조사. 조팽기, 남 · 65, 『경기북부구전자료집(1)』, 조희웅 외, 2001, 박이정, 542~543쪽

72) <설인귀 이야기>, [화현면설화10] 화현3리(영신) 노인정, 2000.1.18, 조흥욱, 박인희, 조재현 조사. 최재수, 남 · 66, 『경기북부구전자료집(2)』, 조희웅 외, 박이정, 2001, 502~507쪽

73) <설윤기(설인귀) 전설>, 제보자: 김정동(남, 70세, 파주시 적성면 주월리 154-8), 제보자는 짚공예를 전문으로 하여 전시회도 여러번 개최하였으며, 장차 박물관을 세울 계획을 가지고 있다. 조사지: 제보자의 집, 경기도 박물관 홈페이지, http://www.musent. or.kr/resources/river, 제4장 임진강 유역의 민속문화, 제7절 구비전승, 508~509쪽

마 획득이 그 만큼 중요한 일로 인식되었다는 사실을 보여준다. 설인귀의 영웅적인 입공의 성공 여부가 용마의 획득 여부에 놓여 있다는 인식 방식이다. 지리적 증거물로 제시된 마지리는 한자로 마제리(馬蹄里)라고 한다.[74] 설인귀가 얻은 용마의 말발굽이 지나간 마을, 혹은 설인귀가 용마를 타고 훈련하던 마을이라는 의미이다. 용마가 영웅의 입공을 위한 필수 요건이 되고, 용마를 타고 훈련하는 과정이 영웅의 성공을 위한 중요한 한 과정이 된다는 관념은 아기장수 전설에서 전형적으로 확인되는 인식체계이다. 아기장수 전설 유형 속에서 아기장수의 출생은 용마의 탄생으로 입증되며, 아기장수의 죽음은 용마의 죽음으로 상징될 정도로 둘은 불가분의 관계에 있다. 이 점에서 용마를 얻은 설인귀가 현실 세계의 성공을 위해 훈련을 했다는 내용을 담고 있는 [자료12]은 아기장수 전설의 설인귀 버전이라고 할 수 있을 정도로 그 전형적인 유형적 세계관을 담아내고 있다.[75]

[자료13]의 <설인귀 전설>에서는 현실 세계에서 이룬 설인귀의 성공이 용마 덕분이라는 인식을 드러내고 있다. 설인귀는 몰라도 용마는 전쟁터의 위치를 잘 알고 있고, 왕을 붙잡아 항복받는 것도 용마라서 가능했다는 인식을 보여준다. 구체적인 설명 없이 용마라서 그렇다는 표현으로 설인귀의 성공을 견인한 결정적인 요인이 용마로부터 비롯되었다는 식의 사고방식을 보여주고 있는 것이다.

[자료14]의 <설인귀 전설>에서는 용마라는 구체적인 표현은 등장하지 않는다. 백마라고만 되어 있는데, 이는 설인귀가 흰 전포를 입고 백포소장(白袍少將)이라고 불렸던 사실과 관련이 있는 것으로 보인다.

---

74) 『파주군지』, 전게서를 참조하기 바람.
75) 이 자료에서는 특이하게도 밭 갈기 화소와 병기 획득 화소가 분리되어 있다. 밭을 가는 주체는 신원을 알 수 없는 어느 농부이고, 병기를 획득하는 주체는 설인귀로 나타난다. 이는 이 자료의 주안점이 병기 획득이 아니라 용마 획득에 놓여 있기 때문에 이루어진 변이로 생각된다. 이 자료의 향유층에게 있어서 아기장수로서의 설인귀에게 있어서 중요한 것은 용마의 획득 여부이지 병장기의 획득이 아니기 때문에 병기 획득은 밭을 갈던 농부로부터 우연히 이루어진 일로 축소해놓고, 대신 용마 획득의 과정을 중점적으로 부각시켜 놓고 있는 것이다.

백포소장이 타고 다녔던 용마니까 백마라는 관념이다. 아기장수 전설 일부 텍스트 속에서도 용마를 백마로 변형하고 있는 경우가 확인된다. [자료15]의 백마는 설인귀가 소유한 용마의 특화된 존재라고 할 수 있는 것이다. 여기서도 용마는 현실세계에서의 성공을 위해 수련하는 설인귀가 훈련과정에서 동원한 필수적인 수단으로 등장한다. 현실세계에서 성공하기 위해 준비하는 아기장수에게 용마가 따라다닌다는 관념이 변형된 결과라고 할 수 있을 것이다.

6. 나오는 말

<설인귀전>은 한국과 중국에 걸쳐있는 대표적인 고·당 전쟁 문학으로 존재한다. 지금까지 이루어진 기존연구에서는 한국의 <설인귀전>이 중국의 그것을 번역한 작품에 불과하다고 알려져 왔지만 구체적으로 탐구해 보면 보다 그 형성과정에 있어서 다른 층위의 맥락이 드러난다. <설인귀전> 이본군 중에서 국립도서관본 계열에서는 <설인귀전>에는 존재하지 않는 내용이 나타나는데, 이와 동일한 양상이 역시 <설인귀 전설>에서 확인된다. 이는 <설인귀정동>과 변별되는 국립도서관본 계열 <설인귀전>의 성립 및 형성 과정 속에 <설인귀 전설>이 구조적으로 개입되어 있다는 사실을 의미한다. 본 연구에서는 국립도서관본 계열 <설인귀전>과 <설인귀 전설>에 나타난 모티프 상의 유사성과 그 내용적 상관관계에 관해 중점적으로 고찰을 시도해보았다.

1. 국립도서관본 계열 <설인귀전>에서 주인공 가문의 몰락과 고난 모티프는 대식 화소와 관련하여 형상화 되어 있다. 이러한 설인귀의 대식 화소는 일상적인 인간과는 다른 신화적 인간의 미적 특징을 보여준다는 것으로, 국립도서관본 계열 <설인귀전>의 독특한 미의식을 구성하는 한 중요한 요소가 된다. 반면 <설인귀정동> 42회본에서는 설인귀 부

모가 병사와 설인귀의 고난이 나타나기는 하지만 그 양상이 굶주림을 견디다 못해 자살을 하는 극단적인 양상으로까지 나타나지는 않는다. 그런데 파주 일대에서 전승되는 <설인귀 전설>은 설인귀라는 하나의 자아가 현실 세계와의 사이에서 겪는 갈등의 본질을 이 대식 화소를 통해 상징적으로 형상화하고 있다는 점에서 국립도서관본 계열 <설인귀전>과 동일한 양상을 보여준다. 이 대식 화소의 공유와 미의식적 유사성은 국립도서관본 계열 <설인귀전>의 성립 및 형성 과정에 <설인귀 전설>이 미친 영향을, 즉 둘 사이의 교섭양상의 맥을 짚어볼 수 있게 한다.

2. 국립도서관본 계열 <설인귀전>에서는 외삼촌의 박대 모티프가 구체적으로 형상화 되어 있는데, 단순히 사고무친의 아이인 설인귀를 친족이 박대했다는 차원이 아니라, 이후에 연속되는 서사단락인 병장기 및 용마 획득 모티프와 긴밀히 연결되어 있다는 점에서 설인귀가 고·당 전쟁의 과정에서 입공할 수 있는 수단을 마련하게 되는 계기로 작용한다. 반면 <설인귀정동> 42회본에는 이러한 친척의 박대담이 아예 등장하지 않는다. 그런데 국립도서관본 계열 <설인귀전>의 외삼촌 박대담은 거의 유사한 형태 그대로 <설인귀 전설> 속에서 등장하며, 서사구조 내부의 기능도 동일하다. 이 외삼촌 박대담은 <설인귀 전설>의 향유층이 특별히 흥미를 가지고 향유한 모티프로, 국립도서관본 계열 <설인귀전>의 외삼촌 박대담이 이 <설인귀 전설>의 그것과 상관관계를 맺고 있음을 확인할 수 있게 된다.

3. 소 몰아 밭 갈기와 짐승 퇴치 화소의 존재 여부가 그 중요한 전제 조건이 되고 있다는 점에서 국립도서관본 계열 <설인귀전>의 병기 획득 모티프는 <설인귀정동> 42회본과 본질적으로 변별적인 양상을 보여준다고 할 수 있다. 소를 위협하는 짐승을 퇴치하고 농경을 원활하게 만드는 설인귀의 무용은 무속신앙의 관습에서 봤을 때 풍요를 기원하는 농경제의의 한 장면을 연상시키는 측면이 있는 것으로, 파주 일대에서 전승되고 있는 설인귀 풍속신앙 전설의 제향 구조와 거의

유사한 형태를 보여주고 있다. 국립도서관본 계열 <설인귀전>의 병기 획득 모티프가 소 몰아 밭 갈기와 큰 짐승 퇴치하기 화소와 전후의 맥락 속에서 인과성을 가지고 연결되어 있다는 것은 <설인귀전>의 이 계열본 형성 과정에 있어서 <설인귀 전설>이 중요한 한 원천으로 작용했음을 알 수 있게 해 주는 대목이 된다.

4. 용마 획득 모티프 역시 <설인귀전>과 <설인귀정동> 42회본에 모두 등장하지만 그 형상화 방식과 서사적 의미, 향유의식의 각각 다른 경우에 해당한다. <설인귀정동> 42회본에는 용마 획득 장면이 등장하지 않는데다, 특별한 서사적인 의미를 차지하지 않지만, 국립도서관본 계열 <설인귀전>과 <설인귀 전설>에서는 이 모티프가 영웅적인 장수란 모름지기 용마를 얻어서 타고 다녀야 한다는 관념은 한국의 전통적인 아기장수 전설에 나오는 용마 모티프와 관련되어 중요한 서사적인 의미를 차지하고 있다. 국립도서관본 계열 <설인귀전>의 형성과정에서 아기장수 전설의 미의식을 흡수한 <설인귀 전설>의 용마 획득 모티프가 중요한 역할을 했음을 확인할 수 있는 대목이다.

IV. <설인귀 전설>의 수용과 <설인귀전>의 성립과정

1. 들어가는 말

잘 알려져 있다시피 <설인귀전>은 중국소설 <설인귀정동> 42회본76)을 수입·번역해서 만든 작품이다. 누구나 인정하듯이 <설인귀전>은 단순히 <설인귀정동> 42회본을 충실히 축자역한 번역소설로서만 존재하지 않는다. <설인귀정동> 42회본은 한글로 번역되어 <설인귀전>이라는 형태로 한국의 소설 독자층에게 널리 읽힘으로써 한국의 대표적인 고소설 중의 하나이다. 이 점에서 <설인귀정동> 42회본과 <설인귀전>은 그 존재 자체만으로도 한·중 문학의 교섭 양상을 드러낸다고 할 수 있다.

그런데 <설인귀정동> 42회본의 수용과 <설인귀전>의 성립에 이르는 일련의 과정 속에는 단순히 번역으로만 설명될 수 없는 복잡한 층위가 존재한다. <설인귀전>을 단지 <설인귀정동>을 수입하여 번역한 작품으로 규정하려면 <설인귀전>이라는 표제에 속하는 작품들이 모두 <설인귀정동> 42회본과 동일한 내용을 담고 있어야 한다. 다시 말해서 비록 자구와 어구상의 출입은 있을 지라도 그 대개의 내용 변개의 범주는 <설인귀정동> 42회본을 축자역한 테두리 내부에 있어야 한다는 것이 전제가 되어야 한다는 것이다. 하지만 실상은 이와 다르다. <설인

---

76) 설인귀 관련 문학의 존재 양상과 특징에 대해서는 민혜란, <설인귀설화 연구>, 전남대학교 석사학위논문, 1988을 참조하기 바람.

귀전>의 이본군 속에는 <설인귀정동> 42회본을 그대로 축자 번역한 유형과 그렇지 않은 두 부류가 존재한다.[77] <설인귀정동> 42회본과 다른 내용을 포함하고 있는 <설인귀전> 계열의 선본은 국립도서관본이다. 본 연구에서는 논의의 편의상 <설인귀정동> 42회본과 다른 내용을 포함하고 있는 <설인귀전>을 국립도서관본 계열로 칭하기로 한다.

본 연구의 문제의 설정 방향은 다음과 같은 세 가지로 정리해 볼 수 있다. 첫째는 <설인귀전>의 한 계열에 포함되어 있는 이 내용이 <설인귀정동> 42회본을 제외한 다른 작품 속에서 유래한 것인가, 아니면 한국의 다른 문학 작품에 연원을 두고 있는 것인가 하는 것이다. 즉, 국립도서관본 계열 <설인귀전>을 <설인귀정동> 42회본과 내용상 분지되게 하는 소재의 원천이 무엇인가 하는 점이다. 둘째는 <설인귀전>의 한 계열이 만약 한국 문학 작품과 관련이 있다면 무슨 작품과 어떠한 양상으로 관련을 맺고 있으며, 그 형성과정은 어떠한가 하는 점이다. <설인귀정동> 42회본에는 없으나, 국립도서관본 계열 <설인귀전>에는 있으며, 국립도서관본 계열 <설인귀전>과 <설인귀 전설>[78]이 공유하고 있는 대식 모티프, 외삼촌의 박대 모티프, 병기 획

---

77) 전자에는 연세대본, 이화여대본, 동미서시본, 경성서적조합본, 신구서림본의 4종이 속한다. 후자에는 경판 40장본, 경판30장본, 경판17장본, 국립도서관본, 영남대본, 고려대본 박순호본 등 7종이 속하는데, 국립도서관본이 최선본으로 알려져 있다. 각 이본 관계에 대해서는 이윤석, <설인귀전>의 원천에 대하여>,『연민학지』9, 2001 을 참조하기 바람.

78) <설인귀 전설>은 한국의 경기도 북부, 파주 일대에 지역전설로서 전승되는 구비전설을 일컫는다. <설인귀 전설> 자료의 목록을 제시하면 다음과 같다.

(01) <설인귀비가 감악산으로 옮겨간 까닭(1)>,『경기북부구전자료집(1)』, [동두천설화1] 생연2동 한약방, 1999.5.21, 조희웅, 조흥욱, 노영근, 박인희 조사. 이윤형, 남·76, 조희웅 외, 박이정, 299~301쪽

(02) <설인귀비가 감악산으로 옮겨진 까닭(2)>,『경기북부구전자료집(1)』, [동두천설화13] 생연2동 한약방, 1999.5.21, 조희웅, 조흥욱, 노영근, 박인희 조사. 홍성연, 남·69, 조희웅 외, 박이정, 2001, 316~318쪽

(03) <이사 간 설인귀 비>,『경기북부구전자료집(1)』, [적성면 설화3] 어유지리 노인정, 1999.8.9, 조흥욱, 박인희, 조재현 조사. 정규운, 남·84, 조희웅 외, 2001, 박이정, 540~541쪽

(04) <영험한 설인귀비>,『경기북부구전자료집(1)』, [적성면설화4] 어유지리 노인정,

득 모티프, 용마 획득 모티프가 어떤 과정으로 형성되었는가 하는 점
이다. 셋째는 <설인귀전>의 한 계열이 <설인귀정동> 42회본과 보여
주고 있는 내용상의 차이가 한·중 역사의식과 어떤 방식으로 연관되
어 있는가 하는 점이다. 설인귀를 주인공 혹은 주요 등장인물로 한
중국소설을 번역하여 새로운 작품을 만들어 냄에 있어서, 한국 구비
문학 담당층 속에서 자생적으로 형성된 <설인귀 전설>을 수용하고
있다면 이를 어떻게 봐야 하는가의 문제다. 설인귀를 주인공으로 중
국소설을 한국에서 재창작해냄에 있어서 그 향유의식의 핵심이 된 것
을 설인귀에 대한 한국 민중의 인식으로 볼 가능성이다. 본 연구는
이상의 세 가지 문제의식을 중심으로 국립도서관본 계열 <설인귀전>
의 형성과정에 나타난 <설인귀 전설>의 개입과 한·중 역사인식에
관해 고찰해 보고자 한다.79)

　　　　1999.8.9, 조홍욱, 박인희, 조재현 조사. 정규운, 남·84, 조희웅 외, 2001, 박이정,
　　　　541~542쪽
　　(05) <백포소장 설인귀>, 『경기북부구전자료집(1)』, [동두천설화2] 생연2동 한약방,
　　　　1999.5.21, 조희웅, 조홍욱, 노영근, 박인희 조사. 이윤형, 남·76, 조희웅 외,
　　　　박이정, 2001, 301~303쪽
　　(06) <설인귀 전설>, 『경기북부구전자료집(1)』, [적성면설화5] 율포리 노인정, 1999.
　　　　2.9, 조홍욱, 박인희, 조재현 조사. 조팽기, 남·65, 조희웅 외, 2001, 박이정,
　　　　542~543쪽
　　(07) <설인귀 이야기>, 『경기북부구전자료집(2)』, [화현면설화10] 화현3리(영신) 노
　　　　인정, 2000.1.18, 조홍욱, 박인희, 조재현 조사. 최재수, 남·66, 조희웅 외, 박이
　　　　정, 2001, 502~507쪽
　　(08) <설윤기 전설>, 제보자: 김정홍(남, 70세, 파주시 적성면 주월리 154-8), 조사지:
　　　　제보자의 집, 경기도 박물관 홈페이지, http://www.musent.or.kr/resources/ river,
　　　　제4장 임진강 유역의 민속문화, 제7절 구비전승, 508~509쪽
79) <설인귀전>을 대상으로 한 한·중 문학의 교섭 양상에 관한 기존 연구는 번역 및
　　번안 양상 및 시기, 번안·번역 이본의 존재 양상과 특징, 원전의 확정 문제 등에
　　집중되어 있다. 기존 연구 성과 목록을 제시하면 다음과 같다. 서대석, <이조(李朝)
　　번안소설고(飜案小說攷) - 설인귀전(薛仁貴傳)을 중심(中心)으로>, 『국어국문학』 52, 1971);
　　성현경, <여걸소설(女傑小說)과 『설인귀전(薛仁貴傳)』 - 그 저작연대(著作年代)와 수
　　입연대(輸入年代)·수용(受容)과 변용(變容)>, 『국어국문학』62·63, 2005); · 이윤석,
　　<설인귀전>의 원천에 대하여>, 『동방학지』 9, 2001; 이금재(<설인귀전>의 <설인귀
　　정동> 수용과 그 의미>, 부산대학교 석사학위논문, 1990; 박재연, <설인귀정료사략
　　소고>, 『중국학연구』 1, 1984이처럼 <설인귀전>에 대한 기존 연구는 서지적인 연구

2. <설인귀 전설>과 국립도서관본 계열 <설인귀전>의 교섭과정

<설인귀 전설>과 <설인귀전>의 교섭과정은 세 가지 패턴으로 생각해 볼 수 있다. 첫째는 독자적으로 형성된 <설인귀 전설>이 <설인귀정동> 42회본의 번안과정에 유입되어 국립도서관본 계열<설인귀전>계열처럼 <설인귀정동> 42회본과 전혀 다른 내용을 포함한 계통도를 확립하는 패턴이다. 둘째는 <설인귀정동> 42회본과 다른 내용을 포함한 국립도서관본 계열 <설인귀전>계열이 먼저 형성된 후에 <설인귀 전설>을 파생하는 패턴이다. 셋째는 국내에서 독자적으로 향유되던 <설인귀 전설>이 <설인귀정동> 42회본과 다른 계열에 영향을 미친 뒤에 이 작품이 국내로 수입되어 국립도서관본 계열 <설인귀전>을 형성하는 패턴이다.

우선 두 번째 패턴의 가능성부터 점검해 보기로 하자. 이 두 번째 패턴은 <설인귀정동> 42회본과 다르면서도 국립도서관본 계열<설인귀전> 계열에 들어있는 내용을 포함한 <설인귀정동> 작품이 있을 경우에 그 타당성이 성립된다. 그런데 설인귀가 집안 형편이 어려워 남의 집에서 양치기와 날품팔이 생활을 하며[80], 외숙모인 두씨 밑에서 밭일을 하던 중 요괴를 항복시켜서 보물을 얻는 이야기를 포함한 <설인귀정동> 이본이 한 편 존재한다. 비교적 최근세에 상해에서 발행된 설창고서(說唱鼓書)인 <인귀정동(仁貴征東)>이 바로 <설인귀정동> 42회본

에 한정되어 있다는 점에서 문제가 있다. 중국소설 <설인귀전>이 한국소설로 성립되는 과정에서 <설인귀 전설>이라는 제삼의 변수가 개입되어 있다면, <설인귀전>을 대상으로 한 한·중 역사인식 차이는 한국 구비전설의 담당층의 향유의식을 중심으로 하여 미시적으로 접근할 수 있는 여지가 있다고 할 수 있다.

80) 박재연(<백포장군전>,『중국소설연구회보』24, 중국소설연구회, 1995, 7쪽)과 이윤석(<설인귀전>의 원천에 대하여>,『연민학지』9, 2001, 221쪽)은 <설인귀전>의 이 대목을 양치기라고 하여 <인귀정동>의 '仁貴被難牧羊'이란 장회명과 정확하게 일치한다고 보았다. 경판30장본인 <설인귀젼단>을 보면 설인귀는 남의 집에서 양치기는 물론 남역촌에 가서 신을 삼거나 나무를 해다 팔면서 생계를 유지하는 것으로 되어 있다.(<설인귀젼단>,『영인고소설판각본전집』4, 429~430쪽)

과는 다른 국립도서관본 계열 <설인귀전>의 내용을 포함하고 있는 작품이다. 그 구체적인 내용이 소개되어 있지 않아서 에피소드를 본격적으로 상호 비교할 수는 없지만 '인귀피난목양(仁貴被難牧羊)'과 '경전항요득보(耕田降妖得寶)'란 장회명만 보아도 <인귀정동>이란 작품이 <설인귀정동> 42회본과는 다른 계열의 이본임을 확인할 수 있다. 설인귀가 어려움을 당하여 양을 쳤으며, 밭을 갈다가 요괴를 항복시키고 보물을 얻었다는 이 장회명은 국립도서관본 계열 <설인귀전>을 <설인귀정동> 42회본과 분지시키는 내용의 일부 지점과 상당부분 일치하는 면을 포함하고 있다.81)

하지만 강창고서 <인귀정동>의 이 두 개의 해당 장회의 내용이 <설인정동> 42회본과 분지되는 국립도서관본 계열 <설인귀전>의 내용을 모두 포함하고 있는 것은 아니다. 논의의 편의를 위해 강창고서 <인귀정동>과 국립도서관본 계열 <설인귀전>의 해당 모티프를 구체적으로 각각 다섯 개의 항목으로 나누어 비교해 보면 다음과 같다.

	강창고서 〈인귀정동〉	국립도서관본 계열〈설인귀전〉
① 투군(投軍) 전 생계유지	양치기	양치기, 신 삼기와 나무하기
② 투군을 위한 노비 획득 방법	밭 갈기	소 몰아서 밭 갈기
③ 병기를 얻는 과정	요괴를 물리치고 얻음	요괴를 물리치고 땅 속의 석함에서 은갑 · 은투구 · 방천극을 얻음
④ 용마의 획득 과정	×	굴 속에서 만난 한 노인으로부터 천리용총마를 얻음

강창고서 <인귀정동>과 국립도서관본 계열 <설인귀전>의 병기 획

---

81) <인귀정동>의 구체적인 내용은 다음의 두 논문을 참고하였다. 박재연, <백포장군전>, 『중국소설연구회보』24, 중국소설연구회, 1995; 이윤석, <설인귀전>의 원천에 대하여>, 『연민학지』 9, 2001

득 모티프에서 완전히 일치하는 것은 ③ 단락 정도뿐이다. ①과 ②는 비슷하지만 그 구체적인 양상은 다르다. 강창고서 <인귀정동>이나 국립도서관본 계열 <설인귀전> 모두 설인귀가 투군 전 양치기로 생계를 유지하는 것은 동일하지만, 국립도서관본 계열 <설인귀전>에서는 신 삼고 나무 한 것을 팔아서 연명하는 과정이 확대되어 있다. 또 투군을 위한 노자를 획득하기 위해 외숙모 두씨 집에서 밭을 갈아주는 장면도 국립도서관본 계열 <설인귀전>에서는 소를 몰아서 밭을 가는 것으로 되어 있다. 국립도서관본 계열 <설인귀전>의 ② 단락에서 밭을 갈 때 설인귀가 이용하는 소는 ③ 단락에서도 계속적으로 등장한다. 하늘에서 갑자기 바람을 일으키며 밭에 박혔다가 큰 짐승으로 변한 요괴를 보고 소가 벌벌 떨며 가지 않으니 설인귀가 밭을 계속 갈기 위해 짐승을 물리쳤는데 그 결과로 얻은 것이 은갑·은투구·방천극이다. 즉, 요괴를 물리치는 장면에서 소가 한 중요한 모티베이션을 제공하는 것이다.

아시아에서 양을 치는 문화권은 유목 생활권에 위치한다. 우리나라처럼 논농사를 주로 하는 지역에서는 밭을 갈 때도 쟁기를 달아 소를 몰 정도로 소를 더욱 중요시 한다. 국립도서관본 계열 <설인귀전>의 ② 단락에 소가 등장하는 것은 우리나라의 농업 문화와 관련이 있다. 국립도서관본 계열 <설인귀전>에서 원작의 영향으로 설인귀가 투군 전의 생계유지 수단으로 양치기를 하는 장면이 등장하지만, 향유층은 이것이 우리나라의 실정과는 어울리지 않는다고 생각했던 것으로 보인다. 국립도서관본 계열 <설인귀전>의 ② 단락에서 소가 중요한 기능을 맡고 있는 것도 이 때문으로 생각된다. 파주 지역에 전승되는 <설인귀 전설> 속에서도 하나 같이 투군 전 생계유지, 병기 및 용마 획득 장면에서 소가 중요한 기능을 맡고 있다. 반면 강창고서 <인귀정동>의 ① 단락에 등장하는 양은 중국적인 색채가 강한 양치기 장면으로 끝난다. ②·③·④의 어느 단락에서도 소가 중요한 서사적 계기를 제공하는 매개체로 등장하는 항목의 존재를 확인할 수 없다. 강창고서 <인귀정동>을 번안하는 과정에서 소를 서사전개의 중요한 한 동인으로 편입한 것이라 볼 수 있는데, 그 소재의 원천은 설인귀가 밭을 갈 때 소를 몰다가 갑주를 얻는 <설인귀 전설>에 기대고 있는 것으로 보인다.

한편 ④의 용마 획득 단락은 강창고서 <인귀정동>에는 아예 없고 국립도서관본 계열 <설인귀전>에만 등장한다. 그런데 이 용마 획득 단락은 앞서 살펴본 바와 같이 아기장수 전설의 서사구조적 전통에 기대고 있는 <설인귀 전설> 속에서 풍부한 세부적인 서사와 함께 중요하게 부각되어 있다. 위의 예문에서 확인할 수 있듯이 국립도서관본 계열 <설인귀전>에서는 이 용마 획득 단락을 각각 중요한 한 장면으로 확대하고 있다. 남보다 탁월한 비범함을 지니고 있으나 이를 발휘하지 못하고 남의 집 더부살이를 하는 설인귀가 군대 입격 후 영웅적인 능력을 발휘하게 되기까지의 인과성을 부여하기 위한 장치로서 중요하게 다룬 것으로 보인다. 국립도서관본 계열 <설인귀전>의 성립 과정에서 아기장수 전설로부터 용마 모티프를 계승한 <설인귀 전설>과의 교섭이 긴밀히 이루어졌음을 확인할 수 있다. <설인귀 전설>과 국립도서관본 계열 <설인귀전> 사이의 상관관계가 <설인귀 전설>과 강창고서 <인귀정동> 사이의 상관관계 보다 상대적으로 본질적인 친연성을 보여준다는 점에서 앞서 제시한 국립도서관본 계열 <설인귀전>의 형성과정에 대한 가설 중 세 번째 항목은 그 성립 근거가 약하다고 할 수 있다.

마지막으로 확인해 볼 것은 독자적으로 형성된 <설인귀 전설>이 <설인귀정동> 42회본의 번안과정에 유입되어 국립도서관본 계열 <설인귀전>처럼 <설인귀정동> 42회본과 전혀 다른 내용을 포함한 계통도를 확립하는 첫 번째 패턴이다. 이 가설이 성립하기 위해서는 <설인귀 전설>에서 설인귀의 영웅일대기로 이행되는 독자적인 이야기의 유통 경로가 <설인귀정동> 42회본의 수입 이전에 존재했으며, 이러한 형태로 향유된 설인귀의 영웅일대기가 <설인귀정동> 42회본의 번역 및 번안 과정에 영향을 미친 결과 국립도서관본 계열 <설인귀전>이 파생되었다는 사실을 입증할 수 있어야 한다. 다음의 자료를 통해 이 가설을 확인해 보자.

[자료1] 전기수(傳奇叟)는 동문 밖에 살았는데, 〈숙향전(淑香傳)〉, 〈소대성전(蘇大成傳)〉, 〈심청전(沈淸傳)〉, 〈설인귀(薛仁貴)〉와 같은 언문이야기를 구연하였다.82)

[자료1]은 18세기 전문 이야기꾼인 전기수가 소설을 구연하는 장면을 조수삼이 기록해 놓은 독서문화사에 해당하는 자료이다. <설인귀전>과 관련한 최초의 기록인 동시에 고소설에 대한 최초의 향유기록이기도 하다. 전기수가 구연한 <설인귀>란 작품의 정체는 전기수가 구연한 목록에 포함되어 있는 작품이 언과패설(諺課稗說), 즉 우리말로 된 이야기 범주에 들어간다는 점에서 <설인귀>라고 지칭한 작품은 <설인귀정동> 42회본의 원작은 아닌 것으로 생각다. 만약 <설인귀>가 소설 작품이라고 부를 수 있는 영웅소설의 일대기구조를 갖춘 형태였다면 그것은 번역본 <설인귀전>이나 국립도서관본 계열 <설인귀전>에 해당한다.83)

---

82) "傳奇叟, 叟居東門外, 口誦諺課稗說, 如淑香傳, 蘇大成傳, 沈淸傳, 薛仁貴", 趙秀三, <奇異>, 『秋齋集』

83) 한편, 다음과 같이 생각해 볼 수 있는 여지도 있다. <설인귀>라는 작품명에 <숙향전>이나 <소대성전>, <심청전>처럼 '전(傳)'이란 명칭이 붙어있지 않다는 것이다. '傳'이란 명칭은 설화의 형태로 구비 전승되는 이야기를 소설적인 구성을 갖춘 한 편의 작품을 가리키는 것으로 생각된다. 물론 전기수가 강담(講談)을 하는 구연의 마당에서는 기록된 작품이 이야기로 다시 풀리는 향유 양상을 보여주지만, 그것은 일단 18세기 당시 소설 향유층이 고소설에 적합하다고 인정하는 전형적인 구성을 확립한 뒤에 그것을 구연하는 것으로 향유의 패턴이 다른 차원에 입각해 있다고 보아야 할 것이다. 만약 '<설인귀>'라고 쓴 작품명이 <설인귀정동> 42회본을 번역한 소설 작품을 가리킨다면 마땅히 <설인귀전>이라고 기록했어야 한다. <숙향전> <소대성전> <심청전>에서는 '傳'이란 명칭을 붙여서 한 편의 고소설 작품으로 지칭했으면서, 굳이 <설인귀전>의 경우에는 그냥 '<설인귀>'라고 쓸 하등의 이유가 없다. 만약 전기수가 강담의 대본으로 한 것이 <숙향전> <소대성전> <심청전>처럼 고소설의 전형적인 구성을 갖춘 것이었다면 특별한 구분 없이 <설인귀전>이라고 썼을 것이다. 조수삼이 굳이 <설인귀>라고만 쓴 이유는 전기수가 <숙향전> <소대성전> <심청전>을 강담할 때와는 다른 구연의 상황이 연출되었기 때문으로 풀이된다. 예컨대 <숙향전> <소대

3. 국립도서관본 계열 <설인귀전>의 향유방식에 나타난 한·중 역사인식 비교

<설인귀전>은 우리민족의 영웅인 연개소문이 중국의 영웅인 설인 귀의 손에 죽는다는 작품이라는 점에서 민족의식 측면의 딜레마를 안 고 있다. 이 문제를 해결하기 위해서는 일단 다음과 같은 두 가지 가설 을 제기할 수 있다. 첫 번째 가설은 고구려의 영웅인 연개소문이 중국 역사상 최고의 영웅으로 손꼽히는 이세민을 혼내는 일부의 장면을 통 해 같은 민족의 구성원으로서 집단적인 통쾌감을 느끼는 민족의식의 차원이다. 두 번째 가설은 원본·번역본·번안본을 초월하여 국가 간 의 대규모 전쟁과 영웅의 무용이 주는 군담에 대한 독자의 순수한 흥 미의 차원이다. 이 가설은 통일신라 성립 이후에 고구려에 대한 민족의 식이 일반 민중에게서 희박했었을 가능성을 전제로 한다.84) 이러한 두

성전> <심청전>을 구연할 때는 대본에 해당하는 고소설 작품을 옆에 끼고 했다면, <설인귀전>의 영우에는 전기수가 구전설화를 바탕으로 그냥 이야기를 단편적으로 엮어냈을 가능성이 크다. 우리나라 고소설의 전형적인 영웅 일대기 구조로 꽉 짜인 이야기가 아니라 단편 단편의 에피소드를 상황에 따라 이어붙인 구연의 형태였을 가능성이 크다는 것이다. 이 때 구연의 내용은 국내에 전승되는 다수의 <설인귀 전설>을 얼기설기 짜깁기한 형태였을 가능성이 가장 높아 보인다. 물론 <설인귀정 동> 42회본을 번역한 <설인귀전>의 초기 단계를 얻어들은 것일 수도 있지 않겠느냐 는 반론이 제기될 수도 있다. 그러나 아무리 번역한 초기의 것을 전해 듣고 구전으로 옮기는 것이라 하더라도 그것은 원전이 엄연히 존재한다. 원전이 존재하는 것을 번역 한 것의 본질은 이야기가 아니라 소설을 이야기로 해체한 것일 뿐이다. 전기수가 이야기 한 것을 '<설인귀>'라 하여 굳이 <설인귀전>과 구분했다면 그것은 구연된 내용이 <설인귀정동> 42회본을 번역한 <설인귀전>과는 다른 계열의 이야기에 바탕 한 것이기 때문이다. 그것은 우리나라 구비전설 향유층 사이에서 자생적으로 발생하 여 전승된 <설인귀 전설>에 기반 한 것일 가능성이 크다. 비록 소설로 완성된 것을 이야기로 푼 것이 아니라 할지라도 <숙향전> <소대성전> <심청전> 등과 같은 차원 에서 거론되었다면 그 구체적인 양상은 단편적인 구비전설 그대로가 아니라 여러 편의 전설 텍스트를 설인귀의 일대기에 맞게 구조화 하여 이어붙인 것으로 자체내적 으로 소설화의 경로를 밟고 있는 원시적인 형태였을 것으로 생각된다.
84) 고구려의 멸망 이후 그 유민을 규합한 발해가 고구려의 고토에 성립함으로써 통일신 라는 고구려를 계승한 발해와 남북에서 대치하는 상황에 돌입하게 되었다. 삼국 통일 이후 발해의 남침이라는 새로운 군사적인 위협에 직면하게 된 통일신라는 국가적인 차원에서 호국 의식을 강화해 나갔는데, 발해가 고구려의 계승국임을 대내외적으로

가지 가설은 모두 연개소문을 중심으로 민족문제의 아이러니를 해결하고자 하는 관점을 취하고 있다.

일단 첫 번째 가설부터 생각해 보자. <설인귀정동> 42회본과는 달리 국립도서관본 계열 <설인귀전>에서 연개소문이 당태종을 핍박하거나 그의 부도덕함을 논리적으로 비판하며, 항복문서를 쓰게 하는 장면을 부각시킴으로써 민족의식을 중심으로 한 딜레마를 해소하는 측면이 분명히 존재하는 것이 사실이다. 연개소문이 당 정벌의 이유를 밝힌 전쟁 선고문의 내용과 당태종을 추격하여 항복 문서를 강요하는 장면 비교를 통해 이러한 양상을 구체적으로 확인해 보자.

[자료2]-① 面刺東海不齊國高句麗大將蓋蘇文, 把總崔兵都元帥, 先鋒掛印獨稱雄, 幾欲興兵離大海, 三番與義至長安, 今年苦不來進, 貢明年就與兵, 生擒敬德秦叔寶, 活捉長安大隱軍, 戰書寄到南朝去李世民85)

② 당틱종이 지물을 탐ᄒ고 싁을 죠히 너기ᄂ도다 형을 죽이고 아비를 후궁에 가도와 시니 죠선왕은 자셔이보라 ᄂᆡ 명년 팔월노 중원을 함몰ᄒ고 니셰민은 버혀 쳔하의 효시ᄒ리라86)

[자료2] ① 蓋蘇文道, 唐王爾體想性命了, 遂想道, 不如今日逼他, 寫了降表, 然後發箭射死他, 豈不妙哉, 心中算計已定, 叫一聲, 唐王爾命在順曳, 還不自刎, 首級不來(下略)87)

② 합소문이 외여왈 니셰민아 네 이졔 하늘노 오르며 ᄯᅳ흐로 들쇼냐 ᄉᆞ면 텬지의 뇨병이 천겹이오 알희 ᄃᆡ강이 잇고 ᄂᆞᆯ을 당ᄒ리업는지라 일즉 항복ᄒ라 ᄒ고 술을 먹여 보니 시위 소ᄅᆡ를 응ᄒ야 흔ᄉᆞᆯ이 ᄂᆞ라와 틱종의 몸의

강조했다는 점에서 발해에 대한 통일신라의 적대적인 의식은 곧 반고구려의식과도 상통하는 것이었다고 할 수 있다(발해에 대한 통일신라의 저항의식에 관해서는 정우영의 전게논문을 참조하기 바람). 통일신라가 고구려에 대하여 동일한 민족이라는 의식을 지니지 않았다는 본 고의 관점은 이러한 당대의 역사적 정황에 근거한 것이다.

85) <薛仁貴征東>, 『征東·征西·掃北』, 대북문화도서공사, 1986, 102쪽
86) <설인귀젼단>, 전게서
87) <薛仁貴征東>, 『征東·征西·掃北』, 대북문화도서공사, 1986, 201쪽

박이는지라 퇴종이 퇴경흐사 슬을 쌔히고 발노 말을 구르시니 말이 놀라 믈의
쌔져 나오지 못흐는지라[88]

[자료1]은 연개소문이 당 정벌의 이유를 밝힌 전쟁 선고문이다. <설
인귀정동> 42회본인 [자료1]-①과 비교해 보면 국립도서관본 계열 <설
인귀전>인 [자료1]-②에서 연개소문의 당 정벌의 변이 논리적·합리적
으로 제시되고 있음을 확인할 수 있다. 이를 통해 연개소문의 캐릭터가
보다 긍정적으로 형상화 되는 변이를 보여주고 있다.

[자료2]는 연개소문이 당 태종을 추격하면서 핍박하여 항복할 것을
권고하는 장면이다. 여기에는 연개소문이 활을 쏘아서 당태종에게 맞
추는 장면이 삽입되어 있는데, 이와 비슷한 어떠한 장면도 중국의
고·당 전쟁 문학인 <설인귀정동> 42회본에는 들어있지 않다. 국립도
서관본 계열 <설인귀전>에서만 찾아볼 수 있는 장면이다.[89] 당연히
『구당서(舊唐書)』·『신당서(新唐書)』·『자치통감』과 같은 중국의 정
사 기록은 물론 우리나라의 정사 기록에도 등장하지 않는다. 그런데
이 장면은 우리나라의 야사 기록을 비롯하여 사대부 지식인들의 문헌
설화에 등장하는 양만춘 고사와 그 얼개가 거의 비슷하다. 안시성을
함락시키지 못하고 돌아가는 당태종에게 양만춘이 화살을 쏘아 그 눈
을 맞췄다는 이야기로, 양만춘의 캐릭터에 연개소문만 대입하면 그
내용이 동일하다.

[자료3] ① 문정공(文靖公) 이색(李穡)의 〈정관음(貞觀吟)〉 시에 다음과
같이 읊고 있다. '주머니 속 물건처럼 쉽게 생각했는데, 화살 맞아 눈이 빠질
줄 어찌 알았으리오.' 여기서 현화(玄花)는 눈을 말한 것이요, 백우(白羽)는
화살을 말한 것이다. 당태종이 고구려를 칠 때 안시성에 이르러 눈에 화살을

---

88) <설인귀젼단>, 전게서
89) <셜인귀젼>, 권지일, 국립도서관 소장본, 13쪽
　　<셜인귀젼>, 권지이, 영남대학교 도서관 소장본, 18쪽
　　<셜인귀젼>, 박순호 소장본, 『한글필사본 고소설자료총서』23, 319쪽
　　<셜인귀젼>, 나손본, 『경인고소설판각본전집』, 439쪽

맞고 돌아갔다고 세상에 전하나 『당서(唐書)』『자치통감(自治通鑑)』에 그런 사실이 실려 있지 않고, 다만 유공권(柳公權)의 〈소설(小說)〉에 태종이 처음에 고연수(高延壽)·고혜진(高惠眞)이 발해의 군대를 이끌고 40리에 걸쳐 진을 친 것을 보고 두려워 하는 기색이 있었다고 했으나 당태종이 눈을 다쳤다고 말한 적은 없다. 서거정(徐居正)은 이렇게 생각했다. 당시에 설사 그런 일이 있었다 하더라도 사관(史官)이 중국을 위해 사실을 숨겼을 것이니 기록하지 않았다 해서 이상할 것은 없다. 다만 김부식(金富軾)의 『삼국사기(三國史記)』에도 그런 기록이 없으니 목은(牧隱)은 어디서 이 이야기를 얻었는지 알 수 없는 노릇이다.[90]

② 안시성주가 당태종의 정예병에 대항하여 마침내 외딴 성을 보전하였으니 그 공이 크다 하겠다. 그러나 그의 이름이 전하지 않는다. 우리나라의 서적이 드물어서 그런 것인그. 아니면 고구려 때 사적이 없어서 그런 것인가. 임진왜란 뒤에 중국의 장관으로 우리나라에 원병 나온 오종도(吳宗道)란 사람이 나에게 이렇게 말했다. "안시성주의 이름은 양만춘(梁萬春)으로 『당태종동정기(唐太宗東征記)』에 보입니다." 얼마전엔 감사 이시발(李時發)을 만났더니 이렇게 말했다. 일찍이 『당서연의(唐書衍義)』를 보니 안시성주는 과연 양만춘이었으며 그밖에 안시성을 지킨 장수가 두 사람이나 있었다.[91]

③ 안시성주는 조그마한 외딴 성으로 능히 천자의 군대를 막아냈으니 세상에 보기 드문 주략(籌略)일 뿐만 아니라, 성에 올라 작별인사 하는데 말에 여유가 있고 예의가 발랐으니 참으로 도를 아는 군자이다. 아깝게도 사서에 그의 이름이 전하지 않더니 명나라 때에 이르러 『당서연의(唐書演義)』에 그의 이름을 양만춘이라 하였다. 어느 책에서 찾아냈는지 알 수 없으나 안시성의 공이 책에 빛나고 있다. 이름이 유실되지 않고 전해졌더라면 『통감강목(通鑑綱目)』

---

90) "李文靖公稿貞觀吟曰, 謂是囊中一物耳, 那知玄花落白羽, 玄花言其目, 白羽言其箭, 世傳, 唐宗伐高麗至安市城, 箭中其目而還, 考唐書通鑑皆不載. 但柳公權小說, 太宗初見延壽惠眞, 率渤海軍, 布陣四十里, 有懼色, 亦未有言其中傷者, 居正意以謂, 當時雖有此事, 史官必爲中國諱, 毋性乎其不書也, 但金富軾三國史亦不載. 未知牧老何從得此", 『大東野乘』, 卷三, 徐居正, 『筆苑雜記』, 卷二

91) "安市城主抗唐太宗精兵, 卒全孤城. 其功偉矣, 姓名不傳, 我東之書籍鮮少而然耶, 抑朱氏時無史而然耶, 壬辰亂後, 天朝將出來我國者, 有吳宗道謂餘曰, 安市城主姓名梁萬春, 見太宗東征記云, 頃見唐書衍義則安市城主果是梁萬春, 而又有他人守將凡二人云", 『大東野乘』, 卷57, 尹根壽 <月汀漫筆>, 민족문화추진회, 1982

이나『동국사기(東國史記)』에 응당 실려 있어야 할 것이다. 어찌 수백년이 지난 후 연의에 나오겠는가. 믿을 수 없는 일이다.[92]

[자료3]-①은 서거정(徐居正)의『필원잡기(筆苑雜記)』에 나오는 기록이다. 서거정이 기록한 양만춘이 당태종의 눈을 화살로 맞췄다는 이 고사와 같은 내용이 이후 이익(李瀷)의『성호사설(星湖僿說)』[93], 신광수(申光洙)의『관서악부(關西樂府)』[94], 김창흡(金昌翕)의 <천산시(千山詩)』[95)에 지속적으로 나온다. [자료3]-②는 윤근수(尹根壽)의『월정만필(月汀漫筆)>에 나오는 기록이다. [자료3]-①과는 달리 양만춘이 활을 쏘아 당태종의 눈을 맞췄다는 고사의 내용은 나오지 않으나 양만춘이 당태종의 대군에 대항하여 안시성 전투를 성공적으로 이끌었다는 기술을 하고 있다. [자료3]-①과 [자료3]-②는 한·중의 역사서에 그 이름이 전하지 않는 양만춘의 존재를 기정사실화 하고 있으며, 특히 중국의 역사서에서 양만춘 고사를 숨긴 것을 패배한 전쟁에 대한 역사적 콤플렉스 때문이라고 지적하고 있다. 민족주의에 입각하여 중국의 역사의식을 논리적으로 비판하고 있는 것이다.

[자료3]에서 한 가지 주목되는 것은 양만춘이 활을 쏘아 당태종의 눈을 맞췄다는 고사가 설인귀 고사를 소설화 한 중국작품 속에는 등장하지 않는다는 사실이다. <설인귀정동> 42회본을 비롯한 중국 작품에서는 이러한 양만춘의 고사가 나오지 않는다. [자료3]-②와 ③에서 밝히고 있는 것과 같이 중국 자료 속에서 이 양만춘의 고사가 등장하는

---

92) "安市城主以最爾孤城, 能抗王師, 不特籌略不世, 登城拜辭, 詞氣從容, 得禮之正, 實聞道君子也, 惜乎史失其名, 至明時唐書演義, 出表其名爲梁萬春, 未知得之何書, 安市之功輝暎簡策, 苟非明不失傳, 通鑑綱目及東國史記, 不應幷遺, 豈待數百年, 始出於衍義耶, 殆不可信也",『大東野乘』, 권72,『부계기문(涪溪記聞)』

93) "唐太宗東征, 爲流矢所中目盲, 史官諱之, 故牧隱詩有誰知白羽落玄花之句, 麗末必有文考故云爾", <木弩干步>, 李瀷,『星湖僿說』, 萬物篇

94) "虯髥客是蓋蘇文, 句引東來大國軍, 留與高麗學士話, 玄花白羽笑唐君", 申光洙,『關西樂府』

95) "千秋大膽楊萬春, 箭射虯髥落眸子", 金昌翕, <千山詩>

것은『당서연의』가 최초이다.『당서연의』는 명나라 때 창작된 작품으로『신구당서』나『자치통감』에 기록되어 있는 당나라의 역사에 약간의 허구를 삽입하여 연의한 것이다. 거의 역사기록에 가까운 작품이라고 할 수 있다. 양만춘의 고사라는 것이 고·당 전쟁을 시종일관 당나라가 압도한 것처럼 서술하고 싶은 중국의 역사의식에 치명타를 가하는 것이기 때문에 당나라 당대의 문학 작품 속에서는 나오지 않다가 오랜 시기를 지나 명나라 때에 와서야 이 고사를 등장시킨 것이라 볼 수 있다. 그러나 이것은 어디까지나 고·당 전쟁 소재 작품을 제외한 곳에서 이루어진 것에 한정된다. 고·당 전쟁을 형상화 한 중국의 어떠한 문학 작품 속에서도 양만춘의 고사는 등장하지 않는다. 고·당 전쟁에 대한 중국의 역사인식에 위배되기 때문이다.

그렇다면 국립도서관본 계열 <설인귀전>에서 원작인 <설인귀정동> 42회본에도 없는 양만춘 고사를 연개소문의 에피소드로 변형하고 있는 것은 철저히 우리나라의 민족주의적인 역사인식에 의한 것이라고 할 수 있다. 중국의 고·당 전쟁 문학을 원작으로 하면서도 이를 우리나라의 민족적인 입장에서 재해석한 결과가 양만춘 고사의 변형이라는 것이다. 이는 작가의 창작의식의 관점에서 보자면 자국의 패배를 부정하고 압도적인 승리로 윤색하고자 하는 중국의 역사인식에 대한 비판이라고 할 수 있다. 한편 우리민족의 영웅인 연개소문이 중국의 천자인 당태종을 압도하는 장면을 통해 독자에게 민족적인 자부심과 통쾌감을 선사하는 것이기도 하다. 고구려가 우리나라 고대사의 일부이고 연개소문이 그 고구려의 영웅임을 아는 독자에게 있어서 고·당 전쟁이란 우리나라와 중국 사이의 대리전처럼 인식되었을 것이고, 이런 의미에서 연개소문은 민족을 대표하여 대리전을 치르는 전사처럼 받아들여졌을 것으로 보인다. 국립도서관본 계열 <설인귀전>에서 양만춘 고사를 변형하여 연개소문의 영웅적인 면모를 과시하는 동시에 당태종을 왜소화 시키고 있는 것은 민족주의를 내세워 고·당 전쟁의 역사적 의미를 이해하는 독자의 구미를 맞추고자 한 것이라고 할 수 있다. 바꿔 말하면 연개소문의 영웅화에 비례하여 당태종을 희화화 시키는 국립도서관본 계열 <설인귀전>에 나타난 변이는 고·당 전쟁에 대한 역사적 사전 지식을 보유한 작가와 독자, 즉 향유층을 전제로 할 때 설명될 수 있는 것이라 할 수 있는 것이다.

그런데 <설인귀전>의 향유의식을 이처럼 역사적인 차원의 민족의식으로만 보기에는 여전히 해결되지 않는 문제가 남는다. 첫째, 우리나라에서 향유된 작품이 민족의식을 고취하기 위해 <설인정동>을 변개한 국립도서관본 계열 <설인귀전>에만 한정되는 것이 아니라는 사실을 지적해 볼 수 있다. 지식인층에서는 한문으로 된 <설인귀정동> 42회본 외에도, 설인귀를 등장시킨 여타의 작품들을 읽었을 것이며, 국문 독자층을 대상으로 하여서는 <설인귀정동> 42회본을 거의 직역하여 축약한 구활자본을 비롯한 여타의 이본들이 두루 유통되었기 때문이다.[96] 민중이 대부분을 차지하는 국문소설 독자층 사이에서 민족의식을 상대적으로 부각시킨 국립도서관본 계열 이외의 작품들도 충분히 상업적인 인기를 구가하고 있었다는 것이다. 이렇게 본다면 민족의식 고취만으로는 <설인귀전>이 우리나라에서 인기를 끌었던 이유를 충분히 설명할 수 없음을 확인할 수 있다.

둘째, 연개소문이 당태종을 핍박하는 장면은 번역·번안본이 아닌 <설인귀정동> 42회본에서도 강조되어 있는 부분이라는 사실이다. 연개소문이 당태종을 활로 쏘아 맞히거나 당태종을 왜소화·희화화 시키는 장면을 제외한다면, 연개소문의 영웅적인 면모를 부각시키는 형상화의 방식은 국립도서관본 계열 <설인귀전>만의 전유물이 아니라는 것이다. 연개소문이 당태종의 부도덕함을 논리적으로 비판하거나 그를 일방적으로 핍박하는 장면의 확대는 민족의식 고취를 목적으로 하

---

96) <설인귀정동> 42회본을 그대로 직역하여 축약한 이본에는 연세대본, 이화여대본, 구활자본이 있다. 이 중에서 상업적인 유통망을 확보한 구활자본에만도 동미서시본, 경성서적조합본, 신구서림본의 3종이 존재한다. 구활자본만 고려한다 하더라도 <설인귀정동> 42회본이 그 자체로 충분히 상업성과 대중성을 갖추고 있었다는 사실을 확인할 수 있다.

여 고·당 전쟁을 포함한 고구려의 역사와 동북아시아 고대사의 전개 양상에 대한 지식이 있는 지식층에 의한 번역 과정에서 첨가된 것이 분명하다. 그러나 중국소설 <설인귀정료사략(薛仁貴征遼事略)>에서도 연개소문은 무용과 지략이 초월적인 인물로 등장한다. 다음의 자료를 통해 이 사실을 확인해 보기로 하자.

[자료4] ①일원 대장이 나오는데 키가 십척이요, 강사복을 걸치고 적규마를 타고 허리에는 두 활을 차고 등에 비도 다섯 자루를 메었사온데 바로 고구려의 용장 갈소문이었습니다.[97]

② 일원 대장을 앞세워 나오는데 머리에는 삼차자금관을 쓰고 몸에는 강사 복을 걸쳤다. 대한도를 비스듬히 들고 좌우로는 두 개의 활을 찼으며 등에는 비도 다섯 자루를 메고 있다. 그는 진 앞에 나와 병기를 휘두르며 "내가 막리지 갈소문이다!"라고 자신만만하게 소리쳤다. 동쪽 진에서 막리지가 나오자 당병 이 함성을 질렀다. 한 고구려 장수가 나오는데 머리에 삼차자금관을 쓰고 단화 강사복을 몸에 걸치고 청동언월도를 휘둘렀다.[98]

③ 형을 어전에서 살해하고,
　부왕을 후궁에 가두다.
　장수는 늙고 병사는 교만하니,
　큰 일은 이루지 못하리라.[99]

[자료4]-①은 <설인귀정동> 42회본과 같은 계열에 속하는 <설인귀 정료사략(薛仁貴征遼事略)>의 도입부에 해당하는 장면으로 연개소문 에게 핍박을 당한 백제의 사신 창흑비(昌黑飛)가 당태종을 찾아와 하 소연을 하는 부분이다. 창흑비는 당태종에게 올릴 공물을 가지고 고구

---

97) "捧一員將, 身長一戈, 披絳獅服, 跨赤虯馬, 腰掛兩鞭弓, 身背飛刀五口, 乃高麗虎將葛蘇 文也", <薛仁貴征遼事略>, 1쪽
98) "陣前捧一員將, 頂三叉紫金冠, 披絳獅服, 橫一柄大桿刀, 跨赤虯馬, 左右帶兵器兩鞭弓, 身背飛刀五口, 陣前輝武自言, 吾乃莫離支葛蘇文也, 東陣上莫離支出馬, 唐兵皆納喊, 遼 將頂三叉紫金冠, 披團花絳獅服, 橫靑銅偃月刀", <薛仁貴征遼事略>, 3쪽
99) "殺兄前殿, 囚父後宮, 將老兵驕, 不堪成事", <薛仁貴征遼事略>, 3쪽

려를 거쳐지나가는 도중에 연개소문을 만나 공물을 강탈당했을 뿐 아
니라 고문을 당한 것으로 되어 있는데, 이러한 창흑비의 언급 속에서도
연개소문의 모습은 천하의 당당한 영웅으로 묘사되고 있다. 심지어
[자료4]-①에서는 서사전개상에서 연개소문으로부터 고문을 당한 창
흑비마저도 그를 고구려의 용장이라고 언급하고 있다. [자료4]-②는 당
태종의 꿈에 나타난 연개소문의 모습을 형상화 한 장면이다. 연개소문
의 영웅적인 면모를 행동거지와 옷차림·병기·무용을 통해 구체적으
로 묘사하고 있다. <설인귀정료사략>이 중국의 고·당 전쟁 문학이라
는 사실을 인지하지 못한 상태에서 본다면 우리나라 사람이 묘사한
장면이라고 해도 어색함이 거의 없다. 연개소문의 영웅적인 면모에 대
한 인정은 한·중의 역사 기록서에서도 일치하는 부분이어서 중국의
정사인『구당서(舊唐書)』·『신당서(新唐書)』100)나 우리나라의 정사인
『삼국사기』101)에서도 [자료4]-①·②의 <설인귀정료사략>과 같은 내
용을 찾을 수 있다.

한편 [자료4]-③은 <설인귀정료사략>에서 연개소문이 창흑비의 얼
굴에 새겨 당태종을 비판한 내용이다. 여기서 주목할 점은 [자료4]-③
의 내용이 국립도서관본 계열 <설인귀전>에서 연개소문이 당태종에게
보낸 침략의 변과 거의 동일한 내용을 담고 있다는 사실이다. '살형수
부(殺兄囚父)' 즉, 정당한 왕위 계승자인 형을 죽이고 부왕을 후궁에
가둔 반인륜적인 행위를 논리적으로 비판하고 있다는 점에서 글자 하
나 틀리지 않다. 여기에 중원을 치겠다는 대목만 덧붙이면 [자료4]-③
에서 연개소문이 당태종을 도발한 비판의 내용은 국립도서관본 계열
<설인귀전>에 등장하는 연개소문의 당나라 침략의 변과 완전히 동일
한 내용을 갖추게 되는 것이다.

이러한 사실들로 미루어볼 때, 국립도서관본 계열이 아닌 <설인귀

---

100) "鬚貌甚偉, 形體魁傑, 身佩五刀, 左右莫敢仰視",『舊唐書』; "貌魁秀, 美鬚髯, 冠服皆食
　　以金, 佩五刀, 左右莫敢仰視",『新唐書』
101) "儀表雄偉, 意氣豪逸 (中略) 身佩五刀, 左右莫敢仰視",『三國史記』, 卷49, 列傳, 弟9

전>에 대한 향유의식 역시 민족의식의 측면에서 해석할 수 있는 여지가 충분하다고 할 수 있다. 특히 에피소드별로 분절화되어 있어서 각 장면의 독립성이 극대화 되어 있는 중국 연의소설의 특성을 고려해 볼 때, 우리나라의 독자층이 연개소문의 영웅성을 극대화한 장면에 보다 집중하거나, 그러한 장면들을 취택하여 연결하는 동시에 의미화 하는 무의식적·의식적 독서과정의 연쇄를 상정할 수 있다. 중국 연의소설 양식을 한국 영웅소설의 일대기 구조로 축약한 작품의 경우도 마찬가지다. 한국 영웅소설의 일대기 구조 역시 주인공의 시련·성공 등 독자층을 견인하는 각기 다른 미의식의 차원이 각 서사단락마다 극대화 되어 있는 장면화와 분절화의 방식을 취하고 있다. 굳이 연개소문을 중심으로 한 민족의식 고취를 위해 각 장면을 변형하여 수렴한 국립도서관본 계열 <설인귀전>이 아니라 하더라도, 어느 정도까지는 민족의식 차원의 독서 쾌감을 맛보는 것이 가능하다는 것이다. 중국 원작에 이미 연개소문의 영웅적인 면모가 부각된 장면들이 부분적으로 포함되어 있기 때문이다.

이렇게 보면 오히려 문제는 정반대의 방향으로 제기될 수도 있다. 왜 중국의 <설인귀전> 원작에서 적국의 장수, 즉 우리민족의 영웅인 연개소문의 영웅적인 면모를 이토록 강조해 놓았을까 하는 것이다. <설인귀전> 원작은 연개소문 대 당태종·설인귀의 적대적 대립 노선을 중심으로 서사를 전개하고 있다. 선악 대비 구조를 골자로 하는 우리나라 고소설의 미의식적 차원에서 본다면 당태종은 히어로이고, 반면 연개소문은 안티히어로이다. 안티히어로를 영웅적인 인물로 묘사하지 않는 우리나라 고소설의 관습 속에서 보자면 오히려 자국 영웅의 적대자에 해당하는 연개소문의 웅재대략(雄才大略)을 부각시켜놓은 중국의 향유의식을 이해하기 어려울 수 있다. 이에 관해서 생각해 볼 수 있는 것은 다음의 두 가지 차원이다.

첫째는 연의소설의 순수한 흥미 추구의 차원이다. 이는 중국의 연의류가 자국을 중심으로 한 역사를 재구성하고 그로부터 대국의 자부심을 확인하는 동시에 소설적인 흥미를 배가시키는 방법으로 이미 『삼국지연의』로부터 발전시켜온 것이기도 하다. 비근한 예를 제갈공명의 최종적인 승리가 확인되어 있는 남만왕과의 전투 에피소드에서 확인할 수 있다. 제갈공명에게 일곱 번 사로잡히면서도 풀려나는 족족 그의 군대를 괴롭혔던 남만왕의 끈질김을 강조해주는 동시에 제갈공명의 소소한 패배를 반복함으로써 역사연의의 허구적 흥미를 부각시키는 것과 같은 방식이라고 할 수 있다.

둘째는 최종적으로 패배한 적장의 영웅성 부각을 통한 자국의 궁극적인 승리를 상대적으로 강조하는 방식이다. 어쨌든 궁극적인 승패의 승리자는 당태종이며, 무용과 지략으로 연개소문을 패배시킨 것은 당나라 장수인 설인귀라는 사실은 변함이 없기 때문에 소소한 패배 자체는 염두에 두지 않는다는 자신감의 발로다. 중요한 것은 최종적인 승리자인 당나라인 것이고, 그 과정에서 이루어진 천자의 소소한 위기는 중요한 문제가 아니라는 것이다. 적국의 장수라 하더라도 소소한 몇 번의 전투에서 천자를 궁지로 내몬 능력을 인정해 준다는 사고방식도 확인된다. 적국의 장수라 하더라도 인정할 것은 인정해준다는 대국의 포용력을 과시하고자 하는 의식의 소산인 것이다. 제 1차 고·당 전투에 해당하는 안시성 싸움을 당나라 승리와 연개소문 및 양만춘에 대한 당태종의 상급 하사로 마무리 한 것도 역사적인 사실을 조작해서라도 대국의 포용력을 과시한 대표적인 예에 해당한다고 할 수 있다. 『삼국지연의』속에서 조조가 몇 번의 전투에서 자신에게 치명타를 가할 정도로 능력이 있는 장수인 관운장이 끝까지 자신의 호의를 거부하고 유비를 섬기려 하는 순간에도 예우를 다함을 잊지 않은 것과 같은 차원으로 생각된다.

그런데 이러한 두 가지 향유의식의 차원으로도 해명되지 않는 부분이 있다. 바로 연개소문의 죽음과 관련된 장면이다. 생시의 연개소문을 천하의 영웅으로 형상화 한 것과 마찬가지로 <설인귀전> 중국 원작에서는 연개소문의 죽음 역시 일정정도 미화해주는 측면이 있다.

이는 <설인귀정동> 42회본을 직역하여 축약한 한국 이본에서도 마찬가지이다. 물론 중국의 독자가 <설인귀전>을 향유하는 의식과 우리나라의 독자가 중국의 원본 및 번역본을 향유하는 의식은 분명히 다른 차원에 입각해 있을 것이다. 문제는 여타의 부분에서 연개소문의 영웅성을 미화하는 방향으로 원작을 변개한 국립도서관본 계열 <설인귀전>에서 오히려 연개소문의 죽음에 대한 배려가 나타나 있지 않다는 사실에 있다. 다음의 예문을 통해 이 문제에 대해 구체적으로 살펴보기로 하자.

[자료5] ① 仁貴道, 非本師要你性命, 不肯放松, 只是你自己不是, 不該下戰書到中原, 得罪天子, 天子恨你切齒, 記在心, 包在本師身上, 要你這顆首級, 我不得不取汝性命了, 盖蘇文所了這話, 心中懊悔不及, 長歎一聲, 罷了罷了, 此乃天數判定, 該應傷於你之手了, 與你這頭罷, 遂把赤銅刀, 望頸項下一刎, 頭落在水, 仁貴把戟挑起, 挂於腰中, 見蘇文頸上呼, 一道風聲送起, 現出一靑龍, 把眼一閉, 頭一咨, 竟望西方而去, 鮮血一冒, 身子落在水底[102]

② 셜인귀 왈 닉 굿틱여 네의 셩명을 살히코져 흐미 아니라 즁원 젼셔을 보닐 쩌에 스의 셜만흐미 심흔 고로 텬즈 진로흐사 너의 슈급을 취흐라 흐시니 닉 임이 슈명흐얏는지라 엇지 사사로이 요딕흐리오 합소문이 말을 듯고 일셩 쟝탄왈 이는 텬쉬니 도망키 어려온지라 엇지 네 손에 욕을 바드리오 흐고 젹강도을 들어 칼집에 꼿고 수둔법을 흐야 흔적 업시 다라나이라[103]

③ 인귀 크게 불너 왈 노젹은 닷지 말나 흐고 활을 다려 쏘니 시위를 응흐여 합소문이 말긔 써러지거늘 다라드러 머리를 버혀들고 젹진을 함몰흐고 도라와 태종긔 슈급을 드린딕[104]

[자료5]-①은 <설인귀정동> 42회본이다. 여기서는 연개소문이 비

---

102) <薛仁貴征東>, 전게서, 104쪽
103) <백포소장 설인귀전>, 동미서시본, 63쪽
104) <설인귀젼단>, 전게서, 440쪽

열하게 항복을 구하거나 설인귀에 의해 목이 떨어지는 비참한 방식으로 묘사되는 것이 아니라 자살하는 것으로 나타나고 있다. 자살은 패배는 했으되 뛰어난 능력을 지닌 상대방의 자존심을 지켜주는 방식으로, 고대의 전쟁 국가 상호간에 관습적으로 유지되던 일종의 예의 같은 형태로 존재했다. 연개소문이 비록 적국의 장수이기는 하나 탁월한 능력을 지닌 인물인 만큼 죽는 장면에서도 그 위엄을 유지해 주고자 한 것이다. 연개소문의 목이 끊어진 자리로부터 바람소리와 함께 청용 한 마리가 서방으로 날아갔다고 묘사한 부분에서는 신비주의 색채를 동원하여 그 목이 떨어지는 장면의 사실적인 묘사를 피하고자 하는 의도를 보여준다.

[자료5]-②는 [자료5]-①의 <설인귀정동> 42회본을 번역한 구활자본이다. 여기서는 아예 연개소문의 죽음을 직접 언급하지 않는다. 다만 수둔법으로 달아나는 것으로 그리고 있다. 연개소문의 죽음에 대한 직접적인 서술을 회피하고자 하는 차원에서 더 나아가 연개소문의 생존을 은근히 암시한다. 역사적인 지식으로 볼 때는 이 장면에서 연개소문이 죽은 것으로 알려져 있지만 그가 죽었다는 언급을 끝까지 피하고 굳이 사라진 것으로 처리함으로써 죽어서도 죽지 않고 살아있는 불멸의 모습으로 승화시키려고 했다고도 볼 수 있다. 이처럼 [자료5]-②의 번역본에서 이루어진 변개는 한문을 아는 지식인인 번역자의 민족의식의 발로로, 우리민족의 영웅인 연개소문이 당나라의 일개 장수에 의해 죽음을 당한다는 설정에서 느낄 독자층의 아쉬움을 고려한 배려라고 할 수 있다.

[자료5]-③은 국립도서관본 계열 <설인귀전>이다. 이 장면에서 연개소문은 설인귀에 의해서 단칼에 목이 베어지고 있다. 여기에는 어떠한 주저함도 없으며, 연개소문에 대한 미화도 없다. 이는 형상화의 초점이 연개소문이 아닌 설인귀로 이동한 결과이다. 설인귀의 영웅적인 면모를 부각시키려다 보니 연개소문의 죽음에 대한 특별한 배려를 할 수 없게 된 것이다. 이 점이야 말로 <설인귀전>의 한국 이본에 대한 향유

의식을 파악하고자 할 때 직면하게 되는 핵심적인 딜레마가 된다. 지금까지 알려있는 바에 따르자면 설인귀는 당나라의 장수로 되어있다. 중국 이본이건, 한국 이본이건 마찬가지다. 설인귀와 마찬가지로 당나라 인물로 되어 있는 당태종을 미화하기 위한 시도는 <설인귀전>의 어떠한 한국 이본에서도 찾아볼 수 없다. 설인귀란 인물에 한해서만 한국의 특별한 향유의식이 적용되고 있다는 사실을 확인할 수 있는 것이다.

<설인귀정동>에서도 미화되어 있는 연개소문의 죽음이 정작 국립도서관본 계열 <설인귀전>에 와서 오히려 그 묘사의 초점이 연개소문이 아닌 설인귀 쪽으로 이동되어 있다는 사실을 어떻게 이해하여야 할까. 연개소문의 죽음 부분에 와서 갑자기 전쟁의 승패가 갈리면서, 적장을 항복시켜서 죽이는 것에 대한 독자층의 흥미를 배가시키기 위해 그 앞부분에서 당태종을 핍박하여 항복문서를 쓰게 할 정도로 당당한 면모를 보여주었던 연개소문을 비참하게 만들었다고 해석해야 할까. 그렇게 보기에는 국립도서관본 계열 <설인귀전>이 아무리 상업적인 목적에 의해 향유되었던 군담소설로 유통되었다 할지라도 개연성이 모자란다. 여기에는 연개소문에 대한 민족의식이나 혹은 군담소설 자체의 흥미 차원이 아닌 제2의 향유의식이 내재해 있다고 보아야 한다. 이 지점에서 우리나라 내부에서 자체적으로 생성되고 전승된 <설인귀 전설>과의 관련 맥락을 상정하지 않을 수 없다. 국립도서관본 계열 <설인귀전>의 향유방식 속에 내재한 아이러니를 해결하고 그 향유의식의 정체를 밝히기 위해서는 <설인귀 전설>의 향유의식과의 관련성을 살펴보지 않을 수 없다는 것이다.

[자료6] ① 설인귀래는 이가 어디서 낳았는냐 하면은 저기 저 적성 주원군이라는 데에서 낳아가지구 그리구 감악산에서 공부를 하다가 중국으로 건너가서 그 중국의 그 장수가 된 거야.[105]

---

105) <설인귀비가 감악산으로 옮겨간 까닭(1)>[동두천설화1] 생연2동 한약방, 1999.5. 21, 조희웅, 조흥욱, 노영근, 박인희 조사. 이윤형, 남 · 76, 『경기북부구전자료집(1)』,

② 설인귀가 그 사람이 주원리서 분명히 태어났어.[106]

③ 그리고 한 유래를 내가 가만히 얘기하자면은 요 아래 주월리라는 동네가 있는데 거기서 설인귀장군이 출생한 자리여.[107]

[자료6]는 현재 경기도 파주군에 전승되고 있는 <설인귀 전설>이다. 이 <설인귀 전설>에서 설인귀는 파주군 적성면 주월리에서 출생한 인물로 형상화 되어 있다. 적성면 주월리 사람으로 그 근처에서 갑주와 용마를 얻고 감악산 설인귀굴에서 훈련을 하여 중국에서 장군으로 성공했다가 다시 감악산신이 되었다고 한다. <설인귀 전설>의 향유층이 설인귀를 우리나라 사람으로 인식하고 있는 것이다. 파주군 <설인귀 전설>에서 고 · 당 전쟁은 구체적으로 명시되어 있지 않으며, 전쟁의 국적 여부는 애매하게 처리되어 있다. 설인귀가 우리나라 사람이기 때문에 고구려를 멸망시킨다는 것을 받아들이기 어려웠기 때문이라고 할 수 있다. 우리 민족 출신인 설인귀가 같은 민족인 고구려를 멸망시킨다는 민족의식상의 딜레마를 해결하기 위해 아예 설인귀를 고구려 장군으로 지칭하기도 한다.[108] 이는 민족의식과 관련하여 제기되는 아이러니를 해결하기 위해 무의식적으로 이루어진 설화적인 해결책이라고 할 수 있다.

그런데 국립도서관본 계열 <설인귀전>은 설인귀를 우리민족으로 인식한 <설인귀 전설>과의 교섭 양상이 가장 두드러지는 이본군이다. 설인귀에 대한 특별한 배려가 나타나는 국립도서관본 계열 <설인귀

조희웅 외, 박이정, 299~301쪽

106) <백포소장 설인귀>, [동두천설화2] 생연2동 한약방, 1999.5.21, 조희웅, 조흥욱, 노영근, 박인희 조사. 이윤형, 남 · 76, 『경기북부구전자료집(1)』, 조희웅 외, 박이정, 2001, 301~303쪽

107) <설인귀 전설>, [적성면설화5] 율포리 노인정, 1999.2.9, 조흥욱, 박인희, 조재현 조사. 조팽기, 남 · 65, 『경기북부구전자료집(1)』, 조희웅 외, 2001, 박이정, 542~543쪽

108) "이게 설인귀장군이 그러니깐 고구려 장군이더라구 보니까는.", <설인귀 전설>, [적성면설화5] 율포리 노인정, 1999.2.9, 조흥욱, 박인희, 조재현 조사. 조팽기, 남 · 65, 『경기북부구전자료집(1)』, 경기북부구전자료집1, 조희웅 외, 2001, 박이정, 542~543쪽

전>이 하필 그 형성 과정 속에서 <설인귀 전설>과의 상호 작용이 확인되는 이본군이라는 사실은 그 향유의식 속에 설화적인 역사인식의 방식이 개입해 있을 가능성을 설정할 수 있게 한다. 다시 말해서 국립도서관본 계열 <설인귀전>을 중국이 아니라 한국 작품으로 향유했을 가능성이다. 이러한 가능성을 입증하기 위해서는 연개소문의 죽음 장면이 아니라 설인귀를 형상화 한 장면 속에서 증거를 찾아낼 필요가 있다. 국립도서관본 계열 향유층이 설인귀를 우리민족으로 인식했다고 볼 수 있는 근거가 있어야 할 것이다. 국립도서관본 계열 <설인귀전>에서 설인귀를 우리 민족화 하는 변개의 구체적인 양상은 다음과 같은 세 가지 국면으로 정리해 볼 수 있다.

첫째는 설인귀의 캐릭터 변개이다. <설인귀전>의 중국 이본에 등장하는 설인귀는 항상 흰 옷을 입고 빛나는 투구를 쓰고, 붉은 끈으로 장식한 적토마를 타고 방천극을 휘두르는 모습으로 나타난다. 특히 무기와 관련한 설인귀 캐릭터는 방천극(方天戟)으로 상징된다. 당나라 군대에 입격하기 위해 장사귀를 찾아가서도 다짜고짜 강무청(講武廳)에 방천극을 땅에 꽂는 것으로 의지를 피력하는 모습을 연출한다. 중국 고·당 전쟁 문학 속에서 방천극은 일종의 설인귀의 분신처럼 묘사되고 있는 것이다.

[자료7] ① 馬上一箇少年將軍, 素袍瑩鎧, 赤馬朱纓, 擗轉方天戟[109]
② 捧一員將, 素袍瑩鎧, 赤馬繫纓, 橫方天戟, 聲如哮雷[110]

[자료7]-①과 ②는 <설인귀정료사략>의 전투장면에서 설인귀의 모습이 흰옷을 입고 방천극을 든 형상으로 나타나는 대표적인 장면을 제시한 것이다. 잘 알려져 있다시피 방천극은 『삼국지연의』 속에서 번쾌가 능숙하게 다루었다고 하는 창으로 지극히 중국적인 무기이다.

---

109) 『薛仁貴征遼事略』, 상해고전문학출판사, 1957, 5쪽
110) 『薛仁貴征遼事略』, 상해고전문학출판사, 1957, 18쪽

방천극을 분신처럼 내세우는 설인귀의 모습은 완연히 당나라 장군으로서의 그것이다. 그런데 의외로 설인귀가 연개소문을 제압하는 결정적인 장면을 장식하는 것은 방천극이 아니라 활이다. 방천극은 그저 언제나처럼 옆에 끼고 있을 뿐이고 연개소문을 사로잡는 도구는 활이다. 연개소문을 활로 제압하는 설인귀의 형상은 한국의 이본에서도 변함이 없다. 연개소문의 제압은 고·당 전쟁을 마무리하는 결정적인 계기로서 클라이막스에 해당한다. 당나라 장군인 설인귀가 마땅히 이 장면에서 사용해야 할 무기로 기대되는 것은 그의 상징적인 분신인 방천극이다. 게다가 방천극은 은갑주, 천총마와 함께 하늘로부터 전해 받은 것이다. 하늘이 내린 방천극을 받는다는 설정은 당나라 장수로서의 설인귀가 적국인 고구려 장수 연개소문을 제압함으로써 고·당 전쟁을 승리로 이끌 주역이라는 상징이다. 방천극은 중국적인 신물이기 때문이다.

반면 활, 즉 궁전(弓箭)은 다분히 한국적인 상징을 가지고 있다. 활을 잘 쏘는 '선사(善射)'의 능력은 동이족, 즉 우리 민족 영웅의 전통적인 표징이다. 고구려의 시조인 주몽이 활을 잘 쏘는 사람을 지칭하는 일반명사인 주몽을 고유명사로 삼았으며, 고구려의 고분 벽화 속 무사의 모습은 깃털 장식이 달린 모자 혹은 투구를 쓰고 역시 깃털 장식이 된 화살이 가득든 동개(韇)를 차고 활을 든 모습으로 묘사되어 있다. 고려 신화에서도 왕건의 조상인 작제건은 악룡(惡龍)을 활로 퇴치하여 왕업의 기틀을 마련했다. 뿐만 아니라 조선의 창업주인 이성계도 특히 궁술로 명성이 높았다. 중국 측 고·당 전쟁 문학인 <설인귀정료사략>에서도 연개소문을 동개를 찬 모습으로 형상화 해놓고 있다.[111] 우리 신화 체계 속에서 궁술은 우리 민족의 영웅을 상징하는 지표로 관습화되어 있는 것이다.

그렇다면 다른 장면도 아니고 하필 고·당 전쟁의 승패를 가름하는

---

111) "莫離支出馬 (中略) 左右弓掛二鞭, 身背飛刀五口", <薛仁貴征遼史略>, 전게서, 58쪽

결정적인 장면에서, 설인귀가 고·당 전쟁의 승리의 주역이라는 표징으로 방천극이 아닌 활을 사용하고 있는 것을 어떻게 이해해야 할까. 애초에 활은 설인귀가 하늘로부터 고·당 전쟁의 주역으로 지목받으면서 부여받은 신물 속에 들어있지도 않다. 설인귀가 연개소문을 방천극이 아닌 활로 제압한다는 설정이 중국의 원작에서부터 나타난다는 것은 그의 출신성분이 우리 민족과 관련이 있는 것이 아닌가 하는 의문을 불러일으킨다. 그런데 관련 정사(正史) 기록인『구당서(舊唐書)』·『신당서(新唐書)』에는 설인귀의 신물로 알려져 있는 방천극이 아예 등장하지 않는다. 대신 설인귀의 신물은 방천극이 아니라 화살과 활, 동개이다. 다음의 자료 속에서 이를 확인해 보자.

[자료8] 설인귀는 강주 용문 사람이다. 정관 말에 태종이 친히 요동을 정벌할 때에 인귀가 장사귀 장군의 막하에 응모하여 종군할 것을 간청하였다. 안지에 이르러 낭장 유군앙이 적에게 포위되자 인귀가 그를 구출하고 말을 곧장 앞으로 치달려 들어가 적장의 목을 베니 적들이 모두 두려워하여 드디어 인귀의 이름이 알려지게 되었다. 대군이 안지성을 공략하자 고구려의 막리지는 고연수, 고혜진을 보내 군사 25만을 거느리고 대적하게 했다. 산을 등지고 진을 치자 태종은 여러 장수들에게 사면으로 공격하도록 명령을 내렸다.
인귀는 자신의 용맹을 믿고 큰 공을 세우려 그 복색을 바꾸어 흰 옷을 입고 손에는 창을 들고 허리에 동개와 화살을 차고 고함을 치며 쳐들어가니 가는 곳마다 당해내는 사람이 없어 적이 초개처럼 쓰러졌다. 그 틈을 타서 대군이 공격하니 적이 대패하였다. 태종이 멀리서 이를 바라보고 선봉에게 흰옷 입은 사람이 누구냐고 물었다. 태종께서 접견하시고 말 두필과 비단 사십 필을 하사하셨다. 유격장군에 발탁하고 운천부 과의에 임명했다.112)
[자료8]은『구당서(舊唐書)』·『신당서(新唐書)』의 열전(列傳)에 편

---

112) "薛仁貴, 絳州龍門人, 貞觀末, 太宗親征遼東, 仁貴謁將軍張士貴應募, 請從行, 至安地, 有郞將劉君昻, 爲賊所圍, 仁貴往救之, 躍馬徑前, 手斬賊將, 賊皆懾服, 仁貴遂知名, 及大軍功安地城. 高麗莫離支遺將高延壽·高惠眞, 率兵二十五萬來, 距戰依山結營, 太宗分命諸將四面擊之, 仁貴自恃驍勇, 欲立奇功, 乃異其服色, 著白衣, 握戟腰鞬兩長弓, 大呼先入, 所向無前, 賊盡披靡, 大軍乘之, 賊大潰, 太宗遙望見之, 問先鋒, 白衣者爲誰, 引見, 賜馬兩匹, 絹四十匹, 擢遊擊將軍, 雲泉府果毅 (後略)", <薛仁貴傳,『舊唐書』, 列傳

재되어 있는 <설인귀전(薛仁貴傳)>이다. 어디에도 설인귀가 방천극을 주된 무기로 사용했다는 기록이 나와 있지 않다. 손에 창을 들고 있다고는 되어 있지만 설인귀의 특재(特才)는 궁술인 것으로 나타나 있다. 뿐만 아니라 허리에 동개라는 활통을 차고 화살과 활을 구비한 설인귀의 모습은 흡사 고구려 벽화에 등장하는 무사의 모습과 비슷하다. 『삼국지(三國志)』 위지(魏志) 동이전(東夷傳)을 위시한 중국의 정사 기록에서 반복적으로 등장하는 동이족의 모습을 연상시킨다. 어디를 보아도 중국 사서에서 전하는 중국 무사의 전형적인 모습을 떠올리기란 쉽지 않다. 이런 관점에서 보면 설인귀가 태종의 눈에 띄기 위해 일부러 백의(白衣)을 골라 입었다는 기록도 심상치 않게 보인다. 원래 흰색은 중국인이 일반적으로 즐겨 입는 옷 색깔이 아니다. 중국사서가 흔히 동이족을 가리켜 백의민족이라고 하듯이 흰옷은 우리 민족의 고유한 복색으로 일컬어져 왔다. 아무리 태종의 눈에 들기 위해서라고 하지만 굳이 다른 민족의 고유한 복색을 갖추어 입을 필요는 없지 않을까. 게다가 남들보다 튀기 위해서 흰 옷을 입었다는 설정 자체도 중국의 일반적인 관습 속에서 보면 특이하다. 흰 옷이라서 눈에 띈다는 것은 바꿔 말하면 설인귀를 제외한 다른 사람들은 흰 옷을 입지 않았다는 말이 된다. 즉 중국인이 일반적으로 잘 안 입는 옷을 입었기 때문에 눈에 띈 것이라고 볼 수 있는 측면이 있다. 흰색은 오행에서 동쪽을 상징하는 색으로, 중국에서 보면 한반도가 동쪽이 된다. 한반도 출신자의 상징색을 굳이 꼽자면 흰색이 되는 것이다. 이 동쪽의 신수(神獸)는 백호(白虎)인데, 설인귀의 출생 시 태몽도 백호 꿈으로 되어 있다. 이 점에서 백호는 바로 설인귀의 신수로 설정되어 있다고 할 수 있다.

물론 이 흰 옷과 백호가 설인귀의 출신지인 산서(山西)의 강주(絳州)를 상징하는 것으로 볼 수도 있다. 중국 대륙을 중앙에 놓고 봤을 때, 산동성(山東省)에 위치한 산서 강주는 동쪽에 해당하기 때문이다. 그런데 이 산동성이라는 지역 자체가 중국 대륙 내부에서도 전통적으로 우리 민족과 관련이 깊다는 점에서 단순히 이렇게 볼 수만도 없다. 산동성은 신라방(新羅坊)이 있던 곳으로 상업과 무역에 종사하는 신라인들이 대거 거주하던 집장촌이 위치해 있었다. 장보고가 골품제의 한계를 뛰어넘어 자신의 능력을 실현하기 위한 기회의 땅으로 당나라를 점찍고 건너간 곳도 바로 이 산동성이었다. 이후 장보고는 산동성의 신라방과 관음사를 중국 내 기점으로 하여 중국, 우리나라, 일본을 연결하는 동북아 해상 삼각무역을 구축하기도 했다.113) 그런데 우리나라 전설 속에서 설인귀는 장보고처럼 골품제의 한계를 극복하고 자신의 능력을 실현하기 위해 당나라로 떠난 신라인으로 설정되어 있다. 설인귀의 병장기·복색·출생지와 우리민족과의 관련성을 이처럼 세심하게 따져본 이유는 설인귀란 중국의 역사적 인물에 대한 우리의 인식체계와 긴밀하게 연결되어 있기 때문이다. 여기서는 일단 이러한 사실들을 지적하는 것으로 넘어가기로 한다.

정리하자면 중국의 <설인귀전> 원작에 나타나는 설인귀의 형상과 병장기의 상징성은 이원화되어 나타난다고 할 수 있다. 『구당서(舊唐書)』·『신당서(新唐書)』의 <설인귀전>에서 그의 상징물을 동개·화살·활로 묘사하고 있으며, 이러한 설인귀의 인물형상이 <설인귀정료사략>을 위시한 이후의 <설인귀정동> 42회본에서도 그대로 이어지고 있음에도 불구하고, 이원적으로 방천극을 그의 신물로 내세우고자 하는 의식 또한 확인된다는 것이다. 즉, 영웅적인 무장으로서의 설인귀가 동개·화살·활로 상징화 된다는 점은 인정하면서도, 여기에 당나라 장수로서의 전형적인 상징성을 덧씌우고자 한 변개의 결과가 <설인귀정료사략> 이후의 방천극으로 나타난다는 것이다. 설인귀에 대한 이러한 이원적인 형상화 방식으로 인해 표면적으로는 방천극을 특재로 하는 당나라 명장 설인귀라는 캐릭터를 완성하고자 하는 의도는 성공했다고 할 수 있다. 그러나 이면적으로는 오히려 설인귀 캐릭터의 본질이 방천극이 아니라 연개소문을 격파한 도구인 화살·활·동개에 있다는

---

113) 산동성 신라방과 우리 민족과의 관련성에 대해서는 『대외문물교류사연구』, 해상왕 장보고기념사업회, 2002를 참조하기 바람.

사실을 대비적으로 강조하는 결과를 낳고 있다고 볼 수 있다.

활쏘기의 명장 설인귀라는 인물형상은 국립도서관본 계열 <설인귀전>에서 확실하게 강화되어 나타난다. 다음의 자료를 통해 비교해 보자.

[자료9] ① 馬上一箇少年將軍, 素袍瑩鎧, 赤馬朱纓, ㉮揮轉方天戟, 取弓箭在手, 一箭射, 莫離支墜馬[114]

② 인귀 크게 불너 왈 노적은 닷지 말나 ㅎ고 ㉯활을 다려 쏘니 시위를 응ㅎ여 합소문이 말긔 써러지거늘[115]

[자료9]-①은 <설인귀정료사략>이고, [자료9]-②는 국립도서관본 계열 <설인귀전>으로, 설인귀가 연개소문을 제압하는 장면에 해당한다. [자료9]-①의 ㉮부분에서 확인할 수 있듯이 중국 원작 속에서 설인귀가 연개소문을 제압하는 장면은 방천극과 활의 결합으로 되어 있다. 반면 [자료9]-②의 ㉯부분에서 확인할 수 있듯이 한국 이본 속에서 설인귀가 연개소문을 죽이는 결정적인 수단은 오직 활 한 가지뿐이다. 애초에 『구당서(舊唐書)』·『신당서(新唐書)』의 <설인귀전>에서 확인할 수 있었던 설인귀 인물 형상의 본질을 그대로 드러낸 것이다. 이러한 설인귀 형상의 변개 양상은 당나라 장수 설인귀의 모습 속에 우리 민족 영웅의 모습을 새겨놓고자 하는 향유의식의 일단을 전제하지 않고서는 도저히 설명할 수가 없다.

그런데 설인귀를 우리민족으로 인식하고 이를 인물 형상에 반영하여 원작을 변개한 국립도서관본 계열 <설인귀전>의 향유의식은 구활자본에서도 그 유사한 일측면을 확인할 수 있다. 구활자본은 <설인귀정동> 42회본을 직역하여 축약하면서 설인귀가 우리나라 사람이라는 인식을 필사기에 피력해 놓고 있다.

---

114) 『薛仁貴征遼事略』, 상해고전문학출판사, 1957, 5쪽
115) <설인귀젼단>, 전게서, 440쪽

[자료10] 고구려사긔를 상고ᄒ니 천흡소문은 고구려 보장왕 쎡 사람이라 잇쩍 당제 리셰민이 흡소문의 시군ᄒ 죄를 빙ᄌᄒ고 디병을 거느려 요동 안시 셩을 칠ᄉ 려장 고연슈 말갈병 십오만으로 막다가 당장 셜인귀의게 픽ᄒ 빅 되믹 디군이 물밀 듯 하야 안시셩을 외우다가 셩쥬 양만츈의게 픽ᄒ 빅 되어 당제가 눈에 살를 마즈믹 당병의 예긔가 최촬하믹 만츈이 경긔를 닉여 좌우로 쳐 크게 파ᄒ얏스며 당제가 천흡소문과 싸홈ᄒ 것슨 조곰 모호ᄒ 사실이며 셜인귀는 본디 요동 사람이오 신라인 셜계두로 당장이 되야 공을 셰웟스니 잇쩍도 사름 쓰기를 골픔을 의논ᄒ믹 홍지디략이 잇셔도 발신치 못ᄒ는지라 고로 이상 두사름도 당에 도라가 비상ᄒ 공업을 셰우이라

[자료10]에서는 설인귀를 신라 사람으로, 골품제의 한계를 뛰어넘어 자신의 능력을 실현하기 위해 당나라를 건너가서 성공한 신라인 설계 두라고 설명하고 있다. [자료10]과 같은 내용의 필사기는 3종의 구활자 본 모두에 삽입되어 있다. 작품의 본문에서는 <설인귀정동> 42회본을 직역하여 축약함으로써 원작의 내용을 최대한 그대로 유지하면서, 서 사가 종결되고 난 부분에 첨가하는 필사기를 통해 설인귀가 우리민족 출신이라는 편집자의 의견을 밝히는 방식이다. 이 점에서 구활자본 계 열 <설인귀전>은 번역 양상에서 뿐만 아니라 역사인식과 향유의식의 측면에서도 <설인귀전>의 중국 원작과 국립도서관본 계열 <설인귀 전>의 중간에 위치한다고 할 수 있다.116)

둘째는 공간의 재배치이다. 문면의 표면에서는 중국 당나라 사람이 라는 점을 서두의 인물 소개 부분에서 명시하고 있다는 점에서는 <설 인귀정동> 42회본과 다를 바 없다. 그러나 '산서 강주 용문(龍門)'117) 사람이라는 번역본 <백포소장 설인귀전>의 인물 소개가 번안본 국립 도서관본 계열 <설인귀전>에서는 이미 산서 강주라는 표현이 빠지고

---

116) 기존연구에서는 이를 민족의식의 발로라고 파악하고 말았지만, 단순히 이렇게 볼 수만은 없다는 것이 필자의 관점이다. 구활자본 <설인귀전>의 필사기에서 설인귀 를 우리나라 사람으로 해명한 의식의 이면에는 설인귀를 우리민족으로 인식하고 그 설화를 전승한 <설인귀 전설>과의 교섭과정을 설정해야만 그 향유의식이 온전 하게 드러날 수 있다.

117) <백포소장 설인귀전>, 동미서시

그저 용문현(龍門縣) 사람으로만 되어 있다. '뒤당 정관 초의 용문현'[118)사람이라고만 하면 당나라가 천하를 제패한 시대에 용문현 출생이라고만 해석된다. 고구려 멸망 이후 중국이 사실상 동북아시아 질서의 패자로 군림하던 시절에 당나라 정관(貞觀) 시대라는 것은 보편적인 연대표처럼 쓰여 졌다는 점을 고려한다면, 중국 산동의 산서 강주라는 지명의 생략은 중국색을 희석시키고 공간적 배경을 우리 쪽으로 끌어오기 위한 포석의 작은 일환이라고 할 수 있는 것이다. 명확하게 드러나지는 않지만 은근하게 공간을 재배치하고 있다는 점에서 일종의 우회적인 공간적 배경 전환이라고 할 수 있다. 이러한 공간관념의 우회적인 재배를 통해 설인귀의 우리 민족화는 보다 구체성을 얻고 있다고 할 수 있다.

셋째는 연개소문과의 대결양상의 약화이다. <설인귀정동> 42회본에서는 연개소문과 설인귀의 대결이 다양한 진법전과 단기전으로 확대되어 있는 반면 국립도서관본 계열 <설인귀전>에서는 간단하게 처리되어 있다. 다양한 무술과 용병술, 진법으로 화려하게 전개되는 <설인귀정동> 42회본의 대결이 국립도서관본 계열 <설인귀전>에서는 설인귀가 연개소문을 단지 활을 한번 쏘아 맞추는 것으로 종결된다. 이러한 변이의 양상 속에는 설인귀를 자국의 인물로 인식하는 무의식적인 향유의식이 내재해 있는 것으로 보인다. 설인귀를 그저 당나라의 장수로만 인식한다면 상업소설의 특성상 주인공인 영웅과 적대자인 반영웅 사이의 갈등은 극렬할수록 흥미가 배가된다. 이 때 반영웅이 비록 사악하지만 그 나름대로 악날한 독수를 능수능란하게 구사할수록 선악대비구조는 강화되며, 대중적인 재미도 부각된다. 그럼에도 불구하고 원작에 있는 반영웅과의 화려한 대결을 간단명료하게 축약해 버렸다는 것은 연개소문과 설인귀를 영웅과 반영웅의 대결구도 속에 놓기를 거부하는 의식의 발로라고 할 수 있다.

---

118) <설인귀젼단>, 전게서, 429쪽

물론 국립도서관본 계열 <설인귀전>이 원작인 <설인귀정동> 42회본 보다 전반적으로 그 내용 형상화의 구체적인 디테일이 떨어지기 때문에 대결의 양상이 축소되었다고도 할 수 있겠지만 백번 양보하여 그렇다 하더라도 설인귀와 연개소문, 이 두 사람을 모두 우리민족으로 인식하는 향유의식의 체계가 전제되어 있는 독자의 독서과정 속에서 이러한 양상은 단순히 내용상의 축약으로 받아들여지지 않는 측면이 있음을 간과할 수 없다. 설인귀가 중국 사람이 아니라 우리민족이라는 인식체계 속에서 볼 때 같은 민족 출신의 영웅 사이에 죽고 죽이는 대결이 확대되는 것을 바라지 않는 독자층의 향유의식이 분명히 존재했을 것이며, 대중성을 염두에 둔 작가로서는 이 점을 의식하지 않을 수 없었을 것으로 보인다. 독자의 구미를 염두에 둔 대중적 작가의 존재를 상정하지 않고 작가가 단순히 원작을 번역하는 과정 속에서 설인귀를 우리민족으로 생각하는 자신의 인식을 반영했다고 하더라도 그 저변에 내재한 향유의식에는 차이가 없다.

설인귀가 우리민족이라는 인식이 <설인귀 전설>을 중심으로 존재했으며, 이러한 인식이 국립도서관본 계열 <설인귀전>의 형성 과정 속에 반영되었다는 관점에 서게 되면, 왜 하필 우리 민족인 고구려를 멸망시키고 민족의 영웅인 연개소문을 죽인 설인귀에 관한 중국의 작품을 그토록 인기리에 향유했을까 하는 딜레마가 해결이 된다. 신라가 삼국을 통일하고 그 기반 위에서 고려, 조선의 왕조가 이어져 왔기 때문에 한반도 남부를 중심으로 한 통일 왕조의 역사 속에서 살아온 민중 속에서는 고구려나 연개소문을 적극적으로 우리민족사의 일부로 편입시키는 민족의식은 존재하지 않았을 것으로 생각된다. 우리나라 전설 속에서 연개소문 인물 전설이 강화도를 중심으로 한 극히 일부 지역에서만 확인된다는 사실이 그 근거가 된다. 민중이 만들고 전승한 구비 전설 속에서 연개소문 혹은 고구려의 역사는 친숙한 소재가 아니었던 것이다.

고구려와 연개소문, 을지문덕, 양만춘, 고·당 전쟁을 회고하고 북방고토 회복이나 북방역사를 거론하는 것은 어디까지나 지식인의 문학 작품으로 한정되어 나타난다. 이러한 지식인 창작은 한문을 아는 식자층으로 그 향유층이 한정되어 있었기 때문에 민중층의 문학과는 동떨어진 것이었다. 민중에게 있어서는 연개소문이나 고구려의 역사보다는 파주 적성면 출신으로서 당나라라는 대국으로 진출하여 큰 공을 세우고 그 역사에 길이 남은 설인귀가 훨씬 피부에 가깝게 와 닿았을 것이다.

통일신라가 진평왕 때 고구려로부터 파주 일대를 빼앗은 이후로 이 지역은 한반도 남부에 위치한 국가의 역사 속에 완전히 편입되었다. 이 점에서 파주 적성면 출신인 설인귀는 통일신라 이후로 이어져온 한반도 남부를 중심으로 한 민족사가 낳은 걸출한 인물이자, 국제적인 성공을 이룬 위대한 지역 출신의 역사적인 인물로 인식되어 왔을 것으로 생각된다. 다시 말해서 설인귀를 소재로 한 중국 원작과 한국의 이본은 우리와 같은 민족 출신의 역사적 인물의 이야기이자 국제적인 성공 스토리로서 향유되었다고 할 수 있다.

4. 나오는 말

본 연구는 국립도서관본 계열<설인귀전> 성립과정에 나타난 한·중 문학의 교섭양상과 역사인식에 대해 살펴보았다. <설인귀전>은 창작과 향유에 있어서 한·중 교섭양상을 보여주는 대표적인 작품이다. 고·당 전쟁이라는 역사적 사건과 관련된 양국의 역사인식을 보여주는 작품이기도 하다. 지금까지 이루어진 기존연구에서는 한국의 <설인귀전> 이본이 중국의 원작을 번역한 작품에 불과하다고 알려져 왔지만 구체적으로 탐구해 보면 보다 그 형성과정에 있어서 복잡한 층위의 맥락이 드러난다. 예컨대, 국립도서관본 계열에서는 중국 고·당 전쟁 문학으로서의 <설인귀전>에는 존재하지 않는 내용과 역사인식이 나타나는데, 이와 동일한 양상이 <설인귀 전설>에서 확인된다. 이는 <설인귀정동>과 변별되는 국립도서관본 계열 <설인귀전>의 성립 및 형성 과정 속에 <설인귀 전설>이 구조적으로 개입되어 있다는 사실을 의미한다. 본 연구에서는 다음과 같은 두 가지 측면을 중점적으로 고찰해 보았다.

1. 국립도서관본 계열 <설인귀전>이 그 성립 및 형성 과정에 있어서 <설인귀 전설>과 상호작용하는 과정 및 방식에 관한 고찰이다. 국립도서관본 계열 <설인귀전>의 형성과정에 있어서 <설인귀 전설>과의 교섭과정은 다음과 같이 이루어진 것으로 보인다. 독자적으로 형성된 <설인귀 전설>이 <설인귀정동> 42회본의 번안과정에 유입되어 국립도서관본 계열 <설인귀전>처럼 <설인귀정동> 42회본과 전혀 다른 내용을 포함한 계통도를 확립하는 패턴이다. 국내의 초기 국문 영웅소설과 함께 향유된 <설인귀전>에 관한 기록이 소설의 형태가 아니라 이야기, 즉 설인귀 이야기의 형태를 보여주고 있다는 점으로 미루어볼 때, <설인귀전>이 한국 내에서 독자적으로 형성된 <설인귀 전설>의 수용 및 교섭을 통해 형성되었을 가능성을 지적할 수 있다.

2. <설인귀전>의 형성과정과 향유방식에 나타난 한·중 역사인식에 관한 고찰이다. <설인귀전> 한국 이본을 향유하는 방식과 그 속에 내포된 역사인식은 다음과 같이 정리된다. 하나는 당태종을 압도하는 연개소문의 영웅적인 면모를 부각시키는 변개를 통해 우리나라의 민족주의적인 역사인식에 부응함으로써 자국의 패배를 부정하고 압도적인 승리로 윤색하고자 하는 중국의 역사인식을 비판하는 향유방식이다. 다른 하나는 <설인귀 전설>과의 교섭을 통해 설인귀 캐릭터를 변개함으로써 우리민족의 외연을 확대하는 향유방식이다. 중국의 구체적인 지명을 생략하는 방식으로 설인귀의 출신지를 변경하고, 방천극이라는 중국 고유의 무기가 아닌 동이족 특유의 활로 결정적인 대결을

마무리 짓는 방향으로 인물 형상을 변개함으로써 중국색을 약화하거나 소거시키는 대신 우리민족 특유의 고유색을 강화함으로써 설인귀를 우리민족으로 인식하는 <설인귀 전설>의 속지주의적인 역사인식을 보여주고 있다.

제 2 편
〈송징 전설〉의
제 계열과
역사적 형성과정

I. <송징 전설>의 계열 분류와 당제 유래 전설의 서사원형 고찰

1. 들어가는 말

서남해안 도서 지역권을 구성하는 거의 모든 섬에 전승되는 구비전설 속에 공통적으로 등장하는 인물이 있다. 바로 송징(宋徵)이다. 송징은 서남해안 도서 지역 일대에 존재하는 마을 당제의 주신으로 좌정하고 있을 뿐 아니라 당제 유래 전설 및 각종 파생 전설의 주인공으로 등장한다. 특히 완도 지역은 송징 당제의 중심이라고 할 수 있을 정도로, 중도리(中道里)·화개리(花開里)·대구미(大口味)·부흥리(復興里)·대신리(大新里)·대야리(大也里)·고마리(古馬島)·사후리(伺候島)·군내리(郡內里)를 비롯한 이 일대 마을 당제의 거의 대다수가 송징을 주신으로 했거나 여전히 그를 주신으로 섬기고 있다. 서남해안 도서 지역 곳곳의 지명 유래 전설도 마찬가지다. 골짜기·바위·맷돌 등 각종 자연지물 및 인공지물들이 송징과 관련한 지명 유래를 가지고 있으며, 일부는 선사시대까지 거슬러 올라갈 정도로 그 연원이 오래된 것으로 나타난다. 서남해안 도서 지역권에 존재하는 <송징 전설>의 구비전승의 역사가 오랜 전통을 자랑한다는 사실을 확인할 수 있다. 예컨대 장보고의 본거지인 청해진이 위치해 있던 장도 당제의 주신과 그 유래 전설의 주인공이 장보고가 아니라 송징인 것을 보면, 송징 당제와 전설의 연원은 적어도 통일신라시대를 훌쩍 뛰어넘는 오랜 전통을 자랑한다고 볼 수 있다.

그런데 서남해안 도서 지역권 내부에서 전승되고 있는 송징 관련 자료들을 면밀히 검토해 보면 같은 텍스트 내부에서도 같은 성씨를 공유한 다양한 이름이 등장한다. 송장수·송장군·송대장군·송공·송대할머니 등이다. 송씨(宋氏) 성(姓)을 대표격으로 공유하고 있는 것 외에는 각기 다른 개체를 주인공으로 하고 있으며, 개별적인 인물 전설로서 당제 유래 전설이나 지명 유래 전설, 산악·암석 등 자연전설, 아기장수 전설 등 다양한 하위 전설 유형을 거느리고 있다. 다시 말해서 미시적인 관점에서 보면 이들 전설이 각기 개별적인 경로로 형성되어 전승되고 있는 것이다. 그럼에도 불구하고 일부 텍스트 속에서 이들 인물 전설은 <송징 전설>과 혼효되어 전승되기도 한다. 텍스트 내부에서 각각의 이름들이 특별한 구분 없이 자유롭게 오고 가기도 하고, 구분은 하면서도 결국에는 같은 인물이라고 하거나, 경우에 따라 동일한 인물로 전해지기도 한다는 식이다. 예컨대 <송징 전설>에 관해 이야기해 달라고 하면 송장수 혹은 송장군, 송대장군의 전설을 구연하는 식이다. 일부 텍스트에서 송씨 성을 가진 다양한 인물들이 송징과 자연스럽게 상호 출입하고 있다는 것이다. 여기서 일부 텍스트라고 한정지은 부분에 주목할 필요가 있다. 이는 송씨 성을 가진 인물 전설이 <송징 전설>의 한 부분으로 편입되는 경우도 있고 그렇지 않은 경우도 있다는 말이 된다. 바꿔 말하면 송씨 성을 가진 인물 전설과 <송징 전설>을 구분하는 최소한의 양식적 규범이 존재한다는 것이다.

본 연구가 주목하는 지점도 바로 이러한 <송징 전설>의 범주 및 계열 규정과 원형적인 서사의 추출 문제와 관련되어 있다. <송징 전설>에 관한 기존 연구는 장좌리 장도의 송징 당제 및 유래 전설의 제의구조 및 특징[1], <송징 전설>의 전승 양상과 그 의미[2], 송미 전설과의

<hr />

1) 나경수, <완도읍 장좌리 당제의 제의구조>, 『호남문화연구』19, 전남대학교 호남문화연구소, 1990; 나경수, <완도 장좌리 당제의 조사보고와 세계상 고찰>, 『용봉논총』20, 전남대학교 인문과학연구소, 1991; 주강현, <신화·제의·민중영웅의 제관계 – 민중영웅 송징과 장보고 변증>, 『역사민속학』 20, 2005
2) 나경수·나승만·지춘상, <전남의 인물 전설 연구(1): <송징 전설>의 전승양상>, 『한국언어문화』 31, 1993; 나경수·나승만·지춘상, <전남의 인물 전설 연구3: <송징 전

관련성3), 송징의 역사적인 정체4)를 중심으로 이루어졌으며, 이를 통해 <송징 전설>의 존재양상과 전승상의 특징에 관한 일정한 부분들이 규명되고 후속 연구의 필요성이 환기되었다는 점에서 의의가 있다. 그런데 이러한 기존 연구는 송징이라는 이름을 중심으로 미시적으로만 접근했기 때문에 송씨 성을 가진 인물 전설과 텍스트 상의 출입 및 혼효, 인물의 교체 및 공존 형상을 보여주는 거시적인 틀을 고려하지 못했다는 한계가 있다. 개념 규정 및 범주 구분 없이 <송징 전설>과 송씨 성을 가진 여타의 인물 전설 자료를 혼용하여 분석 대상으로 삼음으로써 개념 및 범주의 혼란은 물론 각 전설의 형성 및 전승 양상과 특징 역시 명확하게 떠오르지 않는 문제점이 있는 것이다. <송징 전설>의 존재 양상과 특징은 송씨 성을 가진 여타의 인물 전설과의 상호작용이라는 형성 과정상의 특수성을 고려할 때 보다 뚜렷하게 드러날 수 있다.

본 연구는 이러한 문제의식 하에서 우선 기존 연구 및 관련 자료 속에서 <송징 전설>로 거론되어 온 텍스트를 수집·정리한 후에 각각의 범주를 규정하고자 한다. 이러한 범주 규정 과정에는 <송징 전설>과 송씨 성을 가진 인물 전설 사이의 관계 및 상호작용을 적극적으로 고려하기로 한다. 이러한 범주 규정 작업을 바탕으로 하여 <송징 전설> 내부에 존재하는 하위 계열을 분류한다. 이 계열 분류는 <송징 전설>의 형성 및 전승 과정상에 나타나는 유형적 보편성과 역사적·지역적 특수성을 고려한 바탕 위에서 이루어질 것이다. 마지막으로 살펴볼 것은 역사적인 층차를 보여주는 <송징 전설> 속에 나타나는 원형적인 서사구조의 특징이다. <송징 전설>의 형성 및 전승 과정 속에서 반복되는 내러티브의 원형을 추출하고 재구성해보기로 한다.5)

설>의 전승적 의미와 기능>,『비교민속학』11, 1994
3) 나경수·나승만·지춘상, <전남의 인물 전설 연구(2)-송미전설의 변용 "송대장군가">, 『한국민속학』25, 1993
4)『한국사』20, 국사편찬위원회, 1994, 254~255쪽; 윤용혁, <삼별초 진도정권의 성립과 전개>,『한국사연구』84, 1994; 윤용혁, <송징과 김통정>,『韓國中世社會의 諸問題』, 한국중세사학회 편, 2001

2. <송징 전설>의 존재 양상과 범주 규정 및 계열 분류

1) 〈송장군 전설〉의 범주 규정과 〈송징 전설〉과의 계열 관계

<송징 전설> 혹은 관련 전설로 거론되는 텍스트를 수집·정리한 목록을 제시함으로써 논의를 풀어가기로 하자.

(01) 〈호국신사(護國神祠)〉,『東國輿地勝覽』, 康津縣, 祠廟條, 1530

(02) 〈사현(射峴)〉,『東國輿地勝覽』, 康津縣, 古跡條, 1530

(03) 〈송대장군가(宋大將軍歌)〉,『石泉集』 제2책, 임억령(林億齡: 1496~
1568), 임형택편역,『이조시대 서사시』하권, 창작과비평사, 1992, 23쪽

(04) 〈송장군(宋將軍)〉,『石泉集』 제2책, 임억령(林億齡: 1496~1568), 임
형택편역,『이조시대 서사시』하권, 창작과비평사, 1992, 23쪽

(05) 〈사현(射峴)〉,『東國輿地誌』, 1655

(06) 〈사현(射峴)〉,『輿地圖書』, 1759~1765

(07) 〈송징(宋徵)〉,『湖南鎭誌』,『加里浦鎭誌』, 〈鎭誌秩〉, 1885

(08) 〈호계석(虎溪石)〉,『東寰錄』, 1859

(09) 〈사현(射峴)〉,『동환록(東寰錄)』, 1859

(10) 〈사현(射峴)〉,『湖南邑誌』,『강진현영읍진지(康津縣營邑鎭誌)』,
1871

(11) 〈사현(射峴)〉,『湖南邑誌』,『康津縣輿地勝覽』, 1895

(12) 〈사현(射峴)〉,『金陵邑誌』, 古蹟條

(13) 〈송징(宋徵)〉,『莞島郡邑誌』, 古蹟條, 1899

(14) 〈사현(射峴)〉,『康津郡邑誌』, 1899

(15) 〈사현(射峴)〉,『康津郡誌』, 異蹟條, 1923

(16) 〈호국신사(護國神祠)〉,『康津郡誌』, 1923

---

5) 송징이라는 인물의 특수성과 송징전설이 보여주는 원형적 서사와의 관련성은 <송징
전설>의 본격적인 범주 규명 및 계열 분류를 통해 입증되어야 할 필요가 있다. 본
연구는 '<송징 전설>의 범주와 계열과 관련한 연구'의 첫 번째 시리즈에 해당한다.
현재 필자는 본 연구의 후속편인 <송징 전설>의 형성 과정과 계열분화에 관한 연구
-장도 당제 계열과 고려 삼별초 장군 계열에 나타난 <송장군 전설>과의 관련성을
중심으로>의 집필을 끝낸 상태이다. 본 연구에서는 지면 관계상 <송징 전설>의 범주
와 계열 규정에 관련된 문제는 보다 구체적으로 논의하지 못했다. 이 문제는 후속
연구에서 본격적으로 밝혀질 것이다.

(17) 〈사현(射峴)〉,『全羅南道誌』, 1924

(18) 〈사현(射峴)〉,『朝鮮寶勝覽』, 1929

(19) 〈장도단(將島壇) 고려 장사(高麗壯士) 송징(宋徵)〉,『朝鮮寶輿勝覽』, 1929

(20) 〈장도토성(將島土城)〉,『朝鮮寶輿勝覽』, 1929

(21) 〈사현(射峴)〉,『朝鮮湖南誌』, 1935

(22) 〈호국신사(護國神祠)〉, 〈朝鮮湖南誌〉, 康津篇, 尹宗林攢, 1935

(23) 〈송장군(宋將軍)〉,『淸海秘史』, 1955

(24) 〈장좌리 장도 당제〉,『민속자료조사보고서』9, 이두현, 문교부 문화재관리국, 1968

(25) 〈송징장군(宋徵將軍)〉, 박창제,『莞島郡誌』, 완도군, 1977

(26) 〈송공산과 가룡리의 유래〉,『한국구비문학대계』1-1, 압해면 설화39, 370~372쪽, 1980

(27) 〈압해도의 내력〉,『한국구비문학대계』6-6, 압해면 설화1, 292~296쪽, 1980

(28) 〈송징〉,『내고장 전통가꾸기』, 박창제 편, 1981

(29) 〈송장군〉,『전통가꾸기』, 완도군, 1981, 221쪽

(30) 〈장도(將島) 당집〉,『내고장 전통 가꾸기』, 박창제 편, 1981

(31) 〈호국신사(護國神祠)〉,『全羅南道誌』, 康津篇, 전라남도지편찬위원회, 1983

(32) 〈장좌리 당의 유래〉,『구비전승자료(전남북도)』, 문화재관리국 문화재연구소, 계문사, 1987, 476~477쪽

(33) 〈송장수(宋將帥) 굴〉,『전남의 전설』, 김승호, 전라남도, 1987, 476쪽

(34) 〈장도 당집 맷돌〉, 나경수, 〈완도읍 장좌리당제의 제의구조와 세계상〉,『호남문화연구』19, 1989, 6쪽

(35) 〈완도읍 장좌리당제〉, 나경수, 〈완도 장좌리 당제의 조사보고와 세계상 고찰〉,『용봉논총』20, 전남대학교 인문과학연구소, 1990

(36) 〈송장군(宋將軍)〉,『완도군지』, 1992, 236쪽

(37) 〈송대할머니〉, 나경수·나승만·지춘상 현지조사 채록본, 제보자: 김창규, 남, 76세, 1992.7.1, 〈전남의 인물 전설 연구(1)〉,『한국언어문화』31, 1993

(38) 〈송대장군 이야기1〉, 완도읍 설화2, 조사지: 완도읍 정도리, 제보자: 이봉천,『완도군의 문화유적』, 국립목포대학교 박물관, 1995

(39) 〈송징장군의 죽음〉, 완도읍 설화4, 조사지: 완도읍 장좌리, 제보자: 문
　　장옥, 『완도군의 문화유적』, 국립목포대학교 박물관, 1995
(40) 〈송대여〉, 『완도군의 문화유적』, 목포대박물관, 1995, 432쪽
(41) 〈송대장군〉, 조사지역: 신안군 압해면 복용리4구 송림마을, 조사일시:
　　1999. 6. 24, 제보자: 박금단(여, 70),목포대학교 구비문학연구회, 압해
　　도 조사 채록, 1조 서경수·배윤아
(42) 〈송장군이야기〉, 조사지역: 압해면 송공리 대촌마을, 조사일시:
　　1999.6.23, 제보자: 고광선(남, 78), 목포대학교 구비문학연구회
(43) 〈송장사 설화〉, 김상술(제생한의원 원장. 82세. 학교리); 김상국(72세.
　　송공리), 강봉룡, 〈압해도의 번영과 쇠퇴 - 고대·고려 시기의 압해도〉,
　　『도서문화』18, 2000

　이 목록을 검토해 보면 〈송징 전설〉이라는 명확한 인물 전설의 범주
규정 하에서 지금까지 〈송징 전설〉이 연구되어 온 것이 아님을 알 수
있다. 〈송징 전설〉이라고 언급되어 온 자료의 일부에는 송징이 아예
등장하지 않는다. 대신 송장수·송장사·송공·송대장군·송대할머니
가 주인공으로 등장한다. 송징이라는 인물에 대한 집착을 버리고 보면
의외의 사실이 확인된다. 송징은 송씨 성을 가진 서남해 지역 인물 전
설의 한 일부분이란 사실이다. 〈송징 전설〉의 상대적인 전승강도를 논
외로 하고 본다면, 〈송징 전설〉은 송장수·송장사·송공·송대장군·
송대할머니 전설과 나란히 서남해안 인물 전설의 한 하위 유형을 구성
한다는 것이다.
　여기서 주목해야 할 사실은 송징이라는 이름이다. 송징이라는 이름
은 여타의 송씨 성을 가진 인물 전설의 주인공과는 달리 그 명칭이
보다 구체적이다. 송장수·송장사·송대장군·송대할머니 등에는 송
씨라는 최소한의 성씨와 남녀의 성별만을 구분해 놓았다. 송씨 성을
가지고 있되 이름이 무엇인지는 전혀 나타나 있지 않은 것이다. 이에
비해 송징은 송씨 성에 이름을 징(徵)이라고 하는 인물로 구체화 되어
있다.6) 송씨 성을 가진 인물 전설 중에서도 〈송징 전설〉은 여타의 인
물 전설에 비해 특수한 역사적인 배경을 바탕으로 보다 후대에 형성된

유형인 것으로 생각된다. 바꿔 말하자면 송장수·송장사·송공·송대장군·송대할머니 전설이 <송징 전설> 보다는 훨씬 이전에 형성된 유형이라는 것이다.

물론 송씨 성을 지닌 광범위한 인물 전설군 속에 송징과 방불하게 구체적인 이름이 확인되기도 한다. 바로 송공이다. 구비전설의 채록본이나 향토지리지에 송공(宋孔)으로 등장하는 이 이름은 압해도에 한정되는 인물 전설의 주인공으로, 경우에 따라서는 송장사 혹은 송장수로 나타난다. 송공이라는 이름은 중국으로부터의 도래담이나 본토로부터의 이주담과 결합하여 나타난다. 압해도의 송씨 성을 지닌 인물 전설인 송장사·<송장군 전설>이 일정한 시기에 특수한 역사적인 배경을 가지고 특수화된 인물 전설이라고 할 수 있는 것이다. 이 점에서 송공 전설은 서남해안에서 보편적으로 나타나는 송씨 성을 지닌 인물 전설의 압해도 지역 버전이라고 할 수 있으며, 유형 범주의 하위 분화와 구체화라는 측면에서 <송징 전설>과 같은 층위에 놓여 있다고 할 수 있다.

이 지점에서 한 가지 명확하게 범주화 계열화해 두어야 할 부분이 있다. 바로 서남해 안을 광역 전승권으로 하면서 송씨 성을 가진 인물들에 관한 전설의 일반적인 유형 범주, 그리고 이 일반 범주와 송징·송공 등으로 구체화 되는 상대적으로 특수화된 인물 유형 범주와의 계열 구분 문제이다. 송씨 성을 가진 인물 전설의 대다수는 한반도 전역에서 전승되는 광포 전설인 장군 전설의 유형을 띄고 있다. 바위 전설이나 산악 전설도 장군의 손자국이나 화살·칼 자국이 남아 있다던가, 장군의 치마터였다던가, 작전훈련을 하던 곳이라던가 하는 식이다.[7] 송씨 성을 가진 인물 전설은 서남해안 전역에 광범위하게 전승되

---

6) 징(徵)이라는 이름은 통일신라 때 왕족이나 귀족의 이름에서 다수 확인할 수 있다. 통일신라 시대 신무왕의 이름이 김우징(金佑徵)이며, 원성왕(元聖王)의 손주사위이자 상대등 김균정(金均貞)의 매제의 이름도 김예징(金禮徵).

7) 물론 이 점에서 송대할머니 전설은 예외이다. 그러나 송대할머니 전설은 달도리에서만 당제 유래 전설로 존재하다가 그 나마 최근에는 주인공이 교체되었다. 송대할머니

는 송씨 장군 전설의 한 일반형이라고 할 수 있는 것이다. 이 송씨 장군 전설이 서남해안 내부에 위치하는 특정 지역의 역사적·문화적·지리적 특수성과 결합하여 특수화 된 하위 유형이 바로 <송징 전설>, 송공 전설이라고 할 수 있는 것이다.

여기서 서남해안을 광역의 전승권으로 하는 송씨 장군 전설의 일반 유형의 명칭을 보다 구체화할 필요성이 생긴다. 본 연구에서는 이를 <송장군 전설>이라 규정하기로 하며, <송장군 전설>에는 두 가지의 개념 층위가 포함되어 있다고 본다. 하나는 <송징 전설>, 송징이 아닌 <송장군 전설>을 포함한 광의의 포괄적인 개념이다. 다른 하나는 송징이 아닌 <송장군 전설>을 지칭하는 협의의 개념이다. <송징 전설>과의 관계를 기준으로 볼 때, 협의의 <송장군 전설> 속에는 두 가지 층위가 존재한다. 첫째는 <송징 전설>과 전혀 교섭하지 않은 채 독자적인 형성·전승 양상을 보여주는 협의의 <송장군 전설>이다. 두 번째는 <송징 전설>과 교섭히는 협의의 <송장군 전설>이다. 이 부류는 <송징군 전설>이라는 외형 속에 <송징 전설>을 포함하기도 하고, 거꾸로 <송징 전설>이란 틀 속에 <송장군 전설>을 포함하기도 한다.

<송징 전설>과 교섭하는 바 없이 형성과 전승의 독자적인 경로를 구축하고 있는 협의의 <송장군 전설>이 바로 압해도의 <송장군 전설>[8]이다. 텍스트 내부에서 송공으로 구체화 되는 자료이다. 이들 압

___

전설은 장군 전설보다 더 오래된 시원을 가지고 있으며, 특히 시원이 오래된 당신할머니 신앙과 관련되어 있는 것으로 보인다. 송대할머니 전설과 송장군 및 <송징 전설>과의 관계는 후고에서 자세히 밝히기로 한다.

8) 압해도 <송장군 전설>의 목록을 제시하면 다음과 같다.
  (33) <송장수(宋將帥) 굴>, 『전남의 전설』, 김승호, 전라남도, 1987, 476쪽
  (41) <송대장군>, 조사지역: 신안군 압해면 복용리4구 송림마을, 조사일시: 1999. 6. 24, 제보자: 박금단(여, 70),목포대학교 구비문학연구회, 압해도 조사 채록, 1조 서경수·배윤아
  (42) <송장군이야기>, 조사지역: 압해면 송공리 대촌마을, 조사일시: 1999.6.23, 제보자: 고광선(남, 78), 목포대학교 구비문학연구회
  (43) <송장수 설화>, 강봉룡, <압해도의 번영과 쇠퇴 - 고대·고려 시기의 압해도>, 『도서문화』18, 2000

해도 송장군 유형군은 전국적인 분포를 보이는 광포 전설인 아기장수 전설 유형을 모태로 하여 독자적인 경로를 통해 생성되었다는 사실에 주목할 필요가 있다. 즉 이들 텍스트는 지리적으로는 신안군(新安郡) 압해도란 지역적 공간성에 한정되어 있는 전승 양상을 보여주며, 유형 적으로는 전국적으로 전승되고 있는 광포 전설인 아기장수 전설을 하나의 기반으로 형성되었다는 것이다.

그런데 최근에는 압해도의 거주민들 중에 압해도의 송장군·송장수 ·송대장군을 송징 장군으로 간주하려는 사람들이 나타나고 있다. 이에 대해서는 두 가지로 생각해 볼 수 있다. 하나는 이러한 향유층의 인식이 최근에 나타난 것으로 미루어 이름의 유사성이 완도군 일대의 <송징 전설>과의 관련성을 만들어 냈다는 것이다. 여기에는 교통과 통신의 발달, 디지털의 발달로 정보의 교류 및 공유가 실시간으로 이루어지는 환경의 변화로 인해 완도군 일대를 중심으로 한 <송징 전설>의 향유 정보가 압해군 일대로 유입되거나, 향유층 자체가 압해도 인근으로 방문 혹은 이주한 결과 생겨난 인식상의 변이로 생각된다. 다른 하나는 압해도의 송장군·송대장군·송장수 전설이 완도군을 중심으로 한 <송징 전설>의 형성과 전승 경로에서는 차별화된 독자 노선을 걸은 것이 분명해 보이나, 서남해안의 장수 전설이라는 광의의 카테고리에서 본다면 그 형성 기반의 측면에서 상관관계를 도출할 수도 있을 것이라는 점이다.

2) 〈송징 전설〉의 범주와 하위 계열 분류

<송징 전설>의 범주는 범박하게 송징이라는 이름이 등장하는 텍스트로 한정지을 수 있다. 이러한 분류 기준을 중심으로 분석을 논리적으로 진행하면서 <송징 전설>의 범주를 귀납적으로 구체화하기로 한다. 송징이라는 이름이 나타나는 자료군은 크게 두 부류로 나뉘어진다. 하나는 송징이라는 이름을 전면에 내세우고 있으며, <송징 전설>

을 개체적으로 인식하는 향유층에 의해 주로 전승되는 부류이다. 이 부류는 특정한 역사적 · 지리적 · 신앙적 배경과 결합되어 나타난다. 특수한 성립 요건과 결합되어 있는 이 부류는 <송징 전설>의 본령을 구성한다고 할 수 있다. 즉 <송징 전설>의 주된 범주라고 할 수 있다. 다른 하나는 텍스트 자체 내부에서 <송징 전설>과 <송장군 전설>의 교섭이 이루어지고 있거나, 혹은 향유와 전승상에서 혼효 현상이 일 어나고 있는 부류이다. 예컨대 동일한 지리적 · 신앙적 · 역사적 증거 물과 결합되어 있으나 경우에 따라 <송징 전설>로 언급되기도 하고 그렇지 않은 경우가 포함된다.

먼저 본격적인 의미의 <송징 전설>의 범주를 살펴보자. 이 범주 속 에서 송징이라는 이름은 특정한 두 가지 층위로 존재한다. 첫째는 지역 과 민속 및 신앙과 관련된 층위이다. 즉 공간적 · 신앙적인 특별한 한정 을 가진다는 것으로, 이러한 지역과 신앙의 유래를 설명하는 전설 속에 나타난다. 호국신사 · 시현 유래담, 장도 당제 유래담이 바로 그것이다. 주로 지명 유래 전설이나 풍속 유래 전설의 형태로 존재한다는 사실을 확인할 수 있다. 이처럼 지명 유래 전설 유형의 주인공으로 등장하는 송징은 무시간적인 존재로 나타난다. 이들 <송징 전설>의 하위 유형은 각각의 계열을 이룬다. 호국신사 · 사현 유래담은 호국신사 · 사현 계열 을, 장도 당제 유래담은 장도 당제 계열을 구성한다.

호국신사 · 사현 계열9)은 16세기 『신증동국여지승람』 자료에서부터

---

9) 호국신사 · 사현 계열의 목록이다.
   (01) <호국신사(護國神祠)>, 『東國輿地勝覽』, 康津縣, 祠廟條, 1530
   (02) <사현(射峴)>, 『東國輿地勝覽』, 康津縣, 古跡條 , 1530
   (05) <사현(射峴)>, 『東國輿地誌』, 1655
   (06) <사현(射峴)>, 『輿地圖書』, 1759~1765
   (08) <호계석(虎溪石)>, 『東寰錄』, 1859
   (09) <사현(射峴)>, 『동환록(東寰錄)』, 1859
   (10) <사현(射峴)>, 『湖南邑誌』, 『강진현영읍진지(康津縣營邑鎭誌)』, 1871
   (11) <사현(射峴)>, 『湖南邑誌』, 『康津縣輿地勝覽』, 1895
   (12) <사현(射峴)>, 『金陵邑誌』, 古蹟條
   (13) <송징(宋徵)>, 『莞島郡邑誌』, 古蹟條, 1899

등장하는 것으로 가장 시원이 오래된 것이다. 뿐만 아니라 가장 최근세에도 그 전승이 끊어지지 않고 이어져 왔음을 확인할 수 있다. 호국신사·사현 계열은 총 43편의 송징 관련 전설 자료 목록 중에서 무려 18편이나 차지한다. 반수에 미칠 정도로 강한 전승력을 자랑하는 거대 계열이다. 이처럼 강한 호국신사·사현 계열의 전승력은 자료 (08)에서도 확인된다. 호계석(虎溪石)은 강진군(康津郡) 군동면(郡東面) 호계리(虎溪里)에 있는 지명으로, 사현 유래 전설이 차용된 것10)이다. 사현 유래 전설의 강한 전승력이 타지역에 있는 지명 유래 전설을 촉발한 예라고 할 수 있을 것이다.

장도 당제 계열11)은 완도군 장좌리 장도의 당제 유래 전설을 말한다. 최근까지 장좌리 장도 당제의 주신으로 좌정한 인격신은 송징이다. 완도 일대의 대부분의 인식 역시 이러한 양상과 다를 바가 없다. 그러나 장도 당제 계열의 자료를 뽑아 본 결과 의외의 결과를 확인할 수 있었다. 정작 장도 당제 유래 전설에서 송징이 주인공으로 나타나는 경우는 위의 네 가지 자료이며, 아래에서 다시 확인하겠지만 고려 장사 및 삼

---

(14) <사현(射峴)>, 『康津郡邑誌』, 1899
(15) <사현(射峴)>, 『康津郡誌』, 異蹟條, 1923
(16) <호국신사(護國神祠)>, 『康津郡誌』, 1923
(17) <사현(射峴)>, 『全羅南道誌』, 1924
(18) <사현(射峴)>, 『朝鮮寰勝覽』, 1929
(21) <사현(射峴)>, 『朝鮮湖南誌』, 1935
(22) <호국신사(護國神祠)>, <朝鮮湖南誌>, 康津篇, 尹宗林撰, 1935
(31) <호국신사(護國神祠)>, 『全羅南道誌』, 康津篇, 전라남도지편찬위원회, 1983
10) "虎溪石, 縣東五里, 虎溪路邊, 石面有矢鏃跡, 世傳宋徵射處", <호계석(虎溪石)>, 『東寰錄』, 1859
11) 장도 당제 계열의 자료 목록을 제시하면 다음과 같다.
　　(30) <장도(將島) 당집>, 『내고장 전통 가꾸기』, 박창제 편, 1981
　　(32) <장좌리 당의 유래>, 『구비전승자료(전남북도)』, 문화재관리국 문화재연구소, 계문사, 1987, 476~477쪽
　　(35) <완도읍 장좌리당제>, 나경수, <완도 장좌리 당제의 조사보고와 세계상 고찰>, 『용봉논총』 20, 전남대학교 인문과학연구소, 1990
　　(39) <송징장군의 죽음>, 완도읍 설화4, 조사지: 완도읍 장좌리, 제보자: 문장옥, 『완도군의 문화유적』, 국립목포대학교 박물관, 1995

별초 장군 송징 캐릭터로 나타나는 나머지 두 자료가 더 있을 뿐이다. 뿐만 아니라 일부 자료에서는 같은 텍스트 속에서 주인공의 명칭이 송징과 송장군 사이를 오가기도 한다. 자료 (32)와 (35)이 그 예이다. 자료 (32)에서는 서사의 진행 과정에서는 송장군으로 지칭했다가 마지막에 그 유래에 관한 해설을 덧붙일 때 송징이라고 규정해놓고 있으며, 자료 (35)에서는 송징과 송장군이라는 명칭이 혼용되고 있다. 장도 당제의 당신으로 좌정한 인격신이 송징이면서도 그 유래 전설의 주인공이 송징으로 나타나는 자료가 이처럼 적은 이유는 장좌리 장도 송징 당제 및 그 유래 전설이라는 유형이 완성된 것이 그리 오래 된 것이 아니며, 그 형성 및 전승 과정 속에 오랜 적층 과정이 개입되어 있다는 사실을 의미한다. 다시 말해서 장좌리 장도 당제 유래 전설의 향유층은 해당 텍스트를 <송징 전설>의 본령으로 인식하고, 이러한 인식하여 텍스트를 전승하고 있지만 실제의 텍스트 내부에서는 호국신사·사현 계열처럼 <송징 전설>의 개념과 범주 속에서만 명쾌하게 해명할 수 없는 양상이 나타나고 있다는 것이다. 호국신사·사현 계열이 협의의 <송장군 전설>과과의 교섭 없이 독자적으로 형성·전승되었다면, 장도 당제 계열은 협의의 <송장군 전설>과 상호 작용 속에서 형성 및 전승되었다는 사실을 확인할 수 있는 것이다.

둘째는 특정한 역사성과 관련된 층위이다. 시대적인 한정성과 관련된다는 것으로, 인물 전설과 지명 유래 전설의 유형으로 나타난다. 이 시대성은 다시 두 가지로 대별되는데, 하나는 고려 시대라는 다소 막연한 시간성으로 나타나는 경우이고, 다른 하나는 고려말 삼별초 시대라는 특정한 시간성과 결합되는 경우이다. 전자에서 송징은 고려 장사 송징으로 캐릭터화 되어 있으며, 후자에서 송징은 삼별초 장군 송징으로 캐릭터화 되어 있다. 두 경우 다 송징이라는 캐릭터가 특수 명사화 되는 과정에서 형성된 자료인 것으로 생각된다. 일반 인칭명사이던 송징이 고려라는 시간성과 결합되면서 특수 인칭명사화 되어 가는 것인데, 전자 보다는 후자에서 이러한 양상이 상대적으로 강화되어 나타난다. 삼별초 송징 장군은 고려라는 시간성에 더하여 역사적 인물의 실존성에 기대어 생겨난 캐릭터인 것으로 생각된다.

고려 장사 송징 계열[12])에 속한 텍스트는 자료 (19)만 제외하고는 장도에 있는 토성이라는 지역성과 밀착되어 있다. 장도 토성 유래 전설화되어 있다고 할 수 있다. 고려 장사가 부여하는 역사성이 장도 토성이라는 공간성과 결합되어 있는 것으로 고려 장사 송징은 역사적 시간성과 공간적 지역성, 양측면에 의해 특수화되어 있는 캐릭터라고 할 수 있다. 특이하게 자료 (19)는 고려 장사 송징이 장도단, 즉 장도 거주민들이 올린 제의의 주인공으로 등장한 예이다. 장도 당제의 유래 전설이라고 할 수 있다. 앞서 지적한 장좌리 장도 당제 유래 전설이 고려 장사라는 캐릭터와 결합함으로써 역사적 시간성을 갖추게 된 텍스트이다.

이 자료 목록에서 주목해야만 하는 포인트는 송징이 고려조의 역사적 인물로 인식되기 시작한 것은 그리 오래 되지 않았다는 사실이다. 관찬 역사서인『고려사』어디에도 송징에 관한 기록은 찾아볼 수가 없다. 송징이라는 이름을 최초로 기록한『신증동국여지승람』어디에도 그가 고려조의 인물이란 언급이 없다는 사실은 주목을 요한다. 구한말인 19세기 완도군 향토지리지인『호남진지(湖南鎭誌)』(1855)에서부터 고려라는 역사적 시간성과 송징이라는 인물이 연결되지 시작한 기록이 등장하기 시작한다. 게다가 송징을 고려조 장사로 기록해 놓은 자료는『호남진지』외에『완도군읍지(莞島郡邑志)』(1899),『조선환여승람(朝鮮寰輿勝覽)』(1929) 외에는 없다는 사실은 송징의 정체와 관련하여 반드시 간과하지 말아야할 사실 중의 하나이다.

고려 삼별초 장군 계열[13])에서 반드시 주목해야 할 사실은 송징이

---

12) 고려 장사 송징이 등장하는 자료의 목록을 제시하면 다음과 같다.

   (07) <송징(宋徵)>,『湖南鎭誌』,『加里浦鎭誌』, <鎭誌秩>, 1885

   (13) <송징(宋徵)>,『莞島郡邑誌』, 古蹟條, 1899

   (19) <장도단(將島壇) 고려 장사(高麗壯士) 송징(宋徵)>,『朝鮮寰輿勝覽』, 1929

   (20) <장도토성(將島土城)>,『朝鮮寰輿勝覽』, 1929

13) 고려 삼별초 장군 계열에 속하는 자료의 목록을 제시하면 다음과 같다.

삼별초 장군으로 기록된 것이 고려라는 역사적 시간성과 송징이라는 인물이 연결되지 시작한 기록이 등장하기 시작한 것보다 더 최근의 일이라는 사실이다. 20세기에 나온 완도군 향토지리지인 자료 (25)에서 송징을 삼별초 장군으로 기록해 놓은 것이 최초이다. 게다가 기록된 자료 편수마저도 매우 적다. 뿐만 아니라 삼별초 송징 장군이라는 캐릭터가 등장하는 현전 자료는 위에서 제시한 텍스트 외에는 더 이상 찾을 수 없다. 송징이 고려 삼별초의 장군이라는 인식은 오래전부터 존재했으나 단지 공식적으로 기록된 것이 얼마 되지 않았다고 백번 양보하더라도 '송징'이라는 인물과 고려라는 시대가 연결되기 시작한 것은 비교적 후대의 일임을 짐작케 한다. 특히 이러한 역사성이 고려 대몽항쟁기의 삼별초라는 특정한 시간성으로 초점화 된 것은 상대적으로 더 근세에 이루어진 일임이 드러난다.

다음으로 <송징 전설>이라는 인식이 존재하나 그 텍스트 내부에서는 협의의 <송장군 전설>과 교섭 양상이 확인되는 두 번째 부류에 대해 살펴보자. <송징 전설>로 분류되거나 언급되지만 실상은 협의의 <송장군 전설>이거나 아니면 <송장군 전설>이 <송징 전설>로 변이되는 과정 속에 있거나, 혹은 <송장군 전설>이 <송징 전설>과 혼효되어 있는 텍스트가 여기에 해당한다. <송징 전설>과의 교섭 양상이 확인되는 <송장군 전설>에는 지리적·역사적·신앙적 특수성에 따라 완도[14] 당제 계열과 장도 당제 계열로 대별해 볼 수 있다.[15]

---

(25) <송징장군(宋徵將軍)>, 박창제, 『莞島郡誌』, 완도군, 1977
(28) <송징>, 『내고장 전통가꾸기』, 박창제 편, 1981
(27) <장좌리 장도 당제>, 『민속자료조사보고서』 9, 이두현, 문교부 문화재관리국, 1968
(28) <송징장군(宋徵將軍)>, 박창제, 『莞島郡誌』, 완도군, 1977
14) 여기서 완도란 장도를 비롯한 다수의 섬을 포함한 상위의 행정권역 개념인 완도군이 아니라 섬으로서의 자연지리적 개념인 완도를 가리킨다.
15) 완도군의 <송장군 전설>을 다시 완도 당제 유래 전설과 장도 유래 전설로 나누는 이유 중의 하나에는 장보고 전설과의 관계도를 고려한 측면도 있다. 장보고 전설에서 핵심적인 논란의 대상이 되고 있는 것은 장좌리 장도 유래 전설인데, 여기에는 <송징 전설>과의 관련성이 문제의 한 초점을 이룬다. 그런데 장좌리 장도 당제 유래 전설에 관련되어 있는 인물은 단일 하지 않고 적어도 장보고, 송징, 송장군, 이 세 명의 관계

완도 당제 계열16)에 속하는 텍스트 중에서 자료 (03)과 (04)는 송장군·송대장군 전설 중에서 가장 오래된 것이다. 16세기 사대부 문인인 임억령이 완도 일대의 송장군·송대장군 당제와 전설을 견문하여 기록하였다. 특이한 것은 한시로 기록되어 있다는 것으로 자료 (03)은 장편 한문서사시의 형태이고 자료 (04)는 칠언율시의 형태이다. 이들 자료는 미적추(米敵酋)로서의 송장군·송대장군의 형상을 전면에 내세운다. 특히 자료 (03)은 이 점을 문면에 직접 표현하고 있기도 하다. 삼별초 장군이라는 말은 텍스트 어디에서도 찾을 수 없다.

그러나 임억령이 취재한 당시의 송장군·송대장군 전설 자료의 전승 양상을 추적해 보면 삼별초 장군과의 관련성을 도출해 낼 수 있다. 주목되는 점은 같은 작가가 취재한 전설 자료로 창작한 텍스트의 주인공이 송장군과 송대장군으로 각각 다르게 나타난다는 사실이다. 이에 대해서는 두 가지 해석이 가능하다. 하나는 송장군과 송대장군이 동일한 명칭이라는 것이고, 다른 하나는 여기에도 각각 다른 전설의 형성 및 전승 과정이 개입되어 있다는 것이다. 즉 동일한 전설적 인물을 가리키는 이칭으로 사용된 것일 수도 있지만 송장군이 주인공이 된 자료가 형성되는 시점 및 배경과 송대장군이 주인공이 된 자료의 형성 시

가 복잡하게 얽혀있다. 이러한 이유로 완도군의 송장군·송대장군 전설 역시 완도 당제 유래 전설이냐 아니면 장도 유래 전설이냐를 세심하게 따지지 않을 수 없는 것이다. 이에 관해서는 권도경, <장보고 구비 전설에 나타난 인물형상화 방식과 기술 태도에 관한 연구>, 『온지논총』 14, 2006을 참조하기 바람.

16) 완도 당제 계열에 속하는 텍스트의 목록을 제시하면 다음과 같다.
  (03) <송대장군가(宋大將軍歌)>, 『石泉集』 제2책, 임억령(林億齡: 1496~1568), 임형택 편역, 『이조시대 서사시』 하권, 창작과비평사, 1992, 23쪽
  (04) <송장군(宋將軍)>, 『石泉集』 제2책, 임억령(林億齡: 1496~1568), 임형택편역, 『이조시대 서사시』 하권, 창작과비평사, 1992, 23쪽
  (23) <송장군(宋將軍)>, 『淸海秘史』, 1955
  (29) <송장군>, 『전통가꾸기』, 완도군, 1981, 221쪽
  (36) <송장군(宋將軍)>, 『완도군지』, 1992, 236쪽
  (38) <송대장군 이야기1>, 완도읍 설화2, 조사지: 완도읍 정도리, 제보자: 이봉천, 『완도군의 문화유적』, 국립목포대학교 박물관, 1995
  (40) <송대여>, 『완도군의 문화유적』, 목포대박물관, 1995, 432쪽

점 및 배경이 각기 다를 수도 있다는 것이다. 후자의 가설은 자료 (23)
과 (24)에서 송대장군이라는 이름 대신에 송장군이라는 이름이 일관되
게 사용되고 있다는 사실과 자료 (38)에서 송대장군이라는 이름이 정
도리 당제 유래 전설에서 확인되는 지역적인 공간성과 밀착되어 나타
나는 사실과 관련시킬 때 더욱 힘을 얻을 수 있다. 여기서는 일단 이런
정도만 언급하고 자세한 분석은 다음 장에서 진행하기로 한다.

　장도 당제 계열17)에서 주목되는 점은 같은 텍스트 내부에서 주인공
에 대해 송장군이라는 명칭과 송대장군, 심지어 송징이라는 명칭까지
혼용되어 사용되고 있다는 사실이다. 자료 (24)에서는 삼별초 장군 송
징에 대해 언급하면서 송대장군이 장보고의 별호라고 하였고, 자료
(32)에서는 장좌리 장도 당제의 주인공으로 시종 일관 송장군이란 명
칭을 사용하다가 끝에 가서 송장군이 곧 송징이라고 규정하고 있다.
자료 (34)에서는 송징을 장좌리 당제 및 유래 전설의 주인공으로 소개
하면서도 딩집 맷돌에 관한 관련 전설에서는 송장군을 주인공으로 내
세우고 있으며, 자료 (35)에서도 장좌리 장도 당제의 주신을 송징으로
소개하면서도 정작 축문에는 송대장군이라고 하고 있다. 송징ㆍ송장
군ㆍ송대장군과 장보고 사이에 복잡한 관계가 얽혀 있으며, 이들을 주
인공으로 한 장좌리 장도 당제 및 유래 전설이 단일한 경로로 형성
및 전승되지 않았다는 사실을 확인할 수 있다. 뿐만 아니라 현전하는
텍스트 자체도 이들과 관련된 다양한 전설이 복합적으로 적층된 형태
라는 사실이 확인된다.

---

17) 장도 당제 계열에 속하는 텍스트를 정리하여 그 목록을 제시하면 다음과 같다.
　　(24) <장좌리 장도 당제>,『민속자료조사보고서』 9, 이두현, 문교부 문화재관리국, 1968
　　(32) <장좌리 당의 유래>, 『구비전승자료』(전남북도, 문화재관리국 문화재연구소,
　　　　계문사, 1987, 476~477쪽
　　(34) <장도 당집 맷돌>, 나경수, <완도읍 장좌리당제의 제의구조와 세계상>,『호남문
　　　　화연구』 19, 1989, 6쪽
　　(35) <완도읍 장좌리 당제 축문>, 나경수, <완도 장좌리 당제의 조사보고와 세계상
　　　　고찰>,『용봉논총』 20, 전남대학교 인문과학연구소, 1990

3. 호국신사 · 사현 계열과 송징 당제 유래 전설의 원형적 서사 구조

호국신사 · 사현의 지명 유래 전설로 존재하는 일군의 <송징 전설>은 해당 유형의 내부에서도 가장 오래된 고형에 속한다. 형성 시기부터 호국신사와 사현이라는 지명에 내포되어 있는 지역성과 공간성에 밀착되어 있다. 호국신사 · 사현 계열의 전승 권역은 최근까지 <송징 전설>의 대표격으로 일컬어지는 장좌리 장도 계열의 전승 권역인 장좌리 일대의 인근에 위치한다. 완도군지 및 각종 향토 지리서를 종합해 보면 사현은 오늘날 완도군 완도읍 장좌리 서쪽이자 완도군의 북쪽 20리 지점에 위치해 있는 것으로 나타난다.

[자료1] ①호국신사는 현의 남쪽 칠장리에 있는데 세간에 전하는 말로는 신사에서 모시는 신은 송징이라고 한다. 아래 사현조를 참조하라.[18]

[자료1] ② 사현은 완도에 있는데 세간에 전하는 말로는 옛날 섬사람 중에 송징이라는 사람이 있어 무용이 뛰어나고, 활을 잘 쏘아 육십리 밖에까지 날렸는데, 활줄이 끊어지자 줄에서 피가 흘렀다고 한다. 지금도 반석 위에는 화살자국이 남아 있는데 그로 인하여 그곳 이름을 사현이라 한다.[19]

[자료1]-①는 호국신사의 유래담으로 송징에 관한 초기 신앙의 존재를 보여준다. 일단 호국신사의 송징은 고려라는 역사성과 결합되어 있지 않다. 만약 호국신사의 주신인 송징이 고려조의 인물 혹은 대몽항쟁기 삼별초의 장군이라면 관찬 향토 지리지인 『신증동국여지승람』이 신사의 유래와 관련된 이러한 사실을 굳이 기록하지 않았을 리가 없다. 적어도 16세기까지는 송징이라는 인물 자체는 물론 그 신앙이 고려라는 시간성과 결부되어 있지 않았다는 사실을 확인할 수 있다. 이는 거

---

18) "護國神祠, 在縣南七長里, 世稱祠神卽宋徵, 見下射峴", 『東國輿地勝覽』, 康津縣, 祠廟條
19) "射峴在莞島, 諺稱昔島人名宋徵者, 武勇絶人, 射及六十里之外, 弓弦絶則血出, 至今盤石有矢痕, 名其地曰射峴", 『東國輿地勝覽』, 康津縣, 古跡條

꾸로 송징이라는 인물과 그 신앙의 시간적 유래가 고려조 이전으로 소급될 수도 있다는 반증이 될 수 있다.

한편 이 텍스트는 송징에 관련된 신앙체계가 초기에는 호국신사를 중심으로 형성되어 있었다는 사실을 보여준다. 주지하다시피 오늘날 송징 신앙의 중심은 장도 장좌리 당이다. 이와 관련하여 호국신사의 위치 규명이 중요한 문제가 된다. 『신증동국여지승람』에서는 송징의 호국신사가 위치하고 있었던 곳은 강진현(康津縣)의 남쪽 칠장리(七長里)라고 했다. 칠장리라는 지명은 현재로서는 어떤 향토 지리지에서도 발견되지 않는다. 그런데 20세기에 나온 『강진군지』는 『신증동국여지승람』의 "칠장리(七長里)"를 오각으로 보고 "칠십리(七十里)"로 고쳐놓고 있어서 주목된다.[20] 『신증동국여지승람』의 강진현은 오늘날의 강진군과 강진현을 합쳐놓은 지역이다. 강진현의 남쪽 칠십리라면 오늘날 강진군 남쪽 28킬로미터쯤 되는 곳이 된다. 오늘날의 강진군 남쪽 28킬로미터 되는 곳은 강진군과 접해 있는 완도군의 북쪽 지역이 된다. 완도군의 북쪽 지역에는 바로 사현이 있고, 그 사현의 동쪽이 장도가 있는 장좌리이다. <송징 전설>의 주된 전승지인 호국신사와 사현, 그리고 장좌리가 서로 인근에 위치하고 있음을 확인할 수 있다.

이와 관련하여 주목되는 점은 호국신사에 대한 언급은 이 『신증동국여지승람』의 기록 이후로는 보이지 않다가 근래의 『강진군지』(1923) 이후에야 다시 나타난다는 사실이다. 호국신사에 관련된 송징 신앙의 전승 체계에 중요한 변동이 생겼음을 짐작케 하는 대목이다. 『신증동

---

20) 나경수 · 나승만 · 지춘상은 『강진군지』의 내용을 준신하여 강진군 남쪽 칠십리되는 고금도에 위치한 관왕묘를 송징의 호국신사로 비정한 바 있다.(나경수 · 나승만 · 지춘상, 전게논문, 12~14쪽) 특히 관왕묘에 배양된 신들의 신패 중에 '호국'이라는 표현이 사용된 것이 있다는 사실에 주목하여 이 관왕묘가 오늘날 없어진 호국신사가 위치했던 곳이라고 결론내리고 있다. 그러나 이 신패의 주인은 남성이 아니라 여성신이다. 정확한 신격의 명칭도 '호국신'이 아니라 도교의 여선(女仙)인 '천비성모(天妃聖母)'이며, 신패의 내용도 이 천비성모가 나라를 수호하고 백성을 도왔다는 것이다.("位牌書之曰, 護國佑民天妃聖母之位", <古今島 關王廟創建事實>, 이천상 찬, 1705) 이 천비성모신은 고래에 존재했던 여성신격의 전형적인 모습을 보여준다.

국여지승람』이후로 사현의 유래담이 이 호국신사의 유래담과 분리되어 독립적으로 나타나는 것도 이와 같은 맥락에서 해석될 수 있다. 『강진군지』가 호국신사와 사현, 모두 오늘날 존재하지 않는다고 기록[21]하고 있는 것으로 보아 16세기 이후로 호국신사의 폐쇄 혹은 전몰을 상정해 볼 수 있다.

그러나 단순히 호국신사의 존폐 여부만 갖고서는 그와 관련된 송징 신앙담의 전승이 무려 4세기 동안이나 단절되었던 사정을 설명할 수는 없다. 게다가 똑 같이 없어진 사현에 관한 기록은 『신증동국여지승람』이래로 끊임없이 반복 전승되었다는 사실을 상기해 보면 더욱 그러하다. 강진현 남쪽 칠십리에 위치했던 호국신사의 폐쇄와 함께 송징 신앙의 중심축이 장도 장좌리 당으로 이동했을 가능성이 있다. 여기서는 송징 신앙의 중심축의 이동은 <송징 전설>의 또 다른 계열과 관계로 설명되어야 함을 미리 지적해 두고 넘어가기로 한다.

[자료1]-②의 텍스트는 사현의 유래담과 관련된 송징의 본격적인 인물담이다. [자료1]-①과 달리 송징은 활 잘 쏘는 완도(莞島)의 섬사람으로 나타나며 사현(射峴)이라는 지명을 그 존재의 증거물로 남기고 있는 인물이다. 여기서 송징이라는 인물이 존재했던 시간성은 고려라는 역사성에 한정되지 않는다. 더 나아가 "옛날"이라는 표현은 고려 시대 이전으로 소급될 수 있는 가능성까지도 보여준다. 주목할 점은 송징을 가리켜 "섬사람"으로 지칭하고 있다는 사실이다. 섬사람, 즉 "도인(島人)"이라는 표현은 본토가 아니라 섬 마을 출신자를 가리키는 관용구다. 완도 출신인 장보고를 『삼국사기』에서 "해도인(海島人)"이라고 지칭했던 것과 같은 맥락이다. 이로 미루어 볼 때, 송징은 고려조 이전에 존재했던 완도의 토착 해상세력의 우두머리였을 것으로 보인다. 그런

---

21) "호국신사는 군의 남쪽 칠십리 되는 곳에 있는데 세간에서 전하는 말로는 섬기는 신은 송징이라 한다. 아래 사현조를 보라. 지금은 완도군에 속한다. 모두 폐하고 없다.(護國神祠, 在郡南七十里, 世稱神祠卽宋徵, 見下射峴, 今屬莞島郡, 幷廢)", <호국신사(護國神祠)>, 『康津郡誌』, 1923

데 여기서 한 가지 의문이 제기될 수 있다. 고려조 이전부터 완도에 존재했던 토착 해양세력이라면 장보고가 대표적이다. 이와 관련하여 송징과 장보고가 동일인물이라는 의견22)이 제기될 수도 있겠지만, 만약 두 사람이 동일인물이라면 『신증동국여지승람』에서 굳이 장보고와 송징을 구분하여 기록할 까닭이 없다. 게다가 사현의 유래담은 오직 송징하고 만 관련되어서 나타난다. 사현이 <송징 전설>에만 고유한 것이며, 활쏘기와 관련된 에피소드가 <송징 전설>의 원형을 이루는 것임을 알 수 있다.

<송징 전설>의 원형을 이루는 활쏘기 에피소드는 두 가지 모티프로 구성된다. 하나는 송징의 선사자(善射者)로서의 면모를 나타내는 모티프이다. 그 비거리가 육십리에 달한다는 것으로 이 활쏘기 모티프는 민중영웅인 송징의 비범한 능력을 나타낸다. 다른 하나는 송징의 비극적인 죽음을 상징하는 모티프이다. 선사수인 송징에게 있어서 활은 그의 육체를 나타내는 대유가 될 수 있다. 활줄이 끊어졌다는 것은 송징의 육체적인 죽음을 나타낸다. 그런데 이 죽음의 양상은 비극적이다. 끊어진 활, 즉 송징의 육체에서 피가 흘렀다고 했으니 그의 최후가 외부세계의 횡포로 인한 비극적인 것이었음을 간접적으로 보여준다. 이는 완도의 토착 해양세력과 외부세력 간의 갈등을 전제로 하며, 이 충돌의 결과가 송징의 패배로 귀결되었음을 보여준다.

[자료1]-①과 [자료1]-②의 분석 결과와 종합해보면 송징은 완도의 토착 해양 세력의 우두머리로 신격화된 인물이 된다. 이러한 관점에 서면[자료1]-②에 나타난 선사자라는 표징은 단순히 현실적인 행위 이

---

22) 나경수, <완도읍 장좌리 당제의 제의구조>, 『호남문화연구』 19, 전남대학교 호남문화연구소, 1990; 나경수, <완도 장좌리 당제의 조사보고와 세계상 고찰>, 『용봉논총』 20, 전남대학교 인문과학연구소, 1991; 나경수·나승만·지춘상, <전남의 인물 전설 연구(1): <송징 전설>의 전승양상>, 『한국언어문화』 31, 1993; 나경수·나승만·지춘상, <전남의 인물 전설 연구3: <송징 전설>의 전승적 의미와 기능>, 『비교민속학』 11, 1994; 나경수·나승만·지춘상, <전남의 인물 전설 연구(2) - 송미전설의 변용 "송대장군가">, 『한국민속학』 25, 1993

상의 의미를 지닐 수 있다. 선사자란 우리나라 건국신화의 체계 속에서 빈번히 발견되는 신화적 인물의 대표적인 표징의 하나이다. 고구려 건국신화는 물론 고려의 건국신화에도 등장한다. 이들 신화 속에서 선사자는 건국시조가 되거나 건국시조를 낳기 위한 기틀을 닦는 인물이다. 특히 선사자 주몽은 고구려의 시조신인 고등신(高登神)으로 받들어졌으며, 대대로 국란이 있을 때마다 고구려의 왕들은 그 신사에서 국가제의를 올리기도 했다. [자료1]-②의 선사자 송징이 [자료1]-①의 호국신사의 신으로 받들어졌다는 것은 송징이 고래의 완도 토착 해양세력의 시조신격과 같은 위상을 부여받고 있었을 가능성을 드러낸다.

여기서 한 가지 의문이 제기될 수 있겠다. 송징을 신격으로 하는 토착 해양세력의 주 활동지는 오늘날의 완도인데, 그를 봉헌한 호국신사는 지금의 고금도(古今島)에 있었다는 사실이다. 이에 대해서는 두 가지 측면으로 생각해 볼 수 있다. 첫째는 고금도와 완도가 한 세력권으로 통합되어 있었는데, 그 신격의 최초 거점지가 고금도였을 가능성이다. 이럴 경우 신격의 유래지에 신사를 세우는 것이 일반적인 신화체계의 원리이다. 초기에는 고금도를 중심으로 완도를 아우르는 형태였을 것으로 생각된다. 완도가 초기 거점이었다면 애초부터 완도에 호국신사가 자리 잡았을 것이다. 둘째는 신앙체계가 고금도의 호국신사를 중심으로 하여 그 통합 세력권인 완도에 송징을 모신 하위의 당집이 존재하는 이원적인 형태로 유지되었을 가능성이다. 지리적으로 호국신사가 있었을 것으로 추정되는 고금도와 완도는 서로 인근에 위치하고 있다. 완도 근처에 위치한 장도의 송징 당제는 송징을 신격으로 하는 토착 해양세력의 판도와 그 신앙체계의 이원성을 입증해준다.23)

---

23) 한국의 건국신화에서는 이러한 신화의 이원화된 체계가 흔히 확인된다. 특히 고구려와 백제의 신화체계가 그러하다. 고구려와 백제와 같은 북방계 국가에서는 국가와 민족의 시원을 설명하기 위한 신성 지역에 설치된 사당에서 지내는 제의와 왕실이 위치한 도성 안 종묘에서 지내는 제의로 이원화 되어 있었다고 한다. 이에 대해서는 노명호, <백제의 동명신화와 동명묘>, 『역사학연구』 10, 전남사학회, 1981을 참조하기 바람.

『신증동국여지승람』에 나타난 <송징 전설>의 내용을 다시 한번 정리해 보면 다음과 같다.

⑦ 송징은 완도의 토착 해양세력이다.
⑭ 탁월한 궁술을 바탕으로 완도에서 일정한 세력권을 형성했다.
⑮ 외부세력과의 충돌 결과 패배했다.
⑯ 송징를 봉헌한 호국신사가 강진현 남쪽 칠리 쯤 되는 곳에 있었다.
⑰ 송징이 활쏘기를 연습했던 현장이 완도의 사현이다.

⑯를 제외한 ⑦·⑭·⑮·⑰의 내용은 거의 변개 없이 16세기 이후부터 20세기까지의 향토지리지에 반복해서 전재되어 나타난다. 이는『신증동국여지승람』에 기록되어 있는 텍스트를 기반으로 하는 자료군이 전체 '<송징 전설>' 속에서 개별적인 하나의 계열을 이루고 있다는 것을 뜻한다. 논의의 편의상 이 계열을 <송징 전설>의 호국신사·사현 계열이라고 부르기로 하겠다. 고금도의 호국신사 유래담과 완도의 사현 유래담으로 분리되어 있는 <송징 전설>은 원래 고금도의 호국신사의 신화로 존재했을 것으로 추정되는 바, 다음의 두 단계의 변이를 거쳤을 것으로 보인다. 첫 번째는 신화의 전승 담당층에 변동이 발생하면서 호국신사 유래담으로 축소되는 단계. 두 번째는 고금도의 세력이 완도를 통합하고 그 중심이 완도로 이동하면서 호국신사 유래담의 일부로 존재했을 서사골격이 완도의 사현 유래담과 결부되었을 것으로 보인다. 이 과정에서 호국신사 유래담은 축소되는 과정을 거쳤을 것으로 생각된다. 이를 반대로 보면 신앙유래나 혹은 지명유래를 밝히는 서사단락을 제외한 나머지 단락이 <송징 전설>-호국신사·사현 계열의 원형을 구성하는 핵심적인 내러티브가 된다고 할 수 있다. 다시 말해서 <송징 전설>-호국신사·사현 계열의 원형적인 서사골격은 ⑦-⑭-⑮으로 구성되며 그 신앙유래나 지명유래의 지역적 증거물에 따라 다양한 부가 단락이 부기될 수 있다. 원형적 내러티브는 ⑦-⑮까지로 구성된다.

한편, ④의 서사 단락이 유형적 서사 골격의 반복 재생산 시스템 속에서 유독 탈각되어 있다는 사실은 이 대목이 원형의 변이 과정에 중요한 단서가 된다는 것을 의미한다. 『신증동국여지승람』 계열 [자료3]에 제시된 향토지리지들이 ④의 서사 단락을 삭략한 데에는 송징 신앙에 대한 향유층의 인식체계 속에 중대한 변동의 지점이 발생했기 때문인 것으로 생각된다. 그 인식변이의 시점은 『신증동국여지승람』 계열의 원형으로부터 ④를 탈각시킨 변이 텍스트를 처음으로 등장한 18세기 중반일 것으로 보인다는 사실을 일단 지적해 둔다.

4. 나오는 말

본 연구에서는 서남해안 도서 지역의 대표적인 인물 전설인 <송징 전설>을 대상으로 유형 범주 규정 및 계열 분류, 서사의 원형적인 내러티브 분석과 재구성을 진행하였다. 기존 연구와 차별화되는 본 연구의 주안점은 <송징 전설>이 독자적으로 존재하는 것이 아니라 서남해안에 광범위하게 존재하는 지역전설인 <송장군 전설>과의 관련양상 속에서 존재하며, 이 <송징 전설>은 특정한 지리적·역사적·신앙적 특수성과 관련하여 구체화된 한 하위 유형으로 존재한다는 사실이다. 즉 <송징 전설>은 <송장군 전설>과의 상호 작용속에서 형성되었다는 것이며, <송징 전설> 속에는 이러한 <송장군 전설>과의 관계도 속에서 다기한 세부 계열이 존재한다는 것이다. 본 연구는 이러한 시각 하에서 <송징 전설>의 범주를 규정하고 그 하위 범주를 세분화 하는 동시에, <송징 전설> 내부에 존재하는 하위 계열의 존재양상과 특징을 드러내는 계열도를 구체화 할 수 있었다.

본 연구의 결과를 정리하면 다음과 같다.

1. 기존 연구 및 관련 자료 속에서 <송징 전설>로 거론되어 온 텍스트를 수집·정리한 후에 각각의 범주를 규정하였다. 이러한 범주 규정 과정에는 <송징 전설>과 송씨 성을 가진 인물 전설 사이의 관계 및 상호작용을 적극적으로 고려하였다.

2. <송징 전설>의 범주화와 작업을 바탕으로 하여 <송징 전설> 내부에 존재하는 하위 계열을 분류하였다. 이 계열 분류는 <송징 전설>의 형성 및 전승 과정상에 나타나는 유형적 보편성과 역사적·지역적 특수성을 고려한 바탕 위에서 진행하였다.

3. 역사적인 층차를 보여주는 <송징 전설> 속에 나타나는 원형적인 서사구조의 특징을 규명하였다. <송징 전설>의 형성 및 전승 과정 속에서 반복되는 내러티브의 원형을 추출하고 재구성해보았다.

II. <송징 전설>의 역사적 형성 과정과 계열 분화에 관한 연구

장도 당제 계열과 고려 삼별초 장군 계열에 나타난
<송장군 전설>과의 관련성을 중심으로

1. 들어가는 말

<송징 전설>은 서남해안 도서 지역의 대표적인 인물 전설로 완도군 일대를 주된 중심 권역으로 한다. <송징 전설>은 서남해안 지역에 광범위하게 존재하는 장수 전설의 일종인 <송장군 전설>이 완도군이라는 특수한 지리적·지역적 공간을 배경으로 특정한 역사적 혹은 신앙적 배경 하에서 형성되고 전승되는 인물 전설 유형이다. 예컨대 압해군 압해도에는 <송징 전설>이 존재하지 않고 다만 송장수·송공으로 불리는 <송장군 전설>만이 존재하며, 완도군에는 <송장군 전설>과 <송징 전설>이 모두 전승된다. <송징 전설>은 <송장군 전설>의 하위 유형을 구성하며, <송장군 전설> 속에는 <송징 전설>을 포괄하는 상위 범주로서의 <송장군 전설>과 <송징 전설>과 동일한 층위에 놓여있되 <송징 전설>을 제외한 협의의 개념으로서의 <송장군 전설>이 이원적으로 존재한다. 송장수·송장군·송대장군·송징·송공 등을 모두 포괄하는 상위 범주로서의 <송장군 전설> 속에 완도군을 특화된 전승권

역으로 하는 <송징 전설>과 그 외 서남해안 도서 지역에 존재하며 송징을 제외한 송장수·송장군·송대장군·송공 등의 송씨 성을 가진 장군 전설을 포함한 하위 범주로서의 <송장군 전설> 개념이 존재하는 것이다. <송징 전설>의 형성과정과 계열분화의 양상과 의미를 탐구함에 있어서 <송장군 전설>과의 관련양상을 염두에 두어야 하는 이유가 바로 여기에 있다. 바꿔 말해서 <송장군 전설>과의 관련양상 하에서 <송징 전설>의 형성과정과 계열분화의 특징을 다층적으로 규명해야 한다는 것이다. 바로 본 연구의 첫 번째 연구 목적이 된다.

그런데 전승권역이 완도군에 한정되어 있는 <송징 전설> 속에도 하위 계열이 존재한다. 완도군을 구성하는 각개의 개별적인 도서 지역을 중심으로 하여 다양한 하위 유형의 분포를 보이는 것이다. 호국신사와 사현이 존재한 완도군의 특정 지역에는 송징을 주신으로 한 제의와 지명유래전설이 존재한다. 호국신사·사현 계열로 범주화 할 수 있는 이 하위 계열은 <송징 전설>이 협의의 <송장군 전설>과의 교섭 없이 독자적으로 형성·전승되었다는 사실을 보여준다. 장좌리 장도(將島)에도 송징을 주신으로 한 당제와 그 유래전설 및 다양한 지명유래전설이 존재하는데, 호국신사·사현 계열과는 달리 텍스트 내부에서 협의의 <송장군 전설>과의 교섭 양상을 뚜렷이 보여준다. 텍스트 형성과정, 전승 및 향유의식의 측면에서 뚜렷한 상호작용을 보여주고 있는 것이다. 한편 완도군 일대에는 고려 삼별초 장군이라는 특정한 역사적 시간성을 보여주는 캐릭터와 결합된 일군의 <송징 전설>이 전승된다. <송징 전설>의 고려 삼별초 장군 계열이다.

이러한 <송징 전설>의 세 가지 하위 계열은 각기 다른 지리적·지역적·역사적·신앙적 맥락 하에서 형성되었다. 세 계열 중에서도 장좌리 장도 당제 계열과 고려 삼별초 장군 계열은 보다 친연성이 높다. <송징 전설> 중에서 최고형에 속하는 호국신사·사현 계열이 강한 문헌 전승력을 보이는 동시에 축약된 사실 기록으로 존재는 반면, 장좌리 장도 당제 계열과 고려 삼별초 장군 계열은 상대적으로 강한 구비 전승력을 보여주며 풍부한 내러티브의 서사전개를 보여준다. <송징 전설>의 존재양상이 아니라 형성 및 분화 과정과 각 계열별 서사구조적 특징을 살펴보기 위해서는 이상의 세 계열 중에서도 특히 장좌리 장도 당제 계열과 고려 삼별초 장군 계열에 대한 면밀한 고찰이 요구된다. 이 부분은 본 연구의 두 번째 목적이 된다.

지금까지 <송징 전설>에 관한 기존 연구는『동국여지승람』소재 기록을 중심으로 한 존재양상과 전승적 의미에 관한 연구[24], 완도군 일대 송미 전설의 변용 양상과 의미에 관한 연구[25], <송징 전설>의 범주화·계열화 하는 동시에 송징 당제 유래전설의 서사원형을 분석한 연구[26]로 정리해 볼 수 있다. 이상의 연구를 통해 <송징 전설>의 존재 및 전승 양상의 일단이 드러났으며, <송징 전설>의 범주와 계열이 구체적으로 개념화·구도화 될 수 있었다. 또한 <송징 전설>과 <송장군 전설>의 계열 관계 및 관련성이 규명되는 동시에 호국신사·사현 계열을 중심으로 한 송징 당제 유래전설의 원형이 규명될 수 있었다.

본 연구는 이러한 기존 연구를 기반으로 하여 <송징 전설>의 하위 계열 중에서도 강한 구비전승력과 풍부한 서사성을 보여주는 장좌리 장도 당제 계열과 고려 삼별초 장군 계열을 중심으로 <송징 전설>의 형성 및 전승 과정, 계열분화의 역사적 배경, 서사구조적 특징 등을 구체적으로 살펴보고자 한다. <송장군 전설>과의 다층적인 관계에 대한 면밀한 고려를 바탕으로 그 형성 및 분화, 전승 과정의 다기한 맥락을 드러내는 것은 물론이다.

---

24) 나경수·나승만·지춘상, <전남의 인물 전설 연구(1): <송징 전설>의 전승양상>,『한국언어문화』31, 1993; 나경수·나승만·지춘상, <전남의 인물 전설 연구3: <송징 전설>의 전승적 의미와 기능>,『비교민속학』11, 1994

25) 나경수·나승만·지춘상, <전남의 인물 전설 연구(2)-송미전설의 변용 "송대장군가">,『한국민속학』25, 1993

26) 권도경, <송징 전설>의 범주 규정 및 계열 분류와 당제 유래전설의 서사원형 고찰>,『인문사회과학』7, 부경대학교 인문사회과학연구소, 2006

2. 장좌리 장도 당제 계열의 형성 과정과 서사구조적 특징

<송징 전설>의 장좌리 장도 당제 계열은 장도의 당제 유래 전설로 전승되고 있는 유형이다. 이 계열은 장좌리 장도라는 지역성과 밀착되어 있다. 장좌리 장도 일대의 지리적 한계성을 지닌다는 것이다. 다음의 자료를 통해 <송징 전설>의 장좌리 장도 계열에 관해 자세해 살펴보기로 하자.

[자료1] 언제든지 정월 초보름날 보름날 그 당제를 올리고 있는데 그 당제 시간이 항상 아침에 에당을 막 끝난 뒤에 당제가 끝난 뒤에 해가 뜰 무렵 해가 막 뜨며는 제일 좋게 모셨다고 그럽니다. 그럼 왜 그 역사적인 그 그것이 어떠한 중거가 있는 것이 아니라 어 과거부터서 그런 그 습성으로 그래 갖고 있는 것인데 왜 그렇게 모셔야 되냐고 하는 근거가 있어요.
과거부터서 내려오는 그 소위 구전이 있단 말입니다. 왜 그러냐 한다치며는 에 소위 참 오래된 그것이 그 야화 비스락한 이얘긴데 에 그 엄장군하고 송장군하고 둘이 세력 다툼을 했다 그거지요. 그래 엄장군은 여건네 갈옹리 우게 있는 그 엄숙골에 가 살았고 송장군은 그 말허자면 거그 저 장도에 가 살았는데 긍께 엄장군이 본래는 송장군의 부하라. 그런데 그 엄장군이 배신해 가지고 있는 것을 송장군이 규탄을 나가니까 그러면 규탄하기 전에 먼저 비여야 되것다 이렇게 해가지고는 이제 엄장군이 송장군 자고 있는새 밤에 새벽에 거그를 침입을 했다 말입니다. 그 기맥을 알고 송장군이 까투리, 까투리 말이여 있지 않습니까? 그 까투리가 되어가지고는 저 건네 가투린여라고 있어요. 산지면 앞에 솔섬 옆에가 가트린여라고 거 서 섬이 하나 있어요. 그보고 지금 가트린여라고 그란데 왜 그 가트린여라고 그랬냐 헐티며는 그 송장군이 가투리가 되갖고 그리 날라 갔어요. 그러니까는 이 장소에서 활을 쏴서는 가투리에 가 있는 송장군을 쏴서 죽엣다 그거요. 얼른 말하자면 과거부터 내려온 역사가 그래. 그걸 딱 죽에 놓고 보니까는 해가 막 떳다 그래서 제사를 아침 지난 뒤에 해가 뜨며는 꼭 두 시간에 지낼 수가 있다. 그래서는 거 아침 해뜨기 전에 꼭 그렇게 모시게 되었어요. 송장군이 아까 말했던 송징 장군이고 엄장군이란 건 엄목 장군이라고 있었어요. 그래서 그 엄목 장군의 이름을 따서 지금 현죽청리가 엄목리입니다. 당제는 열나흘날 밤에 지내요. 그러면 열나흘날 초저녁부터서 쭉 그 준비를 합니다. 그래가지고 그 밤중에 거그를 건내가요. 섬에를.

배를 타고 건너 가는데 아조 장관이지요. 에 그래가지고 건네가서 제사를 제형을 모신 시간은 새벽에 모신다 그거예요. 거기에 사당이 있는데 사당도 중간에 오면서 많이 중축을 하고 해서 머 보기에는 그렇게 머 훌륭한 건 아니래도 그런 역사적인 유서가 많이 있지요.27)

[자료1]은 역사적 맥락에 따라 여러 층위의 서사 맥락이 복층적인 켜를 이루고 있다. 이 텍스트의 원형이 되는 내러티브를 기축으로 각각의 역사적 사건과 그것을 중심으로 형성된 서브 텍스트, 그리고 그 전승의 맥락들이 한층, 한층 덧입혀져 있다. 기층에 위치한 서브텍스트로부터 각각 별개의 역사적 · 서사적 맥락으로부터 형성된 개별적인 서브텍스트들이 켜켜이 얹혀 있는 형태라 할 수 있다. 여기서 송장군은 호국신사 · 사현 계열의 송징과 각기 다른 역사적 · 서사적 맥락을 지니고 있는 인물로 나타나며, 여기에는 송징과는 별개로 존재하는 <송장군 전설>이 저층의 층위를 이루고 있다.

[자료1]는 장도의 송장군이 그 부하 엄장군이 배신하여 침입해 들어오자 까투리로 변신하여 까투리 섬으로 도망갔는데, 엄장군이 쏜 화살에 맞아서 죽었다는 이야기다. 구술자는 말미에 가서 장도의 이 송장군이 바로 송징이라고 말하고 있다. 이 텍스트는 장도를 중심으로 한 토착 해양세력이 인근의 내륙 혹은 도서 지역에 존재한 다른 해양세력과 갈등관계에 있었는데, 공존할 수 없는 이 두 세력이 존립의 여부를 놓고 대결을 벌이다 한 쪽이 패망한다는 이야기를 그 내러티브의 원형으로 하고 있다. 이렇게 [자료1]의 서사가 기대고 있는 골간을 뽑아놓고 보면 애초에 이 텍스트의 형성과정에서 기축의 역할을 한 서브 텍스트의 하나가 명확해 진다. 바로『동국여지승람』에 전하는 호국신사 · 사현 계열28)의 서사구조이다. 호국신사 · 사현 계열은 어느 특정한 역사

---

27) <장좌리 당의 유래>, 조사지: 완도군(1975), 제보자: 완도군 완도읍 장좌리, 황종우 (남, 55세), 문화재관리국 · 문화재연구소,『구비전승자료』, 전남 · 전북, 계문사, 1987, 446~447쪽

28) "護國神祠, 在縣南七長里, 世稱祠神卽宋徵, 見下射峴",『東國輿地勝覽』, 康津縣, 祠廟

적 시점에 완도에 살았던 송징이란 인물과 관련된 호국신사 유래담이
자 사현의 지명 유래담이다. 여기서 신앙과 지명 유래를 설명하는 서사
단락을 제외한 <송징 전설>의 내러티브 원형을 정리하면 다음과 같다.

㉠ 송징은 완도의 토착 해양세력이다.
㉡ 탁월한 궁술을 바탕으로 완도에서 일정한 세력권을 형성했다.
㉢ 외부세력과의 충돌 결과 패배했다.

그렇다면 [자료1]의 구술자가 설명한 바와 같이 송장군을 송징으로
보아야 할 것인가. 일단 이 호국신사·사현 계열의 세부적인 텍스트의
내용은 [자료1]에 완벽하게 대응되지 않는다. 논의의 편의를 위해 [자
료1]의 서사구조를 정리해 보면 다음과 같다.

㉮ 송장군은 장도의 토착 해양세력이다.
㉯ 부하인 엄장군에게 배신당해 까투리 섬으로 퇴각했다.
㉰ 엄장군이 쏜 화살에 맞아 패망했다.

[자료1]의 서사구조에서 ㉮와 ㉰ 단락은 호국신사·사현 계열의 서
사구조에서 각각 ㉠과 ㉢ 단락에 대응된다. 그런데 [자료1]에는 호국신
사·사현 계열처럼 송징의 선사자(善射者)로서의 면모를 드러내는 단
락이 없다. 호국신사·사현 계열에서 활쏘기 능력은 송징이 고금도와
완도를 아우르는 해양세력을 형성하는 가장 핵심적인 기반으로 나타
나는데, 주몽신화를 비롯한 북방계 신화에서 궁술은 신화적 능력을 상
징한다.[29] 이와 달리 [자료1]에서 송장군이 활쏘기 능력 대신 지니고

條; "射峴在莞島, 諺稱昔島人名宋徵者, 武勇絶人, 射及六十里之外, 弓弦絶則血出, 至今
盤石有矢痕, 名其地曰射峴",『東國輿地勝覽』, 康津縣, 古跡條
29) 고려 신화의 작제건과 조선신화의 이성계도 이러한 궁술을 신성성의 표징으로 내세
우며 건국의 정당성을 합리화한다. 우리나라의 신화 관념 속에서 궁술이 신화적 능력
을 상징한다는 것을 보여준다고 할 수 있다.

있는 것은 변신술(變身術)이다. 사람에서 동물로, 동물에서 사람으로 변하는 변신 능력은 신화적 능력의 표징이다. 인간을 초월한 신성한 능력을 지닌 존재들이 이러한 변신의 능력을 보여주며, 그것은 신화의 세계에서 가능한 것으로 나타난다. 단군신화에서 환웅이 인간으로 변하거나 웅녀가 사람으로 변한다든지, 주몽신화와 탈해신화에서 해모수와 하백, 석탈해와 김수로왕이 동물로 변하여 쫓고 쫓기는 싸움을 벌이는 것이 그 예에 해당한다. 송장군이 변신 능력을 지니고 있다는 것은 그의 비범성이 신화적 세계에 기반하고 있다는 것을 입증한다. 즉 변신술과 궁술은 초월적인 능력의 상징적인 장치이며, 이 능력을 지닌 인간의 원형이 신화적인 세계에서 유래하고 있다는 사실을 보여준다는 점에서 동일한 기능을 하고 있다고 할 수 있다. 송장군은 토착 해양세력의 우두머리로 비범한 능력을 지니고 있다는 점에서 송징과 유사한 자질을 지니고 있는 인물이라고 할 수 있다. 핵심적인 서사구조가 유사할 뿐만 아니라 신화적인 능력의 소유자라는 점에서 인물 성격의 보편적인 유형적 유사성이 확인되는 것이다.

그러나 호국신사·사현 계열에 나타나는 송징이 완도의 북쪽이자 장좌리의 서쪽 일대를 거점으로 한 토착 해양세력[30]이라면 [자료1]의 송장군은 장좌리의 장도를 거점으로 한 토착 해양세력이며, 전자의 송징이 궁술을 능력의 표징으로 삼고 있다면 송장군의 그것은 변신술이다. 백번 양보하여 시간의 층차를 둔 전설의 전승 담당층의 이동에 따라 거점 지역이 바뀔 수 있다손 치더라도 동일 캐릭터의 정체성을 상징하는 표징은 바뀔 수 없다. 수없이 존재하는 비범한 인간을 구별 짓는 것이 자질을 상징화한 표징이라면 그것의 차이는 곧 존재성 자체의

---

30) 『신증동국여지승람』의 강진현은 오늘날의 강진군과 강진현을 합쳐놓은 지역이다. 강진현의 남쪽 칠십리라면 오늘날 강진군 남쪽 28킬로미터쯤 되는 곳이 된다. 오늘날의 강진군 남쪽 28킬로미터 되는 곳은 강진군과 접해 있는 완도군의 북쪽 지역이 된다. 완도군의 북쪽 지역에는 바로 사현이 있고, 그 사현의 동쪽이 장도가 있는 장좌리이다. <송징 전설>의 주된 전승지인 호국신사와 사현, 그리고 장좌리가 서로 인근에 위치하고 있음을 확인할 수 있다.

구별을 의미하기 때문이다. 만약 [자료1]의 송장군이 호국신사 · 사현 계열의 송징과 동일한 캐릭터라면 그 정체성을 상징하는 표징은 변신 술이 아니라 궁술이 되어야 한다. 굳이 바꿔서 이야기하고 있다면 그것 은 두 인물과 관련된 전설의 형성과정에 개입된 특수한 역사적 · 서사 적 맥락이 다르다는 것을 의미한다. 호국신사 · 사현 계열이 완도 일대 에서 광범위하게 전승되는 <송장군 전설>을 일차적인 기반으로 하여 사현이란 특정 지역에 고착되어 있는 <송징 전설>과 결합되어 있는 것에 반해, [자료1]은 전자의 <송장군 전설>을 기반으로 하되 장도란 특정 지역과 관련된 역사적 · 문화적 전통과 결합되어 있는 것이다.

대신 [자료1]에서 활 잘 쏘는 사람, 즉 선사자는 엄장군이다. 엄장군 은 장도에서 활을 쏴서 바다 건너 까투리 섬에 있는 송장군을 맞혀 죽일 정도로 뛰어난 궁술을 보여주고 있다. 엄목은 분명 [자료1]의 주 인공은 아니다. 그러나 송장군을 중심으로 초점화 되어 있는 [자료1]을 엄장군을 중심으로 재맥락화 한다면 그 역시 충분히 특정 지역을 중심 으로 한 전승 담당층을 거느릴 만한 자질을 지니고 있는 인물로 나타 난다. 엄장군이 갈옹리 엄숙골 지역을 기점으로 한 해양세력으로 나타 난다는 점, 선사자(善射者)의 자질을 바탕으로 세력권을 형성했다는 점에서 [자료1]의 엄장군에 관련된 부분은 <송징 전설>의 호국신사 · 사현 계열에서 추출한 원형의 내러티브 중 ㉠과 ㉡을 갖추고 있다. 뒤 에서 입증하겠지만 엄장군 전설은 독립된 텍스트로서 존재하다가 [자 료2]의 형성과정에서 서브 텍스트로 유입되었을 가능성이 크다. 그런 데 갈옹리란 지명은『동국여지승람』에도 나타나지 않으며, 현재의 완 도군 전지역 어디에도 보이지 않는다. 그럼 엄장군이란 어떤 인물인가. [자료1]의 구술자가 엄장군의 이름을 엄목으로 구체화하고 있음에 주 목해 보자. 장좌리 인근에 있는 가용리(加用里)와 죽청리(竹靑里)에 바 로 엄목리란 지명이 있다. 발음의 유사성으로 미루어 가용리는 갈옹리 를 한자로 음차 한 지명으로 보인다.

의외로 우리나라 전역에는 엄목리란 지명을 가진 마을이나 골짜기가 매우 많이 발견된다. 이 때의 엄목리란 지명은 대부분 엄나무가 많다는 데서 유래한다. 즉 엄목(嚴木)이란 의미이다.31) 엄나무는 느릅나무를 일컫는 음나무의 사투리이다. 엄나무는 가지에 무성히 난 가시 때문에 축귀 혹은 축사의 대상으로 숭앙되었던 것으로 보인다. 자생하는 엄나무는 물론이거니와 민속신앙의 일환으로 심어서 가꾸기도 했다. 예컨대 전통적으로 엄나무를 서낭집 주위에 심거나 그 가지를 민가의 대문 위 혹은 방문 위에 매달아두면 잡귀가 범접하지 못한다고 믿는 것32)이 대표적인 경우이다. [자료1]의 엄숙골 역시 엄나무가 늘어서 숲을 이룬 마을 혹은 골짜기란 의미의 엄숙리(嚴櫹里)일 것으로 생각된다. 이러한 수목 신앙이 완도 일대 장수 전설과 결합되면서 의인화되어 일차적으로는 '엄목(嚴木) 장군 전설'로 형상화 되었을 것으로 보인다. 수목 신앙과 결합된 엄목 장군 전설의 시원은 오랜 옛날로 거슬러 올라갈 가능성이 크다. 수목을 당제의 중심에 둔 당수신앙(堂樹信仰)은 오늘날에도 전남의 거의 전역에서 발견된다.33) 이처럼 초기의 수목 신앙에서 변이한 엄목 장군 전설은 가용리의 마을 토착 신앙으로서 독립적으로 존재했을 것으로 생각된다. 현재 가용리 인근에 위치한 죽청리 당제의 주신인 염목 당신34)이 바로 이러한 엄목 전설의 독립적 존재를 확인시켜 준다. 염목과 엄목은 동일한 대상을 가리키는 것으로

---

31) 신안군 도초면 시목해수욕장을 주변에 감나무가 많다고 하여 감나무 '시(柿)' 자를 써서 '시목(柿木)'이라 이름 붙이는 것과 같은 원리이다. 엄목나무로부터 엄목리, 즉 엄나무골이라는 지명이 유래한 예를 대략 꼽아보면 다음과 같다. 완도군 완도읍 대가용리의 '엄목리', 원주시 태장동 '엄나무골', 경기도 여주시 '엄나무골', 공주시 우성면 반촌리 엄나무골과 엄나뭇골 등이 있다. 이 외에도 이러한 지명 유래는 무수히 많다.

32) 엄나무에 관련된 민속신앙에 대해서는 김재일, 『생태기행 1』(중부권 편, 당대, 2000)을 참조하기 바람.

33) 이에 관해서는 나경수, <완도군 장좌리 당제의 제의구조와 세계상>, 1989를 참조하기 바람.

34) 표인주, 『공동체신앙과 당신화 연구』, 집문당, 1996

전라도 일대의 발음체계에서 둘은 자유롭게 오간다.[35]

[자료1]은 이처럼 수목 신앙에서 발전한 인물신으로서의 엄장군 전설이 <송장군 전설>로 유입되어 재맥락화 하면서 형성된 텍스트이다. 엄장군이 독자적인 당제와 당신화를 지닌 존재라고 할 때 [자료1]의 갈등 구조는 신화적인 세계관 속에서 다시금 이해될 수 있다. [자료1]은 장좌리 당제의 주신인 송장군과 가용리 당제의 주신인 엄장군의 세력 다툼을 핵심적인 갈등으로 삼고 있다. 남성신 대 남성신의 대결을 서사적으로 형상화한 형태인 것이다. [자료1]의 원형은 이처럼 인근 지역에서 공존 할 수 없는 남성신끼리의 대결을 다룬 신화적인 세계관 속에서 배태된 것으로 보인다. 독립적인 당신화의 주인공인 엄장군이 [자료1]로 재맥락화 하는 과정의 초기에 엄장군은 이러한 신격으로서의 신성성을 유지했을 것으로 생각된다. 가용리 당제의 신격인 엄장군이 송장군의 부하로 속화되는 것은 당신화가 일상화 되는 과정에서 비롯되었을 것을 것으로 보이며, 여기에 다시 송장군을 배신한 부하 엄장군이란 캐릭터는 장좌리 당신화의 변이 과정과 연관된 또 다른 층위에서 이루어졌을 것으로 생각된다.

[자료1]의 구술자는 송장군이 송징이라고 지목한 바 있다. 그런데 송장군이 엄장군에 의해 죽음을 맞았다는 내용은 [자료1]의 서사구조 중에서 ㉯에 해당되며, 앞서 살펴보았듯이 이 단락은 <송징 전설>의 호국신사·사현 계열의 서사구조에는 없는 내용이다. [자료1]의 송장군이 송징이 되려면 송징에 관한 전설군 속에 여러 계열이 존재하며 호국신사·사현 유래담과 장좌리 장도 당제 유래담이 각각 다른 계열을 형성한다는 사실을 전제로 해야 한다. ㉯ 단락은 호국신사·사현 계열과 [자료1]을 구분시켜주는 변별점이 되는 셈이다. ㉯단락을 변별점으로 할 때 [자료1]은 장도에 거점을 둔 송징과 가용리에 거점을 둔 엄목의 대립을 서사갈등의 핵심으로 한 계열이 된다. 일단 [자료1]은

---

35) 이에 관해서는 다음을 참조하기 바람. 주갑동, 『전라도 방언사전』, 신아출판사, 2005; 이경자, 『우리말연구』, 충남대학교출판부, 2005

호국신사 · 사현 계열과 원형은 같이 하지만 형성 경로에서 특정한 시기에 분지된 다른 계열이라고 할 수 있겠다. [자료1]의 구술자가 언급한 바와 같이 이 텍스트의 송장군이 바로 송징이라면 완도군 인근에 널리 유포되어 있는 <송장군 전설>의 한 유형을 원형으로 하여 형성된 <송징 전설>의 또 하나의 계열이라 할 수 있을 것이다. 논의의 편의상 이를 <송징 전설>의 장도 계열이라 지칭하기로 한다.

현재 전승되는 <송장군 전설> 자료 중에는 [자료1]의 서사골격과 일치하는 것은 없다. 그러나 장도 당제 계열과 호국신사 · 사현 계열에서 지리적 특수성과 인물의 개별성을 제거해 나가다 보면, 기층 출신으로 비범한 재능을 타고나 해양세력의 우두머리로 성장했으나 카운터 파트로 존재하는 대항 세력과의 갈등 끝에 비극적인 최후를 맞은 민중영웅전설 유형의 골격이 남는다. 이처럼 [자료1]이 환기하는 미감은 아기장수 전설의 그것과도 통하는 바가 있다. 장도 당제 계열과 호국신사 · 사현 계열이 보여주는 이러한 비극적인 서사구조와 미학이야 말로 여타의 <송장군 전설>의 그것과 차별되는 변별점이다. 완도 일대에 광범위하게 유포되어 있는 <송장군 전설>이 특정한 지역을 중심으로 민중영웅전설로 발전하면서, 송장군이 송징으로 대체되는 변이가 일어났을 것으로 생각된다. '송징(宋徵)'이라는 이름은 송씨라는 성은 송장군과 공유하면서 보다 개체성을 강화한 이름이라고 할 수 있다. 특히 가용리에서 독립적으로 존재했던 엄목 장군 전설을 수용하여 재맥락화하면서 이러한 일반명사인 송장군의 특수화가 더욱 요구되었을 것이다. 완도 전역에서 나타나는 전설의 주인공인 송장군에 비해서는 상대적으로 특수성을 지니지만, 호국신사 · 사현 · 장도도 일대에 전승되는 전설 자료에서는 공통되는 주인공의 이름으로 나타난다는 점에서는 일반성을 지닌 이름이라고 할 수 있다.

이는 특정한 지역과 관련된 지리적 특수성이 그 추동력으로 작용하고 있다는 점에서 내재적인 분화의 원리를 보여준다. 그런데 장도 당제 유래 전설이 송장군의 그것에서 송징으로 분화하는 과정에는 또 다른 하나의 내재적인 요인이 작용하고 있는 것으로 보인다. 바로 역사적으로 존재했던 인물의 실존성이다. 다음의 자료를 살펴보기로 하자.

[자료2] 장도단(將島壇) 고려 장사 송징. 송징은 청해에 살면서 장도에서 무술을 닦았는데, 지략과 무용을 겸했다. 사후에까지도 영험이 현저하여 주민들이 추모하여 단을 갖추어 제사를 지낸다.[36]

[자료2]는 장도의 토착인으로 고려조에 살았던 장사 송징이란 존재를 제시한다. 여기서 송징은 탁월한 인물을 일반화한 일반명사인 송장군을 상대적으로 구체화 한 이름일 수도 있고, 고려조에 실제로 장도에 존재했던 역사적 인물인 송징을 가리키는 특수명사일 수도 있다. 『고려사』를 비롯한 관찬 역사서에서 고려조에 장도에 살았던 장사 송징이란 존재를 찾을 수 없기 때문에 현재로서는 두 가지 다 가능성이 있다고 본다. 송징이란 이름을 가진 고려 장사가 장도에 역사적으로 실존했건 아니건 간에 일단 인정할 수 있는 것은 고려라는 역사성과 비범한 능력을 가진 민중영웅의 존재성이다. 송징이란 이름은 송장군과 상대적인 특수성의 관계를 가지면서도 특수한 집단의 우두머리로 탁월한 능력을 지닌 인물에게 부여되는 일반명사로서의 공통점을 지니고 있다. 장도 당제의 당신으로 추대된 인물이 고려라는 시간성과 연결되는 동시에 송징이란 이름을 부여받고 있다는 것은 장도 당제가 고려조에 와서 당신 좌정과 관련된 일대 변동을 경험했다는 것을 의미한다.

이와 관련하여 장도 당신인 고려 장사 송징을 삼별초 송징 장군과 일치시키고자 하는 견해도 제기될 수도 있다. 현재 장도를 비롯한 완도 일대에는 고려조 삼별초 송징 장군과 장도 당제를 관련시킨 유래 전설이 다수 전승되고 있다. 그러나 명확한 근거 없이 이 둘을 동일인물로 보는 것은 논리의 비약이라 아니할 수 없다. 첫째, 고려조에 장

---

36) "將島壇, 高麗壯士宋徵, 宋徵謫居淸海武於將島, 智勇兼備, 死後靈驗特著, 居人追慕, 設壇祭之", 『朝鮮寰輿勝覽』, 1929

도 당제의 당신으로 추배된 고려 장사 송징이 바로 삼별초 장군 송징이라면 굳이 [자료2]에서 이 사실을 밝히지 않을 이유가 없다. 삼별초 장군 송징에 관련된 이야기는 현지에서도 상당히 강한 전승력을 갖고 있는 것으로 나타나기 때문에 만약 이 둘이 동일인물이라면 [자료2]에서 이 사실을 명기하지 않을 이유가 없기 때문이다. [자료2]의 구술자가 굳이 이 사실을 언급하지 않았다면 고려말 삼별초 장군 송징 이전의 장도 당제의 당신으로 고려 장사 송징이 분명히 존재하고 있었다고 볼 수 있다.

둘째, 장도에는 [자료2] 외에도 고려 장사 송징에 관한 전설 자료가 다수 전한다. 장도에 고려 장사 송징이 쌓은 토성이 있다[37]던가, 아니면 고려 말에 송징이란 사람이 살았다[38]는 식이다. 이들 텍스트는 하나 같이 장도란 지역과 고려 장사 송징이란 캐릭터를 연결시킬 뿐 그 어디에도 삼별초 장군이란 언급은 나타나지 않는다. 이러한 고려 장사 송징이란 인물이 장도 당제 및 장도 토성과 관련되어 존재하는 기간은 고려조의 일정한 어떤 시점으로부터 고려 말 삼별초군의 입도 후 삼별초 장군 송징이란 인식이 생겨나기 직전까지로 생각된다.

그런데 장도 당제에 얽힌 전설에는 [자료2]와는 다른 또 다른 형태의 자료가 존재한다. 다음에 예시한 [자료3]을 보기로 하자.

[자료3] 송징 장군이 힘이 세니까 나라에 죽일락고 상금하고 벼슬까지 내걸고 송징을 죽인 사람에게 준다고 방을 내거니께 즈그 딸이 그것이 탐이 나서 즈그 아버지를 죽일라고 했어. 송징 장군 딸이 즈그 남편한테, 그러니까 사위이지, 즈그 아버지를 죽이자고 하니께. 그 사위가 어디 그런 법이 있느냐고 말렸어. 그 딸이 혼자 아버지를 죽일라고 여기 장좌리로 왔어. 송징 장군이 딸을 보고 너 뭐하러 왔냐고 그라고 물은께, 그 딸이 아버님 저기로 좀 갑시다 그래. 거기가 어딘고 하니 까뜨린여라고 하는 곳이여.(조사자: 까뜨린여가 무슨 말입

---

37) "將島土城, 高麗壯士, 宋徵築城", 『朝鮮寶輿勝覽』, 1929

38) "고려 말에 송징이란 자가 있었는데, 장재도(壯才島)에 살았다.", 『莞島郡邑誌』, 1899, 규장각 소장본

니까?) 그 까뚜리 있어 꿩이 암꿩을 까투리라고 하지. 그 까뜨린여에 가서 서로 앉어 있은디, 즈그 딸은 매로 변하고 송징 장군은 꿩으로 변한게 매가 꿩을 탁 쳐서 바다에 떨어뜨려 버린게, 송징 장군이 죽었지. 저-그 정도리 거그 송단여라고 하는 데로 떠내려 갔다고 그래. 여그 장좌리에서는 원래 장도섬에 있는 당에다 송징 장군을 모셨어. (하략)[39]

[자료3]은 송징이 장도를 거점으로 한 해양세력이며, 또 다른 세력에게 배신을 당해 까투리로 변하여 까투리 섬으로 퇴각했다가, 끝내 상대 세력의 힘에 밀려 비극적인 최후를 맞는다는 내용을 담고 있다는 점에서 그 서사골격은 [자료1]과 동일하다. 송징이 죽은 후에 정도리의 송단여, 즉 송대장군여로 떠내려갔다는 것은 [자료3]이 [자료1]과 마찬가지로 <송장군 전설>을 원형으로 하고 있음을 보여준다. 그런데 송징과 갈등을 빚는 상대 세력이 송징의 딸로 대체되어 있다. 송징의 딸이라는 캐릭터는 대체 어디에서 왔을까. 자료상에서 보면 송징의 딸은 송징과 같은 변신술을 지니고 있다. 게다가 송징의 딸이 발휘하는 변신 능력은 송징의 그것보다 압도적인 우위에 있다. 이러한 변신술은 앞서도 지적했듯이 신화적인 세계의 소산으로 신성한 존재의 능력을 상징하는 표징이다. 송징의 딸로 지칭되고 있는 이 여성 인물이 신성한 능력을 지니고 있는 존재라면 [자료1]의 엄목과 마찬가지로 [자료3]에 수용되기에 앞서 독립적인 전승권역과 향유층을 보유한 전설의 주인공으로 존재했을 가능성이 있다. 이러한 가능성은 다음과 같은 두 가지 측면에서 그 타당성을 증명할 수 있다.

첫째는 송징의 대항 세력인 이 여성 인물이 하필 송징과 혈연관계에 있는 것으로 설정되어 있다는 점이다. 혼인관계와 함께 혈연관계는 독립적으로 존재하는 특정한 신화를 수용하여 재맥락화 하는 신화 형성의 대표적인 원리 중의 하나이다. 동북아시아 일대에서 버들 여신 신화의 주인공인 유화가 주몽신화로 유입되면서 주몽의 어머니로 설정된

---

39) <송징장군의 죽음>, 완도읍 설화4, 완도읍 장좌리, 문장옥, 『완도군의 문화유적』, 국립목포대학교 박물관, 1995, 436쪽

다든지, 역시 같은 지역에서 곰 토템을 가지고 있는 부족의 신화 주인 공인 웅녀가 단군신화로 수용되면서 단군의 어머니로 설정되는 것이 비근한 예이다. 송징의 대항 세력인 이 여성 인물 또한 독자적인 전설의 주인공으로 존재하다가 [자료3]에 수용되면서 송징의 딸로 설정되었을 것으로 보인다. 둘째는 이 여성 인물이 장좌리가 아닌 다른 지역에 기반을 둔 세력으로 설정되어 있다는 점이다. [자료3]에서 이 여성 인물은 송징을 죽이기 위해 일부러 장좌리에 들어온 것으로 되어 있다. 이는 이 여성 인물이 장좌리에 인접한 다른 지역의 토착세력이라는 사실을 말해준다.

이상의 두 가지 측면을 종합해 보면 이 여성 인물은 장좌리 인근 지역에서 독자적으로 전승되던 전설의 여성 주인공이라고 볼 수 있다. [자료3]에 수용된 가용리의 엄목 당제의 존재를 상기해 본다면 이 여성 인물이 장좌리 인근 지역에 존재한 당신화의 주인공, 즉 여성 신격일 가능성도 배제할 수 없다. 이와 관련하여 완도읍 달도리 당제의 주신인 송대할머니를 주목해 볼 필요가 있다. 송대할머니는 한반도 전역에서 확인되는 마고 혹은 고모 여신처럼 남성신이 일반화하기 전에 존재한 여성신격으로 생각된다. 마고 여신을 주인공으로 한 전설 자료는 강원도 일대와 경상도 · 남해안 일대에서 풍부하게 확인되며, 특히 부산을 비롯한 경상도 일원의 당제는 마고의 다른 이름인 고모신 뿐만 아니라 다양한 형태의 여신을 당제의 주신으로 삼고 있다.[40] 이는 전통적으로 남도 지역에서 여성신 관념이 특히 강하다는 사실을 보여준다. 달도리는 완도군 내의 지역 중에서도 특히 여성신을 전통적으로 숭앙한 지역이며, 송대할머니는 그 여성신 신앙의 대상으로 존재한 것이다. 달도의 송대할머니는 정도리의 송대장군에 대응되는 층위에 놓여 있다고 할 수 있겠는데, 여성신인 송대할머니 신앙이 먼저냐 아니면 남성신인 송대장군이 먼저냐 하는 것이다. 송대할머니가 달도에서만 나타나는 반

---

40) 부산 일대에서 고모할미를 주신으로 한 당신화가 풍부하게 전승되고 있다는 사실에 대해서는 『부산의 당제』, 부산광역시사편찬위원회, 2005를 참조하기 바람.

면 남성신인 송대장군 혹은 송장군이 완도군 인근 전역에서 나타난다는 점에서 전승력에서는 후자가 월등하다. 그러나 이는 모계사회가 부계사회로 바뀌면서 여성신이 남성신으로 대체되는 과정에서 일어난 현상이다. 애초에는 완도군 일대의 신격이 송대할머니와 같은 여성신이었을 것으로 보이며 이것이 남성 신격으로 바뀐 형태가 바로 송장군일 것으로 생각된다.

이렇게 본다면 [자료3]의 여성 인물은 달도리의 송대할머니와 같은 여성 신격일 가능성이 크다. 달도리의 송대할머니와 같은 여성 신격을 주인공으로 하는 독자적인 당신화 혹은 그에 관련된 전설이 <송징 전설>로 유입되어 재맥락화 하면서 형성된 텍스트가 [자료3]과 같은 형태인 것이다. 여성 인물이 송징의 딸로 설정된 것은 독자적으로 존재한 당신화 혹은 전설의 재맥락화 과정을 서사적으로 구현한 형태라 할 수 있다. 여기서 [자료3]의 갈등구조가 송징과 이 여성 인물 간의 세력 다툼으로 형상화 되어 있다는 점을 새삼 주목할 필요가 있다. 송징이 송장군에게 원형을 가탁한 인물이며 이 여성 인물이 송장군 이전에 존재한 여성 신격으로부터 배태된 인물이라고 할 때, 두 인물의 갈등은 바로 여성신이 남성신으로 교체되는 과정에서 발생한 두 신격간의 세력 다툼을 상징한다고 볼 수 있다. 송징과 그의 딸의 갈등은 바로 이러한 여성신과 남성신 간의 신화적 갈등이 전설화된 형태이다. 인간인 두 인물이 벌이는 변신술 내기는 바로 신화가 남긴 흔적이다.

여성신과 남성신 간의 대결에 그 서사갈등의 뿌리를 두고 있다는 점에서 [자료3]은 남성신과 남성신 간의 대결을 그린 [자료1] 보다 고형에 속한다. 장도 당신화와 관련된 전설의 대표격으로 구전되는 쪽은 [자료1]지만 시대적으로 앞서는 쪽은 [자료3]이라 할 수 있다. 다시 말해서 전승력의 강도는 [자료1]이 높지만 [자료3]이 보다 원형에 가깝다는 것이다. 달도리를 제외한 완도군 일대에서 여성 신격의 남성 신격으로의 교체가 완료된 후에 형성된 것이 [자료1]인 것으로 보이는 바, [자료1]는 [자료3]의 변이형라고 할 수 있다. 임억령(林億齡: 1496~1568)이 16

세기에 완도 일대의 송장군 당제와 전설을 취합하여 쓴 서사시인 <송대장군가(宋大將軍歌)>[41])에도 [자료3]에 대응되는 내용이 들어있다. 송장군과 딸의 갈등 자체는 그대로 담고 있되 그 형상화 방식만 변이되어 있다. 변신술 내기와 같은 신화적인 모티프는 탈락되고 대신 딸이 송장군의 활을 끊는 것으로 변이되어 있다. 이는 송장군의 딸이 기대고 있는 여성 신격의 원형성을 속화시킨 것으로 [자료3]의 변신술 내기가 송징과 딸의 신화적인 능력을 대등하게 형상화 했다면, <송대장군가>의 단현(斷弦) 모티프는 신화적인 모티프를 보다 인간화 한 형태라고 할 수 있다.

사대부 작가가 쓴 서사시라는 작가론적·장르론적 배경이 이러한 변이를 야기했다고 할 수 있는데, 중요한 점은 [자료3]과 같은 내용이 완도군 일대의 <송장군 전설>을 집대성한 <송대장군가>의 핵심적인 서사단락으로 수용되어 있다는 사실이다. [자료3]이 <송징 전설>의 원형을 이루는 <송장군 전설>군 중에서도 연원이 오래되었으며 상당한 전승력을 보유한 자료라는 것을 확인할 수 있다. 이 점에서 [자료1]과 [자료3]은 <송징 전설>의 장도 계열 중에서도 각기 개별적인 유형을 이룬다고 할 수 있다. 논의의 편의상 [자료2]를 <송징 전설> 장도 계열 A로, [자료4]을 <송징 전설> 장도 계열 B로 분류하기로 한다.

3. 고려 삼별초 장군 계열 형성의 역사적 과정과 특징

장좌리를 비롯한 완도읍 일대에는 오늘날 송징이라고 통칭되는 고려조 삼별초 장군에 관한 전설이 널리 유포되어 있다. 그런데 고려조 삼별초 장군인 송징의 존재는 현재까지 어떤 역사·지리서에서도 발견되지 않는다. 지금의 완도군 일대, 특히 이 완도읍 장좌리 장도를 거점으로 활동했던 고려조 삼별초 장군의 이름이 송징이 아니며, 더

---

41) 『石泉集』제2책, 여강출판사, 1987

나아가 고려조 삼별초 장군 송징이라는 캐릭터 자체는 역사적인 실존 인물이 아닐 가능성이 커 보인다. 그러나 문제는 단순하지 않다. 여기에는 복잡한 역사적·서사적 맥락과 다양한 서브 텍스트의 전승 과정이 얽혀있다.

일단 1270년 삼별초의 난 이후 삼별초 정부의 한 지부가 오늘날의 완도군 일대를 점령한 뒤에 막대한 영향력을 행사했던 것은 역사적인 사실로 인정할 수 있을 것으로 보인다. 삼별초 정부는 진도(珍島)를 거점으로 삼으면서 남해도(南海島)를 경상도 연안지역을 통할하는 지역 거점으로 분할하여 통치했다. 진도의 삼별초군은 배중손(裵仲孫: ?~1271)의 휘하에 있었으며, 남해도는 좌승선(左承宣) 대장군 유존혁(劉存奕)이 진도 정부와 연결 관계를 가지면서 경상도 연안 일대의 군사 활동을 지휘했다고 한다. 완도는 진도와 유사한 지리적·전략적 요건을 갖춘 곳으로 진도의 삼별초 정부에게 있어서 완도는 진도와 동격의 비중으로 인시되었을 것으로 논의된다. 동남해안의 지역 거점인 남해도와 함께 진도 삼별초 정부의 전라도 서남해안 지역 거점이 되기에 충분한 조건을 갖추고 있다는 얘기다. 이는 다시 말해서 구전에서 말하는 대로 완도 지역 거점의 통치자가 송징이던 아니던 삼별초군이 이 지역에 들어와서 군사 활동을 벌였다는 것만은 사실로 받아들일 수 있다는 말이 된다.

이제 문제는 다시 완도 지역에 주둔했던 삼별초 지역 정부의 지휘자가 송징이냐 아니냐는 원점으로 돌아가야 한다. 앞서 오늘날 완도읍 일대에 전승되는 고려 삼별초군 장군 전설의 주인공이 송징으로 통칭되는 인물이라고 언급한 바 있다. 여기서 오늘날 송징으로 통칭된다는 말은 이 유형의 전설의 전승 담당층이 최근래에 들어서 그렇게 인식한다는 것이지 그 형성 및 전승 과정에서 그러하다는 아니라는 점을 강조하기 위함이다. 즉 전승 담당층의 인식 또한 몇 단계에 걸쳐 변이해 왔다는 것이며, 이는 연구자의 입장에서도 보다 미시적으로 접근할 필요가 있다는 것을 뜻한다. 여기에는 다양한 서브 텍스트들이 적층되면서 전승 담당층의 인식 양상이 변이해 왔다는 유연한 시각을 갖지 않는다면 <송장군 전설>과 <송징 전설>의 전승 과정 및 인식 양상 사이에 얽혀 있는 관계를 해명할 길은 요원해 질 수밖에 없다.

완도읍 일대에서 관련 구전 자료들을 검토해 보면 고려조 삼별초 장군은 두 가지 모습으로 나타난다. 송장군과 송징이다. 완도의 고려조 삼별초 장군을 송장군으로 지칭한 자료42)와 송징으로 지칭한 자료43)를 정리해 보면, 의외로 송장군이든 송징든 간에 삼별초 장군 자체가 등장하는 자료 자체가 적다는 사실을 확인할 수 있다. 뿐만 아니라 삼별초 장군이라는 캐릭터가 언급되어 있는 텍스트는 비교적 최근래에 채록된 자료에서 나타난다. 일단 자료의 수적 편재를 보면 삼별초 장군이 송장군·송징과 각각 결합되는 텍스트의 비중은 거의 비슷하다. 그러나 구체적인 내용으로 들어가보면 상황은 달라진다. 다음의 자료를 보자.

[자료4] 송징 장군은 완도를 점령한 삼별초의 중요 인물로서 연년이 계속된 흉년과 육지 군의 관리 토호들의 억압과 착취에 시달리고 있는 주민들을 위무하고 근해를 왕래하는 세미선을 잡아 그 세미로 거민을 구호하니 거민들은 조천에 감우를 만난 듯 구세주와 같이 존경하였다. 이때에 완동(阮洞)을 통과하려는 세미선이 지금의 남선리(南仙里) 앞바다를 지나간 것을 장좌리 장도(將島)에서 활을 쏘아 이를 막아 잡고 개머리를 지나 서해안으로 가려하면 정도리(正道里) 송댓여(宋大將軍嶼)에서 활을 쏘아 이에 적중시켜 세미를 빼앗았다 한다.44)

[자료5] (상략) 여기는 송대장군이라고 해. 송대장군 이야기로는 저그 송대목, 송대장군 목이라는 진을 이야기하는 송대목, 송대여, 여가 바위지요. 그 다음에 그 가에 있는 장군샘, 이런 지명이 전부터 전해내려 옵니다. 옛날 우리 어렸을

---

42) 김소남, 『청해비사』, 농촌계몽문화사, 1955; 완도군, 『전통가꾸기』, 1981; 완도군, 『완도군지』, 1992
43) 이두현, 『장좌리 장도당제』, 문교부 문화재관리국, 1968; 박창제 편, 『완도군지』, 완도군지편찬위원회, 1977; 박창제 편, 『내고장전통가꾸기』, 1981
44) <송징>, 『완도군지』, 박창제 편, 1977

때에는 송대장군이 말을 탄 발자국이다. 이런 것이 바위에 있었고요. 바위에 새겨진 자국이요. 우리 마을에는 (중략) 송대장군 이야기를 많이 해요.45)

[자료4]에서는 완도의 삼별초 장군을 송징으로 통칭하고 있지만 완도 내부의 지역에 따라 이 장군의 형상은 다른 모습으로 나타난다. 완동 즉 완도를 통과하려는 세미선이 지금의 남선리 앞바다를 지나간 것을 장좌리 장도에서 활을 쏘아 막았다고 할 때는 이견의 여지없이 그 주인공이 송징으로 나타난다. 그러나 개머리를 지나 서해안으로 가려는 세미선을 정도리 송댓여에서 활로 쏘아 적중시켜 세미를 빼앗은 주체가 누구냐의 여부로 들어가면 문제는 달라진다. [자료4]에서는 정도리(正道里)에 있는 송댓여를 송대장군여(宋大將軍嶼)라고 명시해 놓고 있다. 송대장군은 곧 송장군이다. 송징에서 성만 따서 송대장군으로 불렀다고 할 수 있겠지만 [자료5]를 보면 완도 일대의 화중들이 송대장군과 송징을 별개의 인물로 인식하고 있음을 확인할 수 있다.

[자료5]는 완도읍 정도리에서 채록한 텍스트이다. 이 자료를 보면 송대목이라고도 불리는 송대여는 송대장군과 결합되어 있는 바위로 정도리의 한 지명이다. 장좌리와는 달리 정도리는 삼별초군이 주둔했던 본거지가 아니었던 것으로 보인다. [자료5] 외에도 정도리에서 다수 전래하는 송대장군 관련 지명 유래담의 어떤 텍스트에서도 삼별초 장군이라는 언급이 나타나지 않는다. 삼별초 장군이 아닌 정도리의 당신 송대장군은 이 지역의 화중에게 장좌리의 송징과 별개의 인물로 인식되고 있다. [자료5]의 구술자는 자신의 마을의 당신이 송대장인 송대장군을 설명하기 위해 의도적으로 장좌리의 당신인 송징을 가져와 대비시키고 있는데, 이는 정도리의 송대장군이 장좌리의 송징과는 별개의 존재라는 것을 강조하기 위함인 것으로 보인다. 이러한 정도리의 송대장군 전설은 장좌리의 <송징 전설>에 비해 상대적으로 시원이 오래된

---

45) <송대장군 이야기> 1, 완도읍설화 2, 완도읍 정도리, 이봉천, 『완도군의 문화유적』, 국립목포대학교 박물관, 1995, 436쪽

것으로 보인다. 정도리의 송대장군 전설은 송대장군이 말을 탄 발자국에 관한 이야기, 송대목 옆의 장군샘에 관한 이야기 등 전국적인 분포를 보이는 일반적인 장군 전설의 전형적인 형태이다. 정도리의 송대장군 전설은 장전국적으로 분포하는 장군 전설의 일종이자, 완도 인근에서 널리 확인되는 해양영웅을 통칭하는 <송장군 전설>에서 분화된 정도리의 지역전설이라고 할 수 있다.

그렇다면 [자료4]에서 삼별초 장군 송징에 관한 텍스트가 정도리에서 독립적으로 존재하는 송대장군 전설까지 아우르고 있다는 사실은 어떻게 설명해야 할 것인가. 장좌리의 삼별초 장군 <송징 전설> 역시 정도리의 송대장군 전설과 같은 <송장군 전설>을 기반으로 하여 형성된 것으로 보인다. 장좌리의 삼별초 장군 <송징 전설>은 다음과 같은 단계를 거쳐 형성되었을 것으로 생각된다. 우선 고래로 장좌리 일대에 유포되어 있던 <송장군 전설>에 고려조 삼별초 <송장군 전설>이 결합되는 단계이다. 고려조에 완도로 들어와 장좌리를 거점으로 삼았던 삼별초 장군 송징의 역사적 실존성에 대해서는 뒤에서 자세히 분석하겠지만 확언할 수 없다. 그러나 장좌리를 중심으로 완도 일대의 서남해안 해상 제해권을 통합했던 고려조의 삼별초 장군이 송씨 성을 가지고 있던 인물이었던 것만큼은 분명해 보인다.

[자료6] 이 때 송장군(宋將軍)은 삼별초의 주요인물로서 완도를 점령한 후 거민을 위무하고 왕래한 세미선을 잡아 세미로써 거민을 구휼하니 거민은 조천(早天)의 감우이여서 천신과 같이 존경하였다. 완도의 거민은 송장군이 떠난 후 송장군의 은덕을 불망하여 년년세세 정월일에 우돈(牛豚)을 잡아 제사하고 남녀군중이 곤양대를 들고 금고를 울리며 가무하여 송장군을 위안한다고 한다.[46]

[자료6]에서 완도 일대의 삼별초 장군은 송장군으로 되어 있다. 일단 고래로 완도 일대에서 전통적으로 존재한 <송장군 전설>이 고려조 삼

---

46) 김소남, 『청해비사』, 농촌계몽문화사, 1955

별초 장군의 입도(入島)라는 역사적인 사건을 경험하면서 고려조 삼별 초 <송장군 전설>로 변이했을 것으로 생각된다. 이때 고려조 삼별초 장군의 성씨가 전통적인 <송장군 전설>의 그것과 일치하는 양상은 우연의 일치로 보이지 않는다. 물론 완도에 입도한 고려조 삼별초 장군이 반드시 송씨 성을 지녔다는 역사적인 기록은 어디에도 남아있지 않다. 그러나 완도에 입도한 삼별초 장군이 송씨였으며, 이러한 성씨의 일치성이 전통적인 <송장군 전설>을 고려조 삼별초 <송장군 전설>로 변이하는 중요한 계기 중의 하나로 작용했을 것으로 보인다. 예컨대 당시 완도 인근 서남해안에서 활동한 삼별초 장군들의 이름 속에서 송씨를 성씨로 하는 인물들이 대거 확인된다. 대표적으로 송송례(宋松禮) · 송군비(宋君備) · 송소(宋蕭)[47] 등을 들 수 있다. 이는 완도에 입도하여 삼별초군을 이끌고 완도민들과 직간접적으로 교류하면서 전설의 주인공이 된 삼별초 송장군이 실존 인물이었을 가능성이 높다는 사실을 입증한다. 삼별초 송장군이란 역사적인 실존인물이 전설의 주인공이 되는 과정에서 성씨의 동일성과 캐릭터의 유사성이 고래로 존재한 <송장군 전설>을 새삼 상기시켰을 것으로 생각된다. 삼별초 <송장군 전설>은 일차적으로 고래의 <송장군 전설>을 기반으로 하여 삼별초의 송장군과 관련된 역사적 사실과 그로부터 파생된 허구적 사실들이 결합되면서 형성되었다고 할 수 있다.[48]

이렇게 형성된 완도 일대의 고려조 삼별초 <송장군 전설>의 주인공이 송징으로 변이하는 과정은 두 가지 차원으로 설명될 수 있다. 한 층위는 전설 텍스트 내재적인 분화와 서사구성의 차원이다. 완도군 일

---

47) 이들 삼별초 장군들에 관한 기록에 대해서는 『龍藏山城의 忠節: 珍島의 三別抄』, 전라남도 교육연구원, 1979을 참조하기 바람.

48) 이러한 삼별초 <송장군 전설>의 형성 과정에는 역시 상대적으로 오래된 시원을 보이는 미적추 전설 유형이 또 다른 서브 텍스트로 결합되었을 것으로 생각된다. 완도를 비롯한 신안군 앞에도 일대에는 유독 이러한 해적 전설이 풍부하게 전하는데, 도민(島民)들에게 널리 회자되는 경우는 하나같이 세미선을 탈취하여 백성들을 구휼하는 유형이다. 이는 본고의 논점과 다소 거리가 있을뿐더러 독립적인 또 하나의 연구과제로 다뤄질 만한 가치가 있으므로 후고를 기약한다.

대에 고래로부터 존재한 <송장군 전설>이 특정한 지명 및 역사적인 실존인물·사건과 결합될 때 상대적으로 특수성을 띤 송징이란 이름으로 변이되는 텍스트 분화의 원리가 작용된다는 점이다. 앞서 <송징 전설>의 장도 당제 계열에서도 이러한 기제를 충분히 확인한 바 있다. 이와 같은 자료의 분화와 서사구성의 원리는 어디까지나 텍스트 내부의 서사적인 전승·형성의 차원에서 이루어지는 것이다. 텍스트 내부에서 자생적으로 이루어지거나 향유층의 주체적인 인식과 판단에 의해서 이루어진다는 점에서 내재적인 현상의 차원이라 할 수 있다.

다른 한 층위는 텍스트 외부에 존재하는 논리적·객관적인 해석의 차원이다. 다음의 자료를 보자.

[자료7] 지식층은 송징(宋徵)이 고려 삼별초난 때 장군이라고 단일인물로 보나[49)

여기서 송징은 <송징 전설>의 호국신사·사현 계열의 텍스트에 등장하는 바로 그 송징이다. 향토 지리지나 개인적인 사찬 자료가 아니라 객관성을 확보한 공식적인 관찬자료에서 송징이란 이름이 등장하는 것은 『신증동국여지승람』이 유일하다. 게다가 『신증동국여지승람』은 송징이란 이름이 등장하는 관찬서 중에 가장 오래된 자료로서 학계의 연구자들에게 객관성을 보유한 준거 자료로 동원된다. 연구자들은 이 『신증동국여지승람』의 호국신사·사현 계열의 텍스트를 바탕으로 고려 삼별초 송장군이 바로 송징이라는 결론을 쉽사리 도출하는 경향이 있다. [자료7]은 연구자들의 이러한 논리가 고려 삼별초 송장군이 바로 송징이라는 인식을 향유층들에게 전파하는 외재적인 동인으로 작용하고 있다는 사실을 보여준다.[50) 고려조 삼별초 송장군이 바로 송

---

49) 이두현, <장좌리 장도 당제>, 『민속자료조사보고서』 9, 이두현, 문교부 문화재관리국, 1968, 11쪽
50) 그러나 이 『신증동국여지승람』의 호국신사·사현 계열의 텍스트에는 송징이 고려조에 실존한 역사적인 인물이란 그 어떤 구체적인 증거도 등장하지 않는다. 때문에

징이라는 학계 연구자들의 논리가 구비전설 자료의 채록 과정에서 준거틀로 제시되면서, 이러한 논리가 향유층의 인식에 영향을 미치고 다시 기존 텍스트의 변이 및 새로운 텍스트의 분화로 이어지는 외재적인 기제이다.

고려조 삼별초 송장군의 완도 입도 후, 삼별초군과의 직간접적인 접촉을 경험한 이 일대 마을의 당제의 당신은 송장군에서 송징으로 교체되었던 것으로 생각된다. 중도리·화개리·대구리·부흥리·대신리·대야리·고마리·사후리·군내리 등의 송징 당제가 모두 이러한 과정을 거쳐 형성되었을 것으로 보인다. 장좌리는 이와는 조금 다른 형성 과정을 보여주는 경우이다. 앞서 살펴본 바와 같이 일단 송장군 당제가 고려 장사 송징 당제로 일차 변이한 후에 고려조 삼별초 송장군의 완도 입도라는 사건과 함께 고려 장사 송징 당제가 다시 삼별초 송징 장군 당제로 이차 변이하는 복합적인 과정을 거쳤을 것으로 생각된다. 이처럼 고려시대에 발생한 삼별초 송장군의 입도는 완도 지역민에게 있어서 압도적인 경험의 지평을 선사했던 것으로 보인다. 특히 세미선을 탈취하여 민중을 구휼한 송장군의 행적은 완도 지역민들에게 숭앙을 넘어 신앙의 대상으로 승화되었던 것으로 나타난다.

완도 지역에는 일제시대에 일본인이 송장군의 당집에 들어가서 그의 화신인 왕대를 함부로 꺼내 깔고 앉았다가 그 자리에서 즉사했다는 구전[51]이 전하고 있는데, 여기서 두 가지 사실을 확인할 수 있다. 첫째는 송장군 신앙이 마을 신앙을 넘어서 호국·민족신앙으로까지 발전하고 있다는 사실이다. 이러한 기제는 <송징 전설>의 호국신사·사현

『신증동국여지승람』의 호국신사·사현 계열의 텍스트로부터 송징이란 인물의 역사적인 실존성을 추출하고 이것을 다시 각종 향토지리서의 기록 및 구비전설 자료에 나타나는 고려 삼별초 송장군 혹은 송징 장군으로부터 고려라는 시간성과 삼별초 송징 장군이라는 캐릭터를 추출하여, 이들을 결합시키는 것는 다분히 자의적인 해석이자 논리의 비약이 될 수 있다.

51) 이 자료는 임형택 편역, 『이조시대 서사시』 하권, 창작과비평사, 1992, 21쪽에서 확인할 수 있다.

계열에서도 똑 같이 발견된다. 호국신사·사현 계열의 텍스트 속에서 송징은 호국신사의 신격으로 나타나는데, 이를 통해 송징 신앙은 완도군 내의 특정한 지역성을 넘어 국가적인 차원과 연결되고 있다.[52] 둘째는 당신으로서의 삼별초 송장군에 대한 신앙이 생사와 관련될 정도로 지역민들에게 강력한 영향력을 미치고 있다는 사실이다. 이러한 신앙의 강도는 애초에 삼별초 송장군 당제의 모태가 되었던 완도군 일대의 송장군 당제와 관계없이 독자적인 수목 신앙으로 존재했던 죽청리의 엄목 당제에도 변이를 가져왔다.

현재 죽청리 엄목 당제의 주신은 엄나무의 인격화된 신격인 엄장군이 아니라 송징으로 되어 있다. 당제의 명칭 속에는 고래로부터 존재한 죽청리의 토착 신앙인 엄목 신앙의 흔적을 보유하고 있으면서도, 그 당제에 좌정한 당신은 삼별초 송징 장군으로 교체되어 있는 형태이다. 토착 신앙인 엄장군 신앙이 고려시대에 새롭게 형성된 삼별초 송징 장군 신앙을 포괄하는 형국이라 할 수 있다. 고려 말에 완도군 전역에서 삼별초 송징 장군에 대한 신앙과 당제가 확산되면서 고래의 당신이 교체되는 현상에 발맞추어 죽청리 엄목 당제의 주신 또한 송징으로 바뀌었을 것으로 생각된다. 송징 당제로의 변이가 고래로 존재한 송장군 당제를 모태로 하지 않은 경우는 죽청리가 유일하다.

그러나 죽청리 엄목 당제의 명칭으로부터 확인되는 수목 신앙의 흔적 역시 토착적인 형태에 그대로 대응되지 않는다. 현재 죽청리에는 고려조 말에 삼별초의 장군인 엄목(嚴穆)이란 인물이 은거했으며, 그로 인해 마을 이름을 엄목리라 했다는 전설이 전해지고 있다. '엄목(嚴穆)'과 '엄목(嚴木)'은 비록 발음은 같지만 한자 표기는 다르다. 동일 대상과 그 이름을 한자로 표기할 때 음차 하는 것만 중시하다보니 다른 한자를 차용해왔다고도 설명할 수 있겠지만 문제는 그리 간단하지가 않다. 엄목(嚴穆) 장군은 수목신이 의인화된 인격신인 엄목(嚴木)

---

52) 마을 신앙의 대상인 당신이 민족·호국의식과 연결되는 사례는 서남해 도서 지역의 당신인 임영업에 관련된 전설 자료에서도 널리 나타난다.

장군이 구체적인 역사적인 사건 및 그와 관련된 실존 인물과 결합된 형태이다.

이러한 형성 과정에는 두 가지 차원이 존재할 수 있다. 하나는 완도군 일대에 들어온 고려조 삼별초 장군의 이름이 명확히 엄목(嚴穆)일 가능성으로 전설의 내용을 액면 그대로 인정하는 차원이다. 삼별초 장군 엄목(嚴穆)의 등장으로 인해 죽청리의 엄목리 전설은 고려조에 와서 다른 차원의 변이를 보이게 되었을 것으로 생각된다. 엄목(嚴穆)과 엄목(嚴木) 사이에서 확인되는 발음상의 유사성은 애초 수목 신앙과 결합되어 있던 엄장군 전설에 고려조 삼별초 장군이라는 구체적인 역사성과 실존성을 또 다른 옷으로 덧입게 되었을 것이다. 이처럼 엄목나무의 수목 신앙과 이름이 유사한 역사적 실존간의 결합 양상은 다른 지역의 전설에서도 확인된다. 강원도 영월·원주·정선·평창·단양·태백 등지에서 세조에 의해 죽임을 당한 단종의 시신을 몰래 거둔 엄흥도(嚴興道)의 충절에 관한 전설이 엄나무의 수목 전실과 결합되는 예가 바로 그것이다.

다른 하나는 그 성명이 명확히 엄목(嚴穆)인지는 확인할 길이 없으나 고려 말에 죽청리로 들어와 마을 주민들에게 일정한 영향력을 행사한 인물이 엄씨(嚴氏)라는 성을 가진 엄장군이라는 것만이 확인할 수 있는 사실인 경우이다. 엄씨 장군의 역사적 실존성은 이 일대에 고래로 유포되어 있던 엄목(嚴木) 장군 전설과 결합되었을 것이고, 고려 말이라는 시간성의 공통점은 완도군 일대에 마침 확산되고 있던 삼별초 송징 장군의 존재를 상기시켰을 것으로 생각된다. 이러한 인식과정 속에서 고려 말 삼별초 엄목 장군이라는 새로운 캐릭터가 탄생되었을 것이며, 이 캐릭터가 환기하는 구체적인 역사적 맥락은 엄목(嚴木)이라는 이름에 남아있는 수목 신앙의 흔적을 거세하는 동인으로 작용했을 것으로 보인다. '목(木)'의 '목(穆)'으로의 교체는 고래의 수목 신앙으로서의 엄장군 전설이 그 토착적인 낙인을 지우고 고려조 삼별초 엄장군 전설로 옷을 갈아입기 위해 이루어졌을 것으로 생각된다.

전자의 가능성을 배제할 수는 없으나 현재로서는 후자의 가능성이 더 높아 보인다.『고려사』나『동국여지승람』을 비롯한 각종 역사·지리서 어디에도 엄목(嚴穆)이라는 이름을 찾아볼 수 없기 때문이다. 이러한 죽청리 엄목 장군 전설의 변이 과정은 염목 당제의 주신이 고려 말 삼별초 송징 장군으로 그 옷을 갈아입는 현상과 맞물려 일어났을 것으로 생각된다. 애초에 엄목 장군 전설의 변이는 엄목 당제에 끼친 고려 말 삼별초 송징 장군의 신앙에 의해 추동되었을 것이지만, 고려 말 삼별초 엄목 장군 전설이 완성된 후에는 이것이 다시 같은 지역 내에서 전승권역을 공유하는 염목 당제에 영향을 미쳤을 것으로 보인다.

그러나 이러한 당제의 변이가 완도군 전역에서 발생한 것은 아니다. 삼별초 송징 장군 당제로의 변이 과정에는 이 인물과 관련된 경험적 특수성이 가장 핵심적인 전제 조건으로 작용하는 바, 이러한 요건을 충족하지 못하는 지역은 고래의 송장군 당제가 그대로 유지되는 양상을 보여준다. 예컨대 정도리의 당신은 송장군과 동격인 송대장군이다. 달도리 당제도 완도군의 여타 지역과는 다른 양상을 보여준다. 완도군 내의 다른 지역과 발맞춰서 고려조에는 송징 당제로 변이했으나 애초에 달도리 당제의 당신은 남성신인 송장군 보다 더 고형의 신격인 송대할머니였다. 뿐만 아니라 일제시대 이후로는 아예 송징을 없애고 바로 앞 바다 건너 위치한 해남군(海南郡) 북평면(北坪面) 남창리(南倉里)의 당신인 호남대장군(湖南大將軍)을 모시고 있다. 삼별초 장군이 입도한 사건이 완도 지역민들에게는 무엇보다 큰 역사적인 경험이었던지라, 달도리 당제 역시 고려시대에 완도군 일대에서 벌어진 당제의 변동에 일시적인 영향을 받았던 것으로 보이나, 달도리 당제에서 추구하는 세계관 및 미학은 완도군 일대의 여타 지역과는 다른 노선에 위치해 있는 것으로 생각된다.

그런데 고려 말에 삼별초군의 입도와 함께 완도군 일대에 삼별초 송징 장군 전설과 당신앙이 성립되었지만 그 모태가 되는 <송장군 전

설>과의 관련성은 고정적인 것이 아니었던 것으로 보인다. 다음의 자료를 살펴보자.

[자료8] 징은 신출기략이 더불어 맞설 자가 없었다.[53]

[자료8]은 조선 초기의 사대부 문인작가인 임억령(林億齡: 1496~1568)이 15세기 무렵에 창작한 <송장군(宋將軍)>이란 칠언율시의 한 대목이다. 임억령은 특정한 시기에 완도를 방문하여 머물면서 완도 일대의 당제와 관련 전설을 수집·정리하여 <송대장군가(宋大將軍歌)라는 장편서사시와 <송장군>이란 칠언율시를 창작했다. <송장군>은 칠언율시라는 장르상의 제약 때문에 비록 길이는 짧지만 거개의 줄거리는 <송대장군가>와 방불하며, <송대장군가>를 압축해 놓은 형태이다. 이 두 작품은 임억령 당대까지 존재한 <송장군 전설>과 관련 신앙을 집대성해 놓고 있다. 기존 연구에서는 [자료8]에서 제시한 <송장군>의 구절과 두 작품에서 공히 발견되는 미적추로서의 인물 형상을 장도의 송징 당제와 아울러 <송대장군가>와 <송장군>의 주인공이 고려 말 삼별초 송징 장군이라고 결론내리고 있다. 그러나 세미선을 탈취하여 백성을 구휼한 주인공의 형상이 고려말 삼별초 송징 장군의 전설의 그것과 동일하기는 하나, <송대장군>과 <송장군> 속에는 미적추란 인물 형상 외에도 이전부터 완도 일대에 전승되어온 <송장군 전설>의 다양한 하위 유형이 녹아있으며, 고려 말 삼별초 장군 전설의 주인공은 송징만이 아니다. 뿐만 아니라 기존 연구에서 두 작품의 주인공과 일치시킨 장도 송징 당제는 어디까지나 텍스트 외부적인 자료로 <송대장군가>와 <송장군> 어디에도 장도 송징 당집과 당제를 상기시키는 구절은 없다.

임억령의 취재 대상 중의 하나가 <송징 전설>이라는 사실은 [자료

---

53) "徵也神奇無與敵", 임억령, <송대장군가>, 임형택편역, 『이조시대 서사시』 하권, 창작과비평사, 1992, 23쪽

8]에서 확인이 되며, 그가 취재한 <송징 전설>이 호국신사·사현 계열의 텍스트로부터 고려말 삼별초 송징 장군 전설에 이르기까지 다양하다는 사실은 실제 작품의 내용 속에서 확인된다. 예컨대 <송대장군가>에서 활을 힘껏 당기면 그 화살이 육십 리를 백보 거리처럼 날았다는 내용54)은 호국신사·사현 계열에서 그대로 가져온 것이며, 미적추로서의 행적55)은 고려말 삼별초 송징 장군 전설에서, "하늘이 계집아이 손을 빌어 하룻밤 새 활시위에서 피가 줄줄줄"56)이란 대목은 호국신사·사현 계열의 단현(斷弦) 모티프와 장도 송징 당제 유래담 중 장도 당제 계열 B에 나오는 부녀갈등 모티프를 조합한 것이다. 한편 임억령이 창작 소재로 삼은 또 다른 대상이 <송장군 전설>이라는 사실은 그가 직접 송장군 당집을 방문하여 그 경험을 시로 남긴 바 있다는 사실과 당시에도 정도리나 달도리의 경우처럼 완도군 일대에 송장군 당제가 거행되고 있었다는 당대 상황에서 확인된다. 예컨대 <송대장군가>에서 산중 골짜기에 거점을 정하고 세미선을 탈취하는 행적57)은 완도 곳곳에 남아있는 송대장골 유래담과 도둑골 전설에 고려말 삼별초 <송장군 전설>을 합쳐놓은 형태이다. 이처럼 <송대장군가>와 <송장군>은 15세기까지 완도군 일대에 전승되고 있던 <송장군 전설>의 모든 하위 계열과 그에 속하는 텍스트들을 아우른 종합 판이라 할 수 있다.

이러한 창작과정을 보여주는 <송대장군가>와 <송장군>가 송장군이란 범칭 속에 모든 하위 계열과 해당 텍스트들을 포괄하고 있다는 사

---

54) "六十里射若百步", <송대장군가>, 임형택편역, 『이조시대 서사시』하권, 창작과비평사, 1992, 12쪽

55) "邊人皆稱米賊酋", <송대장군가>, 임형택편역, 『이조시대 서사시』하권, 창작과비평사, 1992, 12쪽

56) "那知天借女兒手, 一夜弦血垂如縷", <송대장군가>, 임형택편역, 『이조시대 서사시』하권, 창작과비평사, 1992, 13쪽

57) "千尋巨海夜飛渡, 萬疊窮谷聊爲負, 能敎野犬吠白晝, 盡使海舶山前聚", <송대장군가>, 임형택편역, 『이조시대 서사시』하권, 창작과비평사, 1992, 12쪽

실은 거꾸로 향유층의 인식체계 속에서 송장군과 송징의 관계가 일방적으로 고정되어 있지 않다는 사실을 말해준다. 삼별초 송징 장군의 관계는 유동적인 것으로 <송장군 전설>은 삼별초 송징 장군 전설을 포괄하는 개념으로 여전히 유효하며, 고려조 삼별초 장군은 송징이면서 송장군이기도 하다는 것이다. 송장군은 고려 말 삼별초 장군인 송징 외에도 고려조 특정 시점의 장도 장사 송징, 호국신사의 주신 송징, 사현 유래담의 주인공인 완도 토착민 송징, 장좌리 장도·중도리·화개리·대구미·부흥리·대신리·대야리·고마리·사후리·군내리 당제의 주신인 송징 등을 포함하여 고래로부터 완도군 일대에 존재한 비범한 인물 전설의 주인공 송장군, 고려말 삼별초 송장군, 정도리 당제의 주신인 송대장군, 달도리 당제의 주신인 송대할머니, 송대장골·송대목·송대여 등의 지명 유래담의 주인공인 송대장군 등을 두루 포괄하는 일반명사로 그에 관한 전설 속에서 송장군이란 명칭이 항상 고려 말 삼별초 송징 장군으로 치환될 수 있는 것은 아니지만, 고려말 삼별초 송징 장군 전설 속에서 그 주인공은 항상 송장군으로 치환될 수 있다. 적어도 고려만 삼별초 송징 장군 전설 내에서 만큼은 송장군과 송징 장군이 유연하게 오가고 있는 것이다.

4. 나오는 말

본 연구는 <송장군 전설>과의 다층적인 관계에 대한 면밀한 고려를 바탕으로 <송징 전설>의 형성 및 분화, 전승 과정의 다기한 맥락을 드러내고자 하였다. 호국신사·사현 계열에 관한 기존 연구 성과를 기반으로 하여 본고에서는 강한 구비 전승력과 풍부한 서사성을 보여주는 장좌리 장도 당제 계열과 고려 삼별초 장군 계열을 중심으로 <송징 전설>의 형성 및 전승 과정, 계열분화의 역사적 배경, 서사 구조적 특징 등을 구체적으로 살펴보고자 하였다.

1. <송징 전설>의 장좌리 장도 계열은 송징이 그 부하 엄장군이 배신하여 침입해 들어오자 까투리로 변신하여 까투리 섬으로 도망갔는데, 엄장군이 쏜 화살에 맞아서 죽었다는 이야기, 장도를 중심으로 한 토착 해양세력이 인근의 내륙 혹은 도서 지역에 존재한 다른 해양세력과 대결을 벌이다 한 쪽이 패망한다는 서사구조를 보여주고 있다는 점에서 호국신사·사현 계열의 그것과 상통하는 측면이 있다. 그러나 장도 계열의 송징의 신화적 능력이 호국신사·사현 계열의 선사자(善射者) 상징이 아니라 변신술로 나타난다는 점에서 두 계열의 <송징 전설>이 각기 다른 특수한 역사적·서사적 맥락 하에서 형성되었다는 것을 알 수 있다. 대신 장도 계열에서 선사자는 엄목으로, 그를 중심으로 재구성한 이야기의 서사구조는 송징의 그것과 유사하다. 엄목 전설은 가용리의 엄나무 수목 신앙이 완도 일대 장수 전설과 결합되면서 의인화 된 것으로, <송징 전설>의 장도 계열은 바로 이 엄목 전설을 수용하여 재맥락화 한 텍스트라고 할 수 있다. 엄목 전설의 수용은 <송장군 전설>이 장도 당제 전설로 구체화 하면서 <송징 전설>로 분화하는 과정에서 이루어졌을 것으로 보인다.

2. <송징 전설>의 고려 삼별초 장군 계열은 완도 일대의 <송장군 전설>이 완도에 입도한 고려조 삼별초 <송장군 전설>과 결합되면서 형성된 것으로 보인다. 정도리와 달도리를 제외한 완도군 대부분의 송징 당제가 모두 이러한 과정을 거쳐 형성되었을 것으로 보이는데, 이와 달리 장좌리는 송장군 당제가 고려 장사 송징 당제로 일차 변이한 후에 고려조 삼별초 송장군의 완도 입도라는 사건과 함께 고려 장사 송징 당제가 다시 삼별초 송징 장군 당제로 이차 변이하는 복합적인 과정을 거쳤을 것으로 생각된다. 임억령이 15세기에 창작한 <송대장군가>와 <송장군>은 고려 말 삼별초 송징 장군, 고려 장사 송징, 호국신사의 주신 송징, 사현 유래담의 주인공인 완도 토착민 송징, 장좌리 장도·중도리·화개리·대구미·부흥리·대신리·대야리·고마리·사

후리 · 군내리 당제의 주신인 송징 등을 포함하여 완도군의 해양세력인 송장군, 고려말 삼별초 송장군, 정도리 당제의 주신인 송대장군, 달도리 당제의 주신인 송대할머니, 송대장골 · 송대목 · 송대여 등의 지명유래담의 주인공인 송대장군 전설을 모두 취합한 종합 판으로, 송장군이란 명칭이 항상 고려 말 삼별초 송징 장군으로 치환될 수 있는 것은 아니지만, 고려말 삼별초 송징 장군 전설 속에서 그 주인공은 항상 송장군으로 치환될 수 있으며, 적어도 고려만 삼별초 송징 장군 전설 내에서 만큼은 송장군과 송징 장군이 유연하게 오가고 있음을 보여준다.

제3편

장보고 전설의
역사적 변동단계와
현재적 맥락

I. 장보고 구비 전설에 나타난 인물형상화 방식과 기술태도에 관한 연구

1. 들어가는 말

장보고 구비전설은 과거의 전통으로 완성된 것이 아니라 오늘날에도 형성 및 변용되고 있는 현재적인 것이다. 반역도당이라는 역사적 낙인에 의해 거세되거나 다른 형태로 변형되었을 것으로 생각되는 장보고 구비전설은 오늘날 장보고에 대한 학계의 재평가 작업 및 대중문화계의 문화콘텐츠화에 힘입어 새로운 모습으로 재탄생되고 있다. 뿐만 아니라 기존 연구 성과의 결과 해양 교역을 통해 생업을 유지하던 신라민중의 수호자, 완도 · 청해진을 비롯한 한 · 중 · 일을 연결하는 해양 경제 블록의 경영자로서의 장보고의 위상이 다방면에서 확인되고 있다.

그러나 국내 문헌기록 속에서 장보고는 주로 역신(逆臣), 체제의 반역자 등과 같은 부정적인 이미지로 형상화되어 있다. 일부 긍정적인 평가도 보이기는 하나 이는 장보고를 둘러싼 역사적 담론 속에서 소수의 의견으로 존재할 뿐이다. 이에 반해 중국이나 일본 쪽 문헌기록은 하나같이 장보고를 비범한 능력의 소유자, 민족적 영웅, 민중의 수호자와 같은 긍정적인 이미지로 그리고 있다. 이러한 차이는 장보고를 둘러싼 문헌기록 담당층간에 존재하는 이해관계의 층차로부터 발생하는 것으로 보인다. 국내 문헌기록의 기술태도 속에는 과거 역사의 기득층의 정치적 역학관계가 일정하게 반영되어 있는 것이다.

반면 체제 하부의 민중들에 의해 창조된 장보고 구비전설은 문헌기록과 역사적 사실을 일정 부분 공유하면서도 각기 다른 인식체제에 기반하고 있다. 지식인의 의식적 소산인 문헌기록나 기득층의 자기 합리화를 담고 있는 역사기록과 달리 구비전설은 역사적 사료와는 달리 일반 민중 속에서 형성되고 전승된다. 구비전설은 민중들의 일상생활 속에서 그들만의 인식체계에 의해 만들어지는 것이다. 이 점에서 장보고 구비전설은 장보고에 대한 일반 민중의 인식양상 및 현재적 의미를 따져볼 수 있는 중요한 자료가 된다. 현재 장보고 구비전설 자료는 구비전승 채록집, 유물·유적 조사 보고서 및 자료집, 완도의 향토 지리지 등에 산재해 있다. 게다가 장보고 구비전설이 제삼의 역사적 인물의 외피를 입고 변형되어 전승되는 경우도 있으며, 오늘날 새롭게 형성되고 있는 대중문화 텍스트의 한 중요한 원천 소스가 되고 있기도 하다. 이들 자료를 수합, 정리하여 종합적으로 분석하는 연구를 더 이상 미뤄둘 수만은 없는 이유가 바로 여기에 있다.

지금까지 장보고 구비 전설에 관한 연구는 본격적으로 이루어진 바가 없다. 주로 문헌 기록을 중심으로 하여 주로 역사학계 쪽에서 장보고에 관한 실증적인 연구를 진행한 것이 전부이다.[1] 장보고 구비전설은 유물·유적, 사적 관련 기록의 일부로 그 대강의 줄거리가 소개되어

---

[1] 문헌 기록을 대상으로 한 문학적인 연구로는 장보고 관련 문헌 기록을 종합적으로 정리한 장득진·최근영(『장보고 관련 서술의 종합적 검토-국사교과서와 한국사 개설서를 중심으로』, (재)해상왕장보고기념사업회, 2002)의 연구를 들 수 있다. 먼저 장득진·최근영의 연구는 장보고 관련 문헌 기록을 종합적으로 정리해놓은 최초의 연구 성과이다. 장보고 관련 문헌 기록에 관한 문학적인 연구를 활성화 할 수 있는 기본 자료를 구축해놓았다는 점에서 의의가 있다. 그러나 이 연구는 첫째, 국사교과서와 한국사개설서에 나타난 문헌 자료만을 대상으로 했다는 점에서 한계성을 지닌다. 이 자료집에는 중국 및 일본에 존재하는 다양한 자료들이 배제되어 있다. 둘째, 장보고 관련 문헌 기록을 문학 자료가 아닌 사료의 측면에서 접근한 연구라는 점이다. 이러한 접근방식으로 인해 장보고에 대한 기술방식 및 문헌 기록 담당층의 인식태도, 기술 방식의 시대적인 층차에 대한 다양한 내용이 고찰되지 못했다. 본 연구는 장득진·최근영의 연구에서 누락된 중국 및 일본측 자료들을 보충하여 검토할 것이며, 이를 바탕으로 장보고 구비 전설 연구를 위한 중요한 보조 자료로 활용할 것이다.

있거나 각 지역 구비전승 채록 자료의 일부로 편재되어 있는데, 이에 대한 조사 및 연구의 필요성조차 제대로 환기되지 못한 실정이다. 본 연구는 일차적으로 이처럼 흩어져 있는 장보고 구비전설 자료를 조사·발굴하여 종합적 자료의 데이터베이스를 구축하고자 한다. 이러한 데이터베이스를 바탕으로 본 연구는 장보고 구비전설의 존재양상과 특징, 장보고 구비전설에 나타난 장보고의 인물형상화 방식과 기술태도에 대해 고찰해 볼 것이다.

2. 장보고 구비 전설 자료의 범주 규정과 하위 유형 분류

일단 장보 구비전설 자료의 목록을 채록 연대순으로 정리하여 제시하면 다음과 같다.

(01) 〈鎭誌秩〉, 『加里浦鎭誌』, 『湖南鎭誌』, 1885
(02) 〈鎭誌秩〉, 『加里浦鎭誌』, 『湖南鎭誌』, 1885
(03) 『朝鮮鵄興勝覽』, 莞島篇, 建治沿革條
(04) 『朝鮮湖南誌』, 康津縣, 建治沿革, 尹宗林 撰, 1935
(05) 〈장좌리 장도 당제〉, 『민속자료조사보고서』 9, 이두현, 문교부 문화재관리국, 1968
(06) 〈궁복(弓福)의 원귀(寃鬼)〉, 전라남도 완도군, 박영준, 『한국의 전설』 8, 180쪽, 한국문화도서출판사, 1972
(07) 〈장보고의 청해진〉, 전라남도 완도군, 박영준, 『한국의 전설』제10권, 118쪽, 한국문화도서출판사, 1972
(08) 〈완도읍 장좌리 장군도 목책〉, 『완도향교지』, 완도향교지편찬위원회, 1980
(09) 〈청해정(清海井)〉, 『완도향교지』, 완도향교지편찬위원회, 1980, 146쪽
(10) 〈청해병마장(清海兵馬場)〉, 『완도향교지』, 완도향교지편찬위원회, 1980, 146쪽
(11) 〈까투리嶼〉, 『완도향교지』, 완도향교지편찬위원회, 1980, 156쪽
(12) 〈완도읍 장좌리 장군도 토성(土城)〉, 『완도향교지』, 완도향교지편찬

위원회, 1980

(13) 〈법화사지(法華寺址) 석천(石泉)〉, 『완도향교지』, 완도향교지편찬위
원회, 1980

(14) 〈장도 시장터 전설〉, 『내고장 전통 가꾸기』, 완도군, 내고장전통가꾸
기편찬위원회, 1981

(15) 〈완도 장좌리 복바위 전설〉, 『내고장 전통 가꾸기』, 완도군, 내고장전
통가꾸기편찬위원회, 1981

(16) 〈장도(將島) 당집〉, 『내고장 전통 가꾸기』, 박창제 편, 1981

(17) 〈장보고 전설〉, 조사지: 완도군(1975), 제보자: 완도군 완도읍 군내리,
김영주(남 · 31세), 문화재관리국 · 문화재연구소, 『구비전승자료』, 전
남 · 전북, 계문사, 1987

(18) 〈송징〉, 『내고장 전통가꾸기』, 박창제 편, 1981

(19) 〈장좌리 지명 유래〉, 『마을유래지』, 완도군 마을유래지 편찬위원회,
1987, 36쪽

(20) 〈장도 당집 맷돌〉, 나경수, 〈완도읍 장좌리당제의 제의구조와 세계
상〉, 『호남문화연구』19, 1989, 6쪽

(21) 〈완도읍 장좌리낭제〉, 나경수, 〈완도 장좌리 당제의 조사보고와 세계
상 고찰〉, 『용봉논총』 20, 전남대학교 인문과학연구소, 1990

(22) 〈까토리섬〉, 『완도군지』, 제8편, 전남: 완도군, 완도군지 편찬위원회,
1992

(23) 〈송대장군 이야기1〉, 완도읍 설화2, 조사지: 완도읍 정도리, 제보자:
이봉천, 『완도군의 문화유적』, 국립목포대학교 박물관, 1995

(24) 〈송징장군의 죽음〉, 완도읍 설화4, 조사지: 완도읍 장좌리, 제보자: 문
장옥, 『완도군의 문화유적』, 국립목포대학교 박물관, 1995

(25) 〈목없는 맷둥 1〉, 『장도 · 청해진 - 유적발굴조사보고서』, 국립문화재
연구소편, 2001

(26) 〈목없는 무덤〉, 『장도 · 청해진 - 유적발굴조사보고서』, 국립문화재연
구소편, 2001

(27) 〈장좌리(將坐里) 지명 전설〉, 『장도 · 청해진 - 유적발굴조사보고서』,
국립문화재연구소편, 2001

(28) 민속놀이 〈기왓장 밟기 소리〉 가사, 『장도 · 청해진 - 유적발굴조사보
고서』, 국립문화재연구소편, 2001

이상의 장보고 구비 전설은 인물 전설, 지명 유래 전설, 당제 유래 전설, 풍속 신앙 전설 등의 하위 유형으로 분류될 수 있다. 인물 전설은 출생에서부터 암살에 이르기까지 일대기 전체나 특정한 일정 시기를 서사적으로 형상화 한 유형이고, 지명 유래 전설은 까투리 섬·복바위·장좌리(長佐里)·장보고 무덤·청해진 유적의 유래를 설명하는 유형이다. 풍속 신앙 전설은 장좌리 장도 당제나 청해진 일대의 전통과 문화로부터 배태된 민속놀이의 유래를 설명하는 유형이다.

현재까지 전승되고 있는 장보고 구비 전설은 인물 전설2), 지명 유래 전설3), 풍속·신앙 전설4)의 세 가지 하위 유형으로 분류될 수 있다. 이러한 하위 유형의 분류 체계는 장보고 전설을 완도군 일대를 전승 권역으로 하는 지역전설로 보고, 그 보편적인 분류 체계에 따라 유형을 나눈 것이다.

그런데 이처럼 독자적인 유형 체계를 갖추고 있는 장보고 전설 자료들을 찬찬히 검토하다 보면 한 가지 특이한 사실을 발견하게 된다. 한 특정한 인물이 장보고 전설 자료 속에서 광범위하게 등장하고 있다는 것이다. 바로 송장군(宋將軍) 혹은 송징(宋徵)이란 인물이다. 장보고 전설 자료 속에서 확인되는 송장군 혹은 송징과의 관련성은 개별적인 텍스트마다 각기 그 정도가 다르게 나타난다. 제목에서부터 아예 송장군 혹은 송징이란 이름을 강조해놓고 들어가면서 장보고와 관련된 이야기를 하는 경우가 있는가 하면 지명이나 풍속·신앙의 유래를 설명하면서 장보고와 함께 나란히 그 이름이 등장하기도 한다. 특히 자료 (08), (19), (24), (25)은 송징을 주인공으로 한 구비 전설 자료로서 장보고를 부가적으로 언급해 놓고 있다. 송장군 혹은 송징이란 이름이 나타나지 않는 경우에도 해당 인물의 전설 자료 중에서 전체 혹은 일부의 내용이 장보고 전설 자료의 그것과 거의 유사한 경

---

2) 자료 (05), (06), (07), (17)
3) 자료 (08), (09), (10, (11), (12), (13), (14), (15), (19), (22), (25), (26), (27)
4) 자료 (08), (17), (22), (24), (25), (29)

우도 확인된다. 이는 송장군 혹은 송징이란 인물의 전설이 장보고 전설과 그 텍스트의 형성 및 전승 과정에 있어서 특별한 영향 관계를 맺고 있다는 사실을 보여준다.

앞서 제시한 장보고 전설 자료의 목록 중에서 송장군 혹은 <송징전설>과 일정한 영향 관계를 보여주는 텍스트는 자료 (05), (11), (12), (15), (16), (18), (19), (20), (21), (22), (23), (24)이다. 총 24편의 장보고 구비 전설 자료 중에서 무려 10편의 자료가 <송징 전설>5)과 직간접적인 영향 관계에 있음이 확인된다. <송징 전설>과의 관련성을 중심으로 볼 때, 장보고 전설은 다음과 같은 세 범주로 분류될 수 있다.

　① <송징 전설> 자료의 특정 텍스트와 내용상 관계없는 부류
　② <송징 전설>과 습합되어 있는 범주
　③ <송징 전설> 자료의 특정한 모티프를 상기시키는 범주

장보고 구비 전설 범주 ①은 <송징 전설> 자료의 특정 텍스트와 내용상 관계없는 부류는 철저히 장보고란 실존 인물이 환기하는 역사적·정치적 지평과 관련되어 있는 경우이다. 송징 자료와 서사 및 갈등 구조, 소재나 모티프의 차원에서도 일치하거나 넘나드는 부분이 없다. 자료 (06), (07), (08), (09), (10), (13), (14), (17), (25), (26), (27), (28)이 여기에 속한다. <송징 전설>과 관계없이 독자적으로 형성된 부류라 할 수 있다.

<송징 전설>과 관계없이 독자적으로 존재하는 장보고 구비전설 범주에서 주목해볼 점은 다음과 같은 두 가지이다. 첫째는 이들 자료에서 장보고에 관련된 어떤 삽화, 즉 서사적 모티프를 주로 이야기 거리로

---

5) 여기서 <송징 전설>의 유형적 범주 설정도 반드시 해결되어야 할 문제다. 현재 장좌리 장도 당제 및 유래 전설로서 다뤄지고 있는 <송징 전설> 자료를 검토해 보면 엄밀한 의미의 <송징 전설> 외에 그 유형 형성의 원형 텍스트가 되는 송장수 전설이 명확한 개념 규정 없이 뒤섞여 있다. 송장수 전설은 <송징 전설> 이전부터 완도 인근의 서남 해안 도서 지역에서 형성 및 전승되어 온 해양영웅 전설이다. 송장수 전설은 인물 전설로서 뿐만 아니라 지명 유래·풍속·신앙 등 다양한 형태로 존재하며 시대에 따라 다른 유형의 전설을 배태하는 원형 전설로 기능해 왔다. 이에 대해서는 후고를 준비하고 있다.

삼았는가 하는 점이다. 여기서 주목하고자 하는 것은 장보고에 관련된 역사적 사실 중에서 어떠한 에피소드가 특별히 취택되고 있으며, 이들 관련 자료에서 반복적으로 나타나고 있는가 하는 것이다. 같은 에피소드라도 그 형상화 방식과 구성 방식에 따라 궁극적으로 드러내고자 하는 의미는 달라질 수 있다. 다시 말해서 에피소드의 형상화 방식과 구성 방식에는 장보고에 대한 설화 향유층의 시각 및 의식이 내포되어 있으며, 이에 따라 장보고의 인물 형상은 달라지게 된다. 둘째는 이들 장보고 구비전설 범주에서 나타나는 인물형상화 및 기술태도가 문헌 기록의 그것과 어떻게 다른가 하는 것이다. 여기서 주안점은 구비전설 텍스트 속에서 포착해놓은 장보고의 인물형상이 문헌기록의 그것과 어떻게 다른가 하는 점이다. 전설 텍스트 속에는 편찬자 혹은 향유층의 일정한 시각이 담겨져 있다. 문헌기록와의 비교는 장보고 구비전설의 특징을 드러내는데 효과적인 한 방법이 될 수 있다.

2의 범주는 두 층위로 나뉘어 진다. 하나는 <송징 전설>과 내용적으로는 습합되어 있으되 각각의 전승 경로를 따로 가지고 있는 부류이고, 다른 하나는 <송징 전설>과 전승 경로의 측면에서도 습합되어 있는 부류이다. 전자는 서사골격은 공유하나 각각 장보고 전설과 <송징 전설>로 명확히 구분되어 전승되는 텍스트로 자료 (11), (12), (22), (24)이 여기에 속한다. 후자는 장보고 전설이기도 하고 <송징 전설>이기도 한 형태로 전승되는 텍스트로 자료 (05), (16), (18), (20), (21)이 여기에 속한다.

먼저, <송징 전설>과 내용은 공유하되 다른 차원의 전승 경로를 보유하고 있는 전자의 유형 중에서 주목되는 것은 자료 (11), (22)의 까투리 섬 유래 전설이다. 그런데 자료 (11), (22)와 동일한 서사골격과 갈등을 공유하는 자료 (24)는 엄밀히 말해서 <송징 전설>의 범주에 속한다. 장좌리 장도 유래 전설로서의 장보고 전설과 <송징 전설>과의 관계는 장보고 전설의 형성 및 전승 과정을 밝혀내는데 가장 핵심적인 포인트가 된다. 자료 (24)는 청해진 시대에 장좌리 장도 당제 유래 전설로 존재했을 장보고 전설과 관련되어 있는 것으로 생각된다. 한편 자료 (12)는 장좌리 장도 토성 유래담이다. 여기서는 이 토성의 축성자가 장보고로 나타난다. 그러나 동일한 내용이 <송징 전설>에도 나타나는데, 이번에는 그 축성자가 송징으로 되어 있다. 동일한 지명의 유래 전설이 장보고 전설과 <송징 전설>에 공히 나타나면서도 각기 별개의 유형으로 형상화되어 전승되고 있는 것이다. 이처럼 동일한 서사 및 갈등 구조와 내용이 장보고 전설과 <송징 전설> 속에서 마치 다른 경로로 형성된 텍스트인 것처럼 전승되고 있는 양상은 특이하다 아니할 수 없다. 양자 사이에 동일한 내용이 별개의 루트로 전승되는 것을 가능하게 하는 요인 및 향유층의 의식 등에 주목할 필요가 있다.

다음으로 <송징 전설>과 내용 및 전승 경로의 양자에서 습합되어 있는 부류는 특정한 지명이나 민속의 유래를 설명하는 경우가 대부분이다. 별개의 유형군으로 전승되던 장보고 전설과 <송징 전설>이 이 부류의 텍스트에서는 동시에 등장하고 있다. 이들 자료는 주로 장좌리 장도 당제 유래와 관련된 전설 텍스트들이다. 여기서 장좌리 장도 당제 유래 전설은 자료 (18)처럼 송징의 그것으로 나타나기도 하고 자료 (16), (20), (21)처럼 장보고와 송징을 공동 주신(主神)으로 한 당제의 유래 전설로 나타나기도 한다. 자료 (05)은 양자를 둘 다 인정하는 향유층의 태도가 드러난다. 이러한 양상은 장좌리 장도 당제 유래 전설의 형성과 전설 과정 속에 장보고 전설과 <송징 전설>이 각기 복잡한 관계로 얽혀 있다는 사실을 드러낸다.

이러한 장보고 구비전설과 <송징 전설>의 관계도에서 우선적으로 주목되는 논란거리는 다음과 같이 정리해 볼 수 있다. 첫째, 장좌리 당제의 신격 체계이다. 장좌리 당제는 원래 송징을 주신으로, 정년(鄭年)과 혜일대사(慧日大師)를 각각 좌우부신(左右副神)으로 한다.[6] 그런데 정년은 장보고의 어릴 적 친구이자 부장을 역임했던 바로 그 정

---

6) 『완도군지』, 전남: 완도군, 완도군지 편찬위원회, 1992; 목포대학교 박물관, 『완도군의 문화유적』, 국립목포대학교 박물관, 1995

년이다. 여기에서 왜 하필 송징의 부신이 장보고의 부장인 정년일까 하는 의문이 자연스레 생길 수 있다. 물론 주신과 부신이 반드시 생전에 밀접한 관련을 맺고 있던 사이일 필요는 없지만 장보고의 부장인 정년도 신격으로 좌정되었는데 장보고는 그렇지 못한 것인가 하는 문제의식을 품지 않을 수 없다.

둘째, 1982년부터 장보고가 송징과 더불어 장좌리 당제에서 주신으로 추배(追配)되기 시작했다는 사실이다.[7] 장보고의 추배가 비교적 최근에 일어난 일이고 그 계기 역시 1982년 장좌리 당제의 남도 문화제 민속경연대회 출전이라는 다분히 문화·정치적인 목적에 의한 것이라는 점에서 송징과 장보고의 직접적인 관련성을 무시할 수도 있겠다. 그러나 당제의 주신 변동이 쉽게 일어나는 일이 아니며, 그 이면에는 의식적이건 무의식적이건 담당층의 일정한 향유의식을 담고 있는 것이라 할 때, 역시 송징과 추배된 인물이 왜 하필 장보고인가 하는 문제를 제기하지 않을 수 없는 것이다.

셋째, 장보고와 송징이 동일인물이라는 전설 담당층의 한 인식이 존재한다는 점이다. 1960년대 장좌리 당제에 관련된 자료[8]를 검토하면 장좌리 노년층 중에는 송징을 장보고의 별호라고 생각하는 향유의식이 존재했음을 확인할 수 있다. 송징과 장보고의 관련성이 직접적으로 확인되는 대목이다. 이러한 장보고 구비전설의 존재양상은 그것의 전승 과정에 개입된 역사적 변동 및 사회적·정치적 맥락을 독자적인 측면에서 설명하는 것으로는 완벽한 해명이 불가능하다는 사실을 보여준다. 장보고 전설과 <송징 전설>의 개별적인 형성 및 전승 과정과 양자의 관계, 이와 관련된 장좌리 장도 당제 유래 전설의 전체적인 전승 양상 및 단계 등이 규명되어야 할 핵심 사항이 된다.

마지막으로 ③의 <송징 전설> 자료의 특정한 모티프를 상기시키는

---

7) 나경수, <완도읍 장좌리당제의 제의구조와 세계관>, 『호남문화연구』 19, 1987
8) 이두현, <장좌리 장도 당제>, 『민속자료조사보고서』 9, 이두현, 문교부 문화재관리국, 1968, 11쪽

부류는 <송징 전설>과는 서사 구조나 내용상 하등의 관계가 없음에도 불구하고 모티프의 유사성을 도출해 낼 수 있는 경우이다. 자료 (15)가 여기에 해당된다. 이 텍스트는 장보고가 돌을 던져 맞추었던 바위에 관한 전설로 지명 유래담에 해당한다. 장보고가 돌을 던져서 일정한 표적을 잘 맞추었다는 데서 유래한 전설이다. 이처럼 돌을 던져서 맞추는 능력은 장보고의 아명인 궁복(弓福) 혹은 궁파(弓巴), 즉 활 잘 쏘는 선사자(善射者)란 이름과 연결되면서 궁술에 대입될 수 있는 여지가 있다.

그런데 궁술을 지닌 사람 즉, 선사자와 관련된 모티프는 정작 장보고 전설에서는 나타나지 않고 엉뚱하게 <송징 전설> 속에서 대거 나타난다. 장보고의 청해진 전설과 습합되어 있는 자료 (18)에서 이러한 양상을 대표적으로 확인할 수 있다. 이 텍스트에서 송징은 장좌리 장도(將島)에서 활을 쏘아 세미선(細尾扇)을 명중시켜 빼앗은 세미(稅米)로 완도민들을 구휼했다고 되어 있다. 그러면서도 이러한 선사자로서의 능력은 송징의 이름에는 반영되어 있지 않다. 어쨌든 궁술, 즉 선사자로서의 능력과 관련된 모티프가 장보고 전설과 <송징 전설>의 형성 및 전승 과정을 설명할 수 있는 모티프가 되는 것임에는 틀림없다고 볼 수 있다.

이처럼 활에 관련된 모티프는 선사자 화소뿐만 아니라 단현(斷弦) 모티프로도 나타난다. 사현(射峴)이라는 지명과 관련된 일련의 <송징 전설>9)에서는 송징의 죽음과 관련하여 활이 끊어지고 피가 끊어졌다

---

9) <송징 전설>의 호국신사·사현 계열에 속하는 자료를 목록화 하여 제시하면 다음과 같다.
　　(01) <호국신사(護國神祠)>, 『東國輿地勝覽』, 康津縣, 祠廟條, 1530
　　(02) <사현(射峴)>, 『東國輿地勝覽』, 康津縣, 古跡條 , 1530
　　(05) <사현(射峴)>, 『東國輿地誌』, 1655
　　(06) <사현(射峴)>, 『輿地圖書』, 1759~1765
　　(08) <호계석(虎溪石)>, 『東實錄』, 1859
　　(09) <사현(射峴)>, 『동환록(東實錄)』, 1859
　　(10) <사현(射峴)>, 『湖南邑誌』, 『강진현영읍진지(康津縣營邑鎭誌)』, 1871

는 단현 모티프가 나타나며, 조선 초기의 문인인 임억령(林億齡)이 완도(莞島)로 입도(入島)하여 <송징 전설>의 모태가 되는 <송장군 전설>을 취재하여 쓴 두 편의 한시인 <송장군(宋將軍)>[10]과 <송대장군가(宋大將軍歌)>[11]에서도 역시 이러한 단현 모티프가 나타난다. 특히 후자에서는 이 단현 모티프가 송징의 딸에 의해서 이루어진 것으로 형상화되어 있다는 점이 특징이다.

3. 장보고 구비 전설에 나타난 인물형상화 방식과 기술태도

장보고 구비전설에 나타난 인물형상화 방식과 기술태도는 앞서 살펴본 ①의 범주, 즉<송징 전설>과 관계 없이 독자적으로 형성된 장보고 구비 전설 범주를 중심으로 문헌기록[12]과의 차별성을 중심으로 살

(11) <사현(射峴)>, 『湖南邑誌』, 『康津縣輿地勝覽』, 1895
(12) <사현(射峴)>, 『金陵邑誌』, 古蹟條
(13) <송징(宋徵)>, 『莞島郡邑誌』, 古蹟條, 1899
(14) <사현(射峴)>, 『康津郡邑誌』, 1899
(15) <사현(射峴)>, 『康津郡誌』, 異蹟條, 1923
(16) <호국신사(護國神祠)>, 『康津郡誌』, 1923
(17) <사현(射峴)>, 『全羅南道誌』, 1924
(18) <사현(射峴)>, 『朝鮮寰勝覽』, 1929
(21) <사현(射峴)>, 『朝鮮湖南誌』, 1935
(22) <호국신사(護國神祠)>, <朝鮮湖南誌>, 康津篇, 尹宗林攢, 1935
(31) <호국신사(護國神祠)>, 『全羅南道誌』, 康津篇, 전라남도지편찬위원회, 1983
10) <송장군(宋將軍)>, 『石泉集』 제2책, 임억령(林億齡: 1496~1568), 임형택편역, 『이조시대 서사시』 하권, 창작과비평사, 1992, 23쪽
11) <송대장군가(宋大將軍歌)>, 『石泉集』 제2책, 임억령(林億齡: 1496~1568), 임형택편역, 『이조시대 서사시』 하권, 창작과비평사, 1992, 23쪽
12) 장보고에 관한 문헌기록 자료를 목록화 하여 제시하면 다음과 같다.
   (01) 『樊川文集』 권6, <張保皐·鄭年傳>, 杜牧(803~852)
   (02) 『新唐書』 권220, 列傳, <新羅傳>
   (03) 『三國史記』 권44, 列傳, <張保皐·鄭年傳>
   (04) 『三國遺事』 권2, 신무대왕·염장·궁파, 一然
   (05) 『陽村先生文集』 권34, <東國史略論>, 權近
   (06) 『東國通鑑』, 서거정 외

펴볼 수 있다. 먼저 국내 문헌기록에서 확인되는 장보고에 대한 형상화 방식 및 기술태도에 대해 살펴보기로 하자. 사론(史論)의 범주 속에 있는 문헌기록 자료들의 장보고에 대한 기술 방식은 부정적 왜곡과 긍정적 평가의 이원적 형태로 존재한다. 한편 이들 문헌 자료 속 장보고에 대한 평가는 시대에 따라 변모하고 있는 바, 사회적·사상적 패러다임의 변화에 따른 것으로 보인다.

장보고에 대한 부정적인 기술은 고려조의『삼국사기』와『삼국유사(三國遺事)』에서부터 시작하여 17세기의『해동명장전(海東名將傳)』까지 이어진다. 장보고 기술태도를 중심으로 다시 유형을 나누어보면, 고려조의 찬술인『삼국사기』와『삼국유사』가 별개의 계열을 이루며 뒤이어 조선조에 나온『해동명장전』은『삼국사기』의 계보를 각각 이었다.『삼국사기』계열은 장보고를 중심으로 서술하되 두목(杜牧)의 사론을 첨부하고 있으며,『삼국유사』계열은 장보고가 빠진 서술의 중심에 염장 혹은 신무왕이 들어가 있다는 점이 특징이다. 한편 장보고에 대한 긍정적인 기술은 국내에서는 조선초기의 <동국사략론(東國史略

---

(07)-① 『新增東國輿地勝覽』 권37, 전라도 강진현, <명환>, 궁복
    ② 『新增東國輿地勝覽』 권37, 전라도 강진현, <명환>, 정년
    ③ 『新增東國輿地勝覽』 권37, 전라도 강진현, <청해진>, 지명유래담
    ④ 『新增東國輿地勝覽』 권35, 전라도 광산현, <명환>, 염장
(08) 『茶山詩文選』 제13권, 기문 <海南政事堂記>, 丁若鏞
(09) 『海東名將傳』, 張保皐·鄭年
(10) 『東史綱目』, 安鼎福
(11) 『園城寺龍花會緣起』(1062년)
(12) 『袋草紙』(1157년경)
(13) 『古今著聞集』(1254년)
(14) 『私聚百因緣集』(1257년)
(15) 『今昔物語』(1111년 혹은 1120년)
(16) 『後拾遺往生傳』(1139년경)
(17) 『園城寺傳記』(1343년경)
(18) 『扶桑略記』(1094)
이상과 같은 장보고 관련 문헌 기록은 다음의 책에 잘 정리되어 있다. 참조하기 바란다. 장득진·최근영, 『장보고 관련 서술의 종합적 검토 - 국사교과서와 한국사 개설서를 중심으로』, (재)해상왕장보고기념사업회, 2002

論)>을 필두로『동국통감(東國通鑑)』, 17세기『동국통감제강』, 조선후기의『동사강목(東史綱目)』에서 나타난다. 국내 문헌기록에서 이루어진 장보고에 대한 소명과 복권은 그의 사후 한참 후가 되어서야 비로소 이루어졌다는 점이 특징이다.

이처럼 시대에 따른 변모를 보여주는 국내 문헌자료와는 달리 국외 자료에서는 장보고 생존 당대부터 긍정적인 기술양상이 나타나기 시작한다. 중국측 기록인 당나라 두목의『번천문집(樊川文集)』과『구당서(舊唐書)』·『신당서(新唐書)』에 장보고는 민족적 영웅으로 형상화되어 있다. 중국측 기록에서 장보고가 영웅화 되어 있다면 일본측 기록에서는 신격화되어 있다는 점이 특징이다. 옌닌(圓仁)의『입당구법순례행기(入唐求法巡禮行記)』, 일본 정사인『일본후기(日本後記)』와『속일본기(續日本記)』에서 장보고는 동북아 무역의 실력자를 넘어 신라명신(新羅明神) 혹은 재신(財神)으로 형상화되어 있다.

국내 문헌기록에 나타난 장보고의 인물 형상에 대해 구체적으로 살펴보자. 국내 문헌기록 속 장보고의 인물 형상은 부정적 왜곡과 긍정적 복권의 양극단을 오간다. 전자에서 장보고는 역신(逆臣)·반역도당(反逆徒黨) 등으로 나타나며, 후자에서는 민족적 영웅·우국지사 등으로 나타난다. 신라 골품제 하에서 장보고는 문제적 인물이었던 것으로 생각된다. 골품제의 하위에 위치하되 개인적인 능력은 기득층을 능가할 뿐 아니라, 당대 동북아의 강자인 당나라에서도 통할만 했으니 신라 건국 후부터 확고하게 유지되어 온 사회제도 안에서는 용납될 수 없었던 인물인 것이다. 만약 장보고의 능력이 귀족들의 밑에서 하수인 노릇하기에만 적합했거나 신분질서와 양립할 수 없는 자신의 재능에 대한 회의를 품지 않았더라면 역사의 반역도당으로 기록되는 일은 없었을 것으로 생각된다. 역사는 권력을 소유한 자들의 것인 만큼 신라 이후로 기록되고 전승되어온 문헌 자료 속 장보고의 인물형상 속에 부정적인 조작과 왜곡이 일정 정도 개입되어 있을 것임을 짐작할 수 있다.

『삼국사기』는 장보고의 영웅적 능력은 인정하면서도 출신 신분의 미천함을 들어 폄하하려는 의식을 드러낸다. 신라 귀족 집안 출신인 편찬자 김부식의 계층의식이 노출되는 대목이다. 김부식은 삼국통일의 영웅인 김유신과 비교하여 장보고의 사람됨이 모자라기 때문에 그의 기록이 널리 전해지지 않는 것이 당연하다고 하였다. 고려조 당시에도 이미 중국측 사서를 제외하고는 국내에는 장보고 관련 기록이 거의 상실되었음을 알 수 있다. 이는 반역도당 장보고에 대한 조직적인 기록의 왜곡과 제거가 있었음을 추정케 하는 대목이다. 장보고에 대한 김부식의 관점 역시 관찬 역사서의 그것을 벗어나지 않는다. 능력면에서는 김유신과 방불하나 김부식이 보기에 장보고는 반역도당이고 김유신은 민족적 영웅이다. 사람됨 운운하는 김부식의 평가에는 신라의 중앙정부를 위시한 기득세력으로부터 면면히 이어져온 시각이 내재해 있는 것이다. 여기에 더하여 장보고는 하층 출신으로서 중국에서 거둔 성공을 바탕으로 본국으로 귀향하여 골품제의 근간을 뒤흔든 체제의 위협자다. 신라 진골 귀족의 혈통을 이이온 고려조의 문벌 귀족 출신인 김부식이 보기에 장보고는 능력만 믿고 체제에 반한 인물, 그 이상도 이하도 아닌 것이다.

또한, 『삼국사기』에서 장보고는 개인적인 영달 때문에 반란을 꾀한 소인배로 형상화 되어 있다. 기실, 장보고가 반란을 일으킨 것은 신무왕계(神武王系)를 성립시킨 자신의 공로가 인정되지 않았기 때문이다. 하층 출신인 장보고의 반란은 진골귀족 세력의 조직적인 견제와 배제가 심화되었던 정치적 맥락 속에서 최후의 승부수였던 것이다. 그러나 김부식은 장보고를 그저 딸을 왕비로 맞아주지 않은데 앙심을 품고 반란을 일으킨 인물로 그리고 있다. 장보고의 인간적 고뇌와 좌절과 욕망, 첨예한 정치적 대립 등의 모든 정치적 맥락이 거세되고 사사로운 감정으로 대의를 그르친 부정적인 역신으로 왜곡되고 있는 것이다.

한편, 『삼국유사』는 『삼국사기』에 장보고와 함께 열전에 올라있던 정년을 빼고, 염장(閻長)을 중심인물로 부각시킨 점이 특징이다. 두목의 장보고에 대한 사론(史論) 같은 것도 없다. 신무왕, 장보고, 염장이 핵심 인물로 관련되어 있는 장보고의 암살 사건에서 정작 그 당사자인 장보고는 포커스로부터 벗어나 있는 것이다. 『삼국유사』의 기술방식이 『삼국사기』보다 더 부정적임을 알 수 있다.

이들 문헌기록에서 장보고 전승은 하나같이 부정적이며 비판의 일색이다. 오로지 실력 하나로 신라의 골품제를 무력화시킨 장보고에 대한 기존 체제 혹은 기득층의 조직적인 왜곡 의식이 엿보인다. 주목할 점은 이들 사료가 모두 사찬(私撰)이라는 사실이다. 고려와 조선조의 대표적인 관찬 역사서인 『고려사(高麗史)』·『고려사절요(高麗史節要)』·『조선왕조실록(朝鮮王朝實錄)』·『비변사등록(備邊司謄錄)』 등에는 장보고 관련 기록이 전혀 보이지 않는다. 하나는 장보고에 대한 공식적인 평가가 기득계층 혹은 중앙정부에 반역한 역신 혹은 신분질서를 거스른 사회의 전복자인 만큼 그 존재 자체에 대해서 의도적으로 침묵했으리라는 점이다. 한 역사적 인물이 논란을 초래한다는 것은 그에 대한 공식적인 평가 외에 다른 입장이 무수하게 존재하거나 혹은 해당 인물의 행적에 동조하는 사람이 많다는 사실을 뜻한다. 관찬 사서(官撰史書)가 이러한 논란에 참여하거나 기록한다는 것은 곧 해당 인물에 대한 공식적 평가를 부정하거나 혹은 그에 대한 의혹을 자처하는 것이 된다. 고려조에서부터 조선조에 이르는 기나긴 시간 동안 편찬된 관찬 사서가 장보고에 대해 철저히 함구한 것은 전통적인 사회질서를 거스르는 인물에 대한 기득계층의 공식적이고도 의도적인 단죄의 다른 형태라 할 수 있다.

그러나 이러한 부정적인 왜곡에도 불구하고 장보고의 영웅적 면모와 탁월한 업적을 완전히 은폐하는 것은 불가능했던 것으로 보인다. 『삼국사기』는 장보고를 제거한 신라 정부를 비판하고 그의 영웅적 면모를 부각시킨 두목의 사론을 싣고 있다. 두목은 그의 사론에서 장보고를 당나라의 곽분양(郭汾陽)에 비유하면서 그의 인의와 능력을 정당하게 평가한 바 있는데, 나라가 망하는 것은 어진 사람을 쓰지 않기 때문이라고 하는 부분에서는 장보고 같은 능력 있는 인물을 의도적으로 제거한 통일신라에 대한 비판적 시각이 드러난다. 『삼국사기』는 일견 모순될 수 있는 두목의 사론의 상당부분을 삽입시켜놓은 것이다. 『삼국유사』·『신증동국여지승람(新增東國輿地勝覽)』·『해동명장전』은 장보고를 지칭하면서 각각 협사(俠士), 명환(名宦), 명장(名將)이라는 표현을 쓰고 있다. 부정적인 기술태도 속에서도 긍정적인 가치평가적 단어들이 의도적인 왜곡의 수면을 뚫고 노출되어 있는 것이다. 특히 『해동명장전』은 장보고의 가계에 대한 간략한 기술을 첨부함으로써 전대의 사료에 비해 전기적인 성격을 보다 강화했다.

이러한 양상은 두 가지 측면으로 생각해 볼 수 있다. 하나는 한 쪽으로 치우치는 것을 지양하는 사가로서의 정체성에 의한 것으로 생각해 볼 수 있다. 관찬서가 아님에도 불구하고 이들 사료는 정도의 차이는 있으나 역사서의 기술방식을 일정 정도 따르고 있다. 사가로서의 자의식 혹은 사서의 기술태도에 대한 기존 지식은 이미 존재하는 사평(史評)을 무시하지 못하게 했을 것으로 생각된다. 다른 하나는 조작에도 불구하고 장보고 생존 시부터 존재하는 긍정적인 평가가 존재했으며 이를 완전히 제거하기는 어려웠다는 것이다. 장보고에 관한 긍정적 사료 혹은 평가에 대해 침묵하게 했던 관찬서의 금기가 이들 사찬서에 와서 어느 정도는 해소되고 있다는 사실을 발견할 수 있다. 이는 그만큼 당대에 이미 장보고에 대한 긍정적 인식이 무시할 수 없는 양태로 존재했다는 것을 의미한다.

신라의 기득층에 의해 역적, 반도로 규정된 장보고는 조선 왕조의 창업과 함께 서서히 재평가되기 시작한다. 권근의 <동국사략론>에서 장보고를 거세한 신라의 정치적 지형도를 재검토하고 그의 거세에 대한 적절성에 의문을 제기한 이후 18세기 실학자들에게서 장보고에 대한 이러한 복권의식은 뚜렷한 형태를 갖추게 된다. 실학파의 민족주의적 관점에 의해 장보고를 제거한 신라 기득층과 장보고의 역학관계는 뒤집어지고 장보고는 나라를 위해 충정과 절개를 다한 우국지사(憂國之士)로 복권된다.

우선, 권근은 <동국사략론>에서 김부식의 사관을 정면으로 비판했다. 신무왕 김우징(金祐徵)이 김명(金明)을 죽이고 왕위에 오른 것은 왕권 계승의 정당한 계보를 회복한 것이며 왕계를 어지럽힌 역적을 토벌한 것이므로 역사 의리에 합당한 것이라고 평가하였다. 성리학적인『춘추(春秋)』의리관에 의거하여 신무왕·김양(金陽)을 재평가 한 것이며 이러한 재해석의 일환으로 장보고에 대한 소명도 시도했다. 장보고의 반란과 죽음을 둘러싼 부분은 민감한 대목이므로 건드리지 않은 것으로 보이나 장보고가 신무왕·김양을 도와 왕통(王統)의 질서를 회복한 것에 대해서 적극적으로 역사적인 의의를 부여했다.

『동국통감』에서는 장보고에 대한 본격적인 복권(復權)이 이루어졌다.『삼국사기』·<동국사략론> 등의 우리측 기록과『당서』와 같은 중국측 기록까지 아우르고 있으며,『삼국사기』에서 김부식이 일부러 누락시킨『당서』의 <장보고전>을 원문 그대로 실음으로써 장보고에 대한 긍정적 관점을 간접적으로 드러냈다.『당서』에서 장보고의 의용을 높이 평가한 것에 대해 찬동하는 입장을 보이고 있으며, 권근이 <동국사략론>에서 신무왕이 장보고를 죽였다고 서술함으로써 모반자 장보고란 기존 평가를 뒤집고 신라 정부를 간접적으로 비판한 것이야 말로『춘추』의 사관에 맞는 것이라고 하였다.『동사강목』은『동국통감』의 기술방식과 사관(史觀)을 그대로 계승했다. "도적이 장보고를 죽였다" 혹은 참소에 의해 도살당했다는 식으로 기술하여 장보고의 억울한 죽음을 부각시켰다.『동국통감』과 달라진 부분은 장보고의 억울한 죽음에 대한 안타까움을 드러냄으로써 감정적인 부분을 노출했다는 점이다. 장보고의 죽음을 둘러싼 신라 정부의 의도적 조작과 왜곡, 장보고의 영웅성과 거사의 정당성을 적극적으로 개진한『동국통감』의 사관에 전적으로 동감하고 이를 기지의 당위로 인정한 위에 감정적인 부분을 드러낸 것이다.

국외의 문헌설화에서는 자국의 정치적, 경제·사회적 상황에 따라 장보고에 대한 평가가 이루어져 있다는 점이 특징이다. 먼저『번천문집』·『구당서(舊唐書)』·『신당서(新唐書)』등 중국 쪽 문헌설화에서는 당쟁과 반란의 소용돌이 속에 놓인 당말(唐末)의 정치·사회상에 비추어 장보고의 우국지사적·영웅적 면모를 부각하고 있다. 장보고의 능력과 절개가 정작 모국인 국내에서는 인정받지 못한데 대한 아쉬움이 드러나 있기도 하다. 중국에서도 역사상 드문 인재로 평가받는 곽자의(郭子儀)에 비견한다는 것은 역적, 혹은 반도로 규정한 신라 정부의 정치적 공작에 동조하지 않는 당나라 지식층의 입장을 보여준다. 장보고 당대의 국내 기록이 부정적 일색이었던데 비해 중국은 그의 생존시인 당나라 때부터 장보고의 영웅적 무략과 절개를 높이 평가하는 담론이 형성되어 있었던 것이다.

『입당구법순례행기』·『일본후기』·『속일본기』등 장보고에 대한 일본측 문헌설화의 긍정적 평가는 장보고가 자국에 끼치는 경제·사회적 영향을 기반으로 한다. 당물(唐物)·신라물(新羅物)에 대한 수요를 충족해준 자국의 국제무역 담당자가 전무한 상황에서 장보고는 반드시 필요한 존재였다. 게다가 장보고는 개인적 친분을 자신의 국제적인 정치·사회적 입지를 다지는데 활용한 만큼 그의 인적 네트워크는 동북아의 약소국인 일본이 문화·정치 교류를 활성화해 나가는데 꼭 필요한 것이었다고 할 수 있다. 일본 정부가 장보고를 정치적으로 거세하고 이에 동조해 주기를 바라는 신라 정부의 요구에 동조하지 않은 것도 이러한 맥락에 기인한다. 물론 여기에 동북아 해상무역권이라는 뜨거운 감자가 놓여있는 만큼 장보고의 선단과 화물을 돌려주지 않은 일본정부의 행위가 백퍼센트 장보고에 대한 신의 때문이라고 말할 수는 없다. 장보고의 죽음을 기화로 해상무역의 요긴한 수단인 장보고의 선박을 압류 활용하려는 의도가 숨어있었을 가능성도 있다. 게다가 당대의 최고 명품인 당물 역시 쉽게 돌려줄 수 있는 성질의 것이 아니었을 것으로 생각된다. 그러나 어떤 이유에서건 장보고를 제거한 신라정부의 요구에 무조건적으로 응하지 않고 몰락한 장보고의 남은 세력에게 인간적인 호의를 보여준 것만큼은 분명하다. 이는 장보고가 개인적인 자격으로 일본 사회 혹은 정부와 맺어온 교류, 그리고 그의 인품과 능력에 대한 존중의 뜻이 담겨있다고 보인다.

이상에서 살펴본 바와 같이 국내의 문헌기록은 대체적으로 장보고에 대한 부정적인 시각이 주류를 이루는 가운데 소수의 의견으로 긍정적인 복권의 필요성이 제기되는 형태로 그 흐름이 이어진다. 그런데 구비전설에 나타나는 장보고의 인물형상화 방식과 기술태도는 문헌기록의 그것과 대비된다. 장보고에 대한 구비전설 담당층의 인식은 긍정적이며, 이로 인해 장보고 구비전설은 기득질서에 의해 희생당한, 실패한 영웅 전설로서의 성격을 띠고 있다.

이제 구비전설에 나타난 장보고 인물형상화 방식과 기술태도, 그리고 향유의식에 대해 살펴보자. 구비전설 속에서 반복적으로 형상화 되어 있는 모티프의 양상은 문헌기록의 그것과 판이하게 다르다. 둘을 비교해 보면 다음과 같다. 첫째, 문헌 기록에는 있으나 구비 전설 속에서는 없는 삽화는 정년과의 관계담, 곽분양과의 비교담이다. 정년과의 관계담 및 곽분양과의 비교담은 당나라 두목(杜牧: 803~852)이 쓴 <장보고 정년전(張保皐 鄭年傳)>에서부터 비롯되어 국내 기록인 『삼국사기』이래로 반복되었다. 장보고에 대한 두목의 기술태도가 긍정적이라 할지라도 그 초점은 장보고가 아닌 곽분양에게 놓여있다. 구비전설 속에서 이러한 모티프를 생략한 것은 장보고 자체를 강조하고자 하는 구비 전설 향유층의 의식이 반영된 것으로 생각된다.

둘째, 문헌 기록에는 없고 구비 전설에만 있는 삽화는 해상무역담 · 신라방 건설담 · 적산법화원 건설담 · 원귀복수담 · 장군바위 유래담 · 활바위 유래담 · 목책 유래담 · 무덤유래담 · 장좌리 지명 유래담 · 장좌리 토성 유래담 · 청해정 유래담 등이다. 해상 무역담 · 신라방 건설담 · 적산법화원 건설담 등은 장보고의 탁월한 능력을 강조하기 위한 것으로 보이며, 원귀 복수담은 신라 중앙정부와 장보고 사이에 벌어졌던 정치적 · 계층적 갈등을 장보고 입장에서 형상화 하는 동시에 문학의 허구적인 장치를 빌어 보상해주고자 하는 구비 전설 향유

충의 의식을 드러낸다. 각종 지명 유래담들은 하나 같이 청해진에 대한 장보고의 영향력과 동북아 해상무역 질서에서 장보고가 차지하고 있던 위상을 강조하는 삽화들이다. 지역의 구체적인 증거물을 통해 그 인물에 대해 말하고자 하는 구비 전설의 말하기 방식이 잘 드러나 있는 예라고 할 수 있다.

셋째, 문헌 기록에도 있고 구비 전설에도 있으나 그 양상이 서로 다른 삽화이다. 당에서의 성공담은 구비 전설에서는 당나라 고관(高官)의 장군을 구출하는 형태로 인상적인 서사적인 스토리로 확대되어 있으며, 청해진 건설담은 여러 인물과 집단들과의 의견 조율을 거쳐 이루어낸 것으로 장보고의 리더쉽과 통솔력을 강조하는 방향으로 변모되어 있다. 납비 갈등담은 그 딸의 입장에도 관심을 기울이는 방향으로 서사가 확대되어 있으며, 암살담에서도 그 딸 역시 독살하는 에피소드가 삽입되어 있다. 특히 암살담에서는 염장을 본래 장보고의 부하로 설정함으로써 그 갈등과 결말의 비극성을 강조하고 있다.

문헌기록의 장보고 인물형상화 방식과 기술태도가 국내의 경우 부정적인 것에서 긍정적인 것으로 변모한 것에 비해 구비전설 속의 그것은 긍정적인 양상으로 나타난다. 구비전설 속에서 나타나는 장보고의 인물 형상을 읽어낼 수 있는 키워드는 미천한 출생, 군중소장, 비범한 능력의 소유자, 청해진 대사(淸海鎭大使), 해상무역왕(海上貿易王), 애국·우국지사, 의리지사, 권력다툼의 희생양, 호국신(護國神)·당신(堂神), 원혼(冤魂)·원귀(冤鬼), 신라 민중의 수호자 등이다.

이처럼 구비전설 속에서 나타나는 장보고의 인물형상은 문헌기록 속에서 나타나는 것도 있고 아닌 것도 있다. 혹은 문헌기록 속에 나타난다 하더라도 그 형상화 방식 및 향유의식에서 분명한 의미지향의 차이가 드러난다. 이 양상을 자세히 살펴보자. 첫째, 문헌기록에는 있고 구비전설 속에는 없는 인물형상이다. 반역도당, 소인배 같은 부정적인 인물형상으로 문헌기록 특히 장보고 사후 가까운 시기에 편찬된 문헌 기록 속에서 빠지지 않고 등장한다. 그러나 구비전설 속에서는 이처럼 장보고에 대한 부정적 인물 형상화는 나타나지 않는다.

둘째, 문헌기록에는 없고 구비전설에는 있는 인물형상이다. 해상무역왕, 호국신·당신, 원귀이다. 해상무역왕으로서의 활약상은 청해진 설치 이전과 이후로 나뉘어진다. 청해진 이전에는 중국 신라방과 법화원(法華院)을 중심으로 한 초기의 모습이 형상화 되어 있고, 청해진 이후에는 장보고가 독자적으로 구축한 삼각무역과 그것을 가능하게 하기 위한 수단으로 고안해낸 방주선 등이 자세하게 거론된다. 이러한 해상무역왕으로서의 인물형상은 장보고에 대한 구비전설 향유층의 인식이 기존 질서를 벗어난 것이었음을 보여준다. 청해진대사나 진해대사(鎭海大使)와 같은 공식적인 직함보다는 청해진에 본거지를 두고 장보고가 개진한 실질적인 해상무역활동의 실제를 형상화함으로써 통일신라 정부의 통치질서를 벗어난 장보고의 독자성을 역설적으로 부각시키고 있다. 이는 결과적으로 현실의 계층질서를 벗어난 지향을 추구했던 민중의식을 보여주는 것이며, 이러한 민중의식이 장보고의 독자적인 활동과 상통한다는 것을 드러내는 것이라 할 수 있다. 구비전설 속에서 나타나는 이러한 장보고 형상화의 민중적인 경향은 장보고의 또 다른 인물 형상인 호국신·당신과도 상통한다. 특히 당제는 마을제의로서 민중의 공동체 의식에 의해서 당신 선택과 좌정이 결정된다. 그것은 마을의 평안과 번영과 관련되어 있는 것으로 문헌기록의 기술 태도에서 드러나는 기득층의 의식과는 다른 차원에 있는 것이다.[13] 원귀로서의 인물형상은 장보고 구비전설에 나타난 민중의식이 해상무역왕과 호국신·당신으로서의 그것과 다른 방향에서 표출된 얼굴이다. 해상무역왕과 호국신·당신으로서의 인물형상이 장보고의 활동과 비범한 능력에 대한 구비전설 담당층의 존숭과 찬양의식을 담고 있다면

---

13) 이처럼 구비전설 속에서 나타나는 장보고의 호국신·당신으로서의 인물형상화는 논란이 많은 대목이다. 청해진의 본거지가 위치해 있던 장좌리 장도의 당에는 최근까지도 송징이란 인물신이 당신으로 좌정해 있었기 때문에 장보고 호국신 신앙 및 장보고 당제의 원형과 변모 양상, 그리고 송징 당제와의 관련성은 면밀한 고찰이 필요한 대목이라고 할 수 있다.

원귀로서의 그것은 장보고의 억울한 죽음에 대한 민중들의 안타까움을 담고 있다. 다시 말해서 기득질서 속에서 소외당한 인간이라는 동질성이 이러한 원귀로서의 인물형상화 속에 기본적으로 작용한다. 동질성은 기득질서 속에서 희생당한 인간의 원한을 비현실적인 세계 속에서 해원해주고자 하는 의식을 낳게 되고, 장보고에 대한 이와 같은 해원의식은 원귀라는 인물형상으로 발현되고 있는 것이다.

보통 기득층의 역사 속에서 거세당한 인물은 민중에 의해 구비전승 속에서 되살아나기 마련이다. 그의 지략과 용맹, 능력 등이 영웅화 혹은 신격화 되어 나타난다. 해당 인물의 출신 계층이 한미하면 할수록, 능력이 비범하면 할수록 이러한 영웅화와 신격화 양상은 강화된다. 구비전승 중에서도 특히 전설은 세계에 패배한 민중 영웅을 복권시키는 문학적 보상기제의 대표적인 장르이다. 이 점에서 민중 영웅에 관한 인물 전설은 역사 기록의 그물망에서 해당 인물에 대한 자료와 평가가 의도적으로 왜곡·축소되거나 거세된 구멍을 문학의 허구성으로 메우려는 일종의 대체 역사가 된다. 여기에는 기득층의 역사로부터 소외된 불우한 인물에 대한 민중의 동일시 혹은 일체감이 투영되기도 한다. 민중 영웅에 관한 인물 전설은 일종의 민중에 의한, 민중을 위한 허구의 역사인 셈이다. 이렇게 본다면 민중에 의한, 민중을 위한 장르인 민중 영웅전설에 장보고만큼 적합한 인물도 찾기 어렵다. 장보고는 미천한 신분의 한계를 오직 개인적인 능력 하나로 딛고 일어난 인물이며, 기득권의 주변부에서 중심부로 수직이동을 꾀하다가 암살된 인물인 만큼 그 성취와 좌절의 과정이 더없이 극적이다. 장보고의 이러한 전기적 사실은 인물 전설 특히 민중 영웅전설을 낳기에 더할 나위 없이 훌륭한 토양으로 작용했다고 볼 수 있다.

셋째, 문헌기록에도 있고 구비전설에도 있으나 문헌기록에 더 강한 인물형상이다. 미천한 출생, 소인배, 반역도당, 군중소장, 청해진대사 등이다. 미천한 출생과 소인배·반역도당은 장보고에 대한 문헌기록의 부정적 형상화의 결과이다. 여기서 주목할 대목은 구비전설 속에서는 계층적 한계를 타고 난 장보고가 그것을 극복하고 국제적·민중적 영웅이 되는 점에 초점을 맞추고 있다는 사실이다. 따라서 한미한 출생은 장보고의 탁월한 능력 및 성공을 위한 의지와 노력을 역설적으로 부각시켜주기 위한 반대급부로서 기능한다. 구비전설의 향유층이 이러한 인물형상을 통해 의도한 것은 계층질서의 재확인이 아니라 그것을 극복하기 위한 인간의 의지와 그 결과물인 성공인 것이다. 그러나 문헌기록 속에서 부각시키고 있는 것은 기득질서를 어지럽힌 반역도당의 출신계층과 그 한미함이다. 문헌기록 속에서 미천한 출신은 소인배·반역도당이라는 부정적인 결과론을 예고하는 단초로서 거론되고 있는 것이다.

그 대표적인 예를 "해도인(海島人)"이라는 표현에서 확인할 수 있다. "해도"란 신라의 수도인 경주에 상대적인 개념으로 지방이란 뜻이다.[14] 중심에 대한 주변성을 상징한다. 이러한 주변성(周邊性)은 비단 지리적인 개념만은 아니다. 신라 골품제 하의 계층성도 포함한다. 능력이 신분에 따라 재단되는 신라 사회에서 해도인이란 신분의 미천함을 표현한 말에 다름 아니다. 『삼국사기』와 『삼국유사』에서 이러한 기술 양상이 나타난다. 『삼국사기』에서는 "단 그 향읍(鄕邑)과 부조(父祖)를 알 수 없"[15]는 "해도인"[16]이라 하였고, 『삼국유사』에서는 "측미(側微)"하다고 하였다.[17] 이처럼 장보고가 타고난 출신 신분의 미천함은

---

14) 『仁同張氏大同譜』와 『張氏淵源寶鑑』 등에 의하면 장보고는 지금의 완도읍 장좌리 출생이다.

15) "張保皐鄭年, 皆新羅人, 但不知鄕邑父祖", 『三國史記』 권44, 列傳, 張保皐鄭年傳

16) 『三國史記』 권11, 문성왕 7년 3월조

17) 반면 중국측 문헌설화인 『번천문집』에서는 장보고의 출신 성분에 관해 전혀 언급하지 않고 있다. 다만 "신라" 사람이라고만 되어 있을 뿐이다. 물론 신라는 아시아의 중심 당나라에 비하면 주변국가에 불과하다. 신라라는 표현 역시 변두리성을 상징한다는 것이다. 그러나 이러한 출신성분의 변두리성은 개별적인 능력에 의해서 얼마든지 극복가능한 것으로 인식되고 있음을 살펴볼 수 있다. 이는 누구나 능력에 따라 그에 걸맞는 지위를 획득할 수 있었던 국제화된 국가 당나라에서 중요한 것은 후천적으로 갈고 닦은 능력이지 선천적인 신분이 아니었기 때문인 것으로 보인다. 개별적인 능력에 의해서 국제화된 당나라 질서 속에서 일정정도 지분을 획득하는데 성공한

그가 보유한 비범한 능력과 상충된다. 신라 하대의 혼란과 느슨해진 신분제도의 틈을 타고 계층질서의 사다리를 일정정도 타고 올라가는 데는 성공했지만, 이 둘의 괴리는 끝내 장보고의 암살이라는 비극적인 죽음을 부른다. 『삼국사기』에서는 경주 귀족들이 "해도인"인 장보고의 딸을 왕비로 삼는 것을 용납하지 못했다고 되어 있다.[18]

한편, 군중소장·청해진대사 등은 청해진 시대 이전과 이후에 장보 고가 각각 중국과 통일신라 정부로부터 부여받은 관직으로 일견 장보 고의 능력을 인정하는 형상이라고 할 수도 있다. 그러나 신라정부가 부여한 관직에 대한 강조는 당대 통일신라 정부의 통제로부터 벗어나 독립적인 세력을 구축했던 장보고의 독자성을 최대한 축소하기 위한 의도를 역설적으로 보여준다. 기존 통치질서 속에 장보고를 한계지음 으로써 통일신라 정부의 무능력과 장보고 세력의 거대함을 상쇄시키 고자 하는 의식을 보여주는 것이다.

넷째, 문헌기록에도 있고 구비전설에도 있으나 구비전설에 더 강한 인물형상이다. 비범한 능력, 애국·의리지사, 신라민중의 수호자, 권력 다툼의 희생양, 억울한 죽음 등으로 구체화 되어 있다. 이러한 인물형 상은 문헌기록 속에서도 나타나는 것이지만 그 지향점이 전혀 다르다. 예컨대 문헌기록은 장보고의 비범한 능력을 신라 정부의 공인 하에서 확인받는 것으로 축소시켜놓은 반면 구비전설은 신분제 사회를 초월 한 국제인으로서 적합한 자질과 리더쉽에 초점을 맞추고 있다.

뿐만 아니라 장보고의 이러한 능력과 활동, 청해진을 거점으로 한 동북아 무역세계 속에서의 성공을 그의 개인적인 세계관에 의거한 것 으로 형상화해놓고 있다. 신라의 중앙정부와는 관계없이 동시대의 질 서를 앞서 존재한 거인적 인간의 의식세계에 초점을 맞추고 있다는

장보고는 『번천문집』·『구당서(舊唐書)』·『신당서(新唐書)』에서 "장보고(張保皐)" 라는 중국식 성명을 부여받고 있다. 『삼국사기』에서도 『번천문집』처럼 "장보고(張保 皐)"란 표기법을 따르고 있기는 하나, 『삼국사기』 편찬자가 바라보는 장보고의 인물 형상은 어디까지나 궁복(弓福)이 형성하는 의미망 내부에 있다.

18) 『三國史記』 권11, 문성왕 7년 3월조

것이다. 신라의 민중을 보호하려는 의식이나 애국지심 역시 기득질서로부터 초탈하여 독자적으로 존재한 장보고의 세계관과 밀접하게 관련되어 있다. 장보고가 신라로 귀국 후, 청해진에서 방주선을 만들어서 삼각무역을 한 이유가 해상 제패권을 장악하여 노예로 팔리는 자국민을 보호하기 위함이었다는 인식이 그 대표적인 예에 해당한다. 구비전설 담당층에게 있어서 장보고는 단순히 자신의 영달을 위해 청해진을 창설한 인물이 아니라 민족을 위해 동분서주한 우국지사로 각인되어 있는 것이다. 구비전설의 담당층이 상대적으로 장보고의 죽음에 대한 부당성을 강조해 놓고 있는 배경도 이러한 맥락 속에서 파악할 수 있다. 지배하는 대신 생존권을 보호해주어야 할 의무를 망각한 중앙정부 대신에 실질적인 통치력을 발휘한 장보고에 대한 민중들의 의식이 이러한 구비전설 속 인물형상화 양상을 만들어냈다고 할 수 있는 것이다.

4. 남은 문제

완도가 장보고 청해진 세력의 중심이었음에도 불구하고 현재까지 채록되어 있는 자료를 집대성 해보면 의외로 장보고 구비전설의 전승력이 약하다는 사실을 확인하게 된다. 일단 청해진의 본거지인 완도를 비롯한 인근 도서 지역을 중심으로 최근까지 채록되어 있는 구비전승 자료를 보면 장보고에 관한 이야기는 양적인 측면에서부터 소략하다. 문제는 장보고 전설의 전승 양상이 그 절대적인 편수뿐만 아니라 질적인 측면에서도 완도의 구비전승 속에서 그 중심적인 위치를 차지하지 못하고 있다는 점이다. 대다수의 자료들은 간략한 줄거리만을 전하고 있을 뿐 플롯과 모티프의 결합 혹은 설화적 메타포에 따른 전설 본연의 이야기를 충분히 보여주지 못하고 있다. 이처럼 장보고 구비전승의 현황은 수용층의 기대에 충분히 부합하지 못한다.

대신 현재까지 완도 일대에서 채록된 전설자료를 보면, 전면화 되어 있는 것은 장보고가 아니라 송징(宋徵)이라는 인물이다. 청해진의 본거지인 장좌리 일대는 물론 인근 도서 지역인 압해도에까지 송징에 관한 전설이 전한다. 송징은 고려조 삼별초군의 장군으로 일컬어지며, 송징은 장도 장좌리 당제의 주신으로 봉헌되어 있기도 하다. 문제는 이 <송징 전설>의 전승 및 향유 형태가 장보고 전설의 그것과 겹쳐지는 측면이 있다는 것이다. 송징과 장보고는 동일인물로 언급되기도 하고, 두 인물의 전설에는 화소의 공유와 출입이 나타나기도 한다. 이 점에서 <송징 전설>은 장보고 전설의 전승방향을 확인할 수 있는 한 중요한 키포인트가 된다. 이러한 장보고 전설과 <송징 전설>간의 관계에 있어서 규명해야 할 핵심은 각각 개별적인 장보고 전설과 <송징 전설>의 생성및 전승 과정에서 발생하는 접합점의 양상과 의미이며, 다른 하나는 접점이 확인되는 두 전설을 전승하는 설화 담당층의 향유 의식이다. 후자를 밝혀내기 위해서는 우선 전자, 즉 <송징 전설>의 개별 텍스트들이 장보고 전설과 맺고 있는 관계도를 명확하게 확정짓는 작업이 선결되어야만 한다.

　본고는 일단 장보고 구비전설의 전승양상과 자료범주를 고찰하면서 장보고 구비전설과 <송징 전설>과의 관련성을 확인한 바 있다. 장보고 전설의 전승 양상 및 그 의미는 완도 인근에 유포되어 있는 송장군 및 송징 장군에 관련된 당제, 당신화 및 전설의 전승 양상과의 관련성을 복합적으로 해명할 수 있어야 한다는 점을 남은 문제로 지적하면서 논의를 마무리하기로 한다.

II. 장좌리 장도 당제 유래 전설의 형성과정과 장보고 전설의 상관성

1. 들어가는 말

완도군 장좌리 장도는 장보고의 해상왕국인 청해진이 있던 자리다. 장보고는 장도의 청해진을 근거지로 하여 한·중·일 삼각무역을 주도했으며, 통일신라 정부의 중앙통제로부터 독립된 자율적인 경제·정치·행정·문화 특구를 구축했다. 청해진이 유지되는 기간 동안 만큼은 장도를 중심으로 한 인근 완도군 지역민들의 생활이 장보고의 권력 하에 절대적으로 예속되어 있었다고 할 수 있다. 장보고와 완도군 사이에 존재하는 이러한 역사적 배경은 장보고 전설의 풍부한 전승 양상을 확인할 수 있으리라는 기대를 불러일으키기에 충분하다.

그러나 의외로 청해진의 본거지인 장도는 물론 완도군 전역에서 장보고 전설을 찾아보기란 그리 쉽지 않다. 그나마 존재하는 장보고에 관한 전설은 군마장, 훈련장, 식수원, 목책, 성터, 무덤터 등 그의 역사적인 자취와 관련된 사실을 설명하는 경우가 대부분이며, 이마저도 관련 사실을 축약적으로 드러낸 것이어서 구비전설 본연의 풍부한 내러티브를 기대하기 어렵다. 다시 말해서 장보고란 인물을 중심으로 하여 관련 역사와 삶의 조건에 대한 특유의 현실인식을 드러내는 구비전설의 허구적 세계관을 기대하기가 쉽지 않다는 것이다. 특히 구비전설이 비극적인 최후를 맞은 비범한 역사적 실존 인물에 관한 말하기를 통하여 민중 특유의 역사관과 세계관을 보여주는 장르라고 할 때, 인물 전설의 주인공으로 최적의 조건을 갖춘 장보고가 완도 지역 인물 전설의 분포도 속에 표면화 되어 있지 않다는 사실은 표층적인 현상 이면에 내재한 전승적인 의미에 대한 심층적인 고찰을 요구한다.

물론 장보고의 일대기를 소재로 한 드라마의 방영 이후, 완도군 일대에서 그에 관한 구비전설이 새롭게 형성되고 있기는 하다. 하지만 이는 어디까지나 드라마라는 영상 매체의 절대적인 영향하에 발생하고 있는 현상으로, 드라마의 내용과 역사적인 사실을 허구적으로 조합한 경우들이 많다. 현재 생성되고 있는 장보고 구비전설은 비록 그것이 과거로부터 대를 이어 향유층의 무의식 속에 적층되고 전달되어 온 장보고에 관한 인식체계를 기반으로 한 것이라 할지라도, 최근세까지도 장보고에 관한 구비전설이 그 주된 전승권역에서도 풍부하게 형성 및 전승되지 못했던 이유를 설명해 주지 못한다.[19] 완도군의 지리적 특수성과 밀착된 지역전설로서의 장보고 구비전설이 근대 이후의 일정한 시기까지 향유층의 관신권으로부터 소외되어 있었던 존재양상 및 전승상의 특징은 현재 디지털 문화를 배경으로 새롭게 형성되고 있는 장보고구비전설의 그것과 다른 차원에서 다루어져야 하는 하나의 중요한 연구 테마가 되는 것이다.

이러한 문제와 관련하여 주목할 필요가 있는 것이 바로 장보고의 청해진이 있던 장좌리 장도 당제 유래 전설의 전승 및 변이 양상이다. 장좌리 장도 당제 유래 전설의 주인공은 송징(宋徵)이라는 인격신이다. 그런데 공교롭게도 송징을 주인공으로 한 장좌리 장도 당제 유래 전설의 서사구조는 까투리 섬의 지명유래전설의 형태로 전하는 장보고 전설의 한 하위 유형과 거의 유사하다. 별개의 인물 전설 속에서 동일한 에피소드가 출입하는 예는 구비전설의 형성 및 전승 과정에서 비일비

---

19) 근대 이후 구비전설 속에서 그 전승이 활성화 되어 있지 못한 장보고 전설의 존재양상은 『구비문학대계』의 수록양상을 통해 단적으로 확인된다. 전국의 구비전설을 거의 망라한 『한국구비문학대계』 속에 호남 지역전설을 채록하여 정리한 분권이 십여 권이나 되지만 그 속에 장보고에 관한 전설은 단 한 편도 없다.

재하게 나타나는 현상이기는 하다. 하지만 동일한 전승권역을 공유하는 전설 유형 사이에 그 유사성이 서사구조적인 측면과 관련 인물, 미의식의 차원으로 확대되어 있다면 문제는 단순하지 않다.

지금까지 장보고 구비전설은 그 대상 자료의 소략함으로 인해 거의 연구자들의 관심을 받지 못했다. 다만 드라마 방영이후 새롭게 형성되고 있는 텍스트를 제외한 장보고 구비전설의 존재양상과 전승양상을 분석하고, 문헌기록과의 상관관계를 규명한 연구[20])가 최근에 제시되어, 장보고 전설 연구를 위한 기반을 제공한 바 있다. 본 연구는 이러한 연구 성과를 바탕으로 하여 장보고 전설과 장좌리 장도 당제 유래 전설의 서사 구조적 상관관계, 장좌리 장도 당제 유래 전설의 변이 과정과 장보고 전설의 관련성을 집중적으로 규명해 보고자 한다.

2. 장보고 전설과 장좌리 장도 당제 유래 전설의 서사 구조적 상관관계

장보고 전설 중에서 논란의 중심에 있는 텍스트가 바로 장도 당제 유래 전설이다. 그러나 현재 장좌리 장도 유래 전설의 주인공은 송징으로 되어 있으며, 장보고 전설 중 어떤 텍스트도 장도 당제와 관련된 징표를 드러내고 있는 자료가 없다. 그러나 이는 어디까지나 장좌리 장도 유래 전설의 현재적인 전승 층위에서만 그러할 뿐, 시대의 흐름에 따라 적층되어 복잡한 전승과 향유의 지층을 보여주고 있는 장좌리 장도 유래 전설은 장보고 전설과는 떼어놓고서는 설명할 수 없다. 이를 논리적으로 입증하기 위해 우선 다음의 두 텍스트를 살펴보는 것으로 논의를 출발해 보기로 하자.

---

20) 권도경, <장보고 구비 전설에 나타난 인물형상화 방식과 기술태도에 관한 연구>, 『온지논총』 14, 2006

[자료1] 아주 먼 아득한 옛날, 엄장군(嚴將軍)과 그 빙장(將將軍)이 있었다. 엄장군은 완도읍(莞島邑) 가용리(加用里) 엄나무골에서 살았고 장장군은 완도읍 장좌리(長佐里) 안의 장도(將島)에 살았다. 그러니까 엄장군은 사위뻘이 되는 것이다. 이들 옹서간은 이따금 서로 내기를 하여 즐기기도 하였다. 하루는 장도에서 건너다 보이는 동쪽 까투리嶼에 해뜨는 시각을 기하여 누가 먼저 기를 꽂나 내기를 해보자고 했다. 그런데 두 장군은 재조와 도술이 비슷하였다. 장장군은 보이는 嶼로 날라갔다. 그런데 마음이 음흉한 엄장군의 매는 까투리 장장군을 잡아 먹어버리고 말았다. 지금도 고금면 상정리(上亭里) 서해에 있는 이 嶼는 까투리嶼, 까튼嶼 또는 같은嶼라고 부르고 있다. 미역 등 해조류가 많이 나오지만 동민(洞民)이 이 嶼에 작업차 나갈 때는 혼시(魂時) 옹서간에는 동행하는 일이 있으며 포(包)를 만난다하여 이를 피하고 어느 시대고 사위가 장인보다는 속이 착하지 못하고 섬기는 생각이 적으며 앙큼하다는 비유를 말하는 것이 아닌가 한다.[21]

[자료3] 아주 먼 아득한 옛날, 완도읍에는 엄장군과 그의 장인 장 장군이 살고 있었다. 엄장군은 가용리 엄나무골에 살았고, 장장군은 장좌리 장도에 살았다. (중략) 장인과 사위는 사이가 좋아 이따금씩 서로 내기하는 것을 즐겼다. 그래서 어느 날 하루는 해 뜨는 시각을 기준으로 장도에서 건너다 보이는 동쪽 까투리 섬에 누가 먼저 깃대를 꽂나 내기를 했다. 그런데 두 장군은 모두 재주와 도술에 뛰어났다. 그래서 장장군은 까투리로, 그리고 엄장군은 매가 되어 앞에 보이는 섬으로 날아갔다. 그런데 매가 된 엄장군은 날아가는 도중에 마음이 변하여 까투리가 된 장장군을 그만 잡아먹고 말았다. 지금도 고금면 상정리 서해에 있는 섬을 까투리 섬, 혹은 까튼 섬, 또는 같은 섬으로 부르는데, 그 섬 이름의 유래가 여기서 비롯되었다고 한다. 그래서 미역 등 해조류가 많이 나는 이 지역 이웃 마을 사람들이 함께 일하러 갈 때, 장인과 사위가 동행하는 일이 있으면 액을 만난다 하여 이를 피한다고 한다.[22]

[자료1]과 [자료3]의 내용은 거의 동일하다. 둘 다 까투리 섬의 지명 유래담으로 되어 있다. 장보고 전설의 전체 편수 자체가 소략하기 그지 없는 전승 상황을 상기할 때, 이처럼 동일한 내용을 보여주는 자료가

---

21) <까투리嶼>, 『완도향교지』, 완도향교지편찬위원회, 1980, 156쪽
22) <까토리섬>, 『완도군지』, 제8편, 전남: 완도군, 완도군지 편찬위원회, 1992

두 편이나 존재한다는 사실은 심상치 않게 보인다. 장보고 전설 속에서 이 두 텍스트가 가지는 의미가 지대하며, 이는 완도군 일대에서 강한 전승 강도를 보여주고 있는 여타의 전설과 변별되는 장보고 전설의 정체성과 관련되어 있을 가능성이 크다. 일단 장좌리 장도에 거점을 둔 장장군이 엄장군에 의해 죽음을 맞았다는 줄거리는 염장에 의해 살해당한 장보고의 최후를 상기시킨다. 염장의 변신체는 매로 나타나며, 이 매는 장보고의 변신체인 까투리의 포식자가 된다. 바로 이 지점에서 까투리와 매의 대립항은 역사적 인물인 장보고와 염장 사이의 정치적 맥락과 연결된다. 포식관계에서 약자인 까투리는 신라 골품사회에서 최하부에 위치했던 장보고의 정치적 소외를 상징하며, 매는 왕을 정점으로 한 진골세력들의 권력을 배경으로 한 기득세력을 의미한다. 까투리란 설화적 메타포 속에는 지배권력의 희생양으로서의 장보고에 대한 설화 담당층의 인식이 내재해 있는 것이다.

이러한 설화적 메타포의 체계와 설화 담당층의 인식은 빙장(聘丈)과 사위란 기표의 대립항에서도 다시금 확인된다. 장보고와 염장은 옹서관계로 나타나는데 빙장이란 것도 까투리의 경우와 마찬가지로 (+)와 (−)의 이중적인 의미체제를 내포하고 있다. 일단 빙장인 장보고는 옹서관계의 질서 상 사위인 염장의 우위에 있다. 가족질서에서 차지하고 있는 장보고의 우위는 그의 능력을 상징하는 것으로 보인다. 그런데 음모·계략이라는 가족질서 외부의 힘의 논리에서는 빙장인 장보고가 사위인 염장보다 하위에 있다. 가족질서란 장인의 권위와 능력이 실현되는 곳이다. 그러나 가족질서 내부의 권능에서는 하위에 있는 사위가 그 외부의 힘을 동원하면서 관계는 전도되고 장인인 장보고는 죽음을 맞는다. 여기서 외부의 힘은 역사적 존재로서의 장보고를 둘러싸고 있었던 정치적 역학관계를 말한다. 도술 내기는 바로 장보고를 둘러싸고 첨예하게 전개되었던 정치적 알력을 상징한다. 이러한 역사적·정치적 맥락에 대한 설화 담당층의 인식은 비판적이다. 기득질서를 등에 업은 매 혹은 사위 염장은 부정적인 존재이며 그가 발휘한 변신의 능

력은 음험한 계략으로 묘사되어 있다. 장보고가 보유한 능력이 사회질
서와 정치적 권력관계 속에서는 통하지 않았으며, 이러한 기득질서야
말로 비범한 영웅을 좌절시킨 부조리한 체제라는 인식이 내재해 있는
것이다. 옹서는 함께 다녀서는 안 된다는 식의 독특한 설화적 논리는
장보고와 기득권층의 관계에 대한 설화 담당층의 비판적 시각을 드러
내는 것이라 할 수 있다.

이처럼 단순하게 장장군은 장보고에 엄장군은 염장에 각각 대응시
킬 수도 있으나 문제는 그리 간단치가 않다. 완도군 까투리·섬 유래
전설로 전하는 [자료1]·[자료3]가 장좌리 장도 당제 유래 전설로 전하
는 <송징 전설>과 에피소드 및 줄거리라는 내용적인 유사성뿐만 아니
라 서사 구조, 인물 성격 및 구성, 세계관과 미의식 등의 구조적인 측면
에서도 동일한 상관관계를 보여주기 때문이다. 다음의 예문을 보자.

[자료3] 언제든지 정월 초보름날 보름날 그 당제를 올리고 있는데 그 당제
시간이 항상 아침에 에당을 막 끝난 뒤에 당제가 끝난 뒤에 해가 뜰 무렵 해가
막 뜨며는 제일 좋게 모셨다고 그럽니다. 그럼 왜 그 역사적인 그 그것이 어떠
한 증거가 있는 것이 아니라 어 과거부터서 그런 그 습성으로 그래 갖고 있는
것인데 왜 그렇게 모셔야 되냐고 하는 근거가 있어요.
과거부터서 내려오는 그 소위 구전이 있단 말입니다. 왜 그러냐 한다치며는
에 소위 참 오래된 그것이 그 야화 비스락한 이얘긴데 에 그 엄장군하고 송장군
하고 둘이 세력 다툼을 했다 그거지요. 그래 엄장군은 여건네 갈읍리 우게 있
는 그 엄숙골에 가 살았고 송장군은 그 말허자면 거그 저 장도에 가 살았는데
긍께 엄장군이 본래는 송장군의 부하라. 그런데 그 엄장군이 배신해 가지고
있는 것을 송장군이 규탄을 나가니까 그러면 규탄하기 전에 먼저 비어야 되것
다 이렇게 해가지고는 이제 엄장군이 송장군 자고 있는새 밤에 새벽에 거그를
침입을 했다 말입니다. 그 기맥을 알고 송장군이 까투리, 까투리 말이여 있지
않습니까? 그 까투리가 되어가지고는 저 건네 가투린여라고 있어요. 산지면
앞에 솔섬 옆에가 가트린여라고 거 서 섬이 하나 있어요. 그보고 지금 가트린
여라고 그란데 왜 그 가트린여라고 그랬냐 헐티며는 그 송장군이 가투리가 되
갖고 그리 날라 갔어요. 그러니까는 이 장소에서 활을 쏴서는 가투리에 가 있
는 송장군을 쏴서 죽엣다 그거요. 얼른 말하자면 과거부터 내려온 역사가 그

래. 그걸 딱 죽에 놓고 보니까는 해가 막 떳다 그래서 제사를 아침 지난 뒤에
해가 뜨며는 꼭 두 시간에 지낼 수가 있다. 그래서는 거 아침 해뜨기 전에
꼭 그렇게 모시게 되었어요. 송장군이 아까 말했던 송징 장군이고 엄장군이란
건 엄목 장군이라고 있었어요. 그래서 그 엄목 장군의 이름을 따서 지금 현죽
청리가 엄목리입니다. 당제는 열나흘날 밤에 지내요. 그라면 열나흘날 초저녁
부터서 쭉 그 준비를 합니다. 그래가지고 그 밤중에 거그를 건내가요. 섬에를.
배를 타고 건너 가는데 아조 장관이지요. 에 그래가지고 건네가서 제사를 제형
을 모신 시간은 새벽에 모신다 그거예요. 거기에 사당이 있는데 사당도 중간에
오면서 많이 증축을 하고 해서 머 보기에는 그렇게 머 훌륭한 건 아니래도
그런 역사적인 유서가 많이 있지요.[23]

장좌리 장도 송징 당제 유래 전설인 [자료3]에서 엄장군은 송장군
의 부하로 설정되어 있는데 반해, 정작 장보고 전설 자료인 [자료1]·
[자료3]에서 엄장군은 장장군의 사위로만 되어 있다. 이는 [자료3]의
송장군과 엄장군이 각각 개별적인 전승 권역을 보유한 독자적인 당
신화 및 전설의 주인공인 것과 마찬가지로 [자료1]·[자료3]의 장장
군과 엄장군 역시 그러하다는 사실을 의미한다. 이 두 텍스트는 다양
한 서브 텍스트가 얽혀 있는 다층적인 형성 과정에 의해 생성되었으
며, 그 생성과 전승 과정은 <송장군 전설> 및 <송징 전설>과의 복잡
한 관계망을 이루고 있다. 논의의 편의상 [자료1]을 중심으로 분석을
진행하기로 한다.

[자료1]에서 장장군은 장좌리 장도에 거점을 둔 해양세력으로 나타
나며, 엄장군은 가용리 엄나무골에 기반을 둔 해양세력으로 보인다.
[자료1]은 두 해양세력의 공존할 수 없는 힘의 대치가 변신술이라는
힘내기로 구체화 되며, 대결의 결괴 한 쪽이 패망한다는 구조로 되어
있다.[24] 까투리 섬은 바로 공존할 수 없는 두 해양세력이 힘내기를 벌

---

23) <장좌리 당의 유래>, 조사지: 완도군(1975), 제보자: 완도군 완도읍 장좌리, 황종우
   (남, 55세), 문화재관리국·문화재연구소, 『구비전승자료』, 전남·전북, 계문사, 1987,
   446~447쪽
24) 뿐만 아니라 [자료1]의 구술자는 두 인물의 능력이 비슷하다는 점을 강조한다. 능력

인 현장이 된다. 특정 지역의 토착 해양 세력의 우두머리가 인근 지역의 또 다른 토착 세력과의 대결 끝에 죽음을 맞는다는 비극적인 서사구조를 보여줄 뿐만 아니라 그 공존할 수 없는 두 세력의 힘의 대치가 까투리 섬을 배경으로 벌어진다는 점에서 [자료1]의 장보고 전설은 [자료3]의 장좌리 장도 송징 당제 유래 전설과 동일하다.

차이점은 [자료1]의 장보고 전설이 까투리 섬의 지명 유래 전설로 전승되는데 비해 [자료3]의 <송징 전설>은 장좌리 장도 당제 유래 전설로 전한다는 것이다. 일차원적인 측면에서 보자면 동일한 서사구조가 각기 다른 인물 전설과 결합하여 지명과 신앙 유래 전설로 각각 분화했다고 볼 수 있다. [자료3]이 완도군 일대에 고루 전승되고 있는 <송장군 전설>[25]을 기반으로 하여 형성된 텍스트라는 점을 상기할 때, [자료1] 역시 동일한 원형으로부터 배태된 것으로 생각된다. 인근 세력과의 갈등을 다룬 <송장군 전설>의 하위 유형을 기반으로 역사적 실존 인물인 장보고의 인물 전설이 결합된 텍스트가 [자료1]인 것이다.

이 비슷한 인물들의 대결은 바로 내기의 일차 조건이 된다. 대결이 한 쪽의 압도적인 우위에 의해 이루어지는 것이 아니라 비슷한 능력을 지닌 두 인물 간의 내기의 형태로 이루어지며, 그 대결이 한 쪽의 불합리한 술수에 의해 결판난다는 사실은 [자료1]이 한반도 전역에서 전승되는 광포전설인 오뉘힘내기 전설의 세계관에 기대고 있다는 것을 보여준다. 오뉘힘내기 전설은 혈연관계로 재맥락화 되어 있는 여성신과 남성신 간의 공존할 수 없는 힘의 대결을 형상화 하고 있다. 여기서 오누이라는 설정은 앞서 누차 강조했듯이 개별적으로 존재하는 두 신화를 결합시키는 신화 특유의 서사 구성 원리이다. 필연적으로 한 쪽이 다른 한 쪽을 제거해야만 끝나는 힘의 대결은 아이러니하게도 내기의 형식으로 되어있다. 물론 그 내기의 방식은 신적인 능력으로만 행할 수 있다는 점에서 신화의 영역에 속한다. 신화의 전개 과정상에서 볼 때, 이러한 여성신과 남성신의 대결은 여성신에 대한 신앙이 남성신에 대한 그것으로 교체되는 과정에서 나타난다. 오뉘힘내기 전설은 대등한 여성신과 남성신의 신화적인 대결을 전설화 한 것이라 할 수 있다. [자료1]은 광포 전설인 오뉘힘내기 전설이 장좌리란 특정한 지역과 결합되면서 지역전설화 한 텍스트로 볼 수도 있다. 오뉘힘내기 전설은 충청도 지역에서 특히 강한 분포를 보는데, 다른 지역에서는 남성 대 남성의 대결 형태로 변이되어 나타나는 경우가 많다. [자료1]은 오뉘힘내기 전설의 남신 대 남신 대결 유형이라 할 수 있다.

25) 서남해안 도서 지역권에는 송장수, 송장군, 송대장군, 송공 등 송씨 성을 지닌 장군 전설이 광범위하게 분포한다. 본고에서는 이 유형을 <송장군 전설>로 범주화 하여 통칭하기로 한다.

<송장군 전설>은 송대장군 전설의 본향인 정도리와 마찬가지로 장좌리에도 관련 지명과 전설이 다수 전한다. 장좌리 저수지 위 골짜기는 송대장골이라 불리며, 송대장군이 활을 쏜 흔적이 남아있는 활바위는 장도와 장좌리 사이의 바다 속에 있다고 하는 전설 자료26)들이 대표적인 예이다. 장보고 시대 이전에 장좌리 역시 다른 지역과 마찬가지로 <송장군 전설>의 전승지였던 것이다. [자료1]과 같은 장보고 전설은 이러한 <송장군 전설>을 기반으로 하여 역사적 인물인 장보고의 실존성과 그에 관련된 허구적인 서사적 맥락이 결합되어 형성된 것이다. 송대장군이 장보고의 별호라는 이 지역민의 인식27)은 이러한 장보고 전설의 형성 과정에서 비롯된 것이라 할 수 있다.

장장군의 대항세력인 엄장군의 존재도 [자료3]과 유사하다. 장좌리 장도 송징 당제 유래 전설 속에서 엄장군은 엄목리(嚴木里) 즉, 엄나뭇 골 혹은 엄숙골에 자생하는 엄나무에 관한 수목 신앙을 의인화 한 존재이다.28) 오히려 엄장군의 거점을 가용리 엄나무골로 밝혀놓음으로써 수목신에서 인물신화 한 엄장군의 정체성을 더욱 분명히 해놓았다. [자료1]은 독자적으로 존재한 당신화 및 전설의 주인공인 인근 지역의 신격이 특정 지역을 거점으로 하는 다른 전설 속에 재맥락화 하는 [자료3]의 형성 과정과 동일한 과정을 밟았을 것으로 생각된다. 특히 재맥락화 하여 유입되는 전설이 가용리 엄목리를 전승 권역으로 하는 엄장군의 그것이라는 점에서 [자료3]과의 밀착성을 보인다. 수목신으로서

---

26) 김정호, 『전남의 전설』, 전라남도, 1987, 434~435쪽

27) "(상략) 부락의 노년층은 송대장군은 장보고의 별호라고 하여(황운옥 담, 77세) 동일 인물로 생각하고 있다.", (이두현, <장좌리 장도 제당>, 『민속자료조사보고서』 9, 문교부 문화재관리국, 1968)

28) 엄나무는 가지에 무성히 난 가시 때문에 축귀 혹은 축사의 대상으로 숭앙되었던 것으로 보인다. 자생하는 엄나무는 물론이거니와 민속신앙의 일환으로 심어서 가꾸기도 했다. 예컨대 전통적으로 엄나무를 서낭집 주위에 심거나 그 가지를 민가의 대문 위 혹은 방문 위에 매달아두면 잡귀가 범접하지 못한다고 믿는 것이 대표적인 경우이다. 엄나무에 관련된 민속신앙에 대해서는 김재일, 『생태기행 1』(중부권 편, 당대, 2000)을 참조하기 바람.

의 엄목 장군이 인물신인 엄장군화 한 엄장군 전설이 [자료1]의 장보고 전설로 유입되는 것이 일차 단계라면, 인물신인 엄장군과 염장이라는 실존 인물에 관련된 역사적 사실의 맥락과 전설의 허구적 서사의 맥락이 결합되는 것은 이차 단계다.

이 이차 단계에는 두 가지 층위가 있을 수 있다. 하나는 장보고의 암살자인 역사적 실존 인물로서의 염장이 염장군으로 일반화 되고, 염장군이 다시 전남 방언의 모음 체계 속에서 동일한 발음으로 존재하는 엄장군으로 재차 일반화 하면서, 고래의 수목 신앙으로서의 가용리 엄나무 전설이 의인화 되어 [자료1]의 장보고 전설의 캐릭터로 재맥락화 된 엄장군과 결합하는 층위이다. 다른 하나는 엄나무가 의인화 된 [자료1]의 엄장군 캐릭터에 전남 모음 발음 체계의 융통성 때문에 염장군이란 캐릭터로 일반화 된 장보고의 암살자 염장이 환기하는 역사적 실존성이 덧입혀 지는 층위이다. 전남 일대의 모음 발음 체계 속에서 '염'과 '엄'은 자유롭게 통용된다.[29] 이 때문에 엄장군과 염장군은 각각 다른 특정 대상을 지칭하는 명칭이면서도 발음의 통용성 때문에 엄장군이란 명칭으로 통칭될 수 있다. 엄목과 염목은 동일한 대상을 가리키는 것으로 전라도 일대의 발음체계에서 둘은 자유롭게 오간다.[30] [자료3]의 <송징 전설>과는 달리 엄장군의 이름을 엄목으로 구체화 하지 않은 것도 이러한 역사적 인물인 염장의 실존성이 미친 영향이다. [자료3]처럼 엄장군의 이름을 엄목으로 한정 짓게 되면 수목 신앙이 인격신화 한 독자적인 엄장군 전설의 흔적을 여전히 강하게 드러내게 되지만 [자료1]의 장보고 전설처럼 그냥 엄장군이라고 한다면 장보고의 카운터 파트로 존재했던 염장의 역사적 실존성이 상대적으로 더욱 부각되게 된다.

---

29) 이에 관해서는 다음을 참조하기 바람. 이돈주, <진도의 방언>, 『호남문화연구』 11, 전남대학교 호남문화연구소, 1979, 123~130쪽; 주갑동, 『전라도 방언사전』, 신아출판사, 2005; 이경자, 『우리말연구』, 충남대학교출판부, 2005

30) 실제로 죽청리에는 가용리처럼 예로부터 엄나무가 많이 자생한다고 엄목리 혹은 엄숙골로 불리는 지명이 있는데, 죽청리의 당신은 엄목이 아니라 염목으로 불린다.

세밀하게 들어가 보면 [자료3]과의 변별점이 더 다양하게 발견되는데 이는 [자료1]의 형성 시점을 밝혀주는 주요한 재제가 된다. 우선 엄장군은 장장군의 부하가 아니라 사위로 설정되어 있다. 독립적으로 존재하는 하나의 전설이 다른 특정한 전설 속으로 유입되어 재맥락화 될 때, 개별적인 두 인물을 혈연관계로 설정하는 것은 신화적인 방식이다. [자료1]에서 장장군과 엄장군이 옹서관계로 설정되어 있다는 것은 이 텍스트가 [자료3]에 비해서 신화적인 질서에 보다 가깝다는 사실을 입증한다.

다음으로 장장군과 엄장군의 세력 다툼은 변신술 내기로 형상화 되어 있다. 변신술은 [자료1]에도 신화적인 능력의 표징으로 등장한 바 있지만 이 때 변신술은 송장군에게만 해당한다. 그런데 여기서는 엄장군 또한 변신술을 그 신화적인 능력의 표징으로 발휘한다. 물론 [자료3]의 엄장군이 보유하고 있는 궁술 또한 신화적인 능력의 표상이라는 점에서는 다를 바가 없다. 그러나 궁술이 인간화된 신화 체계의 표징이라면 변신술은 보다 시원이 오래된 애니미즘과 토테미즘에 그 연원을 둔다.

이러한 차이는 [자료1]이 [자료3] 보다 고형의 텍스트가 화석화된 자료라는 증거가 될 수 있다. 장보고 전설의 하위 유형인 까투리 섬의 지명유래 전설로 존재하는 [자료1]이 장좌리 장도 당제 유래 전설로 존재하는 [자료3]의 <송징 전설>보다 신화적인 친연성이 상대적으로 강한 텍스트로서 더 오랜 시원을 보여준다고 할 수 있는 것이다. 그런데 까투리 섬을 힘내기의 대결공간으로 설정한 두 전설 유형 중 한 쪽은 까투리 섬의 지명 유래 전설로 남았고, 다른 한 쪽은 당제 유래 전설로 전승된다. 까투리 섬에서 벌어진 두 해양세력의 신화적인 힘내기를 당신화의 내러티브로 구성한 장좌리 당제 유래 전설의 서사구조를 까투리 섬 유래 전설이 공유하고 있다는 것으로, 이는 뒤집어 생각해 보면 장보고 전설의 까투리 섬 유래 전설이 장좌리 장도 당제의 당신화와 동일한 신화적 세계관을 보유하고 있다는 사실을 말해준다.

장좌리 장도와 그 인근의 해양세력이 까투리 섬에서 신화적인 힘내기를 벌이는 장보고 전설의 까투리 섬 유래 전설이 장좌리 장도 당제 유래 전설의 신화적 세계관과 밀접하게 관련되어 있다는 것이다.

그렇다면 [자료1]의 장보고 전설과 [자료3]의 <송징 전설>이 공유한 원형적인 텍스트의 형태는 구체적으로 어떤 형태였을까. [자료1]의 장보고 전설과 [자료3]의 <송징 전설>을 장좌리 장도 당의 유래 전설이란 공통적인 유형으로 묶어줄 수 있을 만큼 완도 일대에서 시원이 오래된 전설은 <송장군 전설> 외에는 없다. 다시 말해서 [자료1]의 장보고 전설과 [자료3]의 <송징 전설>의 기반이 되는 텍스트는 고래로부터 완도 일대에서 당제 유래 전설, 지명 유래 전설, 인물 전설 등으로 전승되어 온 <송장군 전설>인 것이다. 실제로 [자료3]에서는 엄장군과 치명적인 대결을 벌이는 인물을 송장군으로 지칭하다가 말미에 가서 그 이름을 송징이라고 밝히고 있다. 여기에는 <송장군 전설>로부터 <송징 전설>로 분화하는 장좌리 장도 당제 유래 전설의 형성 및 전승 과정의 한 맥락이 내재있다고 할 수 있다. 여기서 잠깐 <송장군 전설>의 개념 및 범주에 대해 생각해 보기로 하자. <송장군 전설>의 형성 및 분화의 시스템은 이원화되어 있다. <송장군 전설>은 비범한 민중영웅과 관련된 완도군 일대의 각종 하위 전설 유형을 포섭하면서 형성된 포괄적인 전설의 카테고리인 동시에 특정한 역사적인 사건·인물 및 지역색이 강한 풍속 등과 관련된 전설 텍스트의 모태가 된다. 다기한 기원을 지닌 전설 유형들을 일반화 하여 통칭하는 범주인 동시에 거꾸로 특수한 역사적인 사건이나 인물, 풍속 등과 결합하여 분화된 텍스트를 산생할 수 있는 기반이 된다는 것이다. 이 점에서 <송장군 전설>을 중심으로 한 텍스트의 형성 및 분화 기제 속에는 일반화와 특수화란 상반되는 방향성이 공존한다고 할 수 있다.

장좌리 장도 유래 전설의 원형으로 존재했을 <송장군 전설>은 장좌리 장도의 토착 세력인 송장군과 가용리의 토착 세력인 엄장군 간의 세력 다툼과 송장군의 패배를 그 줄거리로 했을 것으로 생각된다.

서남해안은 복잡한 리아시스식 해안의 특성상 선사시대부터 인간이 거주하면서 해양문화를 꽃피웠으며, 고대에 이르면 특정한 해양 세력이 거점을 갖추고 일정한 세력을 형성한 사실이 역사적으로 확인된다.[31] 신화적인 관점에서 보면 송장군과 엄장군은 각기 다른 신앙을 가진 토착 세력으로 보인다. 엄장군이 수목신(樹木神)이 인격신으로 발전한 캐릭터라는 점을 볼 때, 엄장군을 필두로 한 세력은 식물 토템을 숭앙하는 선사시대 집단에 기원을 두고 있는 것으로 생각된다. 송장군은 워낙 다층적인 맥락이 녹아있는 캐릭터이기 때문에 그 기원을 거슬러 올라가기가 쉽지 않으나 송장군에서 발전한 송징이란 캐릭터가 변신술과 궁술을 주조로 한다는 점을 상기해 볼 때, 엄장군과는 상반되는 동물 토템을 숭앙하는 선사시대 부족에 그 기원을 두고 있는 것이 아닌가 생각된다.[32]

한편, 종결구조를 중심으로 보았을 때, 주인공인 송장군의 비극적인 패배와 죽음은 <송장군 전설>이 당제의 유래 전설이 되기 위한 필수적인 요건이 된다. 최영(崔瑩)·임경업(林慶業)·김덕령(金德齡) 등 당제 유래 전설의 주인공이 되고 있는 인격신들은 하나 같이 세계와의 대결에서 패배하여 비극적인 죽음을 맞은 인물들이다.[33] 이는 역사적인 인

---

31) 이에 관해서는 강봉룡, <압해도의 번영과 쇠퇴-고대·고려 시기의 압해도>,『도서문화』18, 2000; 김영성, <서남해 도서 인구의 역사지리적 고찰>,『사회과학연구』18, 2004을 참조하기 바람.

32) 여기서 문제가 되는 것은 오늘날 전승되고 있는 일부 텍스트에서 엄장군 역시 이러한 변신술을 펼쳐 보인다는 사실이다. 그러나 이는 역사시대로 접어들면서 선사시대의 신앙체계가 붕괴되고 각기 다른 범주가 착종되면서 일어난 현상으로 보인다. 엄장군을 중심으로 한 토착세력이 숭앙한 신앙의 본류는 어디까지나 수목 신앙이며 나머지는 텍스트의 전승과 습합 과정에서 생겨난 착종 현상으로 생각된다.

33) 이는 비단 우리나라의 인물에게만 해당하는 사항이 아니다. 중국의 인물이면서도 그 극적인 최후가 더할 나위 없이 강렬한 비극적 정조를 불러일으키는 관운장의 경우 한국의 수많은 당제의 주신으로 좌정하고 있는데, 중국의 인물인 관운장이 우리 당제의 주신으로 숭앙되는 이유 역시 당제 유래 전설 혹은 당신화의 비극적인 결말구조와 관련되어 있다고 보아야 할 것 같다. 특히 완도 인근의 고금도에는 조선시대까지만 해도 관왕묘가 존재했었다고 한다. 주인공이 세계와의 대결에서 패배하는 결말은 한국의 당제 유래 전설 혹은 당신화를 구성하는 서사원리의 핵심인 셈이다.

물에게만 해당하는 사항이 아니다. 허구적인 인물로 당제의 주신으로
좌정한 모모 할아비, 혹은 모모 할미로 불리는 인격신들 역시 거개가
비극적인 죽음을 맞은 인물들로 나타난다.34) 특히 관운장(關雲長)은
중국인물이면서도 고금도(古今島) 당제의 주신으로 좌정했다는 기록
이 있어서 주목되는데, 중국 인물인 관운장이 고금도 당제의 주신으로
숭앙된 이유 역시 해당 신격의 최후가 환기하는 강렬한 비극적인 정조
가 당제 유래 전설 혹은 당신화의 결말구조의 구성 원리와 접점을 이
루는 측면이 있기 때문인 것으로 풀이된다. 일단 여기서는 장좌리 장도
유래 전설의 모태가 된 <송장군 전설>은 대립되는 신앙체계를 지닌
인근 부족 간의 대결과 그 패배를 골간으로 하고 있다는 점만 강조하
고 넘어가기로 한다.

3. 장좌리 장도 당제 유래 전설의 변이 과정과 장보고 전설의 관련성

동일한 신화적 세계관으로부터 출발한 장보고 전설의 까투리 섬 유
래담과 <송징 전설>의 장좌리 장도 당제 유래담의 분화 과정에서 논란
거리가 되는 것은 그 선후 관계이다. 이에 대해서는 세 가지 가설이
존재할 수 있다. 첫 번째는 장도의 송장군과 가용리의 엄목 장군이 세
력다툼을 벌이는 원형적인 텍스트로부터 [자료3]의 <송징 전설>과 [자
료1]의 장보고 전설이 각각 동시에 생겨났을 가능성이다. 동일한 원형
을 공유하면서 한 쪽에서는 송징의 이야기로, 다른 한 쪽에서는 장보고
의 이야기로 형성되는 방식이다. 두 번째는 [자료3]가 먼저 형성된 후

---

34) 특히 이러한 특징은 여성 주신인 할미들의 경우에서 더욱 뚜렷하다. 여성 당신의
   전통이 강한 경남 일대의 당제들을 살펴보면 고기잡이 나갔다가 돌아오지 않는 남편
   을 기다리다 지쳐 바다에 뛰어들어 죽거나, 아니면 망부석이 된 여성들이 당신으로
   좌정하는 경우가 대부분이다. 이에 관해서는 『부산의 당제』, 부산광역시사편찬위원
   회, 2005를 살펴보기 바람.

에 이 텍스트가 [자료1]의 장보고 전설로 수용되었을 가능성이다. 이렇게 보려면 송징과 엄장군의 갈등담이 장보고와 엄장군의 그것으로 변이되는 중간 경로를 설정해야 한다. 세 번째는 두 해양세력의 힘내기란 서사가 [자료1]의 장보고 전설에서 장좌리 장도를 기반으로 한 형태로 구체화 한 후에 이것이 <송징 전설>로 유입되어 [자료3]으로 완성되었을 가능성이다. 이 때에는 거꾸로 장보고와 엄장군의 갈등담이 송징과 엄장군의 그것으로 변이되는 중간 단계를 거치게 된다.

세 가지 가설의 해결을 위한 실마리는 엄장군이란 캐릭터에 있다. [자료1]의 장보고 전설과 [자료3]의 <송징 전설> 사이에는 <송장군 전설>을 모태로 한 서사구조 외에 또 다른 공통점이 있는데 그것은 바로 엄장군이란 캐릭터의 공유이다. 장좌리 장도 인근 두 토착 세력 간의 세력 다툼을 다룬 <송장군 전설>의 원형적인 갈등구조는 [자료1]과 [자료3]에서 각각 장보고와 송징으로 그 주동인물을 교체해서 나타난다. 반면 이들의 카운터 파트인 인근의 토착 세력은 엄장군으로 동일하다. 이러한 양상은 엄장군이란 캐릭터와 이 인물이 상대역인 주동 인물과 각각의 텍스트에서 맺고 있는 관계, 그리고 여기에 관련되어 있는 서사적·역사적 맥락을 중심으로 [자료1]의 장보고 전설과 [자료3]의 <송징 전설> 간의 선후 관계를 풀어갈 수 있는 단서를 제공한다.

이러한 두 텍스트의 선후 관계를 논리적으로 규명하기 위해서는 먼저 엄장군이란 캐릭터에 중층적인 역사적·서사적 맥락이 내포되어 있다는 사실을 전제로 할 필요가 있다. 엄장군이란 캐릭터 속에는 가용리에 전통적인 토착 신앙으로 존재한 엄나무 수목 신앙이 의인화된 엄장군의 층위와 통일신라 말기에 장보고의 부장으로서 그의 명을 받아 민애왕을 시해하고 신무왕을 옹립하는 쿠데타를 실전에서 수행하다가 배신하여 장보고를 암살한 염장의 층위가 공존하고 있다. 이러한 엄장군 캐릭터가 환기하는 중의성 때문에 [자료1]에서 장장군과 엄장군의 갈등담은 장도의 토착 세력인 장장군와 인근 가용리의 토착 세력인 엄장군의 세력 다툼이라는 의미망 위에 장보고의 암살자인 염장의 장보고 살해라는 통일신라 말기의 역사적·정치적 맥락이 덧입혀지게 된다. 그런데 전자의 의미망은 장도의 토착 세력인 장군의 이름만 바꾸면 얼마든지 다른 인물과 결합될 수 있다는 점에서 상대적으로 일반성을 띄고 있다. 다시 말해서 전자의 의미망과 관련된 내용은 [자료1]의 장보고 전설에서만 고유한 것이 아니라 장도를 거점으로 하여 수없이 교체된 다양한 인물들과 얼마든지 결합될 수 있다는 것이다. 이러한 텍스트 형성 및 분화의 기제는 장보고를 비롯한 여타의 장도 관련 인물들과 자유롭게 결합될 수 있는 텍스트의 원형이 존재한다는 것을 의미한다. 이 원형은 [자료1]에서 인물의 특수성을 제거하고 일반화 하면 얻어질 수 있는 바, 이는 바로 <송장군 전설>의 장좌리 장도 계열이다. <송장군 전설>의 장좌리 장도 계열의 원형적인 줄거리는 엄장군의 카운터 파트로 존재하는 주동 인물만 교체하면 장도와 관련된 어떤 인물 전설과도 결합되어 텍스트를 형성할 수 있다. 즉 [자료3]처럼 송징으로 분화될 수도 있는 바, 이러한 원형적 줄거리는 [자료1]의 장보고 전설과 [자료3]의 <송징 전설>이 공유하는 텍스트가 된다.

반면 후자의 의미망은 장보고와 염장이란 역사적 실존 인물이 환기하는 정치적 맥락과 떨어져서는 존재하는 것이 불가능하다. 다시 말해서 역사적 실존 인물인 장보고와 염장이 환기하는 의미망은 [자료1]의 장보고 전설에만 해당되는 고유한 것이란 것이다. 때문에 장도의 토착 세력과 가용리의 토착 세력 간의 갈등이라는 <송장군 전설>의 장좌리 장도 계열의 원형적인 텍스트로부터 분화된 [자료3]의 <송징 전설>은 그 텍스트 자체가 개별적으로 형성하는 의미망만으로는 역사적 실존 인물인 장보고와 염장이 환기하는 정치적 맥락을 산생할 수 없으며 수용할 수도 없다. [자료3]의 <송징 전설>이 굳이 장보고와 염장이 주체가 된 역사적 사건과 그 정치적 맥락을 떠안기 위해서는 반드시 [자료1]의 장보고 전설을 매개체로 설정해야만 한다.

그럼에도 불구하고 [자료3]에서는 엄장군을 송징의 부하로 설정함으로써 송징과 엄장군의 관계에 역사적 실존 인물인 장보고와 염장의 그것을 환기할 수 있는 상징적인 서사장치를 마련해 놓고 있다. 정작 [자료1]에서는 역사적 실존 인물인 장보고와 염장에 각각 대응되는 장장군과 엄장군의 관계를 옹서관계로 설정함으로써 상대적으로 신화적인 서사 구성 원리와 그 세계관을 강화하는 대신 장보고와 염장이 환기하는 역사적 · 정치적 맥락을 희석시키고 있다. 따라서 [자료3]의 <송징 전설>에서 상대적으로 역사적 실존 인물인 장보고와 염장에 관련된 정치적 · 맥락이 강화되어 있는 양상은 [자료1]의 장보고 전설을 전제로 하지 않고서는 해명될 길이 없는 것이다. 이 점에서 결론적으로 <송장군 전설>의 장좌리 장도 계열의 텍스트는 [자료1]의 장보고 전설로 우선적인 분화 과정을 거쳤다고 할 수 있다. [자료1]의 장보고 전설과 [자료3]의 송징 계열 간의 선후 관계 속에서 전자가 우선하며, 이는 앞서 제시한 세 가지 가설 중 세 번째에 해당된다.[35]

그러나 [자료1]의 장보고 전설과 [자료3]의 <송징 전설> 간의 선후 관계를 이렇게 규명해 놓아도 여전히 미시적인 문제는 남는다. 첫째, 장좌리 장도 당제 유래 전설이 [자료1]의 장보고 전설에서 [자료3]의 <송징 전설>로 교체되는 계기이다. 이와 관련하여 특히 역사적 실존 인물인 장보고와 염장에 관련된 정치적 맥락이 어째서 정작 [자료1]의 장보고 전설이 아닌 [자료3]의 <송징 전설>에서 상대적으로 더욱 뚜렷하게 나타나는가 하는 문제를 해명할 필요가 있다. 둘째는 [자료1]의 장보고 전설이 [자료3]의 <송징 전설>로 교체되는 구체적인 양상이다. 두 전설 텍스트의 교체는 단숨에 이루어진 것이 아니라 <송징 전설>의 형성 과정과 발맞추어 복잡한 층위로 이루어졌을 것으로 생각된다.

앞서 확인 했듯이 <송징 전설>은 다층적인 형성 과정을 보여줄 뿐

---

35) 나경수 · 나승만 · 지춘상은 기존 연구(<전남의 인물 전설 연구(1) - 송징전설의 전승 양상>, 『한국언어문화』 31, 1993, 232쪽)에서 [자료3]의 <송징 전설>을 다루면서 이 텍스트에 곧바로 장보고와 염장이란 역사적 실존 인물이 환기하는 정치적 맥락을 대입시킨 바 있는데, 이는 명백한 논리적 비약이라 할 수 있다. [자료1]의 장보고 전설과 [자료3]의 <송징 전설> 사이에는 복잡다단한 텍스트의 형성 및 전승의 맥락이 개입되어 있으므로 미시적인 시각으로 접근해 들어가야 할 필요가 있다.

만 아니라 그 속에는 다기한 계열이 존재한다. 게다가 장보고 전설 속에도 장좌리 장도 유래 전설과 관련된 여타의 몇몇 텍스트가 존재한다. [자료1]의 장보고 전설과 [자료1]의 <송징 전설> 사이의 교체 과정은 <송징 전설> 속에 존재하는 다양한 계열 및 그 복잡한 형성 과정과 맞물려 이루어졌을 것으로 보이는 바, 이러한 양상을 미시적으로 규명할 필요가 있다.

우선 첫 번째 문제부터 살펴보자. <송장군 전설>의 장좌리 장도 계열 텍스트는 통일신라 말기 장보고가 장도에 청해진 본부를 설치하면서부터 장보고 전설과 결합되었던 것으로 생각된다. 실존 인물인 장보고가 환기하는 역사적 지평과 결합되면서 장좌리 장도 당제 유래 전설의 주인공은 송장군에서 장보고를 일반화한 장장군으로 교체되었을 것이다. 같은 수순으로 그 카운터 파트인 엄장군이란 캐릭터 속에 장보고를 암살한 실존인물 염장이 환기하는 정치적 맥락이 덧입혀 졌을 것이다. 그런데 역사적 실존 인물이 당제 유래 전설의 주인공으로 등장하는 것은 일반적으로 그의 사후에 이루어진다. 따라서 장좌리 장도 당제 유래 전설의 본격적인 주인공 교체와 텍스트의 분화는 장보고 사후에 이루어졌을 것이다.

그렇다면 장보고 생존시에는 장좌리 장도 유래 전설이 장보고와 아무런 관련이 없었을까. 장보고라는 인물이 장도 지역민의 일상생활 및 생업에 미치는 영향이 막대한 만큼 이러한 경험적 사실은 전통적인 장좌리 장도 유래 전설에 직간접적인 충격을 미쳤을 것으로 생각한다. 그러나 역사적 실존 인물인 장보고가 미치는 충격의 자장은 유래 전설의 서사 구성 원리가 지니는 장르적 완고함 때문에 그 텍스트의 완성 차원에까지는 미치지 못했을 것으로 보인다. 그 충격의 진동이 미치는 선은 유래 전설의 전승 및 향유 방식이다. 장도 지역민들은 송장군을 주인공으로 한 당제 유래 전설을 전승하면서도 이 과정에서 장보고를 떠올렸을 것으로 생각된다. 다시 말해서 텍스트 자체에는 변이를 가하지 않으면서도 향유층 본인의 인식 지평에서는 장보고란 역사적 실존 인물이 형성하는 지평을 끌어들이는 방식이다. 이는 구체적인 실증 자료를 남기지 않는다는 점에서 다분히 허구적·상상적인 차원이라고 할 수 있다. 텍스트 차원의 변이는 장보고 사후에 비로소 이루어졌을 것으로, 상상적인 차원의 인식 지평이 구체적인 형태를 갖추게 된 것이라고 볼 수 있다. [자료1]은 바로 상상적인 차원에서 이루어지던 장좌리 장도 유래 전설의 분화가 텍스트의 차원으로 구체화된 형태이다.

그런데 [자료1]은 장좌리 장도 유래 전설의 주인공 교체가 완성된 텍스트는 아니다. 왜냐하면 이 텍스트 속에서 실존 인물인 장보고와 염장에 각각 대응되는 허구적 캐릭터인 장장군과 엄장군의 관계가 신화적인 그것으로 상징화되어 있을 뿐 역사적인 지평을 함축하는 형태로 구체화되어 있지 않기 때문이다. 만약 [자료3]의 <송징 전설>에서 오히려 장보고와 염장에 관련된 역사적 지평을 암시하는 장치가 나타나지 않는다면 이는 그닥 문제가 되지 않을 수도 있다. 그러나 [자료3]에서 엄장군을 송징의 부하로 설정해 놓은데 비해 정작 [자료1]에서 이러한 설정이 나타나지 않는다는 사실은 논란의 소지가 될 수 있다. 이러한 양상은 [자료1]이 장보고를 주인공으로 한 장좌리 장도 당제 유래담으로 완성되지 못한 과도기의 텍스트이기 때문으로 보인다.

우선, [자료1]은 장장군과 엄장군의 관계 설정에 있어서 신화적인 서사 구성 원리 및 세계관과의 친연성을 강하게 보여줌으로써 상대적으로 텍스트의 모태가 되는 <송장군 전설>과의 상대적인 밀착성을 보여준다. <송장군 전설>의 장좌리 장도 계열 텍스트와의 밀착성은 거꾸로 장보고 전설로의 미분화성을 의미한다. 이러한 미분화성은 장장군이란 명칭에서도 드러난다. 성씨를 바꿈으로써 장좌리 장도 유래 전설의 전통적인 주인공으로 존재한 송장군의 낙인을 지우는 데는 성공했지만 역사적 실존인 장보고란 이름을 새겨 넣지 못함으로써 캐릭터의 분화 역시 미완성으로 끝났다. 장장군이란 이름은 당연히 송장군과 다른 개체성을 보여주지만 장보고란 이름보다는 일반성의 영역에 놓여있는 것이다.

[자료1]의 장보고 전설이 <송장군 전설>의 장좌리 장도 계열 텍스트로부터 분화된 본격적인 텍스트가 되지 못한 이유는 장보고의 암살과 함께 이루어진 역사적 지평의 변이와 관련되어 있을 것으로 생각된다. 실존 인물에 관한 전설은 그 인물이 환기하는 역사적 맥락이 가장 핵심적인 성립의 동기가 된다. 전설은 민중이 그 인물에 관하여 기억하는 하나의 방식이기 때문이다. 그렇다면 반대로 역사적 맥락 자체의 거세는 해당 인물에 관한 전설의 형성 및 전승 기반을 붕괴시키는 직접적인 원인이 될 수 있다. 장보고의 암살과 함께 이루어진 청해진의 파괴는 장보고 전설의 전승 과정에 치명적인 장애 요인이 되었을 것이며, 이는 장보고 전설의 장좌리 장도 계열에서도 예외가 될 수 없다. [자료1]은 청해진의 파괴와 더불어 장보고를 주인공으로 한 본격적인 장좌리 장도 당제 유래 전설로 완성될 기회를 상실한 것이다. [자료1]이 장좌리 장도 당제 유래 전설이 아니라 장도의 인근에 위치하여 주인공들의 치명적인 힘내기 공간인 까투리 섬의 지명유래 전설로 남은 것도 이 때문이다. 한편으로 장보고를 주인공으로 한 장좌리 장도 당제 유래 전설의 완성 기반 붕괴는 [자료3]의 <송징 전설>이 형성될 수 있는 계기로 작용했을 것으로 생각된다. 장좌리 장도 유래 전설이 장보고를 주인공으로 완성될 수 있는 기회가 정치적인 압력에 의해 사라지면서 이러한 외부의 환경은 역설적으로 장좌리 장도 유래 전설의 주인공을 다시금 교체할 필요성을 제기했을 것으로 보인다.

이제, [자료1]의 장보고 전설이 [자료3]의 <송징 전설>로 교체되는 구체적인 양상에 관해 살펴보기로 하자. 외부적인 환경의 급작스런 변이에 의해 실존 인물인 장보고가 환기하는 역사적 지평이 장좌리 장도 당제 유래 전설로부터 분리됨에 따라 일단 텍스트의 형태는 <송장군 전설>의 장좌리 장도 계열의 그것으로 회귀했을 것으로 생각된다. 그러나 실존 인물인 장보고의 역사적 지평과 분리되어 나온 <송장군 전설>의 장좌리 장도 계열의 텍스트가 환기하는 의미망과 인식 지평은 장보고 전설과 결합되기 이전의 단계와 동일할 수는 없다. 텍스트 표면에서 실존 인물인 장보고를 직접적으로 연상시키는 지표는 거세되었으나 향유층의 인식 지평 속에서는 여전히 그 흔적을 남기고 있다고 보아야 한다.

장보고 사후 장좌리 장도 당제 유래 전설의 송장군은 장보고의 청해진 시대 이전부터 존재한 전설의 주인공이되 실존 인물인 장보고가 환기하는 역사적 · 정치적 의미망을 떠안은 인물로 인식되었을 것이다. 즉 향유층의 인식 지평 속에서 송장군은 여전히 장도란 지역과 관련된 어떠한 역사적인 실존 인물의 전설과도 결합될 수 있는 일반 명사이되 통일신라 말기 장도에 청해진을 건설하여 한 때 그 곳의 당제 유래 전설의 주인공이 된 장보고를 환기시키는 특수 명사화 한 것이다. [자료3]의 부하인 엄장군에 의해 살해된 송징 장군이란 캐릭터는 이러한 향유층의 인식 지평이 반영되어 송장군이란 캐릭터가 상대적으로 보다 특수화된 형태로 생각된다.[36] 장보고란 역사적 실존 인물에 대한 경험적 지평이 장좌리 장도 유래 전설의 향유층에게 던진 파장의 결과가 인식의 차원을 넘어 텍스트의 차원으로 형상화된 것이 바로 부하인 엄장군에 의해 살해된 송징 장군인 것이다. 외부 환경의 압력에 의해 실존 인물인 장보고와 염장을 둘러싼 역사적 · 정치적 맥락을 본격적으로 텍스트화 하는데 이르지 못했던 장보고 전설이 송징이라는 페르조나를 통해 구체화되는데 성공한 것이다.

이 단계에서 송징은 장좌리 장도 당제 유래담의 전통적인 주인공인 송장군이 지역적인 특수성과 결합하여 특수화된 캐릭터인 외에 장보고란 실존 인물이 환기하는 역사적 지평과 이에 대한 향유층의 인식 지평을 체현한 상징적인 캐릭터가 된다. 현재까지 완도군 일대에서 널리 전파되어 있듯이 장보고가 곧 송징이요, 송징이 곧 장보고라는 인식

---

36) 물론 [자료3] 자체는 삼별초 송징의 장좌리 장도 유래 전설이 성립된 이후 완성된 텍스트로 보인다. 이를 감안하더라도 고래로부터 장좌리 장도 유래 전설로 존재한 <송장군 전설>이 상대적으로 특수화 한 것이되 그 인식 지평 속에 장보고의 역사적 지평을 깔고 있는 송징의 장좌리 장도 유래 전설이 구현하고 있었을 텍스트의 흔적을 엿보이게 하는 자료로 판단된다.

은 바로 이러한 향유와 전승의 기제로부터 출발한다.37) 장좌리 장도 유래 전설의 송징이 이처럼 역사적 실존 인물인 장보고의 상징적인 페르조나로서의 성격을 상대적으로 강하게 띠는 시기는 장보고 사후 청해진이 파괴된 시점으로부터 고려조의 특정 시기에 장좌리 장도 일대에 고려 장사인 송징이란 캐릭터와 관련 전설이 형성되기 이전까지로 보인다. 이 기간 중에 장좌리 장도 유래 전설의 주인공 송징은 텍스트의 표면적 차원에서는 역사적인 시간성과 결합되지 않은 무시간적인 존재로, 향유층의 인식 지평 차원에서는 장보고의 청해진 건설 이후로부터 청해진이 완전히 파괴되기 이전까지의 역사적인 시간성과 결합된 이원화하여 존재하였을 것으로 생각된다.

고려 시대에 접어들면서 장좌리 장도 당제와 실존 인물인 장보고와 관련된 역사적 지평 사이의 분리는 심화되었을 것으로 보인다. 그 출발은 장도의 고려 장사 송징이란 캐릭터와 그 관련 전설의 형성이다. 장도를 중심으로 고려 장사 송징이라는 캐릭터와 관련 전설이 형성되면서부터 실존 인물인 장보고와 관련된 역사적 맥락은 향유층의 인식 지평 속에서도 상대적으로 약화되는 단계로 접어들었을 것으로 생각된다. 일단 장도의 <송징 전설>은 고려 장사 송징이라는 캐릭터가 형성됨에 따라 무시간적인 존재에서 고려라는 역사적인 시간성을 배경으로 한 인물로 특수화되는 변이 양상을 나타낸다.

그런데 고려 장사 송징이란 캐릭터가 기대고 있는 고려라는 시간성은 특정한 지명 혹은 지리 공간을 전설 유래의 배경으로 하게 되면서 새로운 층위에서 다시금 장보고 전설과 만나게 된다. 다음의 두 자료를 보자.

---

37) 물론 모든 <송징 전설>이 장보고 전설에 대응되는 것은 아니다. 앞서 본고에서 누차 강조했듯이 <송징 전설>에는 다양한 계열이 존재하며 그 중에서도 장보고 전설과 그 텍스트 및 인식 지평이 오가는 것은 장좌리 장도 계열에 한정된다. 예컨대 호국신사·사현 계열은 장보고 전설과는 하등의 관계가 없다. 장보고와 송징의 관계는 텍스트와 인식의 차원으로 이분화해서 접근해야 하며, 그 각각 역시도 다층적으로 적층된 전승과 향유의 지층이 쌓여있는 만큼 세심한 접근이 이루어져야 함을 새삼 강조해 두자.

[자료4] 장군도에 있는 토성은 장보고가 만든 것이라 한다.[38]

[자료5] 장도의 토성은 고려 장사 송징이 쌓은 것이다.[39]

[자료5]은 장도에 있는 토성을 고려 장사 송징이 쌓았다는 축성 전설이다. 그런데 [자료4]에서 보듯이 이 장도의 토성은 장보고 전설 속에서도 증거물로 제시되고 있다. 장도에는 섬 둘레에 흙을 한켜 한켜 쌓아 올려 조성한 판축 토성이 현재까지 남아있는데, 이 토성이 바로 [자료4]의 장보고 전설과 [자료5]의 <송징 전설>에 등장하는 토성인 것으로 보인다. 최근에 이루어진 유적·지표 조사에 의하면 장도의 청해진 관련 유적, 특히 건물지와 사찰지 등에는 두 가지의 건립 연대가 존재한다. 바로 장보고의 청해진 시대와 고려 시대이다.[40] 이처럼 시대적으로 층차가 있는 유적이 공존한다는 것은 장보고의 청해진 시대에 조성되었던 장도의 유적이 장보고 사후 정치적 압력에 의해 청해진이 파괴된 뒤에 고려 시대에 와서 다시금 일정한 세력에 의해 그들에 필요에 따라 새롭게 조성되었다는 역사적인 사실을 말해준다.[41] 장도의 토성이라는 역사적 증거물에 의해 신라 시대의 실존 인물인 장보고의 전설과 그 실존성을 증명할 길은 없으나 고려라는 특정한 역사성을 배경으로 하는 송징의 전설이 시대를 초월하여 조우하고 있는 것이다.

그러나 두 인물 및 관련 전설이 관계를 맺는 방식은 장보고의 죽음

---

38) <완도읍 장좌리 장군도 토성(土城)>, 『완도향교지』, 완도향교지편찬위원회, 1980
39) "將島土城, 高麗壯士, 宋徵築城", 『朝鮮實輿勝覽』, 1929
40) 장도의 발굴조사 결과에 대해서는 『장도·청해진-유적발굴조사보고서』, 국립문화재연구소편, 2001을 참조하기 바람.
41) 현존하는 장도 소재 개개의 유적들은 장보고의 청해진 시대와 고려 시대를 각각 기준으로 할 때, 상대적으로 다른 친연성을 보여준다. 예컨대 장도의 목책이 장보고의 청해진 시대에 밀착되어 있다. 각각 지금도 뚜렷한 흔적이 남아 있는 길이 331m의 목책 열은 세 차례에 걸친 방사성 탄소연대측정 결과 청해진이 있었던 828~851년 사이에 세워진 것으로 밝혀진 바 있으며, 높이 3~4m 직경 30cm 내외의 50~60년생 소나무를 해변에 박아 놓은 것으로 접안시설 내지 방벽으로 사용되었을 것으로 추정된다. 반면 법화사 유적은 고려 시대의 흔적을 상대적으로 풍부하게 남기고 있다.

직후 이루어진 장보고와 송징의 그것과는 그 양상이 판이하게 다르다. 바로 앞 단계에서 무시간적 존재인 송징이 실존 인물인 장보고의 역사성과 그에 대한 향유층의 인식 지평을 상징적으로 드러내는 페르조나로서의 성격이 상대적으로 강했다면, 고려라는 시간성을 배경으로 한 이 단계의 송징은 개별적인 개체로서의 존재성과 특수성을 보다 강화한다. 여전히 장보고를 기억하는 향유층들에게 있어서는 장도 토성이라는 증거물의 일치성이 장사 송징을 통해 장보고의 역사적 실존성을 상기시키는 계기로 작용하겠지만 고려 장사라는 캐릭터가 지니고 있는 시간적 특수성과 개별적인 개체성은 이러한 연상 작용을 현저하게 약화시킨다. 다시 말해서 장보고와 송징 사이에 존재하고 있던 연결고리가 약화되면서 장보고란 실존 인물이 환기하는 역사적 · 인식적 지평에 대해 개별적인 개체로서의 송징이 맺고 있는 관계의 분리성이 강화된 것이다.

고려 시대에 접어들어 장도 토성이라는 특정 지역을 중심으로 장보고 전설과 <송징 전설> 사이에 발생한 이러한 전승 맥락의 변이는 그대로 장좌리 장도 당제 유래 전설의 그것에 적용된다. 장도 토성을 증거물로 하여 형성된 고려 장사 송징이란 캐릭터는 앞서 [자료3]에서 살펴보았듯이 장좌리 장도 당제 유래 전설에도 등장한다. 장보고 사후 그 주인공이 무시간적 · 탈역사적인 존재로 돌아갔던 장좌리 장도 당제 유래 전설은 이 단계에 이르러 고려라는 시간성과 밀착되게 된 것이다. 개별적인 개체성을 부각시킨 고려 장사 송징이란 주인공에 의해 상대적으로 역사적인 특수성을 강화함에 따라 고려 시대의 장좌리 장도 당제 유래 전설은 인식 지평의 측면에서도 역사적인 실존 인물인 장보고와 분리되는 방향으로 나아간 것으로 생각된다.

[자료3]의 <송징 전설> 어디에도 장보고를 환기시키는 상징적인 지표 및 설정은 찾아볼 수 없다. 이러한 양상은 장좌리 장도 유래 전설이 고려 시대에 들어와 고려 장사 송징이란 캐릭터를 통해 개별적인 개체성과 역사적인 시간성을 상대적으로 강화함에 따라 [자료1]의 장보

고 전설을 거쳐 [자료3]의 <송징 전설>에 이르기까지 변이해온 전승의 역사를 다시금 거슬러 그 원형인 <송장군 전설>에 그 형성의 직접적인 탯줄을 댄 것이 아닌가 생각된다. 이는 역설적으로 실존 인물인 장보고가 환기하는 역사적 자장과 그에 대한 향유층의 인식 지평이 약화됨에 따라 상대적으로 캐릭터 차원의 역사적 시간성의 강화와 텍스트 차원의 원형적 서사골격 강화로 나아가간 변이의 구체적인 양상을 읽어낼 수 있다.

이러한 두 차원으로 구체화된 장좌리 장도 당제 유래 전설의 변이는 삼별초 송장군이라는 역사적인 실존 인물 및 관련 전설과 결합되면서 더욱 강화된다. 삼별초 송장군은 실존 인물로서 구체적인 역사적·정치적 지평 속에 위치한다. 그 실존성은 확인할 길이 없으나 그 존재성이 고려라는 시간성에 한정된다는 점에서는 무시간적 존재인 송징 보다 상대적으로 특수화된 고려 장사 송징에 비해서도 그 개별적 정체성이 강화되어 있다. 장좌리 장도 당제 유래 전설은 삼별초 시대에 접어들어 장보고에 필적할 만한 실존성을 지닌 인물이 환기하는 역사적 지평과 결합되게 된 것이다.

역사적 실존성이 부여하는 자유로움은 송장군이란 이름과 송징이란 이름 사이를 오가는 장좌리 장도 당제 유래 전설의 주인공이 매 전승의 단계마다 지니는 일반성과 특수성의 상대적 진폭을 좁혀놓았다. [자료7]과 [자료9]에서 보듯 삼별초 시대 이후의 장좌리 장도 당제 유래 전설이나 관련 자료를 습합한 <송장군> <송대장군가> 같은 작품에서 그 주인공이 삼별초 송장군이기도 하고 송징 장군이기도 한 것은 이처럼 인물의 역사적 실존성이 부여한 인식의 유연성 때문이다. 삼별초 시대 이후 실존 인물인 삼별초 송장군이 환기하는 역사적 지평이 장좌리 장도 당제 유래 전설에 유입됨에 따라 송장군 혹은 송징의 개별적인 정체성은 실존적인 그것으로 완성되었다고 할 수 있으며, 이는 다시 청해진 시대의 실존 인물인 장보고가 환기하는 역사적·인식적 지평과의 분리라는 방향성을 더욱 명확하게 했다고 볼 수 있다.

4. 나오는 말

　본 연구는 장보고의 청해진이 있던 장좌리 장도 당제 유래 전설의 형성 및 분화 과정에 나타난 장보고 전설과의 상관관계를 까투리 섬 지명유래 전설을 중심으로 고찰하였다. 장보고 전설과 장좌리 장도 당제 유래 전설의 서사 구조적 상관관계, 장좌리 장도 당제 유래 전설의 변이 과정과 장보고 전설의 관련성을 집중적으로 규명해 보았다.

　1. 장좌리 장도 인근의 두 토착 해양 세력이 공존할 수 없는 힘의 대결을 벌이다 그 한 쪽이 패망하며, 그 힘내기가 까투리 섬을 배경으로 벌어진다는 점에서 장보고 전설의 까투리 섬 유래 전설은 장좌리 장도 송징 당제 유래 전설과 동일한 서사원리로 되어 있다. 동일한 서사구조가 각기 다른 인물 전설과 결합하여 지명과 신앙 유래 전설로 각각 분화했다고 볼 수 있다. 수목을 의인화 한 인물신인 엄장군이 환기하는 허구적 서사의 맥락과 염장이라는 실존 인물에 관련된 역사적 사실의 맥락 결합되는 것은 이차 단계이다. 신화적 세계관과 미의식의 관점에서 보자면 장보고 전설의 하위 유형인 까투리 섬의 지명유래 전설이 장좌리 장도 당제 유래 전설로 존재하는 <송징 전설>보다 신화적인 친연성이 상대적으로 강한 텍스트로서 더 오랜 시원을 보여준다. 그런데 까투리 섬을 힘내기의 대결공간으로 설정한 두 전설 유형 중한 쪽은 까투리 섬의 지명유래 전설로 남았고, 다른 한 쪽은 당제유래 전설로 전승된다. 까투리 섬에서 벌어진 두 해양세력의 신화적인 힘내기를 당신화의 내러티브로 구성한 장좌리 당제 유래 전설의 서사구조를 까투리 섬 유래 전설이 공유하고 있다는 것으로, 이는 뒤집어 생각해 보면 장보고 전설의 까투리 섬 유래 전설이 장좌리 장도 당제의 당신화와 동일한 신화적 원형으로부터 배태되었다는 것이다.

2. 장좌리 장도 당제 유래 전설의 원형은 실존 인물인 장보고가 환기하는 역사적 지평과 결합되면서 완도군 일대의 보편적인 장군 전설의 주인공인 송장군에서 장보고를 일반화한 장장군으로 교체되었을 것으로 보인다. 역사적 실존 인물이 당제 유래 전설의 주인공으로 등장하는 것은 그의 사후에 이루어진다는 점을 고려할 때, 장좌리 장도 당제 유래 전설의 본격적인 주인공 교체와 텍스트의 본격적인 분화는 장보고 사후에 이루어졌을 것이다. 그런데 장보고의 암살과 함께 이루어진 청해진의 파괴가 장보고를 주인공으로 한 본격적인 장좌리 장도 당제 유래 전설이 완성될 기회를 박탈한 대신, <송징 전설>의 장좌리 장도 유래담이 형성될 수 있는 계기로 작용했을 것으로 생각된다. 장보고 사후 실존 인물인 장보고가 환기하는 역사적 지평이 장좌리 장도 당제 유래 전설로부터 분리됨에 따라 일단 텍스트의 형태는 <송장군 전설>의 장좌리 장도 계열의 그것으로 회귀했다가 송징으로 분화되었을 것으로 보이는데, 이 과정에서 외부 환경의 압력에 의해 실존 인물인 장보고와 염장을 둘러싼 역사적·정치적 맥락을 본격적으로 텍스트화 하는데 이르지 못했던 장보고 전설이 송징이라는 페르조나를 통해 향유되는 우회적인 전승 형태를 구축하게 되었을 것으로 생각된다.

III. 통일신라기 조음도(助音島) 장보고 제의의 존재 가능성과 고려조 장좌리 송징 당제의 이원적 체제

1. 들어가는 말

당제(堂祭)란 이행하는 해당 마을의 지역민의 삶에 막대한 영향을 미치는 존재를 제향(祭享)하는 제의행위(祭儀行爲)다. 제의의 대상이 인격신(人格神)이건 아니건 이 명제는 변함이 없는 당제의 성립 조건 이다. 인격신, 특히 역사적인 인물일 경우, 해당 지역의 지역사와 불가 분의 관계에 있는 경우가 대부분이다. 역사적 인물을 제향 하는 당제란 지역사의 특정 시기에 영향을 미친 인물을 해당 마을의 지역민이 기억 하는 방식인 셈이다. 이런 당제의 본질적인 성립 조건을 고려할 때 완 도군 장좌리 장도 당제의 주인공이 장보고인 것은 일견 당연해 보인다. 완도군 장좌리 출생으로 장도에 청해진을 건설하여 통일신라를 넘어 서 동북아시아의 해상경제권을 장악한 역사적 인물이 장보고인 만큼 장좌리 당제(長佐理 堂祭)가 장보고를 주신으로 삼는 것만큼 당제 성 립의 기본 명제에 딱 들어맞는 경우도 드물다.

그런데 장좌리 당제의 역사를 구체적으로 들여다보면 의외의 사실 을 한 가지 발견하게 된다. 장보고가 장좌리 당제의 주신(主神)으로 배 향(配享)되기 시작한 것은 1982년부터이다. 장좌리 당제가 1982년에 개최된 남도 문화 축전에 출전하면서 장보고를 공동 주신으로 배향하 기 시작하면서 비롯되었다. 장보고가 공동 주신이 되었다면 장좌리 장 도 당제의 주신은 따로 있었다는 얘기가 된다. 원래 장좌리 장도 당제에서 주신으로 제향된 인격신은 송징(宋徵)이다. 적어도 1980년대 초반까지는 장좌리 장도 당제의 주신이 장보고가 아니라 송징이란 인격신이었던 것이다. 원래 송징을 제향 했던 장좌리 당제에 장보고를 추배(追配)하기 시작한 것은 일차적으로 한국 역사상 유명한 인물인 장보고를 내세워 완도군(莞島郡)의 문화적 위상을 제고하고자 하는 정치적·행정적 의도가 개입되어 있는 것으로 보인다.

그러나 정치적·행정적인 차원으로만 보기에는 이러한 신격체제 변동의 이면에 깔려있는 문제가 심상치 않아 보인다. 당제의 신격 배향은 해당 마을 지역민 사이의 약속에 의해 이루어지는 것일 뿐 아니라 그 체계는 역사적·전통적 맥락을 배후에 깔고 있다. 당제의 신격체계 변이는 비록 강력한 외부적 요인이 있다 하더라도 쉽사리 일어날 수 있는 사안이 아니다. 만약 신격체계가 변동되었다면, 그 배경에는 해당 지역의 역사적 전통에 따른 내재적인 요인의 뒷받침이 반드시 존재한다는 것이다. 다시 말해서 장보고가 공동 주신으로 추배되었다면 여기에는 장보고란 역사적인 인물에 관한 지역민의 신앙체계와 장좌리 장도 당제와의 역사적인 상관성이 전제되지 않고서는 불가능하다는 것이다. 게다가 장보고의 추배 이전부터 송징의 부신(副神)으로 배향되었던 정년(鄭年)은 장보고의 부장(副將)이었던 인물이다. 장좌리 장도 당제의 신앙체계와 향유전통 속에 장보고와 송징 사이의 특별한 메카니즘이 작용하고 있음을 확인할 수 있다.

지금까지 장보고 신앙 및 당제의 존재 가능성에 관한 연구는 이루어진 바가 없다. 관련 연구로 거론할 수 있는 것은 장보고 전설의 존재 및 전승 양상과 문헌기록과의 상관관계를 규명한 연구[42]와 장좌리 장도 당제의 제의구조에 관한 일련의 연구[43]이다. 이러한 연구를 통해

---

42) 권도경, <장보고 구비 전설에 나타난 인물형상화 방식과 기술태도에 관한 연구>, 『온지논총』 14, 2006

43) 나경수, <완도읍 장좌리 당제의 제의구조>, 『호남문화연구』 19, 1987
　　나경수, <완도 장좌리 당제의 조사보고와 세계상 고찰>, 『용봉논총』 20, 전남대학교 인문과학연구소, 1991

장보고 당제의 존재 가능성과 송징 당제와의 관련성을 본격적으로 고찰할 기반이 마련되었다고 할 수 있다.

본 연구에서 구체적으로 고찰해 보고자 하는 것은 두 가지이다. 첫째는 통일 신라 시대의 조음도(助音島) 제의와 장보고 신앙과의 관련성이다. 송징 당제의 역사적 상한선은 고려시대다. 장보고 신앙 및 당제가 존재했다면 그 시기는 고려시대 이전으로 거슬러 올라가야 한다. 장보고가 살았던 당대에 완도군 장좌리 장도에는 토착신앙을 국가제의화 한 조음도 제의가 존재한다. 통일신라의 조음도 제의와 장보고 신앙 및 당제와의 관련성을 검토해 봄으로써 장보고 당제의 존재 가능성을 규명해 보기로 한다. 둘째는 장보고 당제의 정체와 송징 당제와의 관계이다. 장보고 신앙 및 당제의 성립기반을 면밀히 고찰하고, 형성 및 변모의 과정을 구체적으로 고찰해 볼 것이다. 아울러 그 변이의 과정 속에서 송징 당제로 교체되는 양상을 분석해 보기로 한다.

2. 통일신라의 조음도 제의와 장보고 신앙과의 관련성

장보고당이 존재했다면 그 시기는 장보고가 청해진을 중심으로 동북아 해상 무역의 정점에 있었을 신라 하대 당대가 가장 유력하다. 장보고 제당의 위치는 청해진의 본거지가 있었을 것으로 추정되는 장도(將島)가 가장 유력하다.[44] 게다가 『仁同張氏大同譜』와 『張氏淵源寶鑑』

---

44) 『삼국사기』에는 청해진이 완도("淸海今地莞島")라고 되어 있지만 장도가 청해진의 본거지였을 가능성은 최근에 집중적으로 이루어진 유물·유구 및 지표조사를 통해 입증되고 있다. 1991년부터 1998년까지 조사되었던 장도(將島) 청해진 관련 유적에서 제사와 관련된 유적과 유물이 조사되어 신라의 중사였던 청해진 조음도 제사와 관련하여 주목을 받고 있다. 제사 행위를 하는 제단(祭壇)과 같은 건물지와 그 근처에 제사에 쓰였던 것으로 보이는 유물들을 묻은 구덩이가 발굴 결과 드러난 것이다. 구덩이에는 철로 만든 솥이나 작은 상·남작 토기병·청동병 등이 묻혀 있었는데, 그것들은 인위적으로 폐기된 것이었다. 고대 제사에서 제물이나 제사에 사용된 용기를 태우거나 깨뜨려 땅에 묻는 행위는 널리 행해졌다. 장도 유적의 구덩이와 유물들도 제사 행위와 관련된 것으로 보인다. 이에 대해서는 국립문화재연구소 유적조사

등에 의하면 장보고는 지금의 완도읍 장좌리 출생이다. 장좌리 장도의 장보고당 및 장보고 당제와 관련하여 주목되는 것이 바로 조음도(助音島)에서 행해진 신라조의 국가제의이다. 이 조음도는 바로 장도의 신라시대 명칭이다. 다음의 자료를 보자.

[자료1] 청해진은 신라에서 종묘제사를 지내던 성스러운 곳이고 청해진은 조음도(助音島)다.[45]

[자료1]은『삼국사기』잡지(雜志) 제사조(祭祀條)에 실려 있는 기사이다. 이 기록에 의하면 청해진 조음도(助音島) 제사는 대중소사(大中小祀) 가운데 중사(中祀)로 편제되어 있다. 역사학계의 연구 성과를 참조하자면 대중소사 체계는 7세기 후반에서 8세기 초반까지는 정비되었던 것으로 나타난다.[46] 이로 미루어 조음도의 제사를 국가제사 가운데 중사로 편입한 것은 청해진이 설치된 흥덕왕(興德王) 3년(828) 이후일 것으로 보인다.

조음도에서 신라의 국가제사가 행해졌으며, 그 조음도가 청해진이라 했으니, 이 조음도의 국가제의는 장보고와의 관련성을 숨길 수 없다. 그러나『삼국사기』의 이 기록은 장보고와의 관련성을 표면에 드러내지 않고 있는데 이는 두 가지 측면으로 생각해 볼 수 있다. 첫째는 장보고에 대한 신라 정부 및 기득층의 공식적인 입장이 부정적이었다는 사실이다. 신라 당대에 이루어진 공식 사서는 비록 남아있지 않지만 신라 왕족 출신으로 신라 기득층의 의식을 계승하고 있는 김부식의 『삼국사기』가 장보고에 관해 기술하고 있는 방식을 살펴보면 그에 관한 신라 정부 및 기득층의 공식적인 입장을 간접적으로 알 수 있다.

연구실,『장도 · 청해진: 유적발굴조사보고서』, 국립문화재연구소 · 완도군, 2001~2002; 윤근일 · 김성배 · 정석배,『청해진에 대한 종합적 고찰: 장도 청해진 유적 발굴조사 성과를 중심으로』, 해상왕장보고기념사업회, 2003를 참조하기 바람.

45)『三國史記』卷三十二

46) 이에 관해서는 나희라,『신라의 국가제사』, 일조각, 2003을 참조하기 바람.

신라 골품제 하에서 장보고는 문제적 인물이었던 것으로 생각된다. 골품제의 하위에 위치하되 개인적인 능력은 기득층을 능가할 뿐 아니라, 당대 동북아의 강자인 당나라에서도 통할만 했으니 신라 건국 후부터 확고하게 유지되어 온 사회제도 안에서는 용납될 수 없었던 인물인 것이다. 만약 장보고의 능력이 귀족들의 밑에서 하수인 노릇하기에만 적합했거나 신분질서와 양립할 수 없는 자신의 재능에 대한 회의를 품지 않았더라면 역사의 반역도당으로 기록되는 일은 없었을 것으로 생각된다. 역사는 권력을 소유한 자들의 것인 만큼 신라 이후로 기록되고 전승되어온 문헌 자료 속 장보고의 인물형상 속에 부정적인 조작과 왜곡이 일정 정도 개입되어 있을 것임을 짐작할 수 있다.

『삼국사기』는 장보고의 영웅적 능력은 인정하면서도 출신 신분의 미천함을 들어 폄하하려는 의식을 드러낸다. 신라 귀족 집안 출신인 편찬자 김부식의 계층의식이 노출되는 대목이다. 김부식은 삼국통일의 영웅인 김유신과 비교하여 장보고의 사람됨이 모자라기 때문에 그의 기록이 널리 전해지지 않는 것이 당연하다고 하였다. 고려조 당시에도 이미 중국 측 사서를 제외하고는 국내에는 장보고 관련 기록이 거의 상실되었음을 알 수 있다. 이는 반역도당 장보고에 대한 조직적인 기록의 왜곡과 제거가 있었음을 추정케 하는 대목이다. 능력 면에서는 김유신과 방불하나 김부식이 보기에 장보고는 반역도당이고 김유신은 민족적 영웅이다. 사람됨 운운하는 김부식의 평가에는 신라의 중앙정부를 위시한 기득세력으로부터 면면히 이어져온 시각이 내재해 있는 것이다. 여기에 더하여 장보고는 하층 출신으로서 중국에서 거둔 성공을 바탕으로 본국으로 귀향하여 골품제의 한계를 뛰어넘은 사람이다. 신라 진골 귀족의 혈통을 이어온 고려조의 문벌 귀족 출신인 김부식이 보기에 장보고는 능력만 믿고 체제에 반한 인물에 불과한 것이다.

이러한 기득층의 인식은 "해도인(海島人)"이라는 표현에서도 단적으로 드러난다. "해도(海島)"란 신라의 수도인 경주에 상대적인 개념으로 지방이란 뜻이다. 중심에 대한 주변성을 상징한다. 이러한 주변성은 비단 지리적인 개념만은 아니다. 신라 골품제 하의 계층성도 포함한다. 능력이 신분에 따라 재단되는 신라 사회에서 해도인이란 신분의 미천함을 표현한 말에 다름 아니다. 『삼국사기』와 『삼국유사』에서 이러한 양상이 나타난다. 『삼국사기』에서는 "단 그 향읍(鄕邑)과 부조(父祖)를 알 수 없"[47]는 "해도인"[48]이라 하였고, 『삼국유사』에서는 "측미(側微)"하다고 하였다. 장보고의 신분에 대해 『삼국사기』가 상징적인 표현을 썼다면, 『삼국유사』는 상대적으로 직접적인 표현을 쓰고 있음을 확인할 수 있다. 미천한 신분 출신이라는 장보고의 캐릭터는 그의 성명 명명법에서도 나타난다. 『삼국사기』에서는 궁복(弓福)[49]이라 했고, 『삼국유사』에서는 궁파(弓巴)[50]라 했다. 비록 성씨의 사용이 일반화되지 않은 시기[51]였긴 했지만 귀족이나 왕족 출신들은 이미 성씨를 가지고 있었으며, 그렇지 않은 경우라 하더라도 기득층 내부에서 일정한 권력을 보유한 인물들에 관한 기록에서는 성씨를 붙인 중국식 이름으로 기록을 해주는 경우가 보편적이라는 점을 고려할 때, 궁복·궁파라는 성명의 표기 형태는 그 자체로 이미 장보고 신분의 한미함을 드러내는 것이라 할 수 있다.

반면, 중국 문헌설화인 『번천문집』에서는 장보고의 출신 성분에 관해 전혀 언급하지 않고 있다. 다만 "신라" 사람이라고만 되어 있을 뿐이다. 물론 신라는 아시아의 중심 당나라에 비하면 주변국가에 불과하다. 신라라는 표현 역시 변두리성을 상징한다는 것이다. 하지만 중국 문헌설화에서는 이러한 출신성분의 변두리성은 개별적인 능력에 의해서 얼마든지 극복 가능한 것으로 인식되고 있음이 확인된다. 이는 누구나 능력에 따라 그에 걸맞는 지위를 획득할 수 있었던 국제화된 국가

---

47) "張保皐(羅記作弓福), 정년(年或作連), 皆新羅人, 但不知鄕邑父祖", 『三國史記』 권44, 列傳, 張保皐鄭年傳
48) 『三國史記』 권11, 문성왕 7년 3월조
49) 『삼국사기』 권10, 신라본기
50) 『삼국유사』 권2, 기이
51) 노태돈, <羅代의 門客>, 『한국사연구』20·21, 1975, 57쪽

당나라에서 중요한 것은 후천적으로 갈고 닦은 능력이지 선천적인 신분이 아니었기 때문인 것으로 보인다. 예컨대, 개별적인 능력에 의해서 국제화된 당나라 질서 속에서 일정정도 지분을 획득하는데 성공한 장보고는 『번천문집』·『구당서(舊唐書)』·『신당서(新唐書)』에서 "장보고(張保皐)"라는 중국식 성명을 부여받고 있다. 『삼국사기』에서도 『번천문집』처럼 "장보고(張保皐)"란 표기법을 따르고 있기는 하나, 『삼국사기』 편찬자가 바라보는 장보고의 인물 형상은 어디까지나 궁복(弓福)이 형성하는 의미망 내부에 있다.

이처럼 장보고가 타고난 출신 신분의 미천함은 그가 보유한 비범한 능력과 상충된다. 신라 하대의 혼란과 느슨해진 신분제도의 틈을 타고 계층질서의 사다리를 일정정도 타고 올라가는 데는 성공했지만, 이 둘의 괴리는 끝내 장보고의 암살이라는 비극적인 죽음으로 귀결되었다. 『삼국사기』에서는 경주 귀족들이 "해도인"인 장보고의 딸을 왕비로 삼는 것을 용납하지 못했다[52]고 되어 있다. 또한, 『삼국사기』에서 장보고는 개인적인 영달 때문에 반란을 꾀한 소인배로 형상화 되어 있다. 기실, 장보고가 반란을 일으킨 것은 신무왕계를 성립시킨 자신의 공로가 인정되지 않았기 때문으로, 하층 출신인 장보고의 반란은 진골귀족 세력의 조직적인 견제와 배제가 심화되었던 정치적 맥락 속에서 최후의 승부수로 선택된 것이었다. 하지만 김부식은 장보고를 그저 딸을 왕비로 맞아주지 않은데 앙심을 품고 반란을 일으킨 인물로 형상화 하고 있다. 장보고의 인간적 고뇌와 좌절과 욕망, 첨예한 정치적 대립 등의 모든 정치적 맥락이 거세되고 사사로운 감정으로 대의를 그르친 부정적인 역신으로 왜곡되고 있는 것이다. 오로지 실력 하나로 신라의 골품제를 무력화시킨 장보고에 대한 기존 체제 혹은 기득층의 조직적인 왜곡 의식이 엿보인다.[53]

---

52) 『三國史記』 권11, 문성왕 7년 3월조
53) 『삼국유사』는 『삼국사기』에서 장보고와 함께 열전에 올라있던 정년이 빠지고, 염장을 중심인물로 부각시킨 점이 특징이다. 두목의 장보고에 대한 사론 같은 것도 없다.

둘째는 조음도 제의가 지니는 중앙집권적·공식적 성격이 장보고란 인물이 지니는 지역성·비공식성과의 관계에서 보여주는 상충과 괴리이다. 조음도 제의는 종교적인 차원에서 각 지방을 신라 정부가 중앙에서 통제하기 위해 동원한 수단의 하나였다. 조음도 제사는 청해진 세력이 독자적으로 만든 특수 제사도 아니고, 장좌리 마을 거주민들이 자발적으로 만든 마을 부락제도 아니다. 그것은 신라 정부에 의해 공식적으로 치러진 국가적인 차원의 제의였다. 5세기 이후 신라는 주변의 여러 집단을 복속시키면서 중앙집권적 지배체제를 갖추어 나갔다. 권력을 한군데로 모으는 중앙집권적 지배체제를 갖추기 위해 왕권을 강화하고 중앙정부 조직과 지방제도를 정비하였다. 이와 함께 각 집단의 상이한 신화와 의례들을 중앙의 왕권을 중심으로 정비하는 작업도 진행되었다. 보편성과 평등성을 강조하는 불교는 지방에 대한 중앙정부의 통제를 확대하는 중요한 이념적인 수단이 되었다. 이러한 작업은 7세기 통일전쟁을 치르고 나서 더 가속화되었다. 확대된 영토와 다양한 인민을 하나의 원리로 묶어내는 작업이 더 절실해진 것이다.

신라는 그 원리를 당시 세계의 중심이던 중국에서 빌려왔다. 그것은 권위와 권력의 통일과 집중, 모든 수준의 정치력에 대한 일원적 편제를 특징으로 하는 율령체제(律令體制)였다. 율령적 지배체제는 유교적 정치이념이 그 뒷받침이 되고 있는데, 유교에서 권위와 권력의 문제는 예(禮)로 표현되었기 때문에, 율령체제에서 예제(禮制)의 정비는 중요한 문제였다. 예제에서 신과 인간과의 교감(交感)과 조화인 각종 제사는 길례(吉禮)로 정리되었는데 이는 국가와 왕실에서 지켜야할 예(禮) 중에서 가장 중요한 것이었다. 길례에는 다양한 수준의 많은 제사들이 포함되어 있다. 인간과 사회 존재의 근거인 하늘에 대한 제사, 왕실의 조상제사, 각 지역의 명산대천(名山大川) 제사, 성현

신무왕, 장보고, 염장이 핵심 인물로 관련되어 있는 장보고의 암살 사건에서 정작 그 당사자인 장보고는 포커스로부터 벗어나 있는 것이다. 『삼국유사』의 기술방식이 『삼국사기』보다 더 부정적임을 알 수 있다.

(聖賢)과 같은 역사적 영웅에 대한 제사, 기복적이며 주술적 제사 등등의 다양한 제사들이 국가와 왕실의 권위를 과시하는 상징 면에서나 실제적인 목적 달성에 공헌하는 중요도에 따라 일원적이며 차등적으로 편제되었다. 그 결과 대중소사(大中小祀) 체계가 정비되었다. 신라는 바로 이러한 국가제사 체계의 원리를 들여와 통일 이후 각종 제사를 편제하였는데, 왕경(王京)과 지방의 산천에 대한 제사를 대중소사 체계의 원리에 따라 구분하였다. 일정 산천에 대한 제사는 해당 지역민을 하나의 단위로 묶을 수 있는 것이었다. 통일 이후 지배체제를 재정비해야 할 신라 중앙정부에서는 지역집단을 그 세력의 대소(大小)에 따라 편제하고자 했는데, 한편으로는 군현제(郡縣制)라는 지방행정의 조직화로 또 한편으로는 대중소사라는 제사 편제로 실현하였던 것이다. 이렇게 편제된 제사는 국가가 그 제사의 거행 과정에 일정한 규정을 정하여 관여하는 국가제사였다.[54]

이러한 신라의 국가제사 체제와 성격으로 미루어볼 때, 조음도 제사는 장보고 개인이 아니라 어디까지나 신라 정부의 중앙집권적인 행정체제 안에 복속되어 있는 지역으로서의 청해진이 동북아 해상무역에서 차지하는 위상을 제고하는 차원에서 행해진 것으로 보인다. 다시 말해서 이는 국가제의인 조음도 제사를 통해 청해진이 장보고 개인의 통치권 속에 있는 것이 아니라 철저히 신라 정부의 관할 하에 있다는 사실을 강조하는 효과를 거두고자 했으리라는 점이다. 조음도 제사는 단순히 제의적인 측면 이상의 것, 즉 고대 동북아 무역센터인 청해진을 둘러싼 신라 정부와 장보고 사이의 소유권 쟁탈전을 배경으로 하고 있으며, 청해진에 대한 신라 정부의 지배력을 확인하기 위한 다분히 정치적인 차원에서 이루어 졌던 것이다.

그러나 청해진의 조음도 제사가 단순히 신라 정부의 정치적인 목적에 의해서만 향유되지는 않았을 것으로 보인다. 조음도 제사를 청해진

---

54) 신라의 국가제의 체제에 관해서는 나희라, 『신라의 국가제사』, 일조각, 2003을 참조하기 바람.

에 대한 신라 정부의 통치권 강화의 차원으로 활용하고자 한 것은 어디까지나 신라 정부만의 공식적인 의도일 뿐, 실질적으로 여기에 참여하면서 향유하는 대다수의 청해진 거민들에게 있어서 조음도 제의는 두 가지 차원의 또 다른 의미를 지니고 있었을 것으로 생각된다. 첫째는 마을 당제의 성격이다. 청해진에 거주한 대다수의 거민들은 그 앞바다를 생의 터전으로 삼고 일상을 영위해 나갔을 것인 바, 조음도 제의에 참여하는 청해진 거민들의 주된 기원 내용은 해상 활동을 벌이는 마을 주민들의 안전과 풍어(豊漁)·풍요(豊饒), 이를 바탕으로 한 마을의 안녕이었을 것이다. 오늘날의 서남해안 및 동해안의 해신당(海神堂)에서 행해지는 당제들이 모두 해상의 안전과 풍요를 기원하는 제사라는 사실을 상기해 보면 통일 신라 시대에 이루어진 조음도 제의 역시 실질적으로는 청해진 주민들에게 이와 동격의 의미를 지니고 있었을 것으로 보인다. 구체적으로는 풍어제·마을제의 성격을 지니고 있었을 것이다. 이러한 측면에서 조음도 제사는 청해진 거민에게 있어서 공식화된 마을 당제의 의미를 지니고 있었을 것으로 생각된다.

둘째는 장보고 개인에 대한 숭앙이다. 신라 정부의 중앙 통제와는 별도로 청해진은 일종의 경제 특구로 존재했으며, 독자적인 정치·행정 및 자립 경제 체제를 갖추고 있었다. 뿐만 아니라 이러한 독자적인 경제 특구로서의 청해진은 장보고란 개인의 통할 하에 있는 일종의 사유지로 존재했다고 할 수 있다. 다시 말해서 청해진이란 정치·행정·경제·생활 공동체는 장보고를 정점으로 한 시스템에 의해 존속·유지되고 있었다고 할 수 있는 것이다. 이렇게 볼 때 청해진 내부의 거주민들에게 있어서 청해진이란 공동체는 생활의 기반이 되며, 장보고는 그 시스템을 창조하고 유지시켜주는 주체이다. 특정한 공동체를 창조하고 그 안녕을 유지시켜주는 존재란 그 공동체에 소속된 인간에게 있어서 다분히 신화적인 의미를 띨 수밖에 없다. 특정 집단의 우두머리나 국가를 창업한 건국조가 그 공동체의 구성원들에 의해 신격화 되고, 제의의 대상이 되며, 동시에 신화의 주인공이 되는 것도 창조와 유지의 행위 속에 내포되어 있는 신화적 원리 때문이다. 즉, 인간은 질서의 창조 및 유지 주체와 그들의 행위에 대해 신화적인 방식으로 인식한다는 것이다. 이러한 신화적인 인식 원리에 근거할 때, 장보고는 청해진 거민들에 의해 비공식적인 차원에서 마을제의 혹은 풍요제로 존재했을 조음도 제의의 인격신과 같은 차원으로 인식되었을 가능성이 높다.

신라 정부에 의해 국가적인 차원에서 거행되었던 조음도 제의가 비공식적으로는 청해진 주민들에 의해 마을 당제, 장보고 당제의 차원으로 인식되었을 가능성이 있다면 이는 청해진 주민들에 의해 자치적으로 행해진 마을 당제, 즉 장보고 당제의 존재 가능성과 연결된다. 비근한 예로 우리나라의 해안 지역에서는 비극적인 최후를 맞은 역사적인 실존 인물을 어업과 풍어를 위한 마을 당제의 인격신으로 받아들이는 경우가 많다. 현재까지 연평도와 서해 도서 지역에서 임경업(林慶業)을 어업신·풍어신 등의 당신으로 모시고 있는 것이 대표적인 예이다. 연평도와 서해 도서 지역민들은 출어(出漁)를 나가거나 입항(入港)해서도 제일 먼저 당에 들어가 알리고 행동을 하며, 다른 곳에서 배 고사를 지냈다고 할지라도 임경업신이 모셔진 당을 다녀와야 고기잡이가 편안하고 고기도 많이 잡을 수 있다는 믿음이 굳건하게 존재한다. 심지어 강화도에서 출어 고사를 지냈다 하더라도 제사준비를 해서 연평도의 임경업 사당을 다녀와야 안전하고 풍어를 할 수 있었다고 믿는다.[55]

임경업처럼 해안·도서 지역의 당신으로 좌정하는 역사적 실존 인물에서는 일반적으로 다음과 같은 세 가지 공통적인 특징이 나타나는데, 이는 장보고에도 그대로 대입된다. 첫째, 살았을 때 높은 지위에 있었다는 것이고, 둘째, 죽음이 확실하며, 셋째, 큰일을 도모하다가 억울하게 죽어 원한이 사무쳐 있다는 것이다.[56] 우선 첫 번째 특징과 관

---

55) 『한국구비문학대계』 1~7, 184쪽
56) 이에 세 가지 특징에 대해서는 김동욱, 『한국민속학』, 새문사, 1986을 참조하기 바람.

련하여 장보고는 비록 신라 골품제 사회 질서 속에서 최하단인 기층 출신이지만 자신의 능력으로 이를 극복하여 청해진이라는 독자적인 정치·행정·경제 특구를 통합했다. 신라 정부도 이를 인정하여 진해 대장군, 청해대사 등의 관직을 내렸다. 두 번째 특징과 관련해서 장보고는 암살을 당했으며, 이러한 죽음은 장보고에 관련된 문헌 기록에서 큰 비중으로 다루어지고 있는 부분이다. 세 번째 특징과 관련하여 장보고는 청해진을 중심으로 한 자신의 독자적인 권력에만 만족하지 않고 이를 중앙에서 실현하고자 하다가 암살을 당했다. 게다가 이 암살은 자신이 도움을 주고 믿었던 사람들에게 배신을 당하는 형태였다. 장보고가 왕위에 옹립시켜준 신무왕·문성왕(文聖王) 부자에 의해 암살이 결정되었으며, 이를 직접 실행한 사람은 장보고의 부장으로 민애왕(閔哀王)의 암살과 신무왕 옹립에 이르는 쿠데타 과정에서 장보고의 실질적인 수족의 역할을 한 염장이었다. 여기에는 정치적인 이해득실과 갈등 외에도 인간적인 의리와 신뢰의 문제도 개입되어 있는 만큼 장보고의 비극적인 최후는 그 어떤 역사적인 인물들보다도 원한으로 점철된 비극적인 정서를 고양시킨다.57) 뿐만 아니라 임경업과 같은 인물은 마을 당제의 향유층에게 그가 바다의 모든 것을 주관하는 존재로 인식58) 되고 있는데, 해상 무역의 거점인 청해진을 건설하여 모든 활동을 통할하면서 동북아 해양무역 질서의 중심에 위치해 있었던 장보고라면 장도의 청해진 거민(居民)들에게 인근 바다의 주관자로 인식될 이유가

---

57) 장보고의 구비전설의 경우 특히 이 점을 강조하고 있는데, 이 중에서도 특히 <궁복 (弓福)의 원귀(寃鬼)>(전라남도 완도군, 박영준, 『한국의 전설』 제8권, 180~183쪽, 한국문화도서출판사, 1972)는 장보고의 원한을 초점화한 텍스트이다. 뿐만 아니라 장보고 무덤유래담에서도 역사적 희생양으로서의 비극성이 부각되어 있다. 장보고 무덤 유래 전설(<목 없는 맷둥 1>, 『장도·청해진 – 유적발굴조사보고서』, 국립문화재연구소편, 2001; <목 없는 무덤>, 『장도·청해진 – 유적발굴조사보고서』, 국립문화재연구소편, 2001)은 한결같이 머리 없는 무덤임을 강조한다. 이는 염장이 장보고를 암살한 뒤 머리를 가져가 왕에게 바쳤기 때문에 장보고의 무덤에는 그의 머리가 없다는 것으로 염장·왕과 같은 기득세력에 의해 죽은 장보고의 비참한 말로를 상징한다.

58) 『한국구비문학대계』 1~7, 184쪽

충분하다. 장보고 사후 장보고 개인에 대한 청해진 거민들의 공동체 제의가 존재했을 가능성이 높다는 것이다.

여기서 주목할 점은 중국과 일본에 남아 있는 장보고 신앙의 흔적이다. 중국과 일본은 청해진을 중심으로 한 장보고의 동북아 무역권 내에 있는 주요 사무역 대상국이다. 중국 등주(登州)에는 장보고가 건설한 문등현(文登縣) 적산(赤山) 법화원(法華院)이 그를 대리한 장영의 관할 아래에 있었고, 초주(楚州)에는 장보고와 긴밀한 관계에 있던 총관 설전(薛詮)·유신언(劉愼言)의 관리 하에 있었다.[59] 청해진 병마사 최훈이 845년 신라방에서 망명생활을 하던 중 엔닌을 만났다고 한『속일본후기(續日本後紀)』의 기록으로 보아 장보고 사단의 중국 이주를 엿볼 수 있다. 일본에는 완도의 백성 어여계(於呂系) 등이 장보고 사후 1년 후인 842년 무렵 이주했다는 구체적인 기록이『속일본후기』에 전한다.[60] 9세기 무렵의 신라인들은 일본의 북구주(北九州)나 난파(難波)에 집단 거주지를 형성하고 있었을 가능성이 있다. 장보고 사단은 이들의 주력으로 북구주에서 난파·내량경(奈良京)으로 물품을 운송했을 것으로 추정된다.[61] 이들 두 나라에 남아 있는 장보고 신앙의 모습은 거꾸로 담당층이 청해진에서 전승하던 이식 이전의 형태일 수 있다.

일본의 신라인 집단 이주지에 전하는 신라명신(新羅明神) 전설은 858년 원진(圓珍)의 원성사(園城寺) 신라명신 봉헌, 838년 원인(圓仁)의 적산명신(赤山明神) 봉헌 약속 및 그 제자들의 적산선원(赤山禪院) 건립과 적산명신(赤山明神) 봉헌 등이 차례로 이루어지는 과정에서 성립되었다. 전통적인 신라신 신앙으로부터 장보고 신앙으로 특화된 하나의 전승 상의 흐름을 보여준다. 장보고 이전에 존재하고 있던 신라신 신앙

---

59) 강봉룡, <한국의 해양영웅 장보고와 이순신의 비교 연구>,『지방사와 지방문화』5권 1호, 2002, 63쪽

60) "己等張寶高所攝嶋民也, 寶高去年十一月中死去, 不得寧居, 仍參着貴邦",『續日本後紀』, 승화 8년, 봄 정월 을사조

61) 김태도, <신라명신고>,『일본문화학보』9, 한국일본문화학회, 2000, 8쪽

이 장보고 시대에 장보고 신앙으로 변모하는 전승양상 및 향유의식상의 변이를 보여주고 있는 것이다. 특히 적산명신은 무인(武人)의 모습을 보여줌으로써 전통적인 신라신의 모습과는 차별화된 모습을 보여준다고 한다.[62] 문인의 모습을 하고 있는 전통적인 신라신과 다른 새로운 무인인 신라신은 무장으로 동북아 세계에서 국제적인 명성을 날렸던 장보고의 모습이 투영된 것일 가능성이 크다. 원진·원인이 모두 도당(渡唐) 이후 장보고 화신을 담은 신라명신과 적산 명신을 봉헌한 것으로 보아 장보고 신앙은 당나라 적산법화원 및 신라방에도 이미 전하고 있었던 것으로 볼 수 있다. 이렇게 본다면 당나라처럼 장보고의 무역과 관련된 신라인 집단 거주지가 있었을 것으로 추정되는 일본 난파(難波) 지역의 신라명신 신앙 역시 원진과 원인의 봉헌 이전부터 통일 신라 시대에 장좌리 장도 일대에 존재한 장보고 세력에 의한 장보고 신앙 및 당제와 관련되어 있을 가능성이 높다.

3. 장보고 당제의 정체와 송징 당제와의 관계

이제 장보고 당제의 존재와 그 위치에 관해 살펴보기로 하자. 다음의 자료를 통해 이 문제를 논의해 보기로 한다.

[자료2] 저희들이 옛날부터 전해오는 수호신이 있는데, 원래 장좌리는 장보고당이고 여기는 송대장군이라고 해.[63]

[자료2]는 완도 정도리(正道里)에 있는 송장군당(宋將軍堂)의 향유층이 구술한 텍스트이다. 일단 이 자료의 제보자로부터는 다음과 같은

---

62) 이에 대해서는 김태도, <신라명신고>, 『일본문화학보』 9, 한국일본문화학회, 2000을 참조하기 바람.
63) <송대장군 이야기>1, 완도읍설화 2, 완도읍 정도리, 이봉천, 『완도군의 문화유적』, 국립목포대학교 박물관, 1995, 436쪽

두 가지 사실을 확인할 수 있다. 첫째는 특정한 어떤 시기에 장좌리 장도를 중심으로 장보고를 주신으로 한 당제가 존재했다는 사실이다. 1982년 이전까지 장좌리 장도에는 송징을 주신으로 한 당제가 유지되고 있었다. 그런데 [자료2]의 제보자는 장좌리 장도당(將島堂)을 본래 장보고당(張寶高堂)이라고 못 박고 있다. 그렇다면 일정한 시기까지 장좌리 장도 당제가 장보고를 주신으로 숭배하고 있다가 특정한 시기에 송징으로 그 주신 체계를 바꿨다는 말이 된다. [자료2]의 제보자가 언급한 바와 같이 만약 장좌리 장도에 원래 송징이 아닌 장보고를 주신으로 한 당제가 존재했다면 그 시기는 일단 장보고의 청해진이 통일신라 정부에 의해 조직적으로 혁파되고, 그 전승의 주된 담당층이 김제(金堤) 벽골군(碧骨郡)으로 강제 이주되고 난 이후의 어느 시점이 아닐까 생각해 볼 수 있다. 통일신라 정부가 청해진을 혁파하고, 그 거주민들을 소거했음에도 불구하고 여전히 그 일대에서 장보고 잔당 세력의 저항은 일정 기간 동안 지속되었다. 신라의 중앙정부는 장보고를 암살한 염장을 통해 청해진을 복속시키고자 했으나 중앙 집중적인 시스템에 편입시키는 데는 실패한 것으로 보인다. 일본 측의 문헌 기록을 조합해보면 장보고의 잔존 세력이 그의 사후에도 독립적인 청해진의 시스템을 지키기 위해 저항했던 사정을 확인할 수 있다.

장보고의 부장이었던 이창진(李昌珍)은 염장을 필두로 한 신라 정부의 세력에 저항하다 토벌되었으며,[64] 일본에 교역차 와 있던 회역사 이충(李忠)과 양원(揚圓)이 염장의 통제 하에 놓인 청해진으로 귀국하기를 거부하고 일본에 계속 머물러 있으면서 독자적인 활동을 했다.[65] 신라 중앙정부와 장보고의 청해진 잔존 세력과의 대립이 군사적인 전투의 수준이었으며, 청해진의 독립적인 경제 시스템을 신라 중앙정부가 흡수하는 것이 용이하지 않았던 것이다. 적어도 장보고 사후 5년까

---

64) 『續日本記』, 842년조
65) 『續日本記』, 842년조

지는 청해진의 장보고 잔존 세력의 저항이 집단적이고도 굵직한 형태로 이루어졌을 것임을 추정할 수 있다. 장보고를 주신으로 좌정한 당제는 그 잔여 세력의 결속력을 도모하고 정체성을 대외에 과시하는 구심점의 기능을 했을 가능성이 있다. 장좌리 장도에 원래 송징이 아닌 장보고를 주신으로 한 당제가 존재할 수 있는 다른 한 시점은 각 지역에 호족들이 웅거하여 독자 세력을 구축하고, 통일신라 정부의 지방에 대한 중앙통제력이 무력화 되어, 장도에 본거지를 두고 있던 통일 신라 시대 말기로부터 후삼국 시대가 도래 한 이후의 어떤 일정한 시기이다. 장보고 신앙의 형성을 원천적으로 억제한 주체가 통일신라 정부라는 점을 고려한다면, 그 정치적인 통제력이 무기력화 되는 시점의 정치적인 상황이야 말로 거꾸로 장보고 당제와 유래 전설이 향유될 수 있는 기반이 되는 셈이다.[66]

둘째는 장좌리 장도의 장보고당과 정도리의 송장군당을 구분하는 인식이 존재하고 있다는 사실이다. 송장군 당제는 고래로부터 완도 일대에 존재했던 시원이 오래된 당제일 것으로 생각된다. 송장군 당제는 완도군 일대가 역사 시대로 본격적으로 접어들기 이전부터 존재한 인격신인 송장군을 주신으로 모신 제의였을 것으로 보인다. 인격신인 송장군에 관한 신앙이 형성되기 이전에 수목이나 동물, 태양 등 그 밖의 자연지물을 숭앙하는 신앙이 다양하게 존재했을 것인데, 송장군은 이러한 애니미즘과 토테미즘을 인격신화 한 형태일 것이다. 가용리(加用

---

66) 여기서 한 가지 더 생각해 볼 점은 장보고에 대한 신앙이 역사적인 실존 인물에 대한 인격신 신앙, 그 중에서도 역사적인 인물을 대상으로 한 것은 가장 최종적인 형태에 해당된다는 사실이다. 역사적인 실존 인물에 대한 신앙과 당제는 애니미즘과 토테미즘에서 출발하여 허구적인 인격신 신앙으로 변이한 뒤에 최종적으로 안착하는 형태이다. 장보고 신앙과 당제 역시 이러한 과정을 통해 형성되지 않았을까 생각된다. 이렇게 볼 때, 장보고 신앙과 당제의 모태가 되었을 것으로 보이는 고래의 신앙과 당제는 완도군 일대에 유포되어 있는 송장군 신앙과 당제이다. 여기서 문제가 되는 것은 이러한 송장군 신앙과 당제가 언제 어떠한 이유로 장보고 신앙과 당제로 변이하였으며, 다시 송징을 주신으로 한 제의 체제로 바뀌었는가 하는 구체적인 형성 과정이 된다.

里)와 죽청리(竹淸里) 일대에서 자생하는 엄나무에 대한 수목 신앙(樹木信仰)을 인격화한 형태가 바로 엄장군 신앙이라는 사실이 이에 대응될 수 있는 대표적인 예가 된다. 완도군 일대에 존재하는 이 같은 수목·동물·태양 숭배 신앙이 인격화 한 형태가 바로 송장군 신앙이며 이를 주신으로 모신 제의의 형태가 곧 송장군 당제라는 것이다. [자료2]가 채록될 당시만 해도 정도리는 이처럼 오랜 시원을 지닌 전통적인 송장군 당제가 유지되고 있었던 사실을 확인할 수 있다.

그런데 [자료2]의 제보자 당시에도 정도리는 송장군 당제가 유지되고 있었던 반면에 장좌리는 고래로부터 완도 일대에 존재했던 송장군 당제를 기반으로 하여 형성된 장보고 당제에서 이후의 일련의 변이 과정을 겪었을 것으로 생각된다. 여기서 핵심적인 초점은 송장군 당제로부터 출발한 완도군 일대의 지역의 개별적인 제의가 시대에 따라 각각 다른 변이 과정을 겪었다는 것이다. 정도리 당제는 송장군 주신으로 남은 반면 장좌리는 장보고 주신으로 변이했다는 것은 장좌리 장도 당제에서 장보고에 관한 신앙이 지니는 역사적·지역사적 의미가 그만큼 크다는 사실을 보여준다.

이제, 장보고 당제의 형성 과정 및 변이 과정에 관해 구체적으로 살펴보기로 하자. 일단 장보고 당제는 장보고 사후에 본격적으로 형성되었을 것으로 생각된다. 역사적 실존 인물이 특정 당제의 주신으로 좌정하는 시점은 그 사후이다. 실존 인물의 죽음은 당제의 신격 체계 성립에 있어서 핵심적인 구성 원리가 되기 때문이다. 이러한 장르적 한정성이 장보고의 생존 시에는 그로 하여금 장좌리 장도 당제의 주신으로 좌정하는 것을 막는 요인이 되었을 것으로 보인다. 그렇다면 장보고 생존 시에는 장보고에 대한 신앙이 존재하지 않았을까. 그렇지는 않았을 것으로 생각된다. 장보고가 장도의 청해진 거주민들에게 미치는 영향력이라는 것은 행정·정치·사회적인 측면은 물론 일상사의 미세한 부분들에까지 미치는 것이었을 것으로 생각되기 때문에 청해진 거주민들에게 있어서 장보고의 위상이라는 것은 살아있는 신과 같은 차원이었을 것으로 보인다.

그러나 당제의 주신 구성 원리가 가지는 한정성 때문에 장보고의 생존 시에는 그에 대한 이러한 청해진 거주민들의 신앙이 장좌리 장도 제의로 구체화되지는 못했을 것이다. 다시 말해서 장보고에 대한 청해 진 거주민들의 신앙이라는 내용물이 구체적으로 형상화될 수 있는 그 릇을 찾지 못한 것이다. 형체가 없는 내용물이 그것을 담아낼 그릇을 확보하지 못할 때에는 표면적인 대체제를 찾기 마련이다. 장보고에 관 한 청해진 거주민들의 신앙 역시 그것을 표출할 수 있는 우회적인 대 체물을 여러 방면으로 구했을 것으로 생각되는데, 여기에 가장 적합한 것이 장보고의 청해진 시대 이전부터 장좌리 당제의 주신으로 좌정하 고 있던 송장군이다. 원래 송장군은 완도 일대의 어업 및 풍요신으로 존재했을 것으로 보인다. 완도군이 도서 지역이다 보니 어업의 안정과 풍요야 말로 마을의 평안과 번영을 가져오는 필수 요소였을 것으로 생각된다. 송장군은 완도군 일대에서 이처럼 지역민의 생업과 관련된 해신 및 마을신의 역할을 하고 있었을 것이다. 정도리를 비롯한 완도군 일대의 여타 지역에서는 송장군에 대한 신앙과 당제가 본래의 형태와 향유 의식 그대로 유지되었을 것이지만, 장좌리 장도 당제에서만큼은 향유 의식에 있어서 장보고의 청해진 시대 이전과는 다른 형태로 변이 했을 것으로 생각된다. 요컨대 송장군을 통하여 장보고에 대한 신앙을 표출하는 형식이다. 장보고의 청해진 시대에 와서 송장군은 장보고에 대한 존숭을 표출하고자 하는 청해진 거주민들에 의해 그에 대한 신앙 을 표출하는 매개체화 하게 된 것이다.

이렇게 송장군을 통해 간접적으로 표출되던 장보고에 관한 신앙은 장 보고 사후에 비로소 당제의 형태로 구체화 되었을 것으로 생각된다. 장 좌리 장도 당제의 주신은 송장군에서 장보고로 교체되었을 것이며, 그 신격 체계 역시 실존 인물인 장보고가 환기하는 역사적 · 정치적 맥락에 맞추어서 형성되었을 것이다. 당제의 신격 체계는 기본적으로 주신과 부신의 체제로 이루어져 있다. 일단 장보고 사후에 본격적으로 형성되기 시작한 장좌리 장도 장보고 당제의 신격 체계가 장보고와 관련된 역사적 인물을 포괄하는 방향으로 이루어졌을 것임만 지적해 두자.

이렇게 형성된 장좌리 장도 장보고 당제는 장보고 사후로부터 고려 시대의 일정한 시기까지만 지속되었을 것으로 생각된다. 고려 시대의 특정한 시점부터 장좌리 장도 당제는 고려 장사 송징이라는 캐릭터와 연결되기 시작한다. 장좌리 장도 장보고 당제가 고려 장사 송징 당제로 바뀌는 배경에는 두 가지 차원이 존재하는 것으로 보인다. 하나는 장보고 사후 외부로부터 당제의 존립을 불가능하게 하는 치명적인 압력이다. 이는 신라의 중앙 정부와 관련된 정치적·행정적인 차원이다. 다른 하나는 고려 시대에 와서 장좌리 장도 일대에 지역 거주민들에게 일정한 영향을 미치는 인물의 등장했으리라는 추정이다. 장보고 당제를 더 이상 존속할 수 없는 상황이 지속되는 시점에서 지역 거주민들에게 영향력을 미칠 수 있는 인물의 등장은 당제의 신격 체계를 변이시키는 요인이 되었을 것으로 생각된다.

고려조에 이루어진 장좌리 장도 당제의 신격 교체는 두 번에 걸쳐서 이루어졌을 것으로 보인다. 첫 번째는 고려조의 특정한 한 시점에 고려 장사로 일컬어지는 인물이 송징이란 인물 신격으로 좌정하는 단계이다. 이 기간은 고려 삼별초 시기 이전까지 지속되었을 것으로 보인다. 두 번째는 삼별초의 난 시기에 완도 일대에 입도(入島)한 삼별초 송장군이 송징이란 신격으로 좌정하는 단계이다. 삼별초 송장군의 입도와 관련 전설의 유포에 따라 이 전까지 존재했던 고려 장사 송징을 주신으로 한 장좌리 장도 당제는 자연스럽게 삼별초 송징 장군 주신으로 교체되었던 것으로 보인다. 삼별초 시대에 들어 완성된 장좌리 장도 송징 당제의 신격 체계에 관해 구체적으로 살펴보기로 하자.

[자료3] (당집) 가운데는 주신인 송징 장군, 우측은 정년 장군, 좌측은 혜일 대사를 모시는 제상이다. 역사적인 인물을 모시고 있다는 점에서 당집은 오히려 성격상 유식의 사우(祠宇)와 같다.[67]

[자료3]은 장좌리 장도 송징 당제의 신격 체계를 보여주는 90년대 자료이다. 삼별초 송장군의 완도 입도 이후 장좌리 장도 당제가 삼별초 송징 장군을 주신으로 하는 신격 체제로 완성되면서 형태상 커다란 변이 없이 이때까지 쭉 이어져 왔던 것으로 생각된다. 여기서 송징을 좌우에서 보필하는 부신의 체계가 주목된다. 우부신(右副神)이 정년 (鄭年)으로 되어 있는데 이 인물은 바로 장보고의 청해진에서 부장으로서 그를 보필한 인물이다. 좌부신(左副神)인 혜일대사(慧日大使)는 청해진의 주사(主寺)였던 법화사(法華寺) 근처에 있던 관음사(觀音寺)를 창건한 고려조의 인물로 인근의 완도 거주민들에게 불법을 교화하며 상당한 영향력을 행사했던 인물이다.『동국여지승람』의 기록에 따르자면 고려 시대 1250년경에 정언(正言)의 관직에 있었던 이영(李穎)이 이곳으로 귀양 와서 그의 숙부인 혜일대사와 함께 관음사를 짓고 포교했다고 되어 있다.[68]

이처럼 혜일대사가 고려 시대에 완도로 들어와 불법을 포교하면서 장좌리 장도 거주민들에게 영향을 미친 인물이라고 한다면 고려조를 시대적 배경으로 하는 장좌리 장도 당제의 주신인 송징이 혜일대사를 좌부신으로 거느리는 체계가 갖추어져 있는 것은 쉽게 이해가 간다. 그러나 문제는 정년이다. 고려 시대를 배경으로 하는 당신인 송징이 왜 장보고 청해진 시대의 인물인 정년을 우부신으로 거느리고 있는 것일까. 장좌리 장도 송징 당제의 신격 체계에서 확인되는 이러한 시스템의 아이러니는 장보고 당제를 그 이전 단계로 설정하지 않고서는 도저히 해결될 수가 없다. 물론 주신과 부신이 반드시 관련된 인물일 필요는 없다. 그러나 장보고의 부장이 송징의 부신격으로 추존되었다면 당연히 과거의 청해진인 장좌리 일대를 통치한 장보고에 대한 신앙과 그 당제의 향방이 송징의 그것과 관련되어 있으리라는 추정을 가능케 한다.

---

67) <완도읍 장좌리당제>, 나경수, <완도 장좌리 당제의 조사보고와 세계상 고찰>,『용봉 논총』20, 전남대학교 인문과학연구소, 1990

68) 이에 관해서는『東國輿地勝覽』, 康津편, 日詩條

고려 시대에 최종적으로 완성된 장좌리 장도 송징 당제는 두 가지의 맥락에서 향유되었을 것으로 생각된다. 하나는 고려 시대의 일정한 두 시점에 완도에서 탄생하거나 입도하여 장좌리 장도 거주민들에게 일정한 영향을 미친 인물들을 송징으로 통칭하여 신격화 하고자 하는 의식이다. 장좌리를 위시한 완도 일대에서 송장군(宋將軍)은 삼별초의 주요인물로서 완도를 점령한 후 거민을 위무하고 왕래한 세미선을 잡아 세미로써 거민을 구휼한 인물로 숭앙되어왔으며, 전통적으로 지역민들은 매년 정월에 당제를 올려왔다.[69] 고려 장사 송징과 삼별초 송징 장군에 대한 장좌리 장도 거주민들의 숭앙감과 신앙의 정도가 상당했다는 사실을 확인할 수 있다. 이러한 고려조 송징 장군에 대한 신앙은 장좌리 장도 송징 당제의 향유 의식의 한 축으로서 독자적으로 이어졌다는 것이다.

다른 하나는 장보고 당제의 향유층이 송징을 통해 장보고에 대한 신앙을 우회적으로 표출하고자 하는 의식이다. 장보고 사후로부터 고려조의 일정 시점 이전까지 장보고 당제는 더 이상 유지될 수 없는 시점을 맞았던 것으로 보이며, 이에 따라 장보고에 관한 신앙을 표출할 대상을 상실한 장보고 당제의 향유층들이 때마침 형성된 송징 당제를 장보고에 대한 신앙을 풀어낼 간접적인 통로로 선택했다는 것이다. 이때 송징은 장보고의 이형태 혹은 페르조나가 되며, 송징 당제는 그 자체의 전승 맥락과 장보고 당제의 전승 맥락을 중층적으로 보유한 이원적인 향유구조를 보유하게 된다.

4. 나오는 말

본 연구에서는 장보고 신앙 및 당제의 존재 가능성과 송징 당제와의 상관관계를 규명해 보았다. 이를 통해 완도군 장좌리 장도 당제와

---

69) 김소남, 『청해비사』, 농촌계몽문화사, 1955

장보고란 역사적 인물과의 관련 양상을 고찰하는 동시에 장좌리 당제의 전개 양상 및 신격체제의 교체 양상을 면밀히 살펴보고자 하였다. 연구 내용은 크게 두 가지 파트로 진행되었다. 첫 번째 파트는 통일신라 시대의 조음도 제의와 장보고 신앙과의 관련성에 관한 연구이고, 두 번째 파트는 장보고 당제의 정체와 송징 당제와의 상관성에 관한 연구이다.

1. 장보고의 청해진이 있었던 완도군 장좌리 장도에서는 통일 신라 시대에 조음도 제의라는 국가제의가 이루어졌다. 조음도 제의는 통일 신라가 지방에 대한 국가의 중앙지배를 강화하기 위해 각 지역의 토착신앙과 마을 당제를 대중소사의 국가제의로 편입하면서 성립된 것으로, 완도군 장좌리 장도의 민속신앙과 당제를 국가제의화 한 것이다. 이처럼 국가제의로 편입된 토착신앙과 당제는 공식적으로는 국가의 중앙관리 하에 있었지만 실제로는 종래의 마을 당제의 성격과 토착신에 대한 신앙을 국가제의의 이면에 유지하고 있었던 것으로 보인다. 비공식적으로는 장좌리 장도에 독자적인 통치권을 구축한 장보고 개인에 대한 숭앙과 신앙 관념을 내포하고 있었던 것이다. 장보고에 관한 비공식적인 신앙은 당제의 구체적인 차원으로 발전했을 것으로 보이는 바, 장보고 신앙 및 당제의 원형은 신라명신이라는 형태로 일본에서 이루어지던 제의 속에 그 흔적을 남기고 있다.

2. 장보고 당제의 존재 가능 시기는 장보고의 청해진이 통일신라 정부에 의해 조직적으로 혁파되고 나서 장보고의 잔당 세력이 여전히 유지되고 있던 일정한 시점과 통일신라가 해체됨으로써 장보고 신앙 향유를 억제하는 공식적인 통제력이 무기력화 된 시점이다. 장보고 신앙은 장보고가 생존할 당시에는 송장군 당제 속에 우회적으로 표출되다가 사후에 장보고 당제로 구체화 되었을 것으로 보인다. 장보고를 주신으로 한 신격체계는 고려조에 와서 고려 장사 송징 혹은 삼별초

장군 송징으로 교체되면서, 그 신앙은 송징이라는 인격신의 캐릭터 속
으로 잠류(潛流)한 것으로 보인다. 이 때 송징은 장보고의 이형태 혹은
페르조나가 되며, 송징 당제는 그 자체의 전승 맥락과 장보고 당제의
전승 맥락을 중층적으로 보유한 이원적인 향유구조를 보유하게 된다.

IV. 장보고 구비 전승의 역사적 변동 단계와 그 현재적 맥락

1. 들어가는 말

장보고 전설은 완도를 중심으로 한 서남해안을 주된 전승권역으로 하는 인물 전설의 하나이다. 인물 전설이 역사적인 인물을 대상으로 하여, 그 인물에 대한 민중의 평가를 구비전승으로 담아낸 설화의 한 유형이라고 할 때 장보고 전설은 서남해안 인물 전설을 대표할 만한 요건을 충분히 갖추고 있는 셈이다. 특히 인물 전설이라는 것이 역사의 패자인 비범한 인물에 대한 민중의 문학적인 해원 의식을 내포[70]하고 있다고 할 때, 뛰어난 재능에도 불구하고 기득 질서의 벽을 넘지 못하고 희생된 인물인 장보고의 비극적인 인생은 인물 전설의 소재가 되기에 적합하다고 할 수 있다.

그런데 이러한 장보고 인물 전설을 연구함에 있어서 반드시 전제로 해야만 하는 것이 있다. 바로 장보고 구비 전설의 전승 양상이 역사적 · 정치적 요인에 의해 심각한 굴절을 겪었다는 사실이다. 당대의 시대적 상황과 완도 일대의 지역적인 환경은 장보고 구비 전설의 전승 양상을 둘러싼 외재적인 요인이 된다. 이 외재적인 요인은 장보고 구비 전설의 전승 담당층의 변동이라는 또 하나의 외재적인 요인을 추동한다.

---

70) 인물 전설의 이러한 미학에 관해서는 다음과 같은 기존 연구성과를 참조하기 바란다. 조동일, 『인물 전설의 의미와 기능』, 영남대학교 민족문화연구소, 1979; 박희병, 『한국고전인물 전설 연구』, 한길사, 1992

기실, 특정 장르나 유형을 유지하게 하는 가장 기본적인 요소 중의 하나가 담당층의 일치성이다. 다시 말해서 특정 장르나 유형을 형성하고 전승하는 담당층이야말로 바로 그 본질 그대로 존속하게 하는 본질적인 조건이 된다는 것이다. 담당층의 변동은 해당 장르나 유형을 변이시키게 되는 요인이 된다. 더 나아가 담당층의 교체는 해당 장르나 유형을 더 이상 그 장르나 유형으로 존재하지 못하게 하는, 즉 장르나 유형의 변질을 초래하는 요인이 된다. 담당층의 교체는 곧 다른 장르나 유형의 성립 요건이 된다는 것이다.

이러한 외재적인 두 요인은 상호 영향을 미치면서 장보고 구비 전설의 전승 양상에 영향을 미친 것으로 생각된다. 예컨대 시대적 상황과 완도 일대의 지역적인 환경의 변이가 직접적으로 장보고 구비 전설의 전승 양상에 영향을 미치기도 하고, 역사적 · 정치적 요인에 의해 추동된 담당층의 변동을 매개로 하여 간접적으로 장보고 구비 전설의 전승 양상의 변이를 초래하기도 하는 식이다. 장보고 구비 전설의 전승 양상을 둘러싼 외재적인 요인의 변동은 장보고 구비 전설이라는 특정한 전설 유형 내부에 존재하는 개개 텍스트들의 내용상의 변이, 즉 내재적인 변동의 원인이 된다. 외재적인 변동에 대응되는 내재적인 변동이란 서사 · 갈등 구조, 삽화의 내용 및 조합, 특정 모티프의 출입 등 텍스트 내부에서 전반적으로 일어나는 내용적인 변이를 일컫는다.

장보고 구비 전설의 전승 양상에 있어서 영향을 미치는 내 · 외적인 요인을 종합하면 다음과 같다. 첫째는 역사적 실존 인물인 장보고 개인의 일대기 및 그를 둘러싼 정치적 · 사회적 요인이다. 여기에는 통일신라 말기부터 현재에 이르기까지의 시대적 변이, 즉 왕조의 교체 및 각 시대별 환경을 포함한다. 둘째는 완도 일대의 지역적인 환경적 요인이다. 이는 완도 일대의 전반적인 전통적 · 역사적 · 문화적인 지역적 특수성이 일컬으며, 시대에 따른 환경의 변동 요인을 포함한다. 셋째는 장보고 개인에 대한 완도 일대 지역민의 의식과 그에 관한 당제 · 신앙 · 전설에 관한 향유 의식이다. 역사적 실존 인물로서의 장보고 개인에 대한 지역민의 의식은 그에 관한 당제·신앙·전설과 상호 영향 관계에 놓여 있기도 하지만, 환경적 요인의 변동에 따라 분리되기도 한다. 그러나 분리 현상이 확인되는 경우라도 향유층의 의식 표면과 이면에는 무의식적인 인식 지평이 개입되어 있기 때문에 섬세한 접근이 요구된다고 할 수 있다. 넷째는 장좌리 장도 당제 및 유래 전설의 전통과 시대에 따른 변이 양상이다. 여기에는 시대에 따른 환경 요인의 변이에 따라 장좌리 장도 당제 및 유래 전설에 유입되는 다양한 개별적인 전설 유형과 그 수용 양상까지 포함한다. 그 중심에는 고래로부터 완도 일대의 다양한 전설 유형을 낳는 모태가 된 <송장군 전설> 및 <송징 전설>, 가용리와 죽청리 일대를 중심으로 한 엄장군 전설, <송장군 전설> 보다 시원이 오래 된 것으로 보이는 달도리의 송대할머니 전설 등이 놓여 있다. 이러한 장좌리 장도 당제 및 유래 전설의 존재 및 변이 양상은 장도라는 특정 지역의 한정성에만 좌우되지는 않는다. 장도가 속한 장좌리 일대 인근의 당제 및 유래 전설의 존재 및 변이 양상과의 상호 영향 관계 역시 주목해야만 하는 대상이 된다.

지금까지 장보고 인물 전설은 연구자의 활발한 관심의 대상이 되지 못했다.[71] 그 이유는 장보고 전설의 전승 기반이 되는 완도군 장좌리 장도 당제와 그 유래 전설의 주인공이 장보고가 아니라 송징이라는 인물이기 때문이다. 이러한 이유로 장좌리 장도 당제와 그 유래 전설을 포함하는 송징 인물 전설에 관한 기존 연구에서는 송징을 장보고에 비정하는 견해가 주류를 이루어왔다. <송징 전설>에 관한 선행 연구는 우선 역사학계의 연구와 문학계의 나누어 볼 수 있는데, 여기서 논란의 대상이 되는 것이 바로 송징이라는 인물의 역사적인 실체성이다. 역사학계의 연구[72]에서는 실체로 인정하는 반면, 문학계[73]에서는 대체로

---

71) 장보고 전설에 관한 기존 연구 성과는 장보고 구비전설의 존재양상과 전승양상을 분석하고, 문헌기록과의 상관관계를 규명한 권도경의 <장보고 구비 전설에 나타난 인물형상화 방식과 기술태도에 관한 연구>(『온지논총』 14, 2006)가 유일하다.

72) 일찍이 김성범은 송징을 장보고라고 본 나경수(<완도읍 장좌리 당제의 제의구조>, 『호남문화연구』 19, 전남대학교 호남문화연구소, 1990)의 연구에 회의를 표명한 바

허구적인 인물로 본다. 송징을 역사적인 실체로 인정하느냐 하지 않느
냐에 따라 장보고 전설과 <송징 전설>과의 관계도는 달라질 수 있다.
만약 송징을 역사적인 실체가 없는 허구적인 인물로 본다면 송징을
장보고의 허구적인 이칭으로 보는 문학계의 시각이 더 힘을 얻게 된다.
단, 이 경우 <송징 전설>은 모두 장보고 전설의 허구적인 이형태가 되
어야 하는데 과연 현전하는 <송징 전설>을 모두 그렇게 볼 수 있는가
하는 점이 입증되어야 할 중요한 한 포인트가 된다. 대신 송징을 역사
적인 실체가 있는 존재, 예컨대 역사학계에서처럼 삼별초 장군으로 본
다면 <송징 전설>은 독립적인 유형군으로서의 독자성을 인정받게 된
다. 이 때 중요한 점은 역사적인 실체가 있는 두 인물의 전설이 각각
개별적인 전승의 층위 속에서 얽히는 맥락이 된다.[74]

　본 연구는 장보고 인물 전설의 전승 및 향유의식과 밀접하게 관련되

있고, 국사편찬위원회에서 나온 『한국사』 20(국사편찬위원회, 1994, 254~255쪽)은
송징을 진도를 거점으로 한 배중손의 삼별초군 휘하에 있는 장군으로서 완도를 통솔
한 역사적인 인물로 규정한 바 있다. 이러한 국사편찬위원회의 입장은 윤용혁으로
그대로 이어져 그의 삼별초 장군들의 활동에 관한 일련의 고찰(<삼별초 진도정권의
성립과 전개>, 『한국사연구』 84, 1994; <송징과 김통정>, 『韓國中世社會의 諸問題』,
한국중세사학회 편, 2001)에서 재확인 된 바 있다. 한편 강봉룡(강봉룡, <압해도의
번영과 쇠퇴-고대·고려 시기의 압해도>, 『도서문화』 18, 2000)은 압해도의 역사와
문화를 검토하는 연구에서 압해도의 송장수 전설이 이 일대에 근거를 둔 토착 해상세
력일 가능성을 제시하면서 완도의 <송징 전설>을 "서남해 일대에 전설처럼 내려오는
장보고나 능창과 같은 토착 해상 영웅들을 포괄적으로 칭하는 추상적 명칭일 가능성
이 있다"고 지적한 바 있다.

73) 송징 당제 및 <송징 전설>에 관한 연구는 주로 나경수의 단독 연구와 나경수·나승
만·지춘상의 공동 연구로 이루어졌다. 연구 목록을 제시하면 다음과 같다. 나경수,
<완도읍 장좌리 당제의 제의구조>, 『호남문화연구』 19, 전남대학교 호남문화연구소,
1990; 나경수, <완도 장좌리 당제의 조사보고와 세계상 고찰>, 『용봉논총』 20, 전남대
학교 인문과학연구소, 1991; 나경수·나승만·지춘상, <전남의 인물 전설 연구(1)
-<송징 전설>의 전승양상>, 『한국언어문화』 31, 1993; 나경수·나승만·지춘상,
<전남의 인물 전설 연구(2)-송미전설의 변용 "송대장군가">, 『한국민속학』 25, 1993
74) 이 관점에서 최근에 제시된 연구로 다음의 두 논문을 들 수 있다. 권도경, <송징
전설>의 범주 규정 및 계열 분류와 당제 유래전설의 서사원형 고찰>, 『인문사회과
학7』, 2006; 권도경, <송징 전설>의 형성과정과 계열분화에 관한 연구>, 『퇴계학과
한국문화』 40, 2007을 들 수 있다.

어 있는 <송징 전설>의 존재 양상과 장좌리 장도 당제의 제의구조에 관한 기존 연구 성과75)를 기반으로 하여 장보고 구비전승의 변동 단계와 그 현재적 맥락에 관한 연구를 진행하고자 한다. 여기서 장보고 전설과 <송징 전설>의 관계도는 본 연구에서 장보고 구비 전승의 변동 단계와 그 전승의 맥락을 규명하는데 있어서 중요한 전제가 될 것임을 미리 밝혀둔다. 본 연구는 장보고 구비전성의 변동 국면을 전승 권역의 붕괴와 담당층의 단절, 역사적 지평과의 분리와 광포 전설화, <송징 전설>과의 습합과 인식적 지평의 무의식적인 잠류(潛流), <송징 전설>로부터의 분리와 역사적 지평의 회복 단계의 네 단계로 설정하고 그 역사적 배경과 의미를 고찰해보고자 한다. 장보고 구비 전설은 대략 네 단계의 역사적인 변동 단계를 거치며, 이러한 전승 양상은 역사적 · 사회적 · 지역사적 배경을 바탕으로 변이하는 향유층의 인식 지평과 관련되어 있다. 이를 통해 오늘날 새롭게 각광을 받고 있는 장보고 구비 전설의 양상 및 전승의 한 맥락을 밝혀내 보기로 한다.

2. 전승 권역의 붕괴와 담당층의 단절 단계

장보고 구비 전설은 신라 중앙 정부에 의한 장보고의 암살과 청해진의 파괴에 의해 외부로부터의 심각한 충격에 직면하면서 전승의 첫 번째 변동 단계에 진입한 것으로 보인다. 외재적인 충격 요인에 의해 직접적인 타격을 받은 것은 다름 아닌 장보고 구비 전설의 전승 권역과 담당층이다. 완도 일대 특히 청해진의 본부가 위치해 있었던 장좌리 장도는 신라 중앙 정부의 조직적인 청해진 파괴에 의해 장보고 구비 전설의 중심지로서의 위상에 심각한 타격을 받게 되었다. 이러한 전승 권역의 붕괴는 곧바로 전승 담당층에게 직접적인 영향을 미치게 되었을 것으로 생각된다. 장보고 구비 전설의 전승 담당층의 존재에 치명적

---

75) 앞에서 제시한 각주2)와 각주3)에 기존 연구 성과를 제시해 놓았다.

인 굴절 현상이 발생하게 된 것이다. 일반적으로 구비 전설은 중심 전승 권역을 기반으로 하여 해당 전설을 형성시킨 당대의 담당층이 그 경험을 다음 세대에게 넘겨줌으로써 이어지게 된다. 그런데 외부적인 압력에 의한 전승 권역의 붕괴와 그로 인해 전승 담당층의 생존에 미친 영향은 담당층의 존재에 심각한 굴절 현상을 초래했던 것으로 보인다. 보통 기득층의 역사 속에서 거세당한 인물은 민중에 의해 구비전승 속에서 되살아나기 마련이다. 그의 지략과 용맹, 능력이 영웅화 혹은 신격화되어 나타나는 경우가 많다. 이는 역사 기록이 의도적으로 왜곡·축소되거나 거세당하면서 생겨난 그물망의 구멍을 문학의 허구성으로 메꾸려는 일종의 대체 역사랄 수 있다.

여기에는 기득층의 역사로부터 소외된 불우한 인물에 대한 민중의 동일시 혹은 원망이 투영되기도 한다. 장보고는 구비 전설 담당층의 주류를 차지하는 계층과 그 출신이 일치한다. 게다가 민중들 자신과 같은 계층에서 출발하여 신분적 한계를 뛰어넘어 능력을 발휘한 입지전적인 인물이다. 이런 인물이 현실의 역사에서 패배했다면 구비 전설의 허구적 세계 속에서 그 현실적 패배를 보상해주고자 하는 의식이 발현될 법도 하다. 그런데 완도뿐만 아니라 청해진이 있었던 장좌리 장도 일대의 구비 전설 속에서 장보고에 관한 전설화는 의외로 풍부하게 이루어져 있지 않다. 현실 속에서 비극적 최후를 맞은 인물을 전설화 하는 것은 민중적 '말하기'의 형식이다. 동시에 기득층의 역사에 대해 지배질서 하부에 위치한 민중이 오직 자신의 의견을 전개할 수 있는 유일한 '말하기' 방식일 수 있다. 장보고에 관한 전설적 말하기의 소략함은 이러한 이유에서 의문의 여지가 있다. 지배체제에 반하여 제거된 인물인 장보고에 대해 마땅히 활발한 말하기를 전개해야 할 구비 설화 담당층이 침묵했다는 것이다. 여기에는 조직적 혹은 의도적인 특정한 힘의 논리가 개입되어 있을 가능성이 크다.

일단 장보고 구비 전설의 전승 중심지가 되어야 할 완도지역은 장보고 사후 이야기 담당층이 조직적으로 거세되면서, 구비 전설의 전승이 원천적으로 단절되는 현상을 보여준다. 장보고 사후 5년 만에 신라 정부가 청해진을 혁파하고 거주민들을 벽골군(碧骨郡)으로 강제 이주시켰다는 다음의 『삼국사기』의 기사를 보자.

[자료1] 봄 2월에 청해진을 파하고 그 백성들을 벽골군으로 옮겼다.[76]

문성왕 13년이면 851년의 일이다. 그런데 『속일본기(續日本記)』에서는 장보고의 암살을 841년 11월의 일로 전한다.[77] 무려 5년의 차이가 남을 확인할 수 있는데 학계에서는 대체로 장보고가 암살당한 시기를 841년으로 보는데 합의하고 있다. 문제의 초점은 국내의 기록이 장보고의 암살 시기를 5년씩이나 늦추어 놓았다는 사실에 있다. 장보고가 암살당한 시기를 841년으로 비정한다면 신라 중앙정부가 청해진을 새삼 혁파한 시기는 장보고 사후로부터 10년 후로 무려 5년이 늘어난다. 적어도 10년이란 기간 동안 청해진은 신라 중앙정부로부터 정치·경제·군사적으로 집중적인 통제를 받지 않는 반자치적인 구역으로 남아있었을 가능성이 크다. 물론 청해진의 지역적인 독립성이 장보고의 생존 시의 그것과 완전히 똑같을 수는 없다. 그러나 독립된 특구의 리더를 암살했음에도 불구하고 10년 후에야 완전한 혁파가 가능했다는 사실은 그 기간 동안 청해진의 독자적인 시스템이 어느 정도는 가동되었다는 것을 의미한다.

신라의 중앙정부는 장보고를 암살한 염장을 통해 청해진을 복속시키고자 했으나 중앙 집중적인 시스템에 편입시키는 데는 실패한 것으로 보인다. 일본 측의 문헌 기록을 조합해보면 장보고의 잔존 세력이 그의 사후에도 독립적인 청해진의 시스템을 지키기 위해 저항했던 사정을 확인할 수 있다. 842년에 장보고의 부장이었던 이창진(李昌珍)이 염장을 필두로 한 신라 정부의 세력에 저항하다 토벌되었다는 『속일본후기』의

---

76) "十三年春二月, 罷淸海鎭, , 徒其人於碧骨郡", 『三國史記』, 新羅本紀, 文成王, 十年條; 『東國通鑑』, 권11, 新羅記, 文聖王, 十三年條

77) "己等張寶高所攝嶋民也, 寶高去年十一月中死去, 不得寧居, 仍參着貴邦", 『續日本後記』, 권11, 承和9년, 春 正月, 乙巳條

기사78)는 신라 중앙정부와 장보고의 청해진 잔존 세력과의 대립이 군사적인 전투의 수준이었음을 보여준다. 한편 일본에 교역차 와 있던 회역사 이충(李忠)과 양원(揚圓)이 염장의 통제 하에 놓인 청해진으로 귀국하기를 거부하고 일본에 계속 머물러 있었던『속일본후기』의 842년 기사79)와 청해진에서 당과의 무역을 총괄하던 병마사 최훈(崔暈)이 당나라 연수현의 신라방에 망명해와 있었다가 옌닌을 만났다는『입당구법순례행기』의 845년 기사80)는 청해진의 독립적인 경제 시스템을 신라 중앙정부가 흡수하는 것이 용이하지 않았음을 엿보게 한다. 적어도 장보고 사후 5년까지는 청해진의 장보고 잔존 세력의 저항이 집단적이고도 굵직한 형태로 이루어졌을 것임을 추정할 수 있다. 846년에야 장보고가 죽었다는『삼국사기』의 기록은 신라 중앙정부가 청해진 세력을 흡수해 나가는 과정에서 그 체제의 독자성을 해체하고 명분상으로나마 중앙정부의 시스템 하에 편입시켰다고 선언할 수 있게 된 시기를 기술한 것일 가능성이 높다. 이로부터 5년이 더 경과한 851년은 이러한 작업이 행정적인 지배의 차원으로 완성된 시기로 보인다.

이와 같은 일련의 정치적 갈등 과정 속에서 장보고 전설의 전승을 담당할 담당층은 통째로 지리적인 이동을 경험하고 있다. 청해진 혁파 후 신라의 중앙정부는 그 거주민들을 오늘날 전북 김제 벽골군으로 강제 이주시켰다고 한 바, 이는 장보고 전설 담당층의 지리적인 이동을 의미한다. 장보고 전설은 그 인물의 출생지와 주요 활동 근거지가 완도 청해진으로 일치한다는 점에서 그 주요 전승의 담당층 역시 지역적인 카테고리 속에 한정되는 지역전설적인 특징을 농후하게 띤다. 바꿔 말하자면 다른 지역에서 장보고 전설을 채록할 가능성이 지극히 낮다는

---

78) "張寶高死, 其副將李昌珍等欲叛亂, 武珍州別駕閻丈, 興兵討平",『續日本後記』, 권11, 承和9년, 春 正月, 乙巳條

79)『續日本後記』, 권11, 承和9년 正月, 乙巳條

80) 圓仁,『入唐求法巡禮行記』, 권2, 開成 4년 6월 27일 및 28일조; 圓仁,『入唐求法巡禮行記』, 권2, 開成 5년 2월 15일 및 17일조

것이 된다. 이 점에서 장보고 전설의 전승 담당층의 지리적 이동은 그 핵심 전승지로부터의 이탈인 동시에 궁극적으로는 주요 담당층의 지역적인 거세에 해당된다. 장보고의 전기적 생애를 기억하고 여기에 민중의 세계관을 담아 장보고 전설을 창작하고 전승할 이야기 집단의 주요한 한 축이 붕괴된 것으로 볼 수 있기 때문이다.

문제는 이러한 전설 담당층의 지리적 이동 및 거세가 장보고 전설의 양적인 전승력을 약화시키는데 결정적인 역할을 했다는 사실에 있다. 현재까지 전북 김제에서 채록된 구비 전설 자료 속에는 장보고 전설이 단 한 편도 발견되지 않는다. 핵심 담당층은 이동을 했는데 그 이주지에서 이야기는 생성되지 않은 것이다. 이야기 주체의 의도적인 침묵을 확인할 수 있다. 여기에서 이야기를 통해 인물을 기억하는 전설 형성의 기제를 방해하는 장애요인을 상정해 볼 수 있다. 신라의 중앙 정부로부터 역신으로 규정된 장보고에 관하여 말하는 것이 금지된 정치적인 외압이다. 기억은 하되 이야기를 할 수 없게 하는 외부의 압력이 전설의 형태로 장보고를 이야기할 수 있는 잠재적인 담당층은 존재하되 그들이 이야기를 생성할 수 없게 하는 기이한 상황을 만들어낸 것이다.

전설 담당층의 변동과 함께 장보고 신앙과 관련된 전설은 그 전승이 전면적으로 중단되었을 것으로 생각된다. 김제 벽골군으로 이주한 장보고 전설 담당층이 전승을 중단하고 침묵에 들어간 것과 함께 완도 장좌리 일대의 당제(堂祭)에서 원래 존재했을 장보고 신앙과 그에 관련된 전설의 담당층 역시 정치적 역학관계를 고려한 침묵을 선택했을 것으로 보인다. 장보고에 동조한 백성들의 강제 이주와 함께 장보고 전승은 단절과 변개의 이중적인 경로를 거치게 된 것으로 보인다.

일단 단절의 맥락에서 볼 때, 전승의 주도적 담당층이 그 토착 근거지로부터 사라졌으니 전승의 힘을 상실한 것은 자명한 일이다. 남아있는 백성 혹은 장보고의 영웅적 면모를 알고 있는 사람들에게도 장보고를 입에 올리는 것은 금기시되었을 것이다. 이는 구비 전설 담당층의 자발적인 선택이자 의식적인 침묵일 수 있다.

3. 역사적 · 정치적 지평과의 분리와 광포 전설화 단계

장보고 전설은 장좌리 장도의 청해진이라는 전승 공간의 파괴와 지역민의 집단적인 강제 이주에 따른 향유층의 붕괴에 따라 변동의 두 번째 단계에 접어든다. 장보고 구비 전승 변동의 두 번째 국면인 역사적 · 정치적 지평과의 분리와 광포 전설화 단계이다. 장좌리 장도 청해진이라는 전승 권역의 파괴와 집단적인 강제 이주에 따른 전승 담당층의 변동은 역사적 실존 인물인 장보고에 관한 기억의 전설적인 재생산 기제에 치명적인 타격을 가했을 것으로 생각된다.

특정한 역사적 실존 인물에 관한 전설의 전승은 그와 관련된 지역민들이 해당 인물에 관해 기억하는 하나의 방식이다. 해당 인물에 관한 기억은 그 인물 자체 혹은 관련된 지명, 민속 등의 형태를 빌어서 전설화 된다. 인물 전설, 지명 유래 전설, 풍속 및 신앙 전설 등의 하위 유형이 다 이러한 전설 형성의 기제에 의해 만들어 지는 것이다. 이러한 지역민의 기억은 실존 인물인 해당 인물과 관련된 역사적 · 정치적 지평으로부터 자유로울 수 없다. 즉 실존 인물에 관한 전설 텍스트는 해당 인물과 관련된 역사적 · 정치적 지평과의 관련 하에서 형성되고 전승된다는 것이다.

그런데 장보고에 관한 기억을 형성하고 재생산하는 기억의 중심지인 청해진이 파괴되고, 그 기억을 전승하고 재생산해야 할 담당층이 전승 권역인 청해진 일대로부터 강제 이주 당함에 따라, 완도 일대의 장보고 구비 전설은 실존 인물인 장보고가 형성하는 역사적 · 정치적 지평으로부터 분리되는 양상을 보여준다. 장보고란 실존 인물이 환기하는 역사적 · 정치적 지평으로부터 분리됨으로써 장보고 구비 전설과 관련 기록은 변개의 단계로 접어들게 된다. 다음의 자료로부터 이러한 양상에 대해 살펴보기로 하자.

[자료2] 역사(力士)가 많이 배출되어 섬사람들을 벽골군으로 이주시켰다.[81]

[자료2]의 내용은 통일 신라 말기를 배경으로 한 것으로 앞서 살펴보았던 [자료1]의 내용과 같이 장보고의 청해진을 둘러싼 역사적·사회적 지평으로부터 배태된 것이다. 그런데 고려시대의 역사서인『삼국사기』에 전재되어 있는 [자료1]과 달리 19세기에 나온 향토지리지에 실려 있는 [자료2]에서는 핵심적인 관련 인물인 장보고와 그의 청해진에 관련된 언급이 완전히 삭제 되어있다. 실존 인물인 장보고와 그의 청해진이 환기하는 역사적·사회적 맥락을 추정할 수 있는 정보가 전부 거세되어 있는 것이다. 이러한 [자료2]의 양상과 관련하여 주목해야 할 부분은 다음과 같은 두 가지 측면이다.

첫째는 이러한 변개가 고려조 이후부터 이루어졌다는 사실이다. [자료2] 자체는 19세기에 나온 향토지리지에 실려 있는 텍스트이지만 역사적 사실을 그대로 기록한 [자료1]이 실린『삼국사기』가 고려 중기 무렵에 간행되었다는 점으로 미루어볼 때, 장보고와 그의 청해진을 둘러싼 역사적 사실의 변개는 적어도 고려조에 와서야 이루어졌다고 할 수 있다. 둘째는 [자료2]과 같은 변개가 향토 지리서에서 이루어졌다는 점이다. 비록 사찬임에도 불구하고 역사적 사실을 직필한다는 사관의 의식을 철두철미하게 내세운『삼국사기』와는 달리 [자료1]을 전재한 향토 지리서는 민중들의 의식에 보다 가까울 것으로 생각된다. 다시 말해서 문인 지식인의 객관적인 역사적 인식에 바탕을 둔 [자료1]과 달리 [자료2]은 역사적 인물에 대한 민중들의 인식 방식에 바탕을 두고 있다고 할 수 있는 것이다. 이렇게 볼 때 [자료2]은 역사적 인물을 형상화하는 전설의 세계관과 가깝다고 할 수 있다. 장보고의 암살과 청해진 혁파 이후 장보고에 대한 민중들의 인식 양상을 엿볼 수 있다는 것이다.

역사적 실존 인물을 전설의 주인공으로 형상화함에 있어서 민중들이 흔히 취하는 방식은 아기장수 전설 유형과 결합시키는 것이다. 아기장수는 건국신화의 주인공인 건국조와 방불한 자질을 타고 났으나 성

---

81) "又有力士多出, 故徙人於碧骨郡矣", <鎭誌秩>,『加里浦鎭誌』,『湖南鎭誌』, 1885

공하지 못한 민중의 영웅으로 건국조의 반대 극편에 있는 비극적인 영웅이라고 할 수 있다. 이러한 아기장수는 민중영웅의 원형적인 캐릭터이다. 장보고의 암살과 청해진 파괴 이후 그에 관련된 기록들은 실존 인물인 장보고가 환기하는 역사적·정치적 지평으로부터 분리됨으로써 개별적 정체성을 상실했을 것으로 생각된다. 역사적 실존 인물인 장보고의 특수성으로부터 분리되어 나온 관련 기록은 반대로 일반화될 수밖에 없다. 역사적 기록이 해당 인물의 특수성을 상실함으로써 일반화의 방향으로 선회하게 되는 것이다. 이러한 방향성은 전설의 허구성과 맞닿기 마련이다.

[자료2]에서 역사(力士)란 실존 인물인 장보고에 관한 기득층의 인식과 관련되어 있을 때는 신라 중앙 정부에 반역한 역모의 도당 즉, 역사(逆士)의 의미를 가지게 되지만 장보고가 환기하는 역사적·정치적 지평과 분리된 이후에는 전국에 분포하는 일반적인 장수 전설의 주인공인 역사(力士), 즉 장사(壯士)란 의미를 가지게 된다. 그런데 이 역사 때문에 그 역사가 배출된 지역민들이 강제적으로 집단 이주를 당했다는 부분에 이르게 되면 그 의미는 다시 달라진다. 이 역사의 행위가 일반적인 장사(壯士)의 비범한 행적으로 귀결되지 않고 중앙 정부 혹은 기득층의 이해에 반하는 것이었다는 사실이 행간에 내포되어 있음을 확인할 수 있다.

기득층의 이해에 반하는 장사(壯士)의 원형은 아기장수이다. 아기장수 전설은 전국적인 분포를 보이는 광포 전설이다. 광포 전설인 아기장수 전설 유형의 미감과 맞닿게 되면서 [자료2]의 역사(力士)는 일반적인 의미로 역사(逆士)의 원형적인 인물 캐릭터와 연결되게 된다. [자료2]로 변개되기 이전의 역사적 기록 속에서 장보고의 반역 행위란 특수한 사실과 관련되어 역사(逆士)의 의미를 가지고 있던 역사(力士)라는 단어가 전설화 되면서 비범한 민중 출신 인물을 가리키는 장사(壯士)의 의미를 띠게 되고, 다시 이것이 아기장수 전설 유형이 환기하는 미의식과 연결되는 일반적인 의미의 역사(逆士)로 치환되고 있는 것이다.

이처럼 장보고 관련 기록에 대한 민중층 내부의 인식 변이는 기득층에 의해 이루어진 역사 기록의 그것과는 시기적으로 다른 층위에서 이루어진 것으로 보인다. 장보고의 암살과 청해진의 파괴 및 지역민의 강제 이주에 관련된 일을 역사적 사실 그대로 기록한 [자료1]의 『삼국사기』 기록이 고려 인종조(仁宗條)에 나왔다는 점을 상기해 볼 때 장보고에 관한 기득층의 인식 양상이 고려 중기까지도 별다른 변동 없이 유지되었다고 할 수 있다. 그런데 이와 다른 인식 차원에 놓여 있는 향토 지리서들은 장보고의 실존성이 환기하는 역사적·정치적 지평으로부터 분리된 [자료2]과 같은 기록에 새로운 구체적인 시대성을 부여하는 변개 양상을 보여준다. 다음의 자료들을 살펴보기로 하자.

[자료3] 고려 현종조 반란의 무리가 간혹 나오므로 그 무리를 벽골군, 지금의 김제로 이주시켰다.[82]

[자료4] 본디 신라의 청해다. 고려 현종시에 반란을 일으키는 무리가 간혹 나타나므로 그 무리를 벽골로 이주시켰다.[83]

[자료3]·[자료4]에서는 [자료2]처럼 장보고와 관련된 역사적·정치적 지평으로부터 분리되어 아기장수 전설화 된 텍스트에 다시 고려 현종조라는 역사적 시대성을 결합시키고 있다. 여기서 특별히 시대적 배경이 고려 현종조(顯宗조목)로 설정된 점이 주목된다. 장보고의 암살과 청해진의 파괴에 이르는 일련의 사건들이 통일신라 말기에 일어났으므로 관련 기록 및 전설의 전승 양상에 있어서 다음번 주요한 변동의 기점이 고려시대가 되리라는 사실은 충분히 납득이 가능하다. 그런데 위의 두 자료가 나란히 하필 고려조 중에서도 현종조를 지목하고

---

82) "高麗顯宗朝, 叛亂之徒間出, 故徒其人於碧骨郡, 今金堤", 『朝鮮鷰輿勝覽』, 莞島篇, 建治沿革條

83) "本新羅淸海, 高麗顯宗時, 以叛亂輩間出, 徒其人於碧骨", 『朝鮮湖南誌』, 康津縣, 建治沿革, 尹宗林 撰, 1935

있다는 사실은 이 시대가 완도군 일대의 지역사 및 사회사에 있어서 중요한 변이의 기점이었다고 볼 수 있다. 현재로서는 완도군지나 향토사를 찾아봐도 객관적인 증거 자료를 발견할 수가 없었다. 일단은 고려 현종조 언저리에 완도군 지역사에서 기존의 질서를 저해할 만한 사건이 벌어졌다는 정도로만 정리할 수밖에 없을 것 같다.

꼭 현종조에 한정짓지 않는다면 이러한 장보고 관련 기록의 전승 양상에 있어서 확인되는 변개와 관련지을 수 있는 자료가 있다. 바로 장좌리 장도 토성과 장도 당제 유래 전설의 주인공으로 전하는 고려 장사 송징의 존재이다.[84] 고려 장사 송징이란 캐릭터는 고래로부터 완도군 일대에 전승되던 <송장군 전설>을 모태로 하여 형성된 것이지만 하필 고려라는 역사적 시대성과 결합하고 있는 점이 주목된다. 고려 장사 송징이 실존 인물이란 증거가 없으므로 허구적인 전설적 캐릭터일 가능성이 높지만 그 캐릭터의 형성 과정에 관여했을 실제의 모델이 삼별초 난 이전의 고려 시대에 존재했을 가능성은 있다. 완도군 일대의 지역사에서 중요한 인물의 등장과 그 인물을 모델로 한 전설이 [자료3]·[자료4]의 장보고 관련 기록과 <송징 전설>, 이 두 방향에서 이루어진 것으로 생각된다.

4. <송징 전설>과의 습합에 의해 장보고 구비 전설이 잠류하는 단계

장보고 구비전설의 전승 과정에서 나타나는 세 번째 변동의 국면은 <송징 전설>과의 습합에 의해 장보고 구비 전설이 잠류하는 단계이

---

84) 고려 장사 송징과 장도 토성 및 장도 제의를 연결시킨 전설 텍스트로는 다음의 자료를 들 수 있다. "將島壇, 高麗壯士宋徵, 宋徵謫居淸海武於將島, 智勇兼備, 死後靈驗特箸, 居人追慕, 設壇祭之", 『朝鮮寶輿勝覽』, 1929; "將島土城, 高麗壯士, 宋徵築城", 『朝鮮寶輿勝覽』, 1929; "고려 말에 송징이란 자가 있었는데, 장재도(壯才島)에 살았다.", 『莞島郡邑誌』, 1899, 규장각 소장본

다. 전승 권역의 파괴와 전승 담당층의 붕괴에도 불구하고 여전히 완도 일대에서 장보고 전설이 재생산될 가능성이 전면적으로 제거된 것은 아니었다. 왜냐하면 김제 벽골군으로 집단 강제 이주당한 것은 어디까지나 청해진 거주민과 장보고 지지 세력에 한정된 것이었기 때문에 청해진의 본거지가 있던 장좌리 거주민이 아니라면 여전히 장보고의 전설이 형성되고 전승되던 전승 권역에 그대로 살고 있었다고 볼 수 있기 때문이다. 이들은 장보고 전설을 형성하고 전승하는 적극적인 담당층은 아니라 할지라도 중앙 정부로부터 동떨어진 남도(南島)에서 출생하여 정앙 정부를 넘어 동북아를 호령한 동향의 인물에 관하여 형성된 전설을 전승하는 소극적인 담당층, 즉 광의의 의미의 향유층이 되기에는 충분한 요건을 갖추었다고 할 수 있다. 장보고에 관한 전설을 만들어내지는 못해도 풍문으로 전해들은 전설을 재생산할 수 있다는 것이다.

그런데 신라 중앙 정부에 의한 청해진의 조직적인 파괴 이후, 이들 역시 기존의 장보고 전설의 재생산에 적극적으로 참여하지는 않은 것으로 보인다. 여기에는 장보고에 관한 말하기, 즉 장보고 전설의 재생산을 막는 두 가지 차원의 금기가 존재한다. 한 층위는 외부적인 것이다. 즉 신라 중앙 정부에 의한 통제이다. 장보고를 암살하고 그의 본거지를 파괴하는 한편, 장보고에게 동조하는 거주민들까지 강제로 집단 이주시킬 정도라면 그에 관한 말하기를 엄금하는 통제책을 발휘했을 가능성이 높다. 장보고에 관한 말하기는 공적인 차원의 금기 대상이었을 것이다. 다른 한 층위는 내부적인 것이다. 아무리 외부적인 압력이 강하다 하더라도 장보고에 관하여 기억하고자 하는 향유층의 욕망이 강하다면 그에 관해 말할 수 있는 간접적인 경로를 찾는 것이 가능하다. 상징이든 은유든 방법은 여러 가지 차원에서 동원될 수 있다. 장보고의 사후에 그에 관한 말하기가 풍부하게 이루어지지 못했다면 완도 일대 전설의 향유층 내부에 자리한 내적인 차원의 금기가 작용한 결과일 것으로 보인다.

그러나 장보고에 관한 말하기를 둘러싼 이러한 완도 일대 전설 향유층의 금기가 전면적으로 작용했던 것은 아니었던 것으로 생각된다. 공적인 외압을 의식하여 장보고 전설의 재생산을 전면적으로 중지한 부류도 있었겠지만 그에 관한 말하기 욕망을 실현하기 위해 다양한 간접적인 경로를 찾은 부류도 존재했을 것으로 보인다. 이러한 향유층의 한 부류가 찾아낸 방법이 바로 <송징 전설>을 이용한 장보고 전설의 말하기가 아니었을까 생각된다. 장좌리 장도 장보고 당제 유래 전설은 그의 사후에 <송장군 전설>로 환원되었다가 다시 <송징 전설>화 했을 가능성이 높다. 장좌리 장도 송징 당제 유래 전설은 그 텍스트의 맥락에 어울리지 않는 장보고와 염장에 얽힌 역사적·정치적 지평을 암시하는 상징적 장치를 내포하고 있는바, 이는 장도 송징 당제 유래 전설의 전승과 향유 맥락에 장보고 구비전설의 그것이 습합되어 있다는 것을 의미한다. 이러한 과정을 통해 장보고에 관해 기억하고 말하고자 하는 향유층의 의식, 즉 인식적 지평은 일차적으로 장보고에 관한 역사적·정치적 지평을 암시하는 <송징 전설>의 텍스트 이면으로 잠류해 갔을 것으로 생각된다.

장보고 전설의 전승 단계와 관련하여 여기서 주목해 볼 것은 <송징 전설>을 통한 장보고 전설의 말하기가 이루어진 시점이다. 다음의 자료를 통해 이에 대해 살펴보기로 하자.

[자료5] 완도는 청해진을 파한 후에 지역은 삼분되어 타군에 이속되었고 주민들은 축출되어 사방에 흩어졌다가 세월의 흐름을 따라 하나둘씩 선조의 무덤을 찾아 완도의 구석구석에 모여들었다.[85]

[자료5]은 장보고 사후 청해진의 파괴와 거주민의 집단 이주가 이루어진 이후, 일정한 기간이 흐른 뒤에 강제 이주 당했던 청해진 거주민들의 일부가 고향으로 귀향했던 사실을 알려주고 있다. 이처럼 장좌리

---

85) 박창제 편, 『내고장 전통가꾸기』, 1981

장도를 중심으로 한 완도 일대로 복귀한 과거 청해진 거주민 혹은 장보고 세력의 일부는 장보고 전설을 다시금 재생산할 전승의 담당층을 부분적으로 회복하는 주축이 되었을 것으로 생각된다. 그렇다면 이들이 선택했을 방법은 장보고에 관해 직접적으로 말하기가 아니라 간접적으로 말하기였을 것이다. 이들에 의해 장보고 전설을 재생산하기 위해 간접적인 우회의 매개체로 선택된 것은 장좌리 장도 당제 유래담의 본래 주인공이자 장좌리 장도 장보고 당제 유래담의 모태가 된 송장군이었을 것이다.[86] 장보고에 관련된 역사적·정치적 지평에 관한 상징적인 말하기는 처음에는 이러한 <송장군 전설>의 이면을 통해 간접적으로 이루어졌을 것인데, 장보고 전설의 전승 담당층에 의해 매개체로 선택된 <송장군 전설>이 어느 시점에서 <송징 전설>로 변이했는지가 논란거리이다.

여기서 한 가지 정리해 두어야 할 것이 있다. 장보고 전설의 간접적인 말하기의 매개체로 선택된 <송장군 전설>과 <송징 전설>은 어디까지나 장좌리 장도 당제 유래 전설에 한정된다. 그 외의 지명과 관련된 유래 전설 및 인물 전설에서 송장군과 송징은 독자적인 전설군의 주인공으로서의 위상을 지니고 있다. 장좌리 장도 당제 유래 전설에서 장보고에 관해 말하기 위해 <송장군 전설>과 <송징 전설>이 매개체로 선택된다면 그것은 전통적인 장좌리 장도 당제 유래 전설의 자체적인 맥락 속에서 이루어지는 것이다. 장좌리 장도 당제 유래 전설 외에 다른 지명과 관련하여 존재하는 <송장군 전설> 및 <송징 전설>이 장좌리 장도 당제 유래 전설에서 장보고와 관련된다면 그것은 각각 독자적으로 존재하는 개별적인 전설 유형이 습합되는 것이다. 장좌리 장도 당제 유래 전설에서 장보고를 중심에 놓고 보았을 때는 수용의 원리라 할 수 있다.

장보고 사후 장좌리 장도 당제 유래 전설이 <송장군 전설>로 회귀한

---

86) 물론 이 시기에도 <송장군 전설>을 본래 그 자체의 의미망대로 전승하고자 하는 향유층도 그대로 존재한다는 사실을 전제로 해야 한다.

뒤 다시 <송징 전설>로 변이하는 과정이 이루어진 시점과 관련하여 주목해 볼 것이 바로 장도 토성 유래 전설로 존재하는 고려 장사 <송징 전설>이다. 다음의 자료를 통해 이러한 양상을 살펴보기로 하자.

[자료6] 신라 시대에는 청해대사로 하여금 섬사람들을 다스렸는데, 정년은 김명의 난에 공을 세운 자로 청해대사를 승계했으며 용력이 남달랐다. 고려 말에는 송징이라는 자가 있었는데, 활을 쏘아 육십리 밖에까지 미치고, 신병을 마음대로 부렸다. 또 역사가 많이 배출되었는데, 그래서 섬사람들을 벽골군으로 이주시켰다.[87]

[자료6]는 장보고에 관한 역사적 사실을 변개한 것이다. 장보고가 청해진 대사 혹은 청해대장군이란 관직을 신라 중앙 정부로 받음으로써 그의 청해진 사업을 공식적으로 인정받았으며, 기득세력과의 갈등 끝에 장보고가 암살당함으로써 청해진이 파괴되고 그 거주민들이 김제의 벽골군으로 강제 이주 당했다는 내용이다. [자료6]는 장보고에 관련된 이러한 역사적인 사실들을 종합한 것으로『삼국사기』를 비롯한 사서들에서 동일한 내용을 찾아볼 수 있다. 특히 후반부의 역사 배출과 섬사람의 벽골군 이주 내용은 [자료2]에서도 확인한 내용이다. 전반부에서도 이와 같은 차원의 변개가 이루어져 있음을 확인할 수 있다.

일단 [자료6]는 신라 중앙 정부로부터 청해대사직을 부여받은 인물이 장보고란 사실을 누락시키고 있다. 대신 정년이 이 직함을 승계했다고 기록하고 있다. 정년이 장보고로부터 청해대사직을 승계했다는 사실은『삼국사기』를 비롯한 어떠한 사서에서도 나타나지 않는 내용이다. 향토 지리서의 오류라고도 볼 수 있겠지만 문제는 그리 간단치가 않다. 신라 정부로부터 본래 청해대사직을 공식적으로 부여받은 사람인 장보고란 이름을 지우고 그 자리에 정년을 위치시킨 것은 장보고가

---

87) "新羅時以淸海大使營島人, 鄭年有功於金明之亂, 繼爲大使, 勇力絶人, 高麗末有宋徵者, 射及六十里能使神兵, 又有力士多出, 故徒人於碧骨郡矣", <鎭誌秩>, 『加里浦鎭誌』, 『湖南鎭誌』, 1885

중심이 된 청해진 시대의 역사적 전통으로부터 그 주체인 장보고를 분리시키고 이를 정년과 연결시키기 위한 의도를 보여준다. 왜 이러한 복잡한 절차가 필요할까 하는 의문이 들 수도 있겠지만 완도 일대, 특히 청해진의 본거지인 장좌리 장도 일대에 새겨진 장보고에 관한 기억을 간접적으로 말하기 위해서는 그의 이름을 없애는 것 이상으로 다른 인물을 대체시키는 것만큼 효과적인 것도 없다.

신라 중앙 정부로부터 위임을 받아 장보고를 암살하고 청해진을 공식 접수한 염장이 적당한 인물이 아니겠느냐는 의문이 제기될 수도 있겠으나 장보고를 암살한 염장은 완도 지역민들에게 심정적으로 환영받을 만한 인물이 아니다. 특히 완도 일대로 복귀한 청해진 세력들에게 있어서 장보고에 대해 직접적으로 말하지 않으면서도 그에 관한 기억을 유지하기 위해서는 장보고의 부장으로서 수족처럼 활동했던 정년만큼 적당한 인물도 없다고 할 수 있다. 정년은 장보고에 관한 기록 및 전설로부터 그가 환기하는 역사적·정치적 지평을 분리시킴으로서도 장보고에 관한 기억을 유지하는 간접적인 말하기의 매개체로 선택된 인물인 것이다.

이렇게 장보고가 아니면서도 장보고에 관한 기억을 환기시키고, 장보고에 관해 말하지 않으면서도 장보고에 관해서 말할 수 있는 인물인 정년을 장보고에 관련된 기록한 텍스트의 문면에 위치시킨 뒤에 같은 맥락에서 장좌리 장도 당제 유래 전설 텍스트의 매개체로 선택된 인물이 바로 송징이다. 장좌리 장도 당제 유래 전설은 외부적인 환경의 변이에 따라 완도군 일대에 널리 유전하는 해양 영웅전설인 <송장군 전설>에서 장보고 전설로, 장보고 전설에서 <송장군 전설>로 교체된 것으로 생각된다.[88] 완도 일대를 비롯하여 장도 지역에서 또 다른 외부적인 환경의 변이가 없었다면 장좌리 장도 당제 유래 전설이 송장군의 그것에서 송징의 그것으로 굳이 교체될 하등의 이유가 없다.

---

88) 이에 관해서는 권도경, <송징 전설>의 형성과정과 계열분화에 관한 연구>, 『퇴계학과 한국문화』 40, 2007을 참조하기 바람.

그런데 여러 자료를 종합해 보면 고려조에 이러한 교체가 발생했던 것으로 나타난다. 고려조의 어떤 일정한 시점에 완도 일대 및 장도 지역민들에게 일정한 영향력을 행사한 인물이 등장했던 것으로 보이는데, 이러한 인물에 관한 지역민들의 말하기가 전설을 형성했던 것으로 생각된다. 고려조에 완도 지역에 등장한 이 인물에 관한 전설은 고래로부터 존재한 <송장군 전설>을 모태로 하여 형성되었을 것으로 보인다.

그렇다면 이 인물의 주 활동 지역은 완도 중에서도 장보고의 청해진이 있던 장도가 아니었을까 생각된다. 고려 시대를 배경으로 한 장도 토성 유래 전설, 장좌리 장도 당제 유래 전설 텍스트들이 하나 같이 고려 장사 송징을 주인공으로 내세우고 있는 것으로 보아 이 고려조에 등장한 인물과 장도라는 공간의 밀착성은 부인하기 어려울 것으로 보인다. [자료6]의 중간 두 번째 문장에 나오는 송징에 관한 내용은 <송징 전설>의 호국신사·사현 계열 텍스트에서 가져온 것이다. 원래 <송징 전설>의 호국신사·사현 계열의 텍스트에서는 고려라는 역사적 시간성이 나타나지 않는다. <송징 전설>의 호국신사·사현 계열의 텍스트가 고려 장사 송징 캐릭터와 결합된 장도 토성 및 장도 당제 유래 전설의 영향을 받아 고려라는 시대성과 연결된 것으로 생각된다. 이렇게 본다면 고려 장사 송징 캐릭터와 결합된 장도 토성 및 장도 당제 유래 전설은 앞서 [자료2]에서 살펴본 장보고 관련 기록, <송징 전설>의 호국신사·사현 계열, 장좌리 장도 당제 유래 전설 등 장좌리 일대에 전승되는 전설의 전방위적으로 영향을 미쳤다고 할 수 있다. 이처럼 고려조의 일정한 시점에 형성된 고려 장사 송징 캐릭터에 의해 변개된 <송징 전설>이 장좌리 장도 당제 유래 전설, <송징 전설> 등이 장보고 관련 기록 속에 최종 유입되어 [자료6]와 같은 텍스트를 형성하게 되었다고 할 수 있다.

[자료6]의 후반부에서 장보고 기록 속에 유입된 <송징 전설>은 장보고로부터 분리된 역사적·정치적 지평 속에 대리 안착한 정년에 관한 후반부의 기록과 전·후반부에서 조응하게 된다. 장보고를 중심에 둔

정년에 관한 기록과 고려 장사 <송징 전설>의 결합은 의미심장하다. 장좌리 장도 당제 유래 전설은 고려 시대에 접어들어 일차적으로 고려 장사 송징 캐릭터와 결합되었다가 다시 고려 중기에 와서 삼별초 송징 장군 캐릭터와 이차적으로 결합되면서 장좌리 장도 송징 당제 유래 전설로 완성되게 되는데, 이 송징 당제의 신격 체계가 송징 주신, 정년 부신의 형태로 되어 있기 때문이다. 독자적인 전설 유형으로 형성 전승된 <송징 전설> 중에서도 장좌리 장도 당제 유래 전설이란 하위 유형으로 최종 완성된 장좌리 장도 송징 당제 유래 전설은 이처럼 장보고 전설과 습합되는 결과를 보여주고 있다고 할 수 있다. 이러한 습합은 장보고로부터 분리된 역사적·인식적 지평이 장좌리 장도 송징 당제 유래 전설과 습합되면서 텍스트 표면에 장보고를 연상시키는 상징적인 장치만이 남고 그 외는 텍스트 이면으로 잠류하는 형태이다. 이러한 기제를 통해 장보고를 기억하는 장좌리 장도 당제 및 그 유래 전설 향유층의 의식 속에 장보고 당제 및 유래 전설의 인식 지평이 잔존하게 되는 것이다. 결과적으로 말해서 장보고 전설의 전승 담당층 및 장좌리 장도 당제 유래 전설의 향유층에게 금기시된 장보고에 관한 말하기는 고려 중기 삼별초 송징 장군에 의해 완성된 장좌리 장도 송징 당제 및 유래 전설을 통해 간접적으로 말하는 시스템을 형성하게 되었다고 할 수 있는 것이다.

5. <송징 전설>로부터의 분리와 역사적·인식적 지평의 회복 단계

장보고 구비 전승에 나타나는 마지막 변동의 국면은 <송징 전설>로부터의 분리와 역사적·인식적 지평의 회복 단계이다. 실존 인물인 장보고가 환기하는 역사적·정치적 지평이 장보고 전설로부터 분리되어 송징 텍스트의 이면에 잠류해 있다가 다시 분리되어 본래의 전설 텍스트를 회복하는 단계이다. 장보고 전설이 그 주인공인 장보고와 관련된 역사적 · 정치적 지평을 담아낼 본체인 텍스트를 상실하고 향유층의 의식 속에서 인식 지평의 차원으로 존재하다가 그 존립의 매개체인 <송징 전설>로부터 분리되어 독자적인 정체성을 다시 주장하게 된 것이다. 이러한 전승 단계의 변이는 장좌리 장도 당제와 그 유래 전설을 중심으로 최근에 들어 일어난 것이다. 다음의 자료를 통해 이러한 양상에 대해 살펴보기로 하자.

> [자료7] (당집) 가운데는 주신인 송징 장군, 우측은 정년 장군, 좌측은 혜일 대사를 모시는 제상이다. 역사적인 인물을 모시고 있다는 점에서 당집은 오히려 성격상 유식의 사우(祠宇)와 같다. 다른 하나 특기할만한 사실은 1982년부터 이곳에 새로 장보고를 추가하여 모시고 있는 것이다.[89]

[자료7]은 송징 주신, 정년 우부신, 혜일대사 좌부신으로 한 장좌리 장도 송징 당제의 신격 체제의 변이를 보여주고 있다. 장좌리 장도 당제의 신격 체제가 송징을 단독 주신으로 한 체계에서 장보고 공동 주신 체계로 바뀌었음이 확인된다. 장보고가 장좌리 장도 당제의 주신으로 재좌정하게 됨에 따라 역사적 실존인 장보고는 자신과 관련된 역사적 · 정치적 맥락 속으로 재진입하여 본래의 위치를 회복하게 되었다. 즉 장보고가 환기하는 역사적 · 정치적 맥락으로부터 정작 주체인 장보고가 분리되어 나오고 그 자리에 정년과 송징이 들어가 자리하면서 장보고와 관련된 역사적 · 정치적 지평이 제삼자인 정년과 송징과 결합하는 동시에 장보고에 관련된 향유층의 인식적 지평이 이면에 잠류하는 불안정한 공존 체계가 원래의 위치로 자리매김하게 된 것이다. 장보고가 다시 장좌리 당제의 주신으로 좌정하게 되면서 청해진 시대에 실제 그의 부하였던 정년을 우부신으로 거느리는 신격 체제는 비로소 제 자리를 찾은 것으로 보여질 수 있다. 혜일대사가 장보고 주신의

---

89) <완도읍 장좌리당제>, 나경수, <완도 장좌리 당제의 조사보고와 세계상 고찰>, 『용봉 논총』 20, 전남대학교 인문과학연구소, 1990

좌부신이 되는 것은 고려 시대에 장좌리 일대에 영향을 미쳤던 인물인 혜일대사를 주신인 장보고가 우부신으로 거느림으로써 신라 청해진 시대부터 고려 시대까지 이어온 장좌리 지역사의 전개 양상을 당제가 포함한다는 의미망을 담지하는 신격 체계를 구성할 수 있다.

한 가지 주목해 볼 사안은 장좌리 장도 당제의 주신으로서의 위상을 장보고가 회복할 수 있었던 직접적인 요인이다. 여기에는 내·외재적인 두 층위가 있다. 우선 내재적인 내재적인에 대해서 살펴보자. 내재적인 요인이란 장보고 전설의 내용 및 향유 의식의 차원과 관련된다. 장보고의 암살과 청해진의 파괴에 의해 장보고 전설의 전승 권역과 전승 담당층의 붕괴에 의해 장보고 전설이 <송징 전설>을 매개체로 하여 간접적으로 전승되는 우회적인 생존 방식의 모색했음에도 불구하고 민중에 의해 장보고가 기억되는 향유층의 인식 지평은 여전히 잔존했을 것이라는 점을 앞서서 지적한 바 있다. 장보고 전설이 향유층의 인식적 지평 속에서는 지속적으로 잔존해 왔으며, 이러한 향유 의식의 존재 방식이 장좌리 장도 당제 유래 전설을 중심으로 장보고 전설이 회복될 수 있었던 직접적인 요인이 된다. 다음의 자료를 살펴보자.

[자료8] 장좌리는 완도읍에 속하는 한 마을로 본래의 마을 이름은 장좌리(張佐里)였다. 왜정시 장보고의 역사에 기인한 지명을 없애기 위해 개명하여 장좌리(長佐里)라 칭하게 되었다 함.[90]

[자료8]는 장보고 전설과 관련하여 두 가지 사실을 알려준다. 첫째는 장보고 사후 전설 담당층의 조직적인 제거가 있었음에도 불구하고 여전히 청해진의 본거지인 장좌리가 장보고에 관한 민중의 기억과 관련되어 있다는 점이다. 장보고에 관련된 지명 유래 전설의 존재는 지역전설로서의 장보고 전설의 성격이 여전히 유지되었으며, 지리적인 이동을 경험하지 않았던 집단이 그 전승을 담당했음을 확인할 수 있다. 둘

---

90) <장좌리 지명 유래>, 『마을유래지』, 완도군 마을유래지 편찬위원회, 1987, 36쪽

째는 장보고 전설 담당층의 전승력이 적어도 일제 시대까지는 강했다는 점이다. 일제가 장보고 전설의 전승 양상을 조작하기 위해 개입할 필요가 있었다는 것은 지명 유래 전설의 형태를 띄고 있는 장보고에 대한 민중의 기억이 완도 장좌리 공동체의 역사와 여전히 밀접한 관련을 가지고 있다는 사실을 보여준다.

이러한 내재적인 요인에 의한 장보고 전설의 복권과 그 내부에 존재하는 향유층의 인식 층위는 다음과 같은 두 가지로 나누어볼 수 있다. 하나는 장보고 전설의 전승 단계 속에서 <송징 전설>이 차지하는 역할과 위치를 이해하고 있는 향유층에 의한 전승이다. 즉 송징이 완도 일대에 고래로부터 존재한 <송장군 전설>을 모태로 하여 고려 장사 송징, 삼별초 송징 장군 등 역사적 특수성을 시대에 따라 강화해 나간 캐릭터인 동시에 장보고에 대한 말하기를 금지당한 장보고 전설의 전승 담당층이 말하기 욕망을 매개한 캐릭터이기도 하다는 사실을 인식하고 있는 향유층에 의한 전승이다. 이들 향유층에게 있어서 <송장군 전설>을 모태로 한 <송징 전설>의 형성 과정 자체는 하등의 의미가 없다. 장보고 전설에 대해 금지된 말하기를 실현할 대상을 찾고자 하는 전승의 향유층에게 있어서 <송징 전설>은 장보고 전설과 관련된 인식적 지평을 매개할 전승의 이형태로서만 의미가 있다. 예컨대 장좌리 장도 송징 당제 및 그 유래 전설의 향유 양상 속에서 장보고 전설의 전승 담등층에게 있어서 실존 인물인 장보고로부터 분리된 역사적·정치적 지평과 습합되어 있는 장좌리 장도 송징 당제 및 그 유래 전설의 텍스트 표면의 양상은 변별적인 의식의 대상이 되지 않는다. 오직 그 속에 잠류해 있는 텍스트의 이면, 즉 실존 인물인 장보고가 환기하는 역사적·정치적 맥락에 관한 인식의 전승 여부만이 중요한 의미를 갖는다. 장보고 전설의 이형태로서의 <송징 전설>의 전승은 이러한 향유층에 의해 이루어졌다 할 수 있다.

다른 하나는 <송징 전설>의 텍스트 이면에 내포되어 있는 장보고 전설의 역사적·정치적 맥락에 관한 함의를 몰각한 향유층에 의한 전승이다. 다시 말해서 장좌리 장도 당제 및 그 유래 전설을 중심으로 이루어진 장보고 전설과 <송징 전설>의 습합 및 그 전승 양상 속에서 <송징 전설>의 텍스트 표면을 매개로 장보고 전설을 전승하고자 한 청해진 시대 전후의 전승 담당층의 인식적 지평에 대한 이해가 부재한 향유층에 의한 전승 형태라고 할 수 있다.

여기에는 다시 두 가지 인식 차원이 존재할 수 있다. 첫째는 장보고와 송징을 별개의 인물로 인식하는 차원이다. 이들 향유층에게 있어서 송징과 장보고는 별개의 전승 맥락 속에 위치한 인물이기 때문에 원칙적으로 동일한 전설 텍스트의 주인공일 수 없다고 믿어진다. 장좌리 장도 당제 및 그 유래 전설을 중심에 둔 장보고 전설과 <송징 전설> 사이의 영향 관계에 대한 인식 부재를 전제로, 아예 이 두 인물이 전혀 상관관계가 없는 독립적인 인물로 보는 시각인 것이다. 둘째는 장보고와 송징을 동일 인물로 인식하는 차원이다. 이러한 관점을 지닌 향유층에게 있어서는 장좌리 장도 송장군 당제 및 유래 전설을 모태로 한 장보고 전설의 형성과 장보고의 사후에 이루진 일련의 송징 당제 및 유래 전설의 형성, 그리고 이러한 <송징 전설>을 매개로 한 장보고 전설의 전승 및 향유 양상에 대한 인식이 따로 요구되지 않는다. 뿐만 아니라 이러한 인식이 부재하다는 사실도 전혀 문제될 것이 없다. 왜냐하면 장보고와 송징, 더 나아가 송장군 혹은 송대장군이 모두 동일 인물이기 때문이다. 다음의 자료에서 이러한 인식 양상이 확인된다.

[자료9] 지식층은 송징이 고려 삼별초난 때 장군이라고 단일 인물로 보나 부락의 연로층은 송대장군은 장보고의 별호라고 하여(황운옥 談. 77세) 동일 인물로 생각하고 있다.[91]

[자료9]에서는 이러한 향유층의 인식 양상 속에서 역사적 실존성을 지닌 인물은 오직 장보고뿐이다. 송징과 송장군, 송대장군은 장보고를

---

91) <장좌리 장도 당제>, 『민속자료조사보고서』 9, 이두현, 문교부 문화재관리국, 1968

전설화 한 텍스트 속의 허구적인 주인공이기 때문이다. [자료9]의 제보자는 송징을 고려 삼별초 장군으로 보는 것은 어디까지나지식층의 시각이라고 하고 있다. 고려 삼별초 송징 장군과 장보고를 개별적인 인물로 보는 시각은 완도 일대의 장보고 전설 혹은 장좌리 장도 당제 및 유래 전설의 전승 및 향유의 외부에 위치하는 연구자들에 의해 규정된 관점이라는 것이다. 반면 [자료9]에서 부각되어 있는 제보자의 의식은 송징, 송대장군, 장보고 사이에 존재하는 동일한 정체성이다.

이제 장보고 전설의 복귀를 둘러싼 외재적인 요인에 관해 살펴보자. 외재적인 요인은 장보고 전설 및 그와 관련된 <송징 전설>의 텍스트, 그 자체와는 전혀 관계가 없다. 텍스트 외부에 존재하는 환경적인 요인을 가리킨다. 이러한 외재적인 요인은 두 가지 차원으로 나누어진다. 하나는 장좌리 장도 당제 및 유래 전설에 관한 학자들의 연구 결과이다. 다시 말해서 송징을 주신으로 하여 최종적으로 완성된 장좌리 장도 당제 및 유래 전설에 관한 학자들의 연구 결과가 향유층의 인식 변이를 초래하고 이것이 다시 당제 및 유래 전설 내부에서 신격 체계의 변동을 야기한 것이다. 다음의 자료를 통해 이러한 양상에 대해 살펴보기로 하자.

[자료10] 여그 장좌리에서는 원래 장도섬에 있는 당에다 송징 장군을 모셨어. 청해장군 하고 같이. 두 분을 모셔 왔는디 중년에 장보고 장군이 여그 사람이라고 대학교수 몇 사람이 와서 이야기한께 장보고 장군도 같이 모시고 있어.[92]

[자료10]에서 제보자는 장좌리 장도 당제에서 송징 장군과 함께 청해장군을 모셨다고 했다. 여기서 송징 장군이란 고려 삼별초 시대 때 완도로 입도한 송장군의 역사적 실존성에 기반을 둔 장좌리 장도 당제의 주신이자 그 유래 전설의 주인공이다. 청해장군은 원래 신라의 중앙

---

92) <송징장군의 죽음>, 완도읍 설화4, 완도읍 장좌리, 문장옥, 『완도군의 문화유적』, 국립목포대학교 박물관, 1995, 436쪽

정부가 장보고에게 내린 관직명이었으나 장보고의 실존성이 그 역사적·정치적 맥락으로부터 분리됨으로써 관련 기록 속 장보고의 자리에 대체해서 들어가게 된 정년을 가리킨다.[93] 장좌리 장도 송징 당제가 송징 주신, 청해장군 우부신, 혜일대사 좌부신의 신격 체계의 형태로 최종 완성되었으며, 여기에 금지된 장보고 신앙과 장보고에 대한 말하기를 우회적으로 실현하기 위한 향유층의 의식적·무의식적 차원의 의도가 내재해 있다는 사실을 앞서 확인한 바 있다.

그런데 [자료10]의 제보자에 따르자면 장좌리 장도 당제 및 유래 전설과 장보고의 활동에 대한 연구자들이 외부로부터 들어와 장좌리 당제 및 유래 전설의 유래가 원래 장보고로부터 기원한다는 것을 알리기 시작하면서부터 장보고를 추배하여 장보고·송징의 공동 당제로 변이했다는 사실을 확인할 수 있다. 장좌리 당제와 그 유래 전설의 전승 권역 외부로부터 유입된 지식과 정보를 통해 신격 체계의 변동이 발생하게 된 것이다. 물론 이러한 변이가 전적으로 외부적인 요인에만 기인한다고 볼 수는 없다. 앞서 살펴본 텍스트 내부의 내러티브의 형상화 방식과 향유층 내부의 의식적 차원의 변동이 전제가 되지 않고서는 외부적 요인이 당제 및 유래 전설의 변동을 전적으로 초래할 수는 없는 것이다. 이처럼 학자들의 외재적인 연구가 장보고 전설과 장좌리 장도 당제 및 유래 전설의 전승 양상에 영향을 미치는 현상이 나타난 것은 [자료10]이 채록된 1960년대 후반 무렵이다.

다른 하나의 외재적 요인은 완도군 내부의 지역 문화·경제적인 차원의 요구이다. 1982년 남도 문화축제에 장좌리 장도 당제가 완도

---

93) 이와 관련하여 위의 텍스트에서 송징과 함께 '청해장군'을 함께 봉헌해 왔다고 하는 제보자의 언급을 상기해볼 필요가 있다. '청해장군', '진해장군'은 신라정부가 장보고에게 내린 공식적인 관직명이다. 청해장군이 장보고인데 다시 대학교수들의 자문을 듣고 장보고를 함께 모시고 있다는 것은 일견 제보자의 구술 내용에 대한 신뢰도를 떨어뜨리는 오착으로 여겨질 수도 있다. 1982년까지 장좌리 당제의 신격체계 속에 장보고는 들어있지 않았기 때문에 청해장군을 정년이 아닌 장보고로 본다면 송징과 청해장군 장보고를 함께 봉헌하고 있다가 다시 1982년에 장보고를 추배했다는 것은 명백히 논리적인 오류가 된다.

군의 대표로 출전하게 되면서 장보고와 송징 공동 신격 체계로의 변동이 촉발되었다. 여기에는 완도군의 지역사·문화사에 있어서 장보고가 가지는 대표성과 관광·경제에 미치는 파급 효과에 대한 면밀한 고려가 내재해 있다. 다음의 자료를 통해 이러한 양상에 대해 살펴보기로 하자.

[자료11] 당시 남도 문화제에 이곳 당제가 출연하면서 이 곳과 깊은 관련이 있는 인물로 그를 추배하게 되었다고 하며, 그후 계속해서 장보고까지 4위의 당신을 모시게 되었다고 한다.[94]

[자료11]에서는 1982년 남도 문화 축제에 장좌리 장도 당제가 완도군의 대표로 출전하면서 그 대표적인 인물로 장보고를 추배하면서 신격 체계의 변동이 생겼다고 했다. 여기서 주목해 볼 것은 완도 일대의 당제 전승 및 향유층들이 장좌리 장도 당제와 관련된 대표적인 인물로 장보고를 꼽았다는 사실이다. 장좌리 장도 당제 및 유래 전설과 결합되어 있는 인물은 장보고만이 아니라 송징도 있다. 게다가 1982년 당시까지 장좌리 장도 당제의 주신 및 유래 전설의 주인공이었던 인물은 장보고가 아니라 송징이다. 그러나 정작 장좌리 장도 당제 및 유래 전설의 대표자로 부름을 받은 인물은 당시까지 당신으로 좌정하고 있었던 송징이 아니라 해당 당제의 유래 전설의 텍스트 이면에 잠류해 있었던 장보고라는 점은 심상치 않은 의미를 지닌다. 송징은 장좌리 장도를 포함하여 완도 일대의 당제 및 유래 전설에서는 주인공으로 널리 유포되어 있는 인물이지만 그에 대한 인식의 지리적 한계선은 어디까지나 완도군 내부이다.

반면 장보고는 1982년 당시에는 장좌리 장도 당제 및 유래 전설의 주인공으로 표면화 되어 있지는 못했으나 그에 대한 인지도는 완도군

---

94) <완도읍 장좌리당제>, 나경수, <완도 장좌리 당제의 조사보고와 세계상 고찰>, 『용봉논총』20, 전남대학교 인문과학연구소, 1990

이라는 지역적 한계성을 넘어선다. 송징이 완도군 내부의 국지적인 인지도를 지닌 인물이라면 장보고에 대한 인지도는 완도군 대내외를 넘나드는 것이다. 남도 문화 축제는 완도군의 문화를 홍보할 수 있는 대외적인 창구이다. 게다가 장좌리 장도 당제는 완도군의 대표로 1982년 남도 문화 축전에 참가했다. 이러한 배경 하에서는 장좌리 장도 당제의 현행 형태 자체 보다는 완도군 외부에 장좌리 장도 당제를 완도군의 전통 문화의 대표격으로 알려야할 목적이 상대적으로 앞서게 된다. 그렇다면 대외적인 인지도를 지니고 있으면서도 장좌리 장도 당제 및 유래 전설의 과거 전통과도 관련이 있는 인물인 장보고 쪽이 송징 보다 더 적합해진다. 뿐만 아니라 여기에는 대외적인 인지도를 지니고 있는 장보고를 통해 완도군의 전통 문화를 홍보함으로써 이 일대의 관광 문화의 수준을 한 단계 업그레이드 시키고자 하는 지역 경제 차원의 목적 또한 포함되어 있다고 할 수 있다.

장좌리 장도 당제 및 그 유래 전설의 신격 체계가 송징을 단독 주신으로 한 형태에서 장보고 공동 제의로 바뀐 것은 이상과 같은 내·외적인 요인들이 반영된 결과이다. 이를 통해 장보고 관련 구비 전설은 현재 송징이란 외피를 서서히 벗고 본 모습을 찾아가고 있는 중이다. 그러나 이러한 장보고 구비 전설의 제자리 찾기라는 현재적 전승 맥락 역시 거시적으로 볼 때, 장보고 구비 전설과 <송징 전설> 사이에 존재하는 텍스트 및 향유 의식 차원을 오가는 넘나듦, 그 변동 단계를 전제하지 않고서는 이루어질 수 없다.

6. 나오는 말

본 연구는 장보고 구비 전설의 변동 단계와 그 현재적 맥락을 조명해 보았다. 장보고 구비 전설의 전승 양상은 네 단계의 변동 국면을 보여준다. 첫 번째 변동의 국면은 전승 권역의 붕괴와 담당층의 단절이다. 두 번째 변동의 국면은 역사적 지평과의 분리와 광포 전설화이다. 세 번째 변동의 국면은 <송징 전설>과의 습합과 인식적 지평의 무의식적인 잠류이다. 네 번째 변동의 국면은 <송징 전설>로부터의 분리와 역사적 지평의 회복 단계이다. 이처럼 장보고 구비 전설의 전승 양상에서 확인되는 네 단계의 변동 국면은 역사적 · 사회적 · 지역사적 배경을 바탕으로 변이하는 향유층의 인식 지평과 관련되어 있다. 이를 통해 오늘날 새롭게 각광을 받고 있는 장보고 구비 전설의 양상 및 전승의 한 맥락을 밝혀낼 수 있었다.

현재 장보고 관련 전설은 드라마 '해신'을 계기로 새롭게 만들어지고 있다. 본 연구는 드라마 방영 시부터 종영 후 지금 현재 진행형으로 형성되고 있는 텍스트는 논외로 하였음을 밝혀둔다. 이들 텍스트는 드라마 대본이 구비 전설 형성의 직접적인 동인이 된 경우에 해당하므로, 이는 디지털 시대에 드라마 대본이라는 영상 기록 문학이 구비 전설을 형성하는 양상과 방식과 관련한 새로운 주제로 다루어야 할 부분이라고 생각한다.

제 4 편
〈이성계 전설〉의
건국신화적 인식체계와
이성계 주변부 전설의
상상력

I. 분단 이전 북한 이성계·여진족 대결담의 유형과 <이성계 신화>로서의 인식체계

1. 문제설정의 방향

본격적인 한국 건국신화가 존재한 하한선으로 학계에서 공히 인정되는 시대는 고대 삼국의 성립기까지이다. 고조선·고구려·백제·신라·가야의 신화는 건국신화로 인정되지만 중세 전기에 해당되는 고려 창업 관련 기록은 건국신화가 아니라 '왕권신화'란 개념으로 일반적으로 인정된다. 고려세계(高麗世系) 속의 창업 기사는 고려 건국신화가 아니라 왕건(王建)의 왕권신화의 일부분으로 받아들여지고 있을 뿐이다.[1] 고조선 신화니 고구려 신화니 하는 익숙한 명칭과는 달리 고려 신화라는 용어가 존재하지 않는 이유는 이 때문이다. 하물며, 조선 창업과 관련된 기사는 더더욱 신화의 범주 속에 포함되지 못하고 있는 상태이다. 비록 <용비어천가>라는 조선 정부의 공식적인 건국 관련 기록이 존재하기는 하나, 조선 건국 합리화를 위해 의도적으로 만들어진 어용(御用) 기사라는 점에서 조선의 왕권신화로서도 적극적으로 인정받지 못하고 있다.

<단군 신화>, <주몽 신화>, <박혁거세 신화> 등과는 달리 <이성계 신화>라는 용어가 낯선 이유도 바로 이 때문이다. 그런데 다른 관점에서 생각해 보면, <이성계 신화>라는 개념의 설정 가능성조차 모색하

---

[1] 고려 왕권신화로서의 고려세계에 대해서는 조현설, <고려건국신화 <고려세계>의 신화사적 의미>, 고전문학연구 17, 한국고전문학회, 2000.을 참조하기 바람.

지 못하고 있는 현재의 상황은 관련 자료가 온전한 것이 아닌 다분히 반쪽짜리의 그것이기 때문일 가능성을 제기해 볼 수 있다. 건국신화란 창업의 정당성을 설파하고 그것을 인정하는 향유층이 존재할 때 명실상부한 건국신화로서의 위상을 유지하는 것이며, 이러한 조건이 해체될 때 설화화 된 형태로 파편화 되어 전승되기 마련이라는 사실을 전제할 때, 이성계 관련 설화 자료로 검토되고 있는 텍스트들의 대부분이 남한 지역에 전승되는 것에 한정되고 있다는 사실을 상기할 필요가 있다. 현재 북한 지역에서 채록된 설화집 속에는 남한에서는 찾아보기 어려운 이성계 관련 전설 유형들이 풍부하게 존재하고 있다는 점을 고려한다면, 현재의 연구는 자료의 편향성이라는 비판을 면하기 힘들다.

본 연구는 이러한 문제의식에서 북한 지역에 전승되는 이성계 관련 전설 텍스트를 대상으로 한다. 구체적인 연구의 대상은 주체사상으로 변형되기 이전 시기에 채록되어 북한 전설의 원형을 보전하고 있는 것으로 판단되는, 다시 말해서 분단 이전 시기 북한 채록본 속에서 확인되는 이성계와 여진족의 대결담이다. 본 연구가 이 하위 유형을 특별히 선택한 이유는 여타의 북한 이성계 관련 전설 자료와는 달리 풍부한 신화소를 내포하고 있기 때문이다. <주몽 신화>나 <왕건 신화> 등에서 전형적으로 등장하는 다양한 신화소들이 분단 이전 시기의 북한 지역 이성계·여진족 대결담 유형 속에 등장한다. 이러한 해당 텍스트의 존재 양상은 이성계·여진족 대결담 유형이 미처 조선 건국신화로 정립되기 이전 단계 혹은 정립기 도중의 과도기 상태로 유전되던 <이성계 신화>의 설화적 파편과 일정하게 관련되어 있을 가능성을 보여준다. 따라서 본 연구는 분단 이전 시기 북한 지역 이성계·여진족 대결담의 존재양상을 면밀히 분석하여 그 신화적 인식체계를 구체적으로 규명해 보기로 한다. 이를 통해 분단 이전 시기에 북한 지역에서 채록된 이성계 관련 전설이 <이성계 신화>의 일정한 설화적 구현체일 가능성을 검토해 보고자 한다.

2. 이성계 · 여진족 대결담의 존재양상과 유형

1) 이성계 조상(祖上)·여진족 대결담의 존재양상과 그 특징

분단 이전 시기에 채록된 북한 전설 속에서 이성계 조상과 여진 세력과의 대결은 세 가지 하위 유형으로 나타난다. 여기서 이성계 조상의 대결[2] 대상이 되는 여진 세력은 구체적인 여진족 인물일 수도 있고, 고대부터 중세까지 평안도(平安道) · 함경도(咸鏡道) 일대를 중심으로 구축되어 있었던 여진족 토착세력을 신화적으로 상징화 한 신성수(神性獸)일 수도 있다.

① 이성계 조상 · 여진족과의 대결담
② 이성계 조상 · 악룡(惡龍) 대결담
③ 이성계 조상 · 누르하치 대결담

먼저, ①의 이성계 조상 · 여진족과의 대결담 유형에 대해 살펴보자.

[자료 1] 경원군으(경원군은) 두만강 쪽에 용당이라느(용당이라는) 산성이 있어요. 이 산성으(산성은) 아조 높은 절벽 우에 있넌데 원래는 동림성이라고 했대요. 이 산성에 이성계 조부인 목조가 오래 살았대요. 목조느(목조는) 그때 몽고으(몽고의) 다루하치가 돼서 이 산성에서 산 거죠. 다루하치라느(다루하치라는) 것으(것은) 몽고 성주란 뜻입니다. 이성계가 등극하자 그 조상으(조상을) 존숭하게 하느라고 여기르(여기를) 용당이라고 이름을 바꾸고 여러 집으(집을) 많이 짓고 비각도 많이 세우고 천작용당이라고 하는 엄청나게 큰 현판도 걸어놓고 했어요. 비석도 큰 것이 여러 개 있넌데 한문으로 무어라 써 있는데 어려서 봐 놔서 무엇이 써 있는지 알 수 없지만 목조 사적으(사적을) 써논 것이겠죠. 목조느(목조는) 활으(활을) 참 잘쏘았대요. 그때 강 건너편에 여진족 사람 가운데 박달천이란 자가 활으(활을) 참 잘 쏘았넌데 이 두 사람으(사람을)

---

2) 이성계 인물 전설을 종합적으로 연구한 대표적인 성과는 이태문, <이성계 전설>의 인물인식과 그 특징>, 『구비문학연구』 제4집, 한국구비문학회, 1997.

서로 활쏘기 내기르(내기를) 하넌데 누가 더 잘 쏘고 누가 더 못 쏘고 하는
것으(것을) 가려 낼 수가 없었대요. 한번으(한번은) 이런 일이 있었대요. 두만
강 폭으(폭은) 여기 한강 폭보다 넓었으면 넓었지 좁지는 안해요. 두만강 저쪽
에 사는 여진족이 이쪽 목조 부인이 강물으(강물은) 질어서 이고 가는 물동이
에 대고 활으(활을) 쏘아서 구녁으(구녁을) 내서 물이 나오게 해 놓고 곧 화살
에 진할기덩이르 (진흙구덩이를) 묻혀서 쏘아서 그 구녁으(구멍을) 막아서 물
이 나오지 않게 했는데 목조부인으(목조부인은) 그런 것으(것을) 전혀 몰랐다
는 거예요. 뒤에 목조가 그것으(그것을) 알고 강 건너편에서 박달천 어머니가
물동이르(물동이를) 이고 가는 것으(것을) 활으(활을) 쏘아서 물동이에 구멍으
(구멍을) 내서 물이 흘러나오게 하고 곧 진흙덩이르(진흙덩이를) 화살에 붙어
서 쏘아서 구멍으(구멍을) 막어 물으(물을) 나오지 못하게 했대요. 둘이느(둘이
는) 이렇게 활으(활을) 잘 쏘았다는 이야기가 있어요.[3]

　　[자료 1]에 등장하는 이성계 조상은 이성계의 5대조인 목조(穆祖) 이
안사(李安社: ?~1274)이다. 이성계의 5대조인 목조가 국경지대에서 여
진족의 성주가 되어 있었는데, 여진족 중에서 활을 제일 잘 쏘는 박달
천과 활쏘기 내기를 하여 승부를 가리지 못하자, 물동이로 활을 쏴서
낸 구멍을 진흙 붙힌 활로 막은 부인의 방법을 따라 해서 이겼다는
이야기이다. 이안사가 여진족 영웅인 박달천과의 힘내기 승부를 가리
지 못하게 되자 기발한 방법을 고안하여 이겼다는 점에서는 북한 전역
에서 전승되는 김선달과 중의 힘내기 유형과 상통하는 측면이 있다.
힘내기의 물리적인 크기에서 우열을 가릴 수 없게 되자 기지를 동원했
다는 점에서 물리적인 힘과는 다른 차원이 동원되고 있기 때문이다.
게다가 이 새로운 기술을 고안해낸 당사자가 목조가 아니라 그 부인이
라는 점에서 물리적인 힘 자체보다는 그것을 응용하는 기지와 기술이
더 중요하게 다뤄지고 있다고 할 수 있으며, 이러한 설정을 통해 남성:
남성의 힘내기 속에 남성:여성의 힘내기가 편입되는 양상을 보여준다.
　　주목되는 것은 [자료 1]에서 힘내기의 수단으로 동원된 궁술이 주몽

3) <선사수(善射手)>, 임석재, 『임석재전집』4, 31~32쪽, 1987, 평민사. 임석재본 원문 텍
스트의 표기를 그대로 따랐다. 별도 표기를 병기한다.

신화를 비롯한 한국의 건국신화 체계 속에서 건국조의 자질 중의 하나로 등장하는 것이라는 점이다. 비범한 궁술은 성 쌓기와 탑 쌓기란 신화적인 힘내기의 건국신화 버전이라고 할 수 있다. 그런데 [자료 1]에서 목조 이안사의 궁술 힘내기의 대상이 된 여진족 박달천 역시 <주몽신화>에서 대표적으로 등장하는 건국신화적 힘의 표상인 궁술의 달인으로 갈수록 힘내기의 양상과 의미는 신화적인 것에서 일상적·세속적인 것으로, 역사적·정치적인 상황 대결의 알레고리로부터 계층갈등의 환유로 이동하는 양상을 보여준다.

이는 이성계 조상인 목조 이안사와 여진족 조상인 박달천이 궁술을 매개로 한 창업기반 혹은 건국의 헤게모니를 두고 격돌했다는 사실을 시사한다. 이성계 조상과 여진족 조상 사이에 발생한 궁술 힘내기는 결국 한반도 동북방 지역에서 이루어진 역사적 · 정치적 세력 다툼의 대위법적인 신화소가 된다고 할 수 있다. 실제로 이 텍스트의 주인공인 목조는 이성계의 고조부인 이안사(李安社)로, 원래 전라도를 본향으로 하여 고려 왕조에 일시적으로 출사했다가 쇠락한 이성계의 가문을 함경도 함흥 일대로 이주시킨 뒤 동북면(東北面)을 개척하여 이성계의 조선 건국 기반을 마련한 인물이다. 이안사는 원나라의 다루가치로 종사하면서 여진족을 지배하였으며, 이러한 권력을 바탕으로 이성계 가문의 세력을 구축함으로써 조선의 건국 후 목조로 추존되었다. 인물전설의 장르성을 강하게 띠는 이 텍스트는 신화의 성향을 내포한 전설이라고 할 수 있다. 이안사 뿐만 아니라 그 힘내기의 상대방인 박달천이라는 인물도 신화성을 보유하고 있다. 이안사가 이성계 가문과 한족(韓族) 출신으로 그 신화적 질서에서 배태된 선사(善射)란 신화적 능력을 보유하고 있다면, 박달천은 이에 상응하는 여진족 출신의 신화적인 인물로 그의 궁술이 하늘에 달할 정도로 비범하다는 신화소를 달천(達天)이라는 그 이름 자체에 내포하고 있다.

<선사수>의 서사골격을 이루는 오뉘힘내기 전설의 변이형은 동림성을 포함한 동북면 일대의 주도권을 사이에 둔 이성계 가문과 여진

족의 힘겨루기라는 역사적인 사실을 허구적으로 서사화한 것으로 볼
수 있다. 남성 대 남성의 일차 힘겨루기가 무승부로 끝났다는 것은
이성계 가문이 원나라의 권력을 등에 업고 표면적으로 여진족을 지배
했다 하더라도 동북면 일대에 뿌리를 두고 오랜 기간 동안 구축한 여
진족의 저력을 쉽사리 압도할 수는 없었던 사정을 드러낸다. 그런데
결국 목조의 부인을 중개자로 내세운 이차 힘겨루기의 결과가 목조편
의 승리로 끝난 것은 원나라와 결탁한 동시에 고려 조정의 실력자인
조휘 가문과 연합함으로써 동북면에 영향을 미치는 현실세계의 두
권력을 원조자로 한 이성계 가문이 우세한 고지를 점령해 갔던 세력
변화의 추이를 상징적으로 드러낸다. 오뉘힘내기 전설의 원형 속에서
승패의 결과와는 상관없이 힘의 압도적인 우위를 지니고 있는 존재
가 누이인 만큼 여성인 원조자이자 매개자를 내세운 이차 대결과 그
결과는 원나라와 고려라는 두 거대 세력을 등에 업고 권력을 확대해
간 이성계 가문과 여기에 대항하여 이성계 가문에 투항하든지 아니
면 저항하든지 둘 중의 하나를 선택함으로써 삶을 영위해나갈 수밖
에 없는 상황에 처했던 여진족의 존재방식을 보여주는 것이다. 오뉘
힘내기 전설의 원형에 등장하는 누이를 목조의 부인으로 변형하여
팽팽한 힘내기의 전세를 뒤집고 이성계의 조상이 승리한 것으로 승
패를 마무리 한 것으로 보아 이 텍스트는 여진족 집단이 아닌 이성계
집단에서 나온 것으로 생각된다.

다음은 ②의 이성계 조상·악룡(惡龍) 대결담이다.

[자료 2] 이성계 오대조라넌 목조가 원나라 시대 다루하치가 돼가주고 지금
으(지금은) 경원군에 속해 있는-거기르(거기를) 보통 용당이라고 그러지. 거기
엔 조그마한 성이 있어요-거기서 살았다고 그러넌데 그 이후에 어떻게 변천이
있었넌지느 모르겠으나 익조라는 이는 용당보담도 적어도 6~7리 더 동해바다
쪽에 나가서 경원군 땅-지금 두만강 하류 지방이죠-거기 적지라는 못이 있넌데
그 못 부근에 살았대요. 헌데 그이느(그이는) 활으(활을) 아조 잘 쏘고 그뿐
아니라 낚시질하는 취미도 또 있어서 적지 못에 가서 항상 거그(거기) 붕어가

많아서 붕어낚시르(붕어낚시를) 했다고 그래요. 근데 하루느(하루는) 낚시질하다가 몸이 좀 고단하고 졸려서 낮인데 못가에서 드러누어서 낮잠으(낮잠을) 자는데 꿈으(꿈을) 꿨어요. 어떤 꿈이냐 하면 꿈에 흰옷으(흰옷을) 입고 머리가 하야얀 백발 노인 한 사람이 점잖게 생긴 이가 나타나가주구설랑 젊으니가 무슨 잠으(잠을) 이렇게 혼곤하게 자느냐, 내 부탁할 말이 있으니 좀 일어나서 내 말으(말을) 들으라고 깨운단 말이여. 게 깜짝 놀라서 일어나서 앉으니 점잖한 노인인데 "부탁하실 말씀이 무엇입니까?" 그러니까 "아아 내 지금부텀 이얘기할 터이니 좀 들어 보시요. 나는 인간 모습으로 나타났지마는 인간이 아니라, 이 못에 수천 년 전부텀 사는 용이요, 용인데 빛이 희기 때문에 세상에서 모도 백용이라고 그래요. 백용인데 아 평화스럽게 내가 여기서 살아 왔년데 근래에 난데없이 꺼멓게 생긴 용이 한 마리 어디서 와가주고는 자꾸 날더러 이 못으(못을)내놓고 딴 데로 가라고 그래요. 내 집으(집을) 뺏을라고 그러는 거여. 근데 내가 갈 수 없잖느냐. 그래서 그놈하고 여러 번 싸웠지만 승부가 나지 않아. 헌데 내가 젊었을 때 같으면 그런 흑용쯤으(흑용쯤은) 문제없이 격퇴돼 버릴 수 있었년데 인젠 늙어서 암만해도 기운이 부족해서 이길 자신이 없어. 하니까 당신이 좀 나르(나를) 도와 주면 내가 저놈으(저 놈을) 내쫓고 늘그막에 (늘그막에) 내가 여기서 편안히 살라고 하년데 도와 줄 수 없겠소요?" 이런 이야기여. 그래서 "그러문 어떻게 하문 돕는 게 됩니까?" 하니까 "내일 마침 그놈이 나하고 싸우려고 올 터인데 내가 싸우다가 그놈으(그 놈을) 그 시꺼먼 허리를 바짝 추거서 공중에 이렇게 올려들을 터이니 그것으(그것을) 보고서 당신이 활으(활을) 한 방 타앙 쏘아 맞히라고. 그럼 그놈이 아파서 쩔쩔맬 거 아니냐. 그 순간에 내가 그놈으(그 놈을) 공격해서 내쫓을 수 있으니 그렇게만 해 주면 고맙겠다"고. 아 그라냐고, 그건 쉬운 일이라고서느(일이라고서는) 활으(활을) 쏘와서 여태까지 마차보지 못한 일이 없으니까 그건 간단한 일이라고. 그럼 꼭 부탁한다고. 내일 와 달라고. 그러고서느(그러고서는) 거 노인이 간단 말이야. 놀라서 깨어 보니까 꿈이더래요.

게 꿈으(꿈을) 꾸고 나서스우리(나서) 이상한 꿈이다, 그렇지만 꿈으(꿈은) 꿈이겠지마느(꿈이겠지만은) 꿈이라 별로 믿지 안 했는데 하여튼 내일 와 본다고해서 그 다음 날 왔대요. 왔년데 오정 때가 좀 지나는 무렵이 되였년데 갑자기 그 못이 솥에 물 끓듯이 아조 출렁거리고 소란스럽고 해서, 아 이건 분명히 흑룡하고 백룡이 어제 꿈에 이얘기하듯이 이거 쌈하는 거로구나, 그렇게 생각했대요. 그래서 활으(활을) 끄집어가지고 살으(살을) 매가지고 그 시커먼 용에 허리만 나오면 쏠 생각으(생각을) 하고 있었어요. 근대 아닌게 아니라 한참 있더니 시커먼 용에 허리가 공중에 이렇게 무지개와 같이 꾸부러진 놈이 쑥 올라가더래요. 그 순간에 활으(활을) 탁 당기니까 화살이 나가서 그놈의 허리르(허리를) 마쳤단 말이여. 마치니까 붉은 피가 그만 머 쏜살같이 콸콸콸 흘러 내리드래여. 그러다가 그 흑룡이 백룡한테 저서 이 놈이 도망가넌데 어떻게 급한지 물줄기를 찾아서 내려가지 못하고 땅을 뚤쿠서 이렇게 꾸불꾸불 갔단 말입니다. 그래서 꾸불꾸불 물러 가주구는 땅을 뚤쿠서 가서느(가서는) 어데 갔냐 하며느(하며는) 두만강 하류에 들어가서 동해바다로 머얼리 도망해 갔다는 이런 이얘기예요. 그런 이얘긴데 그 아흔 아홉 고비까지 되드랍니다. 그 꾸불꾸불하고 나간게. 그 아흔 아홉 고비가 만일 하나 더해서 백 고비가 됐다면 거기가 서울이 됐으리라 이런 이얘기이고, 또 하나는 그후부팀 그 못이 물빛이 샛빨가케 변했다넌거요. 왜 그랬냐 하면 흑룡이 흘린 피가 물에 들어가서 시빨갛게 됐다는 거죠. 근데 사실은 그 못 바닥 전부가 황토이기 때문에 물이 붉은 빛으로 보인다는 이런 이얘기죠. 그런데 그날 밤에 꿈에 백발 노인이 또 찾어왔드래요. 와서 오늘으(오늘은) 참 당신 도움으로서 이젠 그놈으(그 놈을) 내쫓았시니 편안하게 살게 됐다고. 이 은혜르 갚기 위해서 당신 후손 가운데 반드시 왕이 될 사람으(사람을) 하나 마련하두룩 하느님한테 청으(청을) 들여서 꼭 소망으(소망을) 달성하도록 내 해주마, 그랬다넌 거여. 그래서 그 후손 가운데에 이성계가 조선에 왕이 됐다 이런 이얘기예요.[4]

[자료 1]에서와 마찬가지로 [자료 2]에서 이성계의 대표적인 조상으로 등장하는 인물은 이성계의 5대조인 목조 이안사이다. 텍스트 속에서 이안사의 대결 대상은 신화적인 신성동물인 악룡이다. 악룡과의 신화적인 힘내기의 승리는 왕이 될 후손의 탄생이라는 건국신화적 맥락으로 귀결되고 있다. 악룡 퇴치담은 고려 건국신화인 <왕건 신화> 속에서 먼저 등장했던 것으로, 왕건의 조상인 작제건이 고려 건국조인 왕건을 탄생시킨 선조가 되는 계기소로 설정되어 있다. 여기서 주목해 보아야 할 것은 왕이 될 자손의 탄생이라는 건국신화적인 결과가 왜 악룡과의 대결담으로 형상화 되고 있는가 하는 점이다. 여기서 악룡의 정체는 단순한 신성동물이 아닌 것으로 보인다.

---

4) <적지>, 『임석재전집』 4, 28~30쪽, 1987, 평민사.

범박하게 보아서 용이란 신성동물은 한반도 전역에서 전승되는 전설화 된 텍스트의 신화적 등장 동물이다. 그러나 용이란 신성수(神聖獸)는 이러한 보편성과 더불어 특정 지역사회의 평안을 유지하고 해당 지역민의 안녕을 지켜주는 지역 수호 신격으로서의 특수성도 아울러 지닌다. 예컨대, 흔히 가뭄이나 홍수 등의 천재지변이 발생할 때, 마을 제당에서 용신제(龍神祭)를 지내는 제의의 맥락도 이러한 용에 대한 신앙 관념과 관련되어 있다고 할 수 있다. [자료 1]에서 등장하는 두 마리의 용, 즉 흑룡(黑龍)과 백룡(白龍)은 한반도 동북방 지역민들이 지역사회의 유지를 위해 신성시하는 일종의 제향의 대상인 동물신이라고 볼 수 있다. 바꿔 말하면 <자료1>의 공간적인 배경이 되는 한반도 동북방은 용에 대한 신성관념이 존재하는 지역인 것이다. 그런데 이 지점에서 자연스럽게 한 가지 의문이 떠오르게 된다. 왜 한반도 동북방 지역민의 신앙대상이 되는 신성동물이 흑과 백으로 대비되는 색채로 형상화 되게 되었을까 하는 물음이다. 이는 이성계 집단의 한반도 동북방 지역으로의 이주 및 정착이라는 역사적인 사실과 관련되어 있는 것으로 보인다.

[자료 2] 텍스트의 서두 자체에서는 이안사가 경원군(慶源郡) 일대로 이주하여 원나라의 다루가치로서 여진족을 관리하고, 3대조인 익조(翼祖) 이행리(李行里)가 경흥군(慶興郡)으로 이주한 이성계 가문의 역사 기술로부터 시작하고 있는데, 실제로 고려 말엽이면 이성계 가문이 점차 동진(東進)하여 거점지를 함흥으로 옮기면서 동북면을 개척, 조선 건국을 위한 세력의 기초를 구축했다. 악룡 퇴치와 이로 인한 보답은 조선 건국을 위해 여진족 자치구에서 기반을 구축해온 이성계 가문의 가족사를 설화적으로 허구화한 내러티브라 할 수 있을 것이다.

바로 여기서 악룡은 원나라의 다루가치로서 여진족을 대리통치하는 정치적 권력을 사이에 두고 이성계 가문에 도전 혹은 저항한 여진족 정치세력이 될 수 있다. 반대로 백룡은 이성계 가문에 복속되어 이성계 집단의 정치적 관리체제를 내면화 한 여진족 세력을 신화적으로 형상화한 것으로 보인다. 이성계 집단이 한반도 동북방 지역에 세력을 구축하면서 용을 신성시하던 해당 지역이 두 개의 집단, 즉 이성계와 결탁한 친이(親李), 이성계와 반목한 반이(反李) 그룹으로 양분되었던 것을 설화적으로 표현한 것으로 생각된다. 이성계 조상인 목조 이안사가 백룡으로 상징되는 친이 여진 세력을 규합하여 악룡으로 상징되는 반이 여진(反李女眞) 세력의 저항을 진압하고, 여진족 자치구로 존재해 온 한반도 동북방 지역에서 조선 창업의 기반을 구축하여 나간 과정이 이성계 조상 대 악룡의 대결담으로 형상화 되었다고 볼 수 있겠다.

[자료 3] 동해바다 저 멀리 바이가 있넌데 이 바이가 천자가 나고 왕이 나오느(나오는) 명당이래요. 이 명당으(명당을) 발견한 사람느(사람은) 이성계 조상이라고 해요. 이성계 조상이 이 명당으(명당을) 발견해 놓고느(놓고는) 거기다 못으(못을) 쓸 수가 없었어요. 거기까지 갈라면 심한 풍낭으(풍낭을) 헤치고 가야 하고 간다 해도 바이가 워낙 험해서 올라갈 수도 없었대요. 그런데 이런 좋은 명당으(명당을) 쓰지 못한다면 그 명당으(명당은) 아무 쓸모 없느(없는) 명당이 되고 마니까 그 명당까지 가서 못으(못을) 쓸만한 사람으(사람은) 구하느라고 사방으(사방을) 돌아다니고 있었넌데 회녕에 와 보니까 머리도 노랗고 빨갛고 눈도 노랗고 빨가서 누루하치라고 별명이 붙은 아이가 있었어요. 이 아이느(아이는) 헤엄도 잘 치고 물 속에 몇 시간도 잠수질으(잠수질을) 잘 한다고 해서 이 아이르(아이를) 만나가지고 말으(말을) 했어요. "동해바다 저어 멀리 바이산이 있는데 그 바이산에 왼쪽에 못으(못을) 쓰면 천자가 나오느(나오는) 명당이고 오른쪽에 못으(못을) 쓰면 왕이 나오느(나오는) 명당인데 우리 조상 못과 너이(너의) 부모 못으르(못을) 거기다 쓰면 우리 두 집에는 천자도 나고 왕도 나지 않겠느냐. 그런데 거기 갈라면 풍낭이 심하고 거기까지 간다 해도 산이 험해서 올라가기가 힘들다. 그 명당으(명당을) 그대로 두면 아무 쓸모 없이 될 터인데 너 어떻게 해 볼 생각이 없느냐?' 하고 말했어요. 그러니까 "거기다 우리 두 집이 못으(못을) 써서 천자가 나고 왕이 나고 해봅시다"고 말했어요. 그래서 이성계 조상으(조상을) 누루하치에게 이성계 조성으(조상의) 뼈와 누루하치 아버지 뼈르(뼈를) 지워서 동해 바다까지 왔어요. 그런데 이성계 조상은 누루하치에게 거짓말으(거짓말을) 했어요. 오른쪽 바이에다 못으(못을) 쓰면 천자가 나오고 왼쪽 바이에다 못으(못을) 쓰면 왕이 나오는데 그것으

(그것을) 반대로 말해 주었어요.

사실대로 말하면 누루하치가 자기 부모르(부모를) 천자가 나올 데가 쓸가 봐서. 누루하치느 송장 둘으(둘을) 짊어지고 그 바이산에 올라가서 못으(못을) 쓰면서 생각했어요. '내가 여기까지 온 공도 크지만 이런 큰 명당으(명당을) 알아 낸 사람으(사람은) 저 사람이야. 저 사람으(사람의) 공으(공은) 내 공보다 더 크다. 공노가 더 큰 사람으(사람은) 자손이 천자가 나오는 자리에 못으(못을) 써 주어야겠다. 그리고 우리 아버지느(아버지는) 왕이 나오는 데다 쓰자. 우리 자손에서 왕만 나오는 것도 큰 복이다.' 이렇케 생각하고 왼쪽 바이가 천자가 나는 명당이라고 해서 거기다 저 사람으(사람의) 조상으(조상의) 뼈르 (뼈를) 걸어놓고 오른쪽 바이에다 저으(저의) 아버지 뼈르 거어놓고 나왔어요. 이성계 조상이 그래 못으(못을) 잘 쓰고 왔느냐. 어텋게 하고 왔느냐고 물었어요. "예. 어르신네가 시킨 대로 하고 왔읍니다. 왼쪽 바이가 천자가 나는 명당 이라고 해서 왼쪽에 어르신네 조상으(조상의) 뼈르(뼈를) 걸어놓고 오른쪽에는 우리 아버지 뼈르(뼈를) 걸어놓고 왔읍니다."

이 말으(말을) 듣고 이성계 조상으(조상은) 탄식하고 이거 다 하늘으(하늘 의) 지시니 하는 수 없다고 하고서는 어데론가 가 버리고 말었답니다. 이 이야 기에는 도덕적 교훈이 담겨 있느(있는) 이야기라고도 볼 수 있어요. 누루하치 느(누르하치는) 마음씨가 어디까지나 좋았기 때문에 천자가 나올 수있는 명당 에다 못으(못을) 쓰게 돼서 그 자손이 천자가 됐고 이성계 조상 마음씨느(마음 씨는) 정직치 못하고 속임수르(속임수를) 썼기 때문에 모초롬 얻오논 명당으 (명당을) 쓰지 못하고 남에게 넘겨주고 왕이 나오느(나오는) 자리에다 못으(못 을) 쓰게 됐다느(됐다는) 것이 도덕적 교훈이 아니고 무엇입니까.[5][7]

[자료 3]은 이성계 조상·누르하치 대결담이다. 일종의 이성계의 풍수 발복담에 해당한다. 이성계의 조상이 동해 속에 있는 명당을 발견했으나 바다를 건널 수 없어서 부친의 무덤을 쓸 수 없었다. 마침 부친의 무덤 쓸 곳을 찾던 누르하치를 만나 그로 하여금 자기 부친의 뼈를 동해 중 명당에 묻게 하였는데, 천자 나는 명당과 왕이 나는 명당을 거꾸로 알려주었다. 그런데 누르하치가 거꾸로 된 줄도 모르고 왕이 나는 명당에 무덤을 썼다가 청태조(淸太祖)가 되었고, 이성계는 조선

---

5) <천자와 왕이 나오는 명당>, 『임석재전집』4, 32~34쪽, 1987, 평민사.

을 건국하게 되었다는 이야기이다.

조상의 무덤을 명당에 써서 그 집안이 잘 되었다는 전형적인 풍수 명당 모티프가 건국조인 이성계 이야기와 결합되면서 국가의 창업으로 확장되었다. 하지만 문제는 간단치가 않다. 풍수 명당에는 조선이 창업될 수 있는 왕이 나는 자리와 청나라가 건국될 수 있는 천자가 나는 자리가 존재하며, 이 두 가지 형태의 명당을 두고 이성계의 조상과 누르하치가 일종에 대결을 벌이는 형태를 보여준다. 천자 나는 자리를 차지하기 위해서 요구되는 조건은 수영 실력이다. 이성계의 조상은 비록 천자 나는 자리의 위치는 알아냈지만 동해 바다 속에 있는 명당에 접근할 수영실력이 없기 때문에 결정적인 자격 미달이다. 그럼에도 불구하고 이성계의 조상은 누르하치의 수영 실력을 이용해서 자신에게서 결핍된 자질을 만회하고 천자의 자리를 차지하고자 한다. 최종적으로 동원한 것은 누르하치의 바꿔치기를 우려하여 천자 나는 자리와 왕이 나는 자리를 거꾸로 일러준 속임수이다. 이성계의 조상은 자신에게 결핍되어 있는 물리적인 힘을 속임수를 통해 만회하고자 한 것이다.

그런데 도움을 요청하는 사람을 저버리지 않고, 남을 속이지 않는 누르하치의 어짐과 신뢰는 속임수로 짜여진 상황마저도 전복시킨다. 만약 누르하치가 물리적 힘의 우위에 속임수라는 무형의 힘을 더하여 천자 나는 자리를 탐하였다면 이성계 조상의 속임수가 궁극적으로 실현되었을 것이다. 그러나 두 수를 내다본 이성계 조상의 속임수는 누르하치의 인덕 앞에서 여지없이 무너지고, 그 탐욕을 노출한다. 경쟁과 대결 자체를 인식하지 않는 누르하치의 순수한 인품이 물리적인 힘의 약세를 기지를 통한 속임수로 제압하려는 이성계 조상의 의도를 원천적으로 존립조차 불가능하게 만들고 있다. 자잘한 속임수가 통하지 않은 인덕의 크기는 천자가 되는 것이 당연하다는 현실 긍정으로 귀결되고 있다.

2) 이성계·여진족 대결담의 존재양상과 그 특징

분단 이전 시기에 북한 지역에서 채록된 이성계와 여진족의 대결담은 그 대결 상대가 누구냐에 따라 역시 세 가지 하위 유형으로 세분된다.

① 이성계 · 악룡 대결담
② 이성계 · 여진족 대결담
③ 이성계 · 퉁두란 대결담

먼저, ①의 이성계 · 악룡 대결담부터 살펴보기로 하자. 이성계 · 악룡 대결담의 대표적인 텍스트는 <적지(赤池)> 계열이다. 적지 연못의 지명 유래를 설명하는 이들 텍스트들은 이성계 5대조인 목조 이안사와 악룡의 대결담을 이성계 당대의 일로 옮겨놓은 형태로 되어 있다.

[자료 4] ① 경흥 땅에 적지라고 하는 큰 못이 있다. 이 못 물으(물은) 빨갛다. 옛날에 이성계가 아직 왕이 되지 않했을 때 이 경흥에 살고 있었다. 이성계느(이성계는) 활으(활을) 잘 쏘는 사람이었다. 하루느(하루는) 이성계가 잠으(잠을) 자고 있넌데 꿈에 하얀 백발노인이 하얀 옷으(옷을) 입고 나타나서 "아무 달 아무 날 아무 시에 적지에서 청룡하고 적룡이 여의주르(여의주를) 차지하여 하늘로 승천하겠다고 싸우겠넌데 청룡이 이겨야 네가 왕이 될 수 있다. 그러니 너느(너는) 적룡으(적룡을) 쏘아서 지게 하라."

이렇게 말하고 백발 노인으(노인은) 연기가 돼서 사라지고 말았다. 이성계느(이성계는) 잠으(잠을) 깨가지고 이상한 꿈도 다 있다 하고 그날이 오기르(오기를) 기다렸다. 그날이 왜서 이성계느(이성계는) 활으(활을) 가지고 적지에 가서 지켜보았더니 백발노인이 말한 시간이 되니까 천둥이 나고 번개불이 이러나더니 청룡 적룡이 적지 물 속에서 솟아올라와 서로 여의주르(여의주를) 차지하겠다고 다투고 있었다. 이성계느(이성계는) 이것으(이것을) 보고 활에다 화살으(화살을) 재가지고 적룡에다 대고 탕 하고 쏘았다. 그랬더니 적룡으(적룡은) 화살으(화살을) 맞고 피르(피를) 많이 흘려 못으(못을) 물을 빨갛게 물들여 놓고 다라났다. 청룡으(청룡은) 여의주르(여의주를) 차지하고 하눌로 올라갔다. 적룡으(적룡은) 도망가면서 몸으(몸을) 이리 꾸불 저리 꾸불 하면서 몸으 (몸을)꾸부리면서 달아났넌데 다라난 자리가 땅이 패여서 꾸부러진 강줄기가 됐다. ㉮이 꾸부러진 것이 아흔 아홉 구비이다. 이 성계는 그 후에 조선으(조선 의) 왕이 되었다.[6]

[자료 4] ② 옛날에 이성계씨가 우리 골 경흥에서 살고 있었넌데 이 사람으 (사람은) 이곳에 있는 큰 못에 가서 날마다 낚시질으(낚시질을) 사고 있었다. 하루느(하루는) 낚시질으(낚시질을) 하고 있다가 조름이 와서 깜박 졸고 있넌 데 비몽사몽간에 어떤 하얀 영감이 나타나서 "나느(나는) 이 못에 사는 못으(못 의) 주인이요. 요새 어떤 나뿐 놈이 와서 내가 살고 있는 이 못으(못을) 뺏을라 고 해서 날마다 싸우고 있넌데 내 혼자 힘 가지고느(가지고는) 이길 수 없으니 당신이 좀 도와서 그 나뿐 놈으(놈은) 물리쳐 주오. 당신 상으(상을) 보니 나라 르(나라를) 얻을 상이요. 나르(나를) 도와서 그 몹쓸 놈으(놈을) 몰아내 주면 나도 당신으(당신을) 도와 나라르(나라를) 얻게 하고 여기르(여기를) 서울로 삼고 큰 나라 왕이 되게 하겠소" 하고 말했다. 이성계느(이성계는) 잠으(잠을) 깨고 보니 꿈이였넌데 꿈치고느(꿈치고는) 이상한 꿈도 다 있구나 하고 별로 마음에 두지 안했다. 다음날 이성계느(이성계는) 전과 같이 그 못으로 낚시질 하러 갔다. 한참 낚시질르(낚시질을) 하고 있넌데 별안간 못으(못의) 물이 뒤끓 고 출렁거리고 야단법석으(야단법석을) 하더니 황룡 흑룡이 뒤감겨 물 우로 불숙 솟아올랐다. 이성계느(이성계는) 이것으(이것을) 보고 너머나 끔직해서 아무 짓고 못 하고 보고만있었다. 그러더니 못으(못은) 잠잠해졌다.

그날 밤 그 노인이 꿈에 나타나서 "어째서 내가 부탁한 대로 나르(나를) 도 와주지 안 했능가"하고 힐난하듯이 말했다. 이성계느(이성계는) "누가 누구인 지 알아야 도울 것이 아니요, 그러고 내가 돕는다면 어떤 수로 돕는 거요"하고 말했다. 노인으(노인은) "황룡으(황룡은) 나이고 흑룡은 내 못을 뺏으려 하는 놈이요, 당신으(당신은) 활으(활을) 잘 쏘니 까만 용이 물 우로 솟아올면 그 놈으(놈을) 향해서 한 대 쏘시요"하고 말했다.

다음날 이성계느(이성계는) 활으(활을) 가지고 그 못으로 갔다. 이윽고 못 물이 뒤끓고 출렁거리며 야단법석하더니 황룡 흑룡이 뒤감겨서 물 우로 소꾸쳐 올라왔다. 이성계느(이성계는) 활에 화살으(화살을) 재가지고 흑룡에다 대고 쏘았다. 그랬더니 흑룡으(흑룡은) 화살으(화살을) 맞고 몸으(몸을) 이리 비틀

---

6) <적지>, 『임석재전집』4, 27~28쪽, 1987, 평민사.

저리 비틀 몸으(몸을) 굼틀어 가면서 빨간 프르(피를) 많이 흘리고 다라났다. 이 흑룡 몸에서 흘러나온 피느 이 못으(못의) 물으(물을) 빨갛게 물들어 났다고 한다. 그래서 이 못으(못을) 적지라고 부르게 됐다고 한다.

화살에 맞인 흑룡으(흑룡은) 아픔에 전딜 수가 없어 몸으(몸을) 비틀거리면서 바다 쪽으로 갔다는데 용이 몸으(몸을) 비틀거리고 굼틀거린 자리는 땅이 깊이 패여서 강물이 흘러가게 됐다. 지금 두만강의 하류 쪽에는 이렇게 구비진 데가 있는데 그것으(그것은) 흑룡이 도망가면서 패여저서 된 것이라고 한다. ㉯ 이 구비진 구비느(구비는) 아흔 아홉 구비인데 만일에 이 구비가 백구비였드라면 경흥이 서울이 되고 이성계느(이성계는) 더 큰 나라르(나라를) 차지하게 됐을 텐데 아흔 아홉 구비밖에 되지 안해서 경흥으(경흥은) 서울이 되지 못하고 이성계도 조그마한 조선 땅만 차지하게 됐다고 한다. 이성계가 낚시질하든 못으(못은) 흑룡이 흘린 피 때문에 빨간 물이 되고 지금도 못 물으(물은) 빨갛다. 이 못 물이 빨가서 이 못을 적지라고 한다.[7)9)]

[자료 4]-①과 [자료 4]-②의 적지 연못의 지명유래를 설명하는 텍스트들은 [자료 2]·[자료 3]의 이성계 5대조인 목조 이안사와 악룡의 대결담을 이성계 당대의 일로 옮겨놓은 형태로 되어 있다. 친이적(親李的)인 선룡(善龍)과 반이적(反李的)인 악룡(惡龍)의 색채 이미지 대비구조가 백(白)·흑(黑)이었던 것이, [자료 4]-①에서는 청(靑)·적(赤), [자료 4]-②에서는 황(黃)·흑(黑)으로 바뀌어 있는 차이만 있을 뿐이다. 여진족의 전통적인 거주지였던 함경도 경흥 일대 지배집단이 이성계 선조 집단의 이주 및 통치권 확립에 따라 해당 집단과의 연합구도를 기준으로 분리되어 헤게모니 다툼을 벌이게 되고, 그 결과 이성계 선조 집단과 친이적 여진 집단의 연대세력이 승리하여 지역 사회의 헤게모니를 장악하게 되기까지의 과정을 형상화 한 것이 [자료 2]와 [자료 3]이라면, [자료 4]-①과 [자료 4]-②에서 색채 대비구조의 구체적인 차이를 제외하고는 동일한 구도의 내러티브가 이성계 당대의 일로 반복 기술되게된 역사적 배경에 대한 해명이 필요해 진다.

---

7) <적지>, 『임석재전집』4, 30~31쪽, 1987, 평민사.

이 문제에 대한 해답은 [자료 4]-①과 [자료 4]-②의 결미인 ㉮와 ㉯의 밑줄 친 부분에서 이성계의 역사적 사적을 일종의 사실적 증거물로 제시한 서술 내용에서 찾을 수 있다. [자료 2]-[자료 4]에서는 일관되게 함경도 경원군에 위치한 적지(赤池) 연못을 사실적인 증거물로 제시하고 있는데, 이에 더하여 역사적인 인물을 실존적 증거물의 일종으로 활용하고 있다는 공통점이 있다. 이성계의 5대조인 목조 이안사와 이성계가 바로 여기에 해당한다. [자료 2]와 [자료 3]에서는 전자가, [자료 4]에서는 후자가 역사적인 증거물의 역할을 하고 있다.

그런데 이러한 역사적 인물을 활용한 결구 방식이 각각 다르다. [자료 2]와 [자료 3]에서는 이안사와 악룡의 대결이 조선의 왕이 될 후손 즉, 이성계의 탄생을 위한 예비담으로 기능하고 있다면, [자료 4]에서는 이성계 본인이 조선의 왕이 되기 위한 직접적인 조건담의 구실을 하고 있다. 다시 말해서 [자료 2]와 [자료 3]에서는 조선의 왕이 될 이성계를 탄생시켜 그 선조가 되기 위한 능력을 악룡과의 대결을 통해 이안사가 입증한 것이라면, [자료 4]에서는 이성계 본인이 직접 조선의 왕이 될 만한 능력을 입증하기 위해 악룡과의 대결이 다시금 필요해진 것이다. 동일한 악룡과의 대결담이라는 동일한 내러티브가 이성계의 선조시대에서 이성계 당대의 일로 재차 반복 기술되고 있는 이유가 바로 여기에 있다고 할 수 있다. 다음으로 ②의 이성계 · 여진족 대결담에 해당하는 텍스트를 살펴보기로 하자.

[자료 5] 우리 경원군에느(경원군에는) 노서면 대암리라느(대암리라는) 곳이 있는데 이 대암리 앞바다에느(바다에는) 육지에서 한 5~6km 떠러진 곳에 적도라느(적도라는) 섬이 있읍니다. 적도느(적도는) 글자 그대로 섬 전체가 빨갛습니다. 옛날에 이성계씨가 여진족과 싸우다가 몰려서 도망처 가드랬던데 이 적도가 있느(있는) 앞바다까지 와서느(와서는) 길이 막혀서 더 도망갈 수가 없었답니다. 그래서 이성계느(이성계는) 자기르(자기를) 살려 달라고 하늘에다 대고 빌었던 모양이요. 그랬더니 앞바다 물이 쫙 갈라져서 앞에 있는 적도에까지 갈 수 있어서 거기 가서 피신하고 있었답니다. 이성계가 그 섬에서 나올

적에는 돌을 쪼아서 돌배를 타고 나왔다넌데 그 돌배가 지금도 그 섬에 있읍니다. 배으(배의) 크기는 한 2m쯤 될가요.[8]

[자료 5]의 <적도(赤島)>와 같은 텍스트는 여진족과 싸우던 이성계가 하늘에 구원을 요청하자 갈라진 바닷물 덕분에 적도로 도망쳐 목숨을 구했다는 데서 적도라는 섬 이름이 유래했다는 이야기로, 그가 창업의 기틀을 마련한 한 계기와 관련된 [자료 4]①과 [자료 4]-②의 적지 유래 전설과 상통하는 지명의 유래를 담고 있다. [자료 4]-①과 [자료 4]-②의 적지와 마찬가지로 적도는 이성계가 조선의 왕이 될 만한 자질을 갖춘 사람임을 일상을 넘어선 초월적인 징험을 통해서 입증하는 실재적 자연물로 제시되고 있는 것이다. 적지 유래 전설과의 차이점은 함경도 경흥·경원 일대에 토착화 되어 있던 여진족 세력이 [자료 4]-①과 [자료 4]-②에서는 악룡과 선룡이라는 신성동물이라는 상징적 메타포로 간접화 되어 있는데 반해, [자료 5]에서는 여진족으로 아예 명시되어 있다는 점이 된다. [자료 4]에서 간접화 되어 있던 이성계·여진족의 대결이 직접적으로 형상화 되어 있는 것이다.

[자료 5]에서는 조선의 건국조인 이성계의 창업을 하늘이 도왔다는 점에서 건국신화로 편입될 법한 신화적 세계관을 배경으로 깔고 있다. 적당(敵黨)에게 쫓기다 대수(大水)까지 다다른 건국조가 하늘에 청원하자 하늘이 초현실적인 현상을 일으켜서 건국조를 무사히 피신시킨다는 [자료 5]의 에피소드는 <주몽신화>에서 이미 그 전형적인 내러티브가 제시된 바 있다. <주몽신화>를 보면, 주몽 역시 동부여에서 탈주하던 중 엄리대수(淹泥大水)에 가로막히자 천제와 하백에게 청원을 올리는데, 그러자 자라와 물고기들이 물 위로 떠올라 다리를 만들어 준 덕분에 추격자들을 따돌리고 졸본에 도착하여 고구려를 건국할 수 있었던 것으로 되어 있다.[9] 여기서 하늘이 주몽에게 건국조임을 인정한

---

8) <적도>, 『임석재전집』4, 27쪽, 1987, 평민사.
9) "王之諸子與諸臣將謀害之, 蒙母知之, 告曰, 國人將害汝, 以汝才略, 何往不可, 宜速圖之,

징험, 즉 자라와 물고기들이 다리를 만들어준 신화적인 사건은 [자료 5]에서 적도 앞 대해(大海)인 바닷물이 갈라지는 초자연적인 현상에 그대로 대응된다. 주몽신화와 [자료 5]에서 확인되는 이러한 초현실적인 현상의 결과는 건국조의 피신과 추격자의 따돌림으로 공통적이며, 궁극적인 성취는 건국의 기업 마련이 된다.

<주몽신화>와 [자료 5]가 다른 점은 [자료 5]에서 추격자의 따돌림 성공 후, 다시 건국조인 이성계의 신화적 능력 현시 에피소드가 부가되어 있다는 점이다. 적도로 일단 피신한 이성계는 출도(出島) 때 돌을 쪼아서 만든 돌배를 타고 적도 앞바다를 건너는 신화적 능력을 보여준다. 돌로 만든 배는 일종의 대해를 가로지르는 돌로 된 다리에 대응되는 것으로, <주몽신화>에서 자라와 물고기가 만들어준 일종의 생물적인 다리를 무생물적으로 변형시켜 놓은 것으로 보인다. 그런데 문제가 단순치 않은 것이 왜 하필이면 다리의 성분을 돌로 설정했을까 하는 점인데, 이는 한반도 전역에 산재하는 아기장수 전설의 내러티브와 그 의미망이 겹쳐져 있는 설정인 것으로 생각된다. 일반적으로 아기장수 전설을 보면, 적대자에게 쫓겨서 산속이나 연못, 바다 속으로 일단 피신한 아기장수가 힘을 비축하기 위한 일종의 통과제의의 공간이 설정되는데, 그것이 바로 바위 속 굴, 즉 석굴(石窟)이거나 돌로 된 함, 즉 석곽(石槨) 혹은 석함(石函)으로 나타나 있다. 여진족과의 대결에서 패배하여 해도(海島)로 피신한 이성계가 [자료 5] 전설 향유층에게 아기장수에 대응되는 존재로 인식되면서, 이성계가 다시 출도(出島) 하기 위해서는 아기장수의 통과제의의 공간인 석함이 필요해지게 된 것이다. <주몽신화>에서와는 달리 [자료 5]에서 이미 대하를 건너 적당의 추격을 따돌리는데 성공했음에도 불구하고 돌로 만든 다리가 다시금 요구되게 된 이유는 이러한 아기장수 전설 향유 경험을 전제로 한 설화 향유층의 상상력이 추가로 개입되어 있기 때문인 것으로 볼 수 있다.

於時蒙與烏伊等三人爲友, 行至淹水, 告水曰, 我是天帝子, 河伯孫, 今日逃遁, 追者垂及, 奈何, 於是魚鼈成橋, 得渡而橋解, 追騎不得渡, 至卒本州, 逐都焉", 『三國遺事』.

마지막은 ③ 이성계·퉁두란 대결담을 형상화한 텍스트이다.

[자료6] ㉮퉁두란이가 어마 몸에서 출생해 났을 적에 그 태르(태를) 아샀을 적에 어벅새 새초 잎팍으(잎팍을) 가주고서 그 태르(태를) 아샀읍니다. 태르(태를) 끊었다 그말이죠. 퉁두란이가 그래 커졌죠. 커저가주고 이성계씨하고 퉁두란이 사이가 결의형제르(결의형제를) 무어가주고 그에 인제 용상에 올라 앉으면 용상이 떨었고 이성계씨느(이성계씨는) 앉이문 떨지 않고 그래 자기가 화김에 용상으(용상을) 처서 한 구퉁이르(구퉁이를) 뗐다 그런 말이 있고, 그때에 그이가 이제 함경도 북청골에 갔던 겁니다. 피란갔던 거죠. 피란갔넌데 거그 가서머리르 삭발하고-북청 안골 깊은 심산에 쑥 들어가문 대바우라 있넌데 그 대바우 밑에 절으(절을) 지었던 겁니다. 절으(절을) 지었넌데 그 절이란 오래 돼서 그 평편은 없고 그 앞에 마루르(마루를) 쌓던 마루돌이 열두 개가 지금 말하문 캐비넷만한 돌이 쪼옥 쌓여져 있넌 게 있읍니다.

그런데 왜놈덜이 습격해가주고 처들어오니까 퉁두란이가 할수없이 피신해 가면서 그 어마한테 부탁하기르(부탁하기를) "절에도 나넌 이전 부터 있을 수 없으니깐 피신해 간다. 왜놈덜이 아무리 어마하고 무슨 말으(말을) 묻던지 물어도 절대로 대답하지 말고 태르(태를) 무어로 아샀느냐 물어도 그것만으(그것만은) 외우지 마라라." 이거 부탁하고서 팥으(팥을) 열 알을 손에다 쥐고서 이미지붕이란 데로 피해 간다, 이렇게 말하고 갔읍니다. 그런데 왜놈이 와서 찾이니깐 절에느(절에는) 없고 어머니르(어머니를) 부짭아서 말할 것 없이 취조르(취조를) 했죠. 순산할 때 태르(태를) 무엇으로 아샀느냐? 이야기르(이야기를) 하라고 족치니까 바쁘니깐 어마니느(어마니는) 어벅새 새초 이파리르(이파리를) 가주고서 탯줄으(탯줄을) 아샀다고 말했거던요. 그러니까 왜놈덜으(왜놈덜은) 그 어벅새 새초르(새초를) 가지면 이 사람 부뜰 수 있다 이렇게 생각하고서 이미지붕이란 데로 찾아갔읍니다. 이미지붕이란 게 한쪽으느(한 쪽은) 북청면이고 한쪽으느(한 쪽은) 거산면입니다. 거산면 쪽에 바우가 있넌데 아아조 참 큰 바우가 있넌데 그 바우르(바우를) 오려다보면 한 석 질 정도 올라가서 대문짝 만한 네모반듯한, 사람이 들어갈만하게 틈이 있읍니다. 퉁두란이가 거게 들어가 숨어 있었읍니다. 왜놈 병정이 와서 보니 바우에 틈이 있넌데 그 문으(문을) 열라니까 돌문이 왜놔서 무겁고 이래서 왜놈덜이 그 어벅새르 끈어다가 거기다 가서 쳤읍니다. 치니깐 문이 바사질 적에 거기 숨었던 퉁두란이가 팥알으(팥알을) 내뗬죠. 그러니까 팥알이 총알이 돼서 이제 일본 병정이 죽구죽구 이렇게 돼서 열 대까지 쓰고 나니까 다아 없어져서 할수없이 모착이 없어서 일본군사한테 부잽혔던겁니다. 퉁두란이가, 그래 부잽혜가주고 화장시켜서 묻었넌데 묘르(묘를) 파 보면 물동이만한 동이가 셋이 쌓여 있입니다. 밑에치느(밑에치는) 크고 고 담에치느(담에치는) 조금 적고 고담 건 또 적고 삼층으로 되여 있웁니다. 그걸 드니까새까만 재가 나오넌데 아랫 동이에는 다리 뼈라 그러고 가운데에느(가운데에는)허리뼈라 그러고 우에느(우에는) 골뼈라 이렇게 평논하넌데 뼈라고 하넌 거느 콩알 정도으(정도의) 것이 몇 개 있웁니다. 그 뼈란 건 신누렇게 노랗게 있어요. 재느 꺼멓고 푸실푸실한 게 아니라 꺼멓고 푸리미리 한 게 찐득찐득한 그런젭데다. 그것으 고양 거기다 여서 묻었넌데 그 절에다 새로 썼읍니다.

퉁두란이 묘 옆에느(옆에는) 큰 비가 있웁니다. 한 일곱 자 되느(되는) 큰 비가 있넌데 그 비에 그 역사가 실려 있더군요. 퉁두란이가 영웅은 영웅인데 그르(그를) 모세논 당으(당의) 마당에다가 쓰던 도구르(도구를) 놔 두었넌데 그 쇠수대르(쇠수대를) 돌로 만들었어요. 쇠수대라고 글로 새겨 있었넌데 그런 게 놓여 있넌 게 있고 그리고 그 비석 절에다가 사람 모양으로 돌로 깎아세운게 있넌데 우에다 갓으(갓을) 씨웠넌데 그 갓 속에다가 갓 세운 고 사이가 약간 쫌한게 있어요. 그 쫌한테 열분 돌으(돌을) 살살 디리밀며느(들이밀면은) 들어가서 뗘려밀면 물소리가 나요. 그래서 노인들 유전이 그 물 쪼는 날이문 세상이 뒤집어진다고 해요. 지금은 그 물이 있넌지 없넌지 몰으겠읍니다. 이러는 거인데 6.25때 물이 없어지지 안했넌지 또는 해방 되던 해에 없어지지 않했넌지 어쩐지 잘 몰으겠지마느 아매도 그때 물이 없어졌을 겝니다.[10]

[자료 5]에서 이성계와 대결을 벌이는 퉁두란, 즉 이지란(李之蘭, 1331~1402)은 여진족 족장으로서 공민왕대에 부족을 이끌고 귀화 한 뒤 이성계의 조선 창업을 도운 공로로 개국공신 1등에 책봉된 인물이다. [자료 4]에서 범박하게 여진족으로만 명시되었던 대결 대상이 [자료5]에서는 실존한 역사적인 인물인 이지란으로 구체화되어 있다. 그런데 [자료 4]의 이성계의 여진족 대결 대상이 [자료 5]에서 역사적인 실존 인물로 구체화 된 것으로만 문제가 그치는 것이 아니다. 대결의 궁극적인 결과까지 달라졌다. [자료 4]의 대결에서 패배자는 이성계였

---

10) <퉁두란>, 『임석재전집』 4, 함경남도 편, 북청군 신북청면 신상리, 70~71쪽, 1987, 평민사.

지만 [자료 5]에서 패배하는 것은 여진족인 이지란 쪽이다. [자료 5]에 와서 이성계는 조선 건국 기반을 사이에 둔 여진족과의 헤게모니 다툼에서 승리 하고 있는 것이다. [자료5]-㉮의 밑줄 친 부분에서 이성계와 이지란은 용상에 올라앉아 몸 붙이기 내기를 하는데, 이는 조선 건국의 능력 시험을 설화적인 상상력으로 일상화 한 것으로 보인다.

여기서 한 가지 주목해 볼 것은 분단 이전 시기 북한 전설에 나타난 이성계·이지란의 대결 양상이 남한 전설의 그것과는 확연히 다르게 나타난다는 사실이다. 남한 지역에 전승되는 이지란 전설은 '113-2.경쟁자를 물리친 건국시조'[11])에 해당된다. 남한 지역의 이성계 건국설화 속에서 이지란은 경쟁자로 존재하는 것이다. 이러한 남한 이지란 전설 속에서 이성계는 궁극적으로 이지란과의 경합에서 승리하여 그를 자신의 신하로 복속시키는 각편이 대다수를 차지한다는 점에서 <자료 5>-㉮의 결구 방식과 동일하다. 문제는 그 과정이다. 남한 지역 이지란 전설의 텍스트를 들어 살펴보기로 하자.

[자료 7] ① 그래 형이 먼저 쏘니깐두루 퉁지란이 활대를 길게 늘쳐 가지구 거기서 길게 쏴서 물 한 방울 안 쏟아지게 막았단 말야. 그래 그게 전설인지, 누가 맹글었는지는 모르나. 그래 인제, 퉁지란이가 인제, 내중 쏘고, 아우가 쏘면, 이 형이 쏘니깐두루 한 방울 떨어 뜨렸어. 그래 재주가 퉁지란이가 낫다는 얘기야.[12])

[자료 7] ② 아, 그 눈을 가서 쏜게 탁허니 맞힌게 지가 아무리 심신 놈이라히도 뒤로 고개를 잦히고 소리를 지른다 그말여. 근게 그 재차 이성계씨는 인자 목을, 입을, 목을 걍 쏘아 버렸어. 쏘아가지고 뒤로 나자 빠진게 그때가서는 인자 그놈을 잡었다 그말여. 그런게 부하놈들이 전부다 저그 두목이 쓰러져 버린게는 다 도망가 버리고 배타고서는 다 해산히 버리고 인자 그놈을 잡었어.[13])

---

11) <경쟁자를 물리친 건국시조>, 1.이기고지기-11, 이길만해서 이기기-113, 뛰어난 인물 건국시조되기-2, <설화분류표>, 『한국구비문학대계』.

12) <이성계와 퉁지란>, 『한국구비문학대계』 1-7, 경기도 강화군 내가면 황청리, 김재식 (남, 86).

[자료 7] ③ 전설따라 나오고 아, 그런데 고시 용수를 **뽑**아야 하는데 기생들을 술을 잘 먹여서 저 통그랑을 술을 잔득 먹여서 두르눌 적에 말이여. 드루눕거든, 여기 용수를 하나 **뽑**게 했거든. 그래 똑 같잖아요? 그래 이 용수가 든거요. 저 이 눈섭이 용순되 둘이 하나씩 둘이 똑 같아졌어요. 그런데 이게 똑같아요. 싸움해 활을 쏴도 똑같아졌어요. 그런데 이게 똑같아요. 싸움해 활을 쏴도 똑같이 가고 똑같이 가거든.[14]

[자료 7]-① · ② · ③의 남한 이지란 전설에서 공통적으로 나타나는 서사단락을 정리하여 제시하면 다음과 같다.

㉠ 이성계가 활을 잘 쏘아 신궁이란 소리를 듣다.
㉡ 활쏘기를 열심히 연마해서 최고의 경지에 이르다.
㉢ 하루는 사냥을 가서 퉁두란을 만나다.
㉣ 두 사람이 시비가 붙어 활쏘기 내기를 하다.
㉤ 두 사람의 활쏘기 내기가 비기자 친구로 지내기로 하다.
㉥ 이성계가 퉁두란의 얼굴에 난 용수(龍鬚)를 뽑아버리다.
㉦ 두 사람이 다투었지만 비겨서 일시적으로 화해하다.
㉧ 퉁두란이 이성계를 벼락에서 밀어 죽이려 하다.
㉨ 이성계가 떨어졌다가 다시 올라왔는데 다치지 않다.
㉩ 퉁두란이 항복을 하고 이성계를 돕기로 약속을 하다.
㉪ 이성계가 왕이 되는데 퉁두란이 일조를 하다.
㉫ 둘이 헤어지다.

이러한 남한 이지란 전설 속에서 이성계와 이지란의 대립은 일시적이다. 그런데 이 일시적인 대립 관계 속에서 물리적인 힘내기 자체의

---

13) <퉁두란과 이성계>, 『한국구비문학대계』 5-4, 전라북도 옥구군 대야면 죽산리, 고상락(남, 65).
14) <이성계 일화>, 『한국구비문학대계』 1-8, 경기도 옹진군 영종면 운북 4리, 최돈영(남, 68).

승리자는 이성계가 아니라 이지란이다. 북한 전설인 [자료1]의 이성계 조상과 여진족 박달천과의 대결담에서도 나타난 바 있는 궁술(弓術) 능력에서 우위에 있는 것은 이지란인 것이다. 궁술이라는 것이 <주몽신화>에서부터 이어져 온 건국조의 신화적인 능력을 상징하는 신화소라고 할 때, 이 궁술로 이성계와 힘내기를 벌이는 이지란은 건국조로서의 능력 대결을 벌이는 상대자로 설정되어 있다는 사실을 확인할 수 있다. 바꿔 말하면 그 만큼 이성계의 조선 건국 과정에 있어서 여진족과의 헤게모니 다툼이 중요한 창업 기반에 해당한다는 사실을 설화적으로 형상화 한 것이라고도 볼 수 있다.

이 점에서 이지란의 물리적인 궁술 내기 자체의 승리는 이지란은 함경도 경흥을 중심으로 한 지역 일대의 토착 집단으로서 이성계보다 먼저 세력을 구축한 여진족의 전통적인 기반을 상징한다고 생각된다. 반대로 물리적인 힘내기 자체에서는 패배했지만 벼랑에서 떨어졌다가 살아오는 초현실적인 능력의 시현으로 궁극적인 승리자가 되는 이성계의 모습은 북한 전설인 [자료 1]에서 궁술 내기에서는 졌지만 기지 싸움에서는 최종적인 승리자가 되는 이성계 5대조인 이안사의 형상과 겹쳐진다. 한반도 동북방 지역의 후발주자로서 물리적·전통적 힘 자체가 아니라 원나라로부터 다루가치로서 위임받은 정치적인 힘으로 여진족의 기반을 흡수했던 이성계 가문의 성장방식을 설화적인 상상력으로 형상화 한 것이라고 할 수 있는 것이다. 이러한 설화적 상상력은 <자료 5>에서 여진족과의 물리적인 힘의 대결에서는 패퇴하여 해중도(海中島)까지 쫓겨났지만, 건국조로서 하늘로부터 부여받은 징험의 현시를 통해 부활하는 이성계의 인물 형상화 방식과 상통하는 것이기도 하다.

그런데 [자료 6]에서는 아예 이성계가 이지란과의 힘내기에서 첫 단계부터 승리하고 있다는 점에서 남한 이지란 전설과는 정반대의 설화적 인식을 보여준다. [자료 6]에 와서 전통적인 여진족 토착 거주 지역에서 여진족과의 지역적 헤게모니 다툼에서 승리하는 과정 속에서 성장한 이성계 가문의 본격적인 해당 지역 지배권 구축이 확립되었다는 사실을 엿볼 수 있다. 바꿔 말하면 이성계 집단이 함경도 경흥을 중심으로 한 여진족의 전통적인 세력을 흡수 통합하여 정치적인 헤게모니 획득에 성공한 시점에서 산생된 전설 텍스트가 바로 [자료 6]이라고 할 수 있겠다.

3. 북한 이성계 · 여진족 대결담의 신화적 인식 체계와 향유의식

이성계 · 여진족 대결담은 범박하게 이성계 인물 전설 속에 포함된다. 이처럼 분단 이전 시기에 북한 지역에서 채록된 이성계 인물 전설에서 이성계와의 힘내기 대상이 여진족으로 나타나는 이유는 이성계 가문의 성장이 한반도 동북방 여진족의 전통적인 거주지를 중심으로 이루어졌으며, 이성계 본인의 조선 창업을 위한 중요한 군사적 기반 자체가 여진족 세력을 기반으로 한 것이었기 때문이었던 것으로 보인다.15) 이성계 가문의 성장사가 직접적으로 전개된 지리 공간인 북한 지역 설화 향유층에게해당 인물이 소속된 정치적 집단에 대한 설화적 상상력이 이처럼 여진족과의 대결담이란 형식으로 구체화 되었다고 볼 수 있는 것이다.

북한 전설 향유층에게 있어서 이성계 · 여진족 대결담은 일종의 <이성계 신화>의 전설화 된 형태로 향유되었던 것으로 생각된다. 이성계 · 여진족 대결담이 <주몽신화>로부터는 궁술 내기 화소와 '도대수피적(度大水避敵)' 화소를, <왕건신화>로부터는 악룡 퇴치 화소를 각각 차용하고 있다는 점에서도 이성계 · 여진족 대결담 향유층의 신화적 상상력을 확인해 볼 수 있다. 뿐만 아니라 패배한 건국신화에 해당하는 아기장수 전설에서는 '주석함재생(住石函再生)' 화소를 차용하여 이를 성공한 건국조의 이야기 구도로 변형시켜 놓는 신화적 상상력의

---

15) 이에 대해서는 김은주, <麗末李成桂家門의 成長과 軍事的基盤: 東北面 女眞族과의 關係를 中心으로>, 영남대학교 석사학위논문, 1998을 참조하기 바람.

다양한 확장 양상까지 보여준다. 북한 전설 향유층에게 있어서 이성계의 여진족 제압 과정 자체가 조선 창업을 위한 건국 과정에 대응되는 것으로 인식되었다고 볼 수 있다. 남한의 <이성계 전설> 속에서는 여진족과의 대결이 일차전부터 승리로 끝나는 텍스트가 존재하지 않는 반면, 북한 이성계 · 여진족 대결담 속에서는 [자료6]처럼 기지 대결 같은 간접적인 대결로 갈 것도 없이 일차 대전부터 이성계의 승리로 끝나는 텍스트가 존재하는 것도 이성계 · 여진족 대결담의 역사적 전개 양상이 일종의 <이성계신화>의 설화적 인식 및 향유 과정 속에서 이루어 졌다는 사실을 의미한다고 생각된다.

이처럼 분단 이전 시기에 북한 지역에서 채록된 이성계 · 여진족 대결담이 일종의 전설화 된 <이성계 신화>로서 향유되는 이면에 존재하는신화적 인식체계는 두 가지 국면으로 정리해 볼 수 있겠다. 첫 번째는 이성계 조선 건국의 대외적인 정당성 확보이다. 이성계가 말기 고려의 중앙정부에 혜성 같이 등장하여 일거에 중앙 정치무대를 장악할 수 있었던 기반은 한반도 동북면 지역에서 흡수 통합한 여진족 군사력이다. <이성계 신화>로서의 이성계 · 여진족 대결담은 이성계가 이렇게 막강한 여진족 세력을 장악할 수 있었던 능력이 바로 조선 창업주로서의 능력과 상통한다고 인식하고 있는 것으로 보인다. 여진족과의 대결담이 이성계의 5대조인 이안사부터 시작하여 이성계 당대까지 유사한 내러티브의 반복을 통해 재생산되는 한편, 그 대결의 결말이 여진족 족장인 이지란에 대한 이성계의 완전한 승리로 귀결되는 구도로 완결되는 텍스트의 전개 양상이 이를 입증한다.

한편, 같은 여진족이라도 후금(後金), 즉 청(淸)나라를 건국하여 중국 대륙을 차지한 누르하치에 대한 설화적 인식은 조금 다르다. 누르하치와의 천자가 나는 풍수명당 선점 내기에서 우선권을 가지고 있었던 것은 이성계 조상이지만, 궁극적인 승리자는 청태조 누르하치이다. 이는 박달천과 같은 여진족 영웅과의 물리적인 힘내기에서는 패배했지만 기지 싸움에서는 승리하여 이성계라는 조선 창업주를 탄생시키게 된 이성계 5대조 이안사와 여진족과의 관계를 뒤집어 놓은 형태이다. 이러한 이성계 조상·누르하치 대결담은 이성계의 위치를 여타의 여진족에 대해서는 우위를, 청태조에 대해서는 하위에 두고 있다는 사실을 보여준다. 이성계 조상·누르하치 대결담에 나타난 이성계의 대여진(對女眞)·대청(對淸) 자리매김 양상은 여진족과 같은 소수민족에게는 교린(交隣)하고 중국 대륙을 차지한 통일 국가에 대해서는 사대(事大)하는 조선의 소중화(小中華) 자기의식과는 거리가 있는 것으로 보인다. 중세 조선의 공식적인 자기의식은 청이 무너뜨린 명나라에 대해서는 중화의식을, 청에 대해서는 오랑캐로 인식하는 것이다. 조선 왕조가 이백 년간 견지해온 북벌의식은 바로 이러한 조선 정부의 공식적인 자기의식에 기반한 것이다. 그렇다면 이성계를 청태조 보다 하위에 두는 본 설화 담당층의 의식은 조선 정부의 공식적인 세계관과는 상반되는 것이라 할 수 있다.[16]

두 번째는 조선 건국의 신화적 합리화이다. <이성계 신화>로서 공식화 되어 있는 텍스트는 <용비어천가>이다. 조선 건국을 신화적으로 합리화하기 위해 이성계 5대조부터 시작하여 이성계까지의 역대 사적을 각종 신화소를 동원하여 신성화 시켜 놓았다. 그런데 이성계의 5대조부터 시작하여 이성계 본인 당대에 이르러 완결되는 이성계·여진족 대결담의 텍스트 전개양상도 이러한 공식적인 <이성계 신화>의 그것과 방불하다. 선룡과 악룡으로 형상화 된 여진족과의 헤게모니 다툼 속에서 최종적인 승리자가 되는 이성계 집단의 이미지 역시 이성계·여진족 대결담 향유층의 신성인식 체계 속에서 보자면 용이란 신성동물로 구상화 될 수 있는데, 이러한 신성인식 체계가 <이성계 신화>의 공식판인 <용비어천가>에 그대로 대응된다는 점에서 보면 더욱 그러하다고 할 수 있다. 이렇게 본다면 이성계·여진족 대결담은 이성계의 조선 건국을 설화 향유층이 신화적으로 합리화 하는 자생적인 <이성계

---

16) 여기에 대해서는 후속 논문을 준비하고 있다.

신화> 관념 체계 속에서 형성된 전설화된 신화적 텍스트라고 볼 수 있는 측면이 있겠다.

4. 나오는 말

본 연구는 분단 이전 시기에 북한 지역에서 채록된 이성계·여진족 대결담을 대상으로 하였다. 이성계·여진족 대결담의 하위 유형을 이성계 조상·여진족 대결담과 이성계·여진족 대결담으로 나누어서, 해당 텍스트의 전개 양상을 구체적으로 분석하였다. 이성계·여진족 대결담은 이성계 조상 대에서부터 시작되어 이성계 당대에서 비로소 마무리되며, 여진족에 대한 대결 승리로 완결되는 전개 양상을 보여준다. 이러한 이성계·여진족 대결담은 <주몽신화>나 <왕건신화> 속에서 전형적으로 등장하는 신화소들을 다양하게 동원하고 있는바, 여진족과의 궁극적인 대결 승리가 이성계의 조선 창업을 정당화 하는 논리로 귀결되고 있다는 점에서 일종의 <이성계 신화>의 전설화 된 텍스트로서의 성격을 띄고 있다고 보았다. 이처럼 <이성계 신화>의 설화화 된 텍스트가 하필이면 여진족을 그 대결의 대상으로 하여 대결담의 형태로 형상화 되어 있는가 하는 문제에 대해서는 이성계 집단이 한반도 동북방의 전통적인 여진족 거주 지역에서 여진족과의 정치적·군사적 헤게모니 다툼 속에서 성장하였으며, 이를 기반으로 조선 창업의 기반을 확보할 수 있었던 역사적 맥락을 통해 설명할 수 있었다.

<이성계 신화>의 설화적 정착 형태로서의 이성계·여진족 대결담에 내재된 향유층의 신화적 인식 체계는 두 가지 관점으로 정리하였다. 첫 번째는 이성계 조선 건국의 대외적인 정당성 확보이고, 두 번째는 조선 건국의 신화적 합리화이다. 이상과 같은 작업을 통해 북한 지역 전승 이성계·여진족 대결담의 유형을 분류하고 이성계 신화로서의 북한 지역민의 인식체계를 분석할 수 있었다.

II. 다문화적 상상력의 역사적 인식기반과 퉁두란의 하이브리드(hybrid) 인간적 이미지

1. 문제설정의 방향

근대적 관념의 소산인 민족 개념은 국가 별 지정학적 경계를 넘나드는 빈번한 민족 간 이동 및 출입, 이주와 귀화의 쌍방향적 반복으로 인해 그 협의의 범주가 해체되는 일로에 있다. 지정학적인 경계가 민족적인 경계와 더 이상 일치 하지 않게 되면서 근대적인 민족 개념을 대체할 새로운 인식체계가 요구되게 된 것이다. 이러한 상황 속에서 근대적 민족 개념의 탈경계화 대신에 주목되는 것이 바로 다민족(多民族)·다문화(多文化) 개념이 된다.

단군신화를 기반으로 한 단일민족(單一民族)·단일문화(單一文化)의 신화가 현대까지 고유한 관념체계의 지위를 다져온 한민족에게도 이러한 다문화적 인식의 새로운 적용이 비단 예외적인 문제가 아니게 되었다. 이주노동자와 한민족의 통혼으로 다양한 계통의 다민족적인 혼혈을 산생하고 있는 현실은 어제 오늘의 문제가 아니며, 개인의 주체적·자발적 선택에 의해 한국 국적을 취득하여 한인화(韓人化) 한 인구의 숫자도 매년 증가추세에 있기 때문이다. 이미 다민족적인 혼혈 인구를 위한 문화·교육·정책 구축을 위한 국가 예산은 매년 증액되고 있고, 인천·남양주 등 다민족 혼혈 인구의 집중적 거주지역을 중심으로 이른바 다문화 축제 혹은 다문화 체험 프로그램이 연례행사로 정착되어 가고 있는 상황이다.

이러한 현실 속에서 학제적 연구가 요구되는 중요한 분야 중의 하나로 꼽을 수 있는 것이 바로 한민족의 다문화 전통 부분이 될 수 있다. 다문화적 현상이 비단 오늘날의 문제가 아니라 한민족과 타민족의 문화교류사 속에서 전통적으로 이루어져 왔으며, 근대를 전후로 단절되기는 했지만 한민족의 인식체계 속에 이러한 다문화적 인식이 실존했었을 가능성을 탐색해 볼 필요가 있는 것이다.

본 고는 이러한 문제의식을 기반으로 북한 지역에 현전하는 퉁두란(冬豆蘭, 1331년~1402년) 관련 전설을 대상으로 여진(女眞)-한(韓)의 다문화적인 설화적 상상력의 존재 가능성을 고찰해 보고자 한다. 잘 알려져 있다시피 퉁두란은 이성계(李成桂)의 조선 창업 과정에서 일등의 공훈을 세운 여진족(女眞族) 출신의 역사적인 실존 인물이다. 오늘날의 민족 관념체계 속에서 보자면 명백히 이민족(異民族)인 여진인(女眞人) 퉁두란에 대한 북한 지역민의 설화적 인식은 이러한 근대적 민족 구분과 그 괘를 달리 하고 있는 것으로 보인다. 따라서 본 고는 북한 지역에 전승되고 있는 퉁두란 전설 속에 나타난 여진-한의 다문화적 상상력 및 하이브리드적 캐릭터의 구현 양상을 먼저 분석해 본 뒤, 그 역사적 맥락을 북한 지역 특유의 여진-한 다문화적인 로컬리티 규명을 통해 고찰해 보도록 하겠다.[17]

2. 북한 퉁두란 전설의 존재양상과 다문화적 상상력

북한 일대에 전승되는 퉁두란 전설은 북한을 제외한 한반도 전역에서 전승되는 그것과 그 존재양상이 다르다. 일반적으로 남한 전설 속에 나타는 퉁두란은 이성계와 궁술(弓術) 내기와 용수(龍鬚) 개수 내기에

---

17) 지금까지 북한 지역 퉁두란 전설에 관한 연구는 이루어진 바가 없다. 다만 이태문의 <이성계 전설>의 인물인식과 그 특징>(『구비문학연구』4, 한국구비문학회, 1997)에서 <이성계 전설>을 연구하는 가운데 그 주요한 등장인물이 되는 퉁두란에 대한 언급이 일부 이루어진 바 있다.

서는 승리하지만 건국조에게 내리는 하늘의 징험을 현시하는 이성계에게 결국은 패배하여 이성계의 부하로 복속되는 모습이다. 다음의 자료들을 보자.

[자료1] 그래 형이 먼저 쏘니깐두루 퉁지란이 활대를 길게 늘쳐 가지구 거기서 길게 쏴서 물 한 방울 안 쏟아지게 막았단 말야. 그래 그게 전설인지, 누가 맹글었는지는 모르나. 그래 인제, 퉁지란이가 인제, 내중 쏘고, 아우가 쏘면, 이 형이 쏘니깐두루 한 방울 떨어 뜨렸어. 그래 재주가 퉁지란이가 낫다는 얘기야.18)

[자료2] 전설따라 나오고 아, 그런데 고시 용수를 뽑아야 하는데 기생들을 술을 잘 먹여서 저 퉁그랑을 술을 잔득 먹여서 두르눌 적에 말이여. 드루눕거든, 여기 용수를 하나 뽑게 했거든. 그래 똑 같잖아요? 그래 이 용수가 든거요. 저 이 눈썹이 용순되 둘이 하나씩 둘이 똑 같아졌어요. 그런데 이게 똑같아요. 싸움해 활을 쏴도 똑같아졌어요. 그런데 이게 똑같아요. 싸움해 활을 쏴도 똑같이 가고 똑같이 가거든.19)

한국 신화체계 속에서 [자료1]의 궁술이나 [자료2]의 용수는 일종의 건국조의 자질을 상징하는 신화소가 된다. 궁술은 <주몽 신화>에서 고구려 건국조인 주몽의 신화적 능력을 상징하는 신화소로 등장한 바 있고, 용수는 <석탈해 신화>에서 석탈해와 남해왕이 벌인 왕권 자질 내기에서 등장한 치아와 동일한 패턴의 신화소가 된다. 전자가 물리적인 능력을 상징한다면, 후자는 연륜이라는 비가시적인 능력을 시각화한 것이라고 할 수 있다.

이처럼 남한 전설의 퉁두란은 한국 신화 체계 속에서 전형적인 건국조의 자질로 등장하는 신화소를 자신의 절대적인 능력으로 보유하고 있음에도 불구하고 창업의 목적과 의지가 결여되어 있는 인물이기 때문에 이를 지닌 이성계에게 종속되는 인물로 형상화 되어 있다. 따라서

---

18) <이성계와 퉁지란>, 경기도 강화군 내가면 황청리, 김재식(남, 86), 『대계 1~7』.
19) <이성계 일화>, 경기도 옹진군 영종면 운북 4리, 최돈영(남, 68), 『대계 1~8』.

퉁두란의 신화적인 능력은 조선 건국조로서의 이성계가 지닌 그것을 정당화 하고 부각시켜주는 기능소로 역할을 하고 있다고 할 수 있다. 어디까지나 이성계의 부하로서 왜장 아지발도를 패퇴시키는 임무에 퉁두란의 신화적인 능력이 소모되고 있는 것도 남한 전설의 향유의식 속에서 퉁두란은 한국 신화 체계가 인정하는 건국조가 아니라는 인식을 전제로 하고 있는 것이라고 할 수 있다.

그런데 북한 전설 속에서 나타나는 퉁두란의 모습은 다르다. 다음의 텍스트를 살펴보자.

[자료3] ㉮퉁두란이가 어마 몸에서 출생해 났을 적에 그 태르 아샀을 적에 어벅새 새초 잎팍으 가주고서 그 태르 아샀읍니다. 태르 끈었다 그말이죠. 퉁두란이가 그래 커졌죠. 커저가주고 이성계씨하고 퉁두란이 사이가 결의형제르 무어가주고 그에 인제 용상에 올라 앉으면 용상이 떨었고 이성계씨느 앉이문 떨지 않고 그래 자기가 화낌에 용상으 쳐서 한 구통이르 뗐다 그런 말이 있고, 그때에 그이가 이제 함경도 북청골에 갔던 겁니다. 피란갔던 거죠. (①)

피란갔넌데 거그 가서 머리르 삭발하고 - 북청 안골 깊은 심산에 쑥 들어가 문 대바우라 있넌데 그 대바우 밑에 절으 지었던 겁니다. 절으 지었넌데 그 절이란 오래 돼서 그 평편은 없고 그 앞에 마루르 쌓던 마루돌이 열두 개가 지금 말하문 캐비넷만한 돌이 쪼옥 쌓여져 있넌 게 있읍니다. 그런데 왜놈덜이 습격해가주고 처들어오니까 퉁두란이가 할수없이 피신해 가면서 그 어마한테 부탁하기르 "절에도 나넌 이전 부터 있을 수 없으니깐 피신해 간다. 왜놈덜이 아무리 어마하고 무슨 말으 묻던지 물어도 절대로 대답하지 말고 태르 무어로 아샀느냐 물어도 그것만으 외우지 마라라." 이거 부탁하고서 끝 열 알을 손에다 쥐고서 이미지봉이란 데로 피해 간다, 이렇게 말하고 갔습니다.

그런데 왜놈이 와서 찾이니깐 절에느 없고 어머니르 부짭아서 말할 것 없이 취조르 했죠. 순산할 때 태르 무엇으로 아샀느냐? 이야기르 하라고 족치니까 바쁘니깐 어마니느 어벅새 새초 이파리르 가주고서 탯줄으 아샀다고 말했거던요. 그러니까 왜놈덜으 그 어벅새 새초르 가지면 이 사람 부뜰 수 있다 이렇게 생각하고서 이미지봉이란 데로 찾아갔읍니다. 이미지봉이란 게 한쪽으느 북청 면이고 한쪽으느 거산면입니다. 거산면 쪽에 바우가 있넌데 아아조 참 큰 바우가 있넌데 그 바우르 오려다보면 한 석 질 정도 올라가서 대문짝 만한 네모

반듯한, 사람이 들어갈만하게 틈이 있읍니다. 퉁두란이가 거게 들어가 숨어 있었습니다.

왜놈 병정이 와서 보니 바우에 틈이 있넌데 그 문으 열라니까 돌문이 왜놔서 무겁고 이래서 왜놈덜이 그 어벅새르 끈어다가 거기다 가서 쳤읍니다. 치니깐 문이 바사질 적에 거기 숨었던 퉁두란이가 팥알으 내떴죠. 그러니까 팥알이 총알이 돼서 이제 일본 병정이 죽구죽구 이렇게 돼서 열 대까지 쓰고 나니까 다아 없어져서 할수없이 모착이 없어서 일본군사한테 부잽헸던 겁니다. 퉁두란이가, 그래 부잽헤가주고 화장시켜서 묻었넌데 묘르 파 보면 물동이만한 동이가 셋이 쌓여 있입니다. 밑에치느 크고 고 담에치느 조금 적고 고담 건 또 적고 삼층으로 되여 있읍니다. 그걸 드니까 새까만 재가 나오넌데 아랫 동이에는 다리 뼈라 그러고 가운데에느 허리뼈라 그러고 우에느 골뼈라 이렇게 평논하넌데 뼈라고 하넌 거느 콩알 정도으 것이 몇 개 있었읍니다. 그 뼈란 건 신누렇게 노랗게 있어요. 재느 꺼멓고 푸실푸실한 게 아니라 꺼멓고 푸리미리한 게 찐득찐득한 그런 젭데다. 그것으 고양 거기다 여서 묻었넌데 그 절에다 새로 썼읍니다.

퉁두란이 묘 옆에느 큰 비가 있읍니다. 한 일곱 자 되는 큰 비가 있넌데 그 비에 그 역사가 실려 있더군요. 퉁두란이가 영웅은 영웅인데 그르 모세논 당으 마당에다가 쓰던 도구르 놔 두었넌데 그 쇠수대르 돌로 만들었어요. 쇠수대라고 글로 새겨 있었넌데 그런 게 놓여 있넌 게 있고 그리고 그 비석 절에다가 사람 모양으로 돌로 깎아세운게 있넌 데 우에다 갓으 씌웠넌데 그 갓 속에다가 갓 세운 고 사이가 약간 쫌한 게 있어요. 그 쫌한테 열분 돌으 살살 디리밀며느 들어가서 떠러지면 물소리가 나요. 그래서 노인들 유전이 그 물 쪼는 날이문 세상이 뒤집어진다고 해요. 지금은 그 물이 있넌지 없넌지 몰으겠읍니다. 이러는 거인데 6.25때 물이 없어지지 안했넌지 또는 해방 되던 해에 없어지지 않했넌지 어전지 잘 몰으겠지마느 아매도 그때 물이 없어졌을 겝니다.[20]

[자료3]은 함경남도 북청에서 전승되는 텍스트이다. [자료3]-① 부분이 바로 남한 전설 속에서 흔히 등장하는 퉁두란과 이성계의 내기담이다. 남한 전설 속 퉁두란은 이성계에 비해서 물리적인 힘의 크기는 우월한 것으로 형상화 되어 있다. 다만 본인의 의지와 건국조에 대한 하

---

20) <퉁두란>, 『임석재전집』4, 함경남도 편, 북청군 신북청면 신상리, 70~71쪽, 1987, 평민사

늘의 징험을 보유하지 못했을 뿐이다. 그런데 [자료3]에서는 이성계를 압도하는 퉁두란의 물리적인 힘의 시현이 형상화 되어 있지 않다. 용상이 몸에 붙는 초자연적인 징험 내기를 통해 퉁두란에게 천부(天賦)의 왕권이 부재하다는 사실이 간접적으로 서사화 되어 있다.

주목되는 것은 건국조에 대한 천부의 징험 결여자로서의 퉁두란의 인물 형상이 제시되기 전 단계의 [자료3] 텍스트 서두에 독특한 캐릭터 자질이 전제되어 있다는 사실이다. 바로 '우투리' 캐릭터이다. [자료3]-㉠에서 퉁두란은 억새잎으로 탯줄을 자르고 태어난 인물로 설정되어 있다. 억새잎으로 탯줄을 자르는 화소는 우투리 전설에서 보편적으로 나타나는 모티프이다. 일반적으로 남한 지역에서 전승되는 우투리 전설은 대체로 [자료4]와 같은 형태로 서사화 되어 있다.

[자료4] ㉠ 우투리가 억새잎으로 탯줄을 가르고 태어나다.
　　　　㉡ 아기장수의 정체가 탄로나자 어미에게 발설치 말 것을 당부하고 떠나다.
　　　　㉢ 팥알 열알을 가지고 산 속, 혹은 바위 밑(혹은 해중) 석굴에 은신하여 힘을 기르다.
　　　　㉣ 어미가 적대자에게 속아 우투리의 은신처를 발설하다.
　　　　㉤ 군마를 이루어 일어나려던 우투리가 적대자에게 죽임을 당하다.

그런데 특히 호남 지역에서 전승되는 일부 <이성계 전설>을 보면 이성계가 등극을 하기 위해 처치해야 할 대상이 바로 우투리로 설정되어 있다. 이성계의 우투리 대결 과정은 [자료4]의 우투리와 적대자의 대결 과정에서 거의 유사하게 대응된다. 논의의 편의를 위해 호남 지역 이성계·우투리 대결담에서 공통적으로 확인되는 유형적인 서사단락을 [자료5]로 정리해 보면 다음과 같다.

[자료5] ㉠ 이성계가 등극할 목적으로 산신제를 올리다 우뚜리를 신임하는 지리산 산신의인정을 받지 못하다.[21]
　　　　㉡ 이성계가 왕이 되기 위해 우뚜리를 처치하려 방방곡곡 헤매다.

㉲ 우뚜리의 어머니를 만나 거짓으로 부부생활을 하며 정을 붙이다.
㉳ 우뚜리의 어머니를 회유해서 우투리의 은신처를 찾다.
㉴ 큰 바위 속에 있는 우뚜리가 일어나기 전에 죽이고 왕이 되다.22)

상기 [자료5]의 서사단락은 [자료4]를 우투리의 적대자를 중심으로 재구성한 다음의 [자료4]'에서 우투리의 각 단락의 서사 주체인 '우투리의 적대자'를 '이성계'로 바꾼 형태에 그대로 대응된다.

[자료4]' ㉮ 우투리의 적대자가 우투리의 탄생 사실을 알다.
㉯ 우투리의 적대자가 우투리를 처치하러 찾아 나서다.
㉰ 우투리의 적대자가 우투리의 은신처를 알아내기 위해 우투리의 어미를 회유하다.
㉱ 우투리의 적대자가 우투리의 어미를 속여 우투리의 은신처를 알아내다.
㉲ 우투리의 적대자가 군마를 이루어 일어나려던 우투리를 죽이다.

[자료4]'와 [자료5]의 차이점은[자료4]'의 우투리 처치 과정이 [자료5]에서는 이성계의 등극 과정으로 명시되어 있다는 것이다. [자료5]에서 이성계의 등극 과정은 ㉮와 ㉲에서 보듯 서사 구조 전체의 각각 도입부와 종결부를 구성하며, 일종의 수미쌍관한 액자식 구조를 이루고 있다. 표면적인 의미로 단순하게 보면, 이러한 변이는[자료4]'의

---

21) 논의의 편의상,
　㉠-ⅰ) 이성계가 등극할 목적으로 산신제를 올리다.
　㉠-ⅱ) 팔도 산신이 다 신임하는데 유독 지리산 산신이 신임을 하지 않았다.
　㉠-ⅲ) 진씨 성을 가진 남자가 산에서 유숙할 때 산신들의 이야기를 듣게 되다.
　㉠-ⅳ) 다음날 아침 남자가 이성계를 만나 제사가 부실했다는 산신들의 이야기를 전하다.
　㉠-ⅴ) 이성계가 기구(祈求)하고 목욕재배하고 산신제를 올렸으나 머리카락이 빠져 부정을 타다.
　㉠-ⅵ) 다시 정성껏 제사를 드리자 지리산 산신이 허락을 하다.
　는 생략함.
22) <이성계와 지리산 산신령, 우뚜리>, 『한국구비문학대계』 5-1, 남원군 덕과면 설화12, 한국학중앙연구원

우투리 적대자가 이성계라는 역사상 실재한 건국조로 대체되면서 일어난 것으로, 이성계의 실재 등극 사실이 이러한 변화를 추동했다고 할 수 있다.

그러나 문제는 그리 단순하지가 않다. 우투리 전설이라는 것이 원래 실패한 건국조의 비극적인 일대기를 그린 것으로 성공한 건국 영웅신화의 부면23)에 해당한다고 할 때, [자료4]'의 우투리와 적대자는 각각 실패한 건국조와 성공한 건국조의 캐릭터 자질을 함축하고 있다고 할 수 있으며, 이 각각 실패한 건국조와 성공한 건국조의 인물 형상이 이성계라는 실재 역사 속의 성공한 건국조와 결합하여 성공한 건국조의 민중화 된 영웅일대기로 재맥락화 된 이야기가 바로 [자료5]라고 할 수 있는 것이다.

그렇다면 이 지점에서 다시 [자료3]의 <퉁두란> 텍스트로 돌아가 보자. 퉁두란이 억새잎으로 탯줄을 자르고 태어나 팥 열알을 가지고 굴산면의 바위 틈에 숨어서 힘을 기르고 있는데, 어미가 왜놈들에게 퉁두란이 억새잎으로 탯줄을 자른 사실과 숨어있는 곳을 가르쳐 주는 바람에 죽음을 맞았다는 [자료3]의 <퉁두란> 이야기에서, 억새잎으로 탯줄을 자르는 화소, 팥 열 알을 가지고 바위틈에 숨어 힘을 기른다는 화소, 억새잎으로 탯줄을 자른 일과 숨은 곳의 위치를 어미가 적대자에게 발설한 결과 아기장수가 죽는다는 화소 등은 [자료4]의 우투리 전설유형 속에서 보편적으로 나타나는 모티프이다. 논의의 편의를 위해 [자료3]의 서사단락을 제시해 본다.

  [자료6] ㉮ 퉁두란이 억새잎으로 탯줄을 가르고 태어나다.
       ㉯ 이성계에게 패하여 북청골 석굴로 피난가다.
       ㉰ 왜적을 피해 어미에게 정체를 발설치 말 것을 당부하고 다시
          팥알 열알을 가지고 이미지붕의 석굴로 은신하다.

---

23) 아기장수 전설과 국조신화의 상관성에 관해서는 천혜숙, <전설의 신화적 성격에 관한 연구>, 계명대학교 박사학위논문, 1987을 참조하기 바람.

ⓐ 어미가 왜적에게 속아 퉁두란의 은신처를 발설하다.
ⓑ 퉁두란이 팥알이 다 떨어져 왜적에게 죽임을 당하다.

　상기 [자료6]으로 정리한 <퉁두란>의 서사단락은 [자료4]의 우투리 전설의 그것에 그대로 대응된다. 여진족인 퉁두란이 한민족의 설화적 민중영웅인 우투리로 형상화 되어 있는 것이다. 특이한 점은 [자료5]의 이성계와 우투리의 대결과 우투리의 패배가 상기 [자료6]-ⓐ과 ⓑ으로 압축되어 있다는 사실이다. 다시 말해서 [자료6]의 <퉁두란>에서는 우투리로서의 퉁두란과 이성계의 대결 및 퉁두란의 패배가 일종의 기지의 사실로서 도입부에 전제되어 있는 것이다. 이 점에서 [자료6]의 <퉁두란> 이야기는 [자료4]의 우투리 전설과 [자료5]의 이성계와 우투리 대결 텍스트를 결합해 놓은 형태라고도 볼 수 있다.

　그런데 [자료3]의 <퉁두란> 이야기에서 주목되는 점은 건국이라는 신화적 과업 경쟁에서 일단 이성계에게 패배하여 실패한 건국조가 된 퉁두란에게 다시금 왜적이라는 적대자를 새롭게 설정하고 있다는 사실이다. 퉁두란의 실패한 민중영웅 우투리로서의 이야기가 왜적을 대결자로 하여 다시 한번 반복되고 있다는 것이다. 퉁두란·이성계의 대결담이 서두에서 축약적으로 제시되어 있는데 비해, 퉁두란·왜적의 대결담은 [자료3] 대결구조의 그야말로 본령을 이루고 있다. 거꾸로 얘기하자면 퉁두란·왜적의 대결담이 확장되어 있는데 비해 퉁두란·이성계 대결담은 상대적으로 축소되어 있다는 것이다. 이는 [자료3]의 <퉁두란> 이야기가 이성계의 인물형상 속에서 퉁두란 적대자로서의 자질을 약화시키고 있는 것과 상통하는 문제이기도 하다. 다시 말해서 남한 지역 <이성계 전설>인 [자료5]에서 극대화 되어 있는 이성계와 우투리의 극한 대결을 [자료3]의 <퉁두란> 이야기에서는 최소화 하기 위해, 우투리로서의 퉁두란에 대한 새로운 적대자로서 왜적이 요구되었다는 것으로, 그 속에는 여진족인 퉁두란에 대한 다문화적 수용인식이 내포되어 있을 가능성을 제기해 볼 수 있다. 여진족인 퉁두란을 한

민족 고유의 설화적 민중영웅인 우투리로 수용하기 위해서, 조선 건국 시조인 이성계에 대한 카운터파트로서의 성격을 최대한 축소하는 대신 또 다른 민족적 적대자를 설정하는 차원으로, 서사적인 재맥락화가 이루어진 것이다. 여기에는 여진족인 퉁두란을 민중영웅으로 수용하게 된 다문화적 상상력의 문제가 내재해 있다고 볼 수 있다.

먼저, [자료3]의 <퉁두란> 이야기에서 차용하고 있는 우투리 전설의 서사골격은 이성계란 인물을 매개로 여진족 출신의 퉁두란이 전라도와 북한 지역 설화 향유층에게 받아들여지는 수용인식에서부터 논의를 출발할 필요가 있다. 이성계라는 역사적 인물과 관련된 이 전라도의 고유한 우투리 전설의 서사가 북한의 지역사와 관련된 여진족 출신의 역사적 인물인 퉁두란과 결합되어 북한 지역 아기장수 전설의 변이형으로 나타나 있는 문제에 대한 규명이다.

이성계는 전라도를 본향으로 하면서도 북한의 함흥(咸興)을 중심으로 한 지역 일대에서 창업을 위한 세력을 구축한 인물이다. 전라도와 북한 지역은 둘 다 이성계란 인물과 밀접한 연관성을 지니고 있는 지역인 것이다. 그런데 퉁두란은 여진족 출신으로 이성계를 도와 조선을 건국한 창업공신이며, 북한의 함흥 일대는 퉁두란의 출신 민족인 여진족의 전통적인 근거지이다. 퉁두란이라는 인물은 이성계를 매개로 하여 우투리 전설의 서사 골격을 차용한 아기장수 전설의 주인공이 될 만한 조건을 우회적으로 보유하고 있다고 할 수 있다. 퉁두란은 여진족이면서도 조선의 역사에 기여한 공로로 북한 지역 아기장수 전설의 주인공이 될 만한 여건을 갖춘 인물인 것이다.

일단, 우투리 전설은 전라도 지역을 주된 전승권역으로 하는 아기장수 전설의 한 하위 유형이다. 아랫도리는 없고 윗도리만 있는 우투리가 전라도 지역에서 났는데, 지리산신의 허락을 못 받은 이성계가 그가 인정하는 우투리를 죽이고 조선을 창업한다는 이야기 속에서, 우투리는 전라도에 특화된 아기장수이며 전라도 민중 출신의 왕을 바란 지역민의 소망이 깃들어 있는 존재이다. 여기서 우투리의 적대자로 이성계가 등장하는 것도 아기장수 전설에 대한 호남 지역의 특수한 향유의식이 반영된 결과이다. 이성계는 전주를 본관으로 하면서도 건국 이후 한반도 내부의 지역 간 역학관계 속에서 이 지역을 소외시켰으며, 출신 인재를 차별하는 정책을 폈다. 조선 중앙정부의 정치 시스템 속에서 상대적으로 전라도 지역을 헤게모니 다툼으로부터 분리시키는 노선을 견지한 것이다. 이 때문에 호남 지역전설 속에서 이성계 인물 전설에 대한 향유의식은 조선을 건국한 창업주와 기득권의 정점에 올라 있는 최고 권력자에 대한 의례적인 존경을 넘어서지 않는다. 직접적으로 표면화 되지 못한 이성계에 대한 반감은 우투리 전설을 통해 우회적으로 표출되어 온 것으로 보인다. 호남 지역 일부에 걸쳐 있는 지리산신이 이성계의 등극은 허락하지 않으면서 하필이면 호남 출신의 우투리를 왕의 재목으로 지목했다는 설정은 호남에서 민중 영웅이 출현하여 오랜 소외와 차별의 역사를 해원하는 동시에 호남 지역민이 중심이 된 기득질서의 역사를 새로 쓰고 싶다는 바람을 반영한 것으로 생각된다.

그런데 이러한 이성계의 카운터 파트로서의 호남 지역 우투리 이야기를 가져와 북한 지역사의 일부를 차지하는 여진족 출신 퉁두란을 대입시키면서 우투리 전설의 서사골격에는 주요한 변화가 일어났다. 우투리와 이성계의 대결이 축소되고 퉁두란과 왜적의 대결이 새롭게 본격적인 우투리의 카운터 파트 이야기로 확대되어 있는 것이다. 함경도 일대를 제외하고는 북한의 지역전설 속에서 북한 지역을 중심으로 조선 창업의 기반을 구축한 이성계에 대한 부정적 형상화 양상을 확인할 수 없다는 점을 고려한다면, 전라도의 우투리 전설의 기본형 속에 내포되어 있는 이성계에 대한 우회적인 반감을 그대로 가져올 수 없었던 사정을 읽어낼 수 있다. 우투리와 이성계의 대결을 축소하고 그 본격적인 대결을 퉁두란과 왜적의 그것으로 대체하게 되면서, 북한 지역을 기반으로 조선을 창업한 건국조인 이성계에 대한 문면의 표면적인 존숭은 유지하는 가운데, 자동적으로 퉁두란은 여진족이면서도 우리 민족의 설화적 민중영웅으로 승격되게 된 것이다. 다시 말해서 북한의

퉁두란 전설인 <퉁두란>에서는 북한의 함흥 지역을 중심으로 한 퉁두
란과 이성계의 적대 관계를 의도적으로 축소하는 대신 이성계에 대한
일종의 민중화 된 건국신화에 해당하는 또 다른 일부인 우투리 전설
유형을 가져와서 퉁두란에 대한 민중적인 영웅성을 강화하고자 한 것
으로 보인다.

퉁두란을 중심에 놓고 보면 퉁두란은 북한의 함흥 지역의 헤게모니
를 중심에 두고 이성계와 격돌하다 실패한 토착적인 민중영웅일 수
있다. 실제로 함경도 일대는 퉁두란의 토착적인 세력 거점 지역이었다.
그러나 그 패배가 죽음에 이르는 치명적인 것으로 형상화 되지 않고
대결자로서의 이성계를 생략한 것은 퉁두란이 이성계의 능력을 인정
하고 그의 창업 보조자로 역할을 다했던 역사적 사실에 기인한 것으로
보인다. 특히 북한 지역은 두 사람의 직접적인 활동무대였기 때문에
북한 전설의 향유층이 이러한 역사적 사실이 환기하는 바원더리로부
터 자유롭지 못했을 것으로 생각된다.

한편, 텍스트 이면의 의미로 보면 [자료3]의 <퉁두란>이야기의 설화
향유층은 비록 퉁두란이 이성계의 조선 창업을 보조하는 핵심적 역할
을 수행했다는 역사적 사실로 인한 제약으로 인해 이성계를 퉁두란의
적대자로 설정하는 우투리 전설 유형의 대결구조를 해체해 놓고 있는
문면 이상의 것이 읽힐 수 있다. 퉁두란이 이성계를 궁극적으로 이기지
못한 남한의 퉁두란 전설과는 달리 왜적을 적대자로 한 우투리 유형구
조의 반복을 통해 궁극적으로 그를 민중영웅인 아기장수로 형상화 해
놓음으로써 일본과의 대결구도 속에 간접적으로 이성계에 대한 불만
족을 내면화 시켜 놓고 있다고 볼 수도 있다. 이러한 향유의식은 특히,
북한 지역 중에서도 함경도 지역이 이성계에 대한 비판의식이 강렬하
다는 점에서도 확인할 수 있다. 평안도·함경도 등지의 강신무들이 굿
상 차림에 올린 돼지고기를 돼지띠인 이성계와 동일시하여 '성계육'이
라고 부르며 씹어먹는 음복에서 이들 지역의 그에 대한 반감을 알 수
있다.24) 이와 관련하여 앞에서 개성 일대에서 전승되는 다음의 <갓걸

재> 전설도 다음의 전승 자료와 함께 이성계에 대한 이들 지역의 부정
적인 인식을 잘 보여준다.

[자료7] 그래 등극한 후로 그래서 함경도는 벼슬을 못 줬어요, 안 줬어요.
왜 안 줬냐? 자기가 거서 나기 때문에 함경도 나기 때문에 함경도 산세가 험해
서 대인이 난다. 벼슬 안 줘서. "함경도 니네 마음대로 해라." 옛날에는 함경도
어느 집이고 관이 없는 집이 없었어. 어느 집이고 다 양반이야. 다 들어가면
양반네 집이죠. 그러니까 자관(自官), 자관이거든, 관을 쓰고 말이야. "나도
벼슬을 했다." 말이야. 이렇게 칭찬한다고요. 나라에 벼슬을 받을 필요도 없이
그래 가지고 함경도에 범람해서 함경도 사람은 벼슬을 안줬지요.25)

[자료7]에는 함경도에서 조선 창업의 기반을 구축했으면서도 정작
조선 건국 후에는 함경도 지역민을 소외시킨 이성계에 대한 비판적인
인식이 내재되어 있다. 이러한 이성계에 대한 함경도 지역민의 부정적
인 인식이 여진족 출신이지만 해당 지역에 토착적인 세력을 구축하여
일족의 지방 호족화 한 퉁두란에 대한 자기 동일시로 [자료3]의 <퉁두
란> 이야기에 내포되어 있다고 볼 수 있는 것이다. 다시 말해서 함경도
지역민의 이성계에 대한 불만과 소외의식이 해당 지역 출신으로 건국
의 헤게모니를 최종적으로 획득한 이성계에 대한 표면적인 존숭은 유
지하면서도, 이성계와의 건국의 헤게모니 다툼에서 패배한 해당 지역
의 토착인물인 퉁두란에게 투영되어 있다는 것이다.

여기서 주목해야 할 사실은 [자료3]의 <퉁두란> 이야기의 향유층에
게 여진족이냐 아니냐 하는 민족의 경계선은 중요하게 작용하지 않았
다는 것이다. 해당 지역에 토착화 된 인물이냐 아니냐 하는 지역의식이
민족 보다 우선적으로 고려되어 있다는 것으로, 해당 지역민에게 지역
성이라는 기준이 민족성이라는 기준보다 중요하게 받아들여졌다는 사

---

24) 이에 관해서는 이태문, <이성계 전설>의 인물인식과 그 특징>, 『구비문학연구』4,
한국구비문학회, 1997, 266쪽을 참조하기 바람.
25) <이성계 선대의 묘 자리>, 강원도 양양군 현남면 남애 2리, 장경환(남, 74), 『대계
2-4』.

실을 확인할 수 있다. 이렇게 본다면 여진족 출신이냐 아니냐 하는 민족 귀속의 문제는 현 시점의 문제일 뿐이고, [자료3]의 <퉁두란> 이야기의 형성 시점에서 향유층에게 중요하게 받아들여졌던 것은 해당 지역의 지리적인 바운더리를 기준으로 한 문화·역사·산업·생활 등의 제반 지역사의 문제였던 사실을 확인할 수 있다. 요는 민족적 정체성의 문제가 아니라 지역적 정체성을 구성하는 로컬리티(locality)의 문제였던 것이다. 여기에는 지역적 바운더리를 중심으로 민족의 경계를 탈경계화 시키는 다문화적 상상력이 개입되어 있다고 할 수 있다.

이러한 퉁두란에 대한 북한 지역민의 다문화적 상상력이 투영되어 있는 또 다른 텍스트가 바로 <불세출의 장수와 용마>26)이다.

[자료8] 벽동에 구봉산이라는 산이 있넌데 넷날에 이 산 믿게 한 부재가 살구 있넌데 하루는 중 하나이 찾아와서 아무데 산에 팡구 아래에 한길 파문 큰 팡구가 나오넌데 그 팡구에다 머이를 쓰문 돟갔다구 했다. 부재넝감은 그 말을 듣구 거기 가서 파보느꺼니 정 팡구가 있어서 거기를 더 파느꺼니 말버리 두 마리가 있어 한 마리는 우웅하구 나와서 어드메룬가 날아갔다. 또 한 마리는 나올라 하는 거를 돌루 눌러서 나오디 못하게 하구 거기다가 머이를 쓰구 집이루 돌아왔다. 중은 집에 있으면서두 버리 한 마리가 날아간 것을 알구 있어서 부재넝감이 돌아오느꺼니 부재넝감과 "이거 야단났다. 날래 투구 서이를 내 머리에 씌워 달라. 그러디 않으문 난 버리한테 쐬여서 죽는다"구 말했다. 부재넝감은 이 말을 듣구 말 안을 이 집 데 집 돌아다니멘 투구를 얻어보넌데 둘 밖에 얻디 못해서 둘만 개지구 오느꺼니 중은 그거라두 써야 하갔다구 투구 둘을 쓰구 있었다. 그랬더니 이즉만해서 말버리 한 마리가 날라와서 중을 올레 살피구 내레 살피구 하더니 투구에 붙어서 침으로 쏘았다. 그러느꺼니 투구는 쩡하멘 절반으루 빠가디구 중은 버리에 쐬여 죽구 버리두 죽구 말았다.

이런 일이 있은 후 얼마 안 가서 이 부재넝감은 아덜을 났다. 이 아덜은 밤이문 구봉산으루 가서 말타기두 하구 군사놀음두 했다. 그러자 구봉산 밑에 노랑두장수가 났다는 소문이 나돌았다. 이런 소문이 나돌구 있으느꺼니 부재넝감은 갓난 아덜을 살펴보느꺼니 게드랑 밑에 지청구가 있어서 이 아는 네네

---

26) <불세출의 장수와 용마>,『임석재전집』3, 평안북도편, 창성군 동창면 대유동, 1987, 평민사, 32~34쪽

아가 아니갔다 하구 지청구를 불루 지졌다. 이 아는 울구 어데메론가 가비렸다. 그때에는 장수가 나문 나라서 죽이구 그 가족까지두 쥑이군 해서 이 부재 넝감두 아덜을 죽일라구 겨드랑 밑에 지청구를 지진 거이다.

이 아는 구봉산으로 들어가서 압녹강꺼정 날라갔다 날라오군 했지만 겨드랑 밑에 지청구를 지졌기 때문에 오래 살디 못하구 죽었다. 구봉산에서 농마가 나왔넌데 이 농마는 노랑두장수가 탈 농마드랬넌데 노랑두장수가 죽어서 슬피 울구 죽었다구 한다.

구봉산에 가보문 말 발짜구가 난 팡구가 있구 칼 갈던 팡구두 있구 말 구이통 같은 팡구두 있다구 한다.

[자료8]은 장자(長者)의 풍수파괴라는 장자못 전설의 유형구조를 아기장수의 출현을 위한 계기소로 서두에 도입부로 설정해 놓고 있는데, 이러한 서두 이후의 서사는 전형적인 아기장수 전설의 그것에 해당된다. [자료8]의 서사단락을 정리하여 제시하면 다음과 같다.

[자료9] ㉮ 장자의 집안에 아기장수가 태어나다.
㉯ 아기장수의 겨드랑이에 날개가 있는 것을 보고 두려워한 장자가 아기장수를 죽이려고 겨드랑이를 불로 지지다.
㉰ 아기장수가 구봉산으로 들어가 압록강까지 도망갔으나 결국 죽다.
㉱ 아기장수가 죽자 용마가 와서 슬피 울다가 죽다.
㉲ 구봉산에 아기장수가 칼 갈던 바위 자국, 용마의 발자국 등이 남아있다.

[자료9]의 서사단락은 아기장수가 탄생하자 국가에 의해 멸문할까 두려워한 가족들에 의해 아기장수가 죽임을 당하고, 아기장수의 출현과 함께 나왔던 용마까지 죽는다는 아기장수의 전형적인 그것에 그대로 대응된다. 기득질서의 패러다임이 [자료9]의 아기장수의 정체성과 화합하지 못한다는 점에서 아기장수 전설 유형과 동일한 문제의식을 보여주고 있는 것이다.

그런데 주목되는 것은 [자료8]의 아기장수가 노랑머리, 즉 황발(黃髮)로 설정되어 있다는 사실이다. 북한 지역전설의 인식체계 속에서 황발은 오랑캐, 특히 여진족 혈통을 상징하는 이미지로 나타난다.

[자료10] (상략) 다음날 이좌수느 동네사람 수백 명으 동원해서 멩디실으 따라서 가보니까 실으 두만강으 건너서 거기 산이 있넌데 산에느 옛날에 쌓던 성이 있는데 그 성 안으 못으로 멩디실이 들어가 있어요. 장정들으 시켜서 못으 물으 다 퍼냈더니 못 밑에 넙죽한 바이 우에 수달이란 놈 한 놈이 멩지실으 바늘에 꼬쳐서 업드려 있어요. 이좌수느 이것으 보고 이런 못된 놈이 아무껏도 아닌 놈이 남으 딸으 침범했구나 하고 대노하여 단장 뚜드려 죽이고 그 시체르 거기다 버리고 돌아왔어요. 그러고 난 후에 그 괴상한 놈이 오지 안했넌데 딸으 애기르 낳거던. 사내르 났어요. 애르 나서 키우넌데, 이좌수 딸으 이 아가 커서 저으 아버지르 물으면 아버지 뼈르 묻은 자리라고 가르쳐 주어야겠다 하고 수달으 송장으 갖다가 어느 바이 틈새에다 넣어두었대요.

이 아이가 크넌데 이 아이놈이 좀 특이하드래요. 키느 크지 않고 자그마한데 머리가 발그스름하고 눈알으 누르슴하고 피부색도 발그스름하고 누르스름하고 하드래요. 그래서 사람들이 누루하치라고 부르드래요. 노오랗다고 누루하치라고 하넌 거죠. 이놈이 두만강에 가서 늘 노넌데 시엄으 썩 잘 쳐요. 잠수질도 썩 잘 하고. 그래서 물 속에서 머 십리고 이십리고 시엄쳐서 가고 물 속에 들어가서 몇 시간이라도 있다가 나오고 하넌데, 어느 날 풍수가 하나 찾아와서 이 아이가 시엄도 잘 치고 잠수질도 잘 하는 것을 보고 말했어요.(하략)27)

[자료11] 옛날에 중국땅에 황제헌원씨라 하는 왕이 있었넌데 이 왕으 110년이나 왕위에 있었다. 이 왕으 아들으 25명이나 두었지마느 딸으 하나밖에 없었다. 그런데 이 딸으 천하일색인데다가 재주가 뛰어나게 훌륭해서 아버지 왕으 각별히 사랑하고 이 딸으 뛰어난 재색에 알맞느 사람으로 사우르 삼으려고 사우감으 천하에 널리 구했다. 그런데 아무리 구해 봐도 딸으 뛰어난 재색에 알맞느 사람이 나오지 안했다. 그래서 황제헌원씨느 수백 질 되는 지인 장대 우에다 삼북과 짚방망이르 매달어놓고 어떻게 해서던 저 공중 높이 매달린 삼북으 짚방망이로 울리느 자가 있으면 그 자가 사람이 됐던 짐싱이 됐던 사우르 삼겠다고 방으 내부쳤다. 그러니까 이 방으 보고 임금님 사우가 되어 보겠다고 남자란 남자느 심지어 병신까지도 모여와서 공중 높이 매달은 삼북으 울려 볼려고 했다. 그런데 아무도 삼북으 울리지 못했다. 그런데 하루느 맹호 같으

---

27) <청태조>, 『임석재전집』4, 평민사, 1987, 34~37쪽

황둥개가 오더니 지가 삼북을 쳐 보겠다고 했다. 임금님으 오만 사람이 다 삼
북으 칠려고 해도 못 쳤기 때문에 저까짓 개가 어찌 치랴 싶어서 개르 놀려
보기 위해서 쳐 보라고 했다. 그랬더니 황둥개느 수백질 되는 지인 장대 앞으
로 비호같이 달려가서 장대 밑이서 껑충 뛰어 하늘높이 솟아올라 꼬리로 짚방
망이르 걸머쥐고 삼북으 타양 하고 쳤다. 그랬더니 천지가 진동하는 요란한
북소리가 났다.[28]

[자료10]은 북한 지역에 전승되는 청(淸) 나라 태조(太祖) 누르하치
탄생담이고, [자료11]은 누르하치로 명시되어 있지는 않으나 역시 북
한 지역에 현전하는 청나라 시조 탄생담이다. [자료10]과 [자료11] 공
히 여진족 국가인 청나라의 시조의 이미지를 황색(黃色)이라는 색채와
황발(黃髮)이라는 구상물로 형상화 하고 있다. 북한 지역민에게 있어
서 황색과 황발은 여진족 혈통을 상징하는 전형적인 색채 이미지로
수용되다는 사실을 확인할 수 있다. 북한 지역에서 전하는 [자료10]·
[자료11]의 밑줄 친 부분에서 누르하치를 형상화 하는 상징적 메타포
가 바로 황발(黃髮)인 바, 북한 전설 향유층의 인식체계 속에서 황색(黃
色)은 여진족과 관련된 색채 이미지였던 사실을 알 수 있는 것이다.
이렇게 본다면 [자료8]의 <불세출의 장수와 용마>에서 등장하는 노
랑머리 주인공은 북한 지역민이 황색의 색채 이미지로 기억하는 여진
족 출신의 인물이라고 할 수 있겠는데, 문제는 이러한 여진족 혈통의
인물을 [자료8]에서 한민족 고유의 설화적 민중영웅인 아기장수로 형
상화 해놓고 있다는 사실이다. [자료8]의 향유층이 여진족 출신의 인
물을 민족적 경계를 떠나 자기 지역의 정체성을 구성하는 일부로 수
용하고 있다는 것으로, 북한 지역민이 여진족이라는 민족적 경계를
탈피하여 아기장수라는 한민족 고유의 설화적 민중영웅으로 받아들
인 역사적인 인물은 앞서 확인했던 바와 같이 퉁두란의 경우가 유일
하다. 특히, [자료10]·[자료11]의 누르하치를 북한 전설 향유층이 아

---

28) <오랑캐>, 『임석재전집』 4, 평민사, 1987, 40~43쪽

기장수로 형상화 한 텍스트가 북한 지역에 현전하지 않는다는 사실을 고려할 때, [자료8]의 황발 아기장수는 북한 지역민이 여진족이지만 자기 지역 고유의 설화적 민중영웅으로 인정한 역사적 인물인 퉁두란 이 될 수밖에 없는 것이다. 여진족 출신 인물에 대한 북한 지역민의 다문화적인 상상력이 퉁두란이라는 북한의 지역사와 관련된, 이러한 여진족 고유의 황색 색채 이미지를 지닌 황발의 아기장수를 탄생시켰 다고 할 수 있겠다.

3. 퉁두란에 대한 역사적 인식과 하이브리드 인간적 이미지

퉁두란(冬豆蘭)은 전통적으로 여진족(女眞族) 우두머리 가문에서 사 용한 성씨인 동씨(冬氏)를 성씨로 하고 여진족 본명을 고룬둘한태물 (古论豆兰帖木儿)로 하는 여진족 출신 인물이다.[29] 태물(木儿)은 원나 라의 만주 일대 지배기에 대다수의 여진인들이 이름 뒤에 붙인 몽골식 성명 표기법이다[30]. 청나라 태조 누르하치의 성씨 역시 동씨로 청 황 실과 청 귀족가문의 성씨 역시 퉁두란과 동일하다.[31] 실제 퉁두란과 누르하치의 가계는 종형제의 관계였다.[32]

여진인(女眞人) 퉁두란은 1371년(공민왕20)년에 자신의 세력 집단 을 이끌고 함경도 북청(北靑) 지역으로 이주하여 귀화(歸化) 하여 한화 (韓化)의 길을 택했다. 다음 [자료12] · [자료13]의 사료에 이러한 사실 이 적시되어 있다.

---

29) 『韓国民族文化大百科辞典』, 한국학중앙연구원, 1991.
30) 이성계의 조부인 이자춘의 몽골명 역시 부연태물(字颜帖木儿)로 태물이라는 말이 뒤에 붙어 있다.
31) 『東國輿地勝覽』주해에 누르하지의 6대조인 명구태물이 동명구태물이라고 기록되어 있고, 『明實錄』에는 "신종만력17년 9월 신미에 건주의 오랑개(斡琅开) 추장인 동누르 하지를 개원도독감사로 봉한다(童努尔哈赤为开元道督监使)"고 기록 되어 있으며, 『東夷考略』에는 "누르하지 성은 동씨이다(努尔哈赤姓佟)."라고 기술되어 있다.
32) 박기현, 『우리 역사를 바꾼 귀화 성씨』, 역사의 아침, 2007, 93쪽

[자료12] 동북면(東北面) 일도(一道)는 원래 왕업(王業)을 처음으로 일으킨 땅으로서 위엄을 두려워하고 은덕을 생각한 지 오래 되어, 야인(野人)의 추장(酋長)이 먼 데서 오고, 이란두만(李蘭豆漫)도 모두 와서 태조를 섬기었으되, 언제나 활과 칼을 차고 잠저(潛邸)에 들어와서 좌우에서 가까이 모시었고, 동정(東征)·서벌(西伐) 할 때에도 따라가지 않은 적이 없었다. (중략) 임금이 즉위한 뒤에 적당히 만호(萬戶)와 천호(千戶)의 벼슬을 주고, 이두란(李豆蘭)을 시켜서 여진을 초안(招安)하여 피발(被髮)하는 풍속을 모두 관대(冠帶)를 띠게 하고, 금수(禽獸)와 같은 행동을 납부(納賦)를 편호(編戶)와 다름이 없게 하였다. 또 추장에게 부림을 받는 것을 부끄럽게 여겨 모두 국민이 되기를 원하였으므로 공주(公州)에서 북쪽으로 갑산(甲山)에 이르기까지 읍(邑)을 설치하고 진(鎭)을 두어 백성의 일을 다스리고 군사를 훈련하며, 또 학교를 세워서 경서를 가르치게 하니, 문무(文武)의 정치가 이에서 모두 잘 되게 되었고, 천리의 땅이 다 조선의 판도(版圖)로 들어오게 되어 두만강으로 국경을 삼았다.[33]

[자료13] 이지란(李之蘭)은 청해(青海) 이씨(李氏)로 자는 식형(式馨)이며, 원래 이름은 퉁두란(冬豆蘭)이다. 용력(勇力)이 있고 궁술(弓術)과 마술(馬術)에 능했다. 대대로 여진족(女眞族)의 부락에 살았는데, 원(元) 나라 말엽에 나라가 크게 어지럽게 되자 지란은 도저히 구원할 길이 없음을 깨닫고 가족과 부족을 이끌고 동쪽으로 와 강을 건너 북청(北青) 땅에 살게 되었다. 태조(太祖)가 왕위에 오르기 전 가서 만나보고는 말 한마디에 의기투합하여 늘 한 곳에 같이 거처하였다. 우왕(禑王) 대에 궁술을 시험하여 여러 장수들의 우열을 가린 일이 있었다. 태조가 세 번 쏘아 모두 으뜸을 차지하자 지란이, "특출한 재주를 사람들에게 많이 보이면 안됩니다."라고 주의를 주니 태조가 사례하였다.[34]

귀화 후의 이름은 이지란(李之蘭) 혹은 이두란(李豆蘭)이다. 퉁두란은 비한민족(非韓民族) 출신으로서 한민족의 지리적 바운더리 내부로 이주하여 한화(韓化) 한 고려말기의 귀화인(歸化人) 혹은 이주인(移住人)인 것이다. 선천적으로는 비자발적 선택에 의해 여진인의 유전인

---

33) <太祖實錄>, 『朝鮮王朝實錄』, 太祖 四年, 十二月 十四日條.
34) 『대동기문』상, 김성언 역, 국학자료원, 2001, 8쪽

자 · 혈통을 지니고 태어났지만, 후천적으로는 의해 한인(韓人)의 거주 지역에 정착하여 한인의 문화적 · 역사적 정체성을 자발적으로 선택하여 몸 속에 육화(肉化) 한, 일종의 여진(女眞)-한(韓) 하이브리드(hybrid) 인간이었던 것이다.

북청은 퉁두란이 여진족이 아니라 귀화한 한인(韓人)으로서의 정체성을 지리적으로 구현한 지역으로, 퉁두란은 청해(靑海)를 본관으로 한 이씨(李氏) 성을 하사받고 대대로 북청의 지방 호족으로 토착적인 기반을 구축하였다. 퉁두란을 시조로 하는 북청 토호 청해 이씨 가문은 한반도 동북방 지역을 기반으로 한 조선의 대표적인 명문거족으로 성장하였다. 퉁두란의 관리하에 있던 관하민(管下民)은 500호나 되었으며, 퉁두란 자신부터 개국공신(開國功臣) · 회군공신(回軍功臣) · 배향공신(配享功臣)으로서 그 어떤 한인 출신 인물도 누리기 힘든 경제적 사회적 정치적 혜택을 조선 정부로부터 공식적으로 인정받았다.35) 게다가 이지란의 아들 이화영(李和英: ?~1424) 역시 조선의 개국공신으로서 그의 정치적 입지를 굳혀갔고, 종친과의 혼인으로 왕실과 관계를 돈독히 하였다.36) 이지란과 이화영이 마련한 기반 위에서 양반 가문으

---

35) 퉁두란은 1392년 명나라를 도와 건주위(建州衛) 여진 추장 월로티무르(月魯帖木兒)의 반란을 정벌한 공으로 명나라에 의해 청해백(靑海伯)에 봉해진 것을 시작으로, 1393년에는 경상도절제사(慶尙道節制使)로 왜구 방어를 담당했고, 이어 동북면도안무사(東北面道按撫使)가 되어 갑주 · 공주의 성을 축조하였고, 이성계의 위화도 회군에 참가한 공훈으로 회군일등공신(回軍一等功臣)에 봉해졌다. 조선 건국 후에는 이성계를 새로운 왕으로 추대한 공훈으로 1392년(태조1년)에 참찬문하부사(參贊門下府使) 보조좌명개국일등공신(補祚佐命開國一等功臣) 청해군(靑海君)에 봉직되었다. 1398년에는 문하시랑찬성사(門下侍郞贊成事) 겸 판형조사(判刑曹事) 겸 의흥삼군부사중군절제사(義興三軍府事中軍節制使)가 되었으며, 같은 해 제1차 왕자의 난에서 공을 세워 1401년(태종1) 익대좌명공신(翊戴佐命功臣) 3등에 봉해졌다. 태조가 영흥(永興)으로 은퇴하자 퉁두란도 풍양(豊壤)에 은거하면서 남정(南征) · 북벌(北伐)에서 많은 살상을 한 것을 크게 뉘우쳐 불교에 귀의하였는데, 이후 태조의 묘정(廟廷)에 배향되었다.

36) 이지란의 아들 이화영은 1392년 조선개국에 공을 세워 개국원종공신(開國原從功臣)이 되었으며 1398년 보공대장군(保功大將軍)을 거쳐 상호군(上護軍)이 되었다. 1400년 태종이 즉위하자 예조전서(禮曹典書)에 승진하고 그후 도총제, 지의정부사(知議政府事), 의정부참찬(議政府參贊) 등을 거쳐 판우군부사(判右軍府事)에 이르렀다. 또 다

로서 계속 성장된 것은 이화영의 아들 이효양(李孝讓)과 이효강(李孝綱) 집안이다. 이 두 가문에서 배출된 과거 급제자는 문과 7명, 무과 15명, 생원·진사시 16명 등이다. 청해 이씨의 주된 거주지는 서울과 경기 지역이었으며, 일부 함경도 지역에도 남아있었다.

퉁두란의 하이브리드성은 정치·문화적 관점에서만 확인되는 것이 아니다. 퉁두란 본인은 물론 퉁두란의 후예들은 조선 왕실과의 거듭된 통혼으로 혈연적인 측면에서도 여진-한 하이브리드성을 보유하고 있었다. 퉁두란은 이성계의 계비(繼妃)인 신덕왕후(神德王后) 강씨(姜氏)의 조카딸인 혜안택주(惠安宅主) 윤씨(尹氏)와 통혼을 하였고, 이 이성계의 처조카딸이 되는 혜안윤씨의 아들인 이화영 역시 종친인 태조 원종공신(原從功臣) 판사(判事) 동안로(童安老)의 딸과 혼인하였다. 퉁두란의 가계는 조선 종친과 가문과의 거듭된 통혼을 통해 조선 왕가의 순혈(純血)을 이식함으로써 혈연적인 여진-한 하이브리드성을 순화시켜 나가는 방법을 선택했던 것으로 보인다.

그런데 귀화를 통한 여진-한 하이브리드성 발현은 비단 퉁두란이라는 개인에게만 국한된 문제가 아니었다. 고려 말에 동북면에 들어와서 거주하던 토착여진과 요동 지방 내륙에서 남하하여 두만강 유역 부근에 자리잡은 알타리·올량합·올적합 등의 여진족이 향화(鄕化)하였다. 향화한 여진인에게 경제적·사회적·정치적 우대 정책이 시행되었다. 특히 향화인에게 과거 응시를 허락한 것은 이들을 조선의 백성으로 인정한 단적인 예이며, 이들이 과거를 통해서 자신들의 신분을 상승시킬 수 있는 길을 열어놓았다.

향화인 가운데 성공적으로 조선에 정착하여 양반으로 성장한 사례는 퉁두란을 시조로 하는 청해 이씨 외에도 전주(全州) 주씨(朱氏)가 있었다. 전주 주씨는 함흥(咸興)에 같이 정착했던 주만(朱萬)은 개국

른 아들인 이유민(李裕民)은 1696년 무년문과에 병과로 급제하고 승문원에 등용된 후 부만현감, 홍주목사, 충수와 의주의 목사, 수원부사, 함경북도병마절도사 등을 지내고 1721년 형조참판이 되었으며 영조 1년 병조판서로 특진되었다.

원종공신에 책봉되었고, 주인(朱仁)은 중앙으로부터 서반직을 제수받았다. 전주 주씨는 함흥에 토착하여 재지 세력으로 성장되었다. 16세기부터 문과 급제자가 배출되기 시작하여 17세기 이후로 문과 급제자 22명, 생원·진사시 입격자 40명을 배출한 문인 가문으로 성장하였다. 전주 주씨의 관직 진출을 보더라도 서북 인사에게 통청되기 어려웠던 언관직 진출이 많았다. 전주 주씨는 함흥을 중심으로 재지 기반을 확고히 하고 언관과 같은 청직에 진출되면서 함경도의 명문 성관으로 부상되었다.[37]

이러한 여진-한 하이브리드성은 퉁두란이 향화 한 한반도 동북방 지역의 로컬리티를 이루는 여진-한 다문화성을 구성하는 한 부분적인 인자가 된다. 북한 지역은 여진족의 거주지와 맞닿아 있는 지역이다. 고려조에 윤관이 함주(咸州)·영주(英州)·웅주(雄州)·복주(福州)·길주(吉州)·공험진(公嶮鎭)·숭녕(崇寧)·통태(通泰)·진양(眞陽)의 동북 9성을 쌓아 여진족을 정벌했던 역사적 사실이 있다. 이후 여진족에게 동북 9성을 돌려주고 난 후에도 영토 분쟁은 이어졌으며, 여진족과 조선인이 뒤섞여 살아간 지역이다.[38] 조선인 중에 근거지를 잃은 사람들이 여진족 속에 끼어들어가 생계를 유지하거나, 여진족이 조선인의 생활 반경 속에 섞여 있는 경우가 비일비재 했던 것으로 보이는바, 조선의 창업주인 이성계가 여진족의 틈에서 그들의 도움을 받아 왕업의 기초를 쌓은 것이라던가, 여진족의 한 족장인 퉁두란이 이성계를 도운 공으로 조선 정계에서 활동을 한 경우가 대표적인 예이다. 한편, 조선과 여진족의 혼혈 혈통이 그 경계 지역이 아닌 조선인의 주된 거주 지역에서 살아가다가 차별대우를 받고 여진으로 돌아간 경우도 상정해 볼 수 있겠는데, 청나라를 건국한 누르하치의 경우가 바

---

37) 이에 대해서는 원창애, <향화인의 조선 정착 사례 연구-여진 향화인을 중심으로>, 『동양고전연구』 37, 동양고전학회, 2009, 33~61쪽을 참조하기 바람.
38) 신정일, 『신 택리지(북한)』, 타임북스, 2010, 제1장 함경도 편에서 이러한 사실을 확인할 수 있다.

로 여기에 해당된다.

발해(渤海)가 멸망한 뒤 여진인들이 그 고토(故土)에 준거하기 시작한 고려 초기부터 한반도 동북방 지역은 여진인들의 토착적인 거주지가 되었던 바, 여진족 중에서도 고려인들과 혼효되어 한반도 동북방의 다문화 문화권을 구성한 것은 고려의 북서부에 있던 압록강 유역 양안(兩岸)의 서여진(西蕃)과 동북의 함경도 지방 일대에 걸쳐 거주한 동여진(東女眞)이다. 고려는 이를 회유하여 의료·식량·농기구·그릇 등 생활필수품 등의 무역을 허락하고 귀화인(歸化人)에게는 가옥과 토지를 주어 살게 하였기 때문에 한반도 동북방 지역에 거주하던 고려인들은 여진족과 심하게 통혼해서 서로 구분하기 힘들 정도였다고 한다. [자료10]·[자료11]에서 확인되는 여진인과 한인의 통혼은 이러한 실제 역사적 사실을 반영한 것이라고 할 수 있다.

특히, 함경도 일대에는 여진어(女眞語)로 된 지명이 곳곳에서 확인될 정도로, 여진-한의 문화의 혼효성(混淆性)은 북한 지역에서 일상화되어있었던 사실이 확인된다.

> [자료12] 이런 거느 설화가 아니지마느 이런 것도 어떤 형식으로서든지 문헌화해야 할 것이라고 생각해서 말하느 것인데, 두만강 유역에느 여진 말이 많이 남아 있고 변용도 되고 여진 말으 알아야 그 진의르 파악할 수 있는 것이 많아요. 그 예르 몇 개 들어 보겠어요.
>
> 두만이란 말으느 여진 말로 만(일만 만 자) 또는 많다느 뜻이래요. 경원에 살바우산이란 산이 있넌데 이 산으 나단산이라고도 해요. 나단이란 여진 말로 일곱으 말해요. 나단산은 봉우리가 일곱 있어요. 그러니까 여진 말로는 나단산이란 칠봉산이란 뜻이 되겠죠. 동국여지승람에느 칠보산으로 기록되어 있어요. 단천과 성진 사이에 마천령이라느 큰 령이 있넌데 이 마천령으느 원래느 이판령이라고 했다고 해요. 이판이란 말으는 여진 말로 소를 말하는 것이죠. 이런 것으로 보면 마천령은 소 먹이는 령이라고 보아야 하겠죠.
>
> 두만강 지류 중에 오룡천이라는 것이 있어요. 제일 큰 지류죠. 동국여지승람에 오룡천 또는 오농초로 적혀 있는데 이 오룡, 오롱 등으 여진 말 같은데 아직 나로서느 무슨 뜻인지 모르겠어요.[39)]

[자료12] 설화자의 기술 내용대로 함경도 일대 지명의 여진어 어원이 잊혀지게 된 것은 17세기 청나라 건국 이후로 이 지역 여진인들이 청나라로 이주해 가면서 문화교류의 단절이 발생하게 되면서부터인 것으로 생각되는데, 이는 거꾸로 얘기하면 17세기 이전 시기까지의 함경도 일대 문화는 여진-한의 다문화성이 이 지역의 로컬리티를 구성하고 있었다는 말이 된다.

이렇게 본다면 적어도 여진족의 청나라 건국으로 인해 여진족 고유의 민족 관념과 국가 관념이 탄생되기 이전시기인 17세기까지는 함경도 일대를 중심으로 한 한반도 동북방 지역에 누가 조선족이고 누가 여진족이다 라는 식으로 구분지을 수 있는 민족 관념이 존재하지 않았을 가능성이 커 보인다. 생활·문화·혈연적 혼효성과 지역·지리적 공존성으로 구성되는 함경도 특유의 여진-한 다문화성으로 인해 여진족과 한민족 사이의 경계를 지정학적으로 구획 짓는 민족적·문화적 구분은 17세기 청나라 성립 이후로 이 일대 여진인과 한인 사이의 생활·풍속·언어의 경계선이 뚜렷한 모습을 갖춰감과 동시에 점차적으로 이루어져 간 것으로 생각된다. 오늘날의 한민족(韓民族)과 개념과 명확히 구분되는 여진족 관념이 17세기 이전까지의 함경도 일대 지역민들의 인식체계 속에는 존재하지 않았을 가능성이 큰 것이다. 북한 전설에 나타난 퉁두란의 여진-한 하이브리드 인간적 이미지는 이러한 북한 일대의 다문화성을 배경으로 하여 구현된 것이라 할 수 있겠다.

4. 나오는 말

본 고에서는 북한 지역에 현전하는 퉁두란 관련 전설 텍스트를 대상으로 하여, 여기에 나타난 다문화적 상상력과 퉁두란의 하이브리드(hybrid) 인간적 이미지를 고찰해 보았다.

---

39) <여진어>, 『임석재전집』4, 평민사, 1987, 18~19쪽

북한 지역전설 속에서 퉁두란은 여진인 고유의 색채 이미지인 황발을 지니고 있으면서도 한민족 고유의 설화적 민중영웅인 우투리 캐릭터로 형상화 되어 나타난다. 즉, 여진인의 혈통을 보유하고 있으면서도 문화적으로는 한(韓) 지향적인 하이브리드형 인간으로 형상화 되어 있는 것이다. 이는 북한 지역 설화 향유층이 퉁두란이라는 인물을 여진족이라는 오늘날과 같은 타민족(他民族) 개념으로서가 아니라, 한반도 동북방 일대 동일 생활문화 권역 속에 공존하는 지역민의 일부로 인식하고 있었다는 사실을 보여준다. 일종의 여진(女眞)-한(韓) 다문화적 상상력이라고 할 수 있다.

이처럼 여진-한 하이브리드 인간으로서의 퉁두란 이미지는 고려말에 함경도 북청 지역에 귀화하여 토착 호족화 하고, 조선 개국에 기여한 공훈으로 귀화 가문 청해(靑海) 이씨(李氏) 일문을 명실상부한 조선조 최고의 문벌 귀족(門閥貴族) 가문으로 현지화 시키는데 성공한 퉁두란 개인적인 정치사를 배경으로 한다.

한편, 고려조 이래로 특히 함경도 일대를 중심으로 여진인들이 정착하여 고려인들과 섞여살면서 여진-한 다문화를 구축했던 지역사도 북한 전설에 나타난 퉁두란의 여진-한 하이브리드적 이미지를 형성하는데 중요한 다른 요인이 되는 것으로 보았다. 함경도는 퉁두란의 토착 세력권이기도 한 지역으로, 여진 언어가 이 일대 지명 곳곳에 퍼져 있을 정도로 여진-한의 문화적 혼효성은 그 경계를 따로 구분할 수 없이 일상화 되어 있었다.

이러한 여진-한 다문화는 17세기 청나라의 건국으로 함경도 일대의 여진인들이 청나라로 대거 이주하여 오늘날과 같은 여진족·한민족이라는 민족적 구분이 점차 명확해 지기 이전 시기까지 지속되었던 것으로 보이는 바, 북한 전설 속에 나타난 퉁두란의 여진-한 하이브리드 인간적 이미지는 이러한 북한 지역의 로컬리티가 설화적으로 형상화된 결과인 것으로 보인다.

제5편
〈내암 전설〉과
서술시각의
역사적 맥락

I. <내암 상사뱀 전설 유형>의 서사구조와 형성과정

1. 문제설정의 방향

본 연구는 내암(來庵) 정인홍(鄭仁弘)(1535~1623)에 관련된 구비전설의 존재양상 및 향유층의 인식태도를 밝히는 것을 목적으로 한다. 내암은 남명(南冥)의 고제로서 의리주의 및 실천적 학통을 계승·발전시켰고, 임진왜란 때 경상우도(慶尙右道)의 사민을 모아 의병활동을 펼쳤으며, 탁행지사로 천거되어 선조조의 정계에 등장한 이후에는 언로의 기반을 바탕으로 광해군조(光海君條) 대북정권(大北政權)의 핵심에 서 있던 인물이다. 특히 내암은 영남(嶺南)의 거유 남명과의 사승관계와 산림지사로서 실권을 장악한 특이한 이력, 광해군조 폐모사건 등과 관련하여 당대는 물론 이후에도 정치, 사회적으로 심각한 논란을 불러일으켰던 것으로 보인다. 내암의 구비전설 자료는 이러한 문제적인 인물로 존재했던 정인홍에 대한 민중들의 인식태도를 고스란히 반영하고 있다. 내암이라는 역사적인 인물에 대한 민중들의 인식은 전설 텍스트 속에서 서사구조나 서술시각을 통해 구체적으로 형상화 되어 나타난다.

본 연구는 <내암 전설> 중에서도 <내암 상사뱀 전설 유형>을 중심으로 논의를 전개한다. <내암 상사뱀 전설 유형>은 내암 관련 구비전설의 대부분을 차지하고 있는 유형으로 <내암 전설>의 본령이라고도 할 수 있다. 내암이 남명의 상사뱀을 퇴치하여 복수를 당한다는 기본적인 서사골격을 중심으로 한 이 유형은 기존 연구사[1])에서 <남명 전설> 일부, 즉 <남명과 상사뱀 유형>으로 분류되어 간단히 언급되어 왔다. 그러나 본 연구에서 내암 상사구렁이로 분류한 이 텍스트의 존재양상 과 향유의식은 단일하지 않다. 기존 연구사에서 언급한 바와 같이 <남 명 전설>의 일부인 <남명과 상사뱀 유형>으로 분류할 수 있을 만큼 남명 중심적인 서술시각이 확고한 텍스트가 존재하는 반면, 남명의 인 물 전설의 바운더리를 벗어나 내암 중심적인 서술시각이 확대되어 있 거나 아예 내암 중심적으로 초점화 된 텍스트도 존재한다. 문제는 남명 중심적인 서술시각으로 초점화 되어 내암이라는 존재가 거의 부수적 으로 등장하는 텍스트는 극히 일부에 불과하다는 사실이다. 기존 연구 사에서 <남명과 상사뱀 유형>으로 분류해온 텍스트의 대부분에서 내

---

1) 내암 상사구렁이는 다음과 같은 기존 연구 업적에서 <남명 전설>의 일부 하위유형으 로 분류되어 왔다. 목록을 제시하면 다음과 같다. 윤주필, <설화에 나타난 도학자상>, 『남명학연구』7, 남명학연구소, 1997; 이상원, <남명 조식에 관한 야승의 연구>, 『남명 학연구논총』1, 남명학연구원, 1993; 정우락, <설화에 나타난 남명형상의 양상과 의미 (1)>, 『남명학연구논총』7, 남명학연구원, 1999; 정우락, <정인홍의 죽음과 남명학파의 운명>, 『남명설화 뜻풀이』, 남명학연구원출판부, 2001. 이 중에서 정우락의 <정인홍의 죽음과 남명학파의 운명>(『남명설화 뜻풀이』, 남명학연구원출판부, 2001)은 내암 몰 락의 원인, 내암 몰락의 과정, 내암 몰락의 결과가 설화에서 어떻게 드러나고 있는지를 상사뱀 전설 모티프를 중심으로 고찰했다는 점에서 내암과 관련된 전설의 역사적 의미을 드러내고자 한 첫 번째 연구라는 의의가 있다. 그러나 정우락의 일련의 연구는 다음과 같은 한계가 있다. 첫째, 내암과 관련된 전설에 관한 고찰이 '<내암 전설>'이 아니라 어디까지나 '<남명 전설>'의 카테고리 속에서진행되었다는 점에서 '<내암 전 설>'의 유형적 특질을 온전하게 규명해 내지 못했다는 점이다. 내암과 관련된 전설 텍스트는 우선 '<내암 전설>'이라는 카테고리 속에서 그 존재양상이 분석되어야 하며, '<남명 전설>'과의 관련성은 그 다음 국면에서 고려할 때 '<내암 전설>'의 유형적 특징이 온전하게 드러날 수 있을 것이다. 둘째, 내암과 관련된 상사뱀 모티프가 가지는 역사적 의미망과 향유층의 역사인식을 '<내암 전설>'의 독자적인 형성과정 속에서 규명해 내지 못했다는 점이다. 내암과 관련된 전설, 특히 내암 상사구렁이에 해당하는 텍스트들은 그 자체내적인 형성과 분화의 과정을 보여준다. 여기에는 내암이라는 인 물에 대한 민중의 일정한 역사인식이 내재해 있다. 이러한 향유층의 역사인식은 내암 과 관련된 전설 텍스트 속에서 다기한 패턴으로 분화되어 나타나는 바, '<내암 전설>' 이라는 독자적인 카테고리를 전제하지 않고서는 그 형성 및 분화의 국면을 면밀하게 분석해 낼 수 없다 할 것이다. '<남명 전설>'의 일부로서 내암 관련 전설을 다루어온 기존 연구 성과와 본 연구의 차별성은 본질적으로 이와 같은 지점에 위치해 있다.

암 중심적인 서술시각이 확대되어 있다. 이처럼 내암 중심적인 서술시각이 확대되어 있거나 아예 내암 중심적으로 초점이 맞춰져 있는 텍스트에서는 남명의 상사뱀 형성과 양육이라는 상사구렁이 전설 본령의 문제 보다는 내암의 상사뱀 퇴치와 내암에 대한 상사구렁이의 복수가 내포하는 역사적인 맥락이 중요한 문제로 부각되어 있다. 이 점에서 본 연구에서 내암 상사뱀으로 분류한 텍스트가 <남명 전설>이 아닌 <내암 전설>의 일부로 존재하는 양상과 그 의미를 밝히는 것은 <내암 전설>의 유형적 성립조건 및 방식을 규명함으로써 기존의 연구사에서 <남명 전설>의 일부로 분류해 왔던 <내암 전설>의 실체를 드러내는 본격적인 작업이 될 수 있을 것이다.

본 연구는 내암 상사뱀가 <남명 전설>의 일부 하위유형이 아니라 <내암 전설>의 일부 하위유형으로 존재하는 양상과 그 의미를 규명함으로써 <내암 전설> 연구의 첫 단추를 올바로 꿰는 작업을 진행하고자 한다. 본 연구는 다음과 같은 단계로 진행될 것이다. 첫째, <내암 전설>의 존재양상을 검토하고 그 하위유형을 분류한다. 이를 통해 <내암의 상사뱀 전설 유형>이 <내암 전설>의 하위유형의 하나로 존재하는 양상을 고찰한다. 둘째, 내암 상사뱀의 서사 구조적 특징과 텍스트의 분화 및 성립 방식을 고찰한다. <내암 상사뱀 전설 유형>이 남명의 인물 전설이 아니라 내암의 인물 전설로 존재하는 양상을 서사 구조적인 측면에서 입증하게 될 것이다. 한편 <내암의 상사뱀 전설 유형>이 남명 중심적인 서술시각으로부터 분립하여 내암 중심적인 서술시각을 성립시키는 분화의 단계를 미시적으로 고찰할 것이다.

2. <내암 전설>의 존재양상과 유형

본 연구는 내암과 관련하여 기존에 채록된 구비전설 자료를 대상으로 한다. 연구 범위에 포합된 자료는 개인채록본과 『한국구비문학대계』에 실려 있는 내암 관련 구비전승, 향토 및 지역문화 관련지 소재 채록본 등을 중심으로 수집 정리한 것이다.[2]

본 연구가 대상으로 한 연구 자료의 목록을 제시하면 다음과 같다.

(01) 〈소태국 시음〉, 이상원 채록 설화, 제보자: 김병기(63세), 채록일자: 1996.8. 20

(02) 〈남명패도〉, 이상원 채록 설화, 제보자: 이인갑(55세), 채록일자: 1986.8.29

(03) 〈합천의 유래〉, 이상원 채록 설화, 제보자: 김성수(58세), 채록일자: 1986.8. 26

(04) 〈상사구렁이 이야기〉, 『합천의 뿌리』, 합천군, 1983

(05) 〈정인홍과 뱀의 앙갚음〉, 제보자: 하천수(66세), 채록일: 1969.8.13, 『한국구전설화』 7-전라북도, 임석재 편, 평민사, 1990

(06) 〈조남명 선생과 상사뱀〉, 『한국구비문학대계』 7-15, 한국정신문화연구원, 1980

(07) 〈남명과 상사구렁이〉, 『한국구비문학대계』 8-3, 한국정신문화연구원, 1980

(08) 〈남명선생 전설〉, 『한국구비문학대계』 8-4, 한국정신문화연구원, 1980

(09) 〈정인홍 일화〉, 『한국구비문학대계』 8-10, 한국정신문화연구원, 1980

(10) 〈정인홍 일화(1)〉, 『한국구비문학대계』 8-10, 한국정신문화연구원, 1980

(11) 〈조식선생과 상사구렁이〉, 『한국구비문학대계』 8-10, 한국정신문화연구원, 1980

(12) 〈정인홍 일화(2)〉, 『한국구비문학대계』 8-10, 한국정신문화연구원, 1980

<내암 전설> 자료는 유형적인 서사구조에 따라 세 가지 범주로 분류할 수 있다.

---

2) 물론 내암과 관련된 구비전설 자료는 기존에 채록된 자료 외에 합천 지역을 중심으로 한 현장 조사를 통해 그 외연을 넓힐 필요가 있다. 합천에는 아직도 민중의 입을 통해 전해지는 내암 설화가 다양하기 때문에 실제 필드웍을 수행할 경우 '<내암 전설>'의 카테고리는 더욱 확충될 가능성이 있다.

① 내암의 남명학파 의발 전수 유형
② 내암의 상사뱀 퇴치 유형
③ 내암의 아기장수 유형

①은 내암의 남명학파 의발 전수와 관련된 이야기 유형이다. 자료 (01)과 자료 (02)가 여기에 속한다.

②는 내암의 남명 상사구렁이 퇴치담과 내암에 대한 상사구렁이의 복수담을 핵심적인 서사적 모티프로 한 이야기 유형이다. 자료 (03), (04), (05), (06), (07), (08), (11)이 여기에 속한다.

③은 내암을 한국의 광포전설인 아기장수 전설의 유형구조 속에서 형상화 한 이야기 유형이다. 자료 (09), (10), (12)가 여기에 속한다.

②의 내암의 남명 상사뱀 퇴치담과 내암에 대한 상사뱀의 복수담을 핵심적인 서사적 모티프로 한 이야기 유형인 <내암의 상사뱀 전설 유형>은 <내암 전설>의 대부분을 차지한다. 내암에 관한 인물전설을 형성하고 전승하는 담당층이 내암이라는 역사적인 인물에 대해 지니고 있는 인식의 주된 부분이 내암 상사뱀에 나타난 서사구조 및 미의식과 관련되어 있다는 사실을 확인할 수 있다. <내암 전설>의 존재양상과 향유의식에 대한 고찰이 내암 상사뱀을 중심으로 먼저 진행되어야 하는 이유가 바로 여기에 있다.

3. <내암의 상사뱀 전설 유형>의 서사구조

<내암의 상사뱀 전설 유형>은 남명이 보살피던 상사뱀을 내암이 죽인 결과 재앙을 맞게 된다는 내용으로 되어 있다. 남녀의 한 쪽이 다른 한 쪽을 사모하는데 그 염정이 받아들여지지 않자 죽어서 상사뱀이 되어 나타난다는 점에서 상사뱀 전설에 속한다. 상사뱀 전설 중에서도 하층여성이 상층남성을 사모하다 자신의 애정이 거부당하자 실의에

빠져 죽고 나서 상사뱀으로 변신하여 나타나 상대남성을 괴롭힘으로써 자신의 사랑을 초현실적인 형태로 발현하는 패턴에 해당한다. 그런데 주목되는 것은 <내암의 상사뱀 전설 유형>이 상사뱀 전설의 전반적인 서사구조와는 다른 양상을 보여준다는 사실이다. <상사뱀 전설>의 전형적인 서사구조를 제시하면 다음과 같다.

⑦ 하층여성이 상층남성을 사모하다.
㉯ 남성이 여성의 사랑을 거부하다.
㉡ 여성이 좌절하여 죽다.
㉣ 죽은 여성이 상사뱀으로 변신하다.
㉤ 상사뱀이 상대남성에게 나타나다.

일반적으로 상사뱀 전설의 이러한 유형적인 서사구조의 결말은 ㉣ 단락에 '㉣-ii) 상사뱀이 상대남성의 죽음을 야기하다.'[3])와 '㉣-i) 상대남성이 상사뱀의 원한을 풀어주어 다시 사람으로 변신하다.'[4])의 두 가지 변이 양상을 보여준다. ㉣-ii)의 패턴과 ㉣-i)의 패턴은 각각 조목(趙穆)과 이순신(李舜臣)·강감찬(姜邯贊)이라는 역사적인 인물과 결합하여 독립적인 하나의 하위패턴을 구성한다는 점에서 차별적인 유형성을 형성한다. 상사뱀의 욕망실현 여부가 드러나는 결말구조의 양상도 어떤 역사적인 인물의 개별적인 정체성과 결합하느냐에 따라 차

---

3) 이 패턴에 해당되는 자료로는 다음과 같은 텍스트를 들 수 있다. <옥천선생과 상사뱀>, 『한국구비문학대계』, 7-6, 신기수, 남, 67세, 656~658쪽; <조월천과 상사뱀>, 『한국구비문학대계』, 7-11 , 740쪽; <파평윤씨와 상사뱀>, 『한국구비문학대계』, 7-14, 242쪽

4) 이 패턴에 해당되는 자료로는 다음과 같은 텍스트를 들 수 있다. <구렁이가 된 처녀>, 『한국구비문학대계』, 6-2, 764쪽, 공평화, 남, 70세; <강감찬과 상사뱀>, 『한국구비문학대계』, 6-3, 445~446쪽, 신판휴, 남, 71세; <상사병으로 죽은 처녀>, 『한국구비문학대계』, 7-1, 414~417쪽, 조씨, 여, 60세; <이순신 장군과 상사뱀>, 『한국구비문학대계』, 7-15, 364~368쪽, 김호준, 남, 88세; <이순신 장군과 상사병에 걸린 처녀>, 『한국구비문학대계』, 8-5, 316~318쪽, 신종출, 남, 63세; <상사뱀>, 『한국구비문학대계』, 8-5, 681~687쪽, 이시균, 남, 68세

별적인 패턴성을 보여준다. 조월천(趙月川)이라는 역사적인 인물과 결합된 ㉱-ii)의 패턴이 상사뱀의 욕망실현 실패와 상대남성의 죽음이라는 비극적인 파국을 보여준다면, ㉱-i)의 패턴은 상사뱀의 욕망실현과 원한의 해소라는 행복한 결말을 보여준다는 차이가 있다. 특히 ㉱-ii)의 패턴에서 조월천의 상사뱀 거부와 그로 인한 파국은 상사뱀이 된 하층여성의 욕망을 기득층의 관념 하에서 인정하지 않는다는 점에서 기존 질서에 의한 상사뱀 퇴치를 소극적으로 실현한 경우라고 할 수 있다. 이른바 상사뱀 퇴치의 소극적인 실현과 실패로 인한 비극적인 파국형이라고도 할 수 있는 것이다. 이처럼 두 패턴 사이에 존재하는 유형적인 차별성은 상사뱀의 욕망 대상이 되는 역사적인 인물의 실제 인격적인 특징과 관련되는 측면이 있다. ㉱-ii)의 패턴을 형성하는 조월천이 퇴계학파의 문도로서 원리 원칙적이고 고답적인 인간성을 지닌 인물로서 전설의 향유층에게 인식되었다면, ㉱-i)의 패턴을 형성하는 이순신과 강감찬은 관념과 규율을 넘어서는 인간미를 지닌 인물로서 인식되었으며, 이러한 각 인물들에 대한 전설 향유층의 인식태도가 ㉱-ii)과 ㉱-i)라는 각기 상이한 차별적 유형성을 지닌 패턴을 형성한 것이라 할 수 있다.5)

그러나 하층여성과 계층적인 신분갈등을 빚는 당사자인 상층남성이 상사뱀으로 출현한 하층여성과의 갈등을 결말짓는 주체가 된다는 점에서 ㉱-ii)과 ㉱-i)는 상사뱀 출현 전후의 갈등구조 형성의 주체가 일치한다는 공통점이 있다. 즉, 상사뱀 전설의 일반적인 서사구조는 상사뱀 출현을 전후로 하여 상사뱀 출현의 계기가 되는 상하층 남녀의 계층갈등과 상사뱀의 욕망실현을 위한 갈등이 공존하며, ㉱-ii)과 ㉱-i)에서는 하층여성을 상사뱀으로 만드는 주체와 상사뱀이 된 하층여성의 욕망실현 여부를 결정짓는 주체가 한 사람으로 동일하다는 것이다. 상

---

5) 허미수는 상사뱀 전설 유형의 주인공이 아니다. 허미수 전설의 일부 텍스트에서 구렁이가 등장하기는 하나 이는 함부로 죽인 뱀이 허미수의 조카로 태어나자 탁월한 혜안으로 이를 알아본 허미수에 의해 죽임을 당한다는 내용으로 되어 있다.

사뱀 형성과 그 욕망 해소 주체가 상층남성으로 동일하다는 점에서 상사뱀의 애정 욕망과 그 결핍으로 인한 원한은 계층갈등적인 의미를 지니게 된다. 상사뱀의 애정 욕망 추구와 그 실현의 여부가 상층남성과 의 갈등관계 속에서 시종일관 전개된다는 점에서 ㉣-ii)과 ㉣-i)는 비록 상이한 결말구조를 보여줌에도 불구하고 개별적인 인간의 존엄성과 계층질서 중에서 무엇이 우선하는가 하는 자아와 세계의 문제를 제기 하는 동일한 주제의식을 보여준다는 점에서 동일한 주제범주에 포함 된다는 것이다.

그런데 <내암의 상사뱀 전설 유형>은 다르다. 본고가 <내암의 상사 뱀 전설 유형>으로 분류한 텍스트에서 일반화한 유형적인 내러티브의 결말구조를 제시하면 다음과 같다.

㉣-i) 남명은 상사뱀이 된 하층여성을 달래주나
㉣-ii) 내암이 상사뱀을 죽여 후환을 당하다.

<내암의 상사뱀 전설 유형>의 결말구조는 앞서 제시한 상사뱀 전설 의 유형적인 서사구조에서 결말구조에 해당하는 ㉣단락의 또 다른 변 이형에 해당한다. 그런데 그 구체적인 양상은 앞서 확인한 ㉣-i)의 패 턴과 ㉣-ii)의 패턴을 결합시켜 놓은 복합적인 형태를 보여주기 때문에 그 의미가 단순치 않다. <내암의 상사뱀 전설 유형>에서 하층여성을 상사뱀으로 만드는 주체인 남성과 상사뱀이 된 하층여성의 욕망실현 여부를 결정짓는 남성은 동일하지 않다. 하층여성을 상사뱀으로 만드 는 주체는 남명이지만, 상사뱀으로 출현한 하층여성의 욕망실현 여부 를 결정짓는 주체는 내암인 것이다. 게다가 상사뱀이 된 하층여성의 욕망에 대응하는 방식도 두 개별적인 주체가 상이하다. 비록 계층의 차이 때문에 하층여성의 애정을 거부하여 그녀를 상사뱀으로 만들었 음에도 불구하고 남명이 상사뱀이 된 하층여성의 원한을 풀어주기 위 해 그 욕망을 받아들여주려고 노력한다면, 내암은 상사뱀이 된 하층여

성의 욕망을 철저히 부정적으로 보고 단번에 죽임으로써 그 욕망을 좌절시킨다. 남명은 상사뱀으로 출현한 신분이 다른 하층여성의 욕망을 계층질서를 떠나 해원해 주고자 하는 인간적인 인물로 형상화 되어 있다면, 내암은 인간질서 내부의 계층의 차이와 천지질서 내부의 인수(人獸) 구분에 원론적이고도 관념적으로 접근하는 인물로 형상화 되어 있다고 할 수 있다. 남명은 ㉭-i)의 이순신·강감찬 패턴의 대응방식을 보여준다고 할 수 있으며, 내암은 ㉭-ii)의 조월천 패턴의 대응방식을 보여준다고 할 수 있는 것이다.

이 점에서 <내암의 상사뱀 전설 유형>은 상사뱀 전설을 구성하는 전형적인 두 패턴인 ㉭-i)와 ㉭-ii)을 차례대로 결합시켜 놓은 형태라고 할 수 있다. ㉭-i) 패턴의 유형적인 주체인 내암의 서사와 ㉭-ii) 패턴의 유형적인 주체인 남명의 서사가 전후로 분립된 채 느슨하게 결합되어 있다는 점에서 <내암의 상사뱀 전설 유형>은 에피소드식 구성을 형성하고 있는 것이다. 기존의 연구에서는 <상사뱀 전설>의 ㉭-ii) 패턴에 해당하는 남명의 서사가 전반부에 위치하고 있으며, 상사뱀을 형성하고 그 상사대상이 되는 인물이 남명이라는 점에서 상사뱀 화소를 중심으로 남명과 내암이 등장하는 텍스트를 모두 남명을 주체로 한 상사뱀 유형으로 분류해 왔다.6) 기실 앞서 분석한 바와 같이 본고에서 <내암의 상사뱀 전설 유형>으로 분류한 텍스트에서 상사뱀 화소를 중심으로 전후에 분립되어 있는 서사의 주체로 등장하는 인물이 남명과 내암 두 사람이라는 점에서 연구시각과 주제에 따라 <남명의 상사뱀 전설 유형>으로 분류할 수도 있고 <내암의 상사뱀 전설 유형>으로 분류할 수도 있다.

그러나 기존 연구에서 <남명의 상사뱀 전설 유형>으로 분류해 온

---

6) 이러한 관점을 보여주는 기존 연구들을 제시하면 다음과 같다. 이상원, <남명 조식에 관한 야승의 연구>, 『남명학연구논총』1, 남명학연구원, 1993; 윤주필, <설화에 나타난 도학자상>, 『남명학연구』7, 남명학연구소, 1997; 정우락, <설화에 나타난 남명형상의 양상과 의미(1)>, 『남명학연구논총』7, 남명학연구원, 1999

이들 텍스트의 전체 서사를 통어하는 주체가 남명과 내암 중에 누구냐를 따져 들어가게 되면 문제는 달라진다. 비근한 예로 앞서 제시한 <조월천의 상사뱀 전설 유형>을 보면, 여기에도 상사뱀 화소를 중심으로 두 명의 역사적인 인물이 등장한다. 바로 조월천과 퇴계 이황(李滉)이다. 조월천은 하층여성의 애정을 거부하여 그녀를 상사뱀으로 만든 주체이자, 상사뱀이 된 하층여성의 욕망을 재차 거부함으로써 죽음을 맞는 비극의 주인공으로 형상화 되어 있다. 퇴계는 조월천이 하층여성을 상사뱀으로 만드는 하위 서사와 상사뱀이 된 하층여성의 욕망을 거부함으로써 파국을 맞는 또 다른 하위 서사가 전체 텍스트의 내러티브 전반부와 후반부에 짜여 있는 중간에 등장한다. 퇴계는 제자인 조월천에게 상사뱀이 된 하층여성의 욕망을 받아줌으로써 그 원한을 해원해 주라고 권유하는 인물로, 계층질서를 떠나 인간적인 욕망을 긍정하는 캐릭터라는 점에서 상사뱀 전설의 ㉱-i) 패턴의 이순신과 강감찬의 캐릭터와 상통하는 인물이라고 할 수 있다. 이렇게 놓고 보면 상사뱀 전설의 ㉱-ii) 패턴 내부에도 ㉱-i) 패턴의 서사가 수용되어 있다고 할 수 있다. 다시 말해서 상사뱀 전설의 두 하위 패턴이 결합되어 있다는 점에서 <조월천의 상사뱀 전설>과 <남명의 상사뱀 전설>로 알려져 있는 유형들은 복합 서사라는 동일한 양상을 보여주는 것이다.

하지만 그 구체적인 결합방식은 다르다. <조월천의 상사뱀 전설 유형>에서 ㉱-i)의 패턴은 서사 문면에서부터 ㉱-ii)의 서사 패턴 속에 에피소드식으로 종속화 되어 있다. ㉱-i)의 패턴에 해당하는 퇴계의 서사는 상사뱀을 형성하고 그 욕망실현 여부를 결정짓는 주체인 조월천의 ㉱-ii)의 패턴이 전체적인 내러티브를 통어하는 가운데 어디까지나 보조적인 에피소드로 축소되어 삽입되어 있는 것이다. 따라서 ㉱-ii)의 패턴인 <조월천의 상사뱀 전설 유형>에 속하는 텍스트 속에서 서사를 열고 닫는 주체는 조월천으로 동일하다. ㉱-ii)의 패턴에 속하는 텍스트를 퇴계와 관련된 전설의 일부로 다룰 수는 있어도 전체적인 서사의 주체가 조월천이라는 사실은 이견의 여지가 없다. 상사뱀 형성담의 주체와 상사뱀의 욕망실현에 대응하는 주체가 조월천으로 일치하기 때문이다. 이러한 이유로 조월천과 상사뱀이 등장하는 텍스트는 상사뱀 전설을 향유하는 일반적인 의미망을 벗어나지 않는다.

같은 원리로 볼 때 기존 연구에서 <남명의 상사뱀 전설 유형>으로 분류되어 온 텍스트의 서사가 남명의 상사뱀 형성담과 내암의 상사뱀 퇴치담으로 분립되어 있다면 동일한 텍스트의 전체 내러티브를 통어하는 주체를 기존의 연구 결과 그대로 남명으로도 볼 수 있지만 내암으로 상정할 수도 있게 된다. 그런데 문제는 남명을 주체로 한 상사뱀 전설의 ㉣-i)의 패턴과 내암을 주체로 한 상사뱀 전설의 ㉣-ii) 패턴이 결합하는 방식이 철저히 동일한 지분으로 분립된 형태가 아니라는 사실이다. 두 패턴이 결합되는 과정에서는 각 패턴에서 유형적인 서사 구조의 변형이 각각 확인된다. ㉣-i) 패턴의 서사 주체에 해당하는 남명이 상사뱀의 원한을 풀어주고자 하는 시도는 ㉣-ii) 패턴의 서사 주체에 해당하는 바, 상사뱀의 욕망실현을 좌절시키는 주체가 되는 내암에 의해 실패로 끝난다. ㉣-i) 패턴과 ㉣-ii) 패턴이 결합함에 따라 각 패턴의 서사 주체가 <내암의 상사뱀 전설 유형>의 전체적인 내러티브를 통어하는 주체가 되기 위해 충돌한다고 할 수 있겠는데, ㉣-i) 패턴의 유형적인 주체가 되는 남명의 서사가 변형된다는 점에서 <내암의 상사뱀 전설 유형>의 전체 내러티브를 총괄하는 서사 주체는 기존의 연구에서 지적해 온 것과는 내암이 될 수도 있다는 것이다. 만약 그것이 아니라 하더라도 적어도 기존 연구에서 <남명과 상사뱀 전설 유형>으로 분류되어온 텍스트에서 내암이 주체가 된 ㉣-ii)의 서사가 남명이 주체가 된 ㉣-i)의 서사 못지않은 비중을 지니고 있다는 사실은 이들 텍스트가 지향하는 향유의식의 한 부분에 내암이 놓여 있다는 사실을 의미한다.

<내암의 상사뱀 전설 유형>의 전체적인 내러티브를 남명이 아닌 내암 중심으로 파악할 수 있는 근거는 상사뱀의 복수가 남명이 아닌 내암에게 집중되어 있다는 사실이다. <내암의 상사뱀 전설 유형>에 속하

는 텍스트는 총7편인데, 그 중에서 상사뱀의 원한이 미친 대상에 남명이 포함되어 있는 경우는 2편에 불과하다. 상사뱀을 가운데 두고 내암과 남명이 나란히 등장하는 텍스트에서 상사구렁이의 원한풀이 주된 대상이 되는 것은 내암인 것이다. 상사뱀의 원한풀이 대상 속에 남명이 포함되어 있는 2편의 텍스트에서도 직접적인 복수 대상은 어디까지나 내암이며, 남명은 상사뱀이 행사하는 복수의 포괄적인 바운더리 속에 주변적으로 포함되어 있을 뿐이다. <내암의 상사뱀 전설 유형>의 전체 서사구조를 통해 이 문제를 구체적으로 살펴보기로 하자.

㉮ 남명을 사랑하는 여자가 죽어서 상사뱀이 되었다.
㉯ 남명은 그 뱀을 불쌍히 여겨서 벽장 속에 넣어두고 보살폈다.
㉰ 내암이 남명의 출타 시에 상사구렁이를 죽였다.
㉱ 죽은 상사뱀이 내암에게 원수를 갚았다.

여기서 전체 서사구조가 남명이 주체가 된 ㉮-㉯ 서사라인과 내암이 주체가 된 ㉰-㉱ 서사라인으로 명확하게 분지되고 있음을 확인할 수 있다. 남명이 주체가 된 ㉮-㉯ 서사라인을 중심으로 전체의 내러티브를 이해하게 되면 내암이 주체가 된 ㉰-㉱ 서사라인은 남명과 상사뱀의 관계맺음이라는 ㉮-㉯의 서사가 전이 된 종결부의 변이형이 된다. 그러나 내암이 주체가 된 ㉰-㉱ 라인을 중심으로 전체의 내러티브를 이해하게 되면 남명이 주체가 된 ㉮-㉯ 서사라인은 상사뱀의 복수로 내암이 비극적인 최후를 맞게 되는 운명의 계기를 설명하는 도입부의 구실을 하게 된다.

만약 이때, 기왕에 <남명과 상사구렁이 전설 유형>으로 분류되어온 온 텍스트의 전체 내러티브를 남명이 아니라 내암 중심으로 바라보게 될 때, 상사구렁이가 지니는 상징적인 의미는 일반적인 <상사뱀 전설> 유형에서 등장하는 그것을 벗어나게 된다. 상사뱀이 된 하층여성의 복수 대상이 그 여성을 상사뱀으로 만든 상층남성이 아니기 때문이다.

상사뱀을 만든 주체가 아닌 제3자가 상사뱀의 복수 대상이 된다는 것
은 상사뱀의 복수가 <상사뱀 전설>의 일반적인 의미망을 벗어나 제3
자인 남성과의 사이에 새로운 의미망을 형성한다는 것을 말한다. 즉,
상층남성과 하층여성 사이의 계층갈등과 하층여성의 욕망에 대한 집
착이라는 문제를 변신 모티프를 통해 상징적으로 형상화 해낸 <상사뱀
전설>의 유형적인 미학은 더 이상 이들 텍스트의 전체 내러티브를 통
어하는 서사의 핵으로 기능하지 못하며, 이미 상사뱀이 된 초월적인
존재와 제3자인 남성 사이에서 벌어지는 새로운 갈등을 형성하기 위한
서사적인 계기로서 작용하게 된다는 것이다. 이러한 사실은 <내암의
상사뱀 전설 유형>으로 명명한 텍스트가 서사단락인 ㉣부분에서 새로
운 갈등구조를 형성하며 확대된다는 점에서도 확인할 수 있다.

㉣-i) 죽은 상사뱀이 내암의 조카로 태어나다.
㉣-ii) 폐비와 관련된 내암의 편지를 죽은 상사뱀이 변신한 조카가
        가로채 변조하다.
㉣-iii) 죽은 상사뱀이 변신한 조카 때문에 내암이 역모 죄로 몰려
        사형당하다.

상사뱀으로 변신한 하층여성은 여기서 또 한 번 변신을 한다. 그런
데 하층여성인 인간에서 동물인 상사뱀이 되는 첫 번째 변신이 남명
때문이었다면, 동물인 상사뱀이 다시 인간인 내암의 조카가 되는 두
번째 변신은 내암 때문이다. 하층여성의 상사뱀으로의 변신 모티프가
<상사뱀 전설> 유형의 핵심적인 미학을 구성한다고 할 때, 이미 상사
뱀으로 변신한 하층여성이 다시 인간으로 변신하는 역 변신 모티프는
본고에서 <내암의 상사뱀 전설 유형>으로 분류한 텍스트가 전형적인
상사뱀 전설 유형의 미의식을 벗어나 있다는 지표가 된다. 하층여성의
상사뱀 변신이 남명과 상사뱀이 형성하는 서사를 <상사뱀 전설> 유형
으로 분류하게 하는 핵심적인 지표가 된다면, 상사뱀이 된 하층여성이

또 다른 제 삼의 인간으로 재변하는 2차 변신 모티프는 남명과 상사뱀이 형성하는 서사를 상사뱀 전설 유형이 아닌 다른 유형의 서사를 전개시키기 위한 도입부로 재맥락화 하는 지표가 된다는 것이다. 게다가 다시 인간으로 역 변신하는 상사뱀이 화한 인간의 모습은 내암의 조카로서 남명이 아니라 내암과 관련되어 있으며, 내암의 조카로 변신한 상사뱀의 복수는 내암이 폐비와 관련하여 억울하게 역모 죄로 몰려 죽은 역사적인 사실에 대한 설화적인 해석을 내포하고 있다. 이 지점에서 상사뱀의 인간 변신담은 <상사뱀 전설> 유형의 전형적인 미학을 떠나 내암이라는 역사적인 인물과 관련된 역사적 사실을 설화적으로 환기하는 상징적인 장치로서의 새로운 의미체계를 형성하게 된다. <남명과 상사구렁이 유형>이 아니라 <내암의 상사뱀 전설 유형>으로서 상사뱀이 의미하는 설화적인 메타포와 그 역사적인 함의가 중요한 고찰 대상이 된다는 것이다.

4. <내암의 상사뱀 전설 유형>의 텍스트 형성과정

<내암의 상사뱀 전설 유형>은 남명 중심적으로 서술된 텍스트에서 내암 중심적으로 서술된 텍스트로 차례로 분화되는 양상을 보여준다. 남명 중심적으로 서술된 텍스트에서 분화되어 <내암의 상사뱀 전설 유형>을 형성하는 과정을 단계별로 정리하면 다음과 같다.

1 단계: 상사뱀의 복수 대상이 내암으로 구체화 되지 않은 단계
2 단계: 상사뱀의 복수가 변신 화소로 구체화 되지 않은 단계
3 단계: 상사뱀의 복수가 변신 화소로 구체화 된 단계

1단계는 상사뱀의 복수 대상이 내암으로 구체화 되지 않은 단계이다. 상사뱀을 죽이는 주체와 그 결과 상사뱀의 복수 대상이 되는 인물

이 역사적 인물로서의 내암과 연결되어 있지 않다. 다만 남명의 제자 중 한 사람으로만 형상화 되어 있다. 상사뱀을 죽임으로써 그 복수의 대상이 되는 인물이 내암으로 구체화 되어 있지 않기 때문에 ①단계에 속하는 텍스트에서는 상대적으로 남명 중심적인 서술시각이 강하다고 할 수 있다. 이 ①단계 텍스트는 <내암 전설>이라기 보다는 남명에게 초점이 맞춰진 <남명 전설>로 존재한다. <남명 전설>이되, <내암의 상사뱀 전설 유형>으로 분화될 수 있는 단초를 내포하고 있다는 점에서 <내암의 상사뱀 전설 유형>의 미분화된 단계라고 할 수 있다. <조식선생과 상사구렁이>7)와 <남명과 상사구렁이>8)가 여기에 속한다. ①단계에 해당하는 <조식선생과 상사구렁이>와 <남명과 상사구렁이>는 남명 중심적인 서술시각이 강하기 때문에 내암 중심적인 서술시각을 형상화 하는 상징적인 지표들이 등장하지 않는다.

첫째, 상사뱀의 변신 화소가 없다. 상사뱀의 변신은 상사뱀을 매개로 한 텍스트 전체의 내러티브의 주도권이 남명 중심에서 내암 중심으로 이동하는 지표가 된다는 점을 앞서 지적했다. 이러한 상사뱀의 변신 화소가 출현하지 않는다는 것은 거꾸로 <남명과 상사구렁이> 텍스트가 여전히 남명 중심적인 미의식 속에 놓여 있다는 사실을 의미한다.

둘째, '안광(眼光) 화소'가 등장하지 않는다. 내암이 상사구렁이를 죽이는 방식은 두 가지 패턴으로 나뉘어 진다. 하나는 칼이나 몽둥이 같은 외물(外物)로 죽이는 방법이고, 다른 하나는 안광, 즉 눈의 정기로 죽이는 방법이다. 칼이나 몽둥이 같은 외물로 상사뱀을 내리치거나 베어서 죽이는 패턴은 상대적으로 내암의 호무(好武)함을 외적으로 보여주는 측면이 강하다. 반면 눈의 정기만으로 상사뱀을 죽이는 패턴은 내암의 비범함을 안광이라는 메타포를 통해 상징적으로 보여주는 측면이 강하다. 칼이나 몽둥이 같은 외물을 이용해 상사뱀을 죽이는 패턴

---

7) <조식선생과 상사구렁이>, 『한국구비문학대계』, 8-10
8) <남명과 상사구렁이>, 『한국구비문학대계』 8-3, 한국정신문화연구원, 1980

에서는 상사뱀을 죽이고자 하는 내암의 의지가 직접적인 행동으로 강조되지만, 안광 때문에 상사뱀이 죽는 패턴에서는 반드시 죽이고자 하는 의지가 없어도 그 비범한 기운에 눌려 사물인 상사뱀이 죽는다는 의미가 상대적으로 부각되기 때문이다. 이 점에서 안광 화소는 내암의 아기장수 전설 유형에 속하는 텍스트 속에서 내암의 비범성을 상징하는 핵심적인 모티프의 하나로 발전하게 된다. ①단계에 속하는 <조식선생과 상사구렁이>와 <남명과 상사구렁이> 텍스트 속에서 안광 화소가 등장하지 않는다는 것은 거꾸로 이 텍스트가 내암 중심적인 서술시각으로 미분화된 상태임을 보여주는 것이라 할 수 있다.

셋째는 상사뱀의 복수가 내암의 역모와 관련된 역사적인 사건과 결합되어 있지 않다는 점이다. 상사뱀의 복수가 폐비 문제와 관련된 내암의 역모 사건과 연결되어 있다는 것은 전설의 향유층이 상사뱀 모티프를 매개로 하여 궁극적으로 내암에 대한 역사적 심판의 정당성을 논단하고자 한다는 사실을 의미한다. 역설적으로 상사뱀의 복수가 내암의 역모와 관련된 역사적인 사건과 결합되어 있지 않다면, 이는 해당 텍스트의 향유층이 내암에 대한 역사적인 평가를 문제 삼는 데에는 특별히 관심이 없다는 사실을 뜻한다. 그런데 ①단계에 속하는 <조식선생과 상사구렁이>와 <남명과 상사구렁이> 텍스트 속에서 상사뱀의 복수는 내암을 둘러싼 역사의 심판이 지니는 정당성에 대한 향유층의 의문과 직접적인 관련성이 없다.

상사뱀의 복수를 내암과 관련시키는 방식은 <조식선생과 상사구렁이>와 <남명과 상사구렁이>에서 구체적으로 각각 다르게 나타난다. <조식선생과 상사구렁이>에서는 내암의 상사구렁이 퇴치담과 내암에 대한 상사구렁이 복수담이 모두 생략되어 있다. <조식선생과 상사구렁이> 텍스트의 인과적인 서사전개는 남명의 상사구렁이 형성담과 양육담으로 끝나며, 내암에 관한 부분은 인과적인 서사가 아니라 구연자의 가치평가의 일환으로 결말 부분에 삽입되어 있다. 이 점에서 <조식선생과 상사구렁이> 텍스트는 남명을 주인공으로 한 인물 전설에 가장 가깝다고 할 수 있으며, 남명을 주인공으로 한 <상사뱀 전설> 속에 내암과의 관계담이 구연자의 가치평가의 형식으로 결합되어 있는 형태를 취하고 있다고 할 수 있다. 내암의 이야기가 남명의 상사뱀 형성담·양육담과 인과적으로 결합되어 서사화 되어 있지 않은 것이다. 그러나 <조식선생과 상사구렁이> 텍스트의 결말 부분에 결합되어 있는 내암에 관한 언급은 <내암의 상사뱀 전설 유형>으로 발전할 수 있는 서사적인 인식의 단초를 포함하고 있다. <조식선생과 상사구렁이> 텍스트에서 내암 관련담을 들어보기로 한다.

[자료1] ① 조남명 선생이 그 구리를 갖다가, 자기 본의 아니게도 혼을 달래서 자기 원수를 안 맺을라고 그래 핸 기라. 그래야 좋다 이기라.
② 정인홍 때문에 조남명 선생이 정인홍 때문에 참 퇴계 선생 모양으로 저런 퇴계, 율곡 선생은 참 우리 교과서에도 나오고 저런 훌륭한 우리 나라 퇴계 선생은 성리학이라든지 뭐 율곡 선생이라든지 저런 분은 뭐 아직 그런 학식을 봐서는 안 못 했던 모양이지요? 못 했지만 그 정인홍이가 나라의 역적이 돼가지고 죽고 나서는 조남명 선생도 힘도 못 쓰고 나라에서도 그만치 선생을 갖다가 숭배를 안 했다 쿠는 거는 틀림없는 일이지에 자기도 알면서도 그 받아준 건 받아준 기라.[9]

[자료1]-①에서 남명의 상사뱀 형성담은 상사구렁이 양육담으로 서사적인 결말을 맺고 있다. 내암의 상사뱀 양육이 상사뱀이 자신에게 원한을 맺지 않게 하기 위함이라고 했다. 서사의 표면상 상사뱀 퇴치담과 복수담으로 연결되지 않는다. 그런데 [자료2]에서 갑자기 내암이 역적으로 몰려 죽었기 때문에 내암이 퇴계보다 학문적으로 대우를 못받게 되었다는 언급이 등장한다. 내암과의 관련담은 [자료1]-①의 상사뱀 양육담으로 서사적인 결말을 맺는 남명의 상사뱀 형성담에서 등장한 바가 없기 때문에 [자료1]-①과 [자료1]-② 사이에는 인과적인 단속이 생기게 된다. <내암의 상사뱀 전설 유형>에서 내암의 역모 때문에 남

---

9) <조식선생과 상사구렁이>, 『한국구비문학대계』, 8-10

명이 퇴계보다 못하게 되었다는 내암에 대한 부정적인 인식은 남명의 상사뱀 형성 및 양육담이 상사뱀 퇴치 및 내암에 대한 상사뱀의 복수담이 결합된 후에 제시된다는 점을 전제로 할 때, [자료1]-①과 [자료1]-② 사이에는 인과적인 서사단락이 결락되어 있음을 알 수 있다. 내암과 상대적인 비교를 통해 남명의 비극적인 운명을 초점화 하고자 하는 인과성을 획득하려면 내암의 남명 상사구렁이 퇴치담과 내암에 대한 상사뱀 복수담이 [자료1]-①과 [자료1]-② 사이에 인과적인 연결고리 역할을 해야만 하는 것이다.

이처럼 내암의 남명 상사뱀 퇴치담과 내암에 대한 상사뱀의 복수담이 서사화 되어 있지 않기 때문에 <조식선생과 상사구렁이>는 남명에 초점이 맞춰진 텍스트로 존재하게 되었다. 바꿔 말하면 내암의 남명 상사뱀 퇴치담과 내암에 대한 상사뱀이 복수담이 남명의 상사뱀 형성 및 양육담 뒤에 결합되게 되면 해당 텍스트는 남명의 상사뱀 이야기가 아니라 <내암의 상사뱀 전설 유형>으로서의 서사적인 구성 요건을 갖추게 된다는 것이 된다. <조식선생과 상사구렁이>는 남명의 상사뱀 형성 및 양육담으로 서사적인 결말을 맺으면서도 내암을 부정적으로 형상화 한 내암과의 비교담을 통해 남명 중심적인 서술시각을 초점화 된 형태로 부각시키고 있다고 할 수 있다.[10]

<남명과 상사구렁이>에서는 상사뱀 퇴치담과 복수담이 등장하는데, 이것이 내암과 관련된 형태로 구체화 되지는 않은 경우에 해당한다.

[자료 2] 그리 쿠거덩. 그래, 거어 쓱히 갔다. 저거 집에 갔다. 가더만, 공구가 한 칠팔 되고. 그래 한 담배 한 자리에 저거 집에 가서 앉았은께, 하늘이 마 뇌성 벽락을 하고 하더리마는, 그마 씨볶음을 해삐리. 그마 씨, 그래 인자 내리온께 씨볶음을 해삐리, 그마 그놈의 집구석에. 그 직인, 구리이 직인 그 집, 그 집에.[11]

---

10) 이러한 <조식선생과 상사구렁이>의 서사방식에 대해서는 두 가지 해석이 가능하다. 첫째는 내암의 남명 상사구렁이 퇴치담과 내암에 대한 남명 상사구렁이의 복수담을 의도적으로 생략했다고 보는 관점이다. 두 번째는 내암의 남명 상사구렁이 퇴치담과 내암에 대한 남명 상사구렁이 복수담이 형성되지 않은 단계로 보는 관점이다.

[자료 2]에서 남명의 제자로만 되어 있는 인물은 남명이 인덕을 베풀어 기르고 있던 상사뱀을 몽둥이로 때려죽인 불인(不仁)한 인간으로 형상화 된다. 상사뱀을 죽이는 인물과 남명의 인간성을 대비적으로 형상화 하는 것은 내암으로 초점화 되어 있는 텍스트에서도 동일하게 확인되는 양상이지만 여기서는 그 의미가 내암이라는 역사적으로 특수한 인물과 결합되어 있지 않기 때문에 남명과 대비되어 불인한 인간으로 그려진 제자의 형상은 독자적인 의미망을 형성하지 못하고 철저히 남명의 대인 대덕함을 강조하기 위한 카운터 파트로만 존재하게 된다. 즉, 상사뱀을 키우는 남명의 생명 존중과 상사뱀을 죽여 버리는 내암의 새명 경시가 대비되어 일종의 선악대비 구조를 형성하는 동시에 남명의 인덕을 부각시켜주는 방향으로 서사가 짜여 있다는 것이다.

이처럼 <남명과 상사구렁이> 텍스트에서 확인되는 의미구조는 상사뱀 전설의 유형적인 미의식의 바운더리 내부에 있다고 할 수 있다. 남명이 중심이 된 전반부의 상사뱀 형성담과 제자가 중심이 된 후반부의 상사뱀 복수담 중에서 전자의 비중이 상대적으로 크며, 후자는 거의 후일담과 같은 형태로 덧붙여져 있는 것도 이 텍스트의 본류가 상사뱀 전설의 유형구조 속에 있다는 사실을 보여준다. 상사뱀이 된 하층여성과 남명과의 관계를 형상화 함에 있어서 섹슈얼러티적인 측면이 강하게 나타나 있는 것도 이 텍스트가 <내암의 상사뱀 전설 유형>으로 분화되기 직전 단계에 위치하여, <남명의 상사뱀 전설 유형>으로서의 성격이 상대적으로 강하다는 것을 나타내는 것이라 할 수 있다. 한 가지 지적해 둘 것은 남명 중심적인 향유의식을 지닌 향유층에게 있어서 이 단계의 텍스트가 향유되는 방식이다. <남명과 상사구렁이>는 상사뱀의 전형적인 화소를 중심으로 남명의 제자를 남명의 카운터 파트로 설정함으로써 남명이 그 제자 중 특정인 때문에 하고자 하는 과업을 제대로 성취하지 못했다는 아쉬움을 행간에 내포한다. 상사뱀의 복수

---

11) <남명과 상사구렁이>, 『한국구비문학대계』 8-3, 한국정신문화연구원, 1980

로 인한 제자의 죽음은 대인인 남명의 과업 수행을 방해한 악인이 당연히 맞이해야 할 종말로 형상화 된다.

그렇다면 <남명과 상사구렁이> 텍스트의 향유방식에 있어서 따져 봐야 할 첫 번째 문제는 그 제자가 무명의 인물로 형상화 되어 있다고 해서 과연 이 캐릭터가 역사적인 실존으로서의 남명과 내암이 형성하는 맥락으로부터 자유로울 수 있을 것인가 하는 것이 된다. 상사뱀으로 상징되는 과업을 수행하려는 남명과 그것을 방해하는 제자의 인물구도는 역사적인 인물인 남명과 내암이 놓여있던 실제 관계, 혹은 그것에 대한 역사적인 평가로부터 자유롭기란 어려운 일이다. 비록 그렇다 하더라도 상사뱀을 매개로 남명과 내암의 역사적인 관계를 우의한 여타의 텍스트들이 환기하는 의미망과 대응될 때, 향유층들이 이 무명의 제자에 남명과 관련된 전설을 가장 많이 파생한 내암을 대입하는 것이란 자연스러운 일이 될 수 있다.

남명과 내암이 관련된 여타의 텍스트에 익숙한 향유층들이 <남명과 상사구렁이> 텍스트를 대했을 때, 무명의 제자 캐릭터에 역사적 인물로서의 내암을 환치(換置)시키는 향유 방식을 보여준다고 한다면, 두 번째 문제는 그럼에도 불구하고 왜 이 텍스트는 끝까지 굳이 상사뱀을 죽인 대가로 비극적인 종말을 맞는 제자를 무명의 캐릭터로 남겨두었을까 하는 점이다. 여기에는 남명 중심적인 <남명과 상사구렁이> 텍스트의 향유층들이 남명에게 위해를 가했다고 생각되는 내암이란 존재를 기휘(忌諱)하고자 하는 의식을 엿볼 수 있다. 다시 말해서 의도적인 삭제 혹은 이름 지우기이다. 이름의 명명이란 존재를 드러내는 상징 중에서 가장 근본적인 것에 해당하는 것인 만큼 누가 보아도 내암임이 분명한 캐릭터에서 그 이름을 지움으로써 그 실존 자체를 삭제해 버리고자 하는 의도적인 기휘 의식을 확인할 수 있는 것이다.

② 단계는 상사뱀의 복수가 변신 화소로 구체화 되지 않은 단계이다. 상사뱀을 죽이는 주체와 그 결과 상사뱀의 복수 대상이 되는 인물이 역사적인 인물로서의 내암과 일대일로 결합되어 있다. ① 단계에 비해

서 상대적으로 내암 중심적인 서술시각이 강화된 단계가 바로 ②단계라고 할 수 있다. 그러나 여전히 ①단계의 남명 중심적인 서술시각이 잔존하고 있기 때문에 상사뱀의 복수가 변신 화소로 구체화 되는 것으로 나타나지는 않는다. ②단계는 내암 중심적인 서술시각이 구체화 되면서도 남명 중심적인 서술시각의 전승력이 여전히 강하다는 것을 그 특수성으로 지적할 수 있을 것이다. 다시 말해서 ②단계는 내암 중심적인 서술시각과 남명 중심적인 서술시각이 착종되어 혼효되어 있는 것이 특징이다. <남명선생 전설>12)이 여기에 속한다. ②단계에 해당하는 <남명선생 전설>는 내암 중심적인 서술시각이 분화되어 나타나기 때문에 내암 중심적인 서술시각을 형상화 하는 상징적인 지표들이 등장하기 시작한다. 그 대표적인 것이 바로 중동(重瞳) 화소이다.

[자료 3] 독일장한 정인홍(鄭仁弘) 어 그기거덩. 외가이거덩. 선생이거덩. 정인홍 선생인데, 정인홍이가 참 역적으로 말릴 때, 웅 말릴 때, 남명이, 자기가 그것도 냄명한테 가, 그기 인자 악(惡)함 두 긴데. 정인홍이가 눈이 쌍둥이거덩. 눈이 쌍둥이라. 동자가. 웅, 쌍둥인 때문이 어느 분이 눈을 바로 뜨고 쳐다 보믄 그 사람 앞에 마 자살로 하는 형편이 되는데. 정인홍 앞에는 그런 땜에 눈을 장 지그시 감고 있는 기라.13)

[자료 3]에서 눈동자가 두 개라는 중동, 즉 쌍동 화소의 의미는 한 방향으로 고정되어 있지 않다. 일단 쌍 눈동자는 일반인에게는 없는 것으로, 그 자체만으로 볼 때 비일상적인 현상이다. 이처럼 비일상적인 현상을 어떤 방식으로 형상화 하느냐는 구연자의 시각에 따라 달라지는 부분이다. 중동 화소 자체는 특정한 가치 지향적이지 않지만, 향유층의 특정한 의식에 따라 일정한 가치를 내포한 의미체계로 재맥락화 될 수 있다는 것이다. 다시 말해서 중동 화소는 특정한 의미체계를 형성할 수 있는 가능태로만 존재하며, 두 가지 중에서 어느 한 쪽을 선택

---

12) <남명선생 전설>, 『한국구비문학대계』 8-4, 242~246쪽
13) <남명선생 전설>, 『한국구비문학대계』 8-4, 242~246쪽

하여 중동 화소를 일정한 메타포로 인식하는 것은 전적으로 향유층의 선택지로 남겨져 있다는 것이다. 같은 맥락에서 눈동자가 겹쳐서 나타나는 중동 화소는 눈빛 혹은 눈의 정기가 남다르다는 안광 화소와 연결된다. 눈동자가 두 개로 겹쳐있는 만큼 안광도 일상인에 비해 강하다는 인식이다. 그러나 이처럼 강한 안광에 대한 가치평가는 한 방향으로 고정되어 있지 않다. 내암 중심적인 시각으로 짜여 있느냐 아니냐에 따라 그 양상은 다르게 나타나는 것이다.

[자료 3]에서 나타나는 중동 화소는 이원적인 의미체계를 형성하고 있다. 즉, 두 가지 의미망이 혼효되고 있는 것이다. 첫째는 중동 화소를 긍정적으로 인식하는 의미체계이다. 일반인에게는 하나만 있는 눈동자가 특정인에게만 두 개로 겹쳐 나타난다는 것을 긍정적인 가치로 인식하는 방식이다. 한 사람이 한 개의 눈동자를 소유하는 일반적인 양상을 제로(0)의 가치로 놓을 때, 그 눈동자가 특정인에게 두 개씩이나 나타나는 현상을 일상적인 양상 보다 더 나은 플러스(+)의 가치로 받아들이는 인식의 체계이다. 이는 눈동자라는 신체의 지부 자체가 정신력이나 인품 등의 내면적인 가치를 외부로 드러내주는 창으로 인식하는 의미체계에 기반 한다. 눈동자가 해당 인간의 정기를 드러내주는 결정체라는 인식에 근거할 때 그 것이 두 개로 겹쳐서 나타난다는 중동 화소는 일상을 벗어난 비일상적인 현상이되, 그 가치는 범속한 경지를 뛰어넘는 비범성의 상징으로 받아들여지게 되는 것이다. 비범성의 상징적 매타포로서의 중동 화소가 내암 중심적인 서술시각과 결합되게 되면 긍정적인 의미체계를 형성하게 된다.

앞서 지적한 바와 같이 [자료3]는 내암 중심적인 서술시각으로 확실히 분화되지 않고 남명 중심적인 서술시각과 내암 중심적인 서술시각이 공존하는 텍스트이기 때문에 역사적인 인물로서의 내암에 대한 인식 또한 긍정적인 것과 부정적인 것이 혼재해 있다. 비범성을 상징하는 메타포로서의 중동 화소 역시 [자료3]에서는 역사적인 인물로서의 내암에 대한 아직 미분화된 상태로 남명 중심적인 서술시각과 불완전하게 섞여있는 내암 중심적인 서술시각과 결합되어 있기 때문에 긍정적인 의미체계를 본격적으로 형성하지는 못한다. 긍정적인 의미체계로 분화될 가능성을 지니고 있는 상태라고 할 수 있다.

[자료3]에는 내암에 대한 존숭의식이 확인된다. 남명을 지칭할 때도 선생을 매번 붙이지 않는 구연자의 태도와 비교할 때, 내암에게 선생이란 존칭을 붙이고 있는 것은 내암이 이룬 학문적인 업적과 정치적인 위치에 대한 존경심을 표시한 것이라 할 수 있다. 독일상(獨一相)한 내암 선생의 학문적·정치적 위상에 대한 존숭은 중동 화소와 결합되어 일반인을 뛰어넘는 비범한 인간에 대한 긍정적인 인식을 형성하는 기반이 된다. 내암을 역모의 주동자가 아니라 억울하게 역모죄로 몰린 피해자로 묘사하는 인물형상화의 근저에 깔려 있는 것도 역사적인 인물인 내암에 대한 긍정적인 서술시각이다. 내암을 부정적으로 형상화한 텍스트에서 중동 화소가 역모를 상징하는 복선으로 형상화 되는 것과는 정반대의 인식태도를 보여준다고 할 수 있다.

이러한 중동 화소는 안광 화소와 결합되어 내암의 비범성을 상징하는 메타포의 체계를 강화하는 방식으로 형상화 되어 있다. 내암의 중동이 발산하는 정기는 그 안광을 마주한 사람이 내암의 기에 눌려 자살할 정도인 것으로 나타난다. 눈빛 하나만으로 사람을 죽일 수 있을 정도라는 것은 일상적인 세계에서는 통용되지 않는 신화적인 것이다. 이 점에서 쌍눈동자를 비범성의 상징으로 인식하는 방식은 그렇지 않은 태도에 비해 상대적으로 보다 근원적인 인식태도에 기반해 있다고 할 수 있다.

신화적인 능력에 직면한 일상적인 인간이 그것에 대한 인식을 형상화 하는 방식은 긍정과 부정의 양가적인 양상으로 나타나는데, 일단 내암이 자신의 중동이 발산하는 안광을 마주한 타인이 죽도록 내버려두지 않기 위해 눈을 감고 지냈다고 한 에피소드에는 내암이 범속한 인간에 대해 지닌 인간존중과 배려지심을 지닌 인간이라는 인식이 내포되어 있다. 자신의 중동이 내뿜는 정기가 일상인을 다치게 할까봐 일부러 눈을 감는 불편함을 감수하는 내암의 형상은 범속한 인간의 틈바구니 사이에서 초월적인 능력을 감추고 살아야 하는 비범한 이인의 그것에 대응된다. 물론 [자료3]에서는 초월적인 이인으로서의 내암의 면모를 본격적으로 초점화 하지는 않았다. 내암의 비범성을 단편적인 에피소드로 형상화 하여 여타의 에피소드들과 병립시켜놓았을 뿐이다. 게다가 각 에피소드에는 내암에 대한 서술시각이 고정되어 있지 않고 다양한 변이 양상을 보여주고 있기 때문에 중동의 안광을 이기지 못한 일상인이 자살을 하기 때문에 평소에 눈을 감고 지냈다는 해당 에피소드는 그 자체의 완결성을 가지고 분립되어 있는 것이다. 여기서는 중동 화소를 상징적인 메타포로 한 내암에 대한 인물형상화 방식을 이인의 그것에 근접시키는 [자료3]의 에피소드가 내암 중심적으로 초점화된 텍스트에 나타난 중동 화소의 그것과 상통하는 지점을 열어놓고 있다는 사실만 지적하고 넘어가기로 한다.

[자료3]에 나타난 중동 화소가 형성하는 의미체계에는 내암에 대한 부정적인 서술시각도 포함되어 있다. 눈동자가 두 개로 겹쳐서 나타나는 비일상적인 현상에 대해 악함이 두 개로 겹쳐있다는 부정적인 것으로 인식하는 태도이다. 초월적인 현상을 부정적으로 인식하는 것은 애초에 신성하다고 인식되어 온 현상에 대한 비하의 함의를 내포하고 있다. 신화적인 관점과 관련지어 생각해 본다면 그 배경에는 초월적인 현상에 대한 신성관념 해체가 놓여있는 것이다. 내암의 중동에 대한 부정적인 인식은 역사적 인간인 내암에 대한 문학적인 평가가 신화소를 매개로 한 신성관념 형성과 해체의 변동 과정 속에서 배태된 것으로 볼 수 있다. 물론 여기에는 내암에 대한 역사적인 평가와의 관련성이 한 축으로 존재한다. 중동 화소는 내암의 학문적·정치적 위상과 성과에 대한 일상인들의 경외심이 만들어낸 것으로 볼 수 있는 바, 내암의 비범성에 대한 존숭을 기존의 신화소를 빌어 형상화 한 것이라 할 수 있다. 그렇다면 이 중동 화소에 대한 부정적인 형상화는 내암에 대한 존숭관념이 해체되는 역사적인 지점에서 형성되었다고 볼 수 있

다. 내암에 대한 부정적인 인식을 반영하고 있는 것이다.

그러나 [자료3]에서는 이처럼 내암에 대한 부정적인 인식이 전면화 되지는 않는다. 중동 화소가 내암에 대한 부정적인 역사인식의 핵심인 반역죄와 본격적으로 결합되는 에피소드가 나타나지 않기 때문이다. 앞서 지적한 바와 같이 [자료3]에서 내암은 어디까지나 부당하게 역모 죄로 몰린 인간일 뿐이다. 내암에 대한 부정적인 인식은 남명과 관련하 여 한정적으로 나타난다. 이는 [자료3]이 내암 중심적인 서술시각으로 분화되는 기미를 보이면서도, 여전히 남명 중심적인 서술시각으로부 터 미분화 된 텍스트라는 존재방식에 기인하는 것이라 할 수 있다.

② 단계에 속하는 <남명과 상사구렁이> 텍스트에 여전히 상사뱀의 변신 화소가 나타나지 않는 것도 이러한 서술시각의 미분화성을 나타 내는 표징이다. ① 단계에 속하는 텍스트에서 상사뱀의 변신 화소가 나타나지 않는 것이 남명 중심으로 초점화 되어있는 서술시각의 지표 임을 설명한 바 있다. 그러나 구체적인 양상은 차별화 된다. ② 단계의 <남명과 상사구렁이> 텍스트는 ① 단계에 비해서 상대적으로 남명 중 심적 서술시각에서 벗어나 내암 중심적으로 이동해 있는 스펙트럼 상 에 위치해 있기 때문에 상사뱀의 변신 화소 부재에도 불구하고 상사뱀 을 매개로 내암에 대한 인식태도를 형상화 하는 방식은 ① 단계와는 다른 형태를 취하고 있는 것이다. 우선 ② 단계의 <남명선생 전설> 텍 스트에서는 상사뱀의 복수가 내암의 역모와 관련된 역사적인 사건과 결합되어 나타난다. 다음의 예문을 살펴보기로 하자.

[자료4] 그래 정인홍이가 고만 들시삐고, 홀렁 든께 저넘이 마 죽어 삤다 말이다. 죽을 제 정인홍이한테다 마 악감(惡感)을 또 두고 마 죽었네. 그래 정인홍이 역적이 되고 싶어 된 것도 아이고, 자꾸 마 안 될라 쿠몬 사람이 국가가 안될라 쿠몬 자꾸 마 백성이 별로 흔들어 쌓듯이 그리 된 기라.[14]

---

14) <남명선생 전설>, 『한국구비문학대계』 8-4, 242~246쪽

[자료4]에서 상사뱀은 내암의 중동이 발산하는 안광에 노출되어 죽게 되자, 내암에게 악감(惡感)을 발하는 것으로 되어 있다. 비록 상사뱀의 복수담이 텍스트 전체의 내러티브를 장악하고 있는 텍스트와 비교할 때 본격화 되어 있지는 않지만, 악감을 발한 결과가 내암을 역적으로 무고하게 몰아 죽게 만든 것이라 했으니, 내러티브의 뼈대는 상사뱀 복수담의 얼개를 보여주고 있다. 역모 죄와 관련한 내암의 무고함을 상사뱀의 복수담을 통해 합리적으로 설명하고자 하는 설화적인 방식이라고 할 수 있다.

여기서 한 가지 주목되는 것은 상사뱀의 죽음을 초래한 내암의 중동과 그 안광에 대한 형상화 방식이다. ① 단계 텍스트에서는 내암이 남명의 상사뱀 죽이기가 생명을 경시하는 그의 잔혹한 본성을 의식적으로 발현한 결과로 형상화 하는 측면이 있다. 인의 대덕함을 실현하기 위해 남명이 설정해 놓은 금기를 깨버린 결과 징벌을 받는 부정적인 인물로 형상화 되어 있는 것이다. ① 단계 텍스트에서는 이처럼 내암이 남명의 금기를 파괴하는 행위를 적극적이고도 의도적인 것으로 형상화 하고 있는 데, ① 단계 텍스트가 내암을 부정적으로 형상화 함으로써 남명 중심적인 서술시각을 완성하고자 한 텍스트라고 할 때, 이러한 내암의 적극적·의도적인 행위는 남명에게 해악을 끼치기 위한 것이라는 암시적인 의미를 행간에 내포하고 있다고 할 수 있다.

반면, ② 단계 텍스트인 [자료3]에서는 내암에 대한 부정적인 서술시각이 약화되어 있다. 물론 남명이 인의를 실현하기 위한 상사뱀을 내암이 죽여 버린 결과 비극적인 최후를 맞았다는 점에서는 여전히 금기와 파괴, 그로 인한 징치의 서사구조가 반복되고 있지만, 그 형상화 방식은 내암 중심적으로 보다 이동해 있다. ② 단계의 텍스트는 중동 화소를 통해 내암의 비범성을 부각시키는 방식으로 내암 중심적인 서술시각을 실현하기 시작하는 지점에 위치해 있는데, 상사뱀의 죽음은 이러한 내암의 중동이 발하는 안광의 정기로 인해 무의도적으로 발생한 결과로 형상화 되어 있다. 내암은 단지 호기심으로 상사뱀이란 초월적 존재를 대상으로 한 금기를 깨는 인물로 나타나며, 그의 금기 파기에는 ① 단계에 비해 특정한 의도성이 내포되어 있는 것처럼 되어 있지도 않다.

내암의 금기 파괴가 무의도적이며, 직접적인 행동성으로 나타나지 않는다고 할 때, 상대적으로 부각되는 것은 내암의 비범성이 된다. 내암이 상사뱀의 죽음을 초래하는 직접적인 행위를 실행하지 않았음에도 불구하고 상사뱀은 오직 내암의 중동이 발하는 안광 때문에 저절로 죽는 것으로 되어 있기 때문이다. 이는 그 만큼 내암의 중동으로 형상화 된 비범성이 탁월하다는 것을 의미한다. 상사뱀이라는 초월적인 존재를 어디까지나 인간인 내암이 안광만으로 죽일 수 있다는 것은 중동이라는 상징적 지표를 매개로 내암이 일상적인 세계와 초월적인 세계를 넘나드는 인물이라는 것을 보여준다. 일상적 인간의 육체와 환경이라는 바운더리 속에 위치해 있지만 쌍눈동자를 통해 초월적인 세계와 교섭하는 신화적인 인간으로 형상화 되어 있는 것이다.

이러한 내암의 신화적인 면면은 상사뱀이 ② 단계 텍스트에서 내포하고 있는 부정적인 형상과 대비되어 상대적으로 부각된다. ② 단계 텍스트에서 내암은 일상적 인간들이 자신의 중동이 발하는 안광 때문에 죽을까봐 눈을 감고 지내는데, 상사뱀에 대해서는 이러한 배려를 베풀지 않는다. 이는 역으로 보면 상사뱀이 그 생명을 존중해 줄만한 가치가 없는 대상이라는 의미를 내포하고 있다고 할 수 있다. ② 단계의 상사뱀은 ① 단계의 텍스트에서처럼 그것을 죽인 결과 초현실적인 방식으로 징벌을 받는 것이 마땅한 초월적인 신성한 존재가 아니라, 신화적인 인간인 내암의 중동에 직면하기만 해도 죽어버리는 존재로 나타나는 것이다. 상사뱀이 부정적인 사물이 될 때, ② 단계의 텍스트는 역사적인 인간인 내암이 맞은 비극적인 죽음의 원인을 부정적인 존재인 상사뱀이 죽어서 끼친 악감의 결과, 즉 해악으로 합리화 할 수 있는 내암 중심적인 서술시각의 단초를 찾게 되는 것이다.

내암 중심적인 서술시각이 분화되어가는 한 편으로 ② 단계의 텍스트는 남명 중심적인 서술시각도 구체적으로 부각시킨다. 남명의 비범성을 풍수명당 화소와 결합된 출생담을 통해 부각시키는 방식은 내암과 관계없이 남명 중심적인 서술시각을 형상화 한 예에 해당된다. ② 단계에 속하는 <남명선생 전설>에서는 남명의 고향인 합천 황무산에 전해오는 풍수지리설을 인용하며, 남명이 명당인 황무산에서 무학대사 이래로 비범한 인물이 또 한번 출현할 것이라는 예언에 따라 태어난 인물이라는 출생담을 서두에서부터 부각시키는 양상을 보여준다. 출생담은 인물 전설에서 해당 인물의 비범성을 부각시키는 전형적인 화소인 만큼 이러한 형상화 방식은 <남명선생 전설>이 남명 중심적인 서술시각을 강화시켜 나가는 가운데 내암 중심적인 서술시각을 강화해 나가는 분화의 양상을 보여주는 텍스트임을 드러낸다. 내암을 부정적으로 형상화 하는 반대급부로 남명 중심적인 서술시각을 강화한 ① 단계 텍스트와는 달리 내암 중심적인 서술시각의 분화가 남명 중심적인 서술시각의 강화와 충돌하지 않는 상황 속에서 공존할 수 있음을 보여주는 것이다. 이러한 인식태도는 내암이 역모 죄로 몰려 죽었기 때문에 남명이 『명인록(名人錄)』에도 오르지 못하고 결과적으로 퇴계만 반사이익을 얻었다는 서술에서도 확인된다.

> [자료5] 그래 가지고 냄명이 엉뚱한 마음을 묵고, 장마 원 한 이유도 있고. 그 때문에 냄명이 『명인록(名人錄)』에도 몬 얹었거덩. (중략) 그런데 인자 그때 난리가 자, 자꾸 인자...그때 남인 노론 칼 땐데, 남인이니 북인이니 소론이니 카는 이 땐데, 요새로 말하자믄 뭐고 자유당이니 무슨 당이니 쿠듯키 이 모양인께 그래 마 정인홍이 역적이 돼뿠제, 냄명이 마 참례도 몬 하제, 선상 죽어도 몬 가제, 그래 됐심다. 그래 된께 자꾸 인자 퇴기 선생만 마 오지기 올라가 뿌렀지.15)

내암이 남명에게 일방적으로 해악을 끼친 것이 아니라 남명의 학문적 실각은 남명의 개인적인 욕심에 주로 기인한 것이며, 내암이 역적으

---

15) <남명선생 전설>, 『한국구비문학대계』 8-4, 242~246쪽

로 몰린 것은 주변적인 영향이라는 인식이 나타나 있다. ② 단계의 텍스트는 내암이 역적이 된 것이 그의 죄가 아니라 제삼의 힘에 의한 것이었음을 강조하고 있는 만큼, 내암의 역모 죄가 남명에게 미친 영향도 근본적으로 내암의 탓이 아니라는 인식태도가 성립하는 것이다. 대신 [자료5]에서 남명 중심적인 서술시각1의 카운터 파트에 위치하는 대상은 퇴계이다. 퇴계가 등장하지 않는 ① 단계 텍스트에서 인물대비 구조 속에서 내암이 남명의 카운터파트로 설정된 것과는 다른 양상이다. 스승과 수제자의 관계로 남명학파를 이끈 남명과 내암의 관계를 공동 운명체로 형상화하기 위해서는 남명과 내암의 학문적 연합과 대립적인 존재를 외부에서 찾아야할 필요성이 제기되었다고 할 수 있다. 여기서 실제 역사상 남명학파와 갈등적인 관계에 놓여 있던 퇴계학파의 수장인 퇴계는 공동 운명체인 남명과 내암의 관계를 부각시키기 위해 가장 적합한 외부적인 존재로 선택된 것으로 볼 수 있는 것이다. ② 단계의 텍스트인 <남명선생 전설>에서 남명과 퇴계의 비교담이 내암을 매개인물로 하여 구체적으로 형상화 되는 것도 이러한 맥락 하에서 이루어진 것이라 할 수 있다.

자기 안위보신을 챙기는 퇴계가 역적이 될 내암을 제자로 받아들여주지 않은 반면, 남명은 수제자로 삼았다고 함으로써 다음과 같은 두가지 인식을 드러낸다. 첫째는 남명의 인품이 퇴계 보다 우위에 있음을 상대적으로 강조하고자 하는 인식태도이다. 이는 <남명선생 전설>이 퇴계 혹은 퇴계학파에 대한 전설을 전승층과는 대립적인 인식을 지닌 향유층 사이에서 전승되는 텍스트임을 보여준다. 둘째는 내암과 남명의 운명 공동체가 형성되게 된 계기를 제공한 결정적인 인물이 바로 퇴계임을 보여줌으로써 남명 중심적인 서술시각이 내암 중심적인 서술시각이 공존할 수 있음을 부각시키고자 하는 인식태도이다. 내암과 남명이 구성하는 운명 공동체 외부에 퇴계가 카운터 파트로 존재하게 되는 과정을 구체적으로 형상화 할수록 내암 중심적인 서술시각이 남명 중심적인 서술시각과 충돌하지 않고 자연스럽게 분화할 수 있음을 드러낸다고 할 수 있다.

③ 단계는 상사구렁이의 복수가 변신 화소로 구체화 된 단계이다. 상사구렁이를 죽이는 주체와 그 결과 상사구렁이의 복사 대상이 되는 인물이 역사적 실체로서의 내암과 확고하게 결합되어 있으며, 상사구렁이의 복수는 변신을 통해 구체적으로 실현된다. 변신을 통한 상사구렁이의 복수에 초점이 맞춰져 있기 때문에 ③ 단계에 속하는 텍스트는 내암 중심적인 서술시각이 상대적으로 강해졌다고 할 수 있다. <조남명 선생과 상사뱀>16)과 <합천의 유래>17), <정인홍과 뱀의 앙갚음>18)가 이러한 ③ 단계에 속하는 대표적인 텍스트에 해당한다. 그런데 ③ 단계에 속하는 개별 텍스트는 크게 두 유형으로 나뉘어 진다. 상사구렁이의 변신체가 남명과 관련된 유형, 내암과 관련된 유형의 두 부류이다. 상사구렁이의 변신 목적이 내암에 대한 복수라는 점에서는 동일하지만, 그 변신체가 남명의 조카로 나타나는 유형과 내암의 조카로 나타나는 유형으로 각각 분류되는 것이다. 전자에 속하는 대표적인 텍스트는 <조남명 선생과 상사뱀>이고, 후자에 속하는 대표적인 텍스트는 <합천의 유래>이다.

상사뱀의 변신 대상이 내암과 남명 중 누구와 관련되어 있느냐는 ③ 단계 텍스트 내부에 존재하는 서술시각의 분화 정도를 구분 짓는 핵심적인 잣대가 된다. 다시 말해서 내암 중심적인 서술시각의 구현 정도를 차별화 하는 지표가 되는 것이다. 상사구렁이의 변신체가 남명의 조카로 나타나는 유형은 ③ 단계 텍스트 내부에서도 남명 중심적인 서술시각이 상대적으로 강한 부류에 해당한다. ③ 단계 텍스트 내부에서도 상대적으로 ② 단계에 가까운 양상을 보여준다고 할 수 있다. 논

---

16) <조남명 선생과 상사뱀>, 『한국구비문학대계』 7-15, 368쪽
17) <합천의 유래>, 이상원 채록본D, 이상원, 전게논문, 20~21쪽
18) <정인홍과 뱀의 앙갚음>, 『한국구전설화』 7, 전라북도, 임석재 편, 평민사, 1990, 89~90쪽, 채록자: 임석재, 제보일: 1969년 8월 13일, 소재지: 무주군 무풍면 현내리, 제보자: 하천수(66세, 남)

의의 편의상 이 유형을 ③-1 유형으로 지칭하기로 한다. 반면 상사구렁이의 변신체가 내암의 조카로 나타나는 유형은 ③ 단계 텍스트 내부에서 내암 중심적인 서술시각 지향성을 상대적으로 가장 강하게 보여준다. 논의의 편의상 이 유형을 ③-2 유형으로 지칭하기로 한다.

먼저 상사구렁이의 변신체가 남명과 관련되어 있는 ③-1 유형에 대해 살펴보기로 하자. ③-1 유형에 해당하는 <조남명 선생과 상사뱀>이 ③ 단계 텍스트 중에서 남명 중심적인 서술시각에 대한 미분화성을 상대적으로 농후하게 띄고 있는 텍스트라고 할 때, 우선적으로 <조남명 선생과 상사뱀>에서 ② 단계 텍스트와의 유사성을 확인해 볼 수 있는 것은 중동 화소이다. 중동 화소는 내암 중심적인 서술시각을 형상화 하는 상징적 메타포 중의 하나이지만 ② 단계 텍스트 속에서는 이러한 중동 화소가 내암 중심적으로 확고하게 분화되지 못한 양상으로 나타난다는 점을 앞서 지적한 바 있다. 중동 화소를 통해 내암의 비범성을 부각시키려는 긍정적인 서술시각과 폐모의 주동자로서의 부정적인 측면을 강조하려는 서술시각이 공존하는 미분화 된 인물형상화의 양상을 보여주고 있다는 것인데, 이러한 중동 화소의 미분화 양상은 ③ 단계 텍스트인 <조남명 선생과 상사뱀>에서도 유사한 형태로 나타난다.

<조남명 선생과 상사뱀>에서 내암의 중동은 눈빛만으로 초월적인 존재인 상사구렁이를 죽일 수 있다는 점에서 신화소로서의 요건을 갖추고 있다. 내암의 중동은 상사구렁이를 죽이려는 목적성을 지니고 있지 않음에도 불구하고 그것을 대면만 한 상사구렁이를 죽였다는 점에서 내암의 중동이 보유한 초월적인 힘의 크기는 상사구렁이의 그것을 압도하는 형태로 나타나 있다. 내암의 상사구렁이 죽이기가 의도적인 행위의 결과가 아니라 그 힘의 크기에 굴복한 상사구렁이의 자발적인 자살의 형태로 나타나 있다는 점에서 내암의 비범성이 부각되고 있는 것이다. <남명선생과 상사뱀> 텍스트는 내암이 생전에 보유하고 있었던 학문적·정치적 위상을 강조하고 있는 바, 중동 화소는 역사적인

인물로서의 내암이 이룬 성취에 대한 설화 담당층의 경외심을 신화적인 메타포를 빌어 형상화 한 것이라 할 수 있다.

그런데 <남명선생과 상사뱀> 텍스트 속에는 이러한 중동 화소의 신화적인 메타포에 대한 부정적인 서술시각이 공존한다. 역사적으로 폐모 논란을 빚은 내암에 대한 부정적인 인식이 신화소로서의 중동 화소 속에 내재해 있는 내암에 대한 신성관념을 일정 부분 해체시키는 원동력으로 작용했다고 볼 수 있다. 이처럼 내암의 중동을 부정적으로 형상화 하는 시각에는 여전히 남명과의 대비의식이 내재해 있다. 남명이 인의로 기르는 상사구렁이를 중동의 안광으로 죽여 버린 내암은 남명의 학문적 위상에 결정적인 누를 끼친 부정적인 존재라는 인식이 내포되어 있는 것이다. <조남명 선생과 상사뱀> 텍스트는 내암의 중동 화소를 내암과 남명을 인물 대비적으로 형상화함으로써 남명을 상대적으로 높이려는 남명 중심적인 시각을 여전히 보유하고 있다는 점에서는 ② 단계 텍스트의 중동 화소가 형성하는 의미체계에 그대로 대응된다고 할 수 있다.

③-1의 유형에 속하는 <남명선생과 상사뱀> 텍스트에 나타난 남명 중심적인 서술시각이 ② 단계 텍스트의 그것과 유사한 의미지향성을 내포하고 있다는 사실을 중동 화소를 통해 확인할 수 있다면, <남명선생과 상사뱀> 텍스트를 ② 단계 텍스트와 분지시켜 ③ 단계 텍스트로서의 정체성을 보유하게 하는 차별화된 지표는 바로 상사뱀의 변신 화소이다. 상사뱀의 변신 목적이 내암에 대한 복수에 있기 때문에 상사뱀의 변신 화소가 나타나는 <남명선생과 상사뱀> 텍스트는 ② 단계 텍스트 보다 내암 중심적인 서술시각이 상대적으로 강화되어 있다고 할 수 있는데, 문제는 상사뱀의 변신 대상이 남명과 관련되어 있다는 사실이다. 내암에게 복수하기 위해 상사뱀이 변신한 것이라면 그 변신체는 내암과 직접적으로 관련되는 것이 자연스럽다. 상사뱀이 변신한 변신체가 내암과 직접적으로 관련되는 인물일 때, 그 복수는 훨씬 치명적이 될 수 있기 때문이다. <남명선생과 상사뱀>처럼 상사뱀의 변신체

가 내암이 아닌 남명과 직접적으로 관련된 인물이 되면 그 복수는 표면상 남명이라는 우회 경로를 설정하지 않고는 불가능하다. 굳이 내암 중심적인 서술시각의 상징적인 지표가 되는 상사뱀의 변신 화소와 복수 화소를 남명이라는 우회 경로를 상정하여 형상화 하는 이면에는 <남명선생과 상사뱀> 텍스트를 전승하는 향유층의 일정한 의도가 내재해 있을 것으로 생각된다. 다음의 예문을 통해서 이 문제를 자세히 따져보기로 하자.

> [자료6] 그래 배암을 갖다가 저 못에다가 죽은 걸 갖다 옇어 줬어. 고기
> 원귀가 되가지고, 조남명 형제가 있는데, 조카 한투로 태이 나왔다 말이라. 태
> 이 나왔는데,
> "이기여 아무래도 안됐을 터이니."
> 조남명 형한테 태있거던.
> "그래 자석을 없애라."
> 카미 첨에 하내 없앴어요. 내중 태이 나와요. 언층 인물 잘나서 말았어. 못
> 하겠다 캐 형수가. 못 직이겠다 말이라. 조남명이 눈에는 여게 보이 뱀 꼬랑대
> 이가 비이더랍니다. 그래 그런께, 못 직이 키아 났는데, 아가 어찌나 글 재주가
> 있어서 참 아인기 아니라 이래 서울 가서 비실을 했어. 해가지고 결국은, 결국
> 은 역적으로 몰려서 고만 죽었단 말이지. 원수를 갚을라고.[19]

[자료6]을 보면 내암의 중동이 발하는 정기 때문에 죽은 상사뱀이 남명의 조카로 태어난 것으로 되어 있다. 조카로 변신하여 환생한 상사뱀의 정체를 알아보는 주체도 내암이 아니라 남명이다. 초월적인 사물의 악기(惡氣)를 꿰뚫어본다는 점에서 남명의 형상은 이인의 면모를 지니고 있다고 할 수 있다. 변신하여 남명의 조카로 환생한 상사뱀이 복수하는 대상도 일차적으로는 내암이 아니라 남명이다. 상사뱀의 변신체인 남명의 조카가 역적으로 몰려 죽어 남명의 가문에 부정적인 영향을 미침으로써 수동적인 형태로 복수를 완성하는 것으로 되어 있

---

19) <조남명 선생과 상사뱀>, 『한국구비문학대계』 7-15, 368쪽

다. 상사뱀의 변신체가 남명과 관련되어 있고, 그 복수 직접적인 복수 대상 역시 남명으로 나타난다는 점에서 남명 중심적인 서술시각이 부각되어 있는 것으로 해석될 수도 있다.

그런데 문제는 상사뱀을 매개로 내암과 남명이 등장하는 전체 전설 자료 속에서 상사뱀의 변신 화소는 내암 중심적인 서술시각을 형상화하는 지표로 나타나 있으며, 이것이 남명 중심적인 서술시각과 결합되어 있는 경우는 <남명선생과 상사뱀>을 제외하고는 찾아볼 수 없다는 사실이다. 그렇다면 [자료6]에서 확인되는 상사뱀의 변신 화소와 남명 중심적인 서술시각의 결합 양상을 <남명선생과 상사뱀> 텍스트에만 나타나는 예외적인 현상으로 규정하고 넘어가야 할 것인가 하면 문제는 그리 단순하지 않다. 상사뱀의 변신 화소가 남명 중심적인 서술시각과 충돌하는 양상과 그 의미는 두 가지 국면으로 정리해 볼 수 있다.

첫째는 상사뱀의 죽음을 초래한 주체가 남명이 아니라 내암이라는 사실이다. 남명은 상사뱀의 탄생과 양육을 담당한 주체이고, 상사뱀의 죽음을 초래한 주체는 내암이다. <남명선생과 상사뱀>에서 남명은 인의를 실현하기 위해 상사뱀을 돌본 주체라는 점에서 변신한 상사뱀의 복수 대상이 될 수 없다. 상사뱀에게 변신과 환생에 대한 욕망을 추동하는 주체로서 남명이 성립할 수 있는 지점은 애정에 대한 욕망에 한정된다. 이는 하층여성의 상사뱀으로의 변신과 환생이 남명에 대한 애욕에 기인하는 것과 같은 맥락에 놓여져 있다. 다시 말해서 남명이 상사뱀으로 하여금 변신과 환생에 대한 욕망을 불러일으킬 수 있는 주체가 될 수 있는 지점은 복수가 아니라는 것이다. <남명선생과 상사뱀>에서 복수라는 부정적인 욕망을 초래할 수 있는 주체로 형상화 되어 있는 것은 내암이다. <남명선생과 상사뱀>에서 상사뱀의 죽음을 야기한 내암의 행위는 상사구렁이의 애욕을 존중해 주고자 한 남명의 행위와 대비되어 부정적으로 형상화 되어 있다는 점에서 변신한 상사구렁이의 복수에 대한 욕망을 실현하는 대상은 애욕의 궁극적인 결핍을 초래한 남명이 되어야 하는 것이다.

그런데 <남명선생과 상사뱀>에서는 상사뱀이 복수에 대한 욕망을 구현한 변신과 환생이 내암이 아닌 남명과 직접적으로 관련된 것으로 형상화함으로써 ② 단계와 유사한 층위의 남명 중심적이 서술시각과 ③ 단계의 지표인 내암 중심적인 서술시각이 충돌하는 양상을 보여주는 것이다. 이는 상사뱀의 변신화소로 상징되는 ③ 단계의 내암 중심적인 서술시각을 ② 단계의 남명 중심적인 서술시각 속에 담아내고자 한 것이라 할 수 있다. 다시 말해서 남명 중심적인 서술시각을 표면적인 우회 경로로 하여 내암 중심적인 서술시각을 형상화하고자 한 것으로 이는 <남명선생과 상사뱀>이 아직 내암 중심적인 서술시각을 본격적으로 구현하는데 성공하지 못한 텍스트로 여전히 ② 단계에서 미분화된 특징을 포함하고 있다는 것을 의미한다. 이처럼 내암 중심적인 서술시각을 남명 중심적인 서술시각으로 우회하여 구현하는 방식은 <남명선생과 상사뱀>을 ③ 단계에 속하는 텍스트 중에서도 ③-1의 유형으로 분류하게 하는 지표가 된다고 할 수 있.

둘째는 상사뱀의 복수가 지니는 역사적인 파장을 복수의 표면적인 대상인 남명이 아니라 내암을 중심으로 형상화 하고 있다는 사실이다. 상사뱀의 복수가 초래한 결과가 남명과 관련되는 것은 원수를 갚았다는 짤막한 사실 보고에 그친다. 상사뱀의 복수가 남명 개인에게 미친 영향은 구체적으로 형상화 되지 않는다. 변신한 상사뱀의 복수가 남명 중심적인 서술시각과 결합되어 있다면 궁극적으로 남명이 이로 인해 어떤 피해를 입었는가에 대한 구체적인 서술이 나올 것으로 기대할 수 있지만 정작 상사뱀의 복수로 인한 피해는 남명이 아니라 내암과 관련되어 서술된다.

[자료7] 그리고 또 조남명도, 정인홍도 광해 때 어찌 권리가 좋았던지 그때는 봉물이 합천으로 내리 갔어요. 정인홍이 권리가 있어서, 광해 때 내중 가서 참 몰리가지고, 몰리가지고, 즉 말하자면 학살을 당했어. 죽었어. 그래 인제 서산 정씨가 존재가 없어졌가 되었다 말이지. 본향은 충신으로 있다가, 그렇기

됐다 말이지. 그러이 배암으로 해가주고 그래 됐는지 몰라도 내 생각에도 아매 그기 머슨 영향이 안있나 하는 생각입니다.[20]

[자료7]을 보면 남명의 조카로 변신하여 환생한 상사뱀의 복수 결과, 실권하여 정치적인 권력과 경제적인 부를 상실한 것도 남명이 아니라 내암이며, 일가가 학살을 당하여 가문이 멸문지화를 입은 것도 남명이 아니라 내암으로 나타난다. [자료6]의 구연자 역시 결론적으로 남명의 조카로 변신하여 환생한 상사뱀의 복수가 궁극적으로 영향을 미친 대상을 남명이 아닌 내암으로 정리하고 있음을 확인할 수 있다. 남명의 조카로 변신하여 환생한 상사구렁이의 궁극적인 복수 대상을 남명이 아니라 내암으로 형상화 하고 있다는 것이다.

여기서 주목해야 할 점은 이렇게 볼 때 내암에 대한 상사뱀의 궁극적인 복수가 남명을 경유하는 구도를 형성하게 된다는 것이다. 남명의 조카로 변신하여 환생한 상사뱀의 궁극적인 복수 대상이 남명이 아니라 내암으로 나타난다는 것은 내암이 상사뱀으로 인해 입은 피해가 남명과도 관련이 있다는 인식을 내포하고 있다. 상사뱀이 내암의 조카가 아닌 남명의 조카 형상을 하고 있다는 것은 내암의 정치적 실각과 죽음을 야기한 궁극적인 주체가 되는 것이 애초에 상사뱀을 만든 남명이라는 인식의 단초를 함의하고 있는 것이라 할 수 있는 것이다. 이때 상사구렁이는 남명으로부터 야기된 내암의 정치적 실각과 죽음을 구체화 하는 매개체가 된다. 이 점에서도 상사뱀의 변신체가 남명의 조카로 나타는 <남명선생과 상사뱀>의 변신 화소가 내암 중심적인 서술시각을 남명 중심적인 서술시각을 매개로 하여 구현한 모티프의 변이형으로서, ③ 단계 텍스트에 속하는 텍스트 중에서 <남명선생과 상사뱀>을 ③-1의 유형으로 분류할 수 있게 하는 핵심적인 지표가 됨을 확인할 수 있다.

물론 [자료7]에 이러한 인식이 적극적으로 형상화 되어 있지는 않다.

---

20) <조남명 선생과 상사뱀>, 『한국구비문학대계』 7-15, 368쪽

그러나 상사뱀의 변신체가 내암의 조카가 아니라 남명의 조카임에도 불구하고 <남명선생과 상사뱀>에 나타난 상사뱀의 변신 화소가 내암 중심적인 서술시각을 궁극적으로 지향하고 있다고 볼 수 있는 또 다른 근거는, 변신한 상사뱀의 복수가 남명 중심적으로 형상화 되어 있지 않다는 사실이다. 이러한 양상은 ② 단계 텍스트와 비교해 보면 그 차별화된 의미가 쉽게 떠오른다. 앞서 지적한 바 있듯이 ② 단계 텍스트에서는 변신하지 않은 상사뱀의 복수가 미치는 영향이 남명과 직접적으로 밀착되어 있다. 상사뱀의 직접적이고도 궁극적인 복수 대상은 어디까지나 남명이며, 내암은 남명과 공동 운명체로서 그 영향권에 포함되어 있는 것으로 나타나 있는 것이다. 퇴계와의 비교담은 바로 남명학파의 종주인 남명이 상사뱀의 복수로 인해 입은 학문적인 피해를 부각시키는 기능을 한다고 볼 수 있다. 상사뱀의 복수 때문에 학문적인 위상을 억울하게 상실한 남명의 위치를 성리학의 학문적인 헤게모니를 획득하는데 성공한 퇴계와 비교함으로써 상사뱀의 복수담을 남명 중심적인 서술시각으로 초점화 한 것이다. 『명인록』에서 남명이 제외된 역사적인 일화를 강조하는 것도 이처럼 상사뱀의 복수담을 남명 중심적인 서술시각으로 초점화 하려는 동일한 맥락 속에 있다.

③ 단계 텍스트에 속하는 <남명선생과 상사뱀>에 ② 단계 텍스트와 같은 퇴계와의 비교담이나 『명인록』관련 역사 일화가 삽입되어 있지 않다는 것은 거꾸로 이 텍스트가 상사뱀의 복수담을 궁극적으로 남명 중심적인 서술시각과 결합시키려는 것이 아님을 보여준다고 할 수 있다. 다시 말해서 이는 상사뱀의 복수담을 내암 중심적인 서술시각으로 초점화하여 구현하는 분화의 과도기에 <남명선생과 상사뱀>이 놓여 있다는 사실을 의미하는 것으로 볼 수 있는 것이다.

다음으로 상사뱀의 변신체가 내암과 관련되어 있는 ③-2 유형에 대해 살펴보기로 하자. ③-2 유형에 해당하는 <합천의 유래>는 남명이 주체가 된 상사구렁이 형성담과 내암이 주체가 된 상사뱀 복수담이 각각 전반부와 후반부에 결합되어 있는 내암 상사뱀이 본격적으로 완성된 텍스트에 해당한다. 이는 상사뱀의 복수담이 내암 중심적인 서술 시각으로 초점화 되어 있다는 것을 의미한다. 다시 말해서 내암 중심적 인 서술시각으로 초점화 된 후반부 상사뱀 복수담의 서사가 전반부에 서 남명 중심적인 서술시각으로 형상화 된 상사뱀 형성담을 사건 형성 의 계기로 재맥락화 한 내암 상사뱀으로 구현되어 있다는 것이다. <합 천의 유래>에서 전반부에 위치한 남명의 상사뱀 형성담이 후반부에 위치한 상사구렁이 복수담에 비해 그 서사적인 비중이 적도록 상대적 으로 축소되어 있는 것도 상사뱀 복수담이 내암 중심적인 서술시각으 로 초점화 되어 전반부의 상사뱀 형성담을 사건 형성의 기능적인 계기 소로 통어하고 있기 때문으로 볼 수 있다.

　<합천의 유래>에 나타난 상사뱀의 변신담과 복수담이 ③-1 유형과 분지되는 지표는 다음과 같은 두 가지 측면으로 정리해 볼 수 있다. 첫째는 상사뱀의 변신체가 남명이 아니라 내암과 관련되어 있다는 사 실이다. ③-1 유형에서 상사뱀의 변신체가 남명의 조카로 형상화 된 이유가 내암 중심적인 서술시각을 남명 중심적인 서술시각 속에 우회 적으로 구현하기 위함이었다고 할 때, <합천의 유래>에서 상사뱀의 변 신체가 내암의 조카로 형상화 되어 있다는 것은 내암 중심적인 서술시 각이 본격적으로 초점화 되어 있다는 사실을 의미한다. 이를 통해 비로 소 상사구렁이의 복수 대상과 결과가 표면적·이면적으로 이원화 되 지 않고 내암이란 인물로 일치되게 된 점도 내암 중심적인 서술시각이 본격적으로 초점화 된 <합천의 유래>를 ③-1 유형과 차별화 시키는 핵심적인 지표가 된다.

　둘째는 상사뱀의 변신담과 복수담이 내암이라는 인물과 관련된 역 사적 사실과 밀착되어 전개된다는 사실이다. <합천의 유래>는 내암을 대상으로 한 역사적인 논란, 즉 역모 죄와 폐모 주동 죄를 변신한 상사 구렁이의 복수담과 관련시켜서 인과적인 계기에 따라 서사화 하고 있 다. ② 단계 텍스트에서 남명 중심적인 서술시각을 남명과 관련된 역사 적인 사실과 결합시켜서 퇴계 관련담이라는 형태로 형상화 한 것과

비교할 때, <합천의 유래>는 내암 중심적인 서술시각을 초점화 하기 위해 내암과 관련된 역사적 사실을 역모담의 형태로 형상화 한 것이라 고 볼 수 있다.

셋째는 변신한 상사뱀의 복수가 내암의 역모 죄와 관련된 역사적인 사실과 본격적으로 결합됨으로써 내암에 대한 부정적인 평가를 정당 화 하고자 하는 인식태도가 서사적인 인과성과 합리성을 가지고 형상 화 된다는 사실이다. 다음의 자료를 통해 이 점을 확인해 보자.

[자료8] 이 일(정인홍이 조식을 사모한 여인이 변신한 구렁이를 단칼에 쳐 죽인 일)이 있은 지 일년 후 정인홍의 형이 아들을 낳았는데 이 정인홍의 큰 조카는 바로 정인홍에게 죽임을 당한 구렁이의 혼이 조카로 태어난 것이었다.

세월은 흘러서 정인홍의 조카는 장년이 되었고 어느 고을의 사또가 되어 있었다. 또한 정인홍은 나중에 벼슬이 자꾸 올라 영의정까지 지냈으나 늙어서 는 합천 땅으로 낙향하여 여생을 보내고 있었다. 이즈음 광해군은 인목대비를 폐출시키려고 하였다. 정인홍이 이 소문을 합천에서 듣고 크게 놀라서 즉시 왕에게 인목대비의 축출을 반대하는 상소문을 올리기로 하였다. 그래서 정인홍 의 상소문을 가지고 하인은 급히 한양길을 향해 떠났다. 그런데 마침 그 하인 이 정인홍의 조카가 고을 원님으로 있는 마을을 거쳐가게 되어 문안을 드리려 고 그를 찾아 하룻밤을 묵어가게 되었다. 그런데 그날 밤 정인홍의 조카는 삼 촌이 무슨 일로 상소문을 올리는가 궁금하게 여겨 이를 뜯어보았다. 당시 조정 에서는 이미 인목대비의 폐출을 결정하였고, 이를 반대하는 상소문을 숙부인 정인홍이 올리면 큰 화가 미치리라 생각하였다. 그래서 정인홍의 조카는 이를 보고서 상소문을 몰래 고쳐서 이를 하인편에 올려 보냈다.그후 인조반정이 일 어나 광해군이 쫓겨나고 능양군이 즉위하였다. 인조는 인목대비를 쫓아내는데 찬동하였던 신하들을 역적으로 내몰아 목을 베었다. 이때 정인홍도 조카가 변 개한 그 상소문 때문에 억울하게 역적으로 몰려 죽임을 당하였다. 그리고 이 때부터 나라에서는 정인홍이 살던 협천을 합천으로 고쳐 부르도록 하였다고 한다.[21]

[자료8]에서 내암의 죽음은 상사뱀 화소를 중심으로 하여 인과적으

21) <합천의 유래>, 이상원 채록본D, 이상원, 전게논문, 20~21쪽

로 계기화 되어 있으며, 구체적으로 서사화 되어 나타난다. 여기서 상사뱀의 복수는 ② 단계 텍스트에서처럼 단순히 악감을 발하는 형태나, ③-1의 텍스트에서처럼 자신이 역적이 되어 죽음으로써 부정적인 영향을 미치는 수동적인 형태와는 본질적으로 다르다. 자신을 죽인 내암에게 복수하기 위해 그의 조카로 태어난 상사뱀은 내암이 폐비를 반대하기 위해 올린 상소를 중도에서 가로채서 의도적으로 변개함으로써 내암을 폐모 주동자이자 역적으로 만들어 죽게 만든다. 대신 상사뱀이 변신한 조카는 이로 인해 하등의 피해를 입지 않는다. 악감을 발하는 ② 단계 텍스트의 상사뱀이나, 역적으로 자신이 죽는 ③-1 유형의 상사뱀이 자신도 죽은 채로 내암에게 복수하는 것과 비교할 때, 그 양상이 훨씬 적극적이다.

이 지점에서 역모 혹은 폐모와 관련하여 내암에게 가해진 역사적인 평가의 부당성과 그 이면에 내재되어 있는 제3의 음모에 관한 문제제기가 자연스럽게 부각되게 된다. 상사뱀으로 상징되는 초월적인 존재의 복수가 이처럼 서사적인 계기를 가지고 인과적으로 나타나며, 의도적인 목적과 치밀한 계획에 따라 실현된 것으로 형상화 되면 될수록 역모·폐모와 관련된 내암의 자발적인 주도성과 의도성에 대한 혐의가 가벼워지게 되기 때문이다. 상사뱀의 변신담·복수담의 서사적·인과적인 완성형은 내암의 역모담과 역방향의 함수관계에 놓여 있는 것으로 ③-2 유형의 향유층이 내암 중심적인 서술시각의 본격적인 구현을 통해 제기하고자 한 것이 바로 내암에 대한 부정적인 역사적 평가에 대한 정당화·합리화에 있음을 알 수 있다.

물론 내암에게 가해진 역모 죄와 비극적인 죽음이 억울한 것이라는 인식은 ② 단계와 ③-1 단계의 텍스트에서도 부분적으로 확인된다. ② 단계와 ③-1 단계의 텍스트에서는 남명 중심적인 서술시각이 여기에 개입되어 있기 때문에 내암에 대한 역사적인 평가에 대응하여 설화적으로 합리화 하려는 인식은 본격적으로 형상화 되지 못하고 일부의 부분적인 서술이나 분절적인 에피소드의 형태로 그치고 있다. 그러나 ③-2 유형에 속하는 <합천의 유래>에서는 이러한 인식이 서사적인 인과성과 완결성을 가지고 형상화 되어 있기 때문에 내암에 대한 역사적인 평가에 문제를 제기하는 동시에 그것을 시정하고자 하는 인식태도가 완결된 서사 속에서 비로소 초점화 되어 형상화 될 수 있게 된 것이다.

한편 내암이라는 역사적인 인물에 대한 긍정적인 서술시각이 강한 ③-2 단계의 패턴에서는 내암에 대한 긍정적·부정적인 인식태도를 양가적으로 가지고 있는 중동화소는 아예 등장하지 않는다. 내암의 남명 상사뱀 퇴치 화소만 등장한다. 내암의 남명 상사뱀 퇴치 화소를 긍정적인 측면에서 형상화 하고 있는 서술시각의 패턴이라고 할 수 있는데, 주목할 점은 이러한 패턴이 합천(陜川)이라는 일정한 지역적인 공간을 배경으로 해서만 나타난다는 사실이다.22) 텍스트에 따라 합천의 구체적인 지명인 해인사·가야봉 등이 공간적인 배경으로 제시되기도 한다.23) 이는 내암의 고향이 합천으로 주된 활동무대라는 사실과 관련이 있다. <내암의 상사뱀 전설 유형>의 긍정적인 서술시각 패턴이 합천이라는 지역적인 정체성과 결합되어 상대적으로 강한 전승력을 보이는 것은 내암과 합천 지역 사이에 존재하는 지역적인 유대감에 기인하고 있는 것이다.

그런데 ③-2 단계에 속하는 텍스트에는 남명의 상사뱀 형성담이 생략되고 내암의 상사뱀 퇴치담만 등장하는 변이형이 존재한다. 이 변이형은 내암의 상사뱀 퇴치로만 전체 서사가 마무리되며, 상사뱀의 복수담은 등장하지 않는다.

[자료9] 당시 해인사 어느 암자를 빌어 12명의 제자를 가르치던 조식은 따뜻한 봄날을 택해 제자들을 가야산봉에 소풍을 보내고 누워 쉬는데 벽장 속의

---

22) <정인홍과 뱀의 앙갚음>, 『한국구전설화』7 , 전라북도, 임석재 편, 평민사, 1990, 89~90쪽, 채록자: 임석재, 제보일: 1969년 8월 13일, 소재지: 무주군 무풍면 현내리, 제보자: 하천수(66세, 남); <합천의 유래>, 이상원 채록본D, 이상원, 전게논문, 20~21쪽
23) <상사구렁이 이야기>, 『합천의 뿌리』, 합천군 발행, 1983, 182쪽

구렁이가 나와 조식을 괴롭히고 있었다. 이 때 소풍 나갔던 제자들은 점심을 먹고 있었는데, 정인홍이 갑자기 내려가자고 하였다. 정인홍은 스승인 남명이 뱀에게 곤욕을 당하고 있으니 이를 구해야 한다고 하면서 동료들을 재촉, 스승에게 달려와 문을 활짝 열고보니 구렁이가 스승의 몸을 휘감고 있었다. 이에 정인홍이 그 뱀을 죽여 버렸다고 한다.[24]

[자료9]에는 내암으로 인한 남명과 남명학파가 입은 피해에 대한 언급이나, 내암의 억울한 죄목과 죽음에 대한 서술이 나타나지 않는다. <내암의 상사뱀 전설 유형>과 차별화 되는 지점이라고 할 수 있다. 다만 내암의 남명 상사뱀 퇴치 화소만 나타난다. 한 가지 지적해 둘 것은 [자료9]의 내암의 남명 상사뱀 퇴치 화소에는 남명과 상사뱀의 관계가 명확하게 형상화 되어 있지 않다는 사실이다. 즉 남명을 괴롭히는 뱀의 정체가 무엇인지는 구체적으로 드러나 있지 않다. [자료9]의 뱀이 상사뱀이 되기 위해서는 남명과 여성의 애정담이 전제가 되어야 하는데, 이 텍스트에는 구렁이를 상사뱀과 등치시킬 수 있는 이러한 서사가 등장하지 않는다. 상사뱀 형성담과 남명의 상사뱀 양육담이 생략되어 있는 것이다. 그러나 [자료9]에 나타난 남명의 뱀은 <내암의 상사뱀 전설 유형>에 등장하는 남명의 상사뱀에 대응된다.

[자료9]의 서사구조를 정리하면 다음과 같다.

㉮ 남명이 제자들을 가야산으로 소풍 보내고 쉬고 있었다.
㉯ 벽장 속에서 뱀이 나와서 남명을 감았다.
㉰ 내암이 뱀의 출현을 알고 가야산을 내려왔다.
㉱ 내암이 남명의 몸을 감고 있는 뱀을 죽였다.

이 텍스트의 전체적인 내러티브가 앞서 제시한 <내암의 상사뱀 전설 유형>에 나타난 일반적인 서사구조 내부에 있다는 것을 확인할 수

---

24) <상사구렁이 이야기>, 『합천의 뿌리』, 합천군 발행, 1983, 182쪽

있다. 물론 인물구도와 인물형상, 서술시각과 인식태도 및 향유의식에는 개별적인 차이점이 있다. [자료9]의 서사구조가 <내암의 상사뱀 전설 유형>에 나타난 유형적인 서사구조의 일반성이 형성하는 스펙트럼 내부에 있다는 것이다. <내암의 상사뱀 전설 유형>에 익숙한 향유층이라면 [자료9]의 구렁이를 남명의 상사뱀에 등치시켜서 향유할 가능성이 크다. 남명의 상사구렁이 형성담과 양육담은 내암 전설 속에서 널리 나타나는 화소이기 때문에 이 전설의 향유층에게는 일종의 유형적인 클리셰의 하나로 정착해 있을 가능성이 크다고 본다. 남명의 상사뱀 형성담과 양육담이 전형적인 클리셰로 향유층에게 수용되어 있다면, 이러한 클리셰가 유형적으로 환기하는 의미망의 외부에 위치한 문제의식을 제기하고자 하는 구술자에게 있어서 유형적인 화소의 변형을 통한 새로운 의미망 환기가 중요한 향유 목적이 될 수 있다. 남명의 상사뱀 형성담과 양육담을 전제로 하지 않는 내암의 남명 상사뱀 퇴치담이 환기하는 의미망은 여타의 <내암의 상사뱀 전설 유형> 속에서 확인되는 그것과 다른 지점에 위치해 있을 수 있는 것이다.

[자료9]에서 내암의 남명 상사뱀 퇴치는 두 가지 차원에서 이루어진다. 하나는 제자 내암이 스승 남명에 대한 충의를 다하기 위해 그에게 해로운 사물(邪物)을 제거해주는 차원이다. 사물을 퇴치하는 내암은 정의로운 인물로 이기심만 충족하려 하는 일상적인 인간의 영역을 벗어난다. 이 지점에서 내암의 남명 상사뱀 퇴치는 내암의 비범성 구현이라는 또 다른 차원과 만난다. 내암은 남명과 떨어져 있으면서도 그가 상사뱀 때문에 고통을 당하고 있음을 알고 달려와 그를 구출하는 비범한 인물로 형상화 되어 있다. 눈앞에 보이지 않는 일도 예측할 수 있으며, 어려움에 처한 일상적 인간을 돕는 이인적인 면모를 지니고 있는 인물로 나타나 있는 것이다. 이러한 내암의 이인적인 인물 형상은 곤경에 처한 일상적인 인간을 구출하기 위해 상사뱀을 퇴치해주는 상사뱀 전설의 유형적인 인간인 이인 퇴치사에 정확히 일치한다. <내암의 상사뱀 전설 유형>에 속하는 여타의 텍스트 속에서

내암의 인물 형상이 상사뱀을 퇴치하는 이인에 대응되지 않는 것과는 차별화되는 점이다.25)

[자료9]은 이러한 내암의 비범성을 부각시키기 위해서 <내암의 상사뱀 전설 유형>에 속하는 여타의 텍스트와는 차별화되는 인물구도를 보여준다. 바로 인물의 대비구도이다. [자료9]에서는 내암을 제외한 모든 인물들을 비범한 인간인 내암과 대비되는 인간으로 형상화 하고 있다. 가장 주목되는 점은 남명을 약자 혹은 무능한 인간으로 그리고 있다는 점이다. 남명은 상사뱀에게 일방적으로 곤욕을 당하는 인물로 나타나며, 상사뱀이 가하는 곤경을 벗어날 어떠한 타개책을 보유하고 있지 못하다. <내암의 남명 상사뱀 퇴치 유형>에 속하는 여타의 텍스트에서 상사뱀 화소가 남녀지정에 대한 남명의 너그러움을 상징하는 모티프로 나타나는 것과는 대조적이다. <내암의 상사뱀 전설 유형>에서 남녀지정에 대한 남명의 포용력이 남다른 인의(仁義)와 덕망, 융통성을 상징하면서 그를 비범한 인간으로 형상화 한 반면 [자료9]에서는 상사뱀이라는 초월적인 현상을 극복하지 못하는 범속한 인간으로 형상화 되어 있다.

이처럼 남명이 무능한 인간이 되면 상대적으로 내암의 비범성이 돋보이게 된다. 바로 이 지점에 [자료9]이 남명의 상사뱀 형성담과 양육담을 생략한 향유층의 의도가 내포되어 있다. 남명의 상사뱀 형성담과 양육담은 일상적인 인간을 초월한 남명의 비범성을 강조하는 측면이 있다. 이러한 화소를 통해 남명은 죽은 인간의 동물 변신이라는 초자연적인 현상을 포용하고 신분이 낮은 여성의 구애라는 계층갈등적인 문제와 윤리도덕적인 문제를 융통성 있게 처리할 수 있는 인간적인 품기를 지닌 대인으로 승화된다. 초월적인 현상에 직면하여 공포에 떨거나

---

25) 이 지점에서 내암의 인물 형상은 상사뱀 전설 속에서 상사뱀을 퇴치하여 일상적 인간을 구해주는 대표적인 이인으로 등장하는 퇴계나 서화담과 동일한 캐릭터를 보여준다. 역시 이름난 도학자임에도 불구하고 상사뱀 전설 속에서 상사뱀을 퇴치하는 이인이 아니라 상사뱀의 상사대상으로 존재하는 남명과는 별별적인 인물형상이라고 할 수 있다.

신분갈등을 극복하지 못하거나 윤리도덕이라는 유교관념을 준수하기에 급급한 일상적인 인간이 도저히 실행할 수 없는 행동반경을 보여주기 때문이다. 반면 남명이 양육한 상사뱀을 사물이라는 이유로 없애버리는 내암은 이러한 남명의 일상을 초월한 품기와 대비될 때 범속한 인간의 수준으로 떨어지게 된다. [자료9]에서 남명을 초월적인 인간으로 형상화 하는 상사뱀 형성담과 양육담을 생략했다면 이러한 서사구조 변형의 목적은 남명을 범속한 인간으로 만듦으로써 상대적으로 내암의 비범성을 강조하고자 하는 지점에 놓여있다고 할 수 있다.

[자료9]에서는 내암과 남명문도의 인물형상도 대비시킨다. <내암의 남명 상사구렁이 퇴치 유형> 중에서 남명의 제자가 등장하는 경우는 이 텍스트가 유일하다. 그런데 [자료9]에 등장하는 남명문도들은 스승인 남명의 곤경을 알아차릴 수 있는 혜안이 없는 일상적인 인간이다. 내암은 이러한 일상적 인간인 남명문도들과 대비되어 비범한 인간으로 부각된다. 내암과 함께 있던 남명문도 어느 누구도 스승이 처한 곤경을 알아차리지 못했다는 점에서 내암의 이인적인 면모는 상대적으로 부각되는 것이다.

5. 나오는 말

본 연구는 <내암 전설>의 존재양상과 <내암의 상사뱀 전설 유형>의 텍스트 형성과정을 중심으로 고찰하였다. <내암의 상사뱀 전설 유형>은 내암 관련 구비전설의 대부분을 차지하고 있는 유형이다. 본 연구에서는 <내암의 상사뱀 전설 유형>으로 분류한 텍스트가 <남명 전설>이 아닌 내암의 인물전설로서 존재하는 양상과 그 의미를 밝히는 것은 <내암 전설>의 유형적 성립 조건 및 방식을 규명함으로써 기존의 연구사에서 <남명 전설>의 일부로 분류해 왔던 <내암 전설>의 실체를 드러내고자 하였다.

본 연구의 결과는 <남명 전설>의 전승 자료로 범박하게 다루어져 왔던 <내암 전설>의 전승 자료들을 <내암의 상사뱀 전설 유형>을 필두로 하여 그 전승양상과 특징을 분석했다는 점에서 의의를 부여할 수 있을 것이다. <남명 전설>의 전승 자료 속에 포함되어 왔던 <내암의 상사뱀 퇴치 유형>이 <내암 전설>의 전승 자료로서 분화되는 구조와 과정을 세부적으로 분석함으로써 <내암 전설>의 독자적인 실체의 한 단면을 드러낼 수 있게 된 것이다.

이러한 본 연구의 성과는 <내암의 상사뱀 전설 유형> 형성 및 전승의 역사적 배경을 고찰하는 방향으로 확장될 필요가 있다. 남명과 내암의 관계, 내암과 관련된 당대 정치적·학문적 맥락 등을 역사적으로 고찰함으로써 이 전설 유형에 내포되어 있는 향유층의 의식을 분석하는 후속 연구가 요구되는 것이다.

II. <내암 상사뱀 전설 유형>에 나타난 인물 형상화의 체계와 역사적 맥락

1. 들어가는 말

본 연구는 내암(來庵) <정인홍(鄭仁弘: 1535~1623) 전설>에 나타난 인물 형상화의 방식 및 그 역사적 맥락을 고찰하는 것을 목적으로 한다. <내암 전설>에 나타난 내암의 부정적인 인물 형상과 긍정적인 인물형상은 동일한 상징적 메타포에서 파생된 파생 메타포의 한 축을 구성한다. 이는 기술자의 가치평가 기준에 따라 내암이라는 동일한 인물이 긍정적으로 형상화 될 수도 있고 부정적으로 형상화 될 수도 있음을 의미한다. 내암이라는 한 역사적인 인물에 대한 가치평가는 개별적인 구술자의 측면에서 이루어질 수도 있지만, 그 개별적인 텍스트 구술자의 가치평가는 내암 전설 향유층의 그것에 한 부분을 구성하며, 내암 전설 전승 담당층의 향유의식은 내암이라는 역사적인 인물에 대한 역사적인 가치평가를 담은 역사 담론과 일정한 상호 관련성을 갖는다.

<내암 전설>에 나타난 내암의 인물 형상은 학문적인 측면에서는 <회퇴변척소(晦退辨斥疏)>라는 역사적인 사건과 관련해서 일정하게 타나며, 정치적인 측면에서는 폐모론(廢母論)과 관련하여 집중적으로 형상화 된다. 이러한 양상은 내암이라는 한 역사적인 인물에 대한 전설 담당층의 인식이 이들 역사적 사건에 대한 역사 담론과 접점을 이루는 지점이 있다는 사실을 의미한다. 내암 전설이 이처럼 특정한 역사적인

사건과 관련되어 나타난다는 것은 내암의 인물 형상에 대한 전설 담당
층의 인식이 내암에 대한 공식적인 역사적 담론에 대한 대응적인 설화
적 말하기의 일환으로 존재한다는 것을 의미하는 것일 수 있다.

본 연구는 <내암의 상사뱀 전설 유형>을 논의의 주된 대상으로 한정
한다. 내암이 남명의 상사구렁이를 퇴치하여 복수를 당한다는 기본적
인 서사골격을 중심으로 한 이 유형은 <내암 전설> 내부에서도 강한
전승력을 지니고 있으며, 실제적인 텍스트의 대부분을 점유하고 있다.
본 연구는 다음과 같은 두 가지 국면으로 전개된다.[26] 첫째는 <내암의
상사뱀 전설 유형>에 나타난 인물 형상화의 상징적 메타포의 체계이
다. 두 번째는 <내암의 상사뱀 전설 유형>에 나타난 부정적인 서술시
각과 향유의식의 역사적 맥락[27]이다.

---

[26] 내암 전설의 <내암의 상사뱀 전설 유형>은 다음과 같은 기존 연구 업적에서 남명
전설의 일부 하위 유형으로 분류되어 왔다. 목록을 제시하면 다음과 같다. 윤주필,
<설화에 나타난 도학자상>, 『남명학연구』7, 남명학연구소, 1997; 이상원, <남명 조식
에 관한 야승의 연구>, 『남명학연구논총』1, 남명학연구원, 1993; 정우락, <설화에
나타난 남명형상의 양상과 의미(1)>, 『남명학연구논총』7, 남명학연구원, 1999;정우
락, <정인홍의 죽음과 남명학파의 운명>, 『남명설화 뜻풀이』, 남명학연구원출판부,
2001. 이 중에서 정우락의 <정인홍의 죽음과 남명학파의 운명>(『남명설화 뜻풀이』,
남명학연구원출판부, 2001)은 내암 몰락의 원인과 과정, 결과가 설화 속에서 어떻게
드러나고 있는지를 상사뱀 전설 모티프를 중심으로 고찰했다는 점에서 내암 전설의
역사적 배경을 고찰했다는 점에서 의의가 있다. 그러나 정우락의 이 연구는 첫째,
'남명 전설'의 바운더리 속에서 진행되었다는 점에서 '내암 전설'의 독자적인 유형성
을 전제하지 못했다는 한계가 있다. 내암 전설 향유층의 역사인식은 '내암 전설'이라
는 독자적인 유형 범주를 설정했을 때 그 의미가 온전하게 드러날 수 있다.

[27] 이 부분에서 연구의 주안점은 다음의 세 가지 측면으로 정리할 수 있다. 첫 번째는
내암 전설의 <내암의 상사뱀 전설 유형>의 배경이 되는 역사적 사건의 구체적인
양상이다. 두 번째는 내암 전설의 <내암의 상사뱀 전설 유형>에 나타난 내암의 인물
형상과 관련 역사 담론에 나타난 내암 인물 형상 사이에 존재하는 공통점과 차별성이
다. 세 번째는 내암 전설의 <내암의 상사뱀 전설 유형>에 나타난 내암의 인물 형상이
역사 담론의 그것과 차별화 된 지점이 있다면 그 의미는 무엇인가 하는 점이다.

2. 인물 형상화에 나타난 상징적 메타포의 양상과 서술시각의 체계

1) 〈내암의 상사뱀 전설 유형〉의 존재양상과 그 특징

<내암 전설>의 전체 자료 목록을 제시하면 다음과 같다.

(01) 〈소태국 시음〉, 이상원 채록 설화, 제보자: 김병기(63세), 채록일자: 1996.8. 20[28]

(02) 〈남명패도〉, 이상원 채록 설화, 제보자: 이인갑(55세), 채록일자: 1986.8.29[29]

(03) 〈합천의 유래〉, 이상원 채록 설화, 제보자: 김성수(58세), 채록일자: 1986.8. 26[30]

(04) 〈상사구렁이 이야기〉, 『합천의 뿌리』, 합천군, 1983, 182쪽

(05) 〈정인홍과 뱀의 앙갚음〉, 제보자: 하천수(66세), 채록일: 1969.8.13, 『한국구전설화』 7-전라북도, 임석재 편, 평민사, 1990, 80~90쪽

(06) 〈조남명 선생과 상사뱀〉, 『한국구비문학대계』 7-15, 한국정신문화연구원, 1980, 368쪽

(07) 〈남명과 상사구렁이〉, 『한국구비문학대계』 8-3, 한국정신문화연구원, 1980, 684쪽

(08) 〈남명선생 전설〉, 『한국구비문학대계』 8-4, 한국정신문화연구원, 1980, 242~ 246쪽

(09) 〈정인홍 일화〉, 『한국구비문학대계』 8-10, 한국정신문화연구원, 1980, 238쪽

(10) 〈정인홍 일화(1)〉, 『한국구비문학대계』 8-10, 한국정신문화연구원, 1980, 351쪽

(11) 〈조식선생과 상사구렁이〉, 『한국구비문학대계』 8-10, 한국정신문화연구원, 1980, 357쪽

(12) 〈정인홍 일화(2)〉, 『한국구비문학대계』 8-10, 한국정신문화연구원, 1980, 425쪽

---

28) 이상원, <남명 조식에 관한 야승의 연구>, 『남명학연구논총』1, 남명학연구원, 1993, 16쪽
29) 이상원, <남명 조식에 관한 야승의 연구>, 『남명학연구논총』1, 남명학연구원, 1993, 18쪽
30) 이상원, <남명 조식에 관한 야승의 연구>, 『남명학연구논총』1, 남명학연구원, 1993, 20~21쪽

논의의 편의를 위해 <내암 전설>에 속하는 텍스트의 내용을 소개하면 다음과 같다.

(01) 〈소태국 시음〉
남명이 고제자인 김우웅과 정인홍의 도량을 시험하기 위해 소태국을 먹였더니, 내암은 당장 토해버렸으나 우웅은 끝까지 다먹었다는 이야기이다.

(02) 〈남명패도〉
남명은 실천을 중시하여 그 신물 중 금령(金鈴)은 자신이 차고 다니며 자기를 깨우치고, 경의도(敬義刀)는 내암에게 전했다.

(03) 〈합천의 유래〉
남명이 젊어서 과거보러 상경할 때 묵었던 주막의 주모가 그를 그리워하다 죽어 상사뱀이 되어 찾아왔다. 남명은 그 구렁이를 벽장에 넣어두고 원한을 풀어주려 하였다. 내암이 벽장문을 열고 상사뱀이 있는 것을 보고는 단칼에 쳐죽였다. 남명이 내암을 크게 힐책하고 큰 일이 있을 것을 염려하였다. 내암의 형이 아들을 낳았는데, 상사뱀의 혼이 조카로 태어난 것이었다. 내암이 영의정을 그만두고 합천으로 낙향해 있을 때 인목대비의 폐비를 반대하는 상소문을 올렸는데, 그 상소문을 내암의 조카가 고쳐서 내암을 역적으로 만들었다. 이때부터 나라에서 내암이 살던 협천을 합천으로 고쳐 부르게 하였다.

(04) 〈상사구렁이 이야기〉
남명이 제자들을 가야봉에 소풍보내고 쉬는데 벽장에서 구렁이가 나와 괴롭혔다. 내암이 이를 알고 구렁이를 죽여버렸다.

(05) 〈정인홍과 뱀의 앙갚음〉
남명이 젊어서 과거보러 상경하는 길에 주막의 주모가 사모하였으나, 들어주지 않자 죽어서 상사뱀이 되어 남명의 집 사랑방 벽장에 도사리고 있었다. 내암이 남명 몰래 벽장문을 열어보고는 상사뱀을 죽여 불살라버렸다. 남명이 이를 알고 큰 일이 일어날 것을 염려했는데, 그 뱀이 죽어 내암의 조카로 태어났다. 내암이 영의정을 그만두고 합천에 낙향해 있을 때, 광해군의 폐모논의를 알고 반대하는 상소를 보냈다. 내암의 조카가 폐모 창성론으로 고쳐서 상소문을 보내자, 내암이 역적으로 몰려 죽었다. 이후 내암이 살던 협천을 합천으로 고쳐 부르게 되었다.

(06) 〈조남명 선생과 상사뱀〉

남명을 사모하던 이웃집 양반가 딸이 죽어서 상사뱀이 되어 남명의
허리를 감으니, 남명이 자기집 서당방 벽장에 넣고 키웠다. 충동을 가
진 제자 내암이 벽장문을 열고 안충으로 쏘아 상사뱀을 죽였다. 남명
이 이를 알고 석달 후에 득천할 뱀이 죽었다고 원통해 했다. 죽은 뱀이
남명의 조카로 태어나자 하나를 죽였는데, 또 하나가 태어났는데, 원수
를 갚으려고 역적으로 몰려 죽었다. 그 덕분에 내암도 학살을 당했다.

(07) 〈남명과 상사구렁이〉

남명이 서울로 유람하다 여관집 처자와 함께 잤는데, 약속한 기일을
넘기는 바람에 처자가 죽어 상사뱀이 되었다. 이를 알고 남명이 상사
뱀을 데려가 자기집 벽장에 넣어두었다. 제자 셋 중 하나가 상사뱀을
꺼내 몽둥이로 패서 죽였다. 남명이 알고 제자를 돌려보내니 상사뱀을
죽인 제자집에 내성벽력이 쳤다.

(08) 〈남명선생 전설〉

남명이 합천 황무산 세삼봉의 정기를 타고 태어났다. 퇴계는 내암의
쌍동(雙瞳)을 보고 역적이 될 줄 알고 제자로 받지 않았으나, 남명은
제자로 받아주었다. 남명이 과거보러 상경하는 길에 들린 주막집 주모
와의 약속을 지키지 않자 죽어 상사뱀이 되어 남명을 찾아왔다. 남명
이 이불 밑에 상사뱀을 넣어두었는데, 내암이 이불을 들춰보니 상사뱀
이 내암에게 악감을 갖고 죽었다. 내암이 어쩔 수 없이 역적이 되어
죽자 남명이 명인록에도 들지 못하고, 이퇴계 보다 못하게 되었다.

(09) 〈정인홍 일화〉

합천에 정인홍이 살았는데 눈동자가 중동(重瞳)이라 그 안충이 쏘이
면 사람과 짐승이 죽어버리므로, 내암은 항상 눈을 내리깔고 다녔다.
내암의 꿈에 합천 못의 구렁이가 나타난 자기가 오시에 득천 하려고
하니 내다보지 말라했는데, 내암이 내다보자 그 안충에 구렁이가 죽어
내암의 이질(姨姪)로 태어났다. 내암이 죽였으나 또 태어났다. 폐모론
에 반대하는 상소를 올렸는데, 이질이 찬성론으로 위조해 보내자 내암
이 역적으로 몰려 죽었다.

(10) 〈정인홍 일화(1)〉

합천의 내암이 중동(重瞳)으로 유명했다. 내암이 역적이 될 줄 알고
퇴계가 제자로 받아주지 않았는데, 남명은 그것을 알고도 받아주었다.
남명이 외출할 때 꼭 벽장문을 잠그는 것을 보고 내암이 열어보니 구렁

이 한 마리가 있었다. 내암이 눈을 부릅뜨고 노려보자 구렁이가 죽어 내암의 당질로 태어났다. 내암이 이를 알고 두 번째까지는 죽여버렸는데, 세 번째는 그냥 놔두었다. 내암이 십년 독상(獨相) 후 합천으로 낙향해 있다가 폐모론에 반대하는 상소를 보냈다. 내암의 당질이 폐모 찬성론으로 고쳐 보내자 내암이 역적으로 몰려 죽었다.

(11) 〈조식선생과 상사구렁이〉

남명이 소싯적에 옆집 처자가 남명을 사모하다 자살해서 상사뱀이 되었다. 남명이 영혼을 달래주려고 사랑방 벽장에 넣어두었다. 내암 때문에 남명이 퇴계나 율곡처럼 유명해 주지 못했다.

(12) 〈정인홍 일화(2)〉

내암이 어려서 해인사에서 글공부를 하는데, 고을원이 시찰왔는데도 책만 보고 인사하지 않을 정도로 스스로 자부심이 있었다.

이 중에서 본 연구가 주된 연구 대상으로 삼은 〈내암의 상사뱀 전설 유형〉에 속하는 자료는 (03) · (04) · (05) · (06) · (07) · (08) · (11)이 다.[31] 〈내암의 상사뱀 전설 유형〉에 속하는 텍스트는 내암에 대한 인식태도에 따라 그 서술시각이 긍정적 유형과 부정적 유형, 가치중립적인 유형으로 분류된다. 내암에 대한 서술시각이 긍정적인 유형에는 자료 (02) · (03) · (04) · (09) · (10)이 속한다. 반면, 내암에 대한 서술시각이 부정적인 유형에는 자료 (01) · (03) · (05) · (06) · (07) · (08) · (11)이 속한다. 전자의 자료 유형에서 내암은 영웅, 이인으로 그려져 있으며, 호기롭고 강직한 성품을 지닌 인물로 형상화되어 있다. 반대로 후자의 유형에서는 참을성과 인의(仁義)가 없고, 지나치게 호강(豪强)하여 살기를 지녔으며 역적의 기운을 품은 인물로 그려져 있다. 특이한 점은 적극적이고 실천적이며, 의기롭고 호무한 성향이 전자에서는 각기 정반대로 평가되고 있다는 점인데, 설화 담당층의 인식태도에 따라 내암이라는 인물이 다르게 받아들여지고 있다는 사실을 확인할 수 있다. 한편, 자료 (05)는 내암에 대한 서술태도가 가치중립적인 경우에 해당

31) 자료 (12)에는 내암 전설의 '남명상사구렁이 퇴치 유형'의 핵심적인 모티프인 상사뱀 퇴치 화소가 등장하지 않는다는 점에서 제외했다.

된다. 자료 (05)는 내암에 대한 인식태도가 긍정적인 유형과 부정적인 유형이 공유하는 핵심적인 서사의 내용을 지극히 사실전달적인 관점에서 제시할 뿐으로, 이에 대한 별다른 가치편향적인 평가를 내리지 않는다는 점이 특징이다. 내암 관련 구비전설의 특징은 상사뱀이 주요한 매개체로 등장하는 각편이 대부분을 차지하고 있다는 사실이다. 위에서 제시한 자료 (03)에서부터 (11)까지가 여기에 해당한다.

내암 관련 설화의 또 한 가지 특징은 대부분의 자료에서 남명이 등장하고 있다는 사실이며, 이러한 자료는 하나의 뚜렷한 유형을 이룬다. 내암 등장 설화는 다시 내암을 초점화한 부류와 남명을 초점화한 두 부류로 나뉜다. 전자에는 자료 (01) · (02) · (03) · (04) · (09)가 속하며, 후자에는 자료 (03) · (05) · (06) · (07) · (08) · (11)이 속한다. 전자의 자료에서 내암은 실기하지 않는 실천력과 의로운 기상을 지닌 인물로 그려져 있는 반면, 후자에서는 남명에게 위해를 가하거나 그의 행위를 방해하고 훼방 놓는 존재로 그려져 있다.

남명의 상사뱀을 중심으로 내암에 대한 인물 평가를 허구적으로 담론화 하고 있는 <내암의 상사뱀 전설 유형>은 내암의 인물형상화 방식에 있어서 문헌설화와 다른 양상을 보여준다. 우선적으로 『내암집(來庵集)』을 비롯한 개인문집과 야담집 등에 나타나는 내암 관련 기사를 중심으로 조사 정리하여 내암 관련 문헌설화 자료 목록을 제시하면 다음과 같다.

(01) 『내암집(來庵集)』 15권 7책, 정인홍(鄭仁弘).
(02) 『남명집(南冥集)』 3권 2책, 조식(曺植).
(03) 『성호사설(星湖僿說)』 30권, 이익(李瀷).
(04) 『경연일기(經筵日記)』 1책, 이이(李珥).
(05) 『혼정편록(混定編錄)』, 18권 10책, 윤선거(尹宣擧).
(06) 『난중잡록(亂中雜錄)』, 4권 2책, 조경남(趙慶男).
(07) 『연려실기술(練藜室記述)』, 59권 42책, 이긍익(李肯翊).
(08) 『매천야록(梅泉野錄)』, 6권 7책, 황현(黃玹).

(09) 『오하기문(梧下記聞)』, 황현(黃玹)

(10) 『일사기문(逸史記聞)』 1책.

(11) 『선조실록(宣祖實錄)』(『宣祖修正實錄』) 42권 8책.

(12) 『광해군일기(光海君日記)』 187권 64책.

(13) 『인조실록(仁祖實錄)』 50권 50책.

내암 관련 문헌설화에서는 내암의 인물평가를 위해 남명의 상사뱀을 등장시키지 않는다. 이 점에서 <내암의 상사뱀 전설 유형>의 상사뱀은 내암의 인물형상화를 위해 동원한 허구적인 장치라고 할 수 있다. 내암 관련 문헌설화의 기술태도 역시 크게 부정적 인식과 왜곡, 긍정적 인식과 객관적 평가의 두 측면으로 분류해 볼 수 있다. 전자에는 자료 (01) · (03) · (04) · (05) · (06) · (08) · (09) · (10)이 속하며, 후자에는 (02) · (07) · (11)이 속한다. <내암의 상사뱀 전설 유형>에 비해서 내암에 대한 부정적인 인식이 상대적으로 강하다는 사실을 확인할 수 있다.

전자에서 내암은 폐모론자, 쌍눈동자의 역적, 탐욕주의자, 무소불위의 권력자, 남명문도의 이단아 등으로 형상화 되어 있다. 이는 주로 내암의 정정이었던 서인의 기록이나 인조반정 이후 수정된 실록 자료에 근거한 것으로 정치적 이해관계에 따라 다분히 왜곡된 경향이 강하다. 폐모는 정인홍이 반대한 것으로, 광해군과 이이첨 일파가 추진한 사안임에도 불구하고 내암이 주도한 것으로 조작된 대표적인 사례에 해당한다. 이는 내암을 강상의 윤리에 위배되는 인물로 몰아가지 않으면 반정세력 스스로의 정치적 명분을 축적할 수 없었던 이면을 드러내는 것으로, 오히려 내암의 명성과 세력에 대한 반증일 수 있다. 반면, 후자의 긍정적 인식 및 기술태도는 이이나 내암의 동향 · 추종세력을 제외한 당대인에게서는 나타나지 않는다. 대신 이익 · 조경남 · 황현 · 신채호 등과 같은 후대의 실학자 혹은 재야 민족주의자에서 확인된다. 여기서 내암은 의리주의자 · 실천주의자 · 개혁주의자로 형상화 되어 있으며, 강직한 성품, 원칙주의적 경향, 저돌적인 추진력의 소유자로 형상화되어 있다. 이는 내암의 성향 및 사상이 시대를 앞선 선도적인 것이었음을 입증하는 것으로, 조선후기에 본격화되는 실학·양명학과 시대를 뛰어넘어 연결된다. 사상적으로 일치하는 실학자·민족주의자 들에 의해 내암이 재평가되었음을 확인할 수 있다.

2) 인물형상화의 양상과 서술시각의 체계

<내암의 상사뱀 전설 유형>에서는 내암이라는 인물의 성격을 형상 화하기 위해 상징적인 메타포를 다양하게 동원하고 있는데, 그 중에서 일부는 유형화 되어 반복적으로 나타난다. 상사구렁이·조카·중동(重瞳)·충동(衝動)·남명·퇴계 등이 대표적인 예이다. 이 중에서 상사구 렁이·조카·중동(重瞳)·충동(衝動)은 <내암의 상사뱀 전설 유형>에 서 동일한 상징체계에 의해 움직이면서 반복된다. 주목할 점은 메타포 를 구성하는 하나의 기표 속에 이질적인 기의들이 다층적으로 존재하 고 있다는 사실이다. 특정 메타포 속에 들어있는 하나의 기의는 다른 기의와 충돌하기도 하며, 대립되는 기의들이 모여서 구성하는 특정 메 타포는 복합적인 의미망을 이룬다. 동일한 기표 내부에 복층적으로 존 재하는 기의는 긍정적인 의미망을 구성하기도 하고 때로는 부정적인 의미망을 구성하기도 한다. 이렇게 다의성을 지닌 채로 열려있는 메타 포의 복층적 체계는 그 자체로 내암이라는 인물 형상에 대한 설화 담 당층의 인식체계를 나타낸다. 내암에 대한 당대 및 후세의 인식이 단일 하지 않다는 점, 구전으로 전승되는 경로가 복잡하며 그 속에 내암에 대한 다기한 인식체계가 개입되어 있다는 점을 알 수 있다.

<내암의 상사뱀 전설 유형>에 나타난 메타포를 기표와 기의로 나누 어 그 의미체계를 표로 정리하여 제시하면 다음과 같다. 다음의 [도표 1]을 참조해 주기 바란다.

[도표 1]

기 표		기 의		
		긍정적	중간적	부정적
상사구렁이		엿보거나 건드려서는 안 되는 금기/초월적인 존재	위해한 사물(邪物)	
		인의로 지켜줘야 할 미물(微物)		
변신한 구렁이	내암의 조카		내암을 죽음으로 본 운명	
	남명의 조카			
중동	쌍동/겹눈동자	비범한 능력	살기 · 독기 · 악기	
	충동/안충		역적의 표상	
남명		인의지사(仁義之士) 도량이 넓은 인간 도학자	내암에 의해 피해를 입은 인간	범속한 인간
		내암의 비범성을 알아보는 인간	내암과의 운명 공동체	성애를 즐기는 인간
퇴계				도량이 좁은 인간
				내암을 알아보는 지인지감이 없는 인간
남명문도			범속한 인간	

'상사구렁이', '중동'이 대립적인 기의로 구성된 복합적인 의미망을 지닌 기표의 대표적인 케이스이다. 예컨대 '구렁이'란 기표는 금기의 상징이기도 하고 동물 그 자체이기도 하며, 측은한 미물인 동시에 해로운 사물이기도 하다. 때로는 신적인 존재로 나타나기도 한다. 한편 '겹눈동자'란 기표는 타자를 죽이는 살기이기도 한 동시에 비범한 능력의 표상으로 나타난다. 이러한 기표의 대립항이 구성하는 메타포의 복합적인 체계는 내암에 관한 인물형상화의 중층화를 낳는다. '겹눈동자' 라는 동일한 기표를 매개로 악인적 이미지와 이인적 이미지가 대립적

으로 산생되어 공존하게 되는 것이다. 다시 말해서 특정한 하나의 메타포를 구성하는 복층적인 기의 중에 어떤 것을 선택하느냐에 따라서 내암이라는 인물은 긍정적으로 형상화되기도 하고 또 부정적으로 형상화되기도 한다. 원형적인 메타포가 형성하는 상징적인 의미체계 내부에서 내암이라는 인물 형상에 대한 긍정적인 서술시각과 부정적인 서술시각이 병립하고 있다는 것이다.

그런데 주목되는 점은 <내암의 상사뱀 전설 유형>에 속하는 텍스트들의 대부분이 상징적인 메타포와 관련하여 형성된 내암의 인물 형상을 역사적인 지평 속에 재맥락화 하여 의미부여를 한다는 사실이다. 내암의 인물 형상에 대한 이러한 역사적인 재맥락화의 체계는 두 가지 국면으로 나타난다. 첫째는 부정적인 인식과 왜곡이다. 여기서 내암의 인물 형상은 폐모론자, 쌍눈동자의 역적, 탐욕주의자, 무소불위의 권력자 등으로 나타난다. 둘째는 긍정적인 인식과 객관적인 평가이다. 여기서 내암은 남명문도의 수제자, 십년 독재상(獨宰相) 등으로 나타난다. 이처럼 원형적인 메타포가 형성하는 의미체계 내부에서 내암이라는 인물 형상에 대한 서술시각이 역사적인 지평과 연결되어 있다는 사실은 <내암의 상사뱀 전설 유형>에 나타난 내암에 대한 인물형상화 방식의 체계가 역사적인 맥락과 밀접하게 관련되어 있음을 의미한다.

<내암의 상사뱀 전설 유형>에 나타난 내암의 인물 형상이 역자적인 맥락과 결합되는 양상을 체계화 하면 [도표 2]과 같다.

[도표 2]

		긍정적	가치중립적	부정적
인물 형상	학문적인 국면	남명학파의 수제자	양가적	남명학파의 파괴자
	정치적인 국면	십년 독재상(獨宰相)의 권력자	정치적 희생양	폐모론자, 쌍눈동자의 역적, 무소불위의 권력자
역사적 지평	학문적인 국면	<회퇴변척소> 사건		
	정치적인 국면	내암의 정치적 권력, 폐모 사건		

<내암의 상사뱀 전설 유형>에 나타난 내암의 인물 형상이 당대의 역사적인 지평과 결합하는 맥락은 두 가지 국면으로 나타난다. 첫 번째는 학문적인 국면이다. 내암과 남명학파의 관련성을 중심으로 한다. 남명학파의 창시자이자 종장이 남명인 만큼 남명과의 관련담은 <내암의 상사뱀 전설 유형>에서 중요한 한 부분을 구성한다. 남명학파의 위상과 관련된 학문적인 국면에서 내암의 인물 형상은 남명학파의 수제자란 긍정적인 캐릭터와 남명학파의 파괴자란 부정적인 캐릭터로 나타나며, 그 중간에 가치중립적인 시각이 존재한다. 이처럼 전설 텍스트의 학문적인 국면에서 나타난 내암의 인물 형상은 <회퇴변척소> 사건이라는 역사적인 사건과 결합되면서 당대 역사적 맥락이 환기하는 의미망을 내포하게 된다.

　　두 번째는 정치적인 국면이다. <내암의 상사뱀 전설 유형>에 나타나는 인물 형상의 정치적인 국면은 내암이 십년 독재상으로서 보유하고 있었던 정치적인 권력, 폐모 논란과 관련된 반역자, 그리고 정치적인 희생양이라는 세 가지 차원으로 존재한다. 십년 독재상으로서의 내암의 인물 형상은 주로 긍정적이거나 가치중립적인 양상으로 나타나고, 폐모 논란과 관련된 반역자와 관련한 내암의 인물 형상은 주로 부정적인 캐릭터로 나타난다. 이 가운데에 억울한 정치적인 희생양으로서의 내암의 인물 형상이 가치중립적이고 객관적인 서술시각과 결합하여 존재한다.

　　이러한 측면에서 볼 때 <내암의 상사뱀 전설 유형>에 나타난 내암에 대한 인물 형상은 역사적인 인물로서의 내암에 대한 역사담론의 학문적·정치적인 평가의 지평과 맞닿아 있다고 할 수 있다. 내암에 대한 역사적인 담론은 주로 지식인의 개인문집과 『조선왕조실록』 등을 중심으로 나타난다. 이러한 내암에 대한 역사적인 담론은 구비전설의 형태로 존재하는 <내암의 상사뱀 전설 유형>과 비교할 때, 문헌설화와 역사사료의 영역에 위치한다고 할 수 있다. 다시 말해서 <내암의 상사뱀 전설 유형>에 나타난 내암의 인물 형상은 문헌설화와 역사사료에 나타난 역사적인 인물로서의 내암에 대한 지식인 담론을 그 역사적인 맥락의 한 축으로 하고 있는 것이다. 이 점에서 <내암의 상사뱀 전설 유형>에 나타난 내암의 인물 형상과 결합되어 있는 역사적 지평의 두 축, 즉 학문적인 국면에서의 <회퇴변척소> 사건과 정치적인 측면에서의 폐모 논란을 중심으로 지식인의 역사 담론 속에 나타난 내암에 대한 가치평가와 인식태도가 어떠한 양상으로 나타나 있는가 하는 점을 따져보는 것이 중요한 문제가 된다.

3. 내암 인물형상화에 나타난 부정적인 서술시각과 그 향유 의식의 역사적 맥락

<내암의 상사뱀 전설 유형>에서 학문적인 국면으로 존재하는 <회퇴변척소> 사건은 내암과 남명, 혹은 내암과 남명학파의 관계성을 중심으로 한 것이다. 내암은 남명학파의 고제로서 그 명성을 발판으로 하여 정치적 권력을 구축한 인물이다. 내암의 학문적 · 정치적 활동을 종합해 보면 그의 행동 방식과 세계관, 정치 활동을 규정하는 한 동력이 되었던 것이 바로 이 남명학파의 학통 계승자라는 정체성으로 나타난다. 여기에는 남명학파에 대한 자부심과 스승인 남명에 대한 절대적인 존숭, 남명학파의 미래에 대한 책임감 등이 포함되어 있는 것으로 보인다.

<내암의 상사뱀 전설 유형>에 나타난 <회퇴변척소(晦退辨斥疏)>[32] 와 관련된 일화는 남명학파의 종주이자 스승에 대한 내암의 존숭을 보여주는 사례에 해당한다.[33] 내암은 학계에서 스승인 남명의 위상을

---

32) <鄭仁弘儒籍>, 李肯翊, 『練藜室記述』卷19
33) 내암 상사구렁이에서 <회퇴변척소> 사건은 『명인록』 사건으로 기술되어 나타나 있다. <남명선생 전설>(『한국구비문학대계』 8-4, 한국정신문화연구원, 1980)에서는 『청금록』이 『명인록』으로 잘못 구술되어 있으며, 내암이 『청금록』에서 제명당할 번 할 사건을 남명이 『명인록』에서 이름이 삭제된 것으로 오인하고 있음을 확인할 수 있다. 이는 <남명선생 전설>이란 텍스트가 내암 중심적인 서술시각 보다는 상대적으로 남명 중심적인 서술시각이 강한 텍스트이기 때문인 것으로 보인다. <회퇴변척소>를

제고하기 위해 이차에 걸친 운동을 벌이는데, 이는 당시 학계의 헤게모니가 퇴계학파를 중심으로 구성되어 있던 상황 속에서 무리수가 있는 초강수를 둔 것이라고 볼 수 있다. 일차는 1604년(선조37)에 내암의 주도로 간행한『남명집』과 관련하여 벌어졌다. 내암은 서문과 행장, 신도비명을 쓰면서 행장 뒤에 <남명선생여이구암절교사(南冥先生與李龜岩絕交事)>와 <퇴계답이정서(退溪答李楨書)>를 써서 나란히 붙여놓았다. 이 두 글은 이정(李楨)이 조식의 행동과 처신을 비판하자 남명이 그와 절교를 한 일을 두고 조식과 퇴계의 인품과 학문적 자세, 상대에 대한 상호평가 등을 중심으로 한 것으로, 궁극적으로는 조식을 높이고 퇴계를 비판하고자 하는 의도를 내포하고 있다. 이러한 논쟁적인 담론을 담은『남명집』이 간행되자 내암은 퇴계학파 중심으로 구성되어 있는 성균관, 전국의 서원과 향교에 소속되어 있는 유생들의 집단적인 반발에 직면하게 되었다. 이차는 1610년(광해군2) 문묘종사(文廟從祀)를 계기로 진행되었다. 내암은 광해군의 계속적인 출사 요구에도 불구하고 불응하면서 대신 퇴계의 문묘종사의 부당함을 탄핵했다.[34] 이황을 비판함으로써 대신 스승인 조식의 문묘종사를 우회적으로 요구한 것이다. 이 두 번째 문묘종사 사건과 관련하여 조정과 유림에서는 일대 파란이 일어난 바, 삼사(三司)에서는 내암의 탄핵을 요구하고 나섰고, 퇴계학파가 주축이 된 성균관과 유림에서는 사림의 명부인『청금록(靑衿錄)』에서 내암의 이름을 삭제할 것을 결의할 정도로 강력한 것이었다.[35]

내암은 남명학파의 의발전수자로서 학파의 지분을 확대하는 동시에

시발로 한 내암의 남명학파 학통 강화운동의 결과로 벌어진『청금록』의 내암 이름 제명이란 역사적인 사건을 남명 중심적으로 이해하려다 보니 이러한 오해가 빚어진 것으로 생각된다.

34)『光海君日記』, 권39, 3년 3월 內寅條
35)『光海君日記』, 권40, 3년 4월 辛巳條; 내암의 <회퇴변척소(晦退辨斥疏)>를 계기로 확대된『청금록(靑衿錄)』사건은 김육(金堉)의 주도로 이루어진『청금록』에서의 정인홍 이름 삭제 운동, 박여량 등의 정인홍 구명운동, 광해군의 내암의『청금록』이름 삭제 거부 등의 과정으로 전개되었다.

학계에서 종주인 남명의 위상을 제고해야 한다는 자기 의무감을 지니고 있었던 것으로 보인다. 남명문도에서 내암이 차지하는 위상을 단적으로 보여주는 사례가 바로 나타난 남명의 패검(佩劍)과 관련된 일화36)이다. 조식은 실천과 행동을 중시하여 늘 방울을 차고 다니고 그 소리를 듣고 자기 마음을 깨우쳤으며, 칼을 머리맡에 두고 의리의 결단을 다짐했다. 남명은 "내명자경(內明者敬), 외단자의(外斷者義)"라 하여 '경의(敬義)'를 자신의 행동철학의 상징으로 내세웠는데37), 방울은 '내명(內明)'인 '경(敬)'을 상징하고 칼은 '외단(外斷)'인 '의(義)'를 상징한다. 조식은 죽기 직전인 1572년(선조5)에 방울은 동강 김우옹에게, 칼은 내암 정인홍에게 물려주었다. 이는 내암과 동강이 내암의 행동철학을 구성하는 두 가지 핵심 요소인 '의(義)'와 '경(敬)'을 계승한다는 것으로 일종의 남명문도의 학통과 철학을 계승하는 의발수여의 상징적인 의미를 내포하고 있다. 여기서 남명이 외단(外斷)을 상징하는 패도를 내암에게 물려주었다는 것은 내암의 기질과 학문 경향 및 철학이 산림처사의 내면적인 심성도야 보다는 외부적인 정치·사회적 활동과 실천에 기울어져 있다는 사실을 인정하고 있다는 사실을 보여준다. 실제로 내암은 남명의 사후에 산림처사에서 정치가로 변신하여 남명학파의 학문과 철학을 정치적·사회적으로 실현하고자 했다. 이러한 점에서 본다면 실천적인 결단과 행동을 중시하는 남명학파의 진수를 현실적으로 구현하고자 한 진정한 계승자는 내암이라고 할 수 있다. 윤선거(尹宣擧)가 『혼정편록(混定編錄)』에서 내암을 가리켜 "정인홍은 바로 또 하나의 조식"38)이라고 평가하고 있는 것도 남명학파에서 차지하는 내암의 위상을 보여주는 사례라고 할 수 있다.

---

36) "植常佩鈴喚醒, 拄劍警昏, 末年以鈴與金宇顒, 以劍與仁弘曰, 以此專心, 仁弘以劍拄頷下擊踔, 經身如一日", 『宣祖修正實錄』, 6년 5월, 庚辰條

37) <佩劍錄>, 『南冥集』, 別集

38) "仁弘聞道於曹植, 曹植常以爲, 學問操履吾所不及云, 則仁弘是一曹植也", 尹宣擧, 『混定編錄』7

그런데 문제는 남명학파의 계승자로서 자기 학맥을 수호하고 발전시키고자 하는 노력이 맹목적으로 발휘되었다는데 있다. 다시 말해서 이는 앞서 살펴본 내암의 원리 원칙적인 인격적인 특징이 반영된 것으로 자신의 학통과 스승에 대한 고지식하고 융통성 없는 존숭의 행위가 학계의 반발을 불러온 결과 일어난 일대 파란이었다고 할 수 있다. 내암은 자신의 이름이 사림의 명부에서 삭제될 위험을 감수하고서라도 극약처방을 하여 퇴계학파가 주류를 차지하고 있는 학계에서 남명학파의 지분 확대를 꾀함으로서 남명학파의 계승자이자 남명의 후계자로서의 의무를 다하고자 한 것으로 보인다.

물론 이러한 내암의 학문적인 활동의 내부에 정치적인 이해타산이 내재해 있지 않다고는 말 할 수 없다. 『남명집』발간과 관련한 일차 사건의 경우 논쟁적인 담론의 대상이 된 남명과 퇴계간의 반목 사건은 이미 과거에도 논란의 대상이 된 것으로 유독 내암의 글만이 문제의 소지가 될 이유는 없다고 할 수 있기 때문이다. 요는 학계 내부의 헤게모니 전복과 남명학파의 새로운 창신을 꿈꾼 내암의 시도가 학계뿐만 아니라 정계의 탄핵 중심에 서게 된 것은 역설적으로 내암의 정치적인 지분이 그만큼 컸다는 반증이 될 수 있다. 남명학파의 계승자로서의 의무를 맹목적으로 추구한 내암의 연이은 운동은 정치적 헤게모니 다툼의 상대자가 보기에는 학문적인 권력 확보를 통해 이미 구축한 정치적인헤게모니를 확대 재생산 하고자 하는 의도로 받아들여진 것이 아닌가 생각된다. 『일사기문(逸史記聞)』의 작가가 이항복(李恒福)의 말을 인용하여 '조식의 문하에 정인홍이 없었다면 그 도가 더욱 높았을 것이고, 정인홍의 악함은 박여량(朴汝樑)을 얻어서 죄가 더욱 깊다.'[39] 라고 한 평가는 광해군의 축출과 함께 정치적으로 몰락한 내암에 대한 당대 정계 주류 집단의 입장을 대변하는 것이라고 할 수 있다.

남명학파 내부에서도 이러한 내암의 실천적 자세는 비판의 대상이

---

39) "李白沙鰲城公, 在左揆, 其箚陳之辭有曰, 曹植之門無仁弘。則道益尊, 仁弘之惡, 得汝梁而罪益深, 一時以爲名言",『逸史記聞』

었다. 종주(宗主)인 남명도 예외는 아니어서 내암이 출처(出處)의 길에 대해 묻자 이를 반대했다. 남명이 주장한 학문의 실천이란 정치가로서의 그것이 아니라 지식인으로서의 자기수양과 사회에 대한 봉사와 기여, 정치·행정가에 대한 감시자 활동과 비판적 담론 생산 등의 영역에 속한 것이었던 것으로 생각된다. 남명이 내암에게 기대했던 것은 이러한 측면의 실천이었던 것으로 보이는데, 현실적인 정치가로 변신함으로써 남명이 의발의 하나를 전수한 기대를 저버린 내암에 대한 남명학파 내부의 비판은 심각한 수준이었던 것으로 나타난다. 내암을 둘러싼 남명학파 내부의 갈등과 불만이 비판적으로 형상화 되어 있는 것이 바로 '의발전수 유형'이다. 내암 전설의 '의발전수 유형'은 남명학파 내부의 후계구도를 중심으로 하여 내암에 대한 남명학파의 내부의 비판적인 시각을 갈등적으로 형상화 하고 있다.

'의발전수 유형'에서는 내암과 함께 스승인 남명 조식과 동기인 동강(東岡) 김우옹(金宇顒: 1540~1603)이 주요 인물로 등장한다. 남명학파 의발 전수담 계열 속에서 내암은 남명학파의 의발, 즉 남명의 후계자로서의 지위를 두고 동기인 우옹과 경쟁하는 위치에 놓여 있다. 남명학파의 후대 종장(宗匠)의 위치를 중심으로 내암과 우옹, 남명이 삼각구도를 이루고 있다고 할 수 있다. 내암과 우옹이 형성하는 갈등구도 속에서 남명학파의 후계자 지위는 두 인물이 추구하는 욕망의 대상이 되는 것이다. 여기서 남명은 내암과 우옹 두 인물이 욕망하는 대상인 남명학파의 의발을 전수하는 주체로 존재한다. 남명은 내암과 우옹이 형성하는 욕망 추구의 두 반대 좌표가 놓여있는 중심 꼭지점에 위치한다고 할 수 있는 것이다. 이러한 남명학파의 의발 전수담 계열에 속에는 두 개의 각기 다른 개별적인 텍스트가 존재한다. 구체적인 자료를 통해 두 텍스트가 남명 전설의 남명학파 의발 전수담 계열의 동일한 범주 속에 분류될 수 있는 근거와 상호 관련 양상에 대해 살펴보기로 하다.

[자료1] 덕산(德山)에 살고 있던 큰 선비 남명(南冥) 조선생(曺先生)에게
는 고제자로 정내암(鄭萊菴)과 김동강(金東岡)이 있었다고 한다. 남명은 실
천을 중시하여 항상 몸에 가까이 하는 두 가지 물건이 있었는데, 이는 성성자
(惺惺子)라는 금령(金鈴)과 경의도(敬義刀)라는 패도(佩刀)였다. 쇠로 만든
방울인 성성자는 남명의 옷섶에 차고 다니며, 그 소리를 듣고 항상 자신을 깨우
쳤으며, 또 경의도는 제자인 내암에게 전하였다고 한다.[40]

[자료2] 당시 남명의 고제자에 동강(東岡) 김우옹(金宇顒)과 내암(萊菴)
정인홍(鄭仁弘)이 있었다. 하루는 사부인께서 산천재(山天齋) 강당에서 자라
고 있는 소태나무에서 그 줄기의 껍질을 벗겨 국을 끓였다. 이때 강당에서 쉬
고 있던 남명이 두 문인을 불러 같이 그 소태국을 먹기를 청하므로 두 사람은
그 자리에 나아가서 좌정하였다. 남명은 짐짓 두 문인을 시험하는지 한사코
그 국을 들도록 말하였다. 그래서 두 문인은 쓰디쓴 소태국을 선생의 말씀에
따라 한 모금씩 입에 넣고 먹기 시작하였다. 그런데 두 사람 중에 평소에도
그 성격이 강직하고 호방화급했던 내암은 아주 쓰다는 표정을 지으며, 당장에
그 국을 토해 뱉어버렸다. 그러나 품기와 도량이 넓었던 우옹은 끝까지 참으며
그 쓰디쓴 소태국을 스승의 하명에 따라 다 먹었다고 전한다.[41]

[자료1]의 <남명(南冥) 패도(佩刀)> 텍스트는 내암이 남명의 고제
(高弟)로서 그의 의발인 경의도(敬義刀)를 물려받았다는 이야기로,
남명학파 내부에서 존재했던 의발 전수의 양상을 그대로 반영하고
있다. [자료1]에서 내암이 물려받았다고 하는 경의도는 실제 역사에
서 남명이 내암에게 전수한 의발인 패도(佩刀)에, 우옹이 물려받았다
고 하는 성성자(惺惺子)는 남명이 우옹에게 전수한 의발인 금령(金
鈴)에 각각 대응된다. [자료1]에 형상화 되어 있는 남명학파 의발 전
수의 양상과 동일한 기술 내용을 『남명집』과 『선조정수실록(宣祖修
正實錄)』에서 찾아볼 수 있다. 이 점에서 [자료2]은 문헌설화와 역사
사료에서 전하는 내용을 유식자층이 구술 텍스트화 한 경우라고 할

---

40) <남명(南冥) 패도(佩刀)>, 이상원 채록본 C-7, 이상원, 이상원, <남명 조식에 관한
   야승의 연구>, 『남명학연구논총』1, 남명학연구원, 1993, 18쪽
41) <소태국 시음>, 이상원 채록 설화, 제보자: 김병기(63세), 채록일자: 1996.8.20

수 있다. 이처럼 [자료1]의 기술방식은 객관적인 사실 기술식이다. 여기에는 내암에 대한 구술자의 어떠한 가치평가도 기재되어 있지 않다. 내암이 속해 있는 남명학파의 의발 전수 상황을 객관적으로 사실 기술함으로써 남명학파 내부에서 내암이 차지하고 있던 위상을 객관적으로 전달하는데 그친다. 따라서 [자료1]의 인물 구도 속에는 갈등 구조가 내재해 있지 않다.

그런데 동일한 소재와 인물 구도가 [자료2]의 <소태국 시음> 텍스트로 가면 갈등적이고 가치평가적으로 변모한다. [자료2]는 일화를 건조한 사실 기술식으로 서술한 [자료1]과 비교할 때 허구적인 내러티브를 상대적으로 강화한 텍스트이다. [자료2]는 [자료1]에서 내암이 우옹과 함께 남명의 고제로서 남명학파의 의발을 전수받는다는 평면적인 사실 기술 속에 능력 시험의 통과의례 구조와 욕망 대상물 획득을 위한 두 인물의 갈등구조라는 두 가지 유형적인 내러티브를 수용함으로써 [자료1]에서는 건드리지 않았던, 후계구도를 중심으로 하여 내암과 남명학파 사이에 존재했던 역사적인 파장을 허구적으로 형상화하고 있다고 할 수 있다.

일단 [자료2]은 텍스트의 문면상으로는 남명학파의 의발 전수 문제와 관련이 없는 것으로 보인다. 남명이 자신의 고제인 내암과 우옹을 불러 소태국을 먹여 두 사람을 시험하였는데, 우옹은 끝까지 다 삼킨 반면 내암은 당장 그 국을 토해버렸다는 이야기이다. 동일한 소태국 시음 화소가 <소태국을 먹여 인내력을 시험한 남명>이라는 남명 전설 속에도 존재한다.42) 남명 전설로서의 <소태국을 먹여 인내력을 시험한 남명>이란 텍스트 속에서 소태국 화소는 남명이 외손서를 보기 위해 제자들의 인내력을 시험하는 외손서 맞이 설화의 핵심 모티프로 존재한다.

---

42) <소태국을 먹여 인내력을 시험한 남명>, 제보자: 곽병수(79세), 채록일자: 1987.5.3, 정우락 채록본, 정우락, <설화에 나타난 남명형상의 양상과 의미(1)>, 『남명학연구논총』, 284쪽을 참조하기 바람.

그런데 [자료2]의 소태국 화소는 남명의 제자의 인내력 시험이라는 서사 단락은 공유하지만 그 시험의 대상과 목적, 양상은 완전히 달라져 있다. 남명 전설로서의 <소태국을 먹여 인내력을 시험한 남명>에 나타난 소태국 화소에서 남명의 인내력 시험 대상은 망우당(忘憂堂) 곽재우(郭再祐: 1552~1617)를 중심으로 한 기타 제자들이지만, [자료2]에서 소태국을 통한 인내력 시험 대상은 내암과 우옹이다. 이러한 시험대상의 차이는 남명학파 의발 전수담 계열로서 [자료2]가 지니는 정체성과 관련하여 중요한 의미가 있다. 망우당 곽재우는 임진왜란 때 경상우도에서 의병을 일으켜 탁월한 전공을 세운 결과 홍의장군으로 명성을 떨친 장군으로 남명학파가 배출한 대표적인 인물이지만 남명학파의 학통 계승권, 즉 종장으로서의 지위와 관련된 의발 전수 문제와는 관련이 없는 인물이다. 곽재우는 전설의 향유층이 특히 선호한 역사적 인물로서 그에 관한 전설은 주로 임진왜란과 관련되어 있다. 남명학파의 학통이나 문도와 관련된 전설은 거의 없는데, 이는 곽재우라는 역사적 인물이 남명학파의 후계구도와는 직접적으로 관련이 없었기 때문이라고 할 수 있다. 곽재우가 경상우도에 존재한 대표적인 성리학파인 남명학파의 학문적 정체성과 학통의 계승 문제에 영향을 미칠만한 위치가 아니었기 때문에 전설의 향유층에게 이 문제가 관심의 대상이 되지 못한 것이다. 남명학파와 관련된 전설 속에서 유형적으로 나타나는 소태국 화소의 통과의례 구조가 곽재우와 관련해서는 남명 외손서 되기로 나타나는 것도 이러한 이유 때문이다.

반면 [자료2]에서는 소태국 화소의 통과의례 구조는 인내력 시험의 대상인 내암과 우옹의 남명 외손서 되기를 목적으로 하지 않는다. 그 이유는 내암과 우옹이 남명의 고제로서 남명학파의 정체성 및 학통계승 여부와 직접적으로 관련된 당사자이기 때문이다. 남명학파의 후계구도와 관련된 당사자인 내암과 우옹이 남명학파와 관련된 유형적 모티프인 소태국 화소와 결합할 때 그 통과의례 구조의 목적은 곽재우의 경우와 달라질 수밖에 없는 것이다. 물론 우옹이 곽재우와 함께 유일한 남명의 외손서라는 점에서 [자료2]는 <소태국을 먹여 인내력을 시험한 남명> 텍스트가 환기하는 의미망과 겹쳐질 수 있는 지점이 존재한다. 김우옹이 남명의 제자 중에서 곽재우를 제외하고는 유일하게 그의 외손서가 된 인물이라는 점에 포커스를 맞출 때, <소태국을 먹여 인내력을 시험한 남명>의 소태국 화소가 곽재우의 남명 외손서 되기를 위한 통과의례를 상징한다면, [자료2]의 <소태국 시음>의 그것은 김우옹의 남명 외손서 되기를 위한 통과의례를 상징할 수도 있다는 것으로 볼 수도 있다는 것이다.

그러나 [자료2]에 나타난 소태국 화소를 남명의 외손서 되기로 해석할 수 있는 것은 이 텍스트를 내암이 아닌 우옹을 중심으로 초점화하여 수용할 때만 가능하다.43) [자료2]의 인물 구도 속에서 남명이 설비한 소태국 시음을 통과의례로 하여 특정한 목적을 추구하는 욕망의 주체가 우옹 한 사람이 아니라는 점을 주목할 필요가 있다. [자료2]에서 남명이 제시한 소태국 시음을 통한 인내력 테스트를 통과하여 특정한 목적을 추구하는 욕망의 주체는 우옹과 내암 두 사람이며, 우옹 한 사람이 아니라 내암까지 포함하여 [자료2]의 욕망 추구 주체를 구성할 때 [자료2]의 소태국 시음 화소는 <소태국을 먹여 인내력을 시험한 남명>에서 곽재우로 하여금 남명의 외손서가 되는데 통과의례 절차가 되었던 맥락을 벗어나 새로운 의미망을 구성하게 된다. 그것은 곽재우와 남명학파 사이에는 존재하지는 않지만 내암과 우옹이 남명학파와 맺은 관계망 속에는 존재하는 것이 되어야 하며, 이러한 이유로 [자료2]의 소태국 화소는 남명의 외손서 되기가 아니라 남명의 학통 후계자

---

43) 이와 관련하여 [자료2]의 <소태국 시음> 텍스트에 나타난 소태국 시음 화소를 <소태국을 먹여 인내력을 시험한 남명>과 같이 남명의 외손서 되기, 즉 우옹의 남명 외손서 되기로 해석한 기존 연구가 존재한다. 정우락은 [자료2]의 <소태국 시음> 텍스트에서 '김우옹이 남명의 외손서가 되었다는 말을 전하지는 않지만, 실제 역사 속에서 김우옹이 그의 외손서가 된 인물인 만큼 이 소태국 설화는 결국 제자의 인내력을 시험하는 것인 동시에 남명의 외손서 맞이 설화에 한정되어 나타나는 것'으로 해석한 바 있다(이에 관해서는 정우락, <설화에 나타난 남명형상의 양상과 의미(1)>, 전개논문, 284~285를 참조하기 바람).

되기를 위한 통과의례 절차에 대응되는 것이다. 남명학파와 관련된 여타의 전설 속에서 남명의 외손서 간택을 유한 유형적인 모티프로 존재하는 소태국 시음 화소가 [자료2]에 와서 남명학파의 후계구도 확립을 위한 상징적인 통과의례로 존재하게 되는 이유가 바로 여기에 있다. 이 지점에서 남명학파의 의발 전수와 관련된 역사적인 사실을 객관적으로 서술한 [자료1]과 소태국 시음이라는 상징적 화소를 통해 내암, 남명, 우옹 사이에 존재한 남명학파 학통 계승의 문제를 허구적으로 형상화 한 [자료2]이 접점을 이루게 되는 것이다.

남명학파의 의발 전수담 계열로서의 [자료2]가 [자료1]과 가지는 차별점은 소태국 시음 화소를 통해 인물의 구도를 갈등적으로 형상화 했다는 것이다. [자료2]은 내암과 우옹의 캐릭터를 대비적으로 형상화 하고 있다. 내암은 강직하고 호방화급한 성격 때문에 소태국 시험을 통과하지 못한 반면 우옹은 품기와 도량이 넓고 참을성이 많았기 때문에 소태국 시험에 통과했다는 것이다. 텍스트의 문면에 초점화 되어 있지는 않지만 [자료2]에 나타난 이러한 인물 형상화 방식은 다분히 내암에 대한 부정적인 서술시각을 보여준다. 심성의 도야를 기본 골조로 하는 성리학의 철학에서 보자면 내암의 이러한 성격은 도학자로 적합하지 못한 인격적인 결함으로 받아들여질 수 있다. 내암과 우옹이 남명학파의 후계구도에서 쌍두마차였기 때문에 이러한 도학자로서 내암이 지니고 있다고 인식된 인격적인 결함은 곧 남명학파 후계자로서의 자질 미비로 전환될 수 있다. 표면적으로 [자료2]는 남명학파 관련 전설 속에서 남명의 외손서 간택을 위한 통과의례 모티프로 존재하는 소태국 화소를 통해 내암이 남명의 외손서가 되지 못하고 우옹이 남명의 외손서가 될 수 있었던 배경을 설명하고 있는 것처럼 보이지만, 남명학파의 학통 계승 및 구축 작업과 관련하여 내암과 우옹 사이에 존재했던 미묘한 갈등과 긴장이라는 역사적인 맥락과 연결되게 되면 [자료1]의 남명학파 의발 계승 문제와 같은 의미망 속에서 향유되게 되는 것이다.44)

<내암 전설>의 의발전수 유형은 남명학파 내부에 존재하는 내암에 대한 비판적인 시각을 상징적으로 보여준다고 할 수 있다. 여기에는 소태국 시음이라는 통과제의를 통과한 우응을 긍정적으로, 시험에 통과하지 못한 내암을 부정적으로 보는 시각이 내재해 있기 때문이다. 이는 거꾸로 하면 내암을 부정적으로 보는 시각이 내암을 제외한 남명학파 구성원들을 긍정적으로 보는 시각과 대립할 수도 있다는 것을 의미한다. 내암에 대한 남명학파 내부의 이러한 부정적인 시각은 퇴계학파에 대항한 내암의 남명학파 학통강화 운동이 실패로 끝남에 따라 더욱 강화되었을 것으로 생각된다. 남명학파의 학통 계승과 관련하여 남명학파 내부에 존재하던 내암에 대한 비판적인 시각은 <회퇴변척소>를 계기로 하여 남명학파에 위해를 끼친 존재로서의 내암에 대한 부정적인 인식으로 확대 재생산된 것으로 보인다.

<회퇴변척소>와 관련된 역사적 지평이 내암 전설과 관련되는 양상에서도 남명학파 내부에 존재하던 내암에 대한 비판적인 시각을 확인할 수 있다. <조식선생과 상사구렁이>45)와 <남명선생 전설>46)에서 <회퇴변척소> 사건은 퇴계 관련담으로 구체화 되어 있는데, 이 두 자료는 <내암 전설>에 속하는 자료 중에서도 내암 중심적인 서술시각이 가장 약한 반면 상대적으로 남명 중심적인 서술시각이 가장 강한 텍스트에 해당한다.

[자료3] 정인홍 때문에 조남명 선생이 정인홍 때문에 참 퇴계 선생 모양으로 저런 퇴계, 율곡 선생은 참 우리 교과서에도 나오고 저런 훌륭한 우리 나라

---

44) 실제로 동강은 내암에게 <여정인홍절교시(與鄭仁弘絶交詩)>(『韓國歷代名詩全書』, 문헌편찬회, 1959, 238쪽)란 시를 주며 절교를 선언한 바 있다.
由人可不見
由路黑如漆
何以贈夫君
崑頭一片月
45) <조식선생과 상사구렁이>, 『한국구비문학대계』, 8-10
46) <남명선생 전설>, 『한국구비문학대계』 8-4, 242~246쪽

퇴계 선생은 성리학이라든지 뭐 율곡 선생이라든지 저런 분은 뭐 아직 그런
학식을 봐서는 안 못 했던 모양이지요?[47]

[자료4] 냄명이『명인록』에 얹힌 거로 끄어 뿌렸거덩. 거『명인록』에다가
인자 얹어 가지고, 국가『명인록』에다가, 요새로 말하자믄『명인록』에다 얹어
놨다가. 냄명은 이거 참여도 몬해. 제(祭) 참여도 몬 해. 제 참여로 몬 시기.
그런데 인자 장 인자 퇴기, 퇴기만 하는, 이퇴기 선생만…그러이, 초헌, 아헌관,
삼헌관도 몬 해 보고 몬 하는 기라.[48]

[자료3]과 [자료4]는 각각 <조식선생과 상사구렁이>와 <남명선생
전설>의 결말 부분이다. [자료3]에서 [자료4]로 갈수록 내암 중심적인
서술시각이 상대적으로 강화되기 때문에, 근본적으로 내암의 역모 죄
를 부정하고 남명학파 몰락의 책임을 내암에게 직접적으로 돌리는 시
각이 약화되어 있기는 하지만, 근본적으로 이들 텍스트에서 부각되어
있는 것은 남명의 학문적 몰락의 원인이 직접적이건 간접적이건 간에
내암과 관련되어 있다는 인식 태도이다. [자료4]에서 구체화 되어 있는
퇴계와의 관련담은 내암의 역모 상을 보고 제자로 받아들이지 않은
퇴계와 달리 자신이 해를 입을 것을 알면서도 내암을 제자로 수용한
남명의 인격적인 위대함을 부각시킴으로써 결과적으로 남명 몰락의
간접적인 책임을 지고 있는 내암에 대한 부정적인 인식을 강화시키는
기능을 한다. 역모와의 관련 가능성 때문에 퇴계도 내친 자신을 받아준
스승에게 궁극적으로 피해를 입힌 꼴이 된 내암의 인물 형상은 자신이
남명의 포용력과 인간미에 대비되어 상대적으로 부정적인 방향으로
인식될 가능성이 큰 것이다.
　　남명의 인물 전설 속에서 퇴계와 남명의 인품을 비교한 퇴계 관련
담[49]은 하나의 중요한 하위 유형으로 나타나는데, 이는 영남학파의 대

---

47) <조식선생과 상사구렁이>,『한국구비문학대계』, 8-10
48) <남명선생 전설>,『한국구비문학대계』8-4, 242~246쪽
49) 내암 상사구렁이를 제외하고, 남명의 구비전설에 나타난 퇴계와의 비교담 자료로는
　　다음의 텍스트를 들 수 있다. <이퇴계보다 나은 조남명의 도술>,『한국구비문학대계』

표적인 학파로서 경쟁 관계에 있었던 두 학파의 관계를 설화적으로 형상화 한 것으로 보인다. 이처럼 남명의 인물 전설 속에 하위 유형으로 존재하는 퇴계 관계담은 퇴계에 대한 남명의 인격적인 측면과 능력적인 측면에서 우월하다는 사실을 부각시키고자 하는 향유의식을 보여준다. [자료3]과 [자료4]에서는 일괄적으로 남명 보다 인격적인 측면에서나 능력적인 측면에서 열등한 퇴계가 남명 보다 학문적으로 우월한 위치를 확보하게 된 역사적 결과에 대한 불합리성을 제기하고 있다. 그런데 이들 자료에서는 이러한 비극적인 역사의 아이러니가 퇴계가 내친 내암에 의해 초래되었다고 했으니, 남명은 인정하고 퇴계는 부정한 내암이 남명에게는 실패와 퇴계에게는 성공을 가져다줌으로써 남명을 둘러싼 비극적인 역사의 아이러니를 확대 재생한 하게 된 것이라 할 수 있다.[자료3]과 [자료4]에 나타나 있는 바, <회퇴변척소> 사건을 설화적으로 허구화한 퇴계와의 관계담을 통해 남명이 내암 때문에 피해를 입었다는 시각은 남명학파 내부에 존재하는 남명과 내암 사이의 대립과 갈등을 반영한 것이라 할 수 있는 것이다.

　다음으로 정치적인 국면으로 존재하는 폐모 사건과 관련된 내암에 대한 역사적 담론과 내암 상사구렁이와의 관련성에 대해 살펴보기로 한다. 폐모 사건은 1612년 김재직의 옥사건, 1613년 칠서의 옥사건, 1615년 능창군 추대사건 등 역모 관련 사건이 연달아 발생하자 왕권에 위협을 느낀 광해군이 1614년 영창군을 폐서인하여 죽인 데 이어, 1618년 인목대비를 폐모하여 서궁에 유폐시킨 사건이다. 광해군은 서인 세력의 집결지인 인목대비를 폐서인함으로써 일시적으로 왕권을 강화하는 데는 성공했지만 반광해군 세력을 집결시키는 결과를 초래해 인조반정의 결정적인 계기를 제공하고 말았다. 내암은 이러한 폐모론의 주동자로 낙인찍혀 있는 바, 『연려실기술(練藜室記述)』을 보면

8-11, 한국정신문화연구원, 1980; <꺽지토포 설화>, 『내고장 전통』, 산청군, 1982; <꺽지(叱哺)>, 이상원 채록본, 이상원, 전계논문; <퇴계보다 높은 남명의 도>, 정우락, 전계논문, 263쪽

계축옥사를 일으켜 영창대군을 죽이고 인목대비를 유폐한 부정적인 인물로서의 내암의 인물 형상[50]이 구체적으로 나타나 있다.

그러나 폐모론은 내암이 반대한 것으로, 광해군과 이이첨 일파가 추진한 사안임에도 불구하고 내암이 주도한 것으로 조작된 대표적인 사례에 해당한다. 1614년(광해군6)에 내암은 영창대군이 어려서 역모에 가담할 수 없으므로 목숨만은 살려줘야 한다는 주장[51]을 했으며, 1618년(광해군10) 서궁 유폐에 이은 폐모 논의에서 좌의정에 이어 영의정을 맡고 있던 내암은 모자의 인륜은 불가역이므로 폐모할 수 없다는 차자(箚子)[52]를 올렸다. 그럼에도 불구하고 자신의 폐모 반대 주장이 광해군에게 받아들여지지 않자 영의정을 사직한 내암은 죽을 때까지 5년 동안 도성 출입은 물론 일체의 상소나 차자를 올리지 않았다. 이처럼 공시적으로 알려진 바와는 달리 폐모 반대론자였던 내암은 인조반정 후 서인 집권층에 의해 폐모 주동 혐의로 압송·구금되자 상소[53]를 올려 폐모 주도 혐의를 전면으로 부인하기도 했다. 이는 내암을 강상의 윤리에 위배되는 인물로 몰아가지 않으면 반정세력 스스로의 정치적 명분을 축적할 수 없었던 이면을 드러내는 것으로, 오히려 내암의 명성과 세력에 대한 반증일 수 있다. 여기에는 대북파의 영수로서 광해군의 개혁정치를 진두지휘한 내암에 대한 기득층인 서인세력의 헤게모니 다툼이 내재해 있다. 내암을 부정적으로 형상화한 문헌설화와 역사사료의 기술 내용은 주로 내암의 정적이었던 서인

---

50) "癸丑之獄, 陳箚肆虐, 指大君爲圈中豬矢豕, 大論之發, 首倡先廢後秦之議, 至此於哀姜文姜, 且以爲不共戴天之讐, 幽閉之禍, 決於其言, 使綱常斁絶, 人倫晦塞", 『練藜室記述』, 光海君故事本末, 鄭仁弘條

51) 이에 관해서는 이이화, <정인홍의 정치사상과 현실인식>, 『남명학연구논총』2, 남명학연구원, 8쪽을 참조하기 바람.

52) "君臣子母之名義, 出於天而不可易, (中略), 今大妃, 異有哀文呂後之矢, 而朝廷擬議於廢黜之典乎", 鄭仁弘, <答都堂書>, 『來庵集』卷11

53) "學受師友, 組知君臣父子之大義, 噫矣, 身退臥丘園, 今垂二十年, 紛紜世事, 不欲聞知而九十頑命, 尚今不死, 終得廢母之名, 今日一死, 顧不足恤, 而將恐不能暝目於地下, 而歸見先王也", 鄭仁弘, <辭尙州牧使疏>, 『來庵集』

의 기록이나 인조반정 이후 수정된 실록 자료에 근거한 것으로 정치적 이해관계에 따라 다분히 왜곡된 경향이 강하다. 다분히 내암의 정적이자 역사적인 승리자인 서인 집단의 정치적인 왜곡이 포함되어 있지 않다고 말할 수 없는 것이다.

그런데 폐모 사건이라는 역사적인 사건과 관련한 내암의 부정적인 인물 형상이 <내암의 상사뱀 전설 유형>에서 구체화 되는 방식은 주로 인격적인 측면을 중심으로 하고 있다. 상사뱀을 기르는 내암의 인간성 존중과 인의, 남녀지정에 관대한 유연성 등에 대비되어 독단적이고 인정이 없으며, 남녀지정에 부정적인 금욕적인 태도 등으로 형상화 되어 있는 것이다. 역사적인 담론에서 내암의 인격적인 측면을 부정적으로 형상화 하는 방식도 이와 유사한 양상을 보여준다. 문헌설화나 역사 사료 속에서 내암은 그의 강직한 성품과 호무(好武)한 성향이 항상 다른 사람들과 마찰을 빚었던 것으로 기술되어 있다. 내암의 인격적인 특징이 결함으로 인식되는 경향을 보여준다는 것이다. 다른 사람들의 말을 경청하지 않고 독단적으로 의사결정을 한다던가, 상황과 인간관계의 변화에도 불구하고 한번 결정한 일은 끝까지 밀어붙이는 결단력과 의지가 극단주의자와 초강경파라는 평가를 낳았던 것으로 보인다. 내암의 이러한 인격적인 측면은 배신과 타협, 부정과 비윤리를 용납하지 않으려는 자기 수양 및 반성을 보여준다는 점에서 학자로서의 자기 실천적 의지의 궁극을 실현한 것으로 이해할 수도 있다. 현실적 타협을 조금도 용납하지 않았다는 점에서 성리학의 윤리적 도의를 실천한 순정주의자이자 결벽주의자라고 평가할 수도 있는 것이다. 내암이 이처럼 순정적인 의지와 결단력을 지닌 인물이었기에 임진왜란에서 경상우도 지역민을 구하기 위해 의병을 일으키는 호민(護民)과 호국(護國) 의식으로 발현되었으며, 이로 인해 이 일대 지역민들에게는 또 하나의 지역정부 수장과 같은 신망을 얻는 것이 가능했으리라고 보인다.

내암이 경상우도의 대표적인 성리학파인 남명학파의 고제로서 학문적인 명성을 구축하고, 전란이라는 국가의 위기 상황 속에서 지역을 수호하기 위해 자신의 안위를 내버리고 철저히 이타적인 지식인의 소명을 실천하는 단계에서는 이러한 내암의 인격적인 성향이 부정적으로 인식되는 경우를 거의 찾아볼 수가 없다. 이 단계의 내암에 관해 기술한 문헌설화나 역사담론들의 대부분은 내암을 긍정적으로 기술하거나 그의 강직함과 의기를 있는 그대의 객관적으로 서술할 뿐이다. 성리학자와 실천적 지식인으로서의 내암에 대한 역사 담론의 평가는 긍정적이라고 할 수 있다. 문제는 이러한 성리학자와 실천적 지식인으로서 내암이 구축한 성공적인 커리어와 당대의 평가가 정치적인 권력과 결합하여 엄청난 시너지 효과를 발휘했다는데 있다. 실천적 성리학자로서 내암이 보유한 학문적 권력이 정치적 권력화 하는 시점에서부터 내암에 대한 부정적인 인식이 본격적으로 형성되어 확대되었다고 할 수 있다. 다음의 자료는 내암에 대한 인식의 이러한 극적인 변화를 보여준다.

　[자료5] ① 정인홍은 남명 조식의 고제(高弟)이다. 어려서부터 임하(林下)에서 독서하여 자못 기절(氣節)이 있어 영남(嶺南)의 사자(士子)들 중 내암선생(來庵先生)이라 칭하면서 그를 추존하는 자들이 많았다. (중략) 초야에서 일어나 조정으로 나오자 군상(君上)은 자리를 비워 등대하였고, 조야(朝野)에서도 눈을 씻고 기대하였다. (중략) 조론(朝論)의 시비와 용사(用捨)의 득실이 차차 바로 잡혔고, 보합화평(保合和平)의 도를 힘써 갖추었다. 그런즉 청류(淸流)들의 의지함이 컸고, 여망(輿望)이 만족해하였으며 조금이라도 조가(朝家)의 기대하는 뜻을 잃지 않았다.

　② 지금은 그렇지 않다. 오직 질악(疾惡)한 마음을 가지고서 시세의 옳음을 살피지 아니하고 선입(先入)을 주로 하여 자신의 의견을 고집하였다. 조정에 들어간지 오래지 않아 탄핵하는 글들이 분분하여 자못 시끄럽고 사기를 저해하였다. 군정(軍情)이 불쾌하게 여겼고 중방(衆謗)이 따랐다. 더구나 선지부잡(先志浮雜)의 무리들이 인홍의 위세에 의탁하여 영진(榮進)을 도모하고자 하여 그 문에 발길이 끊이지 않았고 인홍은 이들을 친객(親客)으로 삼았다.[54]

---

54) 『宣祖實錄』, 卷154, 宣祖35년 9월, 甲申條

[자료5]은 인조반정 이후 서인 세력에 의해 수정·개찬되기 이전에 찬술된『선조실록(宣祖實錄)』에 편재되어 있는 내암에 대한 사평(史評)이다. 이 자료를 보면 내암에 대한 긍정적인 평가와 부정적인 평가가 공존하고 있음을 볼 수 있는데, [자료5]-①은 긍정적인 평가에 해당하고, [자료5]-②는 부정적인 평가에 해당한다. [자료5]-①을 보면 내암이 1580년 12월 성혼과 함께 명망 높은 도학자로 천거되어 언관으로 뽑힌 후, 내암이 언관으로서 법령을 지키고 기강을 확립하기 위해 상하 귀천을 막론하고 탄핵을 가했으며, 이서(吏胥)들의 부정과 모리배의 농간, 수령의 비리를 적발하여 백성들의 고통을 덜어주려 했다는 내암의 정치적 활동이 긍정적으로 기술되어 있다.[55] 그런데 [자료5]-②를 살펴보면 내암에 대한 선조조의 부정적인 평가가 그의 정계 진출이 본격화되어 정치권력이 구성되기 시작한 시점부터 형성되고 있음을 확인할 수 있다. 내암에 대한 [자료5]-②의 부정적인 평가가 형성되기 시작하는 정확한 시점은 선조 35년으로 임진왜란 이후이다. 임진왜란은 내암이 경상우도에서 의병을 일으켜 그 전공을 바탕으로 정치적인 권력을 본격적으로 구축해나가기 시작한 시점이다. 남명학파가 배출한 도학자로서의 내암에 대한 긍정적인 평가가 부정적으로 전환되는 시기도 바로 이 지점에 해당한다. 이 시기에 서인들을 중심으로 내암에 관한 정치적인 탄핵이 집중적으로 등장하기 시작한다.

내암은 1602년 임진왜란이 종영된 후 68세 때 서인이 물러가고 북인이 정권을 잡자 선조에 의해 대사헌에 기용되었는데, 이 때부터 내암은 서인 집단의 집중적인 탄핵대상이 된 것으로 나타난다. 내암에 대한 [자료5]-②의 부정적인 평가가 등장하는 1602년(선조 35년)은 부사과(副司果) 이귀(李貴)의 상소를 필두로 한 서인 집단의 내암 탄핵이 본

---

55) "及其承不世之命, 起草野而來, 君上虛席以待, 朝野拭目以望, 爲仁弘者, 所宜首格君心之非, 繼陳時務之急, 與一二士類之尤者, 同寅協心, 論議可否, 朝論之是非, 用捨之得失, 次第正救, 務存保合和平之道, 則淸流依重, 輿望允恢, 或不失朝家期待之意矣",『宣祖實錄』권154, 35년 9월, 甲申條

격화된 시점과 정확하게 일치한다. 이귀의 탄핵문은 내암이 의병 활동을 벌이면서 수령들을 마음대로 제어하여 형벌을 가했고, 의병을 사병으로 키워서 부렸으며, 지나치게 호강(豪强)한 태도로 지역민을 못 살게 굴었다는 것56)이다. 이귀의 탄핵문에 나타난 내암에 대한 이러한 부정적인 평가는 인조 반정이후 내암을 중심으로 한 북인 정권을 몰아내고 집권에 성공한 서인 세력에 의해 수정·찬수된『선조수정실록(宣祖修正實錄)』과『광해군일기(光海君日記)』에 오면 완전히 정착된다. 『선조실록』이 임진왜란 종영 후인 1602년 내암 중심의 북인 정권 성립을 기점으로 양분되는 내암에 대한 긍정적·부정적 평가를 있는 그대로 병립시켜 제시함으로써 내암에 관해 존재하는 역사적 담론의 실체를 있는 그대로 드러냈다면,『선조수정실록』과『광해군일기』는 내암의 정적으로 존재했던 서인 집단의 편향된 시각을 중심으로 내암의 인물 형상을 부정적인 양상 일변도로 고착시킴으로써 내암에 대한 역사 담론을 특정한 정치적 목적에 의해 왜곡했다고 할 수 있다.

내암이 광해군의 일종에 정치적 연합으로서 권력을 독점함에 따라 두 사람의 북인 공동 정권으로부터 소외된 정치세력의 불만과 결집을 야기했을 것으로 보인다. 자신의 주관에 대한 자의식이 지나치게 강력하여 타인에 대한 배려가 부족할 뿐 아니라 아예 배제하는 성향을 지닌 내암의 정치 스타일은 적대세력을 증대시킴으로써 자신을 정치적으로 고립시키는 중요한 원인이 되었을 것으로 보인다. 이이도 언급한 바 있듯이 내암이 자신의 의견과 맞지 않는 다른 사람들의 의견을 수용하지 않았으며, 이에 그치지 않고 그들과 원수가 되었다는 평가는 정치지도자로서의 내암이 부족한 정치 감각을 지적한 것이다. 비록 자신의 소신을 끝까지 버리지 않고 관철시키더라도 광범위한 의견의 수

---

56) "嶺南之弊, 則名爲士人者, 劫制守令, 徒流杖殺之權, 皆出其手, 實鄭仁弘爲之倡也 (中略) 臣因擧道內所聞, 仁弘豪强縱恣之狀, 移關陜川, 推閱其奴 (中略) 所謂諸處義兵, 朝廷皆令罷之, 而仁弘則, 自爲己物, 使監兵使, 莫敢下手",『宣祖修正實錄』권36, 35년 2월, 甲子條

렴과 경청 과정을 거칠 필요가 있는 정치지도자의 덕목이 내암에게는 부족했다는 것으로 내암에게 타협과 조정력이라는 정치력이 부재했다는 것을 지적했다는 점에서 정곡을 얻은 것이라 할 수 있다. 이러한 내암의 정치력의 부족이 인격적인 결함에 대한 부정적인 평가로 전변하는 맥락에는 선조에서 광해군을 거쳐 인조로 이어지는 서인과 북인 정권의 갈등과 대립이라는 정치적 역학관계의 변동이 놓여있다. 광해군의 아버지인 선조의 집권기는 비록 당쟁으로 얼룩지기는 했지만, 왕권이 약화되고 신권이 강화되는 조선후기 정치권력의 변동사 속에서 붕당을 이용하여 역으로 왕권을 지탱함으로써 실질적으로는 목릉성세라는 역설적인 안정기를 구축한 시기였다. 비록 임진왜란이란 전무후무한 전란을 경험하기는 했으나 문화적으로는 조선조 특유의 미학을 구축했다는 점에서 아이러니한 시기이기도 하다. 이러한 문화적인 전성기 구축은 서인세력의 강세 속에서도 어느 한 정치집단이 권력을 독점하는 것을 허락하지 않고 절묘한 신권 분립을 통해 왕권 강화를 이룩한 선조의 정치력 덕분에 가능한 것이었다고 할 수 있다.

그런데 북인세력과 결탁한 광해군 정권의 성립은 왕권을 강화하기는 했으나 선조가 구축한 신권 분립의 균형을 파괴함으로써 상대적으로 권력으로부터 소외된 서인들의 결집과 정치적 지분 재확보를 위한 욕망을 강화시켰다는 점에서 오히려 정치적인 불안정을 가중시켰다고 볼 수 있다. 물론 광해군이 왕권과 신권의 조화와 균형을 깬 배경에는 적자가 아닌 서자로서 적통 왕자인 영창대군과 결탁한 서인세력에 대항하여 자신의 비호세력을 구축할 필요가 있었던 정치적 입지와 청나라가 명나라를 대신하여 강자로 떠오른 동북아 국제정세에 능동적·실리적으로 대처하기 위해서는 시대착오적인 소중화주의와 사대주의에 집착하는 서인집단을 배제시켜야 한다는 정치·외교적 철학이 자리하고 있다. 개인적·시대적 당위성이 이러한 선택을 낳았다고 할 수 있겠는데, 문제는 광해군과 북인세력의 결탁과 권력집중이 역설적으로 서인세력의 결집과 정권창출에 대한 욕망을 극대화시켰다는 것이며, 이러한 서인집단의 안티세력화가 내암에 대한 비판과 공격으로 전화되어 인격적인 성향에 대한 객관적인 평가를 인격적인 결함으로 전화시키는 핵심적인 원동력이 되었다고 볼 수 있다. 내암 상사구렁이에 나타난 내암의 부정적인 인물 형상이 폐모 사건이란 역사적인 지평과 결합하여 나타나는 배경에는 이러한 정치적인 맥락이 놓여 있는 것이다.

4. 나오는 말

본 연구는 <내암의 상사뱀 전설 유형>에 나타난 인물형상화의 체계와 부정적 서술시각의 역사적 맥락을 고찰하였다. 본 연구는 다음과 같은 두 가지 국면으로 전개되었다. 첫 번째는 <내암의 상사뱀 전설 유형>에 나타난 인물 형상화의 상징적 메타포의 체계이다. 남명학파의 위상과 관련된 학문적인 국면에서 내암의 인물 형상은 남명학파의 수제자란 긍정적인 캐릭터와 남명학파의 파괴자란 부정적인 캐릭터로 나타나며, 그 중간에 가치중립적인 시각이 존재한다. 한편, <내암의 상사뱀 전설 유형>에 나타나는 인물 형상의 정치적인 국면은 내암이 십년 독재상으로서 보유하고 있었던 정치적인 권력, 폐모 논란과 관련된 반역자, 그리고 정치적인 희생양이라는 세 가지 차원으로 존재한다. 두 번째는 <내암의 상사뱀 전설 유형>에 나타난 부정적인 서술시각과 향유의식의 역사적 맥락이다. <내암의 상사뱀 전설 유형>에 나타난 부정적인 서술시각은 내암이라는 한 역사적인 인물을 형상화함에 있어서 일관되게 회퇴변척소 사건과 폐모 사건이라는 특정한 역사적인 지평과 관련한 내암 전설의 전승 담당층의 부정적인 인식과 관련되어 있다.

| 참고 문헌 |

『京劇劇目初探』, 北京: 中國戲劇出版社, 1980

『舊唐書』, 北京: 中華書局, 1975

『新唐書』, 北京: 中華書局, 1975

『新編京劇大觀』, 北京出版社編, 北京: 北京出版社, 1989

『征東・征西・掃北』, 臺北: 文化圖書出版社, 1979

『戲學全書』, 上海書店, 1959

祁慶富, 申敬燮, <俗文學中薛仁貴, 盖蘇文故事的由來及流變>, 『社會科學戰線』
　　　第二期, 長春: 社會科學戰線, 잡지사, 1998

徐培均, 范民聲, 『中國古典名劇鑑賞辭典』, 上海: 上海古籍出版社, 1990,
　　　116~117

莊一拂 編著, 『古典戲曲存目匯考』, 上海: 古籍出版社

張忠良, 『薛仁貴故事硏究』, 國立臺灣師範大學, 碩士學位論文, 1983

程毅中, <宋元講史簡論>, 『文學遺産 增刊』

趙萬里, 『薛仁貴征遼史略』, 臺北: 河洛圖書出版社, 1967

中國戲曲志編輯委員會, <關于禁演和勸告停演劇目的請示報告>, 『中國戲曲
　　　志・湖北卷』, 北京: 文化藝術出版社, 1993

胡士瑩, 『話本小說槪論』下, 北京: 中華書局, 1980

『東國輿地勝覽』

『東夷考略』

『明實錄』

<太祖實錄>, 『朝鮮王朝實錄』

강진옥, <마고할미설화에 나타난 여성신 관념>, 『한국민속학』25, 1993

경기도 박물관 홈페이지, http://www.musent.or.kr/resources/river, 제4장 임진강
　　　유역의 민속문화, 제7절 구비전승

경철화 저, 박창매 번역, 『중국인이 쓴 고구려사』, 고구려연구재단, 2004

김두진 편저, 『경기북부지역의 신당과 제장』, 국민대학교 한국학연구소, 2002

김윤우, <감악산비와 철원고석정>, 『경주사학』9, 1990

김일렬, <소대성전>, 『한국고전소설작품론』, 집문당, 1990

김한규, 『한중관계사』, 아르케, 1999

나희라, 『신라의 국가제사』, 일조각, 2003

민두기 편, 『중국의 역사의식』, 창작과비평사, 1985

박재연, <설인귀정료사략 소고>, 『중국학연구』1, 1984

백종오, 신영문, 『고구려유적의 보고 경기도』, 경기도박물관, 2005

변태섭, <고려전기의 외관제>, 『고려정치제도사연구』, 1971

사마광 저, 권중달 역, 『資治通鑑』, 푸른역사, 2002

서병국, 『고구려제국사』, 혜안, 1997

서선덕, <고려 충선왕의 유불정책에 대한 연구>, 동국대학교 석사학위논문, 2001

서영대, 『한국고대 신 관념의 사회적 의미』, 서울대 박사학위논문, 1991

송영우, 『韓中關係論』, 지영사, 1994

신경섭, <경극 <독목관>의 연개소문 무대의상 디자인 연구>, 이화여대 박사학위논문, 1998

윤병석, <박은식의 민족운동과 한국사 저술>, 『한국사학사학보』6, 2002

이명규, 『서울 경기지역 지명 및 방언 연구』, 한국문화사, 2000

이변근·박정래, <경기도 방언의 연구와 특징>, 『국어생활』12, 1988

이윤석, <설인귀전>의 원천에 대하여>, 『연민학지』9, 2001

임석재 편, 『임석재전집』2, 평안북도편, 평민사, 1987

장주근, 『한국의 신화』, 성문각, 1961

전해종, <韓中關係史研究>, 일조각, 1970

정우영, <운계사 고석비와 감악산 무속신앙의 시원>, 『경기향토사학』6, 2001

조동일, <한문학권 역사서 개작의 문학사적 의의>, 『한국문학과 세계문학』, 지식산업사, 1991

조동일, 『문명권의 동질성과 이질성』, 지식산업사, 1999

조동일, 『하나이면서 여럿인 동아시아문학』, 지식산업사, 1999

조동일, 『공동어문학과 민족어문학』, 지식산업사, 1999

조희웅 편, 『경기북부구전자료집(1)』, 조희웅 외, 박이정, 2001

조희웅 편,『경기북부 구전자료집(2)』, 박이정, 2001

천혜숙, <전설의 신화적 성격에 관한 연구>, 계명대학교 박사학위논문, 1987

최건승,『한국어 방언의 공시적 구조와 통시적 변화』, 역락, 2004

크리스 피어스 지음, 황보종우 옮김,『(전쟁으로 보는) 중국사』, 수막새, 2005

한국사연구회 편,『古代韓中關係史의 研究』, 삼지원, 1987

한상수,『한국인의 신화』, 문음사, 1986, 188~190쪽

현용준,『제주도전설』, 서문문고, 1976

파주군지편찬위원회,『파주군지』상, 파주군, 1995

강진옥, <마고할미설화에 나타난 여성신 관념>,『한국민속학』25, 1993

경기도 박물관 홈페이지, http://www.musent.or.kr/resources/river, 제4장 임진강
        유역의 민속문화, 제7절 구비전승

경철화 저, 박창매 번역,『중국인이 쓴 고구려사』, 고구려연구재단, 2004

김두진 편저,『경기북부지역의 신당과 제장』, 국민대학교 한국학연구소, 2002

김예령, <『설인귀전』의 번역, 번안 양상 연구>,『관악어문연구』29, 2004

김윤우, <감악산비와 철원고석정>,『경주사학』9, 1990

김일렬, <소대성전>,『한국고전소설작품론』, 집문당, 1990

나희라,『신라의 국가제사』, 일조각, 2003

박재연, <설인귀정료사략 소고>,『중국학연구』1, 1984

백종오, 신영문,『고구려유적의 보고 경기도』, 경기도박물관, 2005

변태섭, <고려전기의 외관제>,『고려정치제도사연구』, 1971

서대석, <이조(李朝) 번안소설고(飜案小說攷) - 설인귀전(薛仁貴傳)을 중심(中
        心)으로>,『국어국문학』52, 1971

서대석,『군담소설의 구조와 배경』, 이화여대출판부, 1985

서선덕, <고려 충선왕의 유불정책에 대한 연구>, 동국대학교 석사학위논문,
        2001

서영대,『한국고대 신 관념의 사회적 의미』, 서울대 박사학위논문, 1991

성현경, <여걸소설(女傑小說)과『설인귀전(薛仁貴傳)』- 그 저작연대(著作年
        代)와 수입연대(輸入年代)·수용(受容)과 변용(變容)>,『국어국문학』
        62·63, 2005

이금재, <설인귀전>의 <설인귀정동> 수용과 그 의미>, 부산대학교 석사학위논

문, 1990이윤석, <설인귀전>의 원천에 대하여>, 『연민학지』 9, 2001

이윤석, <설인귀전>, 『한국고전소설작품론』, 집문당, 2004

정우영, <운계사 고석비와 감악산 무속신앙의 시원>, 『경기향토사학』 6, 2001

천혜숙, <전설의 신화적 성격에 관한 연구>, 계명대학교 박사학위논문, 1987

파주군지편찬위원회, 『파주군지』상, 파주군, 1995

강봉룡(강봉룡, <압해도의 번영과 쇠퇴-고대·고려 시기의 압해도>, 『도서문
      화』 18, 2000

국사편찬위원회, 『한국사』 20, 국사편찬위원회, 1994

김동욱, 『한국민속학』, 새문사, 1986

김영성, <서남해 도서 인구의 역사지리적 고찰>, 『사회과학연구』18, 2004

김재일, 『생태기행 1』, 중부권 편, 당대, 2000

나경수, <완도읍 장좌리 당제의 제의구조>, 『호남문화연구』19, 1987

나경수, <완도 장좌리 당제의 조사보고와 세계상 고찰>, 『용봉논총』20, 전남대
      학교 인문과학연구소, 1991

나경수, 나승만 지춘상, <전남의 인물 전설 연구(1)>, 『韓國言語文學』 31, 한국
      언어문학회, 1993

나승만 지춘상 나경수, <전남의 인물 전설 연구(2)-송미전설의 변용 "송대장군
      가"->, 『한국민속학』 25, 한국민속학회, 1993

문화재관리국·문화재연구소, 『구비전승자료』, 전남·전북, 계문사, 1987

박창제 편, 『내고장 전통가꾸기』, 1981

변동명, <천관산과 불교신앙>, 『장흥 천관산 천관사』, 순천대학교 박물관, 1999

부산광역시사편찬위원회, 『부산의 당제』, 부산광역시사편찬위원회, 2005

완도군 편찬위원회, 『내고장 전통 가꾸기』, 전남: 완도군, 완도군 편찬위원회,
      1981

완도군지 편찬위원회, 『완도군지』, 전남: 완도군, 완도군지 편찬위원회, 1992

완도군 마을유래지 편찬위원회, <장좌리 지명 유래>, 『마을유래지』, 완도군 마
      을유래지 편찬위원회, 1987, 36쪽

완도향교지편찬위원회, 『완도향교지』, 완도향교지편찬위원회, 1980

윤용혁, <삼별초 진도정권의 성립과 전개>, 『한국사연구』84, 1994

윤용혁, <송징과 김통정>, 『韓國中世社會의 諸問題』, 한국중세사학회 편, 2001

이돈주, <진도의 방언>, 『호남문화연구』11, 전남대학교 호남문화연구소, 1979

이두현, <장좌리 장도 당제>, 『민속자료조사보고서』9, 이두현, 문교부 문화재관
리국, 1968, 11쪽

이현수, 『호남민속문화의 이해』, 민속원, 2004

임형택 편역, 『이조시대 서사시』 하권, 창작과비평사, 1992

전라남도 교육연구원, 『龍藏山城의 忠節: 珍島의 三別抄』, 전라남도 교육연구
원, 1979

주갑동, 『전라도 방언사전』, 신아출판사, 2005; 이경자, 『우리말연구』, 충남대학
교출판부, 2005

한국중세사학회 편, 『한국중세사회의 제문제』, 대구: 한국중세사학회, 2001

표인주, 『공동체신앙과 당신화 연구』, 집문당, 1996

강봉룡, <한국의 해양영웅 장보고와 이순신의 비교연구 - 장보고축제와 진남제
의 역사적 맥락>, 『지방사와 지방문화』 5권 1호, 2002

강봉룡, <장보고의 '청해체제' 건설과 성공비결>, 『장보고와 미래 대화』, 해군
사관학교 해군해양연구소, 2002

권덕영, <장보고 약전>, 『경북사학』 25, 2002

권덕영, <재당 신라인사회와 적산 법화원>, 『사학연구』 62, 2001

국립문화재연구소편, 『장도·청해진 - 유적발굴조사보고서』, 2001

국립광주박물관, 『해남신덕리청자도자요지 밀양지표조사보고서』, 2000

국사편찬위원회, 『한국사』20, 국사편찬위원회, 1994

김광수, <장보고의 정치사적 위치>, 『장보고의 신연구』, 완도문화원, 1985

김동욱, 『한국민속학』, 새문사, 1986

김문경, <적산법화원의 불교양식>, 『사학지』1, 1967

김문경, <당일문화 교류와 신라신신앙>, 『동방학지』54·55·56, 1987

김문경, <장보고 해상왕국의 사람들>, 『장보고 해양경영사연구』, 이진, 1993

김문경, 『신라무역선단과 관음신앙』, 『장보고와 21세기』, 혜안, 1993

김문경, <당·일에 비친 장보고>, 『동양사학연구』 50, 1995

김영성, <서남해 도서 인구의 역사지리적 고찰>, 『사회과학연구』 18, 2004

김재일, 『생태기행 1』, 중부권 편, 당대, 2000

김정호, 김희문, 『완도지역 지명 유래 조사: 청해진 옛터』, (재)해상왕장보고기

　　　념사업회, 2003

김태도, <신라명신고>, 『일본문화학보』9, 한국일본문화학회, 2000

나경수, <완도읍 장좌리 당제의 제의구조>, 『호남문화연구』19, 1987

나경수, <완도 장좌리 당제의 조사보고와 세계상 고찰>, 『용봉논총』20, 전남대
　　　학교 인문과학연구소, 1991

나경수, 나승만 지춘상, <전남의 인물 전설 연구(1)>, 『韓國言語文學』31, 한국
　　　언어문학회, 1993

나승만 지춘상 나경수, <전남의 인물 전설 연구(2)-송미전설의 변용 "송대장
　　　군가"->, 『한국민속학』25, 한국민속학회, 1993

나희라, 『신라의 국가제사』, 일조각, 2003

노명호, <백제의 동명신화와 동명묘>, 『역사학연구』10, 전남사학회, 1981

문화공보부 · 문화재관리국, 『완도해저유물: 발굴보고서』, 문화공보부 문화재
　　　관리국, 1985

문화재관리국 · 문화재연구소, 『구비전승자료』, 전남 · 전북, 계문사, 1987

문화재관리국 · 문화재연구소, 『완도 법화사지』, 1992

노태돈, <羅代의 문객>, 『한국사연구』20 · 21, 1978

목포대학교 박물관, 『완도군의 문화유적』, 국립목포대학교 박물관, 1995

목포대학교 박물관, 『해남의 청자요지』, 2002

민성규 · 최재수, <당나라의 무역관리제도와 황해해상무역의 관리기구>, 『해상
　　　왕 장보고의 국제무역활동과 물류』, 해상왕장보고 기념사업회, 2001

박창제 편, 『내고장 전통가꾸기』, 1981

변동명, <천관산과 불교신앙, 『장흥 천관산 천관사』, 순천대학교 박물관, 1999
　　　부산광역시사편찬위원회, 『부산의 당제』, 부산광역시사편찬위원회, 2005

완도군 · 국사편찬위원회, 『장보고의 신연구』, 1985

완도군 편찬위원회, 『내고장 전통 가꾸기』, 전남: 완도군, 완도군 편찬위원회,
　　　1981

완도군지 편찬위원회, 『완도군지』, 전남: 완도군, 완도군지 편찬위원회, 1992

완도군 마을유래지 편찬위원회, <장좌리 지명 유래>, 『마을유래지』, 완도군 마
　　　을유래지 편찬위원회, 1987, 36쪽

완도향교지편찬위원회, 『완도향교지』, 완도향교지편찬위원회, 1980

윤근일 · 김성배 · 정석배,『청해진에 대한 종합적 고찰: 장도 청해진 유적 발굴
　　조사 성과를 중심으로』, 해상왕장보고기념사업회, 2003

윤용혁, <송징과 김통정>,『한국사연구』84, 1994

윤용혁, <송징과 김통정>,『韓國中世社會의 諸問題』, 한국중세사학회 편, 2001

윤재운, <교과서에 보이는 장보고관련 서술의 문제점과 제언>, 2003년 고려사
　　학회 가을학술대회, 2003

윤재운, <8~9세기 동아시아의 교역 - 장보고의 청해진 활동을 중심으로>,『백산
　　학보』66, 2003

이기동, <장보고와 그의 해상왕국>,『장보고의 신연구』, 완도문화원, 1985

이돈주, <진도의 방언>,『호남문화연구』11, 전남대학교 호남문화연구소, 1979

이두현, <장좌리 장도 당제>,『민속자료조사보고서』9, 이두현, 문교부 문화재
　　관리국, 1968, 11쪽

이현수,『호남민속문화의 이해』, 민속원, 2004

임형택 편역,『이조시대 서사시』하권, 창작과비평사, 1992

장득진 · 최근영,『장보고 관련 서술의 종합적 검토 - 국사교과서와 한국사 개설
　　서를 중심으로』, (재)해상왕장보고기념사업회, 2002

전라남도 교육연구원,『龍藏山城의 忠節: 珍島의 三別抄』, 전라남도 교육연구
　　원, 1979

조영록, <장보고 선단과 9세기 동아시아의 불교교류 - 적산 · 보타산과 낙산의
　　내적 관련성의 모색>,『대외문물교류사연구』, 해상왕장보고기념사업
　　회, 2002

주강, <당과 신라의 해상교통>,『장보고 해양경영사연구』, 도서출판 이진, 1993

주갑동,『전라도 방언사전』, 신아출판사, 2005; 이경자,『우리말연구』, 충남대학
　　교출판부, 2005

한국중세사학회 편,『한국중세사회의 제문제』, 대구: 한국중세사학회, 2001

한영우, <안정복의 사상과『동사강목』>,『한국학보』14권4호, 1988

해양경영사연구회 편,『장보고』, 도서출판 이진, 1993

호남문화재연구원 · 국립광주박물관, <강진삼흥지구 저수지숭상사업구역 문화
　　유적>, 2002

표인주,『공동체신앙과 당신화 연구』, 집문당, 1996

김성언 역, 『대동기문』상, 김성언 역, 국학자료원, 2001

박기현, 『우리 역사를 바꾼 귀화 성씨』, 역사의 아침, 2007

신정일, 『신 택리지(북한)』, 타임북스, 2010

원창애, <향화인의 조선 정착 사례 연구-여진 향화인을 중심으로>, 『동양고전연구』 37, 동양고전학 회, 2009

이태문, <이성계 전설>의 인물인식과 그 특징>, 『구비문학연구』 4, 한국구비문학회, 1997

임석재, 『임석재전집』 3, 평민사, 1987

임석재, 『임석재전집』 4, 평민사, 1987

천혜숙, <전설의 신화적 성격에 관한 연구>, 계명대학교 박사학위논문, 1987

한국학중앙연구원 『한국구비문학대계』 5-1, 1980

한국학중앙연구원, 『韓国民族文化大百科辞典』, 1991

고석규, <정인홍의 의병활동과 산림기반>, 『한국학보』 51, 1998

권인호, 『조선중기 사림파의 사회정치사상: 남명 조식과 내암 정인홍을 중심으로』, 한길사, 1995

권인호, <내암 정인홍의 지치주의적 학문경향성과 개혁사상>, 『남명학연구논총』 6, 남명학연구원, 1998

문헌편찬회, 『한국역대명시전서』, 1959

민족문화추진회 역, 조경남, 『난중잡록』, 『국역 대동야승』, 1971

민족문화추진회 역, 이익, 『국역 성호사설』, 1976

사재명, <내암문인에 관한 고찰-내암문인의 현황과 동향을 중심으로>, 『남명학연구논총』 8, 2000

사재명, <16~17C 초 남명문인의 형성과 강학>, 『남명학연구논총』 9, 남명학연구원, 2001

신병주, <남명 조식의 학풍과 남명문인의 활동>, 『남명학연구논총』 3, 남명학연구원, 1995

영남대학교 민족문화연구소, <영남문집해제: 내암집>, 『민족문화연구소 자료총서』 4, 1988

오이환, <남명집판본고(1)>, 『한국사상사학』 1, 1987

윤경희, <황현의 세계관과 시세계>, 『한국한문학연구』 14, 1991

윤주필, <설화에 나타난 도학자상>, 『남명학연구』 7, 남명학연구소, 1997

이상원, <남명 조식에 관한 야승의 연구>, 『남명학연구논총』 1, 남명학연구원, 1993

이상필, <내암 정인홍의 학문성향과 정치적 역할>, 『남명학연구』 6, 남명학연구소, 1996

이상필, <남명학파의 형성과 전개 - 사상과 학파의 추이를 중심으로>, 고려대학교 박사학위논문, 1998

이이화, <정인홍의 정치사상과 현실인식>, 『남명학연구논총』 2, 남명학연구원, 1992

이태진, <임진왜란 극복의 사회적 동력 - 사림의 의병활동의 기저를 중심으로>, 『한국사학』 5, 1983

임석재, 『한국구전설화』 7, 평민사, 1990

정명기 역음, 『야담문학연구의 현단계』, 보고사, 2001

정우락, <설화에 나타난 남명형상의 양상과 의미(1)>, 『남명학연구논총』 7, 남명학연구원, 1999

정현재, <임진왜란 의병활동 전적지 조사: 경상우도 임진의병의 전적 검토 - 김면, 정인홍 의병군단을 중심으로>, 『경남문화연구』 17, 1995

한국정신문화연구원, 『한국구비문학대계』, 1980

한명기, <광해군대의 대북세력과 정국의 동향>, 서울대학교 석사학위논문, 1988

합천군, 『합천의 뿌리』, 1983

김은주, <麗末 李成桂 家門의 成長과 軍事的 基盤: 東北面 女眞族과의 關係를 中心으로>, 영남대학교 석사학위논문, 1998.

조현설, <고려건국신화 <고려세계>의 신화사적 의미>, 『고전문학연구』 17, 한국고전문학회, 2000.

이태문, <이성계 전설>의 인물인식과 그 특징>, 『구비문학연구』 제4집, 한국구비문학회, 1997.

임석재, 『임석재전집』 3, 1987, 평민사.

임석재, 『임석재전집』 4, 1987, 평민사.
한국정신문화연구원, 『한국구비문학대계』 1-7, 1984.
한국정신문화연구원, 『한국구비문학대계』 1-8, 1984.
한국정신문화연구원, 『한국구비문학대계』 5-4, 1984.

| 색 인 |